LARRY McMURTRY

VOGLIA DI TENEREZZA

Traduzione di Mario Bonini

ARNOLDO MONDADORI EDITORE

Copyright © 1975 Larry McMurtry
© 1984 Arnoldo Mondadori Editore S.p.A., Milano
Titolo dell'opera originale
Terms of Endearment
I edizione Omnibus Mondadori marzo 1984
I edizione Bestsellers Oscar Mondadori febbraio 1987

ISBN 88-04-29737-9

VOGLIA DI TENEREZZA

*A Cecilia De Golyer McGhee,
Marcia McGhee Carter
e Cecilia DeGolyer Carter*

Tu sei specchio a tua madre, ed ella in te
Evoca il bell'aprile della sua primavera;
Così attraverso i vetri della vecchiezza tua
Vedrai, pur tra le grinze, questa tua età dell'oro.

SHAKESPEARE, *Sonetto* III
(Traduzione di Giorgio Melchiori)

LIBRO PRIMO
LA MADRE DI EMMA
1962

1

«Il successo di un matrimonio dipende sempre dalla donna» disse la signora Greenway.

«Non è vero» disse Emma senza alzare la testa. Era seduta proprio al centro del pavimento del soggiorno, intenta a spartire un mucchio di biancheria lavata.

«Certo che è vero» replicò la signora Greenway prendendo un'aria severa. Strinse le labbra e aggrottò la fronte. Emma ricominciava a lasciarsi andare, cosa che era contro le regole, e lei si era sempre sforzata di fronteggiare ogni strappo alle regole prendendo un'aria severa, anche se durava poco.

La severità, se ne rendeva perfettamente conto, non le si addiceva – non del tutto, per lo meno – e Aurora Greenway, come sapeva benissimo, non era tipo da fare ciò che non le si addiceva, a meno che non glielo imponesse il dovere. Emma era pur sua figlia – per quanto a volte sembrasse strano a tutte e due – e il suo comportamento le imponeva proprio quel dovere.

Aurora aveva una faccia piuttosto pienotta e, nonostante i suoi quarantanove anni, che le sembrava di aver trascorso più che altro fra arrabbiature e delusioni, riusciva ancora quasi sempre ad apparire contenta di sé. I muscoli facciali necessari per dar mostra di autentica severità venivano chiamati all'opera tanto di rado che erano alquanto riluttanti a mettersi in tensione; e tuttavia, quando se ne presentava la necessità, per brevi periodi lei sapeva essere estremamente severa. Aveva la fronte alta e gli zigomi forti, e i suoi occhi azzurri – di solito così sognanti e, avrebbe detto Emma, vacuamente compiaciuti – erano capaci di improvvisi lampi di collera.

In quel momento pensò che le bastasse aggrottare un po' la fronte. «Credo che non ci sia un indumento decente in tutta quella catasta di panni» disse col lieve e un tantino arrogante disprezzo che le era abituale.

«Hai ragione, non ce n'è uno» rispose Emma. «È tutta robetta. Però serve per coprire le nudità.»

«Preferirei che con me non menzionassi le nudità, non è a quelle che mi riferisco» disse Aurora. Stare con la fronte aggrottata e le labbra serrate cominciava a stancarla e perciò si rilassò, consapevole di avere assolto il suo dovere materno. Peccato che sua figlia fosse stata troppo cocciuta per alzare la testa e accorgersene, ma Emma era fatta così. Non si era mai sentita in dovere di farle attenzione.

«Perché non posso parlare di nudità?» chiese Emma alzando finalmente la testa. Sua madre immerse due dita in quello che restava di un bicchiere di tè freddo, tirò fuori quello che restava di un cubetto di ghiaccio e si mise a succhiarlo mentre guardava lavorare la figlia. Non era mai stato facile far sentire Emma in colpa, ma era la sola incombenza materna rimastale e Aurora se la sobbarcava con piacere.

«Hai un buon vocabolario, Emma» disse quando ebbe finito il cubetto di ghiaccio. «A questo ho provveduto io. Per farne uso ci sono sicuramente modi migliori che parlare di nudità corporali. Inoltre, come sai, sono vedova da tre anni e non voglio che si richiami la mia attenzione su certe cose.»

«Ma è ridicolo» disse Emma. Sua madre estrasse con calma dal bicchiere un altro cubetto di ghiaccio. Era, come avrebbe detto lei, in posizione supina, sdraiata mollemente sul vetusto divano azzurro di Emma. Aveva indosso un'elegante vestaglia che aveva comprato durante un recente viaggio in Italia; e aveva, come sempre, un'aria vagamente languida e indisponentemente felice: più felice, pensava Emma, di quanto lei o chiunque altro avessero il diritto di essere.

«Emma, dovresti proprio metterti a dieta. Sei così testarda, cara. Devo dirti che sono *alquanto* seccata.»

«Perché?» chiese Emma, frugando nel mucchio di biancheria. Come al solito, diversi calzini erano scompagnati.

«*Alquanto* seccata» ripetè Aurora in caso la figlia non ci sentisse bene. In quell'"alquanto" aveva messo tutto il peso dell'accento di Boston e non era disposta a tollerare che fosse ignorato. Emma, che, fra altre qualità non da vera signora, aveva una fastidiosa manìa per la precisione, avrebbe sostenuto che non era proprio l'accento di Boston, ma quello di New Haven; sottigliezze di quel genere, però, ad Aurora non facevano né caldo né freddo. Sull'accento di Boston aveva tutti i diritti, e quando lo usava doveva avere la potenza del tuono. Fossero state a Boston, o magari anche a New Haven – in qualunque posto dove si poteva tenere la vita sotto controllo – indubbiamente l'avrebbe avuta; ma loro due, madre e figlia, si trovavano nel piccolissimo soggiorno della casa di Emma a Houston, nel Texas, con un caldo torrido e un'afa asfissiante, e lì il tuono di Boston non arrivava. Emma continuò distrattamente a contare i calzini.

«Ti stai lasciando nuovamente andare» disse sua madre. «Non fai niente per migliorare il tuo aspetto. Perché non ti metti a dieta?»

«Mangiare mi fa sentire meno frustrata» rispose Emma. «Tu perché non la smetti di comprare vestiti? Sei l'unica persona che conosco che ha settantacinque esemplari di ogni cosa.»

«Nella nostra famiglia le donne sono sempre andate fiere del loro abbigliamento. Tutte tranne te. Io non sono una sarta. Non ho intenzione di cucirmi i vestiti da me.»

«Lo so» disse Emma. Era in blue jeans e aveva indosso una T-shirt del marito.

«Quell'indumento che hai indosso è talmente disgustoso che non so come definirlo. Va bene per una negretta, non per una che è mia figlia. Certo che mi compro vestiti. La scelta di un guardaroba di buon gusto non è un passatempo, è un dovere.»

Dicendo questo, Aurora alzò il mento. Quando doveva giustificarsi con sua figlia, spesso le piaceva assumere un atteggiamento maestoso. Raramente questo faceva impressione a Emma, e la faccia che fece in quel momento aveva un'aria di sfida.

«Settantacinque guardaroba di buon gusto sono un passatempo» disse. «E anche sul buon gusto mi riservo il giudizio. Che ne è del tuo problema donnesco, comunque?»

«Smettila! Non parlarne!» esclamò Aurora. Al colmo dell'indignazione, non solo si alzò a sedere ma ebbe anche un sussulto per l'offesa ricevuta, facendo scricchiolare abbondantemente il vecchio divano. Non era solo il peso morale di Boston quello che lei incarnava.

«E va bene!» disse Emma. «Dio santo, che dovevi andare dal medico me l'hai pur detto. Ti ho fatto solo una domanda. Non c'è bisogno di fracassare il divano.»

«Non c'era nessun bisogno che tu ne parlassi» rispose Aurora, realmente in collera. Il labbro inferiore le tremava. In genere non era una donna *prude*, ma negli ultimi tempi qualunque accenno al sesso la metteva sottosopra; le faceva sentire che tutta la sua vita era sbagliata, e questa sensazione non le piaceva affatto.

«Sei assolutamente ridicola» disse Emma. «Perché devi essere così suscettibile? Dobbiamo discuterne per lettera?»

«Non sono malata, se proprio vuoi saperlo. Niente affatto.» Le allungò il bicchiere. «Però mi andrebbe ancora un po' di tè freddo.»

Emma sospirò, prese il bicchiere e uscì dalla stanza. Aurora tornò a sdraiarsi, parecchio depressa. Aveva i suoi giorni forti e i suoi giorni deboli, e cominciava a rendersi conto che quello sarebbe stato un giorno debole. Emma non aveva prevenuto le sue esigenze in nessun modo: perché i figli erano così incapaci di essere solleciti verso i genitori? Stava per abbandonarsi allo scoraggiamento, ma sua figlia, ben decisa a prenderla in contropiede ogni volta che poteva, tornò subito con un bicchiere di tè freddo. Ci aveva messo qualche fogliolina di menta e, forse per fare un atto di contrizione, aveva portato un piattino di caramelle di sassofrasso, uno dei molti dolciumi che a sua madre piacevano particolarmente.

«Come sei gentile» disse Aurora prendendo una caramella.

Emma sorrise. La madre, lo sapeva, era stata lì lì per avere una crisi, la crisi della vedova-sola-e-madre-incompresa. Le caramelle erano state un colpo da maestro. La settimana prima aveva speso ben un dollaro e sessantotto cents per un bell'assortimento di caramelle; le aveva nascoste tutte e metà se le era già mangiate. Flap, suo marito, avrebbe brontolato per una spesa del genere. Aveva idee molto rigorose sulla carie dei denti, ma sicuramente quei soldi li avrebbe spesi per i suoi vizietti, che erano la birra e i libri in edizione economica. Dell'igiene dentaria Emma se ne infischiava, e le piaceva avere a portata di mano le caramelle per tener lontane le crisi, sue e di sua madre.

Vinta la piccola tentazione di abbandonarsi allo sconforto, Aurora era già tornata ad adagiarsi nella sua beata indolenza e si guardava intorno, sperando di trovare qualcosa di nuovo da criticare.

«Il motivo per cui ho tirato in ballo il medico era che ieri ci sono andata io» disse Emma sedendosi nuovamente sul pavimento. «Forse ho una buona notizia.»

«Spero che ti abbia convinta a stare a dieta. Non bisognerebbe essere tanto intrattabili da respingere i consigli del proprio medico. Il dottor Ratchford ha molti anni di esperienza e tranne per quello che mi riguarda ho avuto modo di notare che i suoi sono sempre buoni consigli. Prima cominci la dieta e più sarai contenta.»

«Perché fai sempre un'eccezione per te stessa?»

«Perché io sono quella che mi conosce meglio» disse serenamente Aurora. «Certo non permetterei a un medico di conoscermi altrettanto bene.»

«Forse è una tua illusione» suggerì Emma. Quel bucato era davvero deprimente. Tutte le camicie di Flap erano logore.

«Non è vero» disse Aurora. «Non mi faccio illusioni. Non cerco mai di cancellare dalla mente il fatto che ti sei sposata male.»

«Oh, sta zitta. A me va benissimo. Comunque hai appena detto, due minuti fa, che il successo di un matrimonio dipende sempre dalla donna. Sono parole tue. Forse il mio sarà un successo.»

Aurora le rivolse uno sguardo vacuo. «Adesso mi hai fatto perdere il filo del discorso.»

Emma represse una risatina. «Quello era un discorso?» chiese.

Con molto distacco Aurora prese un'altra caramella. La severità poteva presentare dei problemi, ma il distacco era il suo forte. Spesso la vita glielo richiedeva. Quando stava con altri e veniva recato affronto alla sua sensibilità, aveva spesso trovato necessario alzare il sopracciglio e spandere gelo nell'aria. C'era poca giustizia. A volte le sembrava che, se fosse stata ricordata, probabilmente sarebbe stato per il gelo che sapeva diffondere nell'aria.

«Spesso ho ricevuto complimenti per la mia chiarezza d'espressione» disse.

«Non hai lasciato che io ti dicessi la buona notizia.»

«Oh, sì, hai deciso di metterti a dieta, proprio come speravo. Questa sì che è una buona notizia.»

«Maledizione, non sono andata dal dottor Ratchford per parlare di diete. Non voglio stare a dieta. Ci sono andata per sapere se sono incinta, e pare di sì. È questo che cerco di dirti da un'ora.»

«Che cosa?» esclamò Aurora, guardandola. Sua figlia era sorridente, e aveva pronunciato la parola "incinta". Aurora aveva appena preso un sorso di tè freddo e per poco non le si strozzò la gola. «Emma!» gridò. La vita aveva colpito ancora, e proprio quando lei si sentiva quasi a suo agio. Si alzò di scatto come punta da uno spillo, ma ricadde pesantemente all'indietro, rompendo il piattino e facendo rotolare sul pavimento il bicchiere di tè freddo, quasi vuoto.

«Non è vero!» ansimò.

«Credo di sì. Che ti succede?»

«Oh, Dio» disse Aurora, premendosi lo stomaco con entrambe le mani.

«Che cosa c'è che non va, mamma?» chiese Emma, dato che la madre sembrava avesse preso un colpo.

«Oh, si è rovesciato il bicchiere mentre ricadevo giù. Non so che cosa sia.» Le saliva il sangue alla testa e le mancava l'aria. Riusciva a respirare solo con sforzo.

«Certo è meraviglioso per te, cara» disse sentendosi malissimo. Era un brutto colpo, non era giusto: ci doveva essere qualcosa fuori posto, e lei sentiva arrivare lo smarrimento. Aveva sempre lottato contro lo smarrimento, ma le sembrava che fosse in agguato per impadronirsi di lei.

«Oh, Dio!» disse, sollevandosi a fatica per mettersi seduta. I capelli, che teneva più o meno raccolti in una crocchia, le si erano sciolti completamente. Aprì la vestaglia per avere più fresco.

«Mamma, smettila, sono solo incinta» gridò Emma, infuriata perché la madre si permetteva di avere una crisi dopo che lei era stata tanto generosa con le caramelle di sassofrasso.

«Solo incinta!» esclamò Aurora: ormai lo smarrimento si era trasformato in rabbia. «Per la tua... negligenza...» Le parole le mancarono e, con profonda irritazione di Emma, cominciò a battersi la fronte col dorso della mano. Era cresciuta in tempi in cui andavano di moda le affettazioni teatrali e non le mancava un certo bagaglio di gesti tragici. Continuò a battersi vigorosamente la fronte, come faceva sempre quando era molto arrabbiata, sussultando ogni volta per il male che si faceva alla mano.

«Smettila» esclamò Emma alzandosi in piedi. «Smettila di picchiarti la fronte, mamma! Sai che lo detesto.»

«E io detesto te» rimbeccò Aurora, perdendo ogni controllo. «Non sei una figlia premurosa! Mai sei stata una figlia premurosa! E non lo sarai mai!»

«Ma che ho fatto?» gridò Emma mettendosi a piangere. «Perché non posso restare incinta? Sono sposata.»

Aurora si alzò in piedi a fatica e si mise di fronte alla figlia con l'intenzione di mostrarle il massimo disprezzo possibile. «Questo puoi chiamarlo matrimonio tu, ma io no» urlò. «Per me è squallore!»

«Non possiamo fare altro. È tutto quello che possiamo permetterci.»

Ad Aurora cominciò a tremare il labbro. Addio disprezzo. Addio tutto. «Emma, non è questo il punto... non avresti dovuto... non è affatto questo il punto» disse, di colpo sull'orlo del pianto.

«Qual è allora il punto? Dimmelo. io non lo so.»

«Iooo!» gridò Aurora, al colmo della furia. «Non lo capisci? Non mi sono ancora messa a posto. Io!»

Emma represse un'altra risata, come faceva sempre quando la madre gridava "Io!" al mondo intero. Era un urlo che aveva qualcosa di primitivo. Però mentre ad Aurora cominciava a tremare il mento e la collera cominciava a trasformarsi in piagnisteo, un poco la capì e protese il braccio verso di lei.

«Chi... troverò più... adesso?» balbettò Aurora piangendo. «Quale uomo può volere... una nonna? Se tu potessi... se avessi aspettato... allora avrei potuto... trovare qualcuno.»

«Oh, Signore» disse Emma. «Avanti, mamma, finiscila.» Continuò a piangere anche lei, ma solo perché improvvisamente le era venuta la paura di scoppiare a ridere. Soltanto sua madre le faceva quell'effetto, e sempre nei momenti più improbabili. Sapeva benissimo che era lei a doversi sentire offesa o ferita, e probabilmente quando ci avrebbe ripensato sarebbe stato così. Ma sua madre non aveva bisogno di ripensarci: era già offesa e ferita, e con una purezza di sentimenti che Emma non era mai riuscita a raggiungere. Succedeva sempre.

Emma cedette, lasciandosi sconfiggere ancora una volta. Si asciugò gli occhi proprio mentre la madre scoppiava nuovamente in lacrime. Quella crisi era ridicola, ma non importava. Quello che si leggeva sulla faccia di Aurora – la convinzione assoluta di un'assoluta rovina – era troppo genuino. Quell'aria affranta non sarebbe durata nemmeno cinque minuti – raramente li superava – ma c'era, su un volto che, Emma ne era sicura, era il più disperatamente umano che lei o chiunque altro si fossero mai trovato dinanzi agli occhi. La vista di sua madre con la faccia svuotata dall'angoscia aveva sempre spinto chiunque fosse a portata di mano a precipitarsi incontro a lei con tutto l'amore che aveva. Nessuno era stato mai capace di stare a guardare quando Aurora aveva quella faccia, e meno di tutti Emma. Si mise subito a parlarle amorosamente e la madre, come al solito, cercò di respingerla.

«No, vattene» disse Aurora. «Feti. Puah.» Recuperò la capacità di movimento e si mise a vagare faticosamente per la stanza, agitando le mani nell'aria come se avesse uno scacciamosche e cercasse di colpire dei piccoli embrioni simili a pipistrelli. Non sapeva che cosa ci fosse che non andava, ma per la sua vita era un grave colpo. Questo lo sapeva.

«Lo vedi? Adesso perderò tutti i corteggiatori» gridò voltandosi di scatto come per un'ultima sfida.

«Andiamo, mamma... andiamo, non è poi così brutto» continuò a dire Emma mentre avanzava verso di lei.

Quando finalmente la chiuse in un angolo, in camera da letto, Aurora prese l'unica via di scampo che le restava: si gettò sul letto, e la vestaglia rosa le ricadde sopra fluttuando come una vela ammainata. Per cinque minuti singhiozzò incontrollabilmente e per altri cinque con vari gradi di controllo, mentre la figlia, che le si era seduta accanto, le massaggiava la schiena e le ripeteva quant'era cara e meravigliosa.

«Di', non ti vergogni?» chiese Emma quando sua madre finalmente smise di piangere e si scoprì la faccia.

«Niente affatto» rispose la signora Greenway, spingendo indietro i capelli. «Dammi uno specchio.»

Emma glielo portò e Aurora, alzatasi a sedere, ispezionò i danni al viso con occhio freddo e tutt'altro che sentimentale. Senza dire una parola si alzò in piedi e scomparve nel bagno; per un po' si sentì scorrere l'acqua. Quando uscì, con un asciugamano sulle spalle, Emma aveva appena finito di ripiegare la biancheria.

Aurora si sistemò nuovamente sul divano, con lo specchio in mano. C'era stato qualche momento di dubbio, ma ora in qualche modo l'immagine che vedeva riflessa nello specchio era tornata ad essere press'a poco quella che doveva essere, e lei si limitò a un paio d'occhiate attente prima di rivolgere lo sguardo alla figlia. In realtà si vergognava di essere esplosa in quel modo. Per tutta la vita era stata più che incline alle esplosioni, un'abitudine che andava in senso opposto all'opinione che aveva di sé come persona razionale. Quella di poco prima, considerandone la causa, o almeno il punto di partenza, le sembrava particolarmente indegna di lei. Non aveva tuttavia intenzione di scusarsi finché non avesse riflettuto attentamente sul problema. Non che sua figlia si aspettasse delle scuse. Se ne stava tranquilla, seduta vicino ai panni ben piegati.

«Be', mia cara, devo dire che ti sei comportata in modo piuttosto indipendente» disse Aurora. «Però, dato che i tempi sono quelli che sono, dovevo aspettarmelo.»

«I tempi non c'entrano, mamma. Tu incinta ci sei rimasta, no?»

«Non consapevolmente. E nemmeno con una fretta inopportuna. Hai appena ventidue anni.»

«Ma finiscila, finiscila. Vedrai che non perderai i tuoi corteggiatori.»

Aurora era tornata ad avere un'espressione un po' sognante e nello stesso tempo un po' distaccata. «Non vedo perché dovrei preoccuparmene» disse. «Sono tutti più in basso di me di chilomentri. Non so nemmeno perché ho pianto. Il colpo può avermi reso gelosa, per quanto ne so. Anch'io volevo altri bambini. Thomas torna a casa presto?»

«Vorrei che lo chiamassi Flap, per favore. Non gli piace essere chiamato Thomas.»

«Scusa. A me non piace usare i nomignoli, neanche quelli simpatici, e quello di mio genero è tutt'altro che simpatico.»

Ancora una volta Emma cedette. «Dovrebbe essere qui da un momento all'altro.»

«Non è facile che Thomas arrivi puntuale» disse Aurora. «È arrivato in ritardo in parecchie occasioni quando eravate fidanzati.» Si alzò e prese la borsetta. «Non so se ti dispiace, ma me ne vado subito. Dove sono le mie scarpe?»

«Non le avevi. Eri scalza quando sei arrivata.»

«Sorprendente. Devono avermele sfilate dai piedi. Non sono il tipo che esce di casa senza scarpe.»

Emma sorrise. «Lo fai sempre. È perché tutte e settantacinque le paia ti fanno male ai piedi.»

Aurora non si degnò di rispondere. Le sue partenze erano non premeditate e sempre improvvise. Emma la seguì fuori dalla porta, giù per i gradini e sul vialetto d'accesso per le macchine. C'era stato un acquazzone, l'erba e i fiori erano ancora bagnati. I praticelli davanti alle case erano di un verde brillante.

«Benissimo, Emma. Se ti metti a contraddirmi, sarà meglio che io me ne vada. Altrimenti finiremmo col litigare. Sono sicura che troverai le mie scarpe appena sarò andata.»

«Perché non te le sei cercate da te se sei così sicura che ci sono?»
Aurora prese un'aria distaccata. La sua Cadillac vecchia di sette anni era parcheggiata, come sempre, a qualche metro dal marciapiede. Per tutta la vita aveva avuto il terrore di sfregare con le gomme. La Cadillac, a suo parere, era abbastanza vecchia per essere un pezzo d'antiquariato, e prima di salire lei si fermava sempre un attimo ad ammirarne la linea. Emma girò intorno alla macchina e rimase a guardare la madre, che aveva anch'essa, in un certo modo, una linea classica. In West Main Street, a Houston, non c'era mai molto traffico e nessuna automobile disturbò la loro silenziosa contemplazione.

Aurora salì, si aggiustò il sedile, che non era mai alla stessa distanza dai pedali, e fece in modo da infilare la chiavetta dell'accensione, un'impresa che riusciva solo a lei. Anni prima era stata costretta a usare la chiavetta per disincastrare una porta che non voleva aprirsi, e da allora era rimasta leggermente piegata. Forse ormai era piegata anche la fessura; in ogni caso Aurora era fermamente convinta che molte volte solo la piegatura della chiavetta avesse impedito che la macchina venisse rubata.

Guardò fuori del finestrino e si trovò davanti Emma che se ne stava tranquilla in mezzo alla strada, come in attesa di qualcosa. Aurora tendeva a essere spietata. Suo genero era un giovanotto pochissimo promettente e nei due anni da quando lo conosceva le sue maniere non erano migliorate, e neanche il modo in cui trattava sua figlia. Emma era troppo povera e troppo grassa, e le stavano malissimo le T-shirts di lui, che, se avesse avuto un po' di rispetto, non l'avrebbe autorizzata a indossarle. Dei suoi capelli Emma non aveva mai avuto da vantarsi, ma adesso erano ridotti a una massa di spinaci. Sì, Aurora doveva essere proprio spietata. Attese qualche istante prima di mettersi gli occhiali da sole.

«Benissimo, Emma» ripetè. «Non c'è bisogno di star lì ad aspettare le congratulazioni. Non sono stata consultata una sola volta. Hai fatto tutto da te, e davanti a te non hai più il destino aperto. E poi sei troppo testarda per essere madre. Se ti fossi confidata con me un po' prima avrei potuto dirtelo. Ma no, non ti sei mai consultata con me. Non hai nemmeno una casa come si deve: quella dove vivi sta sopra un garage. I bambini piccoli hanno già abbastanza problemi respiratori senza dover vivere in mezzo ai gas delle automobili. E non ti farà bene neanche per la linea. A queste cose i figli non pensano mai. Sono sempre tua madre, lo sai?»

«Lo so, mamma» disse Emma andandole più vicino. Con sorpresa di Aurora non si mise a discutere, non si difese. Rimase lì accanto alla macchina, nella sua orribile T-shirt, con un'espressione dolce e obbediente per la prima volta da anni. La guardava tranquilla, al modo di una figlia rispettosa, e Aurora notò ancora una cosa che dimenticava sempre: sua figlia aveva dei gran begli occhi, verdi e con tanta luce dentro. Erano gli occhi di sua madre, Amelia Starrett, che era nata a Boston. Era così giovane, in fondo, Emma.

D'improvviso, con terrore, Aurora ebbe la sensazione che la vita le sfuggisse di mano. Sentì un tuffo al cuore e si sentì sola. Non voleva più essere spietata, solo che... Non lo sapeva, qualcosa se n'era andato, niente era certo, lei era più vecchia, aveva perso il controllo. Che sarebbe accaduto? Non aveva modo di prevedere come poteva andare a finire. In preda al terrore, spalancò le braccia e prese la figlia per le spalle. Per un istante ebbe coscienza solo della guancia che stava baciando, della bambina che stringeva a sé; poi, di colpo, il cuore le si acquietò e lei rimase sorpresa accorgendosi che aveva tirato Emma per metà dentro la macchina attraverso il finestrino.

«Oh, oh» disse più volte Emma.

«Che c'è?» chiese Aurora, liberandole le spalle.

«Niente. Ho sbattuto la testa contro la macchina.»

«Oh, vorrei che fossi meno sbadata» disse Aurora. Mai, che ricordasse, aveva perso tanto rapidamente la sua dignità, e non sapeva come recuperarla. L'ideale sarebbe stato partire subito, ma lo shock, o qualunque cosa fosse, l'aveva scossa. Non si sentiva pronta a guidare. Anche quando era nelle condizioni migliori ogni tanto si dimenticava di pigiare sui pedali e faceva cose sconvenienti alle macchine che si trovavano sulla sua strada. Spesso i guidatori si mettevano a urlarle dietro.

E poi non era il momento di andarsene. Nel panico che l'aveva presa era sicura di aver lasciato il sopravvento alla figlia, e non aveva intenzione di andarsene finché non l'avesse ripreso. Girò il retrovisore fino a specchiarvisi e attese con pazienza che i suoi lineamenti tornassero a ricomporsi. Per lei quella giornata non prometteva di essere una delle migliori.

Emma rimase a guardare, sfregandosi la testa. Aveva avuto il fatto suo, più o meno, ma vedeva benissimo che sua madre non aveva nessuna intenzione di lasciar correre.

«Ai tuoi amici non c'è bisogno che tu lo dica, per un po'» disse. «Del resto me li fai vedere di rado. Probabilmente il bambino andrà già all'asilo prima che sospettino qualcosa.»

«Uhm» disse Aurora mentre si pettinava. «In primo luogo il bambino, se ci sarà, sarà quasi certamente una bambina. È abituale nella nostra famiglia. In secondo luogo non sono i miei amici, sono i miei corteggiatori, e ti prego di chiamarli così, se proprio devi menzionarli.»

«Come vuoi.»

Aurora aveva dei capelli magnifici, castano ramati e abbondanti, e sua figlia glieli aveva sempre invidiati. Quando li aveva messi a posto prendeva sempre un'aria contenta, e presto lo fece. Nonostante tutto, aveva conservato il suo bell'aspetto e questa era una grande consolazione. Picchiò il dorso del pettine sul volante.

«Te l'avevo detto che Thomas avrebbe fatto tardi» ricordò alla figlia. «Non posso più aspettare. Se non corro perdo i miei programmi alla televisione.»

Alzò il mento di diversi gradi e rivolse alla figlia un sorriso lievemente malizioso. «Quanto a te» disse.

«Quanto a me che cosa?»

«Oh, niente. Niente. Il colpo me l'hai dato. Non c'è altro da dire. Sicuramente ne verrò fuori.»

«Smettila di cercare di farmi sentire in colpa. Ho i miei diritti e tu non sei una martire. Non è che il rogo ti aspetti dietro l'angolo.»

Aurora ignorò la battuta: era sua abitudine ignorare spiritosate del genere.

«Certo che ne verrò fuori» ripeté in un tono che voleva dire che si considerava assolta da ogni responsabilità per il proprio avvenire. Per il momento era piuttosto allegra, ma voleva che fosse ben chiaro che se le fosse successo qualcosa di brutto nel tempo che le restava da vivere la colpa non sarebbe stata sua.

Per prevenire una discussione avviò il motore. «Be', cara, almeno può costringerti a stare a dieta. Dammi retta, fa qualcosa per quei capelli. Forse dovresti tingerli. Sul serio, Emma, piuttosto che così staresti meglio calva.»

«Lasciami in pace» rispose Emma. «A questi capelli ci sono rassegnata.»

«Sì, è questo il guaio. A troppe cose sei rassegnata. Quella roba che hai indosso rasenta il patetico. Vorrei che te la togliessi. Non mi sono mai permessa di rassegnarmi a qualcosa che non fosse piacevole, e, che io sappia, nella tua vita non c'è niente di piacevole. Devi fare qualche cambiamento.

«Credo che a farli ci pensi qualcun altro.»

«Di' a Thomas che potrebbe essere più puntuale. Devo andare, le trasmissioni non aspettano. Spero di non incontrare vigili.»

«Perché?»

«Mi guardano male. Proprio non so perché. Non ho mai fatto male a nessuno.» Dette un'altra occhiata compiaciuta ai suoi capelli e rigirò lo specchietto retrovisore per metterlo più o meno a posto.

«Sarà per quell'aria negligente che tu coltivi tanto» disse Emma.

«Bah, io vado. Mi hai fatto fare abbastanza tardi.» Salutò la figlia con un gesto vago e sbirciò nella strada per vedere se lungo il suo itinerario era stata messa qualche ostruzione. Era appena passata scoppiettando un'utilitaria, ma quella contava poco. Probabilmente, se lei avesse dato un bel colpo di clacson, avrebbe svoltato in una strada laterale per lasciarla passare. Comunque quelle macchinette straniere avrebbero dovuto circolare sul marciapiede: nelle strade c'era già fin troppo poco spazio per le macchine americane

«Ciao, mamma, torna presto» disse Emma, tanto per formalità.

Aurora non udì. Prese il volante con un gesto imperioso e schiacciò il pedale. «Piccola Aurora» disse affettuosamente mentre partiva.

Emma la sentì e sorrise. "Piccola Aurora" era un'espressione che la madre usava quando si considerava sola contro il mondo. Sola, e supremamente adeguata al compito di affrontarlo.

Poi sussultò. Aurora aveva subito cominciato a suonare il clacson all'indirizzo della Volkswagen, e la Cadillac aveva un clacson stentoreo. Al solo sentirlo tutti, Emma compresa, si mettevano in apprensione pensando a un'emergenza. Contro quello strombettare la macchinetta verde non aveva scampo: la Cadillac la passò in tromba come un transatlantico potrebbe sorpassare una canoa. Il guidatore, pensando che ci fosse stato un incidente con morti e feriti, svoltò in una strada laterale senza nemmeno replicare con un colpo di clacson.

Emma tirò giù la T-shirt sulle gambe, fin dove arrivava. Gli alberi del viale gocciolavano ancora per il recente acquazzone e le gocce le cadevano sul petto, quel poco che ne aveva. La T-shirt richiamava l'attenzione su certe sue insufficienze. Sua madre non aveva del tutto torto.

Come sempre dopo una visita di Aurora, Emma si acorse di essere d'umore bellicoso, non solo verso la madre ma anche verso suo marito e se stessa. Flap avrebbe dovuto esser lì a difendersi, o a difendere lei, o tutti e due. In realtà sua madre non era partita all'attacco; aveva solamente esercitato la sua particolare, sottile abilità nel far sentire vagamente in torto tutti tranne se stessa. Non c'era mai una gran pace con sua madre fra i piedi, ma chissà perché, quando se ne andava, ce n'era ancor meno. Le sue osservazioni più assurde in qualche modo restavano nell'aria. Erano sempre non richieste e offensive e però mai, per Emma, liquidabili con un'alzata di spalle. I capelli, la dieta, la T-shirt, Flap e lei stessa: qualunque cosa dicesse per ritorsione le restava sempre la sensazione di aver lasciato che sua madre se la cavasse troppo a buon mercato. Flap non le era di grande aiuto, anche quando c'era. Aveva tanta paura di perdere quel poco di considerazione che la signora Greenway aveva per lui che rinunciava a battersi.

Due minuti dopo, mentre Emma stava ancora nel vialetto, sentendosi un po' tonta e irritata con se stessa e rimuginando sulle risposte spiritose che avrebbe potuto dare alla madre, arrivarono Flap e suo padre. Il padre si chiamava Cecil Horton, e quando vide Emma fermò la Plymouth azzurra accanto a lei, abbastanza vicino per allungare la mano e stringerle il braccio senza scendere di macchina.

«Salve, Toots» disse con un largo sorriso. Cecil era un uomo degli anni Quaranta: *Toots* era la sua galanteria abituale. Emma odiava quel nomignolo e non vedeva l'ora che lui, un giorno o l'altro, dimenticasse la prudenza e lo usasse con sua madre. Anche il suo sorriso le dava fastidio perché era automatico e assolutamente impersonale. Cecil avrebbe rivolto il suo largo sorriso a una pompa da incendio se avesse dovuto salutarla.

«Toots anche a te» disse lei. «Avete comprato la barca?»

Cecil non udì la domanda: le stava ancora sorridendo. I suoi capelli sale e pepe erano ben pettinati. Aveva solo sessant'anni, ma era diventato un po' sordo; anzi, aveva smesso di aspettarsi di sentire la maggior parte di quello che gli si diceva. Quando gli rivolgeva la parola qualcuno che gli era simpatico, Cecil continuava a sorridere un po' più a lungo e, se possibile, gli dava un colpetto sulla spalla o una strizzatina al braccio per assicurarlo del suo affetto.

Emma non sapeva se credere in questo affetto perché non era accompagnato da una vera attenzione. Era convinta che avrebbe potuto stare sul vialetto grondando sangue da tutte e due le braccia troncate ai gomiti e Cecil avrebbe sempre fermato la macchina e le avrebbe fatto un largo sorriso, dicendo "Salve, Toots" e dandole una strizzatina al moncherino. Sua madre non lo poteva soffrire e piantava tutti in asso solo a sentirlo nominare. «Non metterti a discutere. Quando si parla di una persona quella compare subito» diceva prendendo la porta.

Qualche minuto dopo, quando Cecil se ne era andato con la sua Plymouth e lei si avviava con Flap verso casa, Emma si sentì abbastanza irritata per sollevare l'argomento.

«Sono due anni ormai, e in realtà non s'è mai accorto di me» disse.

«Non lo fa solo con te. Papà non fa molta attenzione a nessuno» rispose Flap.

«A te fa attenzione. Molta. Io entro nel suo campo d'osservazione solo quando si accorge che non ti ho procurato qualcosa che secondo lui dovresti avere, come una camicia pulita. Sei stato tu a dirmelo.»

«Smettila di punzecchiarmi. Sono stanco.»

Si vedeva. Aveva un naso lungo, una lunga mascella e una bocca che si piegava facilmente all'ingiù quando era depresso, cosa che succedeva frequentemente. In un certo modo perverso, quando lo aveva conosciuto, era stato proprio il fatto che si deprimeva così spesso e così apertamente ad attrarla verso di lui: quello e la sua lunga mascella. La sua depressione le era parsa commovente e in qualche modo poetica, e in un paio di giorni si era convinta che aveva bisogno di lei. Erano passati due anni e ne era ancora ragionevolmente convinta, ma era inutile negare che Flap non aveva corrisposto alle sue aspettative. Chiaro, lei era quella di cui aveva bisogno, ma nove giorni su dieci era tuttora depresso. Il tempo l'aveva quasi costretta a riconoscere che la sua depressione era una cosa che non sarebbe mai sparita, e aveva cominciato a chiedersi perché. Aveva cominciato a chiederlo anche a lui. Non per nulla era figlia di Aurora Greenway.

«Non dovresti essere stanco» disse. «Hai solo aiutato tuo padre a esaminare una barca. Io ho fatto il bucato e ho litigato con mia madre, ma non sono stanca.»

Flap le tenne la porta aperta per farla entrare in casa. «Perché è stata qui?» chiese.

«È una domanda strana. Perché me lo chiedi?»

«Non so. Non sei stata molto cordiale con papà. Mi andrebbe una birra.»

Andò in camera da letto mentre Emma si imponeva di star calma e tirava fuori la birra. La sua suscettibilità a proposito del padre non la faceva arrabbiare, in realtà erano sempre stati molto vicini e, nel loro rapporto lei era un'intrusione che Flap non aveva imparato a prendere con grazia, tutto qui. C'erano volte in cui si trovava a suo agio con lei, e lei dava per scontato che a volte si trovasse a suo agio col padre, ma non c'era ancora stata una volta in cui tutti e tre si fossero trovati a loro agio insieme.

Eppure Cecil, al peggio, non riusciva a metterla a disagio nemmeno un decimo di quanto sua madre riusciva a metterci Flap, anche senza sforzarsi.

Quando gli portò la birra stava sdraiato sul letto a leggere le poesie di Wordsworth. «Che devo fare per costringerti a smettere di leggere e parlare com me?» gli chiese.

«Sto solo leggendo Wordsworth» rispose lui. «Odio Wordsworth. Qualunque cosa mi farebbe smettere di leggere, dovresti saperlo. Probabilmente basterà l'odore di cucina.»

«Sei un uomo difficile.»

«No, solo egoista.» Chiuse il libro e la guardò con occhi quasi affettuosi. Aveva gli occhi scuri e riusciva a sembrare disperato e affettuoso nello stesso tempo. Era il suo aspetto migliore, ed Emma non era stata mai capace di resistergli: ogni segno di affetto bastava a conquistarla. Sedette sul letto e gli prese la mano.

«Le hai detto che sei incinta?» Chiese Flap.

«Gliel'ho detto. Ha avuto una crisi.» Descrisse la crisi in tutti i particolari.

«Che donna assurda» disse Flap. Si alzò improvvisamente a sedere, emanando odore di birra e di acqua di mare, e le saltò addosso. I suoi approcci erano sempre repentini. In capo a cinque secondi Emma era tutta congestionata e senza fiato, il che era precisamente l'effetto che lui si era ripromesso.

«Che ti prende?» chiese lei cercando di spogliarsi almeno in parte. «Non vuoi mai darmi il tempo di pensarci. Non ti avrei sposato se non avessi voglia di pensarci.»

«Uno dei due potrebbe perdere interesse» disse Flap.

Era la sola cosa che faceva in fretta: per qualunque altra ci metteva ore. Qualche volta, a mente fredda, Emma si domandava se non le fosse possibile capovolgere le sue priorità: il sesso lentamente e le altre cose in fretta. Quando ci provava però, falliva sempre. Almeno però, quando si tirò su a sedere per levargli le scarpe, lui aveva davvero un'aria felice. L'ardore sembrava restargli sulla faccia più a lungo che altrove, il che per lei andava benissimo.

«Vedi, facendo a modo mio nessuno perde interesse» disse lui mentre andava in bagno.

«Scopare con te è come essere tamponata. L'interesse ci ha poco a che fare.»

Come al solito, finì di svestirsi dopo il fatto. Si sdraiò con la testa appoggiata su due cuscini, guardandosi i piedi e chiedendosi quanto tempo ci sarebbe voluto prima che il ventre cominciasse a gonfiarsi fino a nasconderli. Per caldo che facesse, il tardo pomeriggio era ancora il suo momento preferito. Per qualche minuto la rinfrescò il suo stesso sudore e una lunga lama obliqua di sole le si posò sul corpo, proprio dove avrebbero dovuto esserci le mutandine. Flap tornò e si mise sul letto a pancia in giù per ricominciare a leggere, cosa che la fece sentire un po' tagliata fuori. Gli passò una gamba sopra il corpo.

«Vorrei che la tua attenzione durasse un po' più a lungo» disse. «Perché leggi Wordsworth se non ti piace?»

«È un po' meglio quando non sono così arrapato.»

«Mamma in realtà non è assurda.» Il suo corpo era fuggito lontano dalla mente, ma adesso era finita e la mente voleva riprendere la conversazione che stava cominciando quando c'era stata quella fuga.

«Mi piacerebbe sapere che cos'è, allora,» disse Flap.

«È solo assolutamente egoista. Se sia un male o no vorrei saperlo. È molto più egoista di te, e tu non scherzi. Può essere anche più egoista di Patsy.»

«Nessuno è più egoista di Patsy.»

«Mi domando che cosa sarebbe successo se vi foste sposati.»

«Io e Patsy?»

«Certo. Non tu e la mamma.»

Flap rimase così sconcertato che smise di leggere e la guardò. Una delle cose che gli erano sempre piaciute di Emma era che diceva tutto ciò che le passava per la mente, ma non aveva mai sospettato che un'idea come quella passasse per la mente a qualcuno.

«Se ti sentisse ti affiderebbe a un tutore» disse. «Dovrei farlo io. Io e tua madre non brilliamo certo per integrità, ma abbastanza per non sposarci ne abbiamo. Che cosa aberrante.»

«Sì, ma tu sei un classicista o roba del genere. Pensi che la gente faccia solo cose ragionevolmente normali o ragionevolmente anormali. Io sono più furba e so che la gente è capace di tutto. Di tutto.»

«Specialmente tua madre. Non sono un classicista, sono un romantico, e tu non sei più furba di me.»

Emma si tirò su a sedere e si chinò su di lui per massaggiargli la schiena mentre leggeva. Il sole le era passato sulle gambe e sul pavimento e lei aveva smesso di sudare e di star fresca, e sentiva l'afa serale spandersi nella stanza attraverso la finestra aperta. Era appena aprile, ma a volte faceva già tanto caldo che quasi si potevano vedere chiazze di aria torrida. A volte lei pensava che avessero una forma, come Casper il fantasma buono dei fumetti, solo che erano piccoli fantasmi maligni che le si posavano sulle spalle o le si avvolgevano intorno al collo, lasciandola chiazzata di sudore.

Dopo un po' si mise a pensare come preparare la cena più rinfrescante possibile. Decise per i sandwich di cetrioli, ma era solo una scelta astratta. Flap non li avrebbe mangiati e comunque in casa non c'erano cetrioli. A meno che lei non avesse cucinato qualcosa di favoloso, lui probabilmente sarebbe rimasto a leggere per ore senza dire una parola; quasi sempre, dopo una scopata, faceva così.

«Sarebbe stato strano se uno di noi due avesse sposato qualcuno a cui non piaceva leggere» gli disse. «Ci devono essere milioni di persone interessanti a cui leggere non piace.»

Flap non rispose ed Emma rimase a guardare fuori della finestra le prime ombre della sera, sempre rimuginando su quello che poteva preparare per cena. «L'unica cosa che non mi piace del sesso è che significa sempre la fine di una conversazione» disse. «Però credo che sia quello che ci tiene uniti.»

«Che cosa?»

«Il sesso. Non parliamo abbastanza perché sia la conversazione a unirci.»

In realtà Flap non l'aveva sentita. Aveva parlato per rispondere alla sua voce, per essere gentile. Emma scese dal letto e cominciò a raccogliere i suoi indumenti e quelli di lui, rendendosi conto improvvisamente che non sapeva che fare delle cose. Quello che aveva detto casualmente la sconcertava. Perché l'avesse detto non ne aveva idea, e non aveva modo di sapere se l'aveva detto sul serio o no. In due anni di matrimonio non aveva mai detto niente di simile, niente che implicasse che il fatto che loro due stavano insieme non era proprio una legge di natura. Aveva dimenticato come immaginare la vita prescindendo da Flap, e per di più che era incinta. Se c'era una cosa su cui nessuno di loro due aveva bisogno di pensare era la base del loro stare insieme.

Lo guardò, e vedendolo ancora sbracato sul letto a leggere, tranquillo e soddisfatto e senza minimamente pensare a lei, si riscosse dal momentaneo sbandamento verso l'irreale. Andò a fare una doccia e quando tornò Flap stava frugando nella cassettiera alla vana ricerca di una T-shirt.

«Sono sul divano» gli disse, «e anche piegate.»

Le venne l'ispirazione di fare una frittata di cipolle e peperoni e corse in cucina a prepararla, ma quella era una delle occasioni, abbastanza frequenti, in cui l'ispirazione non bastava per preparare un piatto come si deve. Flap contribuì alla piccola catastrofe sedendosi a tavola e mettendosi a battere il piede mentre leggeva, cosa che faceva spesso quando aveva molta fame. Quando gli mise la frittata davanti, lui la esaminò con occhio critico. Si credeva un buongustaio. Solo il fatto che erano senza soldi lo tratteneva dal fare anche l'intenditore di vini.

«Non ha l'aspetto di una frittata. Sono solo uova strapazzate alla messicana.»

«Be', mia madre era troppo aristocratica per insegnarmi a cucinare. Comunque mangia.»

«Che giornata oggi» disse lui guardandola coi suoi occhi benevoli e cordiali. «Papà ha comprato una barca nuova, io sono arrivato troppo tardi per vedere tua madre, e adesso uova strapazzate. Mi è andata proprio bene.»

«Già, e hai anche scopato» rispose Emma prendendo un po' di frittata. «È successo così in fretta che forse non te ne ricordi, ma abbiamo scopato.»

«Oh, smettila di fare la moglie trascurata. Non sei trascurata e non riusciresti a sembrare arrabbiata nemmeno se ci provassi.»

«Non so. Potrei imparare.»

Aveva ricominciato a piovere a dirotto. Mentre finivano la frittata la pioggia cessò ed Emma sentì il gocciolìo dagli alberi. Fuori era buio e l'aria era piena di umidità.

«Sempre con quel "non so"» disse Flap.

«Ma è così. Non so, credo che non saprò mai. Scommetto che quando sarò vecchia me ne starò su una poltrona a dire "non so, non so". Soltanto che allora, a dirlo, mi verrà da sbavare.»

Flap guardò la moglie, ancora una volta un po' sconcertato. Emma aveva visioni inaspettate. Lui non sapeva che dire. Nonostante l'aspetto, la frittata era buona e si sentiva insolitamente soddisfatto. Emma guardava fuori della finestra. La sua faccia sveglia, che quasi sempre era rivolta verso di lui – per capire che cosa stesse pensando, o di che cosa avesse bisogno – per il momento guardava altrove. Stava per farle dei complimenti, ma non lo fece. A volte Emma riusciva a farlo essere reticente, nei momenti più imprevisti e per chissà quale motivo, e adesso era così. Un po' perplesso e molto reticente, giocherellò per un po' con la forchetta e tutti e due rimasero seduti ad ascoltare lo sgocciolio degli alberi.

2

«Sarai contenta di sapere che mi sono raddolcita» disse Aurora la mattina dopo, molto presto. «Dopo tutto, forse la cosa non è del tutto da deplorare.»

«Quale cosa?» domandò Emma. Erano le sette e mezzo e si era appena svegliata. E poi per correre al telefono, che era in cucina, era inciampata facendosi male all'alluce.

«Emma, non mi sembri molto sveglia. Hai preso medicine?»

«Mamma, per l'amor di Dio! È l'alba. Dormivo. Che cosa vuoi?»

Anche con la testa confusa e il dito del piede che le doleva si rese conto che era un domanda stupida. Sua madre telefonava ogni mattina e non voleva mai niente. L'unica cosa che aveva salvato il suo matrimonio era il fatto che il telefono stava in cucina. Fosse stato vicino al letto, con quegli squilli di mattina presto Flap avrebbe divorziato già da tempo.

«Be', spero di non doverti ricordare ancora di stare attenta con le medicine» disse fermamente Aurora. «Ogni giorno c'è qualcosa sui giornali.»

«Non prendo medicine, non prendo medicine. Non prendo niente. Non ho ancora preso nemmeno il caffè. Che hai detto, tanto per cominciare?»

«Che forse non è del tutto da deplorare.»

«Che cosa? Di che stai parlando?»

«Del tuo stato» disse Aurora. A volte parlava chiaro, a volte no.

«Sto benissimo» rispose Emma con uno sbadiglio. «Solo che ho sonno.»

Aurora provò una lieve esasperazione. Non era stato attribuito il giusto valore a intenzioni che considerava ammirevoli. Fortunatamente aveva a portata di mano, sul vassoio della colazione, una frittella, e perciò la mangiò prima di dire altro. A due chilometri di distanza, sua figlia rimase a sonnecchiare col telefono all'orecchio.

«Mi stavo riferendo al fatto che aspetti un bambino» disse Aurora, ricominciando da capo.

«Ah, che sono incinta.»

«Sì, se proprio devi esprimerti con parole simili. A proposito di parole, ho visto sul giornale che il tuo giovane amico scrittore sta pubblicando un libro.»

«Danny Deck? Sì, te l'ho detto io mesi fa.»

«Uhm. Credevo che vivesse in California.»

«Proprio così. Una cosa non esclude l'altra.»

«Emma, ti prego, non fare la filosofa, non mi impressioni per niente. Nel giornale c'è scritto che stasera sarà qui, a firmare copie del suo libro. Avresti potuto sposarlo, lo sai.»

Le due frecciate arrivarono di punto in bianco ed Emma arrossì, per metà d'imbarazzo e per metà di rabbia. Guardò fuori della finestra il cortiletto di casa, quasi aspettandosi di vederci Danny che dormiva. Aveva l'abitudine di addormentarsi nei cortili, particolarmente nel loro. Aveva anche quella di metterle le mani addosso quando lei era in camicia da notte, e sapere che era da quelle parti la fece subito sentire timida. Nello stesso tempo era furiosa con la madre perché aveva saputo per prima del ricevimento per la firma degli autografi. Danny era roba sua e sua madre non aveva il diritto di sapere cose che lo riguardavano prima di lei.

«Tu sta zitta» disse con foga. «Ho sposato chi volevo sposare. Perché devi dire una cosa simile? Lo hai sempre detestato e lo sai. Anche a te Flap piaceva più di Danny.»

«Certo non sono mai stata entusiasta dell'abbigliamento di Daniel» disse Aurora, ignorando la collera della figlia. «È innegabile. Daniel si vestiva anche peggio di Thomas, il che è quasi inconcepibile. Però i fatti sono fatti. Si è dimostrato un uomo di successo e Thomas no. Può darsi che tu abbia scelto male.»

«Sta zitta» urlò Emma. «Non ne sai niente. Per lo meno io ho scelto. Non mi sono lasciata correr dietro cinque o sei uomini, come stai facendo tu. E poi vieni a criticarmi. Tu non sai deciderti su niente.»

Aurora riattaccò subito. Era chiaramente inutile continuare la conversazione finché Emma non si calmava. Inoltre, nel programma televisivo *Today* c'era un nuovo ospite, il pianista André Previn, e André Previn era uno dei pochi uomini viventi cui concedeva immediatamente l'attenzione più incondizionata. A dirla volgarmente, andava pazza per lui. Per *Today* André Previn aveva indosso una camicia a grossi pallini e una larga cravatta, e sapeva strizzare l'occhio e conservare tutta la sua dignità nello stesso tempo. Le frittelle le arrivavano in aereo ogni settimana, in una scatola bianca, dalla pasticceria Crutchley di Southampton; erano un omaggio di uno dei suoi corteggiatori più noiosi, Edward Johnson, vicepresidente della sua banca. L'unica cosa che riscattava Edward Johnson era il fatto che era cresciuto a Southampton e sapeva della pasticceria Crutchley; averle fatto recapitare settimanalmente la sua scatola di frittelle era, per quanto ne sapeva Aurora, la cosa più inventiva che avesse fatto in vita sua.

André Previn era un uomo di tutt'altra pasta, tanto adorabile che in certi momenti Aurora si trovava a invidiare sua moglie. Un uomo che conservava la sua dignità quando strizzava l'occhio era un essere raro: quella era una combinazione che lei sembrava condannata a cercare invano. Suo marito Rudyard, non per colpa sua, non sapeva fare né una cosa né l'altra. Anche di chiamarsi Rudyard la colpa non era sua: quella donna ridicola di sua madre da bambina aveva preso una cotta per Rudyard Kipling. Anzi, riandando con la memoria ai suoi ventiquattro anni di matrimonio con Rudyard – il che non succedeva spesso, come lei stessa ammetteva – Aurora non riusciva a ricordare una sola cosa che fosse colpa sua, a meno che fosse Emma, e anche su questo c'era da discutere. Rudyard era sempre stato privo della minima capacità di insistere; non aveva insistito neanche per sposarla. Una pianta non avrebbe potuto essere meno comunicativa e meno eccitante. Tutto quello di cui aveva bisogno era una vasca piena d'acqua per farci il bagno di sera: glielo aveva detto Aurora, e lui era sempre stato d'accordo. Fortunatamente era anche un bell'uomo, alto e di buone maniere, titolare del brevetto di una sostanza chimica d'importanza modesta per cui l'industria petrolifera gli corrispondeva sostanziosi diritti. Se non fosse stato per quella sostanza chimica, Aurora era certa che avrebbero fatto la fame: Rudyard era troppo beneducato per trovarsi un posto. Il suo atteggiamento verso la vita consisteva nell'evitare di far commenti ogni volta che gli era possibile: se aveva genio per qualcosa, era per minimizzare. Anche quando era in vita Aurora qualche volta si scordava che esistesse, poi un giorno, senza dire una parola a nessuno, si era seduto su una poltrona in giardino ed era morto. Una volta morto, nemmeno la sua fotografia serviva a richiamarlo alla memoria. Ventiquattro anni passati a minimizzare avevano lasciato ad Aurora solo una manciata di ricordi e in ogni caso, nel profondo del cuore, da molto tempo si era data a fantasticare su altri, in genere cantanti. Se mai fosse stata costretta a rimettersi con un uomo, era decisa a trovarne uno che per lo meno facesse un po' di rumore.

Il fascino di André Previn stava nel fatto che era un musicista e aveva le fossette. Anche Aurora era una devota della Bach Society. Lo guardò nel televisore con la massima attenzione, decisa a procurarsi qualche rivista di pettegolezzi per sapere a che punto era il suo matrimonio. Non era stata mai capace di fare a meno di quelle riviste; le si accumulavano nella borsa della spesa. Per questa sua manìa Emma la disprezzava molto, tanto che lei era costretta a tenerle nel cesto della biancheria e a leggerle quando era sola con la porta chiusa, o in piena notte. Appena il programma finì ritelefonò alla figlia.

«Indovina chi c'era in *Today*» disse.

«Non m'importa niente, nemmeno se c'era Gesù Cristo. Mi hai riattaccato in faccia, che significa? Prima mi tiri giù dal letto, poi mi insulti, poi riattacchi. Perché dovrei perder tempo con te?»

«Emma, sii civile. Sei troppo giovane per fare la difficile. E poi stai per diventare madre.»

«Adesso non ne ho più voglia. Potrei diventare come te. Chi c'era in *Today*?»

«André.»

«Fantastico» disse Emma di malumore. Non le interessava molto. Si era vestita, ma non era riuscita a calmarsi. Flap dormiva sodo, perciò era inutile preparare la colazione. Se Danny si fosse fatto vivo poteva fargli un po' di frittelle e farsi raccontare i guai in cui era riuscito a mettersi; moriva dalla voglia di vederlo e di sapere che cosa gli era successo, ma nello stesso tempo il pensiero di trovarselo davanti fuori della porta la riempiva di apprensione.

«Perché sei così nervosa?» chiese sua madre, adeguandosi subito a quell'apprensione.

«Non sono nervosa. Non cominciare a mettere il naso negli affari miei. Adesso comunque non dovresti stare a parlare com me. A quest'ora cominciano a telefonarti i tuoi ammiratori.»

Aurora disse che aveva ragione. Nessuno dei suoi corteggiatori si sarebbe azzardato a telefonare prima delle otto e un quarto, ma nessuno l'avrebbe trascurata oltre le otto e mezza. In varie parti della città, proprio in quel momento, diversi uomini stavano sulle spine perché il suo telefono era occupato, tutti rimpiangendo di non aver osato chiamarla alle otto e quattordici, o magari alle otto e dodici. Aurora sorrise: questo le faceva piacere. Ma il fatto che i suoi amici stavano telefonando non l'avrebbe distolta dalla sua indagine materna. Sua figlia aveva troppo riserbo.

«Emma, da come parli c'è sotto qualcosa. Stai pensando all'adulterio?»

Emma riattaccò. Due secondi dopo il telefono tornò a squillare.

«Stessa domanda» disse Aurora.

«Sto pensando di ammazzare qualcuno.»

«Be', nella nostra famiglia non c'è mai stato un divorzio, ma se ce ne deve essere uno, Thomas è l'ideale per cominciare.»

«Ciao, mamma. Ci sentiamo senz'altro domani.»

«Aspetta!»

Emma attese in silenzio, rodendosi un'unghia.

«Cara, sei così brusca» disse Aurora. «Sto mangiando, sai. Può far male alla digestione.»

«Che cosa?»

«Sentirti parlare così bruscamente» rispose sua madre. Avrebbe voluto mostrarsi abbattuta, ma dopo aver visto André Previn era tanto su di giri che non ci riuscì.

«È un modo scoraggiante di incominciare la giornata» riprese, facendo del suo meglio. «Raramente mi lasci finire una frase, e non mi dici più cose gentili. La vita è molto più piacevole quando le persone si dicono cose gentili.»

«Sei magnifica, sei dolce, hai dei capelli meravigliosi» disse Emma con voce inespressiva, e riattaccò. Una volta aveva provato a scrivere un racconto su lei e sua madre, in cui descriveva il mondo come un'immensa mammella da cui la madre passava la vita a mungere complimenti. L'immagine non era venuta molto bene, ma la premessa di fondo era abbastanza esatta. Le ci erano voluti anni per arrivare a riattaccare il telefono quando non aveva voglia di lasciarsi mungere.

Uscì di casa e si sedette sui gradini della piccola veranda, al sole, in attesa di Danny. Era la sua ora: gli piaceva arrivare per colazione e si sedeva tranquillo in cucina, guardandola amorosamente mentre gli preparava da mangiare. Si fingeva sempre esausto per le sue varie avventure, ma non era mai troppo esausto per guardarla in quel modo, lei lo sapeva e lo sapeva anche Flap. Da tre anni erano tutti e tre grandi amici e si ispiravano a vicenda discorsi elevati che altrimenti si sarebbero raramente sentiti ispirati a fare; in quell'amicizia c'erano sfumature romantiche, e il fatto che Danny si era sposato non le aveva minimamente cancellate. Nessuno che avesse un pizzico di buon senso si aspettava che il matrimonio di Danny durasse, o anche contasse molto. Si era sposato, tipico di lui, sull'impulso del momento, e per quello che ne sapeva Emma il matrimonio poteva essere già finito.

Il fatto che Danny fosse riuscito a pubblicare il suo romanzo ad Emma pareva più sbalorditivo del suo matrimonio. Era una faccenda equivoca, ambigua e lei ci rimuginò sopra mentre si scaldava le gambe al sole. Quasi ogni uomo che conosceva aveva sperato, e un certo momento, di diventare uno scrittore. Era l'unica ambizione di Flap quando l'aveva conosciuto. Anche lei aveva scritto una ventina di racconti vaghi, da ragazzina, ma non li aveva mai fatti leggere a nessuno. La maggior parte dei suoi amici, all'università, aveva nel cassetto poesie, racconti o frammenti di romanzi. Danny conosceva perfino un portinaio che scriveva sceneggiature cinematografiche. Ma Danny era uno scrittore sul serio, e questo lo rendeva diverso. Tutti lo trattavano come se non fosse una persona normale, o uguale a loro. Probabilmente era così, e Danny probabilmente lo sapeva, ma Emma ne era un po' turbata. Per quanto ne sapeva, era l'unica a trattarlo come chiunque altro, e per questo erano amici in un modo così particolare. Ma essere sposata con Flap e trattare Danny come se fosse uguale a chiunque altro non erano cose facili da conciliare, aveva scoperto. Le due aree, quella dell'amicizia e quella del matrimonio, eran diventate molto sfumate.

Il sole cominciava a scottare e lei si rifugiò all'ombra sotto il cornicione, per rimuginare ancora un po'. Mentre aspettava Danny, comparve Flap. Non ne fu sorpresa. Sapeva benissimo che capiva quando lei stava pensando a certe cose. Flap la guardò senza molto affetto, da dietro la porta che aveva appena scostato un po'.

«E la colazione?» chiese. «Siamo sposati, sì o no?»

Emma rimase seduta all'ombra.

«Non fare il prepotente» disse senza muoversi. «Non c'era nessuno alzato per prepararglì la colazione e perciò non l'ho ancora preparata.»

«Va bene, ma fra poco esco con papà. Non vorrai mica mandarmi via a stomaco vuoto, vero?»

«Non sapevo che uscivi» rispose subito lei. «Non ho nessuna voglia di mandarti via. Perchè esci?»

Flap rimase zitto. Era in mutande e non poteva uscire sulla veranda.

«Non me l'hai detto che uscivi. Perché non l'hai detto ieri sera?»

Lui sospirò. Aveva sperato che lei la prendesse bene, così non si sarebbe sentito in colpa per due giorni, ma era stata una speranza vana.

«Non si può comprare una barca nuova e non andare subito a provarla» disse. «Eppure ci conosci bene.»

Per qualche minuto Emma era stata estremamente felice, sola con se stessa sulle assi calde di sole, con vaghi pensieri su Danny per la testa. Lì, sola nella veranda, la sua felicità era stata tale che si era convinta che l'aspettava una bellissima giornata. Forse quelle assi calde e l'ombra fresca erano quanto di meglio c'era nella vita. Per mandare tutto all'aria era bastato che Flap socchiudesse la porta. Tutta la vita che era nella casa rifluì nella veranda ed Emma si sentì in trappola. E anche arrabbiata.

«Non sapevo di avere sposato due fratelli siamesi» disse. «Non potete uscire ognuno per conto suo?»

«Oh, non cominciare» rispose Flap.

«Hai ragione, perché dovrei?» disse lei alzandosi. «Ancora non c'è il giornale. Che ti va per colazione?»

«Qualunque cosa» disse Flap, sollevato. «Il giornale lo prendo io.»

Mentre mangiavano si sentì molto in colpa e parlò in continuazione, sperando così di espiare per quello che stava per fare prima ancora di farlo. Emma cercava di leggere gli annunci economici e i tentativi di Flap di raddolcirla facendo conversazione cominciarono a irritarla più del fatto che la lasciava sola per andare a pesca col padre.

«Senti, sta zitto e mangia» disse. «Non posso leggere e starti a sentire insieme, e tu non puoi goderti la colazione se parli tanto. Non chiederò il divorzio perché preferisci la compagnia di tuo padre alla mia, ma se non te ne stai zitto e non mi lasci leggere potrei anche farlo.»

«Comunque non capisco perché leggi gli annunci economici.»

«Sono sempre differenti.»

«Lo so, ma poi non fai mai niente» disse lui. Vederla leggere pazientemente colonne e colonne di piccola pubblicità lo irritava sempre. Era difficile non sentirsi intellettualmente superiore a una che passava mezza mattinata a leggere annunci economici.

«Vedi le cose che vorresti ma non vai mai a comprarle» aggiunse. «Vedi i lavori che vorresti fare ma non li prendi mai.»

«Lo so, ma una volta o l'altra potrei farlo, se mi va» rispose Emma. Le dava fastidio esser privata del suo svago, e in ogni caso una volta aveva comprato una bella lampada color azzurro pallido a una vendita reclamizzata negli annunci economici. Le era costata solo sette dollari ed era uno dei suoi tesori più cari.

Cecil arrivò mentre Flap si faceva la barba ed Emma posò il giornale per preparargli il caffè. Insistette per fargli mangiare un po' di pane tostato e marmellata e lui li mandò giù fino all'ultima briciola. Vederlo mangiare la affascinava sempre perché lasciava i piatti puliti come se sopra non ci fosse stato niente. Una volta sua madre aveva osservato che Cecil era l'unico uomo che conosceva capace di lavare un piatto con un pezzo di pane, ed era vero. Col mangiare era come un contadino giapponese con la terra: si concentrava sul suo piatto come se fosse un piccolo podere e ne spremeva ogni millimetro quadrato. Quando gli restavano solo un pezzetto di pane, un po' d'uovo e un po' di marmellata, prima metteva l'uovo sul pane, poi la marmellata sull'uovo, e quindi spazzava bene il piatto col pane prima di portarsi il tutto alla bocca. «Una bella ripulita, eh?» diceva con un tantino d'orgoglio. Di solito riusciva a ripulire anche il coltello e la forchetta sull'orlo del pezzetto di pane, in modo che tutto apparisse esattamente com'era all'inizio del pasto. Nei primi tempi che lei e Flap erano sposati la sua capacità di ripulire piatti e posate l'aveva spesso sconcertata. Allora era troppo intimidita per guardare gli altri mentre mangiavano quello che aveva cucinato. Alzava la testa solo alla fine del pasto e, vedendo Cecil con davanti il piatto pulito e lustro, non riusciva a ricordarsi se gli aveva dato da mangiare o no.

Flap tornò mentre il padre finiva il caffè. Era tanto angustiato che per un istante Emma si commosse. Chiaramente non lo divertiva sentirsi conteso fra la moglie e il padre. Perché se lo dovessero contendere per lei era un mistero – sua madre e Flap non se l'erano mai contesa – ma era evidente che lui si sentiva conteso ed era inutile che lei lo facesse sentire ancora peggio. Lo trascinò in camera da letto perché potesse darle un bacio come si deve, ma non servì a niente. Era troppo giù di corda, e comunque lei del bacio non ne aveva più voglia. Frustrata, cercò di massaggiargli lo stomaco per fargli capire che non gliene voleva.

«Vuoi provare a non essere così afflitto?» gli disse. «Non voglio starmene qui a sentirmi in colpa perché ti ho fatto sentire in colpa. Se mi pianti a casa potresti almeno farlo con arroganza. Così potrei odiarti invece di odiare me stessa.»

Flap si limitò a guardare fuori della finestre. Emma non gli andava giù quando si metteva a fare analisi. L'unica cosa che veramente lo deprimeva era che, siccome erano sposati, si sentiva in dovere di invitarla a venire con lui.

«Se proprio volessi, potresti venire» disse senza entusiasmo. «Ma non vorrai mica passare tutti i fine settimana a discutere su Eisenhower e Kennedy?»

«No, grazie. Davvero non ne ho voglia.»

A forza di cercare, lei e Cecil avevano scelto Eisenhower e Kennedy come argomento di conversazione tutto per loro. Secondo Cecil, Ike era stato l'unico buon presidente dai tempi di Abramo Lincoln. Di lui amava tutto, e in particolare il fatto che era di umili origini. Quei Kennedy, come li chiamava, lo mandavano in bestia ogni momento. Era chiaro che buttavano i soldi e il fatto che una parte di quei soldi era loro, per Cecil, non migliorava le cose. Dubitava che si potesse far conto su quei Kennedy anche per ripulire un piatto.

Questo a Emma non importava. Adorava i Kennedy, l'avevano affascinata. Sua madre, che non si curava affatto dei presidenti, si era talmente stufata di sentirli litigare su Eisenhower e Kennedy che aveva loro proibito di menzionare anche solo per nome un presidente quando erano a pranzo da lei.

«Be', forse porteremo a casa un po' di pesce» disse Flap.

Emma gli tolse la mano dallo stomaco. Flap si era illuminato in volto: a tirarlo su di morale era stato il cortese rifiuto dell'invito che le aveva fatto tanto per formalità. Cominciò a tirar fuori i suoi attrezzi da pesca e si mise a fischiettare. Nell'armadio a muro uno o l'altro dei vestiti di Emma si impigliava sempre nella sua canna da pesca, ma era l'unico armadio che avevano e non c'era altro posto per tenerla. Quando si chinò per prendere la scatola degli arnesi la T-shirt gli salì sulla schiena ed Emma rimase a guardargli le protuberanze della spina dorsale. Era un punto che in certi momenti le piaceva accarezzare. Ma in quel momento era di cattivo umore. Avrebbe voluto avere in mano una pesante catena per colpirlo sulla parte inferiore della colonna vertebrale. Tanto meglio se gli avesse spezzato la schiena. In un certo senso l'aveva costretta a tradirsi rinunciando al diritto di andare con lui e poi, come premio per aver rinunciato a quel diritto, le aveva offerto la possibilità di cucinare un po' di pesce. Lei non aveva fatto niente di sincero da quando si era alzata, dicendosi che non sapeva da dove cominciare. Solo con una catena avrebbe potuto fare qualcosa di sincero, e non l'aveva.

Aveva improvvisamente freddo, invece, e il segreto di Danny. Il segreto Flap avrebbe potuto conoscerlo se avesse letto il giornale con la stessa attenzione di sua madre, ma aveva dato solo un'occhiata ai titoli e aveva letto la pagina sportiva. Sapeva che sarebbe andato a pescare e non aveva guardato nemmeno che cosa c'era al cinema. Mentre facevano colazione c'erano stati due o tre momenti in cui Emma era stata lì lì per confessargli il suo segreto, non proprio per lealtà ma perché provava una strana apprensione, che andava e veniva come un'onda. Se lui l'avesse guardata con amore una sola volta gli avrebbe detto di Danny, ma dall'aria allegra con cui si era messo a fischiettare aveva capito che per un paio di giorni non l'avrebbe pensata molto. Non si sforzò di nascondergli la sua ostilità mentre uscivano di casa, ma la cosa non gli fece grande impressione.

«Mi sembri risentita» disse Flap fermandosi sugli scalini. Il tono era quello in cui avrebbe detto "Bella giornata".

«Lo sono.»

«Perché?» chiese gentilmente lui.

«Dirlo non tocca a me. Se te ne importa qualcosa, tocca a te scoprirlo.»

«Sei proprio insopportabile.»

«Non sono d'accordo. Quando mi si tratta con un po' di riguardo sono sopportabile.»

Flap era su di giri. Non voleva litigare e non rispose; e non si accorse che, quando dalla macchina la salutò con la mano, lei non rispondeva al saluto.

Nemmeno Cecil lo notò. Anche lui era su di giri. «Quella ragazza è una cannonata» disse. «Sposarla è la cosa più intelligente che hai fatto finora. Speriamo di portarle un po' di pesce da cucinare.»

La ragazza che era una cannonata rientrò in casa e cercò di trovare una difesa contro quell'alternarsi di rabbia e futilità, vuoto e apprensione che le aveva invaso il cuore e le guastava il piacere di quella che le era sembrata una mattinata magnifica. Avrebbe voluto che Flap, anche per un solo istante, la guardasse in faccia con affetto e non con quel misto di affetto e senso di colpa. Lui sapeva bene quant'era facile accontentarla. Sarebbero bastati due minuti, e le sembrava vergognoso che, dopo averla sposata, non si curasse di lei quel tanto che ci voleva a concederle due bei minuti quando ne aveva bisogno.

Scostò i piatti sporchi e si sedette vicino alla finestra, dove la sera prima aveva ascoltato la pioggia. Come difesa aveva il caffè e le sigarette, gli annunci economici, le parole incrociate e la sua vecchia copia tutta rovinata di *Cime Tempestose*. Quel libro era una delle consolazioni della sua vita, ma una volta tanto la tradì. Non riuscì a perdersi nelle sue pagine e le ricordò solo quello che già sapeva fin troppo bene: che nella sua vita non ci sarebbe mai stato in gioco niente di così totale. Nessuno avrebbe mai pensato a lei con nell'animo pensieri di vita e di morte.

Mentre guardava gli annunci economici squillò il telefono.

«Ancora» rispose, sapendo perfettamente chi era.

«Certo. Non mi hai lasciato l'ultima parola» disse sua madre. «Sai quanto mi piace avere l'ultima parola.»

«Avevo da fare. E poi pensavo ai tuoi amici.»

«Oh, quelli. Emma, hai ancora un tono rassegnato. Davvero. Eccoti in attesa di un bambino e non sembri nemmeno felice. Hai tutta la vita davanti a te, cara.»

«Sono dieci anni che me lo dici. Ormai una parte me la devo essere lasciata dietro. Me l'hai detto quando ho preso il morbillo, me ne ricordo E me l'hai detto anche quando mi sono fidanzata.»

«Solo per riportarti alla ragione. Purtroppo non ci sono riuscita.»

«Forse sono una persona rassegnata. Non ti è mai venuto in mente?»

«Adesso riattacco. Oggi sei molto deludente. Credo che non ti piaccia sentirmi allegra. Qualche volta nella mia vita posso avere sbagliato, ma almeno ho conservato un atteggiamento sano. Adesso hai delle responsabilità. Nessun bambino vuole una madre rassegnata. Se vuoi saperlo, faresti bene a metterti a dieta.»

«E tu farai bene a smetterla di punzecchiarmi» disse seccamente Emma. «Ne ho abbastanza. Comunque pesi più di me.»

«Uhm» disse Aurora, e riattaccò.

Emma tornò a guardare gli annunci economici. Aveva qualche brivido Non era più arrabbiata con Flap, ma non riusciva a non sentirsi delusa. Nella vita c'era ben poco, troppo poco di *Cime Tempestose*. Si mise a sbucciare un'arancia, prima distrattamente, poi con cura meticolosa; ma l'arancia sbucciata rimase sul tavolo fino al tardo pomeriggio.

3

Alle dieci di mattina, dopo un sonnellino per calmare i nervi, Aurora scese a pianterreno e andò nel patio. Rosie, che da ventidue anni era la sua donna di servizio, la trovò adagiata su una sedia a sdraio.

«Com'è che tutti i telefoni della casa sono staccati?» le chiese.

«Non è mica casa tua, no?» rispose Aurora con aria di sfida.

«No, ma può venire la fine del mondo» disse serenamente Rosie, «e non potrebbero telefonare per dircelo. Vorrei saperlo in tempo.»

«Da dove sono, il mondo lo vedo benissimo» disse Aurora dando un'occhiata in giro. «Non mi pare che sia prossimo alla fine. Sei di nuovo andata a sentire i tuoi predicatori, vero?»

«Lo stesso non capisco a che serve avere quattro telefoni se poi li lascia staccati» disse Rosie ignorando la domanda. Aveva cinquantun anni, era piena di lentiggini e pesava quaranta chili, se ci arrivava. «Sarò piccoletta, ma la grinta ce la metto» diceva spesso. «Il lavoro non mi fa paura, ve lo dico io.»

Aurora lo sapeva, e fin troppo. Quando Rosie si scatenava su una casa, niente restava al posto di prima. Vecchi oggetti di famiglia sparivano per sempre, e quelli che si salvavano finivano confinati in posti così improbabili che a volte ci volevano mesi per ritrovarseli sotto gli occhi. Avere Rosie come donna di servizio era un prezzo esorbitante da pagare in cambio della pulizia della casa, e perché Aurora lo pagasse era un mistero. Non erano mai andate d'accordo: da ventidue anni continuavano ad azzuffarsi con le unghie e coi denti. Nessuna delle due aveva mai voluto impegnarsi per più di qualche giorno, ma gli anni erano passati senza che si separassero.

«Allora?» s'informò Rosie. Era il suo modo di chiedere se poteva riattaccare i telefoni.

Aurora annuì. «Se proprio devi saperlo, era per punire Emma. Mi ha riattaccato in faccia due volte e non mi ha chiesto scusa. Lo considero imperdonabile.»

«Oh, io no. I miei ragazzi mi riattaccano in faccia a tutto spiano. Sono ragazzi. Non conoscono le buone maniere.»

«Mia figlia le conosce. Emma non è cresciuta in mezzo alla strada, come i figli di certa gente.» Alzò il sopracciglio e fissò Rosie, che, impavida, la guardò di traverso.

«Non mi tocchi i ragazzi, se no divento una tigre. Se è stata tanto sfaticata da farne solo uno non significa che gli altri non hanno il diritto di farsi una famiglia normale.»

«Sono davvero lieta che gli americani non la pensino come te su quello che è normale» disse Aurora. «Altrimenti dovremmo stare uno sulla testa dell'altro.»

«Sette non sono troppi» disse Rosie. Agguantò parecchi cuscini che erano sulla sedia a sdraio e cominciò a lavorare di battipanni. Aurora non si spostava mai per la casa senza portarsi otto o dieci dei suoi cuscini preferiti. Spesso si lasciava dietro una scia di cuscini passando dalla camera da letto a un'altra parte della casa.

«Non puoi lasciarmi i cuscini?» gridò. «Non hai nessun rispetto per la comodità degli altri, questo è sicuro. E non mi piace neanche il tuo tono. Hai cinquantun anni e non voglio vederti incinta un'altra volta.»

La fecondità di Rosie era causa di costante apprensione per tutte e due, ma soprattutto per Aurora. Il figlio più piccolo aveva solo quattro anni e c'era motivo di dubitare che la piena fosse arginata. Rosie era ambivalente: passava mesi senza quasi pensare ai figli, ma quando ci pensava le era difficile rassegnarsi all'idea di non farne un'altro. Era successo già troppe volte. Accovacciata per terra, continuò a darsi da fare intorno ad Aurora, agguantando tutti i cuscini a portata di mano e togliendo la federa a quelli che l'avevano.

«Magari Emma si stava lavando i capelli e non aveva voglia di parlare» disse per sviare l'attenzione di Aurora. «Comunque ha una bella croce da portare. Quello straccio di marito che ha è un buono a niente.»

«Mi fa piacere che su qualcosa andiamo d'accordo» disse Aurora scalciando indolentemente nella sua direzione. «Tirati su. Sei già bassa abbastanza quando stai dritta. Nessuno vuole una donna di servizio alta mezzo metro.»

«Ancora a pranzo con qualcuno?» domandò Rosie.

«Sì, se proprio lo vuoi sapere. Se non la smetti di girarmi intorno ti caccio via a pedate.»

«Se esce faccio venire Royce. Lo dico per avvertirla.»

«Ma certo. Fallo venire. Fagli pure da mangiare con la mia roba. Non so perché non ti intesto anche la casa. Probabilmente starei meglio in un appartamento, comunque, ora che sono vedova e divento vecchia. Almeno nessuno mi porterà via i cuscini.»

«Sono chiacchiere» replicò Rosie, sempre acchiappando e sfoderando cuscini. C'erano cuscini sfoderati dappertutto: gli unici ancora con la federa erano quelli su cui stava adagiata Aurora.

«Per la precisione, non sono chiacchiere» disse Aurora. "Per la precisione" era una delle sue frasi preferite. «Devo cambiar casa. Non so che cosa mi fermerà, a meno che non mi sposi, e questo è tutt'altro che probabile.»

Rosie fece una risatina. «Sposarsi magari si sposa, ma cambiare casa no. A meno che non sposi un vecchio bacucco che ha un palazzo. Ha troppe carabattole. A Houston non ce n'è uno, di appartamento, dove ci stanno tante carabattole.»

«Non voglio più ascoltare le tue chiacchiere» disse Aurora alzandosi e tenendo stretti al petto i tre cuscini che le erano rimasti. «Sei difficile come mia figlia e la tua grammatica è peggiore. Adesso che mi hai rovinato il riposo non ho scelta, devo andarmene.»

«Non me ne frega niente di quello che fa, basta che non mi sta fra i piedi mentre lavoro. Per quello che me ne frega può andare a cacare per la strada.»

«Non ho scelta» mormorò Aurora abbandonando il campo. Era un'altra delle sue espressioni preferite, e anche uno dei suoi stati d'animo preferiti. Finché poteva sentirsi derubata di ogni scelta, se le cose finivano male non poteva essere colpa sua, e in ogni caso non le era mai piaciuto scegliere, tranne gioielli o vestiti.

Scalciò per togliersi dai piedi diversi cuscini sfoderati e lasciò il patio con tutta la malagrazia possibile per passare in giardino, al sole, e dare un'occhiata ai suoi tulipani.

Due ore dopo, quando, vestita di tutto punto per il suo appuntamento a pranzo, scese nuovamente dalla camera da letto per andare in cucina, Rosie stava mangiando col marito, Royce Dunlup. A giudizio di Aurora, Royce era un individuo ancora meno ispirato di Rudyard, ed era incomprensibile perché Rosie gli avesse dato sette figli. Guidava il camion delle consegne di una società che confezionava e vendeva sandwich, piedini di maiale, patate fritte e altri cibi orribili. Riusciva sempre a organizzare il giro delle consegne in modo da trovarsi nei dintorni di casa Greenway all'ora di pranzo, così che Rosie potesse fargli da mangiare.

«Eccoti qui, Royce, come al solito» disse Aurora. In una mano teneva le scarpe, nell'altra le calze. Le calze erano uno dei supplizi della sua esistenza, e se le metteva, quando se le metteva, solo all'ultimo momento.

«Sissignora» disse Royce. Aurora Greenway gli incuteva un religioso terrore anche dopo vent'anni che mangiava quasi ogni giorno nella cucina di casa sua. Se era in casa, di solito all'ora di pranzo era ancora in vestaglia; anzi, aveva l'abitudine di cambiare vestaglia spesso nel corso della mattinata, come preludio a una vestizione più formale. A volte, basandosi apertamente sul principio che qualsiasi uomo è meglio che nessuno, scendeva in cucina e cercava di spremere a Royce un po' di conversazione. Non ci riusciva mai, ma almeno aveva modo di mangiare la sua parte di quello che Rosie aveva preparato per pranzo, di solito un'eccellente zuppa di pesce. Rosie era di Shreveport e coi frutti di mare sapeva il fatto suo.

«Mi sembri dimagrito, Royce» disse con un sorriso. «Spero che non lavori troppo.» Era la battuta d'apertura tradizionale.

Royce scosse il capo. «Nossignora» rispose senza alzare la testa dalla sua zuppa di pesce.

«Mmm, quella roba ha un buon aspetto. Credo che ne prenderò un po' per mettermi in forma prima di uscire. Così se mi perdo per la strada andando al ristorante non dovrò guidare con la fame.»

«Credevo che non si perdesse mai» disse Rosie. «Dice sempre così.»

«Perdersi non è la parola giusta. È solo che a volte non arrivo direttamente a destinazione. Comunque non sei gentile a dirlo. Sono sicura che a Royce non va di sentirci discutere mentre si mangia.»

«A mio marito ci penso io. Royce potrebbe mangiare col terremoto senza lasciare una briciola.»

Aurora tacque per mangiare la zuppa. «Credo davvero di essere allergica alle calze» disse quando ebbe finito. «Non mi sento mai a mio agio quando le ho. Probabilmente impediscono la circolazione o qualcosa del genere. Tu come stai con la circolazione, Royce?»

«Abbastanza bene» rispose Royce. Quando lo mettevano alle strette su certe cose personali come la salute, arrivava a un "abbastanza bene," ma questo era il suo limite assoluto.

Probabilmente avrebbe detto anche di più se avesse osato, ma la verità era che non osava. Vent'anni passati a vedersi sfarfallare intorno per la cucina Aurora in centinaia di vestaglie, e in genere pettinata alla bell'e meglio, avevano depositato in Royce un'immensa concupiscenza condannata a non manifestarsi. Lei teneva una catasta di cuscini azzurri in un angolo della cucina dove batteva quasi sempre il sole, e in genere finiva col piombarci sopra, mangiando zuppa di pesce e canticchiando pezzetti d'opera mentre dalla finestra ammirava le rose gialle del giardino, o teneva d'occhio il minuscolo televisore portatile dal quale non si separava mai. Lo aveva comprato appena lo aveva visto ed era convinta di usarlo per "tenersi al corrente", cosa che si era sempre sentita in dovere di fare. Di solito lo metteva su un cuscino a parte per potersi tenere informata e ammirare le rose contemporaneamente.

Appena finì la zuppa di pesce mise il piatto nel lavandino e accatastò i cuscini azzurri sulla sedia vicina alla finestra fin quando rimasero in equilibrio. «Credo che starò seduta qui per due minuti. Non mi piace uscire se non mi sento perfettamente a posto, e adesso non mi sento molto a posto.»

Rosie era convenientemente disgustata. «Lei è la più grande sfaticata che conosco. E poi è già in ritardo.»

«Tu taci. Ho o non ho il diritto di guardare un momento il mio giardino? Mi sto mettendo in forma per infilarmi le calze.»

Guardò le calze e sospirò, poi cominciò a infilarsene una, ma perse impeto quando arrivò al polpaccio. Con una calza, una volta perso impeto, c'era ben poco da sperare e lei lo sapeva. Provò una grande melanconia, come le accadeva spesso prima di andare a pranzo con qualcuno. Inviti a pranzo o no, la vita era tutt'altro che romantica. Ficcò le calze nella borsetta, sentendosi molto agitata. Poi canticchiò un brano di Puccini, sperando di tirarsi su d'umore. «Avrei dovuto coltivare di più il canto» disse, sapendo che non importava a nessuno.

«È meglio se non lo coltiva nella mia cucina» disse Rosie. «Se c'è una cosa che non mi va giù, oggi, è la musica d'opera.»

«Benissimo, allora, mi cacci via» disse Aurora alzandosi e prendendo le scarpe. Cantando si era veramente tirata su di morale. «Ciao, Royce» disse fermandosi vicino al tavolo per rivolgergli un largo sorriso. «Spero che queste divergenze di vedute non ti abbiano guastato il pranzo. Conosci la mia macchina, vero? Spero che se mi vedi con una gomma a terra ti fermi per aiutarmi. Non saprei fare molto con una gomma a terra, no?»

«Oh, nossignora, oh, sissignora» disse Royce, non sapendo a quale domanda rispondere prima, o in quale ordine. In presenza di Aurora era tanto in soggezione che non si ricordava più di niente. Era cotto, da anni; senza speranza, naturalmente, ma proprio cotto. Lei se ne andò, nuovamente piena d'impeto, ma il suo profumo rimase nell'aria, intorno al tavolo. Royce avrebbe voluto sposare una donna delle sue misure. Rosie non aveva molto più seno di una tavola – una tavola con le lentiggini – e non era nemmeno molto più cedevole. Da quando si ricordava, Royce si era sempre abbandonato a fantasie ignobili: che un giorno Rosie restasse uccisa, tragicamente ma nel modo più indolore possibile, e che Aurora Greenway, a lui legata da vent'anni di zuppa di pesce e di domande senza risposta, lo prendesse come sposo, per rustico che fosse.

In modo più pratico, e all'insaputa di tutti, si teneva allenato godendosi i favori della cameriera di un bar, di nome Shirley, la cui circonferenza era più prossima a quella di Aurora. Purtroppo di Aurora non aveva né la grazia nel parlare né il buon profumo, e nei loro esercizi erotici non riusciva a scalzarla dalle fantasie di Royce. In queste Aurora aveva un posto assicurato.

Rosie, dal canto suo, non sapeva niente di Shirley, ma sapeva benissimo che da anni il marito lanciava occhiate vogliose alla sua padrona pur tenendo la testa bassa sul piatto. In Aurora detestava ogni etto di peso che aveva in più di lei, ed erano moltissimi. Non aveva nessuna intenzione di morire, e comunque mai prima di Royce, ma se fosse accaduto era fermamente decisa a lasciarlo tanto carico di debiti e di figli da togliergli ogni possibilità di godersi la vita senza di lei, e in ogni caso non con una donna che non sapeva fare altro che svolazzare tutto il santo giorno da una pila di cuscini all'altra.

La teologia di Rosie era severa e orientata al castigo piuttosto che al premio. Nella sua visione del mondo l'indolenza soddisfatta era il peggiore abominio e, lo sapesse o no il Signore, sapeva bene lei che non c'era nessuno al mondo più indolente e soddisfatto di Aurora Greenway. Niente eccitava in lei un furore vendicativo come lo spettacolo di suo marito che si sbrodolava la zuppa di pesce sui calzoni perché aveva davanti Aurora che se ne stava senza far niente, guardando la TV e canticchiando musica d'opera.

Un sacco di volte aveva detto a Royce che cosa intendeva fargli spiritualmente, finanziariamente e anatomicamente se l'avesse colto in flagrante negli immediati paraggi di Aurora. Appena Aurora si chiuse la porta dietro glielo disse un'altra volta.

«Che?» disse Royce. Era un uomo grande e grosso e indeciso, e le accuse di sua moglie lo affliggevano. Si offrì di giurare sulla Bibbia che non aveva mai accarezzato l'idea che accarezzava costantemente da vent'anni.

«Non so perché un uomo grande e grosso deve offrirsi di giurare su una bugia» disse Rosie. «Allora ti metti contro me e il Signore, e avere contro me è già un bel guaio per te. Aurora non ne vale la pena anche se ci sta, cosa che non credo.»

«Non l'ho detto, che ci sta» rispose Royce con gli occhi afflitti. Avrebbe voluto che la moglie non distruggesse così spietatamente l'unico sogno che gli rimaneva. «Che diavolo, abbiamo sette figli» aggiunse. Lo aggiungeva sempre: era la sua principale difesa. «Perché non la vedi a questo modo?»

«Perché me ne frega come di sgusciare i piselli.» Si era seduta su uno sgabello vicino al lavandino a stava sgusciando i piselli.

«Che bravi che sono» aggiunse Royce, speranzoso.

«Non so che cosa te lo fa pensare. Sai bene che teppa sono. È una fortuna se non sono tutti dentro, o al riformatorio, o a fare i mantenuti. Non startene lì a guardarmi coi pollici infilati nella cintura. Se hai tempo potresti aiutarmi coi piselli.»

«Sette figli sono qualcosa» insistè Royce, togliendo i pollici dalla cintura.

«Sì, sette accidenti. Significa che non reggi l'alcool, se no che cosa? Con la macchina abbbiamo avuto sette scontri, se non più. E per la stessa ragione.»

«Quale ragione?» chiese Royce. Guardò il giardino di Aurora, pieno di sole, e pensò melanconicamente come sarebbe stato bello vivere con lei in quella casa invece che a casa sua con Rosie. Coi due ragazzi non ancora diventati grandi, abitavano in una casetta di legno di quattro stanze nella zona nord della città, non lontano dal porto-canale, da cui quasi ogni mattina arrivavano puzze spaventose. Era un quartiere losco, pieno di bar, locali notturni di terz'ordine e vicoli pericolosi che andavano a finire in zone abitate da negri e da messicani, posti dove il passante sbronzo veniva spesso rapinato del portafoglio, se non pestato o ammazzato. Per lui era un miracolo che Rosie, abitando in un quartiere come quello, fosse sfuggita per tanto tempo a una morte tragica.

«Per la ragione che dopo otto o nove birre non ci stai mai attento» disse lei sgusciando vigorosamente piselli.

«Come se tu non ne avessi voluto nemmeno uno. Ogni guaio che succede la colpa è mia.»

«Ma no. Piace anche a me ogni tanto, specialmente dopo che si è fatto buio. Certo che volevo figli. Lo sai quanto avevo paura di restare zitella. Quello che dicevo è che sette figli non significa che siamo ancora come da principio, e di sicuro non significa che se Aurora ci sta tu non te la faresti.»

Royce Dunlup sarebbe stato il primo a riconoscere che non sapeva molte cose, ma che a discutere non poteva spuntarla con sua moglie lo sapeva.

«Sono secoli che con me non ci sta nessuna» disse sconsolato mentre guardava nel frigorifero. In quella casa anche il frigorifero gli sembrava meglio di ogni altro.

«Piantala di far sogni e occupati di me. Stamattina mi sono fatta mettere a posto i capelli e non hai detto una parola.»

Royce la guardò, ma era tanto tempo che non faceva attenzione ai capelli di Rosie che non riusciva a ricordarsi com'erano prima che li mettesse a posto. In ogni caso non gli riuscì di trovare un commento.

«Be', possiamo rimandare a stasera» disse. «Devo andare a Spring Branch.»

«Va bene. Però devo dirti una cosa, ed è che se vedi una Cadillac con una gomma a terra e dentro una grassona, fa come se avessi un bruscolo in un occhio e tira dritto, va bene? Questo me lo devi.»

«Perché?» chiese lui. Rosie saltava sempre fuori per ricordargli dei doveri che lui non sapeva di avere.

Rosie non rispose. L'unico rumore in cucina era lo schioccare delle bucce dei piselli.

«Rosie, te lo giuro. Mi fai sentire un verme.» Commise l'errore di guardarla per un secondo negli occhi, grigi e freddi come l'acciaio. Lei li aveva quasi chiusi, e in quegli occhi non c'era pietà.

«Devo andare» disse lui piano, schiacciato, come sempre, prima di aver fatto qualcosa per meritarsi di essere schiacciato.

Rosie smise di stringere le palpebre, sicura di averlo in mano, almeno per quel pomeriggio. Smise per un istante di sgusciare piselli e schioccò un bacio in direzione del suo sposo, sgomento. «Ciao, tesoro. Sei stato carino a venire a mangiare.»

Edward Johnson, primo vicepresidente della piccola banca più chic di River Oaks, cercava di trovare il modo di non guardare tanto spesso l'orologio. Non era decoroso guardare l'ora ogni trenta secondi, specie stando in piedi nel foyer del più elegante ristorante francese di Houston, ma lo stava facendo da una quarantina di minuti. Era solo questione di tempo, e non molto, prima che cominciasse a guardare l'orologio ogni quindici secondi, o anche dieci; vedendolo tirare il polso su e giù a qual ritmo, la gente che entrava probabilmente avrebbe pensato che aveva qualche guaio ai muscoli del braccio, e questo non andava. Nessuno voleva un banchiere che sembrava spastico. Continuò a dirsi che doveva trattenersi, ma non ci riuscì.

Quella mattina aveva parlato con Aurora e gli era parsa quasi affettuosa. A volte il suo tono di voce gli aveva dato speranza, ma questo era accaduto tre ore prima e Aurora si era sempre sentita libera di cambiare programma bruscamente, come un grillo, anche se da altri punti di vista non era affatto simile a un grillo. Edward Johnson sapeva che non c'era motivo di dare per scontato che lei non avesse improvvisamente cambiato idea. Poteva aver deciso, quella stessa mattina, di sposare uno dei suoi rivali. Poteva essere scappata col vecchio generale, o col riccone che aveva lo yacht, o con uno dei petrolieri, o perfino col vecchio cantante in disarmo che continuava a starle dietro. Forse qualche corteggiatore aveva abbandonato la caccia e lui non lo sapeva, ma era altrettanto probabile che qualcuno nuovo ne avesse preso il posto.

Non era facile resistere a questi pensieri nel foyer di un ristorante chic, sotto gli occhi irritati di un maître che da quaranta minuti teneva libero un tavolo e si incupiva sempre più. L'unico modo in cui Edward Johnson avrebbe potuto impedire al suo polso di scattare in su era di stringerlo fra le cosce, il che gli pareva ancor meno decoroso che lasciarlo scattare. Non era in una posizione felice e venne il momento in cui non potè più sopportarla. Attese che il maître fosse affaccendato col cameriere addetto ai vini e sgattaiolò fuori, sperando contro ogni speranza di avvistare Aurora.

Con suo immenso sollievo gli accadde proprio questo. La prima cosa che vide fu la familiare Cadillac nera, parcheggiata a buona distanza dal marciapiede in un'area riservata agli autobus. Si inorgoglì moltissimo: una volta tanto il suo tempismo era stato perfetto. Aurora adorava le piccole attenzioni, come aprirle la portiera della macchina.

Dimenticando ogni prudenza, Edward Johnson si precipitò verso la macchina, spalancando la portiera. Abbassò lo sguardo per guardare l'oggetto delle sue speranze e si accorse, troppo tardi, che si stava mettendo le calze: una era già infilata e l'altra a metà strada. «Sei bellissima, Aurora» disse un attimo prima di rendersi conto che stava guardandola nel grembo parzialmente denudato, più denudato, almeno, di quanto finora gli fosse stato concesso di vedere. Il sangue che gli era salito alla testa al pensiero di metterla di buon umore con un complimento fece un'improvvisa svolta a U e rifluì.

Tanto per peggiorare la situazione, strombettando furiosamente gli venne quasi addosso un enorme autobus. La Cadillac, naturalmente, era parcheggiata nel punto dove l'autobus doveva fermarsi. Vedendo che non poteva sloggiare la Cadillac, il conducente le passò accanto e si fermò a mezzo metro di distanza. Edward Johnson, temendo di essere investito, aveva disperatamente cercato di appiattirsi contro la macchina senza cadere in grembo ad Aurora. Con un gran risucchio la porta anteriore dell'autobus si aprì a due donne negre bene in carne che riuscirono con qualche sforzo a intrufolarsi fra i due veicoli e a salire. Il conducente dell'autobus, un giovane bianco alto e slanciato, squadrò Edward Johnson con aria irritata e annoiata insieme. «Una bella faccia di bronzo avete» disse. «Perché non andate in un motel a fare certe cose?» Poi con un altro risucchio la porta si chiuse e l'autobus partì, riempiendo l'aria di gas di scarico.

Tranne che tirar giù la gonna e stringere leggermente le labbra, Aurora non si mosse. Non guardò Edward Johnson, non guardò il conducente dell'autobus; si limitò ad aggrottare la fronte. Guardava davanti a sé con aria cordiale ma leggermente distaccata, lasciando che il silenzio si accumulasse. Era brava per i piccoli silenzi e lo sapeva. Nel suo repertorio erano l'equivalente della tortura cinese della goccia d'acqua: stillavano, un secondo dopo l'altro, sui nervi più sensibili di chi era stato tanto sciocco da provocarli.

Come Aurora sapeva bene, l'uomo che aveva provocato quel silenzio non era uno stoico. Bastarono cinque secondi per spezzare la sua resistenza. «Che cosa ha detto?» chiese sciocccamente.

Aurora sorrise. La vita, per sua esperienza, era una cosa da cui bisognava spremere il massimo possibile, ma c'erano momenti in cui era difficile sapere come.

«Le osservazioni del giovanotto erano formulate esplicitamente» disse. «Non ci tengo a ripeterle. L'appuntamento era dentro il ristorante, mi pare. Non ho mai preso un appuntamento che obbligasse qualcuno ad aspettare sul marciapiede, che io ricordi. In ritardo come sono sempre, se lo facesse uno dei miei accompagnatori potrebbe svenire per la fame e finire sotto un autobus. Potendo scegliere, preferisco che i miei accom-

pagnatori impieghino il tempo cercando di ottenere un buon tavolo.»
«Oh, certo, certo» disse Edward Johnson. «Fai pure con comodo. Io corro subito dentro e mi occupo del tavolo.»

Dieci minuti dopo Aurora fece il suo ingresso nel ristorante e gli sorrise come se non lo vedesse da settimane. «Eccoti qui, Edward, come al solito.» Ancora scombussolato e innervosito, lui la baciò in un punto fra la guancia e l'orecchio, ma lei non parve farci caso. Le calze se le era messe, ma lo scappamento di un altro autobus di passaggio le aveva scompigliato i capelli mandandoli all'insù. Si fermò nel foyer per rimetterli a posto.

Aurora non aveva la minima considerazione – per lo meno in America – per la reputazione dei ristoranti, e a suo giudizio, comunque, un ristorante francese degno di rispetto non avrebbe dovuto essere a Houston. Presto riprese ad avanzare verso la sala con dietro Edward Johnson. Il maître la vide arrivare e le si precipitò incontro: Aurora l'aveva sempre innervosito, e anche stavolta era così. La vide che si metteva a posto qualche ricciolo e non si rese conto che per lei il suo aspetto era già tornato ad essere impeccabile.

«*Bonjour, madame*» disse. «*Madame* vuole andare nella toilette?»

«No, grazie, e non spetta a lei sollevare questo argomento, *monsieur*» rispose lei passando oltre. «Spero che sia un buon tavolo, Edward. Sai quanto adoro guardare la gente che entra. Sono venuto di corsa, come avrai visto. Probabilmente sei seccato con me per il ritardo.»

«No, assolutamente, Aurora. Stai bene?»

Lei annuì, guardandosi intorno con giulivo disdegno. «Ma certo» disse. «Spero che ci sia il branzino e che lo portino subito. Sai bene che il pesce mi piace più di ogni altra cosa. Se avessi un po' più d'iniziativa avresti potuto ordinarlo in anticipo, Edward. Sei piuttosto passivo, sai. Se avessi ordinato in anticipo staremmo già mangiando. Era poco probabile che mi andasse di mangiare qualche altra cosa.»

«Certo, Aurora» disse lui. «Ehi, branzino» ordinò al primo ragazzo di sala che gli passò vicino. Il ragazzo lo guardò con occhi inespressivi.

«Quello è un ragazzo di sala, Edward» disse Aurora. «I ragazzi di sala non prendono le ordinazioni. I camerieri sono quelli in smoking. Credo che un uomo nella tua posizione dovrebbe avere più chiare in mente queste distinzioni.»

Edward Johnson si sarebbe staccato la lingua con un morso. Quasi sempre la sola presenza di Aurora bastava a fargli dire cose che poi gli facevano venire la voglia di staccarsi la lingua con un morso. Era assolutamente inesplicabile. La differenza fra i camerieri e i ragazzi di sala la conosceva almeno da trent'anni. A Southampton, quando aveva diciotto anni, aveva fatto proprio il ragazzo di sala. Eppure appena si sedeva vicino ad Aurora gli scappavano di bocca cretinaggini che altrimenti non avrebbe mai detto. Era una specie di giro vizioso. Aurora non era tipo da lasciar passare le cretinaggini, e più non le lasciava passare più lui sembrava costretto a dirle. Le faceva la corte da tre anni e non ricordava una sola cretinaggine che lei avesse lasciato passare.

«Mi dispiace» disse umilmente.

«Be', non voglio sentirlo dire» disse Aurora guardandolo negli occhi. «Ho sempre pensato che chi è troppo lesto a scusarsi non può avere un atteggiamento sano verso la vita.»

Si sfilò dalle dita un po' di anelli e si mise a lustrarli col tovagliolo. Per lustrare gli anelli i tovaglioli erano il meglio, e per lei il fatto che in quel ristorante i tovaglioli erano molto belli era il solo che giustificasse l'andarci a pranzo con Edward Johnson. Un uomo che ordinava il branzino a un ragazzo di sala non la ispirava molto. Tutto sommato, gli uomini che stavano in adorazione davanti a lei erano anche peggio di quelli che non ci stavano, e Edward Johnson stava in adorazione dalla testa ai piedi. Era piombato in un nervoso silenzio e stava sbocconcellando un gambo di sedano che a lei parve troppo bagnato.

«Faresti meglio a metterti un tovagliolo in grembo se intendi continuare a mangiare quel sedano. Temo che ti sgoccioli addosso. Tutto sommato, non mi sembri molto attento oggi. Spero che tu non abbia avuto contrarietà in banca.»

«Oh, no. Va tutto bene, Aurora.» Non vedeva l'ora che arrivasse qualcosa di serio da mangiare. Se in tavola ci fosse stato qualcosa di serio di cui parlare, forse sarebbe riuscito a dire qualcosa di sensato: ci sarebbe stato meno rischio di lasciarsi sfuggire osservazioni ridicole.

Aurora si sentì presto oppressa dalla noia, come sempre quando era a pranzo con Edward Johnson. Per paura di rendersi ridicolo, lui non diceva una parola: il meglio che sapeva offrire in fatto di conversazione era sgranocchiare il sedano il più rumorosamente possibile. Lei si rifugiò, com'era sua abitudine, in un minuzioso esame di tutte le persone che erano nel ristorante, esame che non la rassicurò di certo. C'erano parecchi uomini elegantemente vestiti e ovviamente influenti che pranzavano con donne di gran lunga troppo giovani per loro, quasi tutte abbastanza giovani per essere loro figlie, ma Aurora dubitava molto che lo fossero.

«Uhm» disse, offesa da ciò che vedeva. «Non tutto va bene nel paese.»

«Dove?» chiese Edward Johnson con un lieve sussulto. Pensò di essersi rovesciato qualcosa addosso ma non riuscì a capire che cosa, dato che aveva finito il sedano e teneva le mani in grembo. Forse il ragazzo di sala si era vendicato facendogli cadere addosso qualcosa.

«Be', devo dire che la prova l'abbiamo intorno a noi, Edward, se apri gli occhi e guardi. Non apprezzo affatto vedere giovani donne che si danno alle sregolatezze. Probabilmente molte di loro sono segretarie e dubito che abbiano molta esperienza del mondo. Suppongo che quando non posso venire a pranzo con te tu ricorra a donne più giovani, non è vero, Edward?»

L'accusa lo lasciò muto. Era vero, e non aveva la minima idea su come Aurora l'avesse scoperto, e nessun indizio su quanto sapeva. Non che ci fosse molto da sapere. Nei quattro anni dopo la morte di sua moglie aveva portato a pranzo e a cena almeno trenta delle segretarie più giovani e inesperte che riusciva a trovare, sperando di poter fare abbastanza impressione a qualcuna con la sua posizione e con le sue maniere a tavola perché venisse a letto con lui, ma erano stati tentativi vani. Neanche le diciottenni più acerbe, fresche di liceo, avevano problemi per tenerlo a bada. Finora decine di pranzi raffinati e di soave conversazione non ne avevano smossa una nemmeno quel tanto da lasciarsi tenere le mani nelle sue. Ormai era ridotto quasi alla disperazione e il suo sogno più grande era che un giorno Aurora Greenway, per un capriccio del cuore, decidesse all'improvviso di sposarlo salvandolo dal perseguire prede così poco remunerative.

«Non mi sembra che tu parli chiaro, Edward» disse Aurora fissandolo. Con questa accusa non intendeva niente di particolare: era sua abitudine gettare ogni tanto le reti dell'accusa per vedere che cosa riusciva a tirar su. Quelli che avevano buon senso negavano immediatamente tutto. Il diniego poteva trovare un orecchio sordo; ma più spesso lo trovava solo disinteressato perché i pensieri di Aurora erano trasvolati altrove in tempo perché l'accusato potesse trovare il buon senso di negare.

L'unica tattica assolutamente stupida, di fronte a un'accusa di Aurora, era confessare; e fu la tattica che Edward Johnson scelse immediatamente. Avrebbe voluto mentire – ad Aurora mentiva quasi sempre, su tutto – ma quando alzò la testa e cercò di fronteggiarla gli parve così sicura di sé che il coraggio gli mancò. Era l'unica donna che conoscesse che riusciva ad apparire distratta e al tempo stesso assolutamente convinta di ciò che le passava per la mente. Continuava a esaminare la clientela del ristorante, continuava a lustrare i suoi anelli, il tutto con felice altezzosità, ma con la coda dell'occhio lo guardava in modo tale da fargli capire che sulle sue segretarie sapeva tutto. Gli parve che la confessione fosse la sua sola speranza e ne balbettò una. «Oh, non spesso, Aurora. Una volta al mese, forse. Non di più.»

Aurora smise di lustrare gli anelli e lo guardò in silenzio. In un attimo aveva preso un'aria grave. «Che cos'hai detto, Edward?»

«Molto di rado. Molto di rado, Aurora.»

Da come aveva cambiato faccia lui si accorse di aver commesso un errore molto più grave che ordinare a un ragazzo di sala. Lo stava fissando negli occhi e non sorrideva. Improvvisamente si sentì un codardo. Gli era accaduto spesso con Aurora, ma mai sino a quel punto. C'era qualcosa che non andava, non era mai andata. Era vicepresidente di una banca, un uomo importante, controllava milioni di dollari, era conosciuto e stimato; un'Aurora Greenway non era niente di tutto questo. Era nota per la sua volubilità; lui non sapeva nemmeno perché le faceva la corte, perché voleva sposare una la cui vista bastava da sola a farlo sentire un verme. Ma perché spendeva tempo e denaro per rendersi ridicolo, tutto per una donna che lo spaventava a morte? Non aveva senso, ma era sicuro di essere innamorato di lei. Aurora era molto più piena di vita di quanto fosse stata sua moglie, incapace di distinguere un branzino da una trota, eppure in fondo lui ne aveva terrore, semplicemente terrore. Quando Aurora posava su di lui quei suoi occhi azzurri non sapeva più che dire, che fare. Perché non era l'uomo che sembrava quando era con altri uomini? Perché non si difendeva meglio o non passava al contrattacco? Perché quella sensazione di non saper che fare?

«Intendi dire, Edward» disse tranquillamente Aurora, «che porti giovani donne qui dove hai portato me?»

«Oh, donne da niente, Aurora. Senza importanza. Non contano nulla. Sono solo segretarie. È per la compagnia.»

Fece una pausa perché arrivava il branzino. Aurora lo accolse in assoluto silenzio: il maître fece per suggerire un vino, ma lei lo fulminò con un'occhiata. Per un attimo esaminò il pesce, ma non prese la forchetta.

«Che deve fare un povero disgraziato?» disse nervosamente Edward Johnson, pensando ad alta voce.

Aurora rimase muta a guardare nel vuoto per quello che a lui parve un secolo. Non toccò la forchetta e lui non osò toccare la sua.

«Mi pare che tu mi abbia fatto una proposta di matrimonio, vero, Edward?» chiese Aurora guardandolo senza espressione.

«Certo, certo.» Si sentiva attanagliare lo stomaco.

«Parlavi sul serio?»

«Certo, Aurora» rispose lui col cuore in gola. «Lo sai che vado... vado pazzo... all'idea di sposarti. Ti sposerei questo pomeriggio, qui nel ristorante.»

Aurora aggrottò la fronte, ma appena appena. «I migliori matrimoni non si celebrano nei ristoranti, Edward» disse. «Anche se questo non è proprio un ristorante, vero? È una specie di serraglio, se non faccio confusione coi termini. E io mi ci sono lasciata portare, vero?»

«Ti sposo anche questo pomeriggio» ripeté appassionatamente Edward Johnson, pensando di avere qualche speranza.

«Uuuhm» disse Aurora con voce senza espressione. «Spero che la memoria non m'inganni, Edward. Sono un po' troppo giovane perché m'inganni proprio adesso. Se non comincia a tradirmi, mi sembra di ricordare che spesso hai detto che ero l'unica donna nella tua vita.»

«È vero. Su questo non c'è dubbio, Aurora. Ero pazzo di te ancora prima che morisse Marian.»

Aurora aggrottò nuovamente la fronte, sempre appena appena.

«Direi che insultare me è più che sufficiente, Edward» disse. «Non credo che sia necessario insultare anche la memoria di tua moglie. Sono certa che ha avuto più che abbastanza da sopportare quando era in vita.»

«Oh, no. Mi dispiace, hai frainteso.» Edward Johnson non sapeva più che dire. «È l'ultima cosa che farei.»

Aurora cominciò tranquillamente a ripiegare il tovagliolo. «Per la precisione non è l'ultima cosa che farai, Edward» disse guardandolo con freddezza. «A meno che tu non ti proponga di fare harakiri con quel coltellino per il burro. Lo tieni con la mano sbagliata, fra parentesi. Almeno è la mano sbagliata per il burro. Non sono versata nel cerimoniale del harakiri.» Si fermò, fissandolo in silenzio. Edward Johnson passò il coltellino nell'altra mano.

«Parlami, Aurora» disse in preda al panico. «Non guardarmi così. Erano solo ragazzine. Non contano niente. Le porto fuori solo perché sono tanto giovani.»

Aurora tossicchiò. «Edward, ti assicuro che non devi convincermi che sono giovani. Senza dubbio ce n'è qualcuna qui sotto i miei occhi. Immagino che tu e i tuoi amici dirigenti abbiate escogitato un sistema soddisfacente per scambiarvele. In ogni caso sono affari tuoi, non miei. Solo di una cosa sono curiosa. Se mi hai detto, come riconosci, che sono l'unica donna nella tua vita, che cosa devo pensare che tu abbia detto alle tue adolescenti?»

«Ehm, niente. A loro non prometto mai niente.» In quel momento non ricordava nulla di quello che poteva aver detto a quelle segretarie. Era una cosa da incubo: era stato un pazzo a invitare a pranzo quella donna che lo atterriva quando poteva andarsene al club e farsi una bella partita a golf. Eppure non sopportava l'idea di perderla per sempre. Aveva un disperato bisogno di strapparle il controllo della situazione, di dimostrarle che era un uomo degno di rispetto. Lo guardava con una strana mancanza di espressione, come se contasse meno del prezzemolo di guarnizione che c'era nel piatto.

A questo punto, con suo grande sollievo, arrivò il cameriere addetto ai vini con una bottiglia di vino bianco. La mostrò per un istante a Edward Johnson, che annuì calorosamente, e tirò fuori il cavatappi.

«Non mi pare che abbiamo scelto il vino» disse subito Aurora.

«L'ho scelto io, *madame*» disse il maître comparendo al suo fianco con un sorriso stiracchiato. La sola vista di Aurora lo riempiva di melanconia.

Aurora distolse lo sguardo da Edward Johnson e affrontò il maître. «È la seconda volta che lei fa una cosa che non le spetta, *monsieur*. Preferirei che non mi stesse così vicino al gomito.»

Il sorriso del maître divenne ancora più stiracchiato. «*Madame* dovrebbe mangiare il suo pesce. Un branzino eccellente, e si sta freddando.»

Senza un attimo d'esitazione Aurora prese il piatto e lo capovolse. «Questo per il suo pesce, *monsieur*. Il signore che è di fronte a me ha appena confessato di aver avuto rapporti sessuali con minorenni, il che fa di lei un tenutario di bordello. Insisto fermamente perché non si azzardi a scegliere il vino per me.»

«Ti prego, Aurora, ti prego» disse Edward Johnson. «Nessuno vuol fare una scenata.»

«Certo non mi aspetto che la faccia tu, ma il fatto è che l'ho già fatta io. Mi è stato insegnato a non tirarmi mai indietro quando una scenata è necessaria. Resta da decidere solo la portata della scenata che farò.»

Ritenendo correttamente che non gli restasse altro che tirarsi indietro, il maître si tirò indietro. Aurora prese le chiavi della macchina, ignorando di proposito le molte teste che si erano voltate. Edward Johnson rimase seduto, allibito, rendendosi conto che la sua più grande speranza per il tempo che gli restava da vivere stava andando in frantumi.

«Aurora, non ho mai fatto niente» disse. «Mai fatto niente.»

«E perché, Edward?» chiese Aurora. Si guardò nello specchio, poi tornò a guardare lui.

«Non mi hai lasciato fare niente. Proprio non riesco a parlare quando sono con te. In tua presenza il mio cervello smette di funzionare.»

Aurora si alzò, incontrò ancora una volta con lo sguardo gli occhi indignati del maître, poi abbassaò i suoi su ciò che restava del vicepresidente di banca.

«Be', è per me una straordinaria fortuna che io ti faccia questo effetto» disse. «Altrimenti non so quanto tempo mi sarebbe stato necessario per scoprire la verità sul tuo conto. Quelle ragazze che hai fuorviato hanno l'età di mia figlia, o anche meno. Dovrò chiederti di annullare immediatamente l'ordinazione per le mie frittelle.»

Per qualche istante Edward Johnson non riuscì a ricordarsi di che frittelle parlasse. Quello che era accaduto era troppo brutale. Nei suoi progetti doveva essere un pranzo estremamente piacevole; e ora, di colpo, la sua relazione con Aurora Greenway sembrava prossima alla fine, proprio a uno dei migliori tavoli del miglior ristorante francese di Houston. Si era messo il vestito migliore che aveva ed era andato all'appuntamento sicuro di farle un'ottima impressione. Cercò disperatamente di dire qualcosa che rimettesse le cose a posto.

«Sono vedovo» disse. «Non sai che cos'è.»

«Stai parlando a una vedova, Edward» disse Aurora, e se ne andò.

Quando, a stomaco vuoto, arrivò a casa, l'infaticabile Rosie aveva finito le pulizie e si era messa a lavare il vialetto d'accesso per le macchine e a innaffiare l'erba. Faceva caldo, e con quel caldo gli odori del cemento bagnato e dell'erba bagnata erano piacevoli. Aurora fermò la Cadillac e rimase seduta in macchina per diversi minuti, senza muoversi e senza pensare a niente.

Soddisfatta del lavaggio, Rosie chiuse la pompa e si avvicinò alla macchina. «Che sta lì seduta a fare?» chiese.

«Adesso non cominciare» rispose Aurora.

«Mi pare che è andata storta» commentò Rosie. Girò intorno al cofano e si sedette accanto al posto di guida per fare una chiacchierata.

«Sì, sei molto perspicace» disse Aurora.

«È scappato con una di dodici anni o roba così?»

«Dovrei essergliene grata. Aveva tanta paura di me che non riusciva a guardarmi negli occhi, comunque.»

«Che farà per farlo tornare?» chiese Rosie. Non sapeva leggere abbastanza per godersi i giornaletti rosa, perciò per appassionarsi un po' doveva accontentarsi di quello che succedeva ad Aurora.

«Molto poco» disse Aurora. «Ho capovolto sulla tovaglia il piatto con tutto il buon pesce che c'era sopra, ma solo per fare arrabbiare il maître. Edward se l'è cavata a buon mercato.»

«Ci credo poco.»

Aurora sospirò. «Era tanto ansioso di scusarsi che ha risvegliato in me la vena cattiva. Adesso sono scesi a tre.»

«Basta e avanza» disse Rosie. «Uno, e sempre con la lingua di fuori, per me è sempre stato abbastanza.»

«Sì, ma il tuo non è morto. Se Dio prendesse Royce con sé in cielo ti troveresti nel mio brodo.»

«Di tipi come Royce Dio ne ha un milione» disse poco romanticamente Rosie.

Rimasero in silenzio per qualche minuto. Pensandoci sopra, Aurora decise che senza Edward Johnson si sentiva più sollevata. Le frittelle comunque erano un po' troppo unte.

«È meglio se scende dalla macchina se vuole che la lavo oggi» disse Rosie. «Dopo le tre non lavo macchine.»

«Va bene, va bene. Non ti ho mai detto che dovevi lavarla. Comunque fa a modo tuo. Lo fai sempre. Vado a vedere quale mobile o soprammobile hai fatto sparire o nascosto.»

«I mobili non c'è niente che li consuma di più che lasciarli nello stesso posto» disse Rosie in tono un po' difensivo. «È una verità santa, ci può credere.»

«È una verità santa che mi ha privato di quasi tutto quello che avevo. Spero che tu mi abbia lasciato un po' di zuppa di pesce, almeno. Edward non ha avuto nemmeno l'energia di farmi restare a tavola e pranzare.»

Si tolse gli occhiali da sole e guardò Rosie. Edward Johnson non era una gran perdita, ma nonostante i profumi della primavera si sentiva lievemente depressa. Mentre stava seduta in macchina si era domandata a che cosa era servito tutto questo, errore che commetteva raramente.

«Povera anima» disse Rosie. Nulla risvegliava in lei simpatia quanto il fatto che Aurora avesse perso uno dei suoi spasimanti. La faceva pensare a tutti gli spasimanti che probabilmente avrebbe perso lei se Royce non ci fosse stato. Divenne triste al solo pensiero delle ingiustizie di cui sarebbe stata vittima. E poi era più facile provare simpatia per Aurora quando era giù di corda. Appena si tirava su ridiventava cattiva.

Quelle due parole di simpatia le erano appena uscite di bocca e Aurora ridivenne cattiva.

«Non dire povera anima» ordinò guardandola con aria critica. «Sei tu che pesi dieci chili. Devi sapere che sono in perfetta forma mentale e fisica, e non voglio essere compatita. Tu sarai fortunata se camperai ancora cinque anni, con tutte le sigarette che fumi, e credo che neanche tuo marito sia molto contento. Ogni volta che vedo Royce ha un'aria triste, e lo vedo tutti i giorni. Non ha mai l'aria contenta?»

«Che c'è da essere contenti? Di che cosa dovrebbe essere contento?»

«Hai detto una gran brutta cosa. Che razza di moglie sei?»

«Una che ha buon senso. Royce ha conti da pagare, e deve badare a me e ai ragazzi. Deve stare sempre appiccicato al volante, non ha tempo per i divertimenti. E poi vuole portarsela a letto, e lei sa come la penso su questo.»

Aurora sorrise. «Sempre gelosa, eh?»

«Mi conosce. Non sono una che prende le cose alla leggera.»

«Allora sei proprio fatta male» disse Aurora picchiettando pensosamente il volante con l'unghia. «Più si prendono le cose alla leggera, più possibilità si hanno. In ogni caso, su di me probabilmente ti sbagli. Non credo che Royce pensi a me con passione mascolina, con l'età che ho.»

«Lei ha le pigne in testa se crede che lui non ci pensa» disse Rosie. Aprì la tasca della portiera e la svuotò di quello che conteneva. Aurora la osservò con interesse. Raramente si ricordava dell'esistenza della tasca, e il suo contenuto fu per lei una rivelazione. Ne venne fuori un paio di sandali, come pure una collana d'ambra che cercava da mesi.

«Ecco dov'era» esclamò. «Che razza di posto.»

«Ha le pigne in testa se crede che non ci pensa» ripetè Rosie tirando fuori una manciata di bigiotteria e parecchi moduli per la denuncia dei redditi.

«Di questo sono sicura che abbiamo già parlato» disse Aurora rivolgendole uno sguardo vacuo in cui c'era molto disinteresse per l'argomento in discussione. «Non sempre è facile capire quando gli uomini hanno certe idee per la testa. Probabilmente ho smesso di farci caso. Se ti preoccupa tanto, tienilo pure alla larga dalla mia cucina.

«No, allora si mette con qualche puttana. Quei bar dove fa le consegne sono pieni di puttane. Allora chissà che succederebbe.»

Aurora aprì la portiera. «Non si sa mai che cosa succederà. Adesso vado dentro.»

«La zuppa di pesce è sul gas. Se li trovo prendo i bollini del supermercato. Li raccolgo per farmi mandare una di quelle scatole con tutto per la cura di bellezza. Forse quello che ho bisogno è una cura di bellezza.»

«Tutto quello che vuoi, ma sta lontana da me» disse Aurora. Prima di scendere si tolse le scarpe e le calze. Nel prato l'erba era umida e ci mise un bel po' ad attraversarlo. Stando scalza si sentiva sempre più vicina a quello che voleva essere. Era molto più facile provare entusiasmo sentendo sotto i piedi qualcosa che non fossero le scarpe. Più d'una volta aveva dovuto lottare contro la tentazione di buttare tutte le scarpe che aveva nella pattumiera, e ritirarsi dalla vita: era uno dei suoi impulsi più forti, anche se non era da vera signora. Non era mai arrivata a farlo, ma non escludeva di buttarne in pattumiera cinque o sei paia se Rosie non se ne fosse accorta. Per tutta la vita aveva cercato delle scarpe che le piacessero, ma proprio non ce n'erano; le sembrava che le sole occasioni in cui valesse la pena di mettersi le scarpe fossero i concerti. Ai concerti, se la musica era come si deve, le scarpe cessavano di dar fastidio. Gli impegni mondani erano un'altra faccenda. Quale che fosse il livello o il tono dell'impegno, raramente si sentiva a posto finché non tornava a casa e non si ritrovava sotto i piedi nudi il legno dei parquet o le mattonelle del patio o, magari, la moquette della camera da letto.

Indugiò sul prato, vedendo le cose in una luce sempre migliore, e quando finalmente arrivò sulla soglia di casa si voltò indietro e vide che Rosie, quel mostro di energia, aveva già preso un secchio d'acqua e una pelle di camoscio e coperto di saponata metà della macchina. Entrò, prese un gran piatto di zuppa di pesce e una fetta di ottimo pane del fornaio argentino dietro l'angolo e riuscì di casa per mettersi a mangiare seduta sugli scalini mentre Rosie passava alle cromature. «Ti prenderai un accidente lavorando così sotto quel sole» le gridò, ma Rosie sventolò con disprezzo la pelle di camoscio verso di lei e continuò a sgobbare allegramente. Aveva appena finito di lustrare le cromature quando arrivò Royce col camioncino delle consegne per riportarla a casa.

4

Vivendo a Houston Emma aveva imparato qualcosa sul caldo. Il caldo aiutava a stare in sospeso, e a volte stare in sospeso aiutava a vivere. Quando veramente non sapeva che fare, aveva imparato a non far niente di niente. Era un atteggiamento che sua madre non avrebbe approvato, e neanche Flap, ma nessuno dei due era mai presente quando la prendeva quella sensazione di non avere scopi e quindi non importava. Se faceva molto caldo e si sentiva veramente priva di scopi, non faceva niente. Si spogliava quasi del tutto e stava seduta sul letto, fissando il cassettone. Il motivo per cui lo fissava era che stava contro la parete, esattamente di fronte al letto. In quelle occasioni non leggeva, anche se spesso teneva in mano un libro. Quello che faceva era stare in sospeso e fissare il cassettone. Cessava di avere pensieri e sentimenti definiti, desideri definiti, bisogni definiti. Le bastava stare sul letto fissando il cassettone. Non era precisamente vivere, ma non faceva male. Non era noia, non era disperazione, non era niente. Solo starsene seduta. Non era uno stato che cercava di difendere. Chiunque poteva interromperlo se voleva, ma lei non faceva nessun tentativo per evitarlo.

Quando Flap era andato via, e sua madre aveva telefonato, e lei aveva sbucciato un'arancia senza mangiarla, Emma si era messa a pensare a un certo numero di cose che avrebbe potuto fare. Era laureata in biologia e in grado di fare qualunque cosa in un laboratorio. Aveva un lavoro part-time in quello di zoologia e poteva sempre andarci a preparare vetrini quando voleva stare in compagnia. C'era sempre compagnia in quel laboratorio. Quello che la faceva restare a casa era semplicemente che le piaceva stare a casa. Forse era un'eredità materna, perché anche sua madre aveva un centinaio di possibili sfoghi e raramente ne approfittava. Stare a casa piaceva a tutte e due, ma Aurora ne aveva tutti i motivi perché la sua casa era uno dei posti più belli di Houston. Appena si era trasferita a Houston dal New England sua madre aveva deciso che lo spagnolo coloniale, in fatto di stili architettonici, era quanto di meglio ci fosse in tutto il Sudovest degli Stati Uniti, e si era fatta costruire dal marito una bellissima casa in stile spagnolo coloniale in una strada vecchiotta e abbastanza fuori moda, lunga un solo isolato, a River Oaks. Era una casa ariosa e allegra, coi muri spessi e le porte arrotondate in alto. C'erano un piccolo patio di sopra e uno grande a pianterreno, e il prato dietro la casa dava su un piccolo pendio boscoso e non su un'altra strada. Gli alberi del pendio erano altissimi. Ogni pochi anni Aurora faceva riverniciare la casa perché fosse sempre bianca. Non aveva mai messo l'aria condizionata, tranne, dopo lunghe discussioni, nello studio del marito e nella casetta per gli ospiti del prato posteriore, dove suo padre Edward Starrett aveva passato gli ultimi anni di vita ed era morto. Aurora amava tanto la sua casa che usciva raramente, ed Emma la capiva benissimo. Il suo appartamentino sul garage era molto meno gradevole, ma era un posto abbastanza adatto per stare in sospeso, e proprio questo fece quando Flap uscì con suo padre. Prima si lavò i capelli, poi si sedette sul letto voltando le spalle alla finestra aperta, lasciandoli asciugare dall'aria caldissima di mezzogiorno.

Fu quella sera, sul tardi, che Emma, ancora nel suo stato di sospensione, sedusse il suo vecchio amico Danny Deck, lo scrittore. Il suo primo impulso la mattina dopo, quando Danny se ne andò e lei ebbe il tempo di pensare, fu di darne la colpa a Flap, benché sul momento si dicesse che l'unico vero motivo per cui la colpa era di Flap era che lui non era stato lì a fermarla.

Però era stata una serata su cui avrebbe rimuginato, a intermittenza, per tutta la vita; e anni dopo, quando viveva a Des Moines, nell'Iowa, riuscì a darsi una spegazione logica più soddisfacente della colpevolezza di Flap. Non le aveva detto nulla di sincero prima di andarsene via col padre. Se l'avesse fatto lei si sarebbe sentita in dovere di essere fedele alla sua sincerità e questo, a suo parere, l'avrebbe fermata prima che arrivasse alla seduzione. Quando tuttavia pervenne a questa spiegazione logica aveva altre cose a cui pensare, assai più serie di quell'unica notte di smarrimento di dieci anni prima. Così la presa di coscienza che la mancata sincerità di Flap poteva aver contribuito a scatenare quello che ribolliva in lei quella sera fu solo un piccolo clic che per un attimo le fece tornare in mente Danny, e Flap come era allora.

Emma stava leggendo il giornale a modo suo, cominciando dal fondo, quando finalmente arrivò Danny. Aveva telefonato nel pomeriggio e si sentiva dalla voce che era in guai grossi: la moglie l'aveva piantato mesi prima e lui la stava cercando perché nel frattempo doveva aver avuto il bambino. Doveva andare a un ricevimento per firmare copie del libro ed era appena arrivato in macchina, facendo tutta una tirata o quasi dalla California; era stanco e sentiva che la fine era vicina. Siccome Danny era solito dire che la fine era vicina, Emma non ci fece caso. Periodicamente Danny riusciva a convincersi che la vita l'aveva totalmente e definitivamente sconfitto, ma lei non se ne era mai preoccupata. Sapeva benissimo che gli bastava una bella donna, o una donna condiscendente, per cambiare idea; e non si lasciava rovinare la giornata quando lui sentiva vicina la fine.

Poiché era rimasta in sospeso per la maggior parte della mattinata e del pomeriggio, non aveva ancora finito di leggere il giornale del mattino, ma dagli annunci economici era riuscita a risalire fin quasi alla prima pagina. Flap odiava veder leggere il giornale in quel modo, e così Emma preferiva leggere le notizie quando lui non c'era. Era arrivata fino a pagina 3 e si stava concentrando sulla notizia di un ricco collezionista di armi da fuoco che era stato ammazzato dalla moglie con una delle sue pistole quando sentì arrivare la vecchia macchina di Danny. Il rumore la spinse a leggere più velocemente. La moglie aveva ammazzato il collezionista perché lui, in un eccesso di rabbia, aveva buttato i suoi orecchini preferiti nel tritaimmondizie riducendoli in polvere. Per qualche ragione la notizia le dette una forte sensazione di *déjà vu*. Quando arrivava Danny lei stava sempre leggendo qualcosa su un assassinio bislacco. Mentre aspettava di vederlo spuntare dal vialetto d'accesso si disse ciao allo specchio un paio di volte, tanto per assicurarsi di avere la voce a posto.

Quella sera c'era stato un furioso temporale e il vialetto e i gradini di legno che portavano al suo appartamento erano ancora fradici. Negli anni che seguirono si ricordò solo di quell'odore di bagnato e di poche altre cose. La seconda volta che fecero l'amore fu verso le sette e mezzo della mattina dopo e lei non riuscì a concentrarsi perché sapeva che il telefono stava per squillare. Sua madre chiamava sempre a quell'ora. Piovigginava. Emma si sbrigò in fretta e il telefono non squillò. Ripresero sonno per il rumore della pioggia, che era intorno a loro come una cappa riposante, ma dormirono solo mezz'ora.

Quando Emma si svegliò, Danny stava seduto sul letto e guardava fuori dalla finestra. «Vedo che hai ancora i colibrì» disse.

«Sì. Sei troppo pelle e ossa.»

«È perché si avvicina la fine» rispose lui con un po' di malizia perché sapeva che lei non dava molta importanza alle sue piccole disperazioni.

Emma sospirò. Era arrivato che sembrava un relitto. Il suocero l'aveva appena preso a pugni, sembrava che avesse attraversato a guado una palude e non gli avevano lasciato vedere la sua bambina appena nata. Sanguinava da un orecchio. Emma gli stava facendo il bagno quando decise che voleva baciarlo. Per lo più, quello che successe dopo fu che lei si rigirò nel letto per tutta la notte in preda alla paura, alzandosi una dozzina di volte per vedere se la macchina di Cecil spuntava nel vialetto. In parte era colpa di Flap, comunque, perché era stato lui a condizionarla in modo da passare al rapporto sessuale due minuti dopo un bacio.

«Adesso vicini alla fine siamo tutti e due» disse. «Devo aver perso la tramontana. Volevo solo baciarti.»

«È stata la tua natura materna a fregarti. Quello che volevi fare veramente era togliermi di dosso quel vestito inzuppato. Probabilmente il peccato mortale ti è sembrato un prezzo ragionevole.»

Quando lei si alzò a sedere Danny le accarezzò la guancia con la guancia, piacevolmente. L'aveva fatto anche la sera prima: in parte era stato questo a far cominciare tutto. Poi si rimise a guardare la pioggia e cominciò a spiegare la sua più recente teoria, che era press'a poco questa: l'amore era di sinistra e il sesso di destra. Emma si rannicchiò accanto a lui, troppo a suo agio per dargli ascolto, ma lieta finalmente che parlasse come un giovane autore promettente e non come un giovane sconfitto dalla vita.

«Gli atti rivoluzionari si fanno col cuore» disse lui. «Adesso so scrivere meglio. Ho più cose da dimenticare.»

Lei gli passò le dita sulla pelle liscia sopra il muscolo del braccio. «Perché è sempre la parte più liscia di un uomo?» disse. «Questa qui.»

Fecero colazione seduti dalla stessa parte del tavolo, accarezzandosi mentre parlavano. Quanto alla moglie e alla figlia, Danny sembrava avere davanti a sé un muro impenetrabile; se avesse cercato di vederle i suoceri l'avrebbero fatto arrestare. Emma divenne un po' malinconica al pensiero di come ciascuno viveva la propria vita. Aveva ricominciato anche a sentirsi nervosa, aspettandosi di veder arrivare la macchina di Cecil da un momento all'altro.

«Me ne vado prima che ti saltino i nervi» disse Danny. «Ti senti in colpa?»

«Non molto. Ho troppo un cattivo carattere.»

Danny aveva la macchina piena di cianfrusaglie, ma riuscì a trovare una copia del libro per lei. «Quelle bottigliette non sbatacchiano quando guidi?» gli chiese lei vedendo venti o trenta Coca-Cola sul sedile posteriore. Danny non rispose perché stava cercando una dedica da scribacchiare sul suo romanzo. Emma pensò che probabilmente non avrebbe mai conosciuto un uomo col quale potesse trovarsi tanto d'accordo, come poco prima mentre facevano colazione. Sembrava l'unica persona in cui la stima per lei non avesse mai vacillato.

«È il meglio che posso fare» disse dandole il libro. Era intitolato *L'erba irrequieta*.

«Ti prego, per un po' non sposarti» disse lei. Vedendolo com'era in quel momento aveva l'impressione che fosse pronto a sposarsi il giorno dopo, se incontrava una che gli andava.

«Vuoi dire finché non mi faccio furbo?» chiese lui con un sorriso. Si era lasciato crescere i capelli un bel po'.

Emma non resistette. Sua madre aveva ragione: avrebbe dovuto essere il suo uomo. Gli volse le spalle, sentendo che doveva andarsene. «Oh, Danny» disse. «Di quello non importa niente a nessuno.»

Quando lui partì, Emma rientrò in casa e fece sparire tutte le tracce, vuotando perfino i cestini. Fatto questo, provò un tale sollievo per averla fatta franca che si rilassò completamente e tornò fuori, a sedersi sugli scalini, e si appisolò. Il cielo era tornato sereno, e la svegliò il sole che scottava. Decise di dire che il libro era arrivato per posta. A Flap, se l'avesse sorpresa, avrebbe dovuto una spiegazione; poiché non l'aveva sorpresa, non era sicura di dovergli qualcosa. Lei e Danny erano stati sorpresi, ma lui da lei e lei da lui: l'assenza di quei sentimenti che provava solo con lui sarebbe stata la giusta punizione per il suo crimine.

Appena Danny se ne andò, Emma smise di aspettare Flap. Se non aveva avuto abbastanza istinto per tornare a casa a sorprenderla nel peccato era improbabile che tornasse a casa solo per tenerle compagnia. Probabilmente i pesci abboccavano. Si mise un po' di crema sulle guance scottate dal sole e sfogliò rapidamente il giornale all'indietro per riprendere la lettura della notizia sull'uomo che aveva tritato gli orecchini della moglie. Squillò il telefono.

«Be', spero che tu sia di umore migliore di ieri» disse sua madre.

«Non so se sì o no. Vedremo come butta la giornata. Tu come stai?»

«Afflitta. E anche esausta. A titolo preventivo ti informo che tu e Thomas stasera siete a cena da me. Stamattina non ho telefonato perché ho permesso al Generale di portarmi a colazione, il che è stato peggio di quanto ne valesse la pena. Di conseguenza spero che tu non ti senta torpida.»

Emma ricordò quanto aveva temuto che il telefono squillasse mentre cercava di sentire Danny.

«Dormire fino a tardi non mi fa sentire torpida» disse.

«Be', mi sono sentita torpida io vedendo quell'uomo mangiare le uova. Suppongo che lo faccia alla maniera militare, non so. Sarete qui alle sette, d'accordo?»

«No.»

«Oh, Dio. Non dirmi che vuoi essere difficile per due giorni di fila. Che bisogno hai di fare la difficile quando io sono esausta?»

«Tu salti subito alle conclusioni, come al solito. Io sarò lì alle sette, e con piacere, ma Flap se n'è andato.»

«Ti ha lasciata?»

«Non lasciarti influenzare dalle tue speranze. Non credo che mi lascerebbe senza nemmeno vedere come viene questo bambino. È andato a pescare con suo padre. Hanno una barca nuova.»

«Oh, follìa. Sarebbero stati meno guai per tutti se quel ragazzo fosse nato pesce. Divento più irritabile di minuto in minuto.»

«Chi viene a cena?»

«Oh, Alberto» disse distrattamente Aurora. «Ritengo di dovergli un invito. Mi ha viziato coi concerti, ultimamente.»

«Bene. Mi piace molto Alberto.»

«Be', non metterti a cantarne gli elogi. Li canta già abbastanza forte lui, come sai. Fra parentesi, gli è stato vietato di cantare stasera, perciò non chiederglielo. E non chiedergli di parlare di Genova, gli è vietato anche questo.»

«Lo tieni a guinzaglio corto, eh? Perché non può parlare di Genova?»

«Perché è estremamente noioso sull'argomento. Il solo fatto che ci è nato gli fa pensare di avere il diritto di descrivere ogni ciottolo. Lo ha già fatto e non c'è nessun bisogno che lo rifaccia. A Genova ci sono stata e non si distingue da Baltimora. Sai, ho avuto un colpo di genio. Il tuo giovane amico Daniel è in città. Devi portarlo. Un giovane scrittore sarebbe un ottimo quarto a tavola. Inoltre sono ansiosa di vedere se si veste un po' meglio.»

«No, a Flap non piacerebbe che lo portassi, anche se riuscissi a trovarlo. Credo che sia geloso di Danny.»

«Mia cara, questo è un problema interamente suo. Non te ne preoccupare affatto. Sono tua madre ed è assolutamente corretto che un amico ti accompagni da me in assenza di tuo marito. Le usanze civili prevedono anche che i mariti possano assentarsi.»

«Credo che al mio le usanze civili non facciano né caldo né freddo» disse Emma. L'inattesa ironia della situazione la faceva sentire baldanzosa. «Credi davvero che sia una buona idea? Donne sposate accompagnate da uomini che non sono i mariti. Non crea problemi, qualche volta?»

Aurora sbuffò. «Naturalmente. Spesso porta all'ignominia. Non so come mai non sono stata portata all'ignominia io stessa, considerando quanto sono attiva e quanto riluttante a portarmi alle feste era tuo padre. Mi porti via troppo tempo facendomi queste domande. L'ignominia abbonda, se posso coniare una massima, ma le buone serate a cena sono rare. Ti aspetto col giovane Daniel alle sette e spero che siate entrambi spiritosi e brillanti.»

«Un momento» disse Emma. «Non so dove sia e non credo che riuscirò a trovarlo.»

«Oh, Emma, smettila. Si dà il caso che stamattina sono passata davanti a casa tua, e ho visto davanti un'automobile estremamente sconveniente. Non poteva essere che quella di Daniel. Tiralo fuori dall'armadio a muro dove lo tieni nascosto, ripuliscilo il meglio possibile e portalo qui. Non farmi perder tempo con le tue sciocchezze quando devo cucinare.»

Emma cessò di sentirsi rilassata. Non l'aveva fatta franca, dopo tutto. Il quadro era cambiato; peggio ancora, era ambiguo. Provò un'improvvisa ostilità verso sua madre, ma cercò di soffocarla. Doveva scoprire a che gioco giocava.

«Sei una ficcanaso» esplose nonostante la sua decisione. «Vorrei vivere in un'altra città. Voglio un po' di *privacy*. E non posso portare Danny. Per quanto ne so, non è più in città.»

«Uhm» disse Aurora. «Mi pare che dovrebbe tenerti informata sui suoi movimenti se deve mettere a repentaglio la tua reputazione. Ho scarsa stima degli uomini che non sono a portata di mano quando c'è bisogno di loro. Tuo padre era sempre a portata di mano quando avevo bisogno di lui, anche se naturalmente c'era anche quando non ne avevo bisogno. Credo che dovrò autorizzare Alberto a portare quel poveretto di suo figlio.»

«Non mi piace che tu passi davanti a casa mia» disse Emma mentre il telefono faceva clic.

5

Quando Emma arrivò Aurora aveva già preparato tutto e, siccome non le restava che finire di vestirsi, aveva subìto una piccola perdita d'impeto, un inconveniente che l'affliggeva particolarmente nelle serate in cui attendeva ospiti. Se ne stava in piedi nella sua camera da letto, guardando il suo Renoir. Era un quadro piccolo, ma autentico e superbo: due donne giulive, in piedi accanto a dei tulipani. Con molta lungimiranza, la madre di Aurora, Amelia Starrett – i cui occhi di un verde Renoir erano alquanto inusitati per Boston – aveva comprato il quadretto a Parigi quando lei era giovane e Renoir pressoché sconosciuto. Era stato il quadro dominante nella vita di Amelia Starrett, lo era in quella di Aurora e lo sarebbe stato, sperava Aurora, in quella di Emma. Aveva resistito a tutte le pressioni per farglielo appendere in un punto della casa dove potessero godersselo anche gli altri. Gli altri, se ne erano degni, potevano andare ad ammirarlo nella sua camera da letto perché era l'unico posto dove doveva essere. Gli abiti delle due donne erano azzurri; e gli altri colori del dipinto erano azzurri chiari, gialli, verdi e rosa. Ancora adesso, dopo trent'anni, quando Aurora guardava il quadro a lungo le venivano le lacrime agli occhi, e avrebbero potuto venirle anche quella sera se Emma non fosse comparsa nella sua camera proprio mentre stavano per spuntare.

«Eccoti qui, spia» disse Emma. Aveva deciso che la difesa migliore era l'attacco, e anche la più facile perché era ancora piena d'ostilità. Sua madre indossava uno dei suoi molti abiti a strascico, quello color rosa carico, con una cintura turchese che aveva trovato in Messico. In mano teneva una straordinaria collana, ambra montata su argento, che veniva dall'Africa e che Emma credeva fosse andata persa.

«Ehi, hai ritrovato la collana d'ambra» disse. «È così bella. Perché non la dai a me prima di riperderla?»

Aurora guardò la figlia, una volta tanto abbigliata decorosamente con un grazioso abito giallo. «Ah! Forse te la regalerò, quando avrai acquistato sufficiente presenza per portarla. Stavo guardando il mio Renoir.»

«È bello» disse Emma, guardandolo anche lei.

«Certo che è bello. Preferisco guardare il Renoir che parlare con Alberto, e parecchio. Sono stata costretta a invitare anche il figlio, grazie a te. Probabilmente ci aspetta un bel panegirico di Genova.»

«Perché lo vedi se non ti piace?» chiese Emma seguendo la madre, che era trasvolata nel patio del primo piano. «È una cosa che non capirò mai. Perché vedi tutta quella gente se non ti piace?»

«Fortunatamente per te non sei ancora abbastanza vecchia per capirlo.. Qualcosa devo fare. Se no la vecchiaia arriva quest'altra settimana.»

Si affacciò al balcone e rimase a guardare la luna che spuntava dietro l'olmo, il cipresso e i pini che amava più di qualsiasi altro albero al mondo.

«E poi mi piacciono» disse pensierosa. «Per lo più sono uomini affascinanti. Ero destinata a qualcosa di più del fascino, o di meno. Ne ho trovato di meno e non riesco a trovarne di più. Anche tu, in materia, ti sei accontentata di poco.»

«Odio il fascino» disse subito Emma.

«Sì, sei troppo immatura per la mia collana» disse Aurora mettendosela al collo. «Mi aiuti ad agganciarla?»

Ancora per qualche istante osservò la luna con un'espressione quieta sul volto. Emma aveva spesso notato quell'espressione, in genere prima delle occasioni mondane. Era come se sua madre si mettesse anche lei in sospeso per un po', in modo da essere più effervescente dopo.

«Inoltre» riprese Aurora, «non è una gran denigrazione dire che preferisco il mio Renoir a un dato uomo. È un Renoir bellissimo. Pochi gli stanno a pari.»

«Mi piace, ma preferirei avere il Klee» disse Emma. Era l'altro buon quadro di sua nonna, che l'aveva comprato quando era già vecchia. Sua madre non l'aveva mai amato, anche se tollerava che stesse appeso nel soggiorno. Evidentemente era stato l'ultimo dei tanti motivi di controversia fra Amelia Starrett e sua figlia Aurora perché, quando era stato comprato, Klee non si vendeva più per cifre modeste. Aurora non voleva che la madre spendesse una somma ingente per un quadro che lei non trovava congeniale, e il fatto che successivamente il valore del dipinto si era moltiplicato ancora molte volte non aveva diminuito la sua avversione. Era una composizione cruda e singolare, poche linee fortemente angolate che non si incontravano mai, alcune nere, alcune grigie, alcune rosse. Aurora aveva assegnato al dipinto un pannello sulla parete bianca vicino al pianoforte e troppo vicino, secondo Emma, alle grandi finestre. A volte il quadro era sopraffatto dalla luce e diventava quasi invisibile.

«Lo avrai appena ti troverai un alloggio come si deve» disse Aurora. «Non mi è tanto sgradevole da destinarlo a un garage, ma quando avrai una casa singola te lo devi prendere subito. È stato uno dei due grandi errori di tua nonna; l'altro naturalmente è stato tuo nonno.»

«Lui ne aveva di fascino» disse Emma.

«Sì, papà era affascinante. Nessuno che sia cresciuto a Charleston ha mai mancato di fascino, che io sappia. Non ha mai alzato la voce con me fin quando ha avuto ottant'anni, ma poi devo dire che ha fatto di tutto per recuperare il tempo perduto. Ha urlato per gli ultimi dieci anni di vita.»

«Perché?»

«Non saprei. Forse quelli di Charleston hanno assicurati solo ottant'anni di fascino.»

«Ho sentito il campanello» disse Emma.

Aurora rientrò in camera da letto e guardò l'orologio, un bell'orologio da marina, d'ottone, che aveva ereditato da uno zio comandante di nave.

«Ah, quell'uomo» esclamò. «Ancora in anticipo.»

«Solo di dieci minuti.»

«Visto che lo adori, va tu ad aprire. Intendo restare nel patio ancora per dieci minuti, come avevo deciso. Puoi dirgli che sono al telefono.»

«Sei tremenda. Ma se sei già pronta?»

«Sì, ma voglio guardare ancora un po' la luna. Poi farò del mio meglio con Alberto. E poi non è genovese per niente. Se tu leggessi la storia sapresti quanto sono calcolatori. Per poco non si sono portati via l'America, sai? Alberto arriva sempre dieci minuti prima. Spera che io la scambi per focosità, dote che un tempo aveva. Va ad aprirgli e fagli stappare il vino.»

Quando Emma aprì la porta, entrò in casa una montagna di fiori, sorretta dalle braccia da due italiani di bassa statura, uno giovane e uno vecchio. Alberto il focoso barcollava sotto quel carico di rose rosse, giaggioli azzurri, anemoni e un alberello d'arancio in fiore. Suo figlio Alfredo aveva una bracciata di gigli bianchi, un po' di roselline gialle e quello che sembrava un fascio d'erica.

«Un bel carico» disse Alberto digrignando i denti per non lasciare la presa sull'alberello d'arancio. «Gliene ho portati di fiori stasera» aggiunse. Lui e il figlio, alti entrambi solo un paio di centimetri più di Rosie, entrarono con passo malfermo nel soggiorno e cominciarono a spartire i fiori facendone tanti mucchietti sul tappeto. Appena si liberò dell'alberello Alberto fece dietro-front e corse incontro ad Emma tendendole le braccia. Gli occhi gli brillavano e il suo sorriso era pieno di fuoco.

«Ah, Emma, Emma, Emma. Vieni a baciarla, Alfredo. Guardala come sta bene in giallo, e quegli occhi, e quei capelli! Quando arriva il bambino, carissima? Ti voglio tanto bene.»

La abbracciò stringendola forte, la baciò rumorosamente su entrambe le guance, per buona misura le dette qualche pacca sulla schiena e poi, bruscamente come l'aveva assunto, abbandonò completamente il modo di fare impetuoso e cordialone dell'italiano di maniera, come se l'energia necessaria gli fosse bastata solo per cinque secondi.

Alfredo, diciannovenne, paffuto e con gli occhi sporgenti si apprestò a fare la sua parte di sbaciucchiamento, ma il padre lo scostò bruscamente da parte.

«Perché ti illudi?» disse. «Lei non ha voglia di baciarti. Ti stavo prendendo in giro. Va a farci qualche Bloody Mary, ne avremo bisogno se non abbiamo fortuna.»

«Ultimamente non sei venuta al negozio» disse Alfredo a Emma, mangiandosela coi suoi occhi a palla. Lavorava da un po' di tempo all'ultimo gradino dell'azienda di famiglia, che trattava strumenti musicali. L'ultimo gradino era la sezione armoniche a bocca, e bastava un niente perché Alfredo si mettesse a parlare di armoniche.

«Perché tiri in ballo queste cose?» disse Alberto al figlio. «Lei non ha bisogno di un'armonica.»

«A suonarla può imparare chiunque» rispose Alfredo. Era un'affermazione che faceva ottanta volte al giorno.

Emma prese sotto braccio Alberto e lo portò in cucina per cercare i vasi e stappare la bottiglia. Quando passarono davanti alla scala Alberto guardò su, appassionatamente. Erano passati molti anni da quando gli era stato concesso di salire quella scala, e solo una volta per una frettolosa occhiata al Renoir; dopo, con molta irritazione di Aurora, aveva passato la maggior parte del tempo a guardare il suo letto. Una volta fra loro le cose erano diverse, e Alberto non riusciva mai a dimenticarlo, anche se da allora aveva avuto due mogli. Con loro l'approccio diretto aveva funzionato, ma con Aurora lui non aveva più saputo trovare un approccio diretto all'approccio diretto. Anche nelle sue fantasticherie non riusciva più a raggiungere il piano superiore di quella casa; le conquiste che era ancora in grado di sognare avevano luogo sempre nel soggiorno, a pianterreno.

«Emma, lei mi accetterà mai?» chiese. «Sono abbastanza ben vestito? È contenta oggi? Credo che i fiori le piaceranno, almeno lo spero, ma non avrei dovuto portare Alfredo. Cerco di evitare che parli di armoniche, ma che posso fare? È giovane, e di che altro sa parlare?»

«Non preoccuparti. A te ci penso io» rispose Emma. Alberto le aveva dato lezioni di canto quando aveva quattordici anni. Era stato un tenore di fama e aveva cantato in tutti i teatri d'opera del mondo. Un colpo prematuro gli aveva troncato la carriera, costringendolo ad aprire un negozio di strumenti musicali per vivere. Per quanto riguardava Aurora, le sue aspirazioni a sposarla erano senza speranza, ma lui continuava a sperare, ed era in parte per questo che Emma gli voleva bene. Non c'era galanteria che la commuovesse come la sua. Era già riuscito a spiegazzare tutto quello che aveva indosso: il vecchio vestito grigio era sgraziato e troppo pesante con quel caldo, la cravatta era annodata goffamente, e maneggiando l'alberello si era sporcato di terra un polsino: Cosa ancora peggiore, aveva i gemelli con l'emblema del club Kiwanis.

«Perché sei così stupido, Alberto?» disse Emma. «Lo sai come la mamma massacra la gente. Perché non ti trovi una che fa per te? Non posso star sempre qui a proteggerti.»

«Sì, ma che donna fantastica» disse Alberto scrutando la bottiglia. «La migliore che abbia mai conosciuto. Se stai dalla mia parte, forse insieme la conquisteremo.»

Improvvisamente dal soggiorno arrivò il lamento di un'armonica, suonata a tutti polmoni. Alberto si riscosse e fece volare il tappo nel lavandino. «Idiota!» urlò. «Traditore! Questa è l'ultima goccia. Mi ha rovinato. Mi si rizzano i capelli!»

«Oh, Dio» disse Emma. «Perché gliel'hai lasciata portare?»

«Ma senti, ma senti!» continuò Alberto. «Che sta suonando?»

Ascoltarono un momento. «Mozart!» esclamò Alberto. «Questo è l'ultimo colpo!»

«Adesso mi sente» aggiunse, dirigendosi verso la porta. «Forse lei non ha sentito.» Si precipitò fuori della cucina ed Emma lo seguì.

La scena che si trovarono sotto gli occhi era ancora più stupefacente di quelle che si aspettavano. Invece che al sommo della scala, inorridita, Aurora era sul divano del soggiorno, risplendente nell'abito rosa con collana d'ambra, coi meravigliosi capelli lucenti e in mano le roselline gialle. Ascoltava con apparente piacere e interesse Alfredo che, piantato al centro della stanza, vicino al fascio d'erica, soffiava con tutte le sue forze nell'armonica facendone sprigionare un motivo che solo un esperto di musica avrebbe riconosciuto come opera di Mozart. Alberto aveva già chiuso il pugno; fu costretto a riaprirlo e ad ascoltare con tutta la buona grazia possibile.

Quando Alfredo finì di suonare Aurora si alzò, tutta sorridente. «Grazie, Alfredo. Mi è piaciuto molto. Forse non hai la delicatezza di fraseggio cui potresti aspirare se vuoi suonare Mozart, ma sai bene quanto me che la perfezione non si raggiunge facilmente. Devi tenerti in esercizio, sai.»

Gli diede un colpetto sulla mano passandogli accanto e raggiunse suo padre, ancora sconcertato. «*Alberto*. È un'erica stupenda, è tanto tempo che non ne ho in casa.» Lo baciò su tutte e due le guance e, con sorpresa di Emma, lo guardò con un'espressione radiosa in volto. «Che meraviglia tutti questi fiori. Si vede che il tuo fioraio è di classe. Che cosa ho fatto per meritarmi tanta abbondanza?»

Alberto si stava appena riprendendo dallo shock. Ancora non gli sembrava vero che la serata potesse andare a finir bene e non riusciva a non guardare Alfredo in cagnesco.

Aurora lo notò subito. «Alberto, smettila di dare occhiatacce a quel ragazzo. È un bravissimo ragazzo. In ogni caso sono stata io a istigarlo. Mi ha mostrato la sua nuova armonica da concerto e in quattro e quattr'otto l'ho convinto a suonarla per me. Spero che tu provveda affinché abbia una buona educazione musicale, e spero anche che tu abbia provveduto a stappare il vino. Se non l'hai fatto, la colpa è di Emma. Aveva precise istruzioni in merito.» Guardò la figlia con un sorriso interrogativo.

«Sì, è colpa mia» ammise Emma. La serata era appena cominciata e Alberto aveva ancora tempo per prendere un bel po' di brutti voti.

«So suonare anche il rock» disse Alfredo, facendo quasi scoppiare una vena sul collo del padre.

«No, hai suonato abbastanza» decretò Aurora. «Non credo che tuo padre possa ulteriormente tollerare le mie piccole indulgenze. Inoltre ho preparato alcune cosette da mangiucchiare in attesa di andare a tavola e sono certa che a tutti noi va di bere qualcosa. Alberto, dal tuo aspetto si direbbe che ti è tornato il tuo malessere nervoso. Non so proprio che cosa si può fare per te.»

Lo prese per un braccio e, con un'occhiata alla figlia per invitarla ad assumersi tutta la responsabilità per quello che si doveva fare, si avviò verso il patio del pianterreno. Alfredo le tenne dietro da presso.

Alberto era arrivato come un agnello destinato al sacrificio ed Emma si aspettava di vederlo immolare e arrostire. Invece lo vide ritrasformarsi, almeno per un'ora o due, nel leone che un tempo doveva essere stato. Sapeva che sua madre non era priva di fascino, e sospettava che non fosse priva nemmeno di simpatia, ma non si sarebbe mai aspettata di veder esercitare tanto generosamente queste doti a beneficio di Alfredo.

La cena, servita nel patio, fu magnifica: funghi ripieni di paté, minestra fredda di crescione, indivia e un piatto di vitello di cui Emma non conosceva il nome, con salsa agra e ratatouille; poi formaggio, pere e caffè, e a questo punto Alfredo appoggiò la testa sul tavolo e si addormentò, lasciando che gli altri si godessero il brandy in santa pace senza la minaccia dell'armonica. Alberto era tanto galvanizzato dalla buona accoglienza ricevuta che per un po' recuperò tutta la sua vitalità e fu impareggiabile nel dispiegare il suo fascino italiano. Ogni due minuti balzava in piedi per assicurarsi che i bicchieri fossero sempre pieni, ogni volta che passava vicino ad Aurora le dava un colpetto affettuoso sulla schiena, ogni tre bocconi smetteva di mangiare per elogiare il cibo. Aurora accolse con grazia i complimenti e i colpetti sulla schiena, mangiò di buon appetito e non criticò nessuno, pur dedicando una certa attenzione al modo in cui Alfredo maneggiava le posate. Fu tutto così piacevole che perfino Emma avrebbe potuto scintillare un po', se le avessero dato una piccola spinta.

Poi, senza un motivo visibile, mentre tutti stavano ancora a coccolare il brandy, Alberto improvvisamente si afflosciò e si mise a piangere. Cominciò ad ansimare e a scuotere la testa da una parte all'altra, mentre le guance gli si rigavano di lacrime. «Così buono» disse indicando con la mano ciò che restava del pasto. «Così bello...» e volse lo sguardo su Aurora. «Non me lo merito. No, non me lo merito.»

Aurora non ne fu sorpresa. «Alberto, non vorrai mica metterti a piangere, vero?» disse. «Un uomo meraviglioso come te... No, non lo sopporto.»

«Ma no» rispose Alberto. «Mi hai invitato a cena, sei così carina, Emma è così carina. Non so... Sono un vecchio pazzo. Non canto più... Che faccio? Vendo fagotti, chitarre elettriche, armoniche. È vita questa? Che cosa posso offrirti?»

«Alberto, adesso ti porto in giardino e dovrai sentirti fare la lezione» disse Aurora alzandosi. «Sai che non voglio che ti sottovaluti in questo modo.» Gli prese il braccio, lo fece alzare e lo portò in giardino, nel buio. Emma rimase seduta a tavola. Alberto doveva stare ancora peggio perché si sentivano i singhiozzi, frammisti alle parole di sua madre.

Quando i singhiozzi cessarono e loro non ricomparvero, Emma si alzò e cominciò a sparecchiare. Uno dei più fermi principi di Aurora era che non si doveva accollare a Rosie il compito di sparecchiare e di lavare i piatti. Mentre Emma li lavava, sua madre si affacciò in cucina. «Sei gentile, cara, ma si può farlo dopo» disse. «Il mio amico sta meglio, ma è ancora un po' abbattuto. Sarà meglio accompagnarlo alla macchina.»

Emma lasciò stare i piatti e seguì la madre. Alberto era nel soggiorno, piccolo piccolo e mortificato, e Alfredo, a malapena sveglio, sbadigliava nella veranda d'ingresso. Aurora aveva infilato l'erica in un grande vaso verde e l'aveva messo vicino al caminetto. I giaggioli e gli anemoni erano sui davanzali delle finestre.

«Emma, mi dispiace, tesoro, ho rovinato la serata» cominciò Alberto, ma Aurora gli andò incontro e, imperturbabile, gli prese il braccio e lo condusse verso la porta. «Taci, Alberto. Per stasera ti abbiamo sentito abbastanza. Non so come farò a dormire adesso, mi hai talmente sconbussolato con le tue lamentele. Perché un uomo col tuo gusto per i fiori voglia starsene lì a sminuire se stesso è al di là della mia comprensione Del resto credo che non capirò mai l'animale maschio, anche se molte cose le capisco.»

Uscirono e si fermarono sul prato davanti alla casa, Alfredo sonnecchiando in piedi, Alberto tenendo Aurora per la vita con aria triste. C'era un po' di vento e nel cielo passava qualche nuvola.

«Mi piacciono le notti in questa stagione» disse Aurora. «C'è un'aria speciale, non è vero, Alberto? Ho sempre pensato che sia perché ci sono gli alberi che l'aria qui è così leggera. Ha importanza, sai. Credo che gli alberi abbiano qualcosa a che fare con la qualità dell'aria.» Lo guardò con affetto. «Come sono le notti a Genova, caro? Per tutta la sera quasi non hai parlato della tua città natale. Temo che a volte tu mi prenda un po' troppo sul serio. Davvero, non puoi lasciarti tiranneggiare da me, Alberto Non è un bene per te.»

«Sì, a Genova ero un altro» rispose Alberto. «Eravamo là... ti ricordi?»

Aurora annuì e lo aiutò a salire in macchina. Era una Lincoln, ancora più vecchia della sua Cadillac. Una reliquia dei tempi in cui Alberto calcava le scene.

«Va bene, telefonami sul fare dell'alba» disse Aurora ad Alberto quando si installò al volante. «Altrimenti sarò preoccupata. Sono sicura che troveremo qualcosa di piacevole da fare la settimana prossima. Però credo che dovresti promuovere Alfredo, mio caro. È tuo figlio, ed è stato alle armoniche fin troppo. Se si avvilisce, finirà come mia figlia, a far figli con una persona che non approvi. Non vorrei vedere Alfredo alle prese con un figlio fin da adesso.»

«Forse potrebbe passare alle chitarre» disse Alberto, dubbioso. Cercò di radunare le forze per un ultimo gesto. «È stato magnifico. La madre è magnifica, la figlia è magnifica, tutte e due. Vado.» Mentre metteva in moto staccò le mani del volante e si mise a mandar baci sulla punta delle dita.

«Oh, ecco Alfredo che crolla, a quanto pare» disse Aurora vedendolo accasciarsi mentre la Lincoln partiva; ma siccome Alberto non teneva il volante, l'auto sterzò da sola e andò a finire contro il marciapiede. Alberto riuscì a rimetterla in carreggiata, non senza un terrificante stridore di gomme.

«Lo vedi che succede?» disse Aurora ad Emma, digrignando i denti a quel rumore. «Credo che non sarai tanto pronta a criticarmi per come parcheggio dopo questa esibizione. Con tutta probabilità, Alberto, uno di questi giorni, si troverà con una gomma a terra.» Per la cena si era messa i sandali, li scalciò via immediatamente.

«Sei stata molto carina con Alberto» disse Emma.

«Non vedo perché la cosa sia degna di commento. Era mio ospite, dopo tutto.»

«Sì, ma sei così cattiva parlando di lui quando non c'è.»

«Oh, be', è così che sono fatta. Hanno permesso ch'io diventassi sarcastica. Tuo padre faceva ben pochi sforzi per correggermi a questo proposito. È un difetto molto diffuso nella nostra famiglia: gli uomini non sono mai all'altezza del compito di correggere le donne quando ce n'è bisogno. È improbabile che Thomas ti corregga.»

«Io non sono tanto sarcastica.»

«No, ma sei giovane» disse Aurora entrando in casa. Si fermò nel soggiorno ad ammirare i fiori.

«Per i fiori ha un gusto stupendo» disse. «Agli italiani succede spesso. Quello che non mi pare tu comprenda è che le persone di una certa consistenza sono spesso molto migliori di persone che in astratto, quando non resta altro che pensare a loro. Piace a tutti brontolare su chi non è presente. Non significa mancare di sentimento, sai.»

Insieme attaccarono la cucina e si sbrigarono rapidamente. Emma prese una grossa spugna e andò nel patio a lavare il tavolo, e presto Aurora la seguì portando con sé una spazzola per i capelli e un piatto di minestra di crescione per lo spuntino finale. Aveva anche qualche pezzetto di pane per gli uccelli. Emma sedette al tavolo e rimase a guardarla mentre sbriciolava il pane, canticchiando a bocca chiusa.

«Credo proprio di riuscire a cantare Mozart a bocca chiusa meglio di quanto Alfredo lo suoni» disse Aurora. Sedette di fronte alla figlia e mangiò la minestra senza lasciarne nemmeno un po'. La notte aveva un sussurrare tutto proprio e madre e figlia rimasero quiete ad ascoltarlo.

«Sei carina con tutti i tuoi corteggiatori come con Alberto?» chiese Emma.

«Niente affatto.»

«Perché?»

«Perché non se lo meritano» rispose Aurora cominciando a spazzolarsi i capelli.

«Lo sposeresti?»

Aurora scosse il capo. «No, è fuori questione. Alberto è un'ombra di se stesso, ormai. Forse sarebbe stato meglio che quel colpo che ha avuto lo avesse ucciso, perché lo ha derubato dalla sua arte. L'ho sentito cantare quando era al culmine, ed era bravissimo, di prim'ordine. Si comporta bene, per uno che ha perso quanto aveva di meglio, e questo è dire molto.»

«Allora perché lo escludi?»

«Sono troppo difficile per Alberto. Ho conosciuto tutte e due le mogli, ed erano dei gusci vuoti. Non ha mai avuto l'abilità necessaria per trattare con me, ed ora non ha più nemmeno l'energia. In ogni caso la sua tradizione l'ha preparato a trattare solo con donne remissive. Gli sono molto affezionata ma dubito che saprei rimanere remissiva molto a lungo.»

«Allora non credi che sia sbagliato lasciarlo sperare!»

Aurora sorrise. «Fortuna per te che mi hai colto in un momento in cui sono ben disposta. Temo che fra i nostri punti di vista ci siano di mezzo venticinque anni. Alberto non è un adolescente con tutta la vita davanti a sé. È un uomo anziano che è stato molto malato, e potrebbe morire anche domani. Molte volte gli ho detto che non posso sposarlo. Non lo faccio sperare. Faccio solo tutto il possibile per lui. Può darsi che accarezzi speranza assurde – credo di sì – ma alla sua età meglio le speranze assurde che nessuna speranza.»

«Mi fa pena lo stesso» disse Emma. «Io non vorrei amare uno che non posso avere.»

«Non è il destino peggiore, checché ne pensino i giovani. Almeno c'è un certo stimolo. Certo è molto meglio che avere qualcuno e scoprire, in fin dei conti di non poterlo amare.»

Emma ci pensò su per qualche istante. «Chissà dove sarò io, in fin dei conti.»

Aurora non rispose: ascoltava i rumori della notte. A parte un'altra cucchiaiata di minestra, per il momento non desiderava nient'altro. Poche cose le davano un senso di serenità come sapere che quello che aveva preparato per la cena era stato bene accolto e che i piatti erano lavati e la cucina in ordine. In quello stato d'animo, niente poteva stizzirla. Guardò Emma e vide che la stava guardando.

«Be', che cosa volevi dire?» le chiese.

«Oh, niente» rispose Emma. Sua madre era tanto spesso offensiva che quasi la turbava vederla come una persona normale come lei, o ancora di più. Vedendola con Alberto si era resa conto che Aurora aveva avuto una vita della quale, in sostanza, lei non sapeva nulla. Che aveva fatto con Alberto quando era più giovane e poteva ancora cantare? Che aveva fatto per ventiquattro anni di matrimonio? Per lei sua madre e suo padre, semplicemente, "c'erano stati", come gli alberi in giardino: oggetti della natura, non di curiosità.

«Emma, sei alquanto evasiva» disse Aurora. «Non è corretto.»

«Non ero evasiva. Solo non so che cosa voglio chiederti.»

«Be', sono a tua disposizione, se riesci a deciderti prima che me ne vada a letto.»

«Sono curiosa di sapere che cosa ti piaceva di più di papà. Mi è venuto in mente che di voi non so nemmeno questo.»

Aurora sorrise. «Era alto. Questo non sempre era d'aiuto, dato che passava una quantità eccessiva del suo tempo standosene seduto, ma nelle occasioni in cui riuscivo a farlo alzare in piedi era un fattore positivo.»

«Questo credo non spieghi ventiquattro anni di matrimonio» disse Emma. «Se no sarei sbigottita.»

Aurora scrollò le spalle e leccò la minestra rimasta sul cucchiaio. «Io sono rimasta sbigottita stamattina vedendo davanti a casa tua una macchina così disdicevole. Sarebbe molto più decoroso se Daniel la lasciasse in un parcheggio la prossima volta, prima di sgattaiolare da te di mattina presto.»

«Non stavamo parlando di questo» si affrettò a rispondere Emma. «Non è assolutamente questo il punto.»

«Sì, perché il punto a mio parere è il buon gusto. Sei troppo, troppo romantica, Emma, e questo se non stai attenta ti porterà a guai gravi, e forse alla rovina.»

«Non ti seguo.»

«Non ci provi neppure. Tu speri di poter mantenere le convizioni che ti sono care – ai miei tempi si chiamavano illusioni – ma non ci riuscirai. In primo luogo sottovaluti largamente l'apparenza. Quella di tuo padre era di mio gusto, e siccome non ha mai lavorato abbastanza duramente o provato sentimenti abbastanza intensi perché si deteriorasse, ha continuato ad essere di mio gusto per ventiquattro anni. Per lo meno quando era in piedi. A parte questo, era mite, aveva buona maniere e non gli è mai venuto in mente di picchiarmi. Era troppo pigro per eccedere, perciò in genere andavamo d'accordo.»

«Da come ne parli, molto in generale. Ma in profondità?»

Aurora fece un altro sorriso. «Da quanto ricordo, stavamo parlando di longevità. Non mi ero resa conto che parlavamo di profondità.»

«Bene» disse Emma. Si stava affacciando in lei la sensazione non del tutto piacevole che provava spesso quando la madre, nel suo modo stravagante, si metteva a farle la lezione. Era una sensazione quasi di rattrappimento, di quieto arretramento verso l'infanzia. Non le piaceva, eppure sentiva con disagio che non la detestava nemmeno. Sua madre era sempre lì, per affrontare la vita con lei.

«Emma, fai così fatica a finire le frasi» disse Aurora. «Già parli abbastanza vagamente, mi pare, ma credo che dovresti fare un piccolo sforzo per finire le frasi. Dici sempre cose come "Bene", e poi non vai avanti. La gente penserà che soffri di vuoti mentali.»

«Qualche volta sì. Perché dovrei parlare per frasi complete?»

«Perché le frasi complete impongono attenzione. I borbottii vaghi, no. E poi perché stai per diventare madre. Chi manca di decisione nel finire le frasi non può pretendere di avere la decisione necessaria per allevare figli. Fortunatamente hai parecchi mesi per esercitarti.»

«Che dovrei fare? Mettermi allo specchio e parlare da sola a frasi complete?»

«Non ti farebbe male.»

«Non volevo parlare di me. Stavo cercando di farti parlare di te e papà.»

Aurora piegò più volte la testa da un lato per tenere in esercizio il collo. «Ero più che disposta. Stasera sono insolitamente ben disposta, forse perché ho bevuto il mio vino invece di lasciarmene propinare uno di qualità inferiore da Alberto. Forse sono così ben disposta che mi è sfuggito il succo della tua domanda, se c'era. O forse è stato perché l'hai formulata troppo vagamente.»

«Oh, mamma. Volevo solo sapere che cosa sentivi veramente.»

Aurora agitò vagamente la mano che teneva il cucchiaio vuoto. «Mia cara, indubbiamente in questo mondo ci sono centinaia di edifici che poggiano su fondamenta poco profonde. Molti edifici, alcuni anche più alti di tuo padre, potrebbero crollare se qualcuno li prendesse a calci. Anch'io sono ancora capace di assestare dei bei calci, ti assicuro. Quanto alla tua domanda, che per fortuna hai formulato rispettando la grammatica, anche se in modo alquanto piatto, posso dirti che non mi dispiacerebbe non sentir più l'espressione "sentire veramente".» Guardò la figlia negli occhi.

«Va bene, va bene, scordatela.»

«Non ho finito. Posso salire a nuovi vertici. Per quanto ne so, mia cara, una buona grammatica costituisce per un carattere solido una base più duratura del virgolette sentire veramente chiuse virgolette. Non oserei affermarlo in modo categorico, ma devo dire che lo sospetto. Sospetto anche, se vuoi saperlo, che per tuo padre e per me sia stata una fortuna che nessuno dei miei ammiratori avesse una gran capacità di tirar calci. La differenza fra chi cade e chi si salva, l'ho sempre sostenuto, si riduce a un'adeguata tentazione.»

«Che significa adeguata?»

«Le tentazioni adeguate sono una merce rara da queste parti, sfortunatamente per me. O fortunatamente per me, sia come sia. Però non ho abbandonato la ricerca, te ne assicuro. Credo che sia una specie di enigma» concluse con aria pensierosa.

«Che cosa?»

«L'adeguatezza.» Aurora sorrise in modo un po' birichino. «Spero solo che il tuo brillante e giovane amico sia adeguato a mantenerti, se questo dovesse dimostrare che è adeguato a tentarti.»

Emma arrossì e si alzò in piedi. «Sta zitta» disse. «Se n'è andato. Non so nemmeno se tornerà. Volevo vederlo, una volta tanto. È un vecchio amico, che c'è di male?»

«Non mi pare di aver detto che c'è qualcosa di male.»

«Be', non c'è stato. Non startene lì a fare frasi complete. Odio la buona grammatica e per me sei una peste. Vado a casa. Grazie per la cena.»

«Grazie a te per essere venuta, cara. Il tuo vestito era ben scelto.»

Rimasero per un istante a guardarsi. «Va bene, se proprio non vuoi aiutarmi» disse Emma, e desiderò subito non averlo detto.

Aurora la guardò con calma. «Dubito seriamente che mancherò di aiutarti se ne sarò richiesta. Quello che è molto più probabile è che al momento opportuno tu sarai troppo cocciuta per chiedermelo. Vorrei che tornassi a sederti. Anzi, vorrei che tu passassi la notte qui da me. Se torni a casa sicuramente starai sulle spine.»

«Certo che sto sulle spine. Se voglio posso starci.»

«Ascolta!» disse imperiosamente Aurora.

Emma ascoltò. Udì solo un frullare d'ali proveniente da una delle diverse gabbie.

«Sono i miei rondicchi. Credo che tu li abbia disturbati. Sono molto sensibile all'alzare di voci, sai.»

«Io vado» disse Emma. «Buona notte.»

Quando Emma se ne fu andata Aurora portò il piatto e il cucchiaio in cucina e li lavò. Poi tornò nel patio e passò in giardino. I rondicchi si agitavano ancora nella loro gabbia e lei stette lì vicina, cantando a bassa voce per un po', come faceva spesso di sera. Le venne in mente, pensando ad Emma, che in realtà non desiderava essere più giovane. A pensarci bene erano abbastanza pochi, nella vita, i premi che andavano alla gioventù. Si appoggiò al paletto cui era fissata la gabbia dei rondicchi, felicemente scalza, e cercò di farsi venire in mente qualcosa che le facesse desiderare di ricominciare daccapo dal punto in cui era sua figlia. Non le venne in mente nulla, ma si ricordò che aveva un paio di riviste di pettegolezzi nuove da leggere, nascoste sotto il letto: un piccolo premio per aver fatto il suo dovere per il vecchio amante e buon amico Alberto. Era stato un così bravo cantante, una volta. Certo aveva più motivo di lei per desiderare di tornare giovane.

L'erba, quando rientrò in casa, cominciava a inumidirsi di rugiada, e la luna che prima splendeva tanto graziosamente sul suo olmo e il suo cipresso e i suoi pini era velata dalla foschia, quella foschia che dal Golfo del Messico alitava su Houston quasi ogni notte, come per aiutare la città a dormire.

6

«Il telefono suona» disse Rosie.

L'annuncio non colse di sorpresa Aurora, che era a mezzo metro dallo strumento in questione. Era venuta un'altra mattinata e lei se ne stava rannicchiata nel piccolo vano assolato di una finestra della sua camera da letto. La finestra era aperta e intorno a lei erano sparsi sul pavimento un gran numero di cuscini, più che altro per appoggio morale; di tutto quell'appoggio aveva assoluto bisogno perché si era dedicata a un lavoro che era fra quelli che gradiva meno: pagare conti e fatture. Nulla la riempiva di tanta indecisione come la vista delle fatture, una cinquantina abbondante delle quali giaceva sul pavimento vicino a lei, inframmezzata coi cuscini. Finora non ne aveva aperta, e tanto meno saldata, neppure una, e teneva lo sguardo fisso sul libretto degli assegni, cercando di ricordarsi con precisione quanto denaro aveva sul conto corrente prima di cominciare ad aprire tutte quelle buste inquietanti.

«Il telefono suona» ripeté Rosie.

Aurora continuò a contemplare il libretto degli assegni. «È proprio nel tuo stile fare affermazioni così ovvie» disse. «Lo so che il telefono sta squillando. È la mia sanità mentale che fa difetto non il mio udito.»

«Possono essere buone notizie» disse genialmente Rosie.

«È una possibilità remota, dato l'umore in cui sono. È molto più probabile che sia qualcuno con cui non voglio parlare.»

«E chi sarebbe?»

«Sarebbe chiunque è tanto insensibile da chiamarmi quando non ho voglia di essere chiamata.» Guardò in cagnesco il telefono. «Rispondi tu. Mi rende difficile concentrarmi sulle cifre.»

«Sarà il generale, comunque» disse Rosie. «È l'unico che ha la faccia tosta di lasciarlo squillare venticinque volte.»

«Bene, mettiamolo alla prova. Vediamo se ha la faccia tosta di lasciarlo squillare cinquanta volte. Una faccia tosta simile diventa arroganza, e se c'è una cosa che in questo momento non sopporto è l'arroganza. Pensi che stia osservando?»

«E già» rispose Rosie prendendo un po' della lozione per le mani della sua padrona. «Che altro ha da fare?»

Si dava il caso che l'abitazione del generale fosse in fondo alla stessa strada; e la finestra della camera da letto era in posizione dominante sul garage della casa di Aurora. Il generale non doveva fare altro che prendere il binocolo per vedere se nel garage c'era la Cadillac, e il binocolo lo teneva sempre a portata di mano. Sua moglie e Rudyard Greenway erano morti ad appena sei mesi di distanza l'una dall'altro, e da allora il generale e il suo binocolo avevano assunto un'importanza fondamentale nella vita di Aurora. Per lei anche lavorare nelle aiuole del giardino davanti alla casa era diventato un problema: raramente riusciva a farlo senza il pensiero di essere osservata da due occhi avidi e freddi, da militare.

Il telefono continuava a squillare. «Credo proprio che l'educazione militare faccia tabula rasa degli istinti più delicati» disse Aurora. «Stai tenendo il conto degli squilli?»

«Non è mica il mio ragazzo» disse Rosie, continuando a cercare qualcosa che potesse farle comodo sulla toeletta.

«Rispondi. Con questi squilli mi sta venendo il latte alle ginocchia. Sii inflessibile.»

«Sii che? Parli come mangia.»

«Non lasciarti maltrattare, in altre parole.»

Rosie prese il telefono e immediatamente la ruvida e virilissima voce del generale Hector Scott cominciò a graffiare gli orecchi ad entrambe. Anche fra i suoi cuscini Aurora la percepiva chiaramente.

«Salve, generale» disse Rosie con voce gaia. «Che ci fa alzato a quest'ora?»

Tutti quelli che lo conoscevano sapevano che Hector Scott si alzava alle cinque, estate e inverno, e faceva cinque chilometri di corsa prima di colazione. In questo esercizio era accompagnato dai suoi due cani di razza dalmata, Pershing e Maresciallo Ney, che erano entrambi, a differenza del generale, nel fiore degli anni. Ai cani correre piaceva, anche questo a differenza del generale, che lo faceva perché glielo prescrivevano le sue norme di vita. L'unico che odiasse senza riserve quelle corse mattutine era il suo domestico, F.V., che era costretto a starci dietro con l'automobile del generale, una vecchia Packard, per il caso che il padrone o magari uno del dalmati restasse secco per la strada.

Di cognome F.V. si chiamava d'Arch, ma pochi lo sapevano. Fra i pochi era Rosie, per il motivo che F.V. era originario di Bossier City, Louisiana, vicino a Shreveport, sua città natale. Ogni tanto, quando non era indietro coi suoi lavori, Rosie faceva quel po' di strada che c'era fra le due case e passava qualche ora distensiva nel garage del generale Scott, aiutando F.V. a rabberciare la Packard, una macchina così malandata e inaffidabile che in genere bastavano i cinque chilometri al seguito dei corridori per provocare qualche guasto. Per F.V. Rosie era un grande conforto, in parte perché amavano entrambi rievocare i vecchi tempi a Shreveport e a Bossier City, in parte perché lei s'intendeva di motori

Packard quasi quanto lui. F.V. era un uomo piccoletto e magro coi baffetti sottili e con un carattere melanconico tipico di certi bianchi del Sud con sangue negro e indiano nelle vene; il vecchio legame con Rosie per la comune origine geografica avrebbe potuto trasformarsi in un sentimento più profondo se non avessero avuto entrambi la sicurezza che Royce Dunlup li avrebbe presi a fucilate nel caso che, come diceva F.V., "succedesse qualcosa". "Già, anche Bonnie e Clyde li hanno fatti fuori a fucilate" osservava allegramente Rosie quando la conversazione cadeva su questo argomento.

Il generale Scott, tuttavia, sapeva benissimo che Rosie sapeva benissimo che era alzato dalle cinque, e sentì nella sua domanda un misto d'impertinenza e d'ingiuria. In circostanze normali non avrebbe tollerato né l'una né l'altra da parte di chicchessia, ma purtroppo nulla che riguardasse Aurora Greenway e il suo entourage, se così si poteva chiamare, aveva la minima attinenza alle circostanze normali. In quelle consuete circostanze straordinarie e irritanti, fece il consueto sforzo per mantenersi calmo, ma non senza fermezza.

«Rosie, non mettiamoci a discutere sui motivi per cui sono alzato» disse. «Può passarmi subito la signora Greenway?»

«Credo proprio di no» rispose Rosie lanciando un'occhiata alla sua padrona, che aveva in volto un'espressione cordiale ma alquanto remota.

«E perché?» chiese il generale.

«Non lo so. Mi pare che non ha deciso con chi vuole parlare, oggi. Aspetti un momento che glielo chiedo.»

«Non voglio aspettare e non aspetto» disse il generale. «Sono stupidaggini. Le dica che voglio parlare con lei subito. Ho già aspettato trentacinque squilli. Sono un uomo puntuale e sono stato sposato per quarantatré anni con una donna puntuale. Non mi piacciono questi ritardi.»

Tenendo il telefono lontano dall'orecchio, Rosie fece una smorfia alla padrona. «Dice che lui non aspetta. Dice che sono stupidaggini, e che sua moglie non lo ha fatto mai aspettare in vita sua. È stata puntuale per quarantatré anni.»

«Che orribile pensiero» disse Aurora facendo un gesto vago con la mano. «Nessun uomo mi ha fatto mai marciare al rullo dei tamburi e sono troppo vecchia per cominciare adesso. Ho inoltre notato che generalmente sono le persone di mente debole a rendersi schiave dell'orologio. Di' questo al generale.»

«Dice che non marcia al rullo dei tamburi e che non è schiava dell'orologio» Rosie informò il generale. «E dice che lei è debole di mente, perciò credo che può riattaccare.»

«Non voglio riattaccare» disse il generale digrignando i denti. «Voglio parlare con Aurora, e subito.»

Invariabilmente, i tentativi di farsi passare Aurora a un certo punto gli facevano digrignare i denti. L'unica consolazione stava nel fatto che i denti erano i suoi; non era ancora ridotto a dover digrignare una dentiera.

«Dov'è?» chiese, sempre digrignando.

«Oh, non è lontana. Da una parte è lontana e dall'altra è qui vicina.»

«Stando così le cose» disse il generale, «vorrei sapere che bisogno c'era di lasciare squillare il telefono trentacinque volte. Se avessi ancora i miei carri armati non sarebbe successo, Rosie. Una certa casa che conosco sarebbe stata rasa al suolo molto prima del trentacinquesimo squillo, se avessi ancora i miei carri armati. Allora si vedrebbe chi va preso sottogamba e chi no.»

«Ricomincia coi carri armati» disse Rosie tenendo il telefono lontano dall'orecchio. «È meglio che ci parli.»

«Chi parla? Chi parla?» disse a voce altissima il generale parlando nella cornetta. Ai suoi tempi aveva comandato una divisione corazzata, e ogni volta che cercava di parlare al telefono con Aurora gli tornavano in mente i suoi carri armati. Aveva cominciato perfino a sognarseli, per la prima volta dopo la guerra. Qualche notte prima aveva fatto un sogno bellissimo, in cui percorreva il River Oaks Boulevard stando in piedi nella torretta del suo carro armato più grosso. I soci del country club che aveva sede in fondo al viale si erano allineati sul marciapiede e lo guardavano con rispetto. Era l'unico generale d'armata socio del club, e gli altri soci lo guardavano con rispetto anche senza carro armato; comunque il sogno gli era piaciuto molto. I carri armati ricorrevano spesso nei sogni del generale; in molti di questi sogni finiva col vedersi mentre faceva irruzione, spianando i muri, nel soggiorno di Aurora, o a volte in cucina. In altri, invece, lui col suo carro armato girava indeciso davanti alla casa, cercando di escogitare il modo di salire al piano di sopra e irrompere in camera da letto, dove Aurora stava quasi sempre. Per arrivare in camera da letto avrebbe avuto bisogno di un carro armato volante, e tutti quelli che si intendevano di generali sapevano che Hector in fatto di mezzi bellici era un realista. I carri armati volanti non esistevano, e anche sotto costrizione il suo subconscio si rifiutava di fornirgliene uno. Di conseguenza continuava a impegolarsi, con Aurora Greenway e la sua donna di servizio, in comunicazioni telefoniche che gli facevano venir voglia di spaccare la cornetta.

Stava arrivando a questo stato d'animo quando Aurora allungò la mano e prese la cornetta. «Tanto vale che gli parli» disse. «Non ho poi una gran fretta di pagare le fatture.»

Rosie le cedette il ricevitore con qualche riluttanza.

«Fortuna che quando l'hanno congedato dall'esercito non si è portato appresso i suoi carri armati» disse. «Se un giorno se ne procura uno e ci viene addosso che succede?»

Aurora la ignorò. «Bene, Hector, come al solito» disse scoprendo la cornetta, «hai spaventato un bel po' Rosie coi tuoi discorsi sui carri armati. A me sembra che alla tua età dovresti sapere che cosa spaventa la gente e che cosa no. Non rimarrei sorpresa se mi desse il preavviso. Chi vuole lavorare in una casa che da un momento all'altro potrebbe essere rasa al suolo da un carro armato? Mi sembra che tu non te ne renda conto. Sono sicura che a F.V. non piacerebbe se io minacciassi ogni momento di piombargli addosso?»

«Proprio di questo ha paura» disse Rosie ad alta voce. «Sa come guida lei. Una Cadillac può fare secco uno come un carro armato. F.V. lo dice sempre.»

«Oh, taci. Sai quanto sono suscettibile sul mio modo di guidare.»

«Io non ho detto niente, Aurora» disse il generale.

«Be', vorrei che tu non parlassi con una voce così ruvida, Hector» rispose Aurora.

«F.V. è scalognato a stare proprio qui all'angolo» proseguì Rosie.

«La cucina è proprio dove lei andrebbe a sbattere se mai si dimentica di sterzare.»

«Io non mi dimentico di sterzare!» disse Aurora calcando bene le parole.

«E chi ha detto che te ne dimentichi?» incalzò il generale, cominciando ad infuriarsi.

«Hector, se hai intenzione di urlare riattacco subito» disse Aurora. «Oggi ho i nervi un po' scoperti e tu non mi aiuti certo facendo squillare il telefono trentacinque volte. Se si consuma la suoneria non mi fa mica piacere, questo è sicuro.»

«Aurora cara, basta che tu risponda al telefono» disse il generale sforzandosi di mettere moderazione e garbo nella voce. Sapeva benissimo di avere la voce ruvida e roca, ma era una conseguenza naturale del fatto che in gioventù aveva prestato servizio ai tropici e il suo apparato vocale era stato danneggiato dalle esigenze del dovere, come alzare sempre la voce, in quel clima umido, con dei subordinati idioti. Prima o poi l'ignoranza e l'incapacità dei suoi subordinati lo costringevano sempre a urlare, e nella sua carriera di subordinati ignoranti e incapaci ne aveva avuto tanti che alla fine della seconda guerra mondiale la sua voce era ridotta a poco più che un gracidìo. A lui sembrava che in seguito fosse migliorata, ma Aurora Greenway non l'aveva mai trovata di suo gusto, anzi pareva gradirla sempre meno col passare degli anni. In quel momento non la gradiva affatto.

«Hector, non ti conviene farmi dei rimproveri» disse. «Non sono inquadrata in un reparto militare e non ci tengo affatto ad essere trattata come un soldato semplice, o un sergente, o quale che sia il grado che mi hai assegnato nei tuoi pensieri. Il telefono è mio, sai, ed è affar mio se non ho voglia di rispondere. Inoltre quando chiami spesso sono fuori. Se la suoneria deve squillare sessanta o settanta volte ogni volta che ti metti in testa di telefonarmi, farà presto a consumarsi. Sarà una fortuna se durerà qualche mese.»

«Aha, ma sapevo che c'eri» si affrettò a rispondere il generale. «Ho qui il binocolo e ho tenuto d'occhio il tuo garage. Dalle sei di stamattina in poi non sei uscita con la macchina, e credo di conoscerti abbastanza per sapere che non sei tipo da andare da qualche parte prima delle sei. E così ti ho in pugno. C'eri e facevi l'ostinata.»

«È una conclusione piuttosto mortificante per te» ribatté prontissima Aurora. «Spero fermamente che tu non abbia condotto le tue battaglie come conduci quello che approssimativamente potremmo chiamare il tuo corteggiamento. Altrimenti sono certa che avremmo perso tutte le guerre in cui ci siamo trovati a combattere.»

«Oh, Madonna santa» esclamò Rosie sussultando per il generale.

Aurora non riprese nemmeno fiato. Il pensiero di Hector Scott che, a sessantacinque anni suonati, se ne stava col binocolo incollato al suo garage dalle sei del mattino era più che sufficiente per farle veder rosso.

«Già che ci sei, Hector, lascia che ti indichi alcune possibilità che sembri aver trascurato nel tuo ragionamento, per chiamarlo così. Primo, potevo avere il mal di testa e non aver voglia di parlare, nel qual caso sentire squillare il telefono sessanta volte non poteva certo farmi star meglio. Secondo, potevo essere nel giardino dietro la casa, al di là della portata del mio telefono e del tuo binocolo. Mi piace molto scavare la terra, come dovresti sapere. Lo faccio spesso. Un po' di relax devo averlo, sai.»

«Ma va benissimo, Aurora» disse il generale rendendosi conto che era necessaria un piccola ritirata. «Mi fa piacere che stessi a scavare la terra, è un buon esercizio. Ai miei tempi lo facevo spesso anch'io.»

«Mi hai interrotto, Hector. Non stavo parlando dei tuoi tempi, stavo enumerando alcune possibilità che hai trascurato nella smania di parlare con me. Una terza, distinta possibilità è che un invito mi abbia distolta dallo squillare del telefono.»

«Che invito?» chiese il generale, fiutando guai. «Non mi piace sentire questa parola.»

«Hector, in questo momento sono così irritata con te che davvero non me ne importa un fico di quello che ti piace e non ti piace. Il semplice fatto è che frequentemente, anzi abitualmente, ricevo inviti da alcuni signori che non sono te.»

«Alle sei di mattina?»

«Non importa quando. Non sono vecchia come te, lo sai, e sono molto meno costante nelle mie abitudini di quanto sembra fosse la tua brava consorte. Per la precisione, non si può mai dire dove potrei essere alle sei del mattino, né c'è un particolare motivo per cui si debba pretendere che io lo dica, se non ne ho voglia. Non sono la moglie di nessuno, al momento, come certo saprai.»

«Lo so e lo trovo assurdo. Sono pronto a rimediarci, come ti ho detto tante volte.»

Aurora coprì la cornetta con la mano e si rivolse a Rosie con una faccia divertita. «Ricomincia con la proposta di matrimonio.» Rosie stava frugando in un armadio per vedere se trovava un paio di scarpe abbastanza consumate perché potesse confiscarle a beneficio della figlia maggiore. Le ultime notizie sul generale non la sorpresero affatto. «Già, e magari vuol fare il matrimonio in un carro armato.»

Aurora tornò al generale. «Hector, non dubito che tu sia pronto a farlo. Parecchi signori sono pronti a farlo, se significa qualcosa. Il punto su cui devo insistere è che non sei in grado, per quanto pronto, e non mi piace affatto che il termine "assurdo" venga usato come lo hai usato tu poco fa. Non vedo niente di assurdo nell'essere vedova.»

«Mia cara, sei vedova da tre anni. Per una donna robusta come te è abbastanza. Troppo, anzi. Ci sono certe necessità biologiche, sai. Non fa bene ignorare tanto a lungo le necessità biologiche.»

«Hector, ti rendi conto quanto stai diventando grossolano?» disse Aurora con un lampo negli occhi. «Ti rendi conto che hai fatto squillare il mio telefono decine di volte, e adesso che sono tanto cortese da rispondere non trovi di meglio che farmi una conferenza sulle necessità biologiche? Non potevi mettere le cose in modo meno romantico, direi.»

«Sono un militare, Aurora» rispose il generale cercando di essere severo. «Parlar brusco per me è l'unico modo. Siamo adulti tutti e due. Non c'è bisogno di menare il can per l'aia su queste cose. Stavo solo facendoti notare che è pericoloso ignorare le necessità biologiche.»

«Chi dice che le ignoro, Hector?» disse Aurora con qualcosa di diabolico nella voce. «Fortunatamente ci sono ancora alcune nicchie nella mia vita che sfuggono al tuo binocolo. Devo dire che non mi fa un particolare piacere l'idea che tu te ne stia lì giorno dopo giorno a riflettere sulle mie necessità biologiche, come le chiami. Se è questo che fai non c'è da stupirsi che in genere sia così sgradevole parlare con te.»

«Io non sono un tipo sgradevole con cui parlare. E non è vero nemmeno che non sono in grado.»

Aurora aprì una fattura, quella della sua sarta meno preferita. Era per settantotto dollari. La guardò pensierosa prima di rispondere. «In grado?»

«Sì. Hai detto che ero pronto ma non in grado. Protesto, Aurora. Non ho mai consentito a nessuno di gettare ombre sulle mie capacità. Sono sempre stato all'altezza.»

«Non ti seguo proprio: mi hai perso per strada, Hector» disse vagamente Aurora. «Proprio sbadato da parte tua. Credo che tu ti riferisca a quanto ho detto sul matrimonio. Ti sarebbe molto difficile negare che non sei in grado di sposarmi, dato che io semplicemente non voglio. Non vedo come tu possa ritenerti in grado, quando è ovvio per entrambi che non puoi fare niente.»

«Aurora, vuoi star zitta?» urlò il generale. Per la collera gli si erano bruscamente rizzati i pochi capelli e nello stesso tempo, anche se meno bruscamente, gli si era rizzato il pene. Aurora Greenway era esasperante, assolutamente esasperante; tranne un paio di suoi comandanti in seconda, nessuno era mai riuscito a farlo tanto infuriare in vita sua. Inoltre nessuno in vita sua era riuscito a fargli avere un'erezione parlandogli al telefono, ma Aurora sì. Ed era quasi infallibile per via di un certo timbro nella voce, sia che stesse argomentando o polemizzando, sia che si tenesse allegramente nel vago o parlasse di musica e di fiori.

«Ma certo, Hector, starò zitta, anche se mi sembra piuttosto sgarbato da parte tua suggerirmelo» disse Aurora. «Oggi sei eccezionalmente sgarbato con me, sai. Sto pagando le fatture e cercando di concentrarmi sui conti e tu col tuo tono ruvido e militaresco non mi aiuti affatto. Se non la smetti di essere sgarbato ti farò parlare con Rosie al posto mio, e lei sarà molto meno cortese di me.»

«Tu non sei stata cortese, sei stata maledettamente irritante!» esplose il generale, ma gli rispose solo un clic. Rimise giù la cornetta e restò in tensione per diversi minuti, digrignando silenziosamente i denti. Guardò dalla finestra in direzione della casa di Aurora, ma si sentiva troppo scoraggiato per tirar su il binocolo. L'erezione indugiò un poco, poi si quietò; e poco dopo che le cose erano tornate normali il generale prese il telefono e rifece il numero.

Aurora rispose al primo squillo. «Spero proprio che tu sia di un umore migliore adesso, Hector» disse subito senza lasciarlo parlare.

«Come sapevi che ero io? Non corri un grosso rischio? Poteva benissimo essere uno di quegli altri che ti telefonano abitualmente. Poteva essere anche il tuo uomo del mistero.»

«Quale uomo del mistero, Hector?»

«Quello a cui hai fatto un'allusione così esplicita» rispose il generale, non senza asprezza. L'aveva invaso un senso di disperazione. «Quello con cui presumibilmente dividi il letto quando non sei in casa alle sei del mattino.»

Aurora aprì altre due fatture in attesa che il generale si calmasse; cercava di ricordare che cosa aveva fatto con quaranta dollari di attrezzi da giardino che, a quanto pareva, aveva comprato tre mesi prima. Sull'accusa del generale poteva anche sorvolare, ma nel tono in cui l'aveva fatta c'era qualcosa di più serio. «Ora, Hector, mi sembri nuovamente rassegnato. Sai quanto detesto sentirti rassegnato. Spero che tu non ti sia lasciato demoralizzare da me un'altra volta. Devi imparare a difenderti con un po' più di vigore se vuoi andare d'accordo con me. Pensavo che un militare come te avesse più abilità nel difendersi. Non capisco come tu sia sopravvissuto a tutte le tue guerre se questo è il meglio che sai fare.»

«Per la maggior parte del tempo ero in un carro armato» disse il generale, ricordando come si era sentito a suo agio. Il tono di voce di Aurora era molto caldo e amichevole, e cominciò a tornargli l'erezione. Lo aveva spesso stupito la rapidità con cui Aurora sapeva tornare ad essere calda e amichevole quando era sicura di tenere qualcuno saldamente in pugno.

«Be', temo che questa sia acqua passata» riprese Aurora. «D'ora in poi dovrai fare a meno dei carri armati. Dimmi qualcosa e metti nella voce un po' di vivacità, se non ti dispiace. Non immagini quanto sia deprimente sentire al telefono una voce rassegnata.»

«Bene, vengo al punto» disse il generale, tornato miracolosamente se stesso. «Chi è il nuovo?»

«Di che cosa stai parlando?» chiese Aurora. Stava raccogliendo tutte le fatture non aperte perché aveva deciso di farne un mucchietto ordinato prima di aprirle. La vista di mucchietti bene ordinati delle cose più varie contribuiva molto a convincerla che la sua vita era veramente in ordine, indipendentemente dal suo stato d'animo. Aveva deciso che la fattura da settantotto dollari era probabilmente giustificata e stava facendo cenno a Rosie di portarle la penna stilografica, che era sulla toeletta invece che al suo posto. La toeletta non si prestava ad ospitare dei mucchietti ordinati: c'erano andati a finire centinaia di oggetti e Rosie prese in mano bottigliette di profumo, vecchi biglietti d'invito e lapis per le ciglia, non sapendo che cosa volesse Aurora.

«La stilografica, la stilografica» disse Aurora prima che il generale potesse rispondere. «Non vedi che devo scrivere un assegno?»

Rosie prese la stilografica e gliela gettò sbadatamente. Le piaceva investigare sulla toeletta: c'erano sempre prodotti di bellezza che lei non aveva mai sentito nominare. «Gli dica che lo sposa se cambia quella vecchia Packard» disse annusando un olio di cetriolo. «Quella macchina costa una barca di soldi e non cammina. F.V. ha provato a dirglielo ma non è servito a niente.»

«Rosie, sono certa che il generale Scott è capace di decidere quale automobile vuole» disse Aurora, scrivendo con energia l'assegno. In quel momento aveva la netta sensazione di essere ben padrona delle sue fortune. «Che cosa stavi dicendo, Hector?»

«Ti ho chiesto con chi passi la notte» rispose a denti stretti il generale. «Te l'ho chiesto parecchie volte. Certo se non vuoi rispondere è affar tuo.»

«Sei troppo suscettibile, Hector. Stavo solamente cercando di farti capire che dove sono e che cosa faccio alle sei del mattino può dipendere da tanti fattori. Potrei essere stata a ballare fino all'alba, o potrei essere in crociera nei Caraibi con uno dei tuoi rivali. Non mi sembra che tu abbia molto senso sportivo, sai? È una cosa che dovresti cercare di coltivare prima di invecchiare ancora.»

Il generale provò un gran sollievo. «Aurora, posso chiederti un favore? Se esci mi daresti un passaggio fin dal droghiere? Temo che la mia macchina sia rotta.»

Aurora sorrise fra sé. «È un favore alquanto prosaico, Hector, se si considera tutto quello che avresti potuto chiedermi, ma certamente posso fartelo. Se devi star lì a patir la fame, le mie fatture possono certamente aspettare. Mi metto in ordine e facciamo una bella gita. Magari riesco a farmi invitare a pranzo da te.»

«Aurora, sarebbe magnifico.»

«L'ha incastrato, eh?» disse Rosie quando Aurora riattaccò. «Non ci è voluto molto, eh?»

Aurora si alzò, facendo ricadere in disordine la pila di fatture. Si affacciò alla finestra e guardò il giardino illuminato dal sole: era una bellissima giornata e il cielo azzurro era chiazzato di nuvolette bianche. «Gli uomini che sono liberi tutto il giorno hanno un tale vantaggio su quelli che non lo sono» disse.

«Le piacciono anche libidinosi, no?»

«Tu taci. Mi piacciono molte più cose che a te, a quanto pare. Sembra che tu non voglia altro che tormentare me e il povero Royce. Se vuoi saperlo, sei fortunata a essertelo tenuto per tanto tempo, dato il modo in cui lo tratti.»

«Royce andrebbe a fondo come un sasso se non avesse me che lo tormento» rispose Rosie, fiduciosa. «Che si mette per uscire? Lo sa quanto fa presto il generale. Capace che è già davanti alla porta. Sua moglie non l'ha fatto mai aspettare in quarantatré anni. Se non si sbriga lui la prende a ombrellate.»

Aurora aprì ancora di più la finestra. Era davvero un piacere uscire in una giornata come quella, anche con un uomo importuno come Hector Scott. Rosie venne a guardare anche lei dalla finestra. Anche lei era su di giri, e lo era perché Aurora sarebbe uscita, lasciandola libera di mettersi a frugare per tutta la casa. Aurora avrebbe fatto qualsiasi cosa per evitare di pagare le fatture, e se fosse rimasta a casa lo avrebbe evitato flirtando con Royce. Siccome però usciva, Rosie avrebbe potuto passare un'ora piacevole facendo a Royce la lezione sui suoi molti difetti mentre mangiavano.

«Guarda che giornata» disse Aurora. «Non è magnifica? Se potessi mettermi nello stato d'animo giusto sono sicura che a farmi felice basterebbero gli alberi e il cielo. Vorrei solo che Emma sentisse queste cose come le sento io. Probabilmente adesso se ne sta in quel miserabile garage, più cupa che mai. Non so che farà col bambino se non impara a godersi una giornata come questa.»

«Sarà meglio se lo porta qua e lascia che lo tiriamo su noi» disse Rosie. «Non mi va giù che un figlio di Emma debba crescere vicino a Flap. Se io e lei avessimo qui un paio di bambini di Emma per giocarci insieme, chi chiederebbe altro?»

«Qualunque cosa purché ti calmi» disse Aurora, anche se in realtà in una bella giornata come quella nemmeno l'idea di veder Rosie incinta riusciva a deprimerla. «Credo che metterò quel vestito che ho appena pagato» aggiunse, e andò a prenderlo nell'armadio a muro. Era un abito di seta a fiori, azzurro chiaro, e faceva praticamente tutto ciò che un abito deve fare sia per la carne, sia per lo spirito. Si mise a vestirsi in fretta, felicemente convinta che almeno settantotto dollari erano stati ben spesi.

Dopo un'oretta abbondante la Cadillac imboccò il vialetto d'accesso alla casa del generale. In canottiera e con indosso un paio di calzoni da meccanico, F.V. innaffiava di malavoglia il prato. Aveva l'incorreggibile abitudine di stare in canottiera, un'abitudine di molti sanguemisti del Sud che neanche la ferrea disciplina del generale era riuscita ad estirpare. Era piccolo di statura e aveva un'aria perennemente lugubre.

Aurora non ci fece caso. «Ci risiamo, F.V.» disse. «Vorrei che non andassi in giro in canottiera. Non conosco nessuno a cui piaccia la vista di un uomo in canottiera. E non capisco perché hai deciso di sprecare acqua in quel modo. In una città dove piove due volte al giorno non c'è bisogno di innaffiare i prati.»

«Non piove da due settimane, signora Greenway» disse lugubremente F.V. «Me l'ha detto il generale di innaffiare.»

«Oh, il generale è troppo smanioso. Se vuoi dar retta a me, dovresti spegnere quella pompa e andarti a stirare una bella camicia pulita.»

F.V. prese un'aria ancora più lugubre e agitò la pompa in qua e in là, indeciso. Una delle cose per cui pregava, le rare volte che pregava, era che la signora Greenway restasse inflessibile nel rifiuto di sposare il generale.

Il generale era un padrone severo, ma almeno con lui c'era un rapporto definito. F.V. non aveva idea del rapporto che aveva con la signora Greenway, la quale raramente aveva bisogno di più di due minuti per metterlo fra i due corni di un dilemma, come aveva appena fatto, e l'idea di dover vivere fra i corni di migliaia di dilemmi gli riusciva insopportabile.

Per fortuna proprio in quell'istante il generale Scott uscì di casa. Aveva seguito col binocolo l'avvicinarsi di Aurora ed era pronto. Indossava, come sempre da quando aveva deposto l'uniforme, un costoso vestito grigio ferro e una camicia a righine blu. Anche Aurora era costretta a riconoscere che vestiva in modo impeccabile. Le sue cravatte erano sempre rosse e i suoi occhi sempre azzurri. L'unica cosa di lui che non era come un tempo erano i capelli: con suo profondo disappunto se ne erano andati quasi tutti fra il sessantatreesimo e il sessantacinquesimo anno d'età.

«Aurora, sei magnifica» esclamò avvicinandosi alla macchina e chinandosi a baciarle la guancia. «Quell'abito è proprio fatto per te.»

«Sì, letteralmente, temo. Ho pagato la fattura stamattina. Sali subito, Hector. Fare tanti conti mi ha messo un appetito lancinante e ho pensato che potremmo andare in campagna a mangiare nel nostro ristorantino di pesce preferito, se per te va bene.»

«Perfetto» disse il generale. «Piantala di agitare quella pompa, F.V. Per poco non mi annaffiavi. Tienila puntata sul prato finché ce ne andiamo.»

«La signora Greenway mi ha detto di spegnerla, comunque. Vuole che vada a stirarmi una camicia.»

Lasciò andare la pompa, come se tante responsabilità così in conflitto fra loro avessero improvvisamente distrutto in lui ogni capacità di orientarsi, e con stupore del generale si diresse, camminando a fatica sul prato inzuppato, verso la casa, dove scomparve senza aver chiuso la pompa.

«Si comporta come se andasse a suicidarsi» disse il generale. «Che cosa gli hai detto?»

«L'ho ammonito a non stare in canottiera. Il mio tradizionale ammonimento. Forse se do un colpo di clacson torna fuori.»

Aurora aveva sempre pensato che il clacson fosse la parte più utile dell'automobile, e lo usava frequentemente e senza alcuna inibizione. Le bastarono dieci secondi per tirar fuori di casa F.V. a colpi di clacson.

«Senti, chiudi quella pompa se non devi innaffiare» gli disse il generale, un po' confuso. Il clacson lo aveva innervosito e non riusciva a escogitare altre istruzioni. Associava i rumori forti con le battaglie e non sapeva come regolarsi in una battaglia che aveva luogo sul vialetto d'accesso a casa sua.

F.V. raccolse la pompa e si avvicinò alla macchina tanto distrattamente che Aurora e il generale temettero che stesse per infilarla nel finestrino facendo loro la doccia. Fortunatamente si fermò sul ciglio del vialetto. «Non ce la farò mai ad aggiustare la Packard se lei non mi aiuta. Quella macchina mi fa dannare l'anima.»

«Sì, certo, fa pure» rispose Aurora facendo bruscamente marcia indietro. La pompa era troppo vicina per lasciarla tranquilla e F.V. non pareva in grado di controllarla con fermezza. In cinque secondi lei e il generale furono al sicuro sulla strada. «Sai, F.V. non ha fatto il servizio militare» disse il generale con aria meditabonda. «Sarà per questo che è così.»

A metà del pranzo Aurora si rese conto che era troppo carina col generale, ma il pranzo era così delizioso che non riusciva a fare altrimenti. Più d'una volta, nella sua vita, la buona cucina era stata la sua rovina. La cosa che l'aveva attratta verso Rudyard, a parte la statura, era il fatto che lui conosceva tutti i buoni ristoranti della costa atlantica; purtroppo, appena si sposarono, se li dimenticò e si affezionò ai sandwich di formaggio al peperoncino con una passione che gli durò per tutta la vita. I cibi ben preparati spazzavano via le sue difese – non poteva mangiar bene e tirar fuori le unghie nello stesso tempo – e quando ebbe finito l'aragosta e attaccò il branzino si sentiva estremamente allegra.

Con tutto quell'ottimo pesce si rese necessario per entrambi bere un bel po' di vino bianco, e quando Aurora ebbe spolverato anche un'insalata e cominciò a pensare in termini vaghi al problema del ritorno a casa, il generale era ancora più euforico e aveva cominciato ad allungare la mano ogni due minuti per strizzarle il braccio, complimentandosi per il bell'abito e la bellissima carnagione. Nulla poteva meglio di un buon pranzo far sprizzare scintille ad Aurora, e prima ancora che il pasto fosse finito le scintille erano tanto lucenti che il generale era sull'orlo dello stato di esaltazione. «Evelyn mangiava come un uccellino» disse. «Ha sempre spilluzzicato e nient'altro. Perfino in Francia non aveva voglia di mangiare. Non ho mai capito perché.»

«Forse, poverina, le era rimasto qualcosa in gola» disse Aurora gustando allegramente le ultime ciliegie che le rimanevano sul piatto. Se il pranzo non fosse stato così succulento avrebbe fatto uno sforzo per attenuare il suo scintillìo, ma non sapeva quando le sarebbero nuovamente capitate delle ciliegie così buone e non se la sentiva di sprecarne nemmeno una. Quando finì si passò la lingua su tutti gli angoli della bocca, nella speranza di trovare qualche frammento di cibo che poteva essere andato disperso, e mentre cercava si abbandonò sullo schienale della sedia e cominciò a passare in rassegna il locale. Era rimasta tanto assorbita nel mangiare che non aveva nemmeno fatto caso alla clientela. La sua tardiva esplorazione diede però scarsi frutti: si era fatto tardi e, oltre a lei e al generale, in tutto il ristorante c'erano ancora solo due o tre persone che indugiavano a tavola.

Ora che il pranzo era finito non potè non notare che il suo amico generale Scott era in uno stato di esaltazione. La sua faccia era rossa quasi quanto la cravatta, e aveva cominciato a parlare di climi esotici. In lui era uno dei segni peggiori.

«Aurora, se solo tu venissi con me a Tahiti» disse mentre si avviavano alla macchina. «Se potessimo starcene insieme a Tahiti per un po' sono sicuro che vedresti le cosa in una luce diversa.»

«Ma Hector, guardati intorno» rispose Aurora indicando il cielo azzurro. «Qui la luce è meravigliosa. Non vedo perché dovrei cambiarla con la luce della Polinesia, se è lì che vorresti portarmi.»

«No, non mi hai capito. Volevo dire che con un po' più di tempo a disposizione potresti arrivare a pensarla diversamente su di me. Qualche volta i climi esotici fanno miracoli. Le vecchie abitudini si fanno da parte.»

«Ma Hector, io sono affezionata alle mie abitudini. È carino da parte tua pensare a me, ma davvero non vedo perché dovrei andare fino a Tahiti per liberarmi delle mie abitudini. Mi trovo perfettamente a mio agio qui dove siamo.»

«Be', io no» rispose il generale. «Se vuoi sapere la verità, sono maledettamente frustrato.» Vedendo che il parcheggio era vuoto, tranne per la loro macchina, dimostrò immediatamente la natura della sua frustrazione lanciandosi all'assalto. Mascherò per un paio di secondi la manovra offensiva fingendo di volerle solo tenere aperta la portiera per aiutarla a salire, ma Aurora non si lasciò trarre in inganno. Raramente il generale era capace di moderarsi, soprattutto quando si era fatto così rosso in faccia, ma lei aveva una notevole esperienza delle sue piccole guerre lampo e sapeva che non recavano una seria minaccia alla sua persona e al suo stato d'animo.

Per schivare l'offensiva in corso si mise a cercare in borsetta le chiavi della macchina, mettendoci parecchio tempo, e a parte la necessità di rimettere in ordine il vestito e i capelli – cose che avrebbe dovuto fare in ogni caso – uscì dal combattimento con l'umore intatto. «Hector, tu batti tutti» disse gaiamente mentre infilava la chiavetta d'accensione piegata. «Non vedo perché tu debba pensare che io venga a Tahiti con te se mi salti addosso in ogni parcheggio della città. Se questo è il tuo modo di comportarti non vedo nemmeno perché una donna possa accettare di sposarti.»

L'impeto passionale del generale si era un po' raffreddato a causa dell'insuccesso, e lui se ne stava seduto a braccia conserte, serrando le labbra. Non era irritato tanto con Aurora quanto con la sua defunta consorte Evelyn. Il motivo fondamentale di questa irritazione nei confronti di Evelyn era che costei aveva fatto ben poco per prepararlo a una donna come Aurora. Tanto per cominciare, Evelyn era piccola e minuta, mentre Aurora riusciva sempre a schivarlo divincolandosi e rifugiandosi in un angolino, dove non era possibile abbracciarla. Evelyn non aveva saputo fargli far pratica in un esercizio del genere perché era la pazienza e la docilità in persona e, che lui ricordasse, in vita sua non si era mai divincolata per schivarlo. Appena lui la toccava aveva sempre smesso di fare quello che stava facendo, e in certi casi ancor prima che la toccasse. In realtà non stava mai facendo niente d'importante e considerava i suoi abbracci un gradevole cambiamento di ritmo.

Il ritmo di Aurora era tutt'altra cosa, e a posteriori il generale non riusciva a capire perché Evelyn fosse stata così docile. Aurora, dal canto suo, con un occhio sorvegliava lui e con l'altro la strada. Lo spettacolo del generale a braccia conserte era talmente comico che non riuscì a trattenere una risatina. «Hector, non sai quanto sei buffo in queste occasioni» disse. «Non sono sicura che tu abbia un senso dell'humour adeguato. Eccoti qui a fare il broncio, se non sbaglio, solo perché non ti ho lasciato fare i comodi tuoi al parcheggio. Ho sentito che i ragazzetti vanno matti per cose del genere, ma tu ed io da tempo non siamo più ragazzetti, devi ammetterlo.»

«Oh, Aurora, sta zitta. Per poco non andavi a sbattere contro quella cassetta della posta. Non puoi stare più vicina al centro della strada?» L'inclinazione di Aurora a guidare con una ruota sul ciglio della strada irritava il generale quasi quanto quella a parcheggiare a un metro dal marciapiede.

«Tanto per farti piacere ci proverò» disse Aurora sterzando un pochino a sinistra. «Sai che non mi piace stare vicino al centro della strada. Francamente, se hai intenzione di tenere il broncio fino a casa non me ne importa niente se sbatto contro una cassetta postale. Non sono cresciuta in mezzo a uomini che tenevano il broncio, questo te lo posso dire.»

«Non sto tenendo il broncio, maledizione. Tu mi fai disperare, Aurora. Per te è facile parlare di parcheggi e di fare i comodi miei, ma in realtà sai benissimo che non mi resta la possibilità di farli in altri posti. A casa tua non mi vuoi e a casa mia non vuoi venire. Comunque sono anni che non faccio i comodi miei. Non mi abbevero alla fonte della giovinezza, sai. Ho sessantasette anni. Se i comodi miei non mi sbrigo a farli ora, non li potrò fare più.»

Aurora lo sbirciò e non poté non tirare un sospiro: in quello aveva ragione. «Caro, hai posto il problema in modo piuttosto carino» disse allungando una mano per sciogliergli le braccia conserte e dargli una strizzatina affettuosa. «Vorrei proprio essere più compiacente in questi giorni, ma il fatto è che non ci riesco.»

«Mica ci provi!» esplose il generale. «Potresti provarci, almeno! Quanti generali d'armata credi che ti capitino?»

«Vedi, tu dici sempre una frase di troppo, Hector. Se provassi ad accorciare i tuoi discorsi di una frase potresti trovarmi un po' più compiacente uno di questi giorni.»

Nonostante la sua precedente promessa, le ruote della Cadillac erano fuori dall'asfalto e sempre più vicine al fossato, ma il generale strinse le labbra e non commentò. Riteneva comunque che la responsabilità fosse per la maggior parte sua: sapeva benissimo che non si poteva fidare di Aurora su strada aperta e non avrebbe dovuto lasciarsi portare da lei in un ristorante a cinquanta chilometri dalla città.

«Sia come sia, penso sempre che dovresti provarci» disse in tono iracondo.

«Provarci non è esattamente quello che ci vuole, Hector. Non sono affatto la donna più esperta del mondo, ma questo lo so. Hai un tale buon gusto nel mangiare, caro, che detesto l'idea di lasciarti andare, ma temo che potrei esserci costretta. In questi giorni sono molto ferma nei miei atteggiamenti, e non credo che un viaggio a Tahiti mi cambierebbe molto.»

«Ma di che stai parlando, Aurora?» chiese il generale, turbato. «Perché dovresti lasciarmi andare, e dove credi che andrei se lo facessi?»

«Be', come hai sottolineato, mi comporto in un modo che ti provoca una certa frustrazione. Indubbiamente ti sentiresti meglio se io ti lasciassi andare. Sono certa che a Houston c'è un buon numero di belle signore che sarebbero lietissime d'imbattersi in un generale d'armata.»

«Non belle come te» disse il generale ancor prima che lei avesse finito di parlare.

Aurora fece una scrollata di spalle e si guardò un attimo nel retrovisore, che come al solito era girato in modo da farle vedere meglio la sua faccia che la strada.

«Hector, questo è molto romantico da parte tua» disse, «ma credo che sappiamo tutti e due che quali che siano le mie grazie, sono più che bilanciate dalle mie difficoltà. Lo sanno tutti che sono una donna impossibile e tanto varrebbe che tu lo ammettessi e smettessi di perdere il tempo che ti rimane. Temo di condividere, ormai, l'opinione generale. Sono altezzosa e autoritaria e ho la lingua molto tagliente. Tu ed io ci irritiamo a vicenda in diversi modi e credo che non potremmo vivere sotto lo stesso tetto per una settimana, anche facendo del nostro meglio. Un tipo esigente come me si merita di vivere sola, e probabilmente mi ci dovrò rassegnare. È puramente autolesionistico da parte tua startene in camera da letto puntando il binocolo sul mio garage e accarezzando i tuoi sogni. Trovati una donna carina che, come te, ami la buona cucina e portatela a Tahiti. Sei un militare e credo sia ora che tu riprenda l'abitudine al comando.»

Il generale era così sbalordito da quello che sentiva che dimenticò di avvertire Aurora che erano vicini alla svolta per Houston. «Ma Aurora, ce l'ho ancora l'abitudine al comando» disse con collera. «Si dà il caso che tu sia l'unica donna alla quale voglio comandare.»

Poi si accorse che lei non aveva notato la svolta e stava per sorpassarla. «Svolta, Aurora!» urlò, tanto forte da fare svoltare una colonna corazzata. Aurora tirò dritto per la strada principale.

«Hector» disse, «non è questo il momento per metterti in mostra. La tua voce non è più quella di una volta, e comunque non alludevo alla tua voce quando parlavo di abitudine al comando.»

«No, no, Aurora, hai perso la strada. Con tutte le volte che siamo passati da queste parti, maledizione, mi pare che dovresti conoscerla. Ogni volta ho dovuto indicartela.»

«Vedi, è proprio questo che intendevo dicendo che non facciamo l'una per l'altro. Tu sai sempre la strada per andare in un posto e io no. Sono certa che ci faremmo impazzire a vicenda, sarebbe questione di giorni. Non posso svoltare alla prossima traversa?»

«No!» disse il generale. «Quella va a El Paso. Torna indietro.»

«Va bene, benissimo. Passi metà della tua vita a parlarmi di climi esotici e adesso non vuoi nemmeno lasciarmi provare una strada nuova. Non mi pare molto coerente, Hector. Sai quanto detesto tornare sui miei passi.»

«Aurora, non hai un briciolo di disciplina» esclamò il generale perdendo la pazienza. «Se ci sposassimo ci metterei un minuto a rimediare.» Mentre lui perdeva la pazienza Aurora eseguì una delle sue più magistrali conversioni a U, passando rasente da un fossato laterale all'altro.

«Non hai messo la freccia» disse il Generale.

«Può darsi, ma è la tua macchina che è sempre rotta» rispose Aurora alzando il mento. La conversazione con Hector aveva cessato di essere gradevole, perciò aveva smesso di parlare. Gli effetti dell'eccellente pranzo non erano sfumati ed era sempre di ottimo umore. Erano sulla grande pianura costiera a sud di Houston. In cielo volavano i gabbiani e l'odore del mare si mescolava piacevolmente con quello dell'erba rigogliosa. Era piacevole anche guidare su quella strada, o a lei così pareva, ed era abbastanza facile da poter distogliere ogni tanto lo sguardo dalla strada e ammirare gli stormi dei gabbiani bianchi e gli straordinari cumuli di nubi che cominciavano ad ammucchiarsi uno sull'altro; molto più piacevole, certo, che guardare Hector Scott, che era tornato a mettersi a braccia conserte ed era ovviamente molto irritato con lei.

«Hector» disse Aurora, «non credo che tu tenessi tanto il broncio quando non eri ancora diventato calvo. Non pensi che una parrucca possa tirarti su il morale, caro?»

Senza un attimo di preavviso il generale le balzò addosso. «Svolta, Aurora! Stai sbagliando un'altra volta!»

Con profonda irritazione di Aurora, aveva allungato il braccio e stava per prendere il volante, e quindi lei fu costretta a scostarlo con una pacca sulla mano. «Svolto, svolto se è solo a questo che pensi, Hector» disse irritata. «Solo lasciami fare.»

«Ormai è troppo tardi. Non svoltare adesso, per l'amor di Dio!

Ma Aurora ne aveva abbastanza di discorsi simili. Senza ulteriori indugi sterzò, troppo tardi per imboccare la strada giusta ma proprio in tempo per evitare di andare a sbattere contro la barriera di filo spinato che la fiancheggiava. Ma non riuscì a evitare una grossa automobile bianca che, per nessun motivo visibile, era ferma sull'orlo del fossato accanto al filo spinato. «Oh, mio Dio» disse frenando.

«Te l'avevo detto!» imprecò a voce altissima il generale nell'istante in cui la Cadillac sbatteva contro la macchina ferma.

Aurora non correva mai troppo e le era rimasto il tempo di frenare un po', ma quando investì la macchina bianca lo fece ugualmente con notevole fracasso. Lo schianto non la scompose molto, ma subito dopo ce ne fu un altro – non ebbe idea da dove venisse – e poi con sua sorpresa la macchina rimase avvolta in una nube di polvere. Non aveva notato polvere prima dell'incidente.

«Mio Dio, Hector, credi che siamo capitati in una tempesta di sabbia?» chiese, e notò che il generale si teneva il naso con la mano. «Che hai fatto al naso?» chiese ancora mentre la Cadillac rimbalzava verso il filo spinato. Si fermò prima di arrivarci, ma la nube di polvere rimase. Dopo un po' si diradò e Aurora tirò fuori la spazzola e cominciò a spazzolarsi i capelli.

«Non parlare, Hector, non parlare» disse. «Sono sicura che stai per dire che me l'avevi detto, e mi rifiuto di sentirtelo dire.»

Il generale si teneva ancora il naso, che aveva battuto contro il parabrezza.

«Però non sono belli questi gabbiani?» proseguì Aurora, notando con una certa soddisfazione che stavano ancora svolazzando sopra le loro teste, probabilmente del tutto incuranti di un mondo in cui bisognava stare attenti a premere dei pedali.

«Be', ormai è fatta» disse il generale. «L'ho sempre saputo che sarebbe finita così, e ci hai pensato tu.»

«Bene, Hector, sono lieta di averti dato almeno questa soddisfazione. Mi spiacerebbe averti deluso in tutto.»

«Sei ridicola!» esplose il generale. «Spero che te ne renda conto. Proprio ridicola!»

«A volte lo sospetto» disse tranquillamente Aurora. «Nondimeno vorrei che tu non fossi tanto pronto a mettermiti contro.»

Continuò a spazzolarsi i capelli, ma con vigore affievolito. La polvere si era dissolta e lei aveva avuto un incidente, se non due. Lungi dall'essere di aiuto, Hector Scott era tornato a covare la sua rabbia, e gli istinti di Aurora erano confusi e attutiti. Di solito, quando qualcosa andava male, il suo istinto era di attaccare, ma in questo caso era troppo forte in lei la sensazione che l'accaduto fosse interamente colpa sua. Forse, come diceva Hector, era ridicola e niente più. In cuor suo si sentiva alquanto smarrita, e avrebbe voluto che ci fossero Rosie o Emma, ma non c'era nessuna delle due.

«Hector, vorrei che tu mi avessi lasciato provare la strada a cui eravamo arrivati» disse. «Non avremmo avuto un incidente se non avessi dovuto tornare indietro.»

In quel momento, con sua sorpresa, comparve davanti al finestrino un ometto di scarse pretese. Si vedeva subito che non aveva pretese.

«Salve, signora» disse. Aveva i capelli biondo chiari e la faccia piena di lentiggini.

«Sì, buongiorno, signore» rispose Aurora. «Mi chiamo Aurora Greenway. Lei è una delle mie vittime?»

L'ometto le strinse la mano nella sua, lentigginosa. «Vernon Dahlart» disse. «Nessun ferito?»

«Io ho battuto il naso» disse il generale.

«No, stiamo bene» disse Aurora ignorandolo. «Lei è ferito?»

«Macché» rispose Vernon Dahlart. «Stavo sul sedile di dietro, parlando al telefono, quando mi siete venuti addosso. Non mi avete fatto niente e il telefono funzione ancora. Dobbiamo inventare una storia da raccontare, subito però, perché quel ragazzo che vi ha investito è un agente della stradale.»

«Oh, mio Dio» disse Aurora. «Lo sapevo che ce l'hanno con me. Però non credevo che uno mi avrebbe investito.»

«Lei mi ha preso da dietro e poi è schizzata sulla strada» disse Vernon. «Ho visto. Lui arrivava proprio allora. Sta bene, ma gli è venuto un mezzo accidente. Gli ci vorrà un minuto o due per rimettersi in azione.»

«Oh» commentò Aurora. «Suppongo che finirò dentro. Come vorrei ricordarmi il nome del mio avvocato.»

«Macché, nessuno mette dentro una bella signora come lei» disse Vernon con un sorriso davvero gradevole. «Gli dica che è stata tutta colpa mia.»

«Aurora, sta attenta» disse il generale. «Non prendere impegni.»

Aurora non gli badò affatto. «Ma signor Dalhart» esclamò, «chiaramente la colpa è stata mia. Mi conoscono tutti per il mio modo capriccioso di guidare. Non ci penso nemmeno a dare la colpa a lei.»

«Non ci va di mezzo nessuno, signora. Io e il comandante della stradale tutte le sante settimane ci facciamo un poker e lui sono anni che vince. Dica a quel ragazzo che lei era in folle e io l'ho tamponata a marcia indietro. Lo scontrino della contravvenzione lo butto nel prossimo cestino che trovo. Tutto qui.»

«Uhuum» disse Aurora, riflettendo.

L'ometto sembrava incapace di star fermo. Spostava continuamente il peso da un piede all'altro, giocherellando con la fibbia della cintura. Eppure le sorrideva come se lei non avesse fatto niente di male, e questo era tanto piacevole da farla sentire incline a fidarsi di lui.

«Bene, signor Dalhart» disse infine, «da come lei la espone sembra una soluzione molto pratica, devo dire.»

«Aurora, non mi fido di quest'uomo» intervenne bruscamente il generale. Non gli piaceva il modo improvviso in cui Aurora aveva rizzato le penne. Se solo la catastrofe si fosse un po' aggravata, lei sarebbe stata costretta a fare appello a lui per avere conforto: di questo era sicuro.

«Signor Dalhart, le presento il generale Scott» disse Aurora. «È di gran lunga più sospettoso di me. Crede sinceramente che io possa passarla liscia con questo piccolo inganno?»

Vernon annuì. «Nessun problema. Questi della stradale sono tipi semplici. È come bluffare con un cane. Solo non si faccia vedere spaventata.»

«Ci proverò» rispose Aurora, «anche se non posso dire di aver bluffato con molti cani.»

«Adesso piantala» disse il generale ergendosi sul sedile e assestandosi il nodo della cravatta. «Dopo tutto dell'incidente sono testimone anch'io. E sono anche un uomo di principi. Metti che io non voglia starne a sentire zitto zitto mentre tu fai una dichiarazione falsa. Mentre dici una bugia, in altre parole. È questo che stai per fare, no?»

Aurora abbassò gli occhi sul grembo: qualche pericolo lo sentiva. Sbirciò Vernon Dalhart, che stava ancora trepestando davanti alla portiera, sempre sorridendole. Poi si volse e fissò negli occhi il generale. «Sì, Hector, va avanti. Non sono tanto nobile da non mentire all'occasione. È questo che mi rimproveri?»

«No, ma mi fa piacere che tu lo ammetta.»

«Non vieni al punto, Hector, e vorrei che ti sbrigassi» incalzò Aurora senza togliergli gli occhi di dosso.

«Be', l'incidente l'ho visto anch'io, e sono un generale d'armata» rispose lui, un po' innervosito dal suo sguardo, ma non tanto da fare marcia indietro.

«Non credo che tu abbia visto più di quanto ho visto io, Hector, e non ho visto altro che polvere. Dove vuoi arrivare?»

«Io sosterrò la tua piccola bugia se tu farai un viaggio a Tahiti perfettamente in regola, perfettamente rispettabile, con me» disse il generale con un'aria di trionfo. «Oppure, se Tahiti non ti sta bene, in qualsiasi altra parte del mondo che ti va a genio.»

Aurora guardò fuori del finestrino. Vernon stava ancora scalpitando, ma teneva anche gli occhi a terra, come se lo imbarazzasse essere testimone di quella conversazione. Aurora lo capì benissimo. «Signor Dalhart, posso chiederle un grande favore, così di punto in bianco?» disse.

«Ma sicuro.»

«Se la sua macchina funziona ancora, dopo la botta che ha preso per colpa mia, le dispiacerebbe darmi un passaggio fino in città? Quando avremo finito con la polizia, naturalmente. Non credo di poter guidare nello stato in cui sono.»

«Comunque, signora, la sua macchina non va» disse Vernon. «Il parafango si è schiacciato contro la gomma. La riporto a casa appena avremo sistemato le faccende con l'agente. Sarò lieto di riportare anche il generale» aggiunse un po' esitante.

«No, il generale no» disse Aurora. «Non mi interessa come il generale torna a casa. Come gli piace dire, è un generale d'armata e dubito che in un paese come il nostro si lasci morir di fame un generale d'armata su una strada in aperta campagna. Io un passaggio l'ho trovato e se lo può trovare anche lui.»

«Questa da parte tua è una bella porcata» disse il generale. «Va bene, allora non confermo la tua versione. Ho fatto un tentativo inutile, vedo, ma non vedo perché si debba anche ridere alle mie spalle. Smettila di fare così.»

Aurora aprì la portiera e scese. «Non avresti dovuto cercare di ricattarmi, Hector. Temo che abbia avuto un effetto letale sui miei sentimenti per te. Puoi startene seduto nella mia macchina se vuoi, e appena sarò a casa dirò a F.V. dove ti trovi. Sono sicura che verrà a prenderti. Molte grazie per il pranzo.»

«Piantala, santo Dio!» esclamò il generale infuriandosi di brutto. «Siamo vicini di casa da anni e non mi lascio piantare in asso a questo modo. Che diavolo ho fatto di male?»

«Niente, Hector, niente di niente» rispose lei. Si chinò a guardarlo. Dopo tutto erano vicini di casa da anni. Ma non c'era niente del buon vicino di casa negli occhi del generale. Erano azzurri, gelidi e infuriati.

Aurora rialzò la testa e guardò l'immensa distesa d'erba che disgradava verso il Golfo del Messico.

«Allora torna in macchina e smettila di comportarti come una regina oltraggiata» disse il generale.

Aurora scosse il capo. «Non ho intenzione di tornare in macchina. Il motivo per cui non hai fatto niente di niente, Hector, è che non potevi. Non hai potere in questo momento. È il pensare a quello che potresti fare se il potere lo avessi che mi preoccupa. Certo non voglio dartelo io. Adesso devo andare. Tu arrangiati.»

«Questa non me la dimentico, Aurora» disse il generale, paonazzo in volto. «Sta sicura che me la paghi.»

Aurora si allontanò dalla macchina. Il terreno era un po' accidentato e prese il braccio di Vernon, che parve un po' sciocccato, ma la lasciò fare. «Mi dispiace per quella piccola discussione» disse Aurora. «È imbarazzante assistere alle liti.»

«Ho sempre sentito che con i generali non c'è che guai» disse Vernon.

«Non *ci sono* che guai» corresse Aurora. «Generali è plurale e vuole il verbo al plurale. Suona meglio, sa?»

Vernon non lo sapeva. La guardò con aria incerta.

«Oh, bene» riprese subito Aurora. «Non dovrei mettermi a criticare la sua grammatica dopo averle sfasciato la macchina. È solo un'abitudine.»

Si stupì molto per essersi lasciata sfuggire una simile confessione, anche perché si accorse che mentre gli parlava Vernon guardava dietro di lei. «La stradale ha ripreso fiato» disse. «Adesso comincia la musica.»

Un poliziotto magrissimo e giovanissimo stava girando intorno alla macchina di Vernon, una Lincoln bianca enorme, che sul tetto aveva quella che sembrava un'antenna televisiva.

«Perché è così magro?» esclamò Aurora guardando il poliziotto. «È proprio un ragazzo.» Si era aspettato un tipo massiccio e infuriato, e alla vista di un giovanotto tanto magrolino si rassicurò notevolmente. «Perché continua a girare intorno alla macchina? Crede che gli giri la testa?»

«Può darsi che gli giri un po'» rispose Vernon. «È probabile che stia guardando le impronte delle ruote per capire che è successo. Ha sfasciato una macchina della polizia e una spiegazione dovrà pur darla.»

«Oh» disse Aurora. «Forse dovrei riconoscere che la colpa è mia. Altrimenti potrei rovinargli la carriera.»

Prima che Vernon facesse in tempo a scuotere il capo arrivò il giovane agente, scuotendolo anche lui. Aveva in mano un tabellone per disegnare.

«Salve, gente» disse. «Spero che almeno uno di voi sappia che cosa ci è successo. Io non ci capisco un accidente.»

«Colpa mia» rispose Vernon. «Lei e la signora non potevate farci niente.»

«Sono l'agente Quick» disse il giovanotto, parlando molto lentamente. Poi strinse la mano a tutti e due. «Lo sapevo che non dovevo alzarmi dal letto stamattina» riprese con una smorfia di dolore. «Sapete com'è, certi giorni viene un presentimento. È tutto il giorno che me lo sento, sicuro come è sicuro che fa bel tempo. Spero di non averle sfasciato troppo la macchina, signora.»

Era tanto inoffensivo che Aurora non poté non sorridere. «Non seriamente, agente.»

«Be', non cerco scuse» disse Vernon. «Mi faccia la multa e via.»

L'agente Quick esplorò lentamente il terreno circostante, sempre con un'espressione di dolore sul volto scarno. «Il problema non è mica la multa, sa? Il problema è lo schizzo.»

«Quale schizzo» chiese Aurora.

«Regolamento» rispose il poliziotto. «Ogni incidente che succede dobbiamo fare uno schizzo, e se c'è una cosa che non so fare è disegnare. Non riuscirei a tirare una riga dritta con la riga, e faccio schifo anche con le curve. Anche quando capisco come è successo non sono capace di fare il disegno, e stavolta non capisco nemmeno come è successo.»

«Oh, be', la lasci disegnare a me, agente» disse Aurora. «Quando ero piccola ho studiato disegno abbastanza seriamente e se posso esserle d'aiuto sarò lieta di fare lo schizzo del nostro piccolo incidente.»

«È tutto suo» disse l'agente Quick, mettendole in mano il tabellone. «Me lo sogno quasi tutte le notti che capita un incidente e devo fare uno schizzo. Non sogno quasi altro, ormai.»

Aurora si rese conto con chiarezza che era venuto il momento di improvvisare. Prese la penna che Vernon le aveva offerto.

«Buon Dio» esclamò, perché era la prima penna che vedeva che avesse incorporati orologio e calendario. Una volta smaltito lo stupore per quella stranezza, si appoggiò alla macchina di Vernon e cominciò a disegnare la piantina. Non c'era nessuno a smentirla – Hector Scott se ne stava sempre seduto nella sua macchina – e perciò fece la piantina dell'incidente proprio come avrebbe preferito che l'incidente avvenisse.

«Vede, agente, stavamo osservando i gabbiani» disse schizzandoli per primi, insieme con un paio di nuvolette.

«Ho capito, siete *bird watchers*» disse l'agente Quick. «Non dite altro, questo spiega tutto.»

«Già, in sostanza è così» convenne Vernon.

«Voi *bird watchers* andate sempre a sbattere uno contro l'altro» disse l'agente. «Tutto questo can-can che non bisogna guidare quando si è bevuto è tutto sbagliato. Ma come, nelle sere libere vado a ballare e bevo finché mi piscio addosso e poi guido che è una bellezza. Mai incocciato quando avevo bevuto, e invece sì che andrei a incocciarre se quando guido mi mettessi a guardare gli uccelli. Dovrebbero mettere dei cartelli: "Proibito guidare a chi guarda gli uccelli".»

Aurora capì che il giovanotto avrebbe creduto alla sua versione dell'incidente prima ancora di finire di riferirgliela. Fece alla svelta un disegnino in cui Vernon andava a marcia indietro con davanti a sé uno stormo di gabbiani, mentre procedeva obliquamente in direzione degli uccelli. Raffigurò l'agente Quick e la sua macchina come innocenti passanti, e non ebbe molto successo nel disegnare la sua Cadillac che piroettava dopo l'urto. Disegnò anche un ragguardevole nuvolone di polvere, dato che era ciò che meglio ricordava dell'incidente.

«Ce n'era di polvere, eh?» disse l'agente Quick, studiando intensamente il disegno. «Avrei dovuto fare il pompiere» aggiunse con rimpianto mentre si arrabattava a compilare la ricevuta della contravvenzione da dare a Vernon.

«Forse non è troppo tardi» disse Aurora. «Devo dire che non è molto sano per lei sognare piantine topografiche per tutta la notte.»

«No, non ci spero più» disse il giovanotto. «Da noi non c'è neanche la caserma dei pompieri. Sono tutti volontari e prendono una miseria.»

Mentre Vernon la aiutava a salire sulla Lincoln bianca, Aurora si ricordò del generale Scott. Non le sembrava corretto andarsene lasciando un così bravo ragazzo alla mercé di Hector Scott.

«Agente, temo che il signore che è seduto nella mia macchina sia molto in collera» disse. «È con me che è in collera, ma è un generale in congedo e non mi sorprenderei se prendesse a male parole chiunque gli capitasse a tiro.»

«Oh» disse l'agente. «Ve ne andate e lo piantate qui, eh?»

«Sì, è questo che avevamo in mente» rispose Aurora.

«Be', allora non mi avvicino nemmeno. Se scende e comincia a piantar grane chiamo per radio un paio di colleghi e lo arrestiamo. Voi però cercate di lasciar perdere gli uccelli, adesso.»

«Sì, lo faremo, la ringraziamo molto» disse Aurora.

L'agente Quick aveva estratto dal taschino uno stuzzicadenti e lo stava mordicchiando con aria quietamente melanconica. Aurora e Vernon agitarono il braccio in segno di congedo e lui ricambiò svogliatamente il gesto. «Un'ultima cosa, gente» disse. «Mi è venuta in mente adesso. Forse dovreste andare ad abitare a Port Aransas. Sapete, da quelle parti è un paradiso per gli uccelli, hanno fatto un parco apposta. Ce n'è a milioni. Se andate là e vi prendete una di quelle casette sulla baia, con la terrazza sopra, per guardare i gabbiani e tutti gli altri uccelli non avrete bisogno di mettervi in macchina. Ve ne state seduti coi piedi appoggiati alla ringhiera, a guardare gli uccelli giorno e notte. È meglio anche per il traffico. *Adios, amigos.*» Fece un altro cenno di saluto e si diresse con calma verso la sua macchina, massaggiandosi la testa.

«Che sorprendente giovanotto» disse Aurora. «I poliziotti sono tutti così?»

«Sì, matti nella testa tutti quanti» rispose Vernon.

7

Prima che Aurora potesse prender fiato Vernon andava già a centoquaranta. Lei credette di sbagliarsi e guardò il contachilometri. Proprio centoquaranta. Partendo erano sfrecciati accanto alla Cadillac a tale velocità che Aurora aveva appena fatto in tempo a vedere Hector Scott, sempre irrigidito sul sedile. La Lincoln non somigliava a nessuna delle macchine che conosceva. Aveva due telefoni e una radio complicata, e in una delle portiere posteriori era incorporato un televisore. Vernon maneggiava il volante con molta noncuranza, pensò lei, data la velocità a cui andava. Ma Aurora era più stupefatta che spaventata. Vernon pareva notevolmente fiducioso nelle proprie capacità di guidatore e la macchina era così stupefacente e ben molleggiata che probabilmente era refrattaria alle vicissitudini che possono capitare alle normali automobili. Le portiere si chiudevano da sé, i vetri dei finestrini andavano su e giù da sé, e tutto era talmente comodo che Aurora trovava difficile preoccuparsi del mondo esterno, o anche ricordarsi della sua esistenza. I sedili erano foderati di pelle morbidissima e il colore dominante era il marrone rossiccio che per lei andava benissimo. L'unico elemento stonato era la rivestitura del cruscotto, che era di vacchetta grezza, quella con ancora le setole.

«Be', credo che dovrò chiamarla per nome, Vernon» disse Aurora tornando a rilassarsi sullo schienale. «È una gran bella macchina. Non so perché non me ne compro una uguale. L'unica cosa che non va è quell'orribile vacchetta. Da dove viene?»

Vernon prese un'aria confusa, cosa alquanto commovente in un uomo basso e con le lentiggini, pensò Aurora. Si stava tirando un orecchio, dandogli nervosi strappi. «Un'idea mia» disse, sempre tirandosi l'orecchio.

«Devo dire che a mio giudizio è una piccola caduta di gusto» affermò Aurora. «Non faccia così, la prego, si allungherà i lobi degli orecchi.»

Vernon parve ancora più confuso e smise di tirarsi l'orecchio. Cominciò invece a farsi crocchiare le dita.

Aurora pazientò per trenta secondi, ma il rumore delle dita che crocchiavano superava le sue capacità di sopportazione.

«Non faccia neanche così» disse. «È come tirarsi gli orecchi, e fa rumore. So che da parte mia è spaventoso parlare in modo tanto esplicito, ma cercherò di essere leale. Lei può criticarmi appena faccio qualcosa che trova intollerabile. Non credo che dovrebbe andare in giro tirando sempre qualche parte del suo corpo. Gliel'ho visto fare appena abbiamo avuto l'incidente.»

«Già, non so stare fermo coi piedi» disse Vernon. «È il nervoso. Non riesco a trattenermi. Il medico dice che è questione di metabolismo.» Teneva gli occhi incollati alla strada, cercando di non tirarsi niente.

«Nel migliore dei casi è una diagnosi vaga» disse Aurora. «Credo davvero che dovrebbe pensare a cambiar medico, Vernon. Il metabolismo ce l'hanno tutti, sa. Ce l'ho anch'io, ma non mi tiro niente. Ovviamente lei non è sposato. Non c'è moglie che la lascerebbe essere così irrequieto.»

«Mai preso moglie. Sempre stato nervoso come una lepre.»

Davanti a loro, a nordovest, si profilava la città di Houston; il sole del pomeriggio risplendeva sui suoi grattacieli, alcuni argentei, altri bianchi. Presto si trovarono in una fiumana di traffico, verso la città e in uscita. Vernon riusciva ad evitare di agitarsi pur tenendo le mani sul volante e Aurora si abbandonava al piacere che le dava stare mezzo sdraiata sui comodissimi sedili foderati di pelle, mentre si vedeva passar davanti la città.

«Mi è sempre piaciuto andare in automobile con una persona che guida meglio di me» disse. «Ovviamente questa è una macchina sicura. Sarebbe stato meglio se avessi comprato una Lincoln.»

«Per me è la casa» disse Vernon. «Come un quartier generale mobile. Dietro c'è un tavolino per scrivere che viene fuori schiacciando un bottone. Poi anche un frigo e una cassaforte sotto il pavimento, per tenerci i quattrini.»

«Buon Dio, Vernon, lei ha la passione per gli aggeggi, come me. Posso chiamare con uno dei suoi telefoni? Mi piacerebbe dire a mia figlia che ho avuto un incidente. Potrebbe spingerla a essere più premurosa con me.»

«Faccia pure.»

«Che bellezza» disse Aurora con gli occhi scintillanti mentre faceva il numero. Stava succedendo qualcosa di nuovo.

«Davvero non so perché non mi sono fatta mettere anch'io il telefono in macchina. Forse pensavo che fosse una cosa da miliardari.» Fece una pausa, riflettendo su quanto aveva detto. «Dev'essere lo shock per l'incidente, altrimenti non mi sarei espressa in modo così stupido. Naturalmente non volevo implicare che lei non è un miliardario. Spero che niente di quello che dico mentre sono in questo stato lei lo consideri un insulto.»

«Oh, be', qualche milione di dollari ce l'ho, ma non sono il re del petrolio. Non mi va di lavorare tanto.»

Proprio in quel momento Emma rispose al telefono.

«Ciao, cara, indovina una cosa» disse Aurora.

«Ti sposi» disse Emma. «Finalmente il generale Scott ti ha convinta.»

«No, al contrario. L'ho appena cancellato dalla mia vita. Ti dico solo due parole. Non ci crederai, ma sono su un'auto.»

«Sul serio?»

«Proprio un'auto in movimento. Siamo sulla Allen Parkway. Volevo solo informarti che ho avuto un piccolo incidente di macchina. Fortunatamente non era colpa di nessuno e nessuno si è fatto male, anche se l'agente della stradale ha perso conoscenza per qualche minuto.»

«Ho capito. E di chi è l'auto su cui ti trovi?»

«Il signore con cui mi sono scontrata si è offerto molto premurosamente di riportarmi a casa. La sua macchina è attrezzata di telefono.»

«Qui c'è un mistero. Rosie ha detto che eri uscita col generale Scott. Che ne è stato di lui?»

«Temo che sia rimasto a girare i pollici» rispose Aurora. «Adesso riattacco. C'è un semaforo e non sono abituata a parlare in mezzo al traffico. Se ti va di telefonarmi più tardi posso darti altri particolari.»

«Credevo che oggi saresti rimasta in casa per pagare i conti» disse Emma.

«Ciao. Riattacco prima di lasciarti rovinare la conversazione» disse Aurora riattaccando, e si rivolse a Vernon: «Vorrei sapere perché mia figlia insiste a ricordarmi proprio le cose che non voglio sentirmi ricordare. Se lei non si è mai sposato, Vernon, credo che non abbia mai sperimentato questa vessazione.»

«Non mi sono mai sposato, ma ho tredici nipoti, nove femmine e quattro maschi. Faccio lo zio, un sacco.»

«Che bello» commentò Aurora. Lui distrattamente si fece crocchiare le dita un paio di volte, ma Aurora lasciò correre. «Tutto sommato» riprese, «credo di essere stata affezionata a certi zii più che a chiunque altro. Un bravo zio è una manna dal cielo di questi tempi. Posso chiederle dove abita?»

«Qui dentro, più che altro. I sedili si ripiegano all'indietro, sa? Mi basta un parcheggio e sono a casa. Sui sedili si dorme benissimo, e ho la mia TV, i telefoni e il frigo. Tengo un paio di stanze all'Hotel Rice, ma solo per lasciarci la biancheria sporca. Le uniche cose che in questa macchina non ci sono sono gli armadi e una lavanderia.»

«Mio Dio» esclamò Aurora, «che straordinario modo di vivere. Non mi stupirei se contribuisse a renderla irrequieto, Vernon. Per quanto comoda sia questa macchina, come macchina, non può prendere il posto di una casa. Non crede che sarebbe saggio investire un po' del suo denaro in un'abitazione adeguata?»

«Non ci sarebbe nessuno a badarci. Io sono via per la metà del tempo. Domani vado nell'Alberta. Se avessi una casa starei a preoccuparmene. Diventerei ancora più irrequieto.»

«L'Alberta, quella provincia del Canada? Che c'è lassù?»

«Petrolio. Non posso viaggiare molto in aereo. Mi dà il mal d'orecchi. Di solito vado dappertutto in macchina.»

Con sorpresa di Aurora, trovò la strada dove lei abitava senza prenderne una sbagliata. Era una strada lunga un solo isolato e molte persone che Aurora invitava non riuscivano a trovarla nemmeno quando aveva dato loro istruzioni precise. «Bene, eccoci qui» disse lei quando Vernon fermò la macchina nel vialetto d'accesso. «Non riesco a credere che l'abbia trovata al primo tentativo.»

«Niente di strano, signora. Vengo spesso da queste parti a giocare a poker.»

«Non è tenuto a chiamarmi signora. Anzi, preferirei che non lo facesse. È un appellativo che non mi è mai piaciuto molto. Preferirei che mi chiamasse Aurora.» Le venne in mente, tuttavia, che non ci sarebbe stato bisogno che lui la chiamasse in nessun modo. Era a casa, finito tutto. La mattina dopo Vernon sarebbe andato nell'Alberta, e di là chissà dove. Certo non aveva senso chiedergli che cosa andava a fare.

Con scarsissimo preavviso, Aurora sentì arrivare la depressione. Il senso di benessere che aveva provato quando erano in macchina si era rivelato poco duraturo: probabilmente era stato solo perché i sedili della Lincoln erano tanto comodi, o perché Vernon, per irrequieto che fosse, si era comportato con lei in modo amichevole e senza far critiche: in complesso, un notevole cambiamento in meglio rispetto a Hector Scott. Vernon non sembrava tipo da offendersi facilmente, cosa insolita nell'esperienza di Aurora. Gli uomini che lei conosceva spesso si offendevano per un nonnulla.

In qualche modo anche la vista della sua bella casa la fece sentir triste. La parte piacevole della giornata era passata e ciò che ne restava era, in un certo senso, la feccia. Rosie sicuramente se n'era andata e non c'era nessuno con cui prendersela. I suoi programmi preferiti alla TV erano finiti, e anche una telefonata ad Emma per raccontarle in tutti i dettagli l'incidente non sarebbe durata molto più di un'ora. Ancora un po' di tempo e non le sarebbe rimasto da fare altro che contemplare le fatture, e non era molto piacevole occuparsi delle fatture in una casa vuota. Pagare i conti comunque le dava sempre un senso di panico, ed era molto peggio quando a portata di mano non aveva nessuno che la distraesse. Sapeva inoltre che, rimasta sola, avrebbe cominciato a preoccuparsi per l'incidente, e su come farsi riportare la macchina, e sulla polizia, e su Hector Scott e su ogni cosa che non l'avrebbe preoccupata finché vicino a lei ci fosse stato qualcuno.

Per un istante, guardando Vernon, ebbe la tentazione di chiedergli se voleva restare a cena e a chiacchierare con lei mentre saldava le fatture. Preparargli da mangiare era solo ricambiare la cortesia che le aveva fatto riportandola a casa, per non parlare di come l'aveva tirata fuori dagli impicci con la stradale; ma chiedere a un uomo di parlare con lei mentre saldava le fatture era una cosa piuttosto curiosa, e un po' azzardata. Era ovvio che Vernon non era un donnaiolo – come avrebbe fatto, abitando in un'automobile? – e se era in procinto di partire per il Canada probabilmente aveva da fare i preparativi dell'ultimo momento, come lei ogni volta che era in procinto di partire per qualche viaggio.

In lui c'era qualcosa che le piaceva – forse solo perché era riuscito a trovare la sua strada – ma Aurora non pensava che, qualunque cosa fosse, fosse opportuno per lei comportarsi in modo tanto poco convenzionale. Già erano state molto poco convenzionali le circostanze del loro incontro. Sospirò. Cominciava a sentirsi abbattuta.

Vernon aspettava che scendesse di macchina, ma lei non lo fece. Poi gli venne in mente che toccava a lui scendere e aprirle la portiera. La guardò per vedere se era in attesa di questo e la vide triste. Un momento prima l'aveva vista felice, e vedendola triste si spaventò. Di petrolio ne sapeva molto, ma non sapeva niente sulla tristezza delle signore. Ci rimase malissimo.

«Che c'è, signora?» chiese.

Aurora guardò i suoi anelli, uno con topazio, l'altro con opale. «Non capisco perché non mi chiama per nome» disse. «Aurora non è molto difficile da pronunciare.» Lo guardò, e lui fece una smorfia e prese un'aria confusa. Era tanto confuso che faceva pena. Era evidente che non era un donnaiolo proprio per niente. Aurora si sentì alquanto sollevata, ma anche, di colpo, un po' perversa e molto risoluta.

«Devo fare uno sforzo, signora Greenway» disse Vernon. «Non è facile.»

Aurora scrollò le spalle. «Facile lo è, assolutamente, ma "signora Greenway" è già un po' meglio. "Signora" mi fa sentire una maestrina di campagna, che sono ben lungi dall'essere. Comunque non so perché dovrebbe avere importanza, dato che lei è in procinto di andarsene. Non la biasimo affatto: oggi le ho dato abbastanza seccature. Sicuramente sarà contento di andarsene nell'Alberta, così non dovrà più perder tempo con me.»

«Oh, no... Non è così» disse Vernon, confuso. E poi: «No».

Aurora posò gli occhi su di lui. Non era leale, lo sapeva – era un uomo tanto carino – ma lo fece. Vernon non capiva che cosa gli stesse succedendo. Vide che la sua passeggera lo guardava in modo strano, come se aspettasse qualcosa. Non aveva idea di ciò che poteva aspettarsi, ma il modo in cui lo guardava gli diceva che dipendeva da lui, e che era molto importante. La sua automobile, di solito così vuota e tranquilla, gli parve improvvisamente una camera ad alta pressione. La pressione era esercitata dallo strano aspetto che aveva preso il volto della signora Greenway. Sembrava che stesse per piangere, o per andare in collera, o magari solo per diventare triste. Tutto dipendeva da quello che avrebbe fatto lui, e ormai gli pareva che lei lo stesse guardando negli occhi da diversi minuti.

Gli parve di sudare freddo, e invece le palme delle mani gli si asciugarono completamente. Non sapeva neppure chi fosse quella signora, e non le doveva niente di niente, eppure sentì improvvisamente di doverle qualcosa. Non voleva che fosse triste, o in collera, come sembrava sul punto di diventare. Nel suo volto c'erano rughe che lui prima non aveva notato, ma belle rughe. La pressione divenne più forte: non riuscì a capire se erano le saldature della macchina che stavano per saltare o se era lui, e l'incapacità di star fermo divenne tale che si sarebbe fatto crocchiare le nocche di entrambe le mani in dieci secondi se non avesse saputo che quella era la cosa peggiore che potesse fare.

Senza lasciare la presa neanche per un attimo, Aurora continuò a guardarlo, girando gli anelli che aveva al dito e come aspettando qualcosa. Di colpo Vernon ebbe la sensazione che tutto fosse cambiato, diverso da prima. Per tutta la vita si era sentito dire dagli altri che un giorno sarebbe arrivata una donna e lo avrebbe cambiato completamente prima ancora che potesse accorgersi di quello che gli stava capitando; e adesso quella profezia si avverava. Mai avrebbe creduto che un essere umano avesse il potere di cambiarlo tanto e tanto rapidamente, ma era così. Cambiava tutto, e non lentamente, ma di colpo. La sua vecchia vita si era fermata appena aveva fermato la macchina, e il mondo ordinario che aveva conosciuto fino a quel momento aveva smesso di contare. Tutto si era fermato tanto bruscamente da fargli mancare il fiato. Sentì che non avrebbe mai più visto, o avuto bisogno di vedere, o perfino desiderato di vedere, altro volto che quello della donna che lo stava guardando. Era così sbalordito che disse perfino quello che provava: «Oh, signora Greenway. Sono innamorato di lei. Cotto. Che devo fare?»

Aurora non mancò di percepire quanto c'era di sentito e di genuino in questa frase: le parole di Vernon sembravano intessute d'emozione invece che di fiato, e lei aveva visto con quanto sforzo si erano sprigionate da un abisso di paura e di stupore. Improvvisamente si rilassò, benché fosse anche lei sorpresa e, per un attimo, turbata: turbata, in parte, perché parole ed emozioni simili le erano divenute poco familiari e in parte, anche, perché sapeva di essere stata lei a esigerle. Nella sua solitudine, e per una momentanea inadeguatezza di fronte alla vita, si era sforzata di chiedere amore all'unica persona che fosse a portata di mano per dargliene; ed eccolo lì, l'amore, sul viso lentigginoso, bruciato dal vento e stravolto dal panico di Vernon.

Gli sorrise, come per dirgli di aspettare un momento, e per quel momento rivolse lo sguardo ai pini dietro la sua casa. Era tardi e il sole stava tramontando; la sua luce filtrava attraverso i pini e chiazzava le ombre che si stavano allungando sul terreno. Tornò a guardare Vernon e gli sorrise nuovamente. Gli altri suoi corteggiatori si profondevano in proposte di matrimonio e lusinghe, ma avevano paura di pronunciare parole come quelle che lei aveva udito poco prima; perfino Alberto, che le aveva dette innumerevoli volte trent'anni prima. Fece per posare le mani su quelle di Vernon, per dimostrargli che non era incapace di corrispondere, ma lui si tirò indietro, spaventato sul serio, e perciò si limitò a sorridergli, per il momento.

«Sono una peste, Vernon, come forse avrà già notato» disse. «È la seconda volta, oggi, che le vengo addosso senza tanti riguardi: la prima è stata con la macchina, naturalmente. Non sono molti quelli che mi sopportano. Mi sembra tormentato dalla sua irrequietezza, mio caro, e sospetto che sia perché passa tanto tempo rannicchiato in questa macchina; non le andrebbe di scendere e di passeggiare un po' con me in giardino adesso che c'è una luce così bella? In questo momento della giornata faccio sempre una passeggiata in giardino, e credo che anche a lei non farebbe male.»

Vernon guardò la casa e cercò di far buon viso all'idea di scendere e di passarle intorno per andare nel giardino, ma non ci riuscì. Era troppo scosso, anche se cominciava a sembrargli che la vita sarebbe continuata ancora per un po': la signora Greenway gli sorrideva e non pareva più abbattuta, affatto. Gli venne in mente che forse non aveva sentito quello che lui le aveva detto. Se l'avesse sentito forse non sarebbe stata lì a sorridergli. A quell'idea un'ansia insopportabile si impadronì di lui. Nel nuovo assetto delle cose, l'attesa era impossibile, e così l'incertezza. Doveva sapere, e subito.

«Glielo dico io, non so più che fare, signora Greenway» disse. «Non so nemmeno se mi ha sentito. Se dovesse pensare che non parlavo sul serio non saprei proprio che fare.»

«Ho sentito, Vernon» rispose Aurora. «Lei si è espresso in modo memorabile, e non credo di aver dubbi sulla sua sincerità. Perché quelle ciglia corrugate?»

«Non lo so» disse Vernon aggrappandosi al volante. «Vorrei che non fossimo due estranei.»

Commossa dalle sue parole, Aurora distolse lo sguardo e lo posò sui suoi pini. Era stata sul punto di dire qualcosa di frivolo, e le era rimasto in gola.

Vernon non se ne accorse. «Lo so che ho parlato troppo presto» disse, sempre senza riuscire a star fermo. «Voglio dire, lei può pensare che dato che sono scapolo, ho qualche milione di dollari e giro in fuoriserie devo essere una specie di playboy, ma non è vero. Mai saputo in vita mia cosa fosse l'amore, signora Greenway... fino ad ora.»

Aurora riacquistò subito l'uso della parola. «Certo non credo che la definirei un playboy, Vernon. Se lei fosse un playboy, immagino che sarebbe stato in grado di capire che non stavo pensando male di lei. La verità è che in questo momento non sono nelle condizioni migliori quanto a chiarezza mentale, e credo che se scendessimo e facessimo una passeggiata in giardino farebbe bene a tutti e due. Se non ha fretta di andarsene lasciandomi qui sola, forse dopo la nostra passeggiatina lascerà che le prepari qualcosa da mangiare per sdebitarmi di tutti i fastidi che oggi le ho dato.»

Vernon non sapeva ancora se sarebbe riuscito a compiere gesti così banali, ma quando scese per aprire la portiera ad Aurora per lo meno le gambe non lo tradirono.

Mentre attraversavano il prato Aurora lo prese per braccio perché le pareva che tremasse. «Immagino che lei mangi male, Vernon. Se vive sempre dentro quella macchina, non vedo come potrebbe mangiare in modo decente.»

«Be', ho il frigo» disse umilmente Vernon.

«Sì, ma ci vogliono anche i fornelli» disse Aurora voltandosi per dare un'altra occhiata alla lunga Lincoln bianca ferma sul vialetto d'accesso. Aveva una linea almeno pari a quella della sua Cadillac. Vista da una certa distanza, era proprio magnifica. «Ma guardi» disse. «Guardi come si intona col bianco della mia casa. Chissà, penseranno che ho comprato una macchina nuova.»

Avevano appena messo piede in cucina, dove Aurora voleva posare la borsetta e scalciar via le scarpe, e si trovarono dinanzi un esempio di vita terrena nei suoi aspetti più luttuosi. Rosie, seduta al tavolo, grondava di lacrime e teneva premuto sulla guancia uno strofinaccio pieno di cubetti di ghiaccio. Aveva trovato una vecchia rivista di pettegolezzi di Aurora e ci stava piangendo sopra.

«Che ti è successo?» chiese Aurora, colta dal panico. «Non dirmi che hanno svaligiato la casa. Che cosa gli hai lasciato portar via?»

«Ma no» rispose Rosie. «È stato Rosie. Ho tirato troppo la corda.»

Aurora posò la borsetta e si guardò intorno. Vernon sembrava un po' perplesso, ma non era il momento di preoccuparsi per lui.

«Ho capito» disse Aurora. «Alla fine ne ha avuto abbastanza, eh? Con che ti ha colpito?»

«Con due cazzotti» disse Rosie tirando su col naso. «Arriva e mi sente parlare al telefono con F.V. Lo stavo solo aiutando ad aggiustare quella maledetta Packard, ma Royce si è messo in testa chissà che. Non ci ho visto più dalla rabbia. Se volevo darmi un po' da fare non era certo con F.V. Mai data da fare in vita mia con uno di Bossier City.»

«Perché non gliel'hai spiegato francamente e non l'hai tranquillizzato?»

«Spiegare una cosa a Royce è come parlare al muro. Ero troppo arrabbiata. L'ho accusato di farsela con una di quelle zozzone dei bar dove fa le consegne. Ragazzi, se gliene ho dette.»

Fece una pausa per asciugarsi gli occhi col dorso della mano.

«E allora che è successo?» incalzò Aurora. Le seccava un po' essere stata via proprio il giorno che in cucina avvenivano tragedie.

«Quel figlio di puttana ha sputato fuori tutto» disse Rosie, ormai scatenata adesso che c'era qualcuno con cui lamentarsi. «Adesso il mio matrimonio è andato a carte quarantotto.»

«Aspetta un momento!» le intimò severamente Aurora. «Non rimetterti a piangere finché non hai finito di raccontare. Che cosa, di preciso, ha sputato fuori Royce?»

«Va avanti da cinque anni, un giorno dopo l'altro. Quella lavora in un postaccio della Washington Avenue. So solo che si chiama Shirley. Lui veniva qui a mangiare e poi correva da lei. Che schifezza.» Incapace di trattenersi, appoggiò la testa sull'incavo del gomito e ricominciò a singhiozzare.

Aurora guardò Vernon che, alla vista della disperazione di Rosie, sembrava essersi un po' calmato. «Vernon, pare che io lo faccia apposta: questo per lei è il giorno delle scenate. Se ha bisogno di qualcosa di forte si serva pure.» Gli aprì l'armadietto dei liquori, tornò da Rosie e le diede un colpetto sulla schiena. «È proprio un bel pasticcio, cara. Per lo meno, ringraziando il cielo, non ti troverai più incinta.»

«Giusto. Non voglio più figli da quel bastardo.»

«E da nessun altro, spero. Dio, hai un bernoccolo sulla tempia. È una gran brutta cosa colpire una persona alla tempia. Non mi sembra degno di Royce. Se aveva ammesso la sua colpa che bisogno aveva di picchiati?»

«È perché io volevo prenderlo a coltellate» rispose Rosie. «Gli sono saltata addosso col coltello da macellaio. Se non mi avesse colpito prima lui sarebbe steso lì sul pavimento.»

«Buon Dio» esclamò Aurora. L'idea di Royce senza vita sul pavimento, a tre passi da dove tante volte lei aveva mangiato così bene, era al di là della sua capacità di sopportazione. Rosie cominciò ad asciugarsi gli occhi e presto si calmò un po'.

«Anche il mio pomeriggio non è stato interamente privo di avventure» disse Aurora. «Questa povera creatura è Rosalyn Dunlup, Vernon. Rosie, il signor Vernon Dalhart.»

«Mi chiami Rosie» disse Rosie facendosi coraggio e asciugandosi le mani bagnate di lacrime perché Vernon potesse stringergliene una.

«Rosie» riprese Aurora, «se vuoi prenditi pure un po' di bourbon per calmarti i nervi. Hector Scott si è comportato molto male e mi ha fatto sfasciare la macchina. Dopo di che si è comportato anche peggio e l'ho piantato in asso. Dobbiamo subito telefonare a F.V.»

«Io non posso» disse Rosie. «Royce è andato a fargli una scenata, e adesso ha paura di parlare con me.»

«Allora lo chiamo io» disse Aurora. «Spero solo che lei ricordi il numero della strada, Vernon. Temo di non avere un'idea molto precisa del posto dove abbiamo lasciato Hector.»

«All'incrocio fra l'autostrada numero 6 e la provinciale numero 1431» disse subito Vernon.

Le due donne rimasero sbalordite. «Millequattrocentotrentuno?» esclamò Aurora. «Non sapevo che ci fossero tante strade provinciali. Sfido che mi perdo sempre.»

«È solo una stradina di campagna» disse Vernon.

«Comunque credo che Hector non sia ancora rimasto là abbastanza» riprese Aurora. «Che cosa hai intenzione di fare, Rosie?»

«Royce sarà andato a prendersi una sbronza. Ho mandato i ragazzi da mia sorella, così lui se torna a casa non li pesta. Fra un po' vado a casa, se me la sento. Vuota non la lascio, se no ci si porta quella zozzona, glielo dico io. Dalle nostre parti la casa è di chi ci sta, non del proprietario.»

«Dove crede che sia adesso Royce?» chiese Vernon.

«A sbronzarsi con la zozzona. Dove altro potrebbe essere, quel figlio di puttana?»

«E quanti figli avete?»

«Sette.»

«Se andassi a parlarci io? Scommetto che posso aggiustare tutto.»

Aurora rimase sorpresa. «Vernon, lei non lo conosce nemmeno. Inoltre Royce è un tipo robusto, la assicuro. Che cosa potrebbe fare?»

«Farlo ragionare» rispose Vernon. «Ho seicento persone che lavorano per me, una più una meno. Ne hanno sempre di liti in famiglia, e in genere non sono cose serie. Se trovo Royce, forse lo convinco a ripensarci.»

Squillò il telefono e rispose Aurora. Era Royce. «Ooh» disse sentendo la voce di Aurora. «C'è Rosie?»

«Ma certo, Royce, vorresti parlare con lei?» disse Aurora, pensando che un riavvicinamento fosse in vista.

«No» disse Royce, e riattaccò.

Immediatamente il telefono tornò a squillare. Era Emma.

«Sono pronta per il racconto dell'incidente» disse. «Muoio dalla voglia di sapere che cosa hai detto al generale.»

«Non ho nemmeno un secondo da dedicarti, Emma» rispose Aurora. «Royce ha picchiato Rosie e siamo tutti in tensione. Se vuoi renderti utile vieni subito qui.»

«Non posso. Devo preparar la cena a mio marito.»

«Oh, va bene, sei proprio una schiava, eh? Che stupida io a pensare che fossi disponibile per dare una mano a tua madre. Meno male che non sono rimasta ferita seriamente. Non avrei voluto far nulla che potesse turbare il tuo tran-tran domestico.

«Va bene, lascia perdere. Ciao.»

Aurora premette il pulsante e chiamò F.V., che rispose all'istante. «Buon Dio» disse lei. «Sembra che stiano tutti appiccicati al telefono stasera. Riconosci la mia voce, vero, F.V.?»

«Oh, sì, signora Greenway. Come sta Rosie?»

«Malconcia, ma indomita. Non è per parlarti di questo che telefono, però. Io e il generale Scott abbiamo avuto un incidente di macchina e anche una piccola divergenza di vedute, e temo di averlo lasciato in attesa che tu vada a prenderlo. È nella mia macchina, sull'autostrada numero 6 all'incrocio con una provinciale. Immagino che sarà furioso, e ogni minuto che aspetti per andarlo a prendere può essere peggio per te. Forse dovresti precipitarti.»

F.V. era inorridito. «Quant'è che sta laggiù?» chiese.

«Da parecchio» rispose allegramente Aurora. «Adesso devo occuparmi di Rosie, ma ti auguro buona fortuna. Ti prego di ricordare al generale che non desidero riparlare con lui. Potrebbe essersene dimenticato.»

«Aspetti!» disse F.V. «Dove ha detto che devo andare? Ho solo la jeep.»

«Meglio ancora. Autostrada numero 6. Certo riconoscerai la mia macchina. Buona fortuna.» Riappese. «Se non beviamo niente, non vedo perché non potremmo almeno prendere un po' di tè. Puoi farcelo, Rosie? Ti aiuterà a non pensare i guai.» Poi un pensiero orribile le attraversò la mente. «Oh, Dio. Non ho chiuso la macchina a chiave. E se qualcuno stanotte se la porta via?»

«Non c'è problema» disse Vernon. Cominciò a tirarsi un orecchio, cercando di non farsi vedere.

«Certo che c'è. Le macchine non chiuse le rubano sempre.»

«Ci ho pensato io.»

«Come? Lei non ha le chiavi.»

Vernon apparve confuso e arrossì. «Ho un garage» disse. «Giù a Harrisburg. Non è divertente restare appiedati in questa città. Ho telefonato al garage dicendo di andar là col carro attrezzi. Lavorano anche di notte, perciò possono aggiustare quel parafango stasera e riportarle la macchina domani.»

Ancora una volta le due donne rimasero sbalordite.

«È più comodo, se per lei va bene» aggiunse Vernon, camminando avanti e indietro. Di tanto in tanto pareva che stesse per sedersi, ma non ci riusciva mai.

«Ottimo» disse Aurora. «Molto premuroso da parte sua. A caval donato non sono tipo da guardare in bocca, Vernon. Naturalmente quello che c'è da pagare vorrei pagarlo.»

«L'unica cosa è che mi ero scordato del generale» riprese Vernon. «Immaginavo che lei si commuovesse e lo lasciasse venire con noi. Adesso magari l'hanno portato in garage col carro attrezzi. Vado alla radio e mi informo. Lei certo non vorrà mica che quel tipo vada a caccia di fantasmi.» Si diresse alla porta. «La radio è in macchina» disse uscendo.»

«Chi è, una specie di miliardario?» chiese Rosie.

«Credo di sì» disse Aurora. «Comodo, no, riavere la macchina riparata così presto?»

«Stavolta deve essere proprio un colpo di fulmine» commentò Rosie. «Ecco qua, io passo la giornata a prendere botte in testa e lei esce e trova un miliardario che fa il cascamorto. Se c'è una che è nata sotto una cattiva stella, quella sono io.»

«Oh, Vernon e io ci siamo appena conosciuti» disse Aurora scrollando le spalle. «Ho abbastanza preoccupazioni da quel punto di vista e non credo che dovrei vittimizzare un uomo assolutamente carino come lui. E poi parte domani per il Canada. Con tutto quello che ha fatto per me, pensavo almeno di prepararglì una cena decente. Ho la sensazione che gli capiti di rado.»

«Non pare il suo tipo.»

Prima che Aurora potesse rispondere Vernon ricomparve. «Il generale è andato via in macchina con un poliziotto» disse. «Ho fermato F.V., però. L'ho visto salire sulla jeep e gli ho fatto segno di non partire.»

Aurora cominciò subito a grattarsi la testa. «Oh, Dio. Adesso sì che devo preoccuparmi. È un uomo molto vendicativo, Hector Scott. Chissà che cosa dirà di me alla polizia. Se riesce a trovare il modo di farmi arrestare sono sicura che lo fa.»

«Già, stavolta ha dato una fregatura all'uomo sbagliato» convenne Rosie. «Avremmo dovuto farci suore, lei e io. Quello domani ci fa sbattere dentro, se ci riesce.»

«Be', per lo meno non sono comunista» disse Aurora. «Che decidiamo per Royce?»

«Che c'è da decidere quando uno è sbronzo?» rispose Rosie. «Stare alla larga, ecco tutto. Non mi sorprenderebbe se venisse qui come un bisonte.»

«Sorprenderebbe me» disse Aurora. «Royce non sarebbe tanto poco gentiluomo in mia presenza, qualunque cosa avessi fatto tu per mandarlo in collera. Te l'avevo detto di essere più carina con lui.»

«Sì, e io le avevo detto di non mettersi col Generale Scott» replicò Rosie. «Peccato che nessuna delle due abbia seguito il consiglio.»

Aurora guardò Vernon, che si era rimesso a camminare su e giù. Pareva che gli si addicesse, e finché si muoveva non sembrava tanto basso.

«Che progetti ha per Royce, Vernon?»

«Non importa. A che serve se non so dove trovarlo?»

«Se davvero vuole trovarlo cerchi in un bar che si chiama lo Stormcellar» disse Rosie. «È sulla Washington Avenue, non ricordo in che punto. Ci sono stata più d'una volta ai vecchi tempi, quando io e Royce eravamo felici.»

«Vado» disse Vernon dirigendosi nuovamente verso la porta. «Prima arrivo e meno ci vorrà per farlo ragionare.» Si volse a guardare Aurora. «Non vorrei perdere la cena.»

«Stia tranquillo, non la perderà» rispose Aurora. «Comincio adesso a digerire il pranzo.»

Vernon scomparve. «Va e viene in continuazione, eh?» disse Aurora mentre faceva il numero di sua figlia.

«Sei stata proprio cattiva con me» disse Emma.

«Sì, sono molto egoista. Per essere franca, non mi è mai piaciuto fare da secondo violino a Thomas. Vi andrebbe di venire qui a cena tutti e due? Pare che si prospetti una serata interessante.»

Emma riflettè. «A me sì, ma lui credo che non ne avrà voglia.»

«Probabilmente no. Non gli piace essere esclissato da me.»

«A eclissare quello basta una lampadina da venti candele» disse Rosie. «Povera Emma, era così carina da piccola.»

«Mamma, perché sei così cattiva?» disse Emma. «Non puoi farne a meno?»

Aurora sospirò. «Quando penso a lui mi viene spontaneo. Il giorno che finalmente cerco di saldare le fatture mi succedono sempre brutte cose.

L'unica cosa bella è stato Vernon, l'uomo che ho investito. Rosie, vorrei che tu non stessi ad ascoltare.»

«Va bene, vado a rastrellare le aiuole. Di lei e Vernon comunque ne so già abbastanza. Si vede da come la guarda.»

«Oh, va bene, va bene. Resta qui, non importa. Mi sento un po' nel caos, in questo momento.»

Era così. Certe fasi della sua giornata erano trascorse senza apparentemente lasciar traccia, ma adesso le stavano ritornando alla coscienza. Le stava rivivendo tutte, ed erano contraddittorie e ambigue, ma con Emma al telefono e Rosie in cucina le riviveva almeno entro confini umani familiari. Si sentiva strana, ma non del tutto persa.

«E allora, questo Vernon?» chiese Emma.

«Si è innamorato di me» disse tranquillamente Aurora. «Gli ci è voluta un'ora circa. In realtà sono stata io a farlo innamorare, più o meno, ma lo ha fatto piuttosto bene e a modo suo.»

«Tu sei matta, mamma» disse Emma. «Sono scempiaggini. Sai benissimo che è tutta una fantasia.»

«Che cos'è, cara? Non ti seguo, temo.»

«Amore a prima vista. Di sicuro tu non ti sei innamorata di lui a prima vista, vero?»

«No. Non sono così fortunata.»

«Stupidaggini.»

«Be', sei sempre stata una ragazza cauta» disse Aurora sorseggiando il suo tè.

«Non è vero» rispose Emma ricordandosi di Danny.

«Ma sì che sei cauta. Guarda chi hai sposato. Ancora un po' più cauta e saresti paralitica.»

«Dio, sei orribile. Proprio orribile. Vorrei avere un'altra per madre.»

«Chi ti piacerebbe?»

«Rosie. Almeno lei mi apprezza.»

Aurora tamburellò con le dita sul tavolo e allungò il telefono a Rosie. «Mia figlia preferisce te. Nega anche che esiste l'amore a prima vista.»

«Non ha visto Vernon» disse Rosie sedendosi in capo al tavolo.

«Ciao, bella.»

«Fammi da madre» disse Emma. «Non voglio che mio figlio abbia una nonna come la mamma.»

«Pianta tutto e vieni qui a vedere il nuovo bello di tua madre» disse Rosie. «È uno coi milioni.»

«Questo s'è dimenticato di dirmelo, ma fa niente. Anche quello dello yacht ha i milioni.»

«Sì, ma questo non si dà arie. È un tipo di campagna, semplice sem-

plice. Quasi quasi me lo sposerei io, adesso che sono tornata zitella.»
«Ma è vero che Royce te le ha date?»
«Già, due bei cazzotti in testa prima che facessi in tempo a prenderlo a coltellate, quel bastardo. Spero solo che non ti capiti mai una cosa così, tesoro. Ecco qua, io per tutti questi anni rubo tempo al lavoro per fargli da mangiare, e poi viene fuori che quel figlio di puttana ancora col mangiare in gola scappa via per andare da quella zozzona. Ti pare roba da riderci su?» Rifletté un momento, poi aggiunse: «Quel gran figlio di puttana. Mica glieli lascio i ragazzi, questo è sicuro».

«Smettila di dire parolacce e non cominciare a compatirti» s'intromise Aurora. «Se noi due cominciamo a compatirci, addio. Limitati ad esporre a quella mia figlia anche troppo cauta le tue vedute sull'amore a prima vista.»

«Che sta dicendo la mamma?» chiese Emma.

«Dice che prendi le cautele» rispose Rosie. «Non so che ci trova di male. Se avessi preso un po' più di cautele io, adesso che quello mi ha piantata non mi troverei con tante bocche da sfamare.»

«Forse non è una cosa tanto seria» disse Emma. «Non credi che potresti perdonarlo se promette di comportarsi bene?»

«Aspetta un momento, tesoro» disse Rosie. Allontanò la cornetta dall'orecchio e guardò dalla finestra in giardino. La domanda che Emma le aveva fatto era la stessa su cui lei aveva rimuginato per tutto il pomeriggio, senza arrivare a una conclusione. Guardò Aurora. «Non dovrei parlare con la ragazzina di certe cose» disse. «Crede che farei male a cacciarlo via? Secondo lei dovrei... perdonare e dimenticare?»

Aurora scosse il capo. «Che tu dimentichi ci credo poco. Quanto a perdonare, non posso darti consigli.»

Proprio quando pensava di aver ripreso il controllo della situazione, Rosie si accorse che lo stava perdendo, peggio che mai. Prima che potesse riportare la cornetta all'orecchio le si riempirono i polmoni, ma non d'aria: di risentimento e di rabbia. A farla sentire così fu il ricordo della faccia soddisfatta con cui Royce aveva sputato fuori tutto. Avere un'altra donna era una cosa, ma dirlo in faccia alla moglie con un'aria tanto soddisfatta era una cosa che da Royce non si sarebbe mai aspettata. Se c'era una cosa imperdonabile era proprio la faccia tosta con cui aveva parlato. Al ricordo la gola le cominciò ad andare su e giù. Si rizzò sulla sedia e cominciò a fare "uh... uh... uh..." come se cercasse di trattenere il singhiozzo. Era un tentativo per non piangere, ma fallì. Riuscì solo a star seduta ritta sulla schiena, e il risentimento dai polmoni le si sfogò in gola senza che potesse farci niente. Restituì la cornetta ad Aurora, si alzò e scappò via per andare a piangere in bagno.

«Rosie è dovuta andare a piangere» disse Aurora. «Gli uomini non sono migliorati, nonostante quello che si legge. Hector Scott ha cercato di costringermi ad andare a Tahiti con lui col ricatto. Ha preso anche un tono molto antipatico.»

«Che hai intenzione di fare per Rosie?» chiese Emma.

Aurora sorseggiò un po' di tè. Non le piaceva mai rispondere alla figlia troppo in fretta. «Naturalmente Rosie può chiedermi qualunque cosa di cui abbia bisogno. Posso proporle di restare qui finché Royce torna alla ragione. La mia impressione è che sia troppo pigro per fare a meno di lei a lungo. Credo che cercherà di fare ammenda prima che passi molto tempo. Anzi, Vernon è andato a cercarlo. Certo spero che Rosie insista perché l'ammenda sia adeguata. Se fossi nei suoi panni tirerei fuori un bel po' di pretese, te lo dico io.»

Emma sbuffò. «Flap, qui, dice che ci sono due cose che non finiranno mai: le tue pretese e il debito pubblico.»

«È una spiritosaggine, suppongo. Bene, me ne ricorderò.»

«Perché non venite tutti a mangiare da noi?» chiese Emma. «Ce la faccio.»

«No, grazie. Piccola com'è casa tua, dovremmo mangiare in macchina. Nella sua Vernon ha il frigo, te l'ho detto? E anche il televisore.»

«Sei molto frivola parlando di quell'uomo. Mi pare sconveniente.»

Aurora posò la tazza. Era esattamente la critica che le avrebbe fatto sua madre, se fosse stata testimone di quanto era stato detto. Era innegabile, purtroppo, che la critica era giusta. Ricordò le contorsioni di Vernon. «Sì, temo che tu abbia ragione» disse. «Sono stata sempre frivola a questo modo. Da principio non vorrei parlar male della gente, ma poi non riesco a non dire le mie piccole frivolezze. Spero che Vernon non lo scopra mai. Mi fa perfino riparare la macchina.»

«Comincia a farmi pensare a un Howard Hughes.»

«No, è molto più basso. Mi arriva press'a poco al seno.»

«Cecil sente la tua mancanza» disse Emma.

«Già, devo proprio togliermi la pigrizia di dosso e fare il mio dovere annuale per lui» rispose Aurora. Il dovere annuale era una cena in onore di Cecil e dei due giovani sposi. Era una cosa che faceva paura a tutti, e per buone ragioni. «Facciamo la settimana prossima. Me lo sentivo che stava arrivando. Se non ti dispiace adesso riattacco. Non mi sento padrona di me stessa, per qualche motivo, e non voglio che facciamo una lite quando sono indifesa.»

Augurò ad Emma la buona notte, riattaccò e si mise a gironzolare in cucina spegnendo le luci e ispezionando le provviste. In genere aveva in casa abbastanza provviste per parecchie cene interessanti, ma quando si presentava la necessità di una di queste cene sentiva sempre il bisogno di fare qualche controllo. Quando si fu completamente rassicurata sulle carni e i vini e le verdure, mise da parte ogni preoccupazione per la cena e uscì in giardino per fare due passi, sperando che la sensazione di stranezza che si era impadronita di lei si dissolvesse nell'aria del crepuscolo.

In parte quella stranezza non era proprio strana: era la consueta sensazione di panico per il denaro che la prendeva quando era ora di saldare le fatture. Rudyard non l'aveva lasciata in una situazione di assoluta sicurezza finanziaria, anche se lei continuava a fingere di sì e tutti gli altri a crederlo. La sua rendita era quella che era e non di più. In realtà avrebbe dovuto vendere la casa e prendere un appartamento in affitto, ma non ingannava se stessa al punto di convincersi che un giorno o l'altro l'avrebbe fatto. Avrebbe significato fare a meno di Rosie e ammainare le vele, e qualcosa in lei si opponeva. Quanto alle vele, ci aveva già messo abbastanza tempo a spiegarle al vento e non era disposta ad ammainarle finché non ci fosse stata costretta. Per quattro anni aveva tirato avanti da un mese all'altro, da un conto da pagare all'altro, sperando che succedesse qualcosa prima che la situazione divenisse disperata.

La casa era troppo bella, troppo comoda, troppo sua: i mobili, la cucina, il giardino, i fiori, gli uccelli, il patio, la nicchia della finestra preferita. Senza queste cose non avrebbe dovuto solo cambiare, avrebbe dovuto trasformarsi in un'altra persona, e le sembrava che l'unica persona disponibile per questa reincarnazione fosse una vecchia signora, molto vecchia. Non Aurora Greenway, ma semplicemente la signora Greenway. Quando sarebbe venuto il giorno in cui tutti quelli che la conoscevano l'avrebbero chiamata signora Greenway, della casa forse non le sarebbe più importato tanto. Ormai, se nel frattempo non fosse morta, avrebbe avuto abbastanza dignità per cavarsela dappertutto, come era riuscita a fare sua madre negli ultimi anni di vita.

Ma non era pronta. Voleva cavarsela, fare la sua figura lì dov'era. Se le cose si mettevano al peggio, poteva vendere il Klee. Sarebbe stato un atto sleale verso sua madre, certo, ma del resto sua madre era stata sleale con lei comprandolo con denaro che presto avrebbe dovuto essere suo. Sarebbe stato un atto sleale anche verso Emma, perché Emma amava quel quadro, ma Emma un giorno avrebbe avuto il Renoir e se avesse avuto un po' di vita dentro di lei sarebbe arrivata ad amarlo di più, il Renoir; molto di più, pensava Aurora.

In parte però quella stranezza era nuova, era qualcosa di più del panico per i soldi; ed era questa parte nuova che Aurora cominciava a sentire sempre più. Non era soltanto solitudine, anche se questa c'era; né era solo privazione del sesso, anche se c'era anche questa: qualche sera prima, con suo grande divertimento, aveva fatto un sogno in cui apriva una scatoletta di tonno e ne usciva fuori di scatto un gallo. Era stato, pensò, un sogno affascinante, e piuttosto inventivo, e la sua maggiore frustrazione in proposito fu che non ci fosse nessuno idoneo a condividerlo. Con chiunque l'avesse condiviso, sua figlia inclusa, l'avrebbe interpretato come un segno che lei era considerevolmente più in eccitazione di quanto fosse in realtà.

In ogni caso la stranezza era diversa da quel tipo di eccitazione; era più una sensazione di essere fuori centro, distorta, come se già, anni prima del tempo, lei stesse scivolando via, perdendo il contatto, restando indietro o magari, peggio, precipitandosi troppo in avanti. Aveva la sensazione, anche, che tutti quelli che la conoscevano vedessero di lei solo i momenti esteriori, i movimenti di una donna che si lamentava e sollecitava affetto di continuo. I suoi movimenti interiori nessuno pareva vederli. Ciò che la spaventava era sapere su quante cose aveva già imparato a non contare, di quante cose poteva fare a meno. Aveva la sensazione che, se non metteva un freno ai suoi movimenti interiori, presto sarebbe venuta a trovarsi al di là di tutti quanti, e questa era la causa della stranezza, che sembrava aver scelto un posto fisico dentro di lei, dietro lo sterno. Premendosi il petto con forza riusciva a sentirlo, quasi come un bernoccolo, una protuberanza che nulla, a volte sembrava capace di sgonfiare.

Mentre passeggiava, sperando che la magìa del giardino la rimettesse a posto, udì delle voci provenienti dalla cucina. Corse dentro e trovò Rosie e Vernon che conversavano fittamente vicino al lavandino.

«Ha fatto un miracolo» disse Rosie. «Royce ha deciso che mi rivuole.»

«Come ha fatto?» chiese Aurora.

«È un piccolo segreto» rispose Vernon.

Rosie aveva in mano la borsetta e stava ovviamente per tornare a casa.

«Lo farò sputar fuori a Royce» disse. «Non mi ha mai tenuto nascosto un segreto in vita sua. Un bel segreto, almeno» aggiunse ricordandosi di qualcosa.

«È sicura che non vuole che l'accompagni?» disse Vernon.

«È proprio come un servizio di taxi, eh?» disse Rosie. «Non farebbe buona impressione ai vicini vedermi arrivare su una Lincoln bianca lunga otto metri. Prendo l'autobus.»

«Tutto questo lo trovo alquanto sconcertante» disse Aurora. «Perché tanta fretta di tornare da un mascalzone come Royce? Puoi dormire qui stanotte, lo sai. Se fossi in te lo lascerei sbollire almeno per ventiquattro ore.»

«Solo perché vado a casa non vuol dire che per me il conto è pari» rispose Rosie. «Non mi scordo niente. Stia tranquilla.»

Per qualche istante rimasero tutti in silenzio.

«Be', buona fortuna, cara» disse Aurora. «Io preparo qualcosa da mangiare per Vernon e tu va a casa e vedi come va.»

«Grazie tanto, signor Dalhart» disse Rosie quando fu alla porta.

«Non correre rischi» aggiunse Aurora. «Se mostra tendenze violente prendi un taxi e torna qui.»

«Non sono mica un materasso. Se c'è da scappare scappo.»

«Come ha fatto?» chiese Aurora a Vernon appena Rosie fu uscita.

Vernon spostò il peso di una gamba all'altra. «Gli ho offerto un lavoro migliore» rispose con riluttanza. «Lei non ci crederebbe quanto può fare per Royce un buon posto con un lavoro nuovo.»

Aurora rimase sconcertata. «Ha assunto il marito della mia donna?» esclamò. «Questa è una cosa quasi presuntuosa. Che cosa ha fatto Royce per meritarsi un nuovo lavoro, posso saperlo? Glielo ha offerto come premio per aver picchiato la moglie?»

Vernon prese un'aria smarrita. «Quei giri delle consegne stufano. Se uno deve fare lo stesso giro per anni e anni prima o poi non ne può più. È così che cominciano i casini.»

«Verissimo» disse Aurora. «Anche il lavoro di Rosie, però, non è molto eccitante, e lei non ha fatto nessun casino, che io abbia osservato. Non per mancanza di occasioni, per giunta; l'occasione l'aveva qui, in fondo alla strada.»

Prese il minitelevisore che era su un armadietto e lo mise sul tavolo. Ogni giorno, nella speranza di frantumare il povero apparecchietto – così almeno pensava Aurora – Rosie ci avvolgeva intorno il filo così stretto che in genere prima che Aurora riuscisse a srotolarlo il telegiornale era quasi finito. Vernon si precipitò a darle una mano e Aurora notò con piacere che per srotolare il filo ci metteva quanto lei. Almeno in qualche cosa era mortale.

«Per che lavoro ha assunto Royce?» gli chiese mentre affettava dei funghi.

«Le consegne per me. Ho una decina di negozi qui in giro e nessuno che fa le consegne. Ne avevo bisogno da tempo, di un uomo delle consegne a tempo pieno.»

«Spero che sia così» disse lei. In un giorno e anche meno aveva l'impressione di essergli costata un sacco di soldi, e quasi non lo conosceva neanche. Non le sembrava etico, ma si conosceva abbastanza per sapere che non poteva cucinare e risolvere dilemmi etici nello stesso tempo. Dato che anche lei cominciava a sentire un bel po' di fame, lasciò da parte i problemi etici e preparò una cena elementare: una bella bistecca ricoperta di funghi, con un po' di asparagi per contorno, e molti formaggi, di cui divorò una buona parte mentre faceva da mangiare.

Vernon controllò le sue contorsioni al punto da riuscire a sedersi e mangiare, e a tavola si dimostrò un eccellente ascoltatore. La prima cosa da fare con una nuova conoscenza, secondo Aurora, era scambiare con lui storie di vita vissuta, e lei cominciò raccontando le sue, a partire dall'infanzia a New Haven e talvolta a Boston. Vernon finì la bistecca prima che lei, col racconto, uscisse dalla camera dei bambini. Non aveva mai visto spolverare i piatti con quella velocità, tranne che da suo genero, e fissò Vernon con attenzione.

«Suppongo che mangiare in fretta sia un'estensione logica della sua irrequietezza» disse. «Credo che dobbiamo tornare sulla questione di un medico che faccia per lei, Vernon. Non mi ricordo più quando ho visto un uomo nervoso come lei. Anche in questo momento sta battendo il piede. Sento benissimo le vibrazioni.»

«Uh, oh» disse Vernon. Smise di battere il piede e cominciò a tamburellare con le dita sul tavolo. Aurora lasciò correre e si godette con calma la cena, parlando mentre lui tamburellava. Nel patio, dopo cena, notò che aveva le scarpe a punta, una punta acutissima. Erano nel patio perché lei aveva insistito per fargli prendere un po' di brandy, e aveva insistito per non sentirsi in colpa bevendone un po' anche lei. Spesso il brandy la faceva sentire un po' sbronza, e un paio di volte sua figlia telefonandole, l'aveva trovata in quello stato, uno stato che sarebbe stato più facile da spiegare se avesse avuto un ospite per dargliene la colpa.

«Forse il suo problema sono le scarpe» disse. «Immagino che le dita dei piedi le dolgano sempre. Perché non se le toglie per un po'? Mi piacerebbe vedere com'è quando non si agita.»

Vernon parve imbarazzato. «No, no. Chissà come mi puzzano i piedi.»

«Non sono schifiltosa. Può tenere i calzini.»

Vernon rimase imbarazzato e lei lo lasciò in pace circa i piedi. «A che ora parte per il Canada?»

«Per un po' non ci vado. Ho rimandato.»

«Lo temevo» disse Aurora guardandolo negli occhi. «Posso sapere perché?»

«Perché ho conosciuto lei.»

Aurora prese un sorso di brandy e aspettò che aggiungesse qualcosa, ma lui non lo fece. «Sa, lei è piuttosto simile al mio povero marito quanto a eloquenza. Si limitava a dire il minimo, e così lei. Ha mai rimandato un viaggio per via di una signora, prima d'oggi?»

«Oh, Signore, no. Mai conosciuta una signora tanto da parlarci.»

«Anche con la qui presente non ha mai parlato un granché. Ha assunto gente, riparato macchine e rimandato viaggi, tutto sulla base di una conoscenza alquanto superficiale. Proprio non so se voglio essere responsabile di tutto questo. So di coppie sposate che sono vissute insieme per anni senza che ciascuno dei due si prendesse tante responsabilità per l'altro.»

«Vuol dire che non mi vuole intorno?» disse Vernon. Mise le mani sui braccioli della sedia come se fosse sul punto di alzarsi e andarsene.

«Calma, calma» disse Aurora. «Deve stare molto attento a non travisare le mie parole. In genere cerco di dire precisamente quello che intendo dire. Quelli che si occupano di petrolio per trovarlo, mi risulta, devono andare a cercarlo. Ho un pessimo carattere, come lei dovrebbe già sapere. Non sono mai stata particolarmente riluttante a farmi fare dei favori dalle persone, se sembrano averne voglia, ma questo non significa che io voglia farle avere dei rovesci negli affari solo per coltivare la nostra conoscenza.»

Vernon si protese in avanti e appoggiò i gomiti sulle ginocchia, cosa che lo faceva sembrare ancora più basso. «Aurora» disse, «chiamarla Aurora è tutto quello che riesco a fare. Non so parlare come lei, la verità è questa. Proprio ignorante non sono, però non ho la pratica. Se mi vuole è una cosa, e se non mi vuole, allora posso sempre andare nell'Alberta a fare qualche altro milione.»

«Oh, mio Dio. L'ultima parola vorrei che non l'avesse detta. Non conosco i miei desideri tanto bene da metterli a confronto con qualche milione di dollari.»

Vernon pareva tormentato. Strizzava gli occhi in modo strano, come se avesse paura di tenerli del tutto aperti. Gli occhi erano la cosa migliore che aveva in volto, e Aurora non voleva vederglieli quasi chiusi. «Non aveva intenzione di passare il resto della sua vita in Canada, vero?» gli chiese. «Intendeva tornare a Houston prima o poi, no?»

«Oh, certo.»

«Bene, io intendo continuare a vivere qui. Per quello che ne so sarò ancora qui quando lei tornerà. Allora potrà venire a trovarmi, se vorrà, e non avrà perso nessun milione. Non le era venuto in mente?»

«No. Per me o la va o la spacca. Se adesso me ne vado chissà che succede, magari lei si sposa prima che torni.»

«Lo so io che succede. Il matrimonio non mi interessa e in ogni caso i miei corteggiatori sono un assortimento un po' strano. Certi sono peggio di altri e i meglio, per un motivo o per l'altro, sono senza speranza. Questa è una conversazione molto teorica, sa. Ci conosciamo da poche ore.»

«Già, ma io sono cambiato» disse Vernon.

«Benissimo. Io no. Non desidero sposarmi.»

«Ma sì. Le spunta fuori anche dal naso.»

«Non è vero affatto!» esclamò Aurora, oltraggiata. «Nessuno mi ha mai detto una cosa simile in vita mia. Comunque che cosa sa lei di me? Ammette di non aver mai conosciuto una signora prima di conoscere me, e potrà anche rimpiangere di avermi conosciuta.»

«Come che vada, conoscendo lei mi è passato il gusto di far soldi.»

Aurora aveva cominciato a rimpiangere di non aver seguito il consiglio del generale imboccando la svolta giusta. Era riuscita a crearsi un'altra complicazione. «Non mi ha spiegato perché adesso giudica inopportuno andare nel Canada, Vernon. Ci vuole un motivo migliore di quello che lei ha addotto.»

«Mi guardi» rispose Vernon. «Non ho il suo stile. Non so parlare come lei. Sono buffo e ci conosciamo appena. Se adesso me ne vado lei comincia subito a pensare quanto sono stupido e buffo, e quando torno nemmeno mi riconosce. Eccolo, il motivo.»

«Un'argomentazione astuta» disse Aurora guardandolo fisso.

Rimasero in silenzio per parecchi minuti. La notte primaverile era dolce, e nonostante lo smaniare di Vernon coi piedi Aurora si sentiva piuttosto soddisfatta. La vita continuava ad essere interessante, ed era già qualcosa. Vernon cominciò a muovere a destra e a sinistra la punta di una scarpa. Per un uomo sostanzialmente gradevole aveva più tic irritanti di qualunque persona lei conoscesse, e dopo averlo tenuto d'occhio per un po' glielo comunicò. Dopo tutto, aveva detto lui stesso che certe sottigliezze gli sfuggivano. «Vernon, lei ha un gran numero di tic fisici irritanti. Spero che intenda fare un tentativo per attenuarli. Mi dispiace, ma mi sono sempre presa la libertà di criticare le persone immediatamente. Non mi pare che sia un male cercare di migliorare qualcuno. Non sono stata mai capace di migliorare una persona al punto di poterla accettare, ma mi lusingo di averne migliorata qualcuna abbastanza per renderla più gradita agli altri.»

Sbadigliò e Vernon si alzò in piedi. «Lei ha sonno» disse. «Solo una stretta di mano e la vedrò domani, se per lei va bene.»

«Oh» disse Aurora accettando la stretta di mano. Le sembrò strano riceverla nel patio. Vernon aveva una mano piccola e ruvida. Attraversarono la casa rimasta quasi al buio e lei uscì per un momento nel giardino davanti. Pensò di invitarlo a colazione, tanto per vedere che aspetto aveva di mattina, ma prima che potesse pronunciare l'invito lui fece un cenno col capo e le volse le spalle. Quel congedo così brusco la rese un po' malinconica. In quella giornata si era sentita un po' troppo Cenerentola, anche se gliene dispiaceva più per Vernon che per se stessa. Era carino e simpatico e aveva una bella luce negli occhi castani, ma con tutta probabilità, anche senza un intervallo nel Canada, il futuro lo avrebbe ridotto proprio come lui aveva previsto, un tipo buffo che smaniava coi piedi, il cui stile era alieno dal suo, senza speranza. Era stato un pomeriggio troppo spettacolare, troppo pieno di carrozze d'oro. Andò al piano di sopra e contemplò a lungo il suo Renoir, sapendo fin troppo bene che probabilmente la mattina dopo si sarebbe svegliata con la sensazione che il mondo fosse pieno, dopo tutto, di zucche.

Che la natura umana è un mistero Vernon l'aveva sentito dire spesso, ma la verità di questa massima non gli era mai apparsa tanto evidente quanto quel pomeriggio, quando Aurora lo aveva guardato seriamente per la prima volta. Le nature umane che aveva incontrato nell'industria del petrolio erano infinitamente meno misteriose, ne era sicuro. All'occasione i suoi dipendenti e i suoi concorrenti potevano mandarlo in bestia, ma nessuno lo aveva mai turbato seriamente: non quanto cominciò a sentirsi turbato quando, voltandosi a guardare dalla sua Lincoln, vide Aurora ancora ferma sul prato. Il fatto che fosse ancora lì sembrava suggerire che non considerava ancora finita la serata, nel qual caso poteva interpretare il suo congedo come un segno che lei non gli piaceva, o qualcosa del genere. Era un pensiero orribile con cui vivere per tutta la notte, e Vernon lo trovò presto insopportabile. Dopo aver guidato per una ventina di isolati fece una svolta a U e tornò da Aurora per vedere se lei c'era ancora. Non c'era, e non gli restò che fare un'altra conversione a U e andarsene al suo garage.

Ad Aurora non l'aveva detto, ma una delle sue diverse aziende era un garage con parcheggio in pieno centro di Houston, il più nuovo, il più alto e il migliore parcheggio di Houston. Era alto ventiquattro piani e dotato non solo di rampe per la salita e la discesa, ma anche di un veloce montacarichi per le macchine, fabbricato in Germania. Poteva ospitare parecchie migliaia di automobili, e spesso le ospitava: ma quando arrivò Vernon, assorto nei suoi nuovi problemi, era quasi vuoto.

Guidò fino in cima, al ventiquattresimo piano, e sistemò la Lincoln in una nicchia che si era fatto costruire nel parapetto ovest. Il parapetto era abbastanza alto per impedire alla Lincoln di precipitare giù accidentalmente, ma abbastanza basso per consentire a Vernon di guardare il panorama senza scendere di macchina.

Di notte nessuno tranne lui era autorizzato a parcheggiare al ventiquattresimo piano. Era lì che dormiva; più ancora, era lì la sua casa, l'unica cosa comprata col denaro che amava incondizionatamente e di cui non si stancava mai. Il garage aveva solo tre anni, e per puro caso una sera Vernon era salito con la macchina fino in cima per vedere com'era il panorama da lassù. Da allora in poi ne aveva fatto la sua casa. In certe notti serene d'autunno, guardando a sud-est, era riuscito a vedere perfino Galveston, ma sucedeva di rado. Dopo aver parcheggiato la Lincoln scendeva sempre e si metteva a passeggiare vicino al parapetto, guardando fuori. Verso est, dalla selva di raffinerie lungo il porto-canale, si levava giorno e notte un chiarore rosa e arancio.

Dal grattacielo poteva vedere tutte le strade che si diramavano a raggiera da Houston, tutte da lui percorse innumerevoli volte. A nord, sfavillanti di luce bianca, c'erano i grandi raccordi: da uno partiva l'autostrada per Dallas, Oklahoma City, il Kansas e il Nebraska. Altre correvano verso est, fino alle pinete del Texas orientale, all'intrico di fiumi della Louisiana e a New Orleans; altre verso sud, fino al confine messicano, e a ovest, verso San Antonio, El Paso e la California. Il panorama, dall'alto del grattacielo, cambiava sempre a seconda del tempo che faceva. Nelle notti serene Vernon vedeva sotto di sé centinaia di migliaia di luci, tutte ben distinte; ma c'erano anche le notti nebbiose di Houston, quando la foschìa calava molto più in basso di dove era lui, fino al dodicesimo o al decimo piano, e la massa di luci sottostante diventava arancione e verde e indistinta. A volte, poi, era tutto sereno sotto e le nuvole incombevano su di lui dall'altezza che avrebbe avuto il trentesimo piano se ci fosse stato, illuminate dalle luci sottostanti. A volte soffiava vento da nord; altre volte arrivavano tempeste di vento dal Golfo del Messico, a sud, spingendo avanti montagne di nuvole grigie e facendo traballare la Lincoln con le loro raffiche. Una notte i venti del Golfo soffiarono con tanta violenza che Vernon si spaventò, e la mattina dopo fece costruire due puntelli di cemento ai due lati del posto per la macchina, in modo da potervela assicurare con le catene se il vento diventava troppo forte.

Spesso nelle sue passeggiatine lungo il parapetto, Vernon si fermava a contemplare i jet della sera che planavano verso l'aeroporto, ammiccando con le luci d'ala. Erano come grandi uccelli che scendevano ad abbeverarsi. Nonostante il mal d'orecchi aveva volato abbastanza per conoscere la maggior parte dei voli e dei loro piloti, equipaggi e hostess. Sapeva riconoscere il jet della Braniff che veniva da Chicago, o quello della Pan Am che arrivava la sera tardi da Città del Guatemala: ci aveva volato molte volte.

Di solito, quando gli aerei erano tutti arrivati, era pronto per occuparsi un po' di affari. Se era sporco poteva scendere con l'ascensore e raggiungere a piedi l'Hotel Rice, a tre isolati di distanza, per fare un bagno e cambiarsi, ma tornava sempre sul tetto del garage e, sistematosi sul sedile posteriore della Lincoln, cominciava a fare le sue telefonate notturne. Il bello di stare così in alto era che si poteva vedere tanto lontano che lui con l'occhio della mente riusciva spesso a spingere lo sguardo sui posti che stava chiamando: Amarillo e Midland, la costa del Golfo del Messico, Caracas o Bogotà. Aveva interessi in una dozzina di città, in ognuna conosceva di persona i suoi dipendenti e raramente lasciava passare una sera senza telefonare a tutti per sapere come andavano gli affari.

Finite le telefonate, se non era troppo tardi si sdraiava in macchina, lasciando aperta la portiera anteriore per lasciar entrare un po' d'aria, e guardava la televisione. La ricezione, a quell'altezza, era ottima. A volte c'erano tempeste con tuoni e fulmini, che gli scoppiavano proprio sulla testa, e in questi casi spegneva il televisore perché aveva la sensazione che non fosse prudente tenerlo acceso. Suo padre era rimasto fulminato da un lampo mentre stava seduto sul predellino di un trattore, e Vernon odiava quel ricordo.

Se era troppo smanioso o aveva fame poteva sempre scendere al quarto piano, dove c'era una tavola calda con quindici distributori automatici di roba da mangiare e da bere. A quell'ora il vecchio Schweppes, il guardiano notturno, generalmente si era già sistemato per la notte sulla sua branda in una stanzetta vicina alla tavola calda, ma era troppo artritico per dormir bene con tutta quell'umidità e se Vernon faceva tanto di mettere la monetina in un distributore il vecchio sentiva e arrivava zoppicando nella speranza di fare due chiacchiere. Tutta la sua famiglia – moglie e quattro figli – era stata spazzata via trent'anni prima nell'incendio di una roulotte e lui non si era mai più ripreso, anzi non ci aveva nemmeno provato. Da trent'anni viveva facendo il guardiano notturno e quindi non parlava con molta gente; ma in qualche modo le vestigia dell'uomo di buona compagnia che era stato un tempo riaffioravano quando compariva Vernon, e se questo succedeva non era facile scrollarselo di dosso.

Spesso, per non urtare i sentimenti del vecchio Schweppes con un congedo troppo brusco, Vernon si metteva a passeggiare con lui sulle rampe. Il vecchio cominciava sempre queste passeggiate con l'intenzione di fare un paio di piani, ma poi non riusciva mai a fermarsi. Ci potevano mettere anche un'ora o più per salire la rampa a spirale fino alla cima mentre Schweppes parlava e parlava di baseball, il suo ultimo amore, o di quando era in marina durante la prima guerra mondiale, o di qualunque altra cosa, finché con sua sorpresa sbucavano sul tetto. Allora, imbarazzato al pensiero di quanto aveva chiacchierato, il vecchio prendeva subito l'ascensore e se ne tornava nel suo buco al quarto piano.

Vernon non era uno che dormiva molto – quattro ore di fila gli erano sempre bastate – e come letto i sedili della Lincoln gli andavano benissimo. Si svegliava sempre quando le luci della città cominciavano a farsi più fioche col sorgere dell'alba. A oriente la massa di foschia che incombeva sulle baie e le insenature cominciava a tingersi di rosa in basso, e poi di bianco in basso e di arancione in alto via via che il sole saliva sull'orizzonte e risplendeva sul Golfo e sulla piana costiera. Il rumore del traffico, che si era spento del tutto verso le due, riprendeva e alle sette era già costante, come il mormorio di un fiume. La Lincoln era imperlata d'umidità e Vernon prendeva dal frigo un ginger ale per rinfrescarsi la bocca, poi ricominciava le telefonate chiamando i suoi pozzi petroliferi del Texas occidentale per sapere come era andata l'estrazione durante la notte.

Aurora però aveva spezzato il suo tran-tran. Quella era una notte diversa. Scese di macchina e si mise a passeggiare lungo il parapetto, ma non riuscì a interessarsi al panorama. Prenotò una comunicazione con Città del Guatemala, ma annullò la prenotazione cinque minuti dopo. Riscese di macchina e rimase per un po' vicino al parapetto, facendosi crocchiare rapidamente tutte le dita per recuperare il tempo perduto quando aveva dovuto trattenersi. Gli passarono sopra la testa due o tre aerei, ma quasi non ci fece caso. Guardò le città e con un po' di studio riuscì a trovare quasi esattamente il punto dov'era la casa di Aurora. Il suo quartiere, River Oaks, era poco più che una gran chiazza buia perché le querce alte e folte celavano alla vista i lampioni, ma Vernon conosceva il tracciato degli isolati e risalendo con lo sguardo da Westheimer verso nord individuò la zona dove gli sembrava che fosse la casa. Sentì squillare il telefono nella macchina ma non andò a rispondere.

Gli venne in mente il vecchio Schweppes, e senza esitare, e nemmeno fingere con se stesso che aveva voglia di un sandwich, scese con l'ascensore al quarto piano e raggiunse il buco dove dormiva il vecchio. Schweppes era sottile come un giunco e alto un metro e novanta, aveva i capelli grigi, lunghi e arruffati, e le guance profondamente scavate. Portava le sue uniformi per un paio di mesi prima di mandarle a lavare. Quando comparve Vernon stava leggendo a fatica, strizzando gli occhi, una rivista di sport.

«Come stai, Schweppes?» chiese Vernon.

«Peggio. Che diavolo ti succede? Ti corre dietro la polizia?»

«Macché. Va tutto a gonfie vele.»

«Comunque quei fottuti di poliziotti ci prenderanno tutti, uno alla volta» disse Schweppes. «Ma per trovare me dovranno faticare. Per non finire dentro sono capace di scappare fino al Messico.»

«Ti va di fare due passi sulla rampa?» chiese Vernon. Il suo bisogno di parlare era troppo evidente perché riuscisse a mascherarlo.

Il vecchio Schweppes rimase tanto sorpreso che gli sfuggì di mano la rivista. Era il primo invito diretto che riceveva da Vernon. Le loro conversazioni, di regola, cominciavano in modo complicatamente indiretto. Per un minuto rimase lì senza saper che dire.

«Non ho la polizia alle calcagna» disse Vernon per rassicurarlo. Quella dei poliziotti per il vecchio Schweppes era diventata una fobia paranoica, originata evidentemente dal fatto che una volta, nell'Oklahoma, era stato arrestato a un combattimento di galli e aveva dovuto passare una notte nella stessa cella di un negro.

«Sì, credo che due passi non mi faranno male» disse tirandosi su a fatica. «Non ti ho mai visto così smanioso, Vernon. Se non è per gli sbirri, dev'essere per uno che ti ha battuto a carte. Te l'avevo detto, è vero o no?

A forza di pelarli, quei giocatori di professione, prima o poi ne trovi uno che ti pela a te.»

Schweppes aveva anche altre fobìe paranoiche e Vernon decise che se voleva parlare gli conveniva parlare subito. «Tu sei stato sposato Schweppes» disse «Tu come ti regoli con le donne?»

Il vecchio si fermò a guardarlo, a bocca aperta. Non c'era domanda che potesse coglierlo più alla sprovvista. «Che ti è successo?» chiese prendendo dall'attaccapanni il suo vecchio impermeabile. Spesso tirava vento sulle rampe, e le giunture gli dolevano anche quando non tirava.

«Ho conosciuto una vera signora» rispose Vernon. «Mi è venuta addosso con la macchina, ecco quello che mi è successo. Poi l'ho portata a casa e così è cominciato.»

Schweppes ebbe negli occhi un lampo divertito. «Cominciato, eh?» disse senza impegnarsi. Si infilò l'impermeabile mentre Vernon passava il peso da una gamba all'altra e cominciarono a salire la rampa che portava al quinto piano. «Rifammi la domanda» disse il vecchio.

«Be', eccomi qua a cinquant'anni e di donne non ne so niente. La sostanza è tutta qui.»

«Solo che adesso che hai conosciuto questa ti piacerebbe saperne di più, è così?» disse il vecchio. «È questa la sostanza: che adesso c'è la materia prima.»

«Proprio così» rispose Vernon. «Per me è una cosa nuova. Lo so che avrei dovuto darmi da fare di più quando ero più giovane, ma non mi è mai passato per la testa. Probabilmente ci sono ragazzetti di diciott'anni che in queste cose hanno più esperienza di me.»

«Stavolta hai trovato l'uomo giusto. Per metà della mia vita sono andato matto per le donne, la prima metà naturalmente. Poi, dopo che ho perso la famiglia, qualcosa è cambiato. Però le donne non me le sono dimenticate, la memoria ce l'ho buona. Bionda o bruna?»

Vernon fu lento ad afferrare la domanda e Schweppes rimase in silenzio a guardarlo. «Ah, castana» rispose finalmente. «È importante?»

«Grassa o magra?» chiese Schweppes. «Le domande lasciale fare a me. Alla tua età non ti resta un margine di errore. Sbaglia una volta e addio, dato che il pallino delle donne ti è venuto solo adesso.»

«Un po' grassa» disse Vernon, dovutamente docile.

«Di dov'è?»

«Boston.»

Il vecchio Schweppes risucchiò il fiato. «Nostro Signore onnipotente!» sbottò. «Boston! Lasciami camminare un po'.»

Si rimisero a camminare, Vernon con le mani in tasca. Schweppes era uno che di solito parlava senza interruzione, e il fatto che fosse piombato nel silenzio al sentir nominare Boston era un po' sconvolgente. Al sesto e al settimo piano non dissero una parola; quando arrivarono all'ottavo Schweppes andò vicino al parapetto e guardò giù. «Allora è vedova» disse. «Non ci vuole Sherlock Holmes per capirlo. Una donna di Boston non viene quaggiù da sola.» Sospirò pesantemente e si rimise a salire la rampa. «Mica tanto giovane, dico bene?»

«Non arriva ai cinquanta. Per lo meno sono più vecchio di lei.»

«Macché, le vedove per lo più sposano uomini più giovani. È un fatto che ho osservato. Non vogliono abituarsi a qualcun altro se c'è pericolo che se ne vada presto. Per la maggior parte delle donne vederne andarsene uno è già abbastanza. Tu naturalmente sei fresco come un pulcino. È un vantaggio. Significa che sarà più facile incantarti, una volta che comincia la musica. E significa anche che lei non ti può confrontare con nessuno. Non succede tanto spesso che una di cinquant'anni arrivi in scena per prima. Questo credo che sia il tuo vantaggio più grosso.»

«Lei lo sa che non ho esperienza» disse Vernon. «Non l'ho mai nascosto.»

Schweppes si mise a scuotere il capo. «Mai pensato alle scuole serali?» chiese. «Fare soldi col petrolio è una cosa e le signore di Boston un'altra. Da quelle parti sono schizzinosi su come uno parla. Coi tuoi discorsi da ragazzotto di campagna la passi liscia per un po', ma poi ti fanno capire che basta. Questo è uno dei problemi.»

Vernon cominciò a sentirsi scoraggiato e a pentirsi di aver distolto il vecchio Schweppes dalla lettura della sua rivista sportiva. Tutto cominciava ad assomigliare a una causa in tribunale che si stava mettendo male per lui. Per ogni vantaggio che aveva, Schweppes gli trovava due svantaggi. «Per questo mi è già saltata addosso. Schweppes, alle scuole serali non ci posso andare. Mi sentirei ridicolo.»

«Se sei arrivto alla fase in cui devi avere per forza una donna, ti sentirai ridicolo per la maggior parte del tempo, comunque» disse Schweppes. «Non ho mai conosciuto nessuna che venisse da tanto lontano. Mai parlato con una donna in gamba al punto di dirle più di ciao, ma il più delle volte mi sentivo scemo lo stesso. Sono più in gamba di noi, è questo il fatto. Non tanto individualiste quanto noi, solo più in gamba.»

Poi rimase zitto e continuarono a salire. Era scesa un po' di nebbia e piano piano, camminando, arrivarono più in alto, dove cominciava a diradarsi. Il vecchio Schweppes cominciò a ruttare e a schiarirsi la gola. «Vernon, in tante cose sei fatto come me» disse. «Non sarai mai uno che beve o che si droga. So che ti piace il gioco, ma quello non è un affare serio. È serio solo se a giocare è un poveraccio. Una donna per te è l'unica possibilità di rimanere un essere umano, se ti ci metti. Una bruna grassottella di Boston è il meglio per cominciare. Non vorrei vederti diventare ancora più matto di quello che sei, se ci tieni a sapere la verità.»

«Io? Ma io non sono matto, Schweppes. Sono quindici anni che non mi ammalo nemmeno.»

«Non sarai un matto pericoloso, ma matto sei» rispose Schweppes guardando bene Vernon dalla testa ai piedi. «Le persone normali dormono in un letto, sai, e nel letto c'è qualcun altro, se ce la fanno a trovarselo. Le persone normali non passano la notte in una Lincoln sulla cima di un garage di ventiquattro piani. Per me questo è un segno di pazzia. Sei solo un matto che non ha perso la capacità di fare soldi col petrolio. Finora, almeno, non l'hai persa.»

Vernon non sapeva che dire. Il vecchio Schweppes gli pareva molto simile ad Aurora in fatto di discorsi. Lui non aveva mai parlato chiaro in quel modo a nessuna in vita sua. Non riusciva a trovare qualcosa da dire in propria difesa, perciò non disse nulla. Erano arrivati al diciottesimo piano e gli venne voglia di prendere l'ascensore per salire subito sul tetto. Aveva cercato compagnia, ma non era servito a niente.

Poi, proprio quando era dell'umore più nero, Schweppes gli diede un colpetto sulla spalla. «Comprale un regalo» disse. «Donne e uomini politici non hanno molte cose in comune, ma una almeno sì: ai regali non sanno resistere.»

«Va bene» disse Vernon rischiarandosi un po'. «E poi?»

«Un altro regalo. Mia nonna veniva dalle parti di Boston e i regali non le bastavano mai. Se a una donna non piacciono i regali è facile che abbia una vena di cattiveria.»

Quando arrivarono al ventiquattresimo piano il vecchio Schweppes si avvicinò alla Lincoln e ci sbirciò dentro. Scosse la testa e risucchiò nuovamente il fiato, facendo sembrare ancora più profondo l'incavo delle guance. «Solo un matto può avere il televisore, comunque» disse. «Tu ce l'hai in macchina e perciò sei matto due volte. Ho sentito dire che mandano raggi X. Se ti prendi troppi raggi X la vedova di Boston te la puoi scordare.» Strinse la mano a Vernon e si avviò zoppicando verso l'ascensore. «Non ti farebbe male cercare di abituarti a dormire in una casa» disse, lasciando Vernon più confuso che mai.

Vernon si preparò il letto ripiegando all'indietro il sedile anteriore e ci si sdraiò sopra, ma quando il cielo cominciò a schiarirsi ancora non poteva dire di aver dormito. Si era messo a pensare alle cose che aveva detto Aurora e a quelle che aveva detto il vecchio Schweppes, e gli appariva chiaro che quest'ultimo doveva aver ragione: lui era matto. Vent'anni prima, quando era sulla trentina, per un po' l'aveva pensato anche lui, ma era sempre tanto indaffarato che gli era passato di mente. Certo era da matti dormire dentro una macchina su un tetto; a nessuna signora sarebbe piaciuto, e Aurora sembrava ancora più esigente di tante altre, per giunta.

Perciò la sua era una situazione senza speranza e lui era stato stupido a parlare così assurdamente, e non restava altro che darsi per vinto. Però aveva detto ad Aurora che sarebbe tornato a trovarla, e pensò di potersi concedere questo piacere almeno un'altra volta.

Avviò il motore, scese lentamente i ventiquattro piani di rampa e percorse la South Main Street, svoltando poi per fermarsi davanti a un piccolo locale aperto tutta la notte a cui era affezionato, vicino all'Astrodome. Lo stadio, con la sua enorme cupola di plastica, era spettrale nella caligine del primo mattino; da una certa distanza sembrava la luna, improvvisamente posatasi sulla terra.

Il bar, dove abitualmente Vernon faceva colazione, si chiamava la Pantofola d'argento, per nessun motivo visibile. Non era argenteo, e non c'era mai entrato nessuno che avesse le pantofole d'argento, per quanto se ne sapeva. I proprietari erano Bobby e Babe, marito e moglie, e ci passavano praticamente il giorno e la notte. Avevano una minuscola roulotte agganciata al muro posteriore, come un cavallo, e quello dei due che era più stanco ci dormiva mentre l'altro stava al banco. Era una roulotte d'antiquariato, per una sola persona, che risaliva agli anni Trenta, e l'avevano presa in pagamento di hamburger per duecento dollari. A dover loro questa somma era un tale, di nome Reno, che un tempo era loro amico e abitava nella roulotte nel piccolo, maleodorante campeggio di roulottes che si stendeva a pochi metri dalla strada. Reno in seguito aveva finito col trovare troppo stabile la vita in un campeggio di roulottes e si era trasferito in centro, vicino alla stazione dei pullmann, dove era diventato un alcolizzato. Il lettino della roulotte aveva la larghezza di uno scaffale stretto e Babe e Bobby non avevano mai trovato il modo di dormirci fianco a fianco, anche se potevano accoppiarcisi sopra abbastanza bene se stavano attenti. Comunque non aveva importanza, perché raramente potevano lasciare il locale abbastanza a lungo per dormire insieme. I camerieri andavano e venivano, e loro erano fieri di saper mandare avanti il locale da soli.

«Tiriamo la carretta» era la risposta che quello dei due che era in piedi dava sempre a Vernon quando la mattina veniva a mangiarsi le sue uova con le salsicce e chiedeva come se la passavano. Molte volte si era offerto di rilevare il locale e tenerli come gestori in modo da dar loro la possibilità di assumere un cameriere fisso e magari di comprarsi una roulotte più spaziosa, ma Babe e Bobby erano troppo indipendenti per dar retta a discorsi del genere. Babe era una grassona coi capelli rossi, che trovava Vernon carino da morire e lo stuzzicava sempre chiedendogli che intenzioni aveva ogni volta che si offriva di rilevare il locale. «Ti conosco, Vernon» diceva. «Appena mi hai sul libro paga ti metti in testa certe idee. Nel corso della giornata ne capitano già abbastanza, qui, di tipi che si mettono in testa certe idee. Divento troppo vecchia per dar retta a voi e alle vostre idee.»

Parole simili non potevano che mettere in imbarazzo Vernon. «Oh, sono troppo vecchio» diceva di solito.

Babe e Bobby, quella mattina, erano tutti e due al banco e mescolavano il caffè nel bollitore quando Vernon entrò. Alla Pantofola d'argento non c'era nessun altro.

«'giorno» disse Vernon.

Bobby continuò a mescolare il caffè e non rispose: da un po' di tempo era sempre più assente. Babe si alzò e versò un po' di caffè a Vernon.

«Un cliente, grazie a Dio» esclamò. «Con tutta questa calma stavamo per addormentarci. Hai l'aria di essere più frenetico del solito, oggi, Vernon. Stai per fare un altro milione?»

«Oggi no» rispose Vernon. Era tutta la notte che rimuginava sul regalo da fare ad Aurora e gli venne in mente che forse Babe poteva avere qualche idea. «Lascia che ti domandi una cosa» disse agitandosi sullo sgabello. «Ho conosciuto questa signora, hai capito, ed è stata molto carina con me. Che ne dici se le faccio un regalo? Sai, per ripagarla un po'.»

Bobby uscì di colpo dalla trance e gli mollò una pacca sulla schiena. «Bene, bene, hai sentito, Babe?» disse. «Pensa un po'. Voul dire che alla fine ti sei fatto sverginare?»

Vernon arrossì e Babe si precipitò in sua difesa. «Vernon a sentire certe cose non ci è abituato. Gli ho dato da mangiare per tutti questi anni e mai che si sia fatto venire certe idee. Adesso sta zitto e lascialo parlare.»

Ma Vernon aveva già parlato, e non sapeva che altro dire. «Mi ha preparato la cena, ecco cosa. Pensavo che un regalo fosse la cosa migliore, ma non so cosa prendere.»

«E un anello col diamante?» disse Babe. «È tutta la vita che ne voglio uno. Certo se le regali l'anello col diamante lei pensa che hai in testa certe idee.»

«Se non ti hanno sverginato non m'interessa più» disse Bobby, dando un'altra mescolata al caffè. «Veditela con Babe.»

Babe stava friggendo le tradizionali salsicce per Vernon, fantasticando sulla possibilità che facesse un bel regalo anche a lei. «Ci sono gli anelli col diamante e le pellicce e le caramelle e i fiori» disse. «I boeri sono una siccheria: cioccolatini con dentro la ciliegia. Una volta perfino Bobby me li ha comprati, in un momento di debolezza.»

«È un tipo chic?» chiese Bobby, più interessato di quanto volesse far vedere. «Perché non la porti qui e fai dare un'occhiata a noi? Te lo diciamo in un minuto, io e Babe, se va bene per te.»

«Per andar bene va bene» disse Vernon.

«Per te fare la corte a una donna chic va bene come per me girare con un macchinone di lusso» disse Bobby. «Vado a dormire un po'» aggiunse mentre se ne andava.

Babe stava ancora riflettendo sul problema del regalo. «Magari una bestiolina» propose. «Io l'ho sempre voluta, ma Bobby è troppo carogna per lasciarmela avere. Che ne dici di una capretta? C'è uno al campo delle roulottes che ne ha una, la più bella che ho mai visto, e la vende. Sarebbe una cosa insolita. Tutte le donne hanno sempre il problema degli avanzi, e con una capra il problema è risolto.»

L'idea piacque subito a Vernon. Il bello era che era anche comoda. Poteva comprarla e portargliela subito. Diede a Babe un dollaro di mancia, più perché lo aveva aiutato a risolvere il suo problema che perché le salsicce fossero qualcosa di speciale.

«Così mi vizi, Vernon» disse Babe guardando il dollaro. «Adesso, se vuoi saperlo, Bobby penserà che fra te e me c'è chissà che cosa. È una buona cosa se finalmente ti sei trovato una ragazza. E poi sono troppo vecchia perché Bobby mi dia le botte come faceva una volta quando qualcuno mi lasciava un dollaro di mancia.»

Vernon si aggirò fra le roulottes finché trovò quella con la capretta legata di fuori. Era proprio piccola, bianca e marrone, e una donna assonnata in vestaglia rosa gliela cedette per trenta dollari senza nemmeno svegliarsi del tutto. Alle sette la Lincoln era già ferma davanti alla casa di Aurora, con la capretta e Vernon sul sedile davanti. Vernon smaniava quanto mai. Più ci pensava e più gli pareva una situazione senza speranza, e aveva cominciato anche a ripensarci sulla capra, che continuava a cercare di addentare le fodere di pelle dei sedili.

Mentre lui smaniava con le mani e coi piedi, dalla porta principale della casa si affacciò Aurora, scalza e con indosso una vestaglia azzurra. Evidentemente era in cerca del giornale lasciato dal fattorino, e arrivò a metà del prato bagnato di rugiada prima di notare la Lincoln ferma vicino al marciapiede. Non parve sorpresa. Sorrise come Vernon non aveva mai visto sorridere nessuno, almeno alla vista di lui.

«Allora eccola qui, Vernon» disse Aurora. «Che uomo attivo è lei. Per caso quella capretta è per me?»

«Mica deve prenderla per forza» rispose Vernon, frustrato perché l'aveva vista subito.

«Andiamo, andiamo. Non c'è motivo di scusarsi così per una capretta tanto carina. Credo che non dovrebbe tenerla rinchiusa in quella macchina. Vediamo se le piace il prato di casa mia.»

Protese le braccia e Vernon tirò fuori la capretta attraverso il finestrino e gliela porse. Aurora la mise sul prato. La capretta rimase immobile sull'erba umida, come se rischiasse di sentirsi mancare il terreno sotto i piedi se faceva anche solo un passo. Aurora scorse il giornale e andò a raccoglierlo, e la capra le trotterellò dietro. Aprì il giornale alla pagina dei fumetti e li guardò in fretta per vedere se succedeva qualcosa di drammatico. Siccome non sucedeva niente del genere, prese su la capretta e si avviò verso casa. «Viene, Vernon?» disse. «O ha passato la notte a ripensarci? Scommetto di sì. Probabilmente è corso a scaricare qui questa capretta prima di partire per il Canada o dovunque sia.»

«Non vado in nessun posto» disse Vernon scendendo di macchina. Come Aurora avesse fatto a immaginare che la capretta era il suo regalo d'addio era al di là della sua comprensione. Gli occhi di Aurora mandavano lampi, anche se trenta secondi prima lei sorrideva come se non avesse un pensiero al mondo.

«Mi scusi, ma lei non è molto convincente» gli disse. «Ovviamente è arrivato a rimpiangere le sue parole. Mi va benissimo, stia tranquillo. Non c'è bisogno di sembrare un cane bastonato. Come ieri le ho detto in tutta franchezza, sono una peste. Presto voi uomini pratici ne avete abbastanza di me. Evidentemente ai vostri cervellini faccio un effetto che interferisce col far soldi, o qualsiasi cosa facciate. Però non posso negare che provo un certo disappunto. Per una volta lei mi era sembrato un uomo che dice quello che sente e sente quello che dice, e non mi aspettavo di vederla pronto a tirarsi indietro tanto presto.»

Vernon sentì che stava succedendo la stessa cosa che era avvenuta il giorno prima in macchina e fu sopraffatto dalla confusione e dalla paura. «Non mi tiro indietro» disse. «Nel Canada non ci vado. Parlavo sul serio.»

Aurora lo guardò in silenzio, e lui sentì che vedeva tutto quello che lui provava, come se stesse traducendo i suoi pensieri nel linguaggio cui era abituata nel momento stesso in cui gli si formavano nel cervello, anche se aveva la sensazione che nel cervello non gli si formasse più un bel niente e che quello che provava si sprigionasse da un centro di pressione in qualche parte del petto.

«Come ieri, voglio dire» aggiunse. «Proprio come ieri.»

Aurora annuì con aria pensierosa. «Sì, ma è pronto a tirarsi indietro al minimo insuccesso, vero? Lei mi fa sentire alquanto indignata, Vernon. Ha passato la notte a dirsi che non c'è speranza, se non sbaglio. Ritirate e scuse non sono certo atti che fanno sentire a una donna di essere desiderata. Se lei non si azzarda a credere in se stesso per qualche giorno, tanto vale che continui a nascondersi nella sua macchina. Lì non corre nessun pericolo. Io non sono tipo da intrufolarmi nella sua macchina e cercare di farla parlare in modo corretto, le pare? E non sono tipo da affannarmi a insegnarle a non gettarsi sul cibo come un lupo affamato, se lei deve continuare a mangiare sul sedile posteriore di una Lincoln. Le sue abitudini sono un po' disgustose, se vuol sapere la verità, ed ero pronta a spendere un po' di energia aiutandola a sostituirle con qualcosa che somigli a un comportamento corretto, ma se tutto il suo entusiasmo per me si riduce a quello che ha esibito stamattina penso che non ne avrò la possibilità.»

Si fermò e lo guardò, aspettando. Vernon ebbe la sensazione che fosse pronta ad aspettare tutto il giorno, finché lui avesse parlato. «Se ci conoscessimo meglio mi comporterei meglio» disse. «Non ho avuto tempo di imparare. Non è un buon motivo questo?»

Con suo grande sollievo, Aurora sorrise, allegramente e misteriosamente quasi come aveva fatto vedendolo in macchina vicino al marciapiede. Un'altra tempesta era passata, a quanto pareva.

«Sì, un buon motivo in un certo senso lo è» disse lei. «Che cosa aveva in mente per noi oggi?»

In mente Vernon non aveva niente. «Fare colazione» disse, pur avendola appena fatta.

«Certo, fare colazione è scontato» disse Aurora. «Non direi che è sufficiente per una giornata di svago, tuttavia. Di svago ne ho molto bisogno, questo glielo posso dire.»

«Conosco un sacco di giochi a carte» provò Vernon. «Le piace giocare a carte?»

Rimase sconcertato quando Aurora lo prese per il braccio e si mise a scuoterlo vigorosamente. Non sapeva se opporre resistenza o no ed era molto perplesso. Sempre scuotendolo, lei cominciò a ridere, poi infilò il suo braccio nel proprio e si mise a camminare sul prato. Il prato era stato falciato la sera prima e Aurora aveva i piedi cosparsi di frammenti d'erba bagnata.

«Vedo che devo scuoterla forte per sottrarla a certi accessi di diffidenza» disse. «Per una donna del mio temperamento sono intollerabili. Fortunatamente per lei, mi piace enormemente giocare a carte. Se davvero rimane e gioca a carte con me, è certo che le perdonerò ogni cosa.»

«Questi sono i miei progetti per la giornata» disse Vernon, benché due minuti prima non lo fossero.

«Allora sono praticamente in estasi» disse Aurora. Sempre tenendolo sotto braccio, lo guidò in casa.

9

Alle sette e mezzo quella mattina il telefono di Emma squillò, ma mentre lei scendeva dal letto per rispondere o, in altre parole, per sentire che cosa voleva sua madre, Flap la prese per una caviglia e non la lasciò andare.

«Non ci vai» disse, con gli occhi ancora chiusi.

«E perché?»

«Non ci vai e basta» ripeté lui tenendole stretta la caviglia. Emma aveva già un piede fuori dal letto e si stancò di stare a gambe larghe, perciò si rimise sdraiata. Flap le lasciò la caviglia e le passò il braccio intorno alla vita, tenendola stretta. Il telefono squillò una dozzina di volte e poi tacque, poi dopo una pausa squillò un'altra dozzina di volte e tornò a tacere.

«Vorrei che tu fossi un po' meno fifona» disse Flap. «Non c'è bisogno che schizzi giù dal letto ogni mattina all'alba.»

«Be', almeno hai trovato il modo di impedirmelo» disse Emma. «Preferisco sentirmi criticare stando a letto che sentirmi criticare stando in piedi in cucina.»

«Se un paio di volte le dicessi di andare a farsi fottere potresti startene a letto senza sentirti criticare?»

«Sicuro. Non te l'ho sentito dire a Cecil quando vuol farti fare qualche commissione per lui. Se cominci tu comincio anch'io.»

Flap ignorò la ritorsione, ma le tenne il braccio intorno alla vita. «Se non mi lasci parlare con la mamma, dovresti tirarti su e parlare tu con me» disse Emma.

Invece di rispondere, Flap si rimise a dormire. Era una mattina calda e tranquilla e anche Emma si rimise a sonnecchiare. Fino alle due e mezza era rimasta seduta sul letto a leggere *Adam Bede*, un libro che aveva cominciato perché Flap diceva che doveva leggere qualcosa di George Eliot, e che le era sembrato, a prima vista, più corto di *Middlemarch*. Tanto più corto non doveva poi essere, decise, perché anche leggendo fino alle due e mezza per due notti di fila non era riuscita a finirlo.

«Mi piace ma non so perché lo devo leggere proprio adesso» disse quando fu press'a poco a metà. «Perché George Eliot non poteva tenermela da parte per la vecchiaia?»

«Leggila e così possiamo parlarne» rispose Flap. «Sono appena due anni e già fra noi cominciano a scarseggiare gli argomenti di conversazione. Se non vuoi che il nostro matrimonio vada a puttane devi leggere di più.»

Prima che cominciasse a far caldo sul serio si scosse dal torpore trovandosi il marito sopra di lei. Ne fu contentissima: non c'era mattina in cui non preferisse far l'amore piuttosto che preparare la colazione.

Solo qualche tempo dopo si sentì un po' strana. Era cambiato qualcosa. Scopavano molto più spesso, e lei non capiva perché. Si disse che era matta a mettersi a discutere su tutta quella grazia di Dio, adesso che l'aveva, ma non riuscì a non domandarsi che cosa avesse addosso Flap per desiderarla tanto spesso.

Le sembrava che fosse cominciato dopo che Flap aveva letto il libro di Danny. «Sono intimidito» disse quando l'ebbe finito. «Perché è bello?» chiese lei. «Anche se non fosse bello sarei intimidito» rispose Flap. «Per lo meno lui ce l'ha fatta.» Poi era andato in biblioteca e non ne aveva più parlato. Lei gli aveva detto della visita di Danny – non poteva non farlo, dato che la madre lo sapeva – e lui non aveva fatto molti commenti nemmeno su questo, e neanche molte domande, il che era strano. La sua amicizia con Danny era stata sempre ricca di reciproca curiosità. Forse non c'entrava niente col sesso – lei non lo sapeva – ma quello che era un po' preoccupante era che farlo più spesso e più a lungo non si risolveva in una maggiore soddisfazione, almeno per Flap. Non lo lasciava contento come una volta, ed Emma sentiva che l'equilibrio fra loro due si stava un po' alterando. La vita stava diventando differente, e lei non era tipo da restarsene quieta lasciando che diventasse differente senza saperne il perché.

«Com'è che all'improvviso ricevo tutte queste simpatiche attenzioni?» chiese tamburellandogli la schiena con le unghie.

Flap fece finta di essere in stato di torpore postcoitale, ma lei non si lasciò ingannare. In quello stato lui non ci si trovava mai. «Avanti» gli disse. «Non fare il morto. Dimmelo.»

Flap si tirò su d'improvviso e si diresse verso il bagno. «Tu vuoi sempre parlare su tutto quanto» disse voltandosi a guardarla. «Non puoi lasciare che succeda e basta?»

Emma sospirò, scese dal letto e divise quello che restava del bicchier d'acqua sul comodino fra due vasi da fiori. Certe madri passano alle figlie i vestiti smessi; sua madre invece le passava i fiori smessi, anche se di solito eano petunie o begonie o altri fiori che non richiedevano molte cure. Le aveva promesso anche un magnifico geranio che sua madre, la nonna di Emma, si era coccolata per anni, ma per mantenere la promessa, come per quella del Klee, aspettava che la figlia e il genero andassero ad abitare in un posto dove non potevano permettersi di abitare. Quando Flap tornò dal bagno Emma era infuriata. «Non c'era bisogno di bistrattarmi a quel modo» disse. «Dopo tutto siamo sposati. Ho o non ho il diritto di essere curiosa sui cambiamenti nella nostra vita?»

«Piantala di cercare di mettermi sulla difensiva» disse Flap. «Odio sentirmi sulla difensiva a stomaco vuoto.»

«Oh, per l'amor di Dio. Ho solo fatto una domanda.»

«Lo sai quello che penso?»

«Cosa?»

«Penso che hai preso la laurea sbagliata. Avresti dovuto laurearti in psicologia. Anzi, dovresti fare la psichiatra. Così avresti una risposta per tutto. Ogni volta che cambio un po' abitudini potresti tirar fuori il quadernetto degli appunti e buttar giù la spiegazione freudiana e la spiegazione junghiana e la spiegazione della scuola della Gestalt, e poi fare la tua scelta, come agli esami fra tre temi diversi.»

La grossa edizione economica di *Adam Bede* era a portata di mano ed Emma la prese e gliela tirò. Flap non la stava guardando, non la guardava da quando era tornato in camera da letto, e non la vide tirare il libro. Fu un tiro perfetto e lo colpì sulla nuca. Lui si volse, con la rabbia negli occhi, e le balzò addosso passando sopra il letto. La afferrò per le braccia e la spinse verso la finestra aperta, con tanta forza che lei con la schiena nuda spaccò l'intelaiatura. Sentendola cadere pensò che lui stesse per spingerla fuori dalla finestra. «Fermati, sei diventato matto?» disse, divincolandosi per allontanarsi dalla finestra.

Mentre aveva la bocca aperta Flap mollò un pugno e lei si sentì arrivare un gran colpo sui denti. Cadde all'indietro sul divano, e prima che potesse riprendere i sensi lui la afferrò e cercò di trascinarla nuovamente verso la finestra. Vide che aveva davvero l'intenzione di buttarla giù e si liberò a stento, ricadde sul divano e cominciò a singhiozzare, tirando dalla sua parte. Una mano di Flap divenne rossa. Lui le piombò addosso, apparentemente per colpirla ancora, ma no lo fece. Rimase bocconi sopra di lei, col viso a pochi centimentri dal suo, e si guardarono sorpresi, ansimando. Nessuno dei due parlò perché non avevano abbastanza fiato.

Mentre, ansimando, si calmavano un po', Emma si accorse che una mano di Flap sanguinava su tutto il divano. Si divincolò per liberarsi. «Levati un momento, puoi ammazzarmi dopo» disse, e andò a prendere una manciata di fazzoletti di carta. Quando tornò da lui, Flap teneva la mano in alto con aria incerta evidentemente cercando di decidere dove lasciare che sgocciolasse il sangue, sul divano o per terra. «Per terra, scemo» disse Emma. «Il pavimento si può lavare.»

Negli occhi di Flap non c'era più odio. Era tornato a guardarla in modo amichevole, affettuoso. «Tanto di cappello» disse. «È difficile buttarti giù dalla finestra.»

Emma gli diede qualche fazzoletto e usò gli altri per asciugare alla meglio il sangue sul divano. «Adesso mi metto proprio a ingrassare» disse. «Se arrivo alle misure di mia madre a buttarmi dalla finestra non ci riuscirà mai nessuno.»

«Non sai che non si parla nel mezzo di un incontro di boxe?» disse Flap. «Se te ne stai con la bocca aperta è più facile che uno ti rompa la mascella. Se non stavi parlando non mi sarei ferito alla mano.»

Prima che Emma potesse rispondere bussarono alla porta. Balzarono in piedi tutti e due. Flap era vestito solo dalla vita in su e Emma non era vestita affatto. «O è Patsy o è tua madre» disse Flap. «Arriva sempre una delle due quando fra noi c'è una crisi.»

«Chi è?» chiede Emma.

«Sono Patsy» rispose una voce allegra. «Andiamo per negozi.»

«Hai visto?» disse Flap, benché le visite di Patsy gli facessero sempre piacere.

«Dacci due minuti» disse Emma. «Flap non è ancora vestito.»

Nel tempo che Flap ci mise per infilarsi mutande e pantaloni Emma si rimise in sesto, rifece il letto e, usando molti stracci e asciugamani di carta, fece sparire la maggior parte del sangue. Flap era scalzo e un po' piagnoloso, probabilmente perché la mano gli sanguinava ancora. «Fatti limare i denti davanti» mormorò. «Mi hai tagliato fino all'osso. A lei che diciamo?»

«Perché dovrei mentire a un'amica?» mormorò Emma. «Un giorno potrebbe sposarsi. Diamole un'idea di che roba è.»

«Non credo che sia una buona idea.»

«Vatti a far scorrere un po' d'acqua sulla mano. È amica mia e me ne occupo io.»

Lui sgattaiolò in bagno, sempre di umore piagnucoloso, ed Emma aprì un po' la porta. La sua amica Patsy Clark stava sul pianerottolo, in un bell'abito bianco e marrone, e leggeva il loro giornale. Era una ragazza snella, con lunghi capelli neri: bella, comunque, e ancor più vestita in quel modo.

«Non mi andrebbe di farti entrare» disse Emma tenendo la porta socchiusa. «Stai così bene. Dovresti smetterla di vestirti di tutto punto quando vieni qui da noi. Sei peggio di mia madre. Tutte e due mi fate sentire più squallida di quello che sono.»

«Se ti sganciasse un po' dei soldi che ha qualche vestito potresti comprartelo» disse Patsy. «Ho sempre pensato che è orribile da parte sua criticarti per come ti vesti quando non ti dà i soldi per comprarti qualche cosa.»

«Telefoniamole e diciamoglielo. Forse oggi me ne darà un po'. Se no non posso venire con te a far compere.»

Aprì di più la porta e Patsy fece irruzione in casa, tutta profumata e bellissima, contenta e beata. La camera da letto faceva anche da soggiorno, e appena ci mise piede Patsy esclamò: «Sento odore di sangue». Poi notò la finestra mezzo sfasciata e rivolse subito a Emma un'occhiata penetrante, stringendo le palpebre sugli occhi neri. «Qualcuno ha cercato di buttare qualcuno dalla finestra?» chiese, con in volto un'espressione un po' da folletto.

Emma aprì la bocca e le fece vedere i denti davanti. «Sì, e qualcuno si è ferito alla mano coi miei denti davanti.» Patsy aveva lo stesso genio di sua madre per saper afferrare subito una situazione. In segreto, Emma pensava che il motivo per cui Patsy e sua madre non si potevano soffrire stava nel fatto che erano esattamente uguali. Nessuno tranne sua madre sapeva essere così totalmente assorbito in se stesso come Patsy, eppure in genere era interessante avere vicino Patsy, come del resto sua madre. Era sveglia, attiva e incessantemente curiosa su ogni aspetto della vita di Emma. L'unica differenza che Emma riuscisse a vedere fra le due donne era che sua madre aveva molta più pratica nell'essere com'era. Era più brava di Patsy in tutto, e non cessava mai di far valere il suo vantaggio quando loro due si trovavano insieme.

Patsy rimase quasi affascinata alla vista dei denti di Emma. «Ho sempre saputo che sono tutti dei bruti» disse. «Come mai non ti si sono rotti? Qualcuno ci deve provare a colpire me.» Andò alla finestra e guardò giù. «Non è tanto alto. Te la saresti cavata.»

Emma si sentì meglio, riguardo alla vita, di quanto stesse da parecchi giorni. Suo marito si era tirato fuori un rospo di gola e la sua amica era lì a darle una mano per passare la giornata. Sbadigliò e si gettò sul divano per leggere il giornale che Patsy aveva portato.

«Quello lo puoi leggere dopo» disse Patsy aggirandosi irrequieta per la stanza e ispezionando tutto. «Chiama tua madre e vedi se ti dà un po' di quattrini.»

«No, dobbiamo aspettare che Flap se ne vada. Non essere così impaziente. Non abbiamo ancora fatto colazione.»

In quel momento spuntò Flap, con un asciugamano avvolto intorno alla mano. Era al massimo della goffaggine, che era anche il massimo del suo fascino. Emma fu completamente conquistata dall'aria che aveva preso e gli perdonò tutto, ma Patsy non aveva nessuna intenzione di mostrarsi così facile alla commozione. «Credevo che fossi un tipo carino» disse lanciandogli un'occhiata veramente gelida.

Flap divenne ancora più impacciato perché adorava Patsy e avrebbe dato tutto quello che aveva o quasi per sedurla. L'attrazione che esercitava su di lui era tanto evidente che Emma l'aveva accolta come uno dei punti fermi della sua vita, eppure Patsy non era mai stata un intoppo nel loro matrimonio, come invece era Danny. Qualunque cosa Emma e Danny provassero l'una per l'altro era reciproca, mentre Patsy chiaramente non provava nessuna attrazione per Flap ed era più o meno d'accordo con sua madre che Emma era stata una pazza a sposarlo. Emma a volte stuzzicava Flap a proposito di Patsy, quando non aveva altri pretesti per stuzzicarlo, ma il disinteresse di Patsy era talmente dichiarato che, invece che gelosa, Emma si sentiva divertita. Come premio per il suo desiderio Flap non aveva che tormento, e questa, per Emma, era una punizione sufficiente.

«Queste cose hanno due facce» disse Flap.

«No, per me no» rispose Patsy.

«Voi che non siete sposati non capite le provocazioni.»

«Non le capisco nemmeno io» disse Emma, passando agli annunci economici. «Adesso telefono alla mamma.»

«Perché, per l'amor di Dio?» chiese Flap.

«Non lo so. Ho pensato che forse potremmo andare tutti a fare colazione da lei» rispose Emma. «Non mi sento molto ispirata. Forse ha in casa uno spasimante e le piacerebbe che le dessimo una mano a intrattenerlo.»

Una volta o due alla settimana sua madre aveva ospite a colazione uno dei suoi corteggiatori, e a volte quelle colazioni potevano figurare fra le sue prestazioni più sontuose, e certamente più barocche, in fatto di gastronomia: omelettes con verdure e formaggi vari, speciali salsicce che comprava da una strana vecchietta che viveva all'altro capo della città e non faceva altro che confezionare salsicce, ananas ricoperti di zucchero bruno e cognac, un porridge che faceva venire espressamente dalla Scozia e che si mangiava con tre tipi di miele, e qualche volta certe frittelle croccanti di patate che sapeva fare solo lei. Per quelle occasioni venivano fuori dai cassetti tutte le ricette più gelosamente custodite di Aurora, e le colazioni in onore dei suoi corteggiatori si protraevano spesso fino a pomeriggio inoltrato.

«Vuoi dire che potrebbe essere un giorno di colazione» disse Patsy. Si dimenticò completamente di Flap e gli occhi le si illuminarono di quella luce particolare che sempre li rischiarava quando Patsy intravedeva la prospettiva di mangiare qualcosa di eccezionalmente appetitoso. Non poteva soffrire la madre di Emma e non perdeva occasione per metterla in ridicolo, ma nessuno per lei era del tutto da scartare e la buona cucina era un settore in cui era disposta a dare alla signora Greenway quanto le spettava. Le piaceva in modo particolare far colazione bene la mattina, e certe colazioni preparate dalla signora Greenway erano le migliori che avesse mai divorato. Andare a colazione da Aurora le forniva inoltre un'ottima occasione per curiosare. La signora Greenway era troppo affaccendata a cucinare e a flirtare col corteggiatore di turno per badare a lei, e Patsy poteva gironzolare per la casa e ammirare tutti i meravigliosi oggetti che la signora Greenway aveva accumulato in un modo o nell'altro. I quadri, i tappeti, i mobili e i soprammobili erano tutti, più o meno esattamente, quelli che avrebbe desiderato per casa sua, se mai ne avesse avuta una, e le piaceva enormemente sgattaiolare nelle camere per esaminarli e sognare.

Emma notò la luce che le aveva illuminato gli occhi e si alzò per andare al telefono. «Be', voi due potete andarci, se ne avete voglia» disse Flap. «Io no. Credi che me la senta di affrontare tua madre dopo aver appena provato a buttarti giù dalla finestra? Che cosa credi che direbbe vedendo che ho un dito mezzo staccato a morsi?»

«Non lo so, ma saperlo mi piacerebbe moltissimo» disse Patsy. «Dopo tutto mi pare che abbia ragione lei a pensarla su di te come la pensa.»

Emma, che si era diretta verso il telefono in cucina, si fermò e andò ad abbracciare il marito per dimostrargli che almeno un'ammiratrice gli era rimasta. «Presto, telefona» disse Patsy. «Adesso che hai parlato di mangiare crepo dalla fame.»

Emma fece il numero e rispose Rosie, ma lei sentì in sottofondo la voce di sua madre che canticchiava un'aria d'opera. «Che succede da quelle parti?» domandò.

«Sta cucinando» disse Rosie, ma subito dopo il telefono le fu strappato di mano. «Bene» disse Aurora interrompendo bruscamente l'aria. «Telefoni per farmi le tue scuse, spero. E dov'eri stamattina quando avevo bisogno di consultarti?»

«Avevo un gran sonno. Sono rimasta sveglia fino a tardi, a leggere un romanzo serio. Sto cercando di farmi una cultura.»

«Sarà anche ammirevole» disse Aurora. «E adesso che vuoi?»

«Mi domandavo se stavi preparando la colazione, e nel caso a chi.»

«Per chi. Perché non lasci perdere la cultura e non cerchi di migliorare la tua grammatica? Non mi piace che tu abbia deliberatamente ignorato la mia chiamata. Avrei pututo essere in gran periglio.»

«Chiedo scusa» disse allegramente Emma.

«Non chiedere scusa!» esclamarono all'unisono Flap e Patsy.

«Uhm» disse Aurora. «Da te c'è un coro greco in questo momento? Chiedigli perché non dovresti scusarti con tua madre.»

«Non so perché tutti quanti tranne me sono così difficili» disse Emma. «Patsy e io volevamo sapere se possiamo venire a colazione da te.»

«Ah, quell'affarino. Certo, portala pure. Mi fa sempre piacere vedere una signorina di così alti princìpi abbuffarsi col mio cibo. Non vuol venire anche Thomas?»

«No, si è ferito alla mano» rispose Emma facendo una faccia buffa a Flap. «Deve andare a farsi mettere due punti.»

«È un bel po' di tempo che non compare alla mia presenza» disse Aurora. «Non può mica nascondersi per sempre. A proposito, Vernon mi ha portato una capra. Purtroppo credo che non potrò tenerla perché mi mangia i fiori, ma è stato un pensiero carino. Voi due sbrigatevi sto mettendo in padella le salsicce.»

Emma si mise un po' in ordine e partirono sulla Ford azzurra di Patsy, «Non mi hai raccontato della lite» le ricordò questa. «Voglio sentire tutto quello che mi puoi dire sul matrimonio, in modo da poter pesare il pro e il contro.»

«È una perdita di tempo parlare di matrimonio con te. I pro e i contro variano a seconda della persona. Guarda, c'è il generale.»

Avevano appena imboccato la strada dov'era la casa di sua madre. Il generale Scott, in pullover grigio ferro e calzoni stiratissimi, stava in piedi sul vialetto d'accesso di casa sua, con un'aria molto irritata. Aveva il binocolo appeso al collo e dietro di lui c'era F.V. in canottiera, con un badile in mano. Il generale era fiancheggiato dai suoi dalmati, eretti come lui.

Appena gli passarono davanti, il generale portò il binocolo all'occhio e lo puntò verso la casa di Aurora Greenway. A quella vista Patsy rimase così sconcertata che non seppe più se accelerare o rallentare. «Mi fa venire la pelle d'oca» disse. «Se fossi tua madre, con quello non uscirei più.»

«Guarda quella macchina» disse Emma additando la lunghissima Lincoln bianca. «Per forza mia madre ci è andata a sbattere contro.»

Patsy si fermò proprio dietro la Lincoln. Scesero e guardarono dentro la macchina di Vernon. «Come si può parlare in due telefoni e guidare?» disse Emma. Guardarono in fondo alla strada e videro che il generale Scott stava ancora piantato sul marciapiede. Adesso il binocolo era puntato su di loro.

«Che razza di faccia tosta» disse Patsy. «Facciamo qualcosa di sconveniente adesso che ci guarda.»

«Va bene» rispose Emma. «Credo proprio che si meriti una lezione per quanto è testone.»

Alzarono le gonne e si misero a percorrere il vialetto d'accesso a passo di danza. Via via che si avvicinavano alla casa il ballo divenne sempre più frenetico e le gonne andarono ancora più su. Prima di entrare in casa, conclusero il balletto con alcune rapide scalciate tipo can-can. Quando fecero irruzione in cucina ridevano tutte e due come matte.

Aurora, Rosie e Vernon – molto più piccolo e più rosso in faccia di quanto le ragazze si aspettassero – erano intenti a banchettare. Il tavolo di cucina era ingombro di piatti pieni di uova strapazzate col curry e salsicce, e accanto c'erano dei meloni. Una capretta bianca e marrone si aggirava per la cucina emettendo belati lamentosi.

«Quella capretta la voglio» disse Patsy. «Si intona col mio vestito.»

Vernon scattò immediatamente in piedi. Aurora si limitò ad alzare un sopracciglio all'indirizzo di Patsy, poi riprese a scodellare sui piatti uova e salsicce. «Eccoti qui, come al solito, Patsy» disse. «Tu vuoi sempre le cose che ho io. Vernon Dalhart, le presento mia figlia, Emma Horton, e la sua amica, signorina Patsy Clark.»

Il telefono squillò proprio mentre Vernon stringeva loro la mano. Rispose Rosie. «Salve generale. Lei è messo al bando, lo sa.»

«Che faccia di bronzo, quell'uomo» disse Aurora. «Voi sedetevi e mangiate. Stamattina mi sentivo un po' asiatica, perciò ho fatto le uova al curry.»

«Signor Dalhart, questa è la capretta più carina che io abbia visto» disse Patsy servendosi di uova e salsicce.

«Stia comodo, Vernon» disse Aurora. «Non c'è bisogno che sia tanto formale con queste ragazze. Le loro maniere non sono quelle che una persona della nostra generazione potrebbe aspettarsi.»

Il generale evidentemente ne stava dicendo a Rosie di cotte e di crude. Lei aveva la bocca aperta per parlare, ma non era ancora riuscita a dire una parola, e alla fine la chiuse. «È meglio se ci parla un momento lei» disse ad Aurora dandole la cornetta. «Mi pare che è uscito matto. Dice che ha visto le ragazze che giravano nude, o roba così.»

«Lo sapevo che non ci avrebbe messo una pietra sopra» disse Aurora coprendo la cornetta con la mano. Poi la scoprì. «Hector, mi sembra di ricordare di aver revocato i tuoi privilegi. Se devi farmi delle rimostranze, sii breve. Ho alcuni ospiti e siamo nel pieno della colazione. Comunque non ne ricaverai niente.»

«Guardate che bozzo» disse Rosie chinando la testa e tirando indietro i capelli perché le ragazze potessero vedere. Aveva sulla tempia un bernoccolo ragguardevole.

Gli occhi di Aurora, dall'altra parte del tavolo, avevano incominciato a mandar lampi. Per qualche secondo lampeggiarono in silenzio, poi lei allontanò la cornetta dall'orecchio. Si sentì chiaramente la voce gracidante del generale. «Sembra pensare che voi ragazze vi siate messe in mostra in modo indecente» disse guardando gelidamente Emma e Patsy. «Che fondamento c'è?»

«Oh, be', stava là fuori col binocolo» rispose Patsy. «Abbiamo fatto un balletto.»

«Facciamole vedere» disse Emma. Si alzarono e ripeterono l'esibizione, almeno fin quando si accorsero che Vernon era diventato tutto rosso. Omisero le scalciate del can-can. Aurora le osservò con occhi privi d'espressione, poi rivolse nuovamente la sua attenzione al telefono. «La loro danza non era affatto scandalosa come la fai sembrare, Hector. L'ho appena vista. Da questa parte della strada ne abbiamo abbastanza di te e del tuo binocolo.»

Stava per riattaccare, ma il generale disse qualcosa che evidentemente le fece cambiare idea. Ascoltò per qualche istante e l'espressione giuliva e strafottente che aveva in volto scomparve. Guardò sopra la testa di tutti i presenti, evidentemente piuttosto preoccupata.

«Hector, non c'è motivo» disse. «Sono in mezzo alla gente. Davvero non c'è motivo. Adesso Ciao.»

Lanciò un'occhiata a Vernon, poi guardò le sue uova, assorta. Dopo qualche istante si riscosse e riprese un modo di fare allegro. «Be', nessuno è completamente cattivo» disse.

«Queste uova sono magnifiche» disse Patsy.

«Guardala, l'ha fatta quasi piangere» sussurrò Rosie a Emma. «Non sapevo che le piacesse perdere uno dei suoi belli, e tu?»

«Di che cosa si occupa, signor Dalhart?» chiese Emma per cambiare argomento.

«Di petrolio» disse Vernon. «È per questo che non sono sul lastrico.»

«Vernon usa locuzioni che risalgono alla prima colonizzazione del nostro continente, se non alle antiche ballate scozzesi» disse Aurora, costringendosi a parlare con voce ferma. Mai avrebbe pensato che Hector potesse tanto commuoverla.

«Lei è uno dei giganti dell'industria petrolifera?» chiese Patsy a Vernon. «Ho sentito dire che i veri giganti girano in incognito.»

«Che domanda ingenua» disse Aurora. «Se Vernon fosse un gigante in qualche cosa non sarebbe a colazione qui da me a quest'ora del mattino. I giganti non sprecano il loro tempo.»

«Macché, io non sono un gigante in niente» disse Vernon.

Emma lo scrutò con attenzione. Restava sempre sorpresa da ogni segno di versatilità in sua madre, e Vernon era un segno del genere. Sembrava più adatto a Rosie che a sua madre, benché in realtà non sembrasse adatto a nessuno. La capretta le si avvicinò belando, e lei le dette un pezzo di buccia di melone.

«Voi ragazze non mi avete detto che cosa vi ha fatto uscire a quest'ora» disse Aurora. «Vi occupate di assistenza sociale, forse?»

«Macché» rispose Patsy. «Dobbiamo andare a far compere.»

La colazione proseguì e la conversazione si aggirò su questo e su quello. Appena le parve educato Patsy si alzò da tavola e andò a curiosare per la casa. Che la signora Greenway avesse tanto buon gusto era per lei una cosa irritante.

Rosie cercò di cominciare a sparecchiare, compito non facile con Aurora ancora lì. Tutti gli altri avevano in mano i loro piatti, ma lei aveva lasciato il suo dov'era e continuava a pescare nei piatti di portata bocconcini che i suoi ospiti vi avevano lasciato. Vernon era rimasto seduto a guardarla come se non avesse mai visto una donna mangiare prima d'allora.

«Lei mangia tutto il giorno se non c'è qualcuno che le sta dietro» disse Rosie. Emma sgomberò i piatti e appena poté si portò Rosie nel patio per farsi raccontare dei suoi guai con Royce. Incontrarono Patsy, che nello studio a pianterreno stava contemplando un amuleto vichingo che Aurora aveva pescato a Stoccolma.

«Cose così io non le trovo mai, altrimenti le comprerei» disse Patsy.

«Non ti capita mai di svegliarti con l'impressione di soffocare? chiese Rosie a Emma.

«Proprio no.»

«Neanche a me, fino a stanotte» disse Rosie con un'espressione angustiata sul volto lentigginoso. «Forse ho avuto troppa fretta a tornare a casa. Tua mamma ha cercato di non farmici andare, ma ho pensato che se ci dovevo andare era meglio subito.»

«Royce era arrabbiato?»

«No, era contento come una pasqua per tutti i sei minuti che è rimasto sveglio» disse con amarezza Rosie. «Ieri mi prende a botte e dice che pianta tutto e poi, solo perché Vernon è stato tanto bravo da offrirgli un nuovo lavoro, si mette in testa che tutto è sistemato e dimenticato. Non so perché ho lasciato che Vernon ce lo rimandasse, a casa. Arrivo io, faccio del mio meglio per perdonarlo e quel figlio di puttana non rimane sveglio neanche il tempo di massaggiarmi la schiena.»

«Vuoi che te la massaggi io?» chiese Emma.

«Ti va?» rispose Rosie girandosi subito. «Sei stata sempre la migliore delle figlie. La migliore che ho conosciuto, almeno. Massaggia forte. Sono settimane che sono tesa come una corda. Forse me lo sentivo che stava arrivando.»

«Non capisco» disse Emma. «Royce mi è sempre sembrato così docile. Mai avrei pensato che ti avrebbe fatto tanto arrabbiare.»

«Forse finalmente mi ha vista dentro» disse Rosie. «Forse finalmente si è reso conto che non sono cattiva come sembro.»

Rimasero tutte due in silenzio, pensierose, mentre Emma continuava a massaggiarle la schiena esile e ossuta. «Non mi hai detto di quel senso di soffocamento.»

«Mi è venuto all'improvviso. Royce non era sbronzo fradicio, però aveva bevuto. Avevo bisogno di parlargli di certe cose, ma è crollato giù a dormire come se non fosse successo niente. Mi sono messa a letto e appena ho spento la luce mi sono accorta che tremavo come una foglia. Non riusciva a levarmi di mente lui e quella zozzona. Non sono mica un angelo del Signore, però sono stata una buona moglie e i figli li ho tirati su io. Certo gli ultimi tempi non ho avuto tanta pazienza con Royce, se capisci quello che voglio dire, ma sono fatta così: qualche volta ce l'ho e la maggior parte delle volte no. Comunque, più ci pensavo e più mi convincevo che era stata colpa mia e non sua, così ci ho pianto sopra per un po', e lui intanto se ne stava lì a ronfare, e alla fine ho avuto questo senso di soffocamento, come se mi si fosse chiusa la gola.»

Portò una mano alla gola, ricordando, mentre con l'altra indicava un punto dietro la scapola che le faceva particolarmente male.

«Non è tanto che Royce è cattivo» riprese. «È solo che buono non è, e nemmeno io, sai, e ho pensato a che serve aver tirato avanti insieme per ventisette anni e aver messo al mondo sette figli se poi quando tremo come una foglia e mi sento come se soffocassi lui è capace di starsene lì a ronfare? Per la metà del tempo, di quello che provo io lui ne sa quanto uno che sta sulla luna. Più ci pensavo e più mi veniva il fiato grosso e mi sentivo soffocare, e non c'era un'anima a preoccuparsene, così alla fine ho pensato: Rosie, o ti alzi subito o ci resti secca prima che viene mattina. Era proprio grave così. Perciò mi sono alzata, ho tirato giù dal letto i ragazzi e ho preso un taxi, come ha detto la tua mamma, e ho portato i ragazzi da mia sorella e poi sono venuta qui.»

«Perché non sei rimasta da tua sorella?»

«E farle pensare che lasciavo mio marito?» disse Rosie. «Religiosa com'è, mi metterebbe in croce. Le ho detto che tua madre era ammalata. Tua madre non è rimasta nemmeno sorpresa di vedermi; ha detto che lo sapeva che era inutile che andassi a casa. Stamattina si è arrabbiata con Vernon perché è stato troppo generoso con Royce.»

«Che ha fatto di tanto generoso?»

«Gli ha dato una settimana di ferie, pensando che forse volevamo prenderci una vacanza. Ma adesso non voglio andare in nessun posto sola con Royce. Comunque per quello che mi ricordo non abbiamo mai fatto una vacanza più lontano di cento chilometri da qui.»

In quel momento arrivò Patsy, che aveva un'aria un po' irritata.

«Tua madre pare proprio contenta come un grillo» disse.

«Lo so, è irritante» rispose Emma. «È come un pallone. Basta uno sbuffo d'aria e va su.»

«Oh, state zitte» disse Rosie. «Voi ragazze non sapete proprio come divertirvi. La tua mamma mi ha dato una mano in questo momentaccio e nessuno tranne me si azzardi a parlarne male.»

Si alzò, prese la scopa che aveva posato lì vicino quando si erano messe a parlare, ma non parve che avesse fretta di andarsene. «Dio se sono vecchia» disse guardando Emma. «E adesso aspetti un bambino. Chi l'avrebbe detto che sarebbe successo così presto?»

«Non è tanto presto. Sono due anni che sono sposata.»

Rosie cercò di sorridere, ma aveva voglia di piangere. Vedere lì Emma, tanto fiduciosa e di buon cuore, con un'aria tanto felice, le riempì improvvisamente la memoria di ricordi finché le parve anche troppo piena. Era venuta a lavorare in casa Greenway due mesi prima che Emma nascesse, ed era così strano come la vita continuasse e sembrasse sempre la stessa, anche se cambiava sempre. Non rallentava mai tanto che uno potesse afferrarla, tranne che ripensando al passato, e via via che cambiava si lasciava dietro certe persone più importanti di altre.

Lei aveva avuto i suoi figli e li amava quanto poteva, e aveva già sei nipotini, e altri sarebbero arrivati, eppure in qualche modo Emma era sempre stata la sua figlia speciale, più sua di qualunque dei suoi: sempre con gli occhi luminosi, sempre con la speranza di piacere, sempre a correre da lei per farsi abbracciare e baciare e aiutare in tutti i modi, guardando con aria solenne mentre le metteva un cerotto e strizzando gli occhi quando aspettava che la tintura di iodio cominciasse a bruciare; e sempre a correre più che poteva col triciclo in giardino, mentre Rosie faceva finta di volerla innaffiare con la pompa.

«Dopo due anni non è tanto presto» disse Emma.

«Macché, non intendevo presto in quel senso» rispose Rosie. «Presto rispetto a quando eri piccola tu?» Scosse il capo per scrollare via i ricordi e rientrò in casa con la scopa.

Patsy aveva seguito la scena con più attenzione di Emma perché Emma guardava il giardino e si domandava se avrebbe trovato Flap di buonumore tornando a casa.

«Non so che farebbe Rosie se non avesse te da adorare» disse Patsy. «Avanti, andiamo a parlare con tua madre adesso che è di buonumore. Forse un vestito te lo lascia comprare.»

Quando rientrarono in casa si accorsero che Aurora e Vernon non erano più in cucina, ma erano andati a sistemarsi nella macchina di Vernon.

«Ma guardala» disse Patsy.

Aurora era sul sedile posteriore, a guardare la televisione. «Ho voluto vederla» disse. «Per la novità.»

«Anch'io vorrei vedere» disse Patsy. «Non l'ho mai guardata in una macchina.»

«Vieni su» disse Aurora. «Io farò bene a tirarmi fuori di qui, comunque. Se sto sdraiata per un po' mi rimetto a dormire e chissà dove mi porta Vernon.»

Mentre Vernon mostrava a Patsy le meraviglie della sua macchina, Emma e sua madre tornarono in casa e salirono in camera da letto dove, con sorpresa di Emma, Aurora si sedette al tavolino e le fece un assegno di centocinquanta dollari.

«Cosa ho fatto per meritarmelo?» chiese Emma.

«Che te lo meriti non mi risulta» rispose Aurora. «Il fatto è che avevo dimenticato come veste bene la signorina Clark. Certamente è un punto a suo favore, forse l'unico. Credo di meritarmi una figlia che vesta almeno altrettanto bene, ed è per questo che ti do questo assegno.

Emma si sentiva un po' imbarazzata. «Come stai?» chiese.

Passandole davanti, Aurora raggiunse la nicchia della finestra preferita, da cui poteva guardare il prato e la strada. Vernon aveva tirato fuori dal frigorifero una Coca-Cola e la stava dando a Patsy.

«Ma guarda un po' quella ragazza» disse Aurora, piombando sui suoi cuscini. «Ha appena finito una delle mie migliori colazioni e ora beve Coca-Cola.»

«E becca, e becca, e becca» disse Emma. «Perché becchi sempre qualcuno?»

«Oh, non lo so. Non sono mai stata particolarmente passiva.»

«Allora come stai?»

«Come sto?» disse Aurora guardando la scena sottostante con estrema attenzione per vedere se riusciva a capire di che stessere parlando Patsy e Vernon. «Ma come, sto bene. Nessuno è odioso con me da quasi ventiquattr'ore, e questo mi risolleva sempre il morale. Se la gente non fosse mai odiosa con me il mio morale sarebbe alle stelle.»

«Vernon mi piace» disse Emma andando alla toeletta di sua madre. Si provò la collana d'ambra appena ritrovata.

Aurora la teneva d'occhio. «È un miracolo che mi sia rimasto almeno un gioiello, visto come la gente si serve liberamente» disse. «Che dicevi di Vernon?»

«Che mi piace.»

Aurora sbuffò. «È un giudizio impegnativo quanto uno slogan pubblicitario. A nessuno può non piacere Vernon. A dire la verità sei perplessa quanto me sui motivi per cui è qui. Oggi dovrebbe essere nel Canada, non qui a rovinare i denti della signorina Clark con bevande di cui lei non ha nessun bisogno.»

«E perché è qui?»

«Come puoi vedere, ha preferito non partire, perciò è qui. È considerato un buon giocatore di carte, e fra un po' abbiamo intenzione di giocare.»

«Lasci le decisioni a lui, mi pare» commentò Emma senza togliersi la collana. Voleva godersi la moderata ansia di sua madre in proposito.

«Oh, be'» disse Aurora. «Non vedo perché tu debba preoccuparti per Vernon. È un uomo che si è fatto da sé, e questi sono sempre gli uomini più elastici. Se non ha voglia di perder tempo con me non è costretto a farlo.»

Emma si tolse la collana e Aurora riportò la sua attenzione sulla scena che si svolgeva sul prato. Era difficile dire chi, fra Patsy e Vernon, smaniava di più coi piedi e con le mani. Pareva che stessero parlando tutti e due contemporaneamente.

«Quella ragazza blatera più di me» disse Aurora. «Non gli lascia dire una parola. Sarebbe ora che si sposasse, sai.» Improvvisamente si alzò e si avviò verso la scala.

«Dove vai tanto di fretta?» chiese Emma andandole dietro.

«Non vedo perché lui debba passare tutta la mattina chiaccherando con la tua blaterante amichetta» rispose Aurora. «Voi due dovreste andare.»

«Dev'essere un caso di estremi che si attraggono» disse Emma.

Aurora non si voltò. «L'assegno l'hai avuto, adesso sparisci» disse. «Le tue spiritosaggini cominciano a graffiarmi le orecchie. La mia esperienza è considerevolmente più vasta della tua e ho constatato che i casi di estremi che si attraggono sono molto più rari di quanto chiunque creda. Quando si verifica un caso del genere, l'attrazione è solitamente di breve durata. Per la precisione, gli estremi opposti di solito si annoiano l'un l'altro. Tutti i miei estremi opposti mi hanno certamente annoiata.»

«E allora Vernon?»

«Vernon e io ci siamo appena conosciuti. Voglio solo giocare un po' a carte e un po' d'amicizia, per l'amor di Dio.» Si fermò ai piedi della scala e guardò la figlia con aria indignata.

«Va bene» disse Emma. «Sei stata tu a dire che si era innamorato di te.»

«Oh, è stato ieri pomeriggio. Oggi non saprei. Gli ho fatto una severa lezione su Royce. Una vacanza è l'ultima cosa di cui un uomo sposato come Royce ha bisogno in questo momento.»

«Povero Royce. Credo che Vernon abbia ragione. Per quanto voglia bene a Rosie, credo che qualcuno dovrebbe stare dalla parte di Royce.»

«Bene, prenditi in carico il morale di Royce» disse Aurora sbirciando da una finestra. «Non so quanto gli servirà, dato che sei un po' troppo carina per avventurarti in quella parte della città.»

Mentre andavano verso la cucina Emma passò il braccio intorno alla vita di sua madre. «Per quanto sia contraria, voglio ringraziarti per l'assegno» disse. Aurora si volse e l'abbracciò, anche se con noncuranza. La sua mente era altrove. «Se io fossi un uomo e ci incontrassimo, ne sarei spaventata» aggiunse Emma.

«Di chi, di me? Che cosa fa spavento in me?»

Entrarono in cucina proprio mentre da fuori arrivavano Patsy e Vernon. La capretta mordicchiava timidamente uno dei cuscini azzurri di Aurora, la quale si precipitò a fermarla e la prese in braccio. «Vernon, spero che abbia con sé le carte» disse.

Vernon ne aveva un mazzo in mano. «Possiamo giocare in quattro» disse accennando alle ragazze.

Aurora pose immediatamente il veto con una scrollata di testa. «Temo che lei non conosca bene queste ragazze» disse. «Sono tutte e due di mente troppo elevata e troppo intellettuale per mettersi a giocare a carte con persone come noi. Non sono dedite al gioco, sono giovani donne molto serie. Immagino che adesso siano dirette in biblioteca, per passare la mattinata a leggere qualche romanzo serio, l'*Ulisse* o qualcosa del genere. In ogni caso non c'è motivo per cui Rosie ed io dobbiamo spartire lei con le giovani. Di questi tempi ne abbiamo già abbastanza poche, di distrazioni.»

Mentre Emma e Patsy si avviavano alla porta Vernon cominciò a mescolare le carte. «Sei troppo remissiva con tutti» disse Patsy all'amica. «Tuo marito ti prende a botte e tua madre ti comanda a bacchetta. Forse ti comando a bacchetta anch'io. Sai benissimo che lei è deliberatamente sgarbata con me. Perché non ci litighi mai per questo? Che razza di amica sei?»

«Un tipo un po' confuso» rispose Emma. «Mi ha dato centocinquanta dollari senza nemmeno che glieli chiedessi, solo perché vuole che io mi tenga alla pari con te.»

Patsy si stava mettendo in ordine i capelli e contemporaneamente stava girando la macchina. «Un giorno o l'altro andrà troppo in là» disse. «Poi non capisco che ci trova in quell'uomo. Certo è simpatico, ma lei con un cowboy non ci saprebbe vivere. O con un petroliere. Non capisco che cosa va cercando.»

Quando era senza soldi, Emma pensava sempre alle cose che avrebbe voluto comprarsi, ma adesso che i soldi li aveva non le veniva in mente nulla che volesse veramente. «Non sono una buona consumatrice» disse. «Non riesco a pensare a niente che mi serva, tranne una gonna nuova. Forse mi tengo i soldi e mi compro qualcosa la prossima volta che mi sento depressa.»

«Guarda come sono ridicoli quei cani» disse Patsy mentre passavano davanti alla casa del generale. «Credi che li faccia sempre stare sull'attenti?»

Pershing e Maresciallo Ney erano esattamente dove li avevano visti prima, sul prato davanti alla casa del generale. Parevano in attesa che lui riuscisse di casa e si mettesse nuovamente sull'attenti in mezzo a loro. Guardavano dritto davanti a loro come soldati durante l'addestramento. Lì vicino, F.V. stava svogliatamente potando un cespuglio.

Patsy scosse il capo. «Sei proprio venuta su in una strada terrificante» disse. «Non c'è da stupirsi che tu sia timida.»

«Sono timida?»

«Sì» disse Patsy. Girò la testa e vide che l'amica stava piegando e ripiegando l'assegno della madre. Emma non aprì bocca e Patsy si pentì di aver parlato. Quando Emma taceva, in genere era perché si sentiva offesa.

«Non te la prendere, Emma» disse. «Volevo dire solo che non hai faccia tosta, come l'abbiamo io e tua madre.»

«Oh, sta zitta» disse Emma. «Non sono tanto permalosa. Solo, pensavo a Flap.»

«Pensavi che?»
«Niente, giusto pensavo.»

10

Meno di due settimane dopo l'avvento di Vernon, Rosie una mattina, arrivando, trovò un'altra volta tutti i telefoni staccati. Era già arrabbiata per conto suo, e alla vista di tutte quelle cornette penzolanti si arrabbiò ancora di più. Salì al piano di sopra per chiedere una spegazione e trovò Aurora barricata nell'angoletto più intimo della sua nicchia preferita, con intorno quasi tutti i cuscini del suo assortimento. Aveva un'aria tesa, quasi quanto Rosie.

«Che c'è che non va?» chiese alla sua donna di servizio.
«Che c'è che non va a lei, vorrà dire.»
«No, l'ho chiesto prima io. Non facciamo giochetti. Ti conosco. Sputa fuori.»
«Royce se n'è andato sul serio. Ecco cosa c'è che non va, per me.»
«Oh, che idiota. Che cosa c'è che non va a lui, allora?»
«Ha scoperto che non è obbligato a vivere con me» rispose Rosie. «Così, papale papale. Posso riattaccare i telefoni, caso mai cambia idea e chiama?»
«No, non puoi» disse Aurora. «Ti instillerò un po' d'orgoglio femminile, dovesse essere l'ultima cosa che faccio.»
«Non so che ci faccio, alla mia età, con l'orgoglio femminile.»
«Ti ha ancora picchiata?»
«Macché. Solo che ha buttato la chiave di casa fuori dalla finestra e ha detto che voleva la sua libertà. Pensi un po', Royce che vuole la sua libertà. Fino a due settimane fa non sapeva nemmeno che esistesse la parola. Gliela deve avere insegnata quella zozzona.»

Aurora prese un'espressione quanto mai severa. «Be', si accorgerà che non è la soluzione di tutto. Lasciagli un anno di libertà e vedrai che cambierà musica.»

«E così i miei guai sono questi» disse Rosie, sentendosi meglio dopo averli raccontati. «Vernon ha sprecato i suoi soldi, cercando di metterci una pezza. E lei che cos'ha che non va?»

«Niente di veramente serio» disse Aurora. «Niente di cui voglia parlare, inoltre. Va a fare le pulizie.»

Rosie sapeva che raramente ci volevano più di cinque minuti perché Aurora si convincesse a parlare delle cose di cui non voleva parlare, perciò si sedette e per cinque minuti guardò fuori dalla finestra. Aurora fissava il muro e sembrava essersi dimenticata della sua esistenza.

«Adesso mi dica» disse Rosie quando le parve di avere aspettato abbastanza.

«Ho ricevuto un ultimatum. Per telefono, poi, che è il peggior modo possibile di ricevere un ultimatum. Non c'è nessuno con cui sfogarsi. Non so che cosa gli uomini pensino che io sia, ma qualunque cosa pensino non è quello che sono.»

«Ah, oh» disse Rosie. «Da chi?»

«Da Trevor. L'uomo meglio vestito della mia vita. Avrei dovuto saperlo che non sarei mai riuscita a tenermi un uomo vestito bene.»

«Così gli ha detto di buttarsi nel fiume una volta per tutte?» chiese Rosie.

«No, anche se avrei dovuto. Per Trevor sarebbe facile: gli basterebbe fare un salto dal suo yacht. Non c'è nulla che mi sorprenda molto, ma a Trevor non so proprio che cosa gli ha preso. Lo conosco da trent'anni e non si è mai comportato in questo modo.» Sospirò. «Ogni volta che penso che la vita per un po' scorrerà liscia, succede qualcosa del genere. Credo che la vita non abbia nessuna intenzione di scorrere liscia.»

«Non scorre certo liscia dalle mie parti» disse Rosie. «Per me è il Signore che ci scarica addosso la sua collera.»

Aurora le diede una pacca, ma non molto forte. «Taci e va a pulire la casa. È questione di idiozia umana, non di collera divina. Ho davanti una giornata molto impegnativa e non so che farmene della tua teologia da troglodita. Da tuo marito non si ricevono telefonate, ricordatelo.»

«Come andrà a finire?» chiese Rosie, più allarmata di quanto volesse ammettere. Le cose ordinarie sembravano scivolar via, una per una: presto ne sarebbero scivolate via tante che la vita non sarebbe stata più la vita come lei la conosceva, e la prospettiva di una vita assolutamente non familiare era sconvolgente.

Aurora non disse niente, cosa anche questa un po' sconcertante. «Come andrà a finire?» ripetè Rosie. Stavolta Aurora colse il tono angosciato che era nella sua voce e alzò la testa. «Non so se la tua è una domanda generica o specifica» disse. «Se è generica, non posso risponderti. Se si riferisce specificamente al mio caso, posso essere un po' più precisa. Trevor mi porta a cena. Se deve piovere, tanto vale che piova a dirotto. Domani, come sai, sono qui a cena Emma, Flap e Cecil, e viene Vernon. Più lontano di così non mi spingo col pensiero.»

«Che ne pensa Vernon di tutto questo?» chiese Rosie.

«Di tutto cosa?» disse Aurora, guardandola con aria critica.

«Di tutta questa manfrina.»

Aurora scrollò le spalle. «Vernon non ne sa niente. È già abbastanza insicuro così com'è. Non ho nessuna intenzione di accollargli anche il racconto delle mie difficoltà con altri uomini.»

«Peccato che Vernon non è istruito, eh?» disse Rosie, sperando che la padrona le aprisse uno spiraglio sui suoi sentimenti. È un tipo simpatico per giocarci a carte.»

«Sì, peccato» disse Aurora con aria piuttosto vaga.

«Già, un vero peccato» commentò Rosie, insoddisfatta.

«Fuori di qui. Oggi non hai ancora spostato una sedia» sbottò improvvisamente Aurora. «Quello che vorresti dire è che se fosse istruito potrei anche pensare a sposarlo, il che è semplicemente insultante. Non sono poi tanto snob. Se lo volessi gliela darei io stessa l'istruzione. Vernon è troppo carino per infliggergli me stessa permanentemente. Sai benissimo che sarebbe perduto alle prese con un tipo come me. Trevor non l'ho ancora digerito io, perciò lascia perdere Vernon.»

«Gli spezzerà il cuore» disse Rosie. «Lo sa, vero? Mai visto uno innamorarsi tanto, e tanto presto. Io sto dalla sua parte, finché c'è ancora la possibilità di tirarlo fuori vivo.»

Aurora cominciò a scalciare i cuscini verso il centro della stanza, uno per uno. Era una giornata in cui trovava difficile sentirsi a posto su qualsiasi cosa. La vita poteva essere molte cose, ma non sarebbe mai stata perfetta, non la sua per lo meno, e il problema di cosa fare di quell'innocente cuore cinquantenne che aveva così spietatamente catturato era innegabilmente un problema serio. Il cuore era lì, pronto a farsi prendere, e lei se l'era preso, un atto per lei tanto naturale quanto prendere un boccone da un piatto. Non era stata mai incline a lasciare un cuore accessibile tra gli avanzi, se la persona che ne era titolare le sembrava di suo gusto, anche solo un po'.

Infliggere privazioni a se stessa era un comportamento che aveva sempre respinto: istintivamente nel momento in cui aveva a portata di mano qualcosa da afferrare, coscientemente in seguito, quando aveva tempo di pensarci sopra. In una vita imperfetta, e spesso insoddisfacente, infliggersi una privazione le sembrava la più stupida delle abitudini. Non lasciava nemmeno bocconi appetitosi sul piatto; eppure, impegnata com'era, sia per istinto sia per riflesso, ad assicurarsi tutto quello che voleva avere, riconosceva apertamente che i cuori non sono bocconi di cibo, e il pensiero di spezzare il cuore a Vernon, e a chiunque altro, la turbava molto. In certi momenti deprecava la sua avidità, ma erano momenti rari: il ritegno non era fra le cose che si aspettava da se stessa. Poiché Vernon non era stato passato fra gli avanzi, bisognava trovare il modo di occuparsi di lui.

Solo che in quel momento non riusciva a immaginare quale modo avrebbe potuto essere. Il pensiero di Vernon la indusse a sospirare.

«Be', non potevo pensare che un uomo di cinquant'anni sarebbe stato così incauto, a dire la verità» disse a Rosie. «Vernon non ha nessun istinto di auto conservazione. Io ho un solo modo di procedere quando si tratta di uomini: cerco di farli divertire, finché va. Se si annoiano farebbero meglio squagliarsela, per usare una parola cruda. Non sono mai stata in grado di garantire qualcosa per l'indomani, nemmeno con Rudyard.»

«Vuol dire che non sa mai cosa potrebbe fare un momento dopo?» disse Rosie. «Anch'io sono così. Chissà come abbiamo fatto a restare sposate per tanto tempo.»

«Questo non ha niente a che fare col garantire qualcosa per l'indomani. A chi piace rompere un'abitudine?» disse Aurora. Si alzò e si mise a gironzolare distrattamente per la stanza. «Vorrei avere il tempo di comprarmi un vestito. Se mi devono dare un ultimatum non vedo perché non dovrei avere un vestito nuovo.»

«Tenga solo in mente che io sto dalla parte di Vernon» disse Rosie. «Se non si comporta bene con lui me ne vado. Non sto mica zitta se vedo che gli fa del male.»

Aurora si fermò e mise le mani sui fianchi. «Non farmi la predica come il generale» intimò. «Per quello basta lui, o almeno bastava. Certo è che un po' di male Vernon se lo farà. Prima lasciamogli mangiare qualcosa di buono. Credi proprio che un uomo che aspetta i cinquant'anni per impegolarsi con le donne, e poi per provare a impegolarsi scieglie me, ne possa uscire senza un graffio? In parte è colpa sua, per aver aspettato tanto. Frattanto spero che mi lascerai affrontare i miei problemi uno alla volta. Il mio problema immediato è il signor Trevor Waugh.»

«Va bene, va bene» disse Rosie. «Se vuole che le stiri qualche cosa è meglio se la tira fuori subito. Oggi lavo le finestre.»

«Adesso credo che tu possa riattaccare i telefoni» disse Aurora riattaccando il suo.

«Eccoti qui, Trevor... non è vero?» disse Aurora quando mise piede nella fittissima penombra del ristorante che lui aveva scelto per il loro appuntamento a cena. Trevor aveva l'abitudine di scegliere i ristoranti più bui possibili, per le più ovvie possibili ragioni, e lei non rimase sorpresa dal posto in cui era venuta a trovarsi, ma solo dal grado di oscurità, che era quasi totale. Il maître era scomparso nel buio davanti a lei.

La sua confusione, però, durò solo un momento, poi nella tenebra si profilò una sagoma familiare, sprigionando un sentore di tweed, di mare e di buona acqua di colonia. La sagoma cinse Aurora in un abbraccio.

«Più bella che mai... sei sempre la donna che amo» disse una voce familiare con intatto l'accento aristocratico di Filadelfia che aveva trent'anni prima. Questo accento era risuonato a meno di tre centimetri dall'orecchio di Aurora, poi era sceso più giù, sul collo, prima che lui pronunciasse l'ultima parola, dissipando in lei ogni eventuale dubbio residuo sull'identità dell'uomo che la stava abbracciando.

«Sei tu, Trevor. Lo sento» disse. «Togli la testa dal collo del mio vestito. Sono la tua ospite, non il tuo cibo.»

«Ah, ma che cibo saresti!» disse Trevor Waugh, senza mollare il lieve vantaggio acquisito. «Una vivanda per gli dei, come disse Byron.»

Al che Aurora cominciò a divincolarsi con impegno. «Sei proprio tu, Trevor. Hai guastato un altro momento romantico con una citazione sbagliata. Ti prego, portami al nostro tavolo, se riesci a trovarlo.»

Cominciò a procedere a tentoni in quello che sembrava un passaggio fra due file di tavoli, allungando le mani nell'oscurità più che poteva. Pochi istanti dopo inciampò nel maître, che era rimasto in discreta attesa a qualche metro di distanza. Li guidò intorno a uno spigolo fino a una sala col caminetto e scomparti i cui divanetti erano foderati di pelle amaranto. Il locale era un circolo di caccia; dovunque andasse, e andava dovunque, Trevor riusciva sempre a trovare circoli di caccia bui, con teste di cervo e pesci impagliati alle pareti, caminetti, divanetti foderati in pelle amaranto e rum come bevanda canonica.

Quando furono seduti Aurora si concesse un esame approfondito del suo commensale. Era press'a poco lo stesso, bello e abbronzato, coi capelli candidi, l'antico sentore di tweed, di rum e di buon barbiere, la pipa nel taschino della giacca, le guance molto colorite, le spalle ancora larghe e una chiostra di denti intatta e bianchissima come trent'anni prima, quando loro due muovevano i primi passi di danza nei locali notturni eleganti di Boston, Filadelfia e New York. Era, tutto sommato, il più durevole dei suoi corteggiatori. Nella scia della delusione subita quando lei alla fine l'aveva respinto, aveva contratto tre matrimoni, tutti e tre in alto loco ma tutti e tre falliti, e aveva passato la vita navigando per i sette mari, andando a caccia e a pesca nel mondo intero, fermandosi di tanto in tanto per sedurre improbabili ballerine e attrici ancora giovani, signore della buona società e, quando possibile, anche le loro figlie; ma sempre, una o due volte l'anno, trovava qualche scusa per dirigere la prua su Aurora, dovunque si trovasse, e riprendere un corteggiamento che, ai suoi occhi, non si era mai interrotto. Era molto lusinghiero da parte sua, e la cosa andava avanti da un bel pezzo; e siccome aveva scelto uno scomparto così discreto Aurora lasciò che Trevor le prendesse la mano e se la portasse sotto il tavolo.

«Mi sei mancato, Trevor» disse. «Quest'anno hai aspettato parecchio per venirmi a trovare. Chi avevi con te laggiù nei sette mari?»

«Oh, la figlia di Maggie Whitney. Conoscevi Maggie, no? Del Connecticut.»

«Non so perché tollero il tuo comportamento con le ragazze giovani» disse Aurora. «È incoerente da parte mia, devo dire. Recentemente ho liquidato un uomo per aver fatto molto meno di quanto fai tu nel corso delle tue crociere. Suppongo che andresti in crociera anche con mia figlia se non fosse sposata.»

«Be', preferisco le madri, ma forse sono in decadenza. Alle madri non ci arrivo più, ma qualcuna devo avere. Se dormo solo non chiudo occhio.»

«Non credo che sia necessario parlare di questo» disse Aurora. Non poteva negarlo: Trevor Waugh era il solo uomo col quale era disperatamente tollerante. In qualche modo, pareva che non fosse capace di far niente di male; a quanto si sapeva, non era mai stato scortese con una donna, giovane o vecchia. Tutte le sue moglie e amanti e loro figlie e tutte le sue attrici e ballerine dopo un po' lo lasciavano, portando con sé molti bei regali e tutto l'amore e il rispetto di Trevor; restava tenero e affettuoso con tutte. In qualche modo aveva esaltato tutte le donne che aveva conosciuto e mai ne aveva ferita una, eppure nemmeno una era tornata a lui, neanche momentaneamente, che Aurora sapesse. Lo stesso fatto di tutte quelle figlie, che in un altro sarebbe parso mostruoso, in Trevor sembrava solo commovente e piuttosto carino, quasi fosse per lui un modo per dare continuità all'amore che tributava alle loro madri.

Le sue relazioni non avevano mai lasciato cicatrici, se non su di lui, e naturalmente pretendere che non scendesse sul fisico sarebbe stato come pretendere che il sole non risplendesse. Lui e Aurora non erano più amanti da quasi trent'anni – lei per lui era stata il primo amore serio e lui per lei il secondo – e in quegli anni lei non aveva provato alcuna bramosia di tornare nel suo letto, ma quando lo vide non si sforzò di impedirgli abbracci e palpeggiamenti. Trevor non poteva farne a meno, nessuno aveva mai desiderato che ne facesse a meno, ed era una fortuna che il mondo contenesse tante madri e figlie pronte a tenerlo su di morale.

«Trevor, do per scontato che tu abbia ordinato quanto c'è di meglio» disse Aurora.

«Contaci» rispose Trevor facendo cenno a un cameriere, che quasi istantaneamente si fece avanti con una meravigliosa insalata di granchi. Quanto a piaceri del palato, i gusti di Trevor erano quasi irreprensibili benché, per sportivo che fosse, tendesse leggermente più di Aurora a ordinare cacciagione di un tipo o dell'altro. Lei lasciò che la palpeggiasse un po', come premio per l'eccellente insalata di granchi, e decise che vivere sul mare aveva un buon effetto sull'odore di un uomo. Trevor aveva sempre avuto un odore più buono di qualsiasi uomo lei avesse conosciuto. Il suo odore sembrava una mistura di sale, cuoio e spezie, e Aurora si chinò verso di lui un paio di volte per annusarlo e vedere se era sempre lo stesso. Trevor lo scambiò per un segno d'incoraggiamento e venne subito al sodo. «Scommetto che per te è stata una sorpresa, vero? Dopo tutti questi anni non ti aspettavi che ti telefonassi per chiedere un sì o un no.»

«Sì, è stato un duro colpo. Solo il mio duraturo affetto per te mi ha impedito di riattaccare. Posso sapere come ti è venuta in mente un'idea del genere?»

«Ho sempre pensato che eravamo fatti uno per l'altra» rispose Trevor. «Non ho mai capito perché hai sposato Rudyard. Non ho mai capito perché non l'hai mai lasciato.»

«Ma come, Trevor. Con Rudyard sono sempre andata perfettamente d'accordo. O imperfettamente d'accordo, per essere più precisi. Almeno lui non era sempre via con qualche ballerina o studentessa.»

«Ma era solo perché non avevi voluto sposarmi» disse Trevor con un'espressione angustiata sul bel volto abbronzato. I suoi capelli erano di un bianco molto aristocratico sin dai tempi in cui aveva finito l'università, e andavano perfettamente d'accordo col volto e col vestito.

«Non l'ho mai capito» disse stringendole una mano. «Proprio non l'ho mai capito.»

«Caro, sono così poche le cose che si possono capire. Mangia la tua insalata, prendi un altro po' di vino e non avere l'aria tanto addolorata. Se mi dici che cos'è che non hai mai capito, forse può essermi d'aiuto.»

«Perché hai smesso di venire a letto con me, per essere sinceri. Pensavo che andasse tutto bene. Poi abbiamo fatto quella crociera dal Maine a Chesapeake e pensavo ancora che andasse tutto bene, e tu sei sbarcata e hai sposato Rudyard. Non andava tutto bene?»

«Trevor, me lo chiedi ogni volta che ceniamo insieme» rispose Aurora, dandogli una strizzatina alla mano per consolazione. «Se avessi saputo che l'avresti presa tanto sul serio avrei potuto benissimo sposare te e risparmiarti tutto questo rimuginare. Smettila di prenderla così sul serio.»

«Ma perché? Perché? Continuo a pensare che deve essere stata colpa mia.»

«È la modestia che te lo fa dire, o quello che è» disse Aurora prendendo un po' dell'insalata di granchi di Trevor, dato che a forza di rimuginare e fare il broncio lui la stava trascurando. La sua l'aveva già finita. «Davvero non vorrei che la tua modestia diventasse insicurezza e poi, per una cosa che è successa trent'anni fa. Te l'ho già detto centinaia di volte, ne sono sicura. Nessuna donna avrebbe potuto avere un amante migliore di te, ma ero giovane allora, ed estremamente sciocca. Mi aspettavo che prima o poi posassi l'occhio altrove, o ce lo posassi io. Non ricordo con tanta precisione le circostanze, ma mi venne fatto di pensare che se avessi continuato a veleggiare con te su quella barca avremmo potuto commettere qualche sbadatagginè. Perdonami, caro, ma non ho mai guardato a te come a un uomo che mette su famiglia. Anche se non so se era proprio questo, allora. Forse fosti un po' negligente, non ricordo bene. In ogni modo, il fatto che fossi scappata via e avessi sposato Rudyard non significava che tutto quello che facevo non "andasse benissimo", come ti sei espresso. Tenendo conto della vita che hai fatto, penserei che ormai dovresti smettere di preoccuparti perché tutto vada benissimo.»

«Me ne preoccupo sempre» disse Trevor. «Che altro ho da preoccuparmi? Di soldi ne ho un sacco. La figlia di Maggie pensava che non mi sentissi bene. Voglio che tu mi sposi prima che io sia ancor più in decadenza. Tu e io non avremmo nessun problema. Che farei il giorno che non potessi avere più nemmeno le attricette? Non vorrai che mi succeda questo, vero?»

«Certo che no» rispose Aurora. «Sono sicura che questi discorsi li abbiamo già fatti, Trevor. Mi danno un gran senso di *déjà vu* e non vedo perché dobbiamo aspettare a far venire il secondo. Mangiando, il senso di *déjà vu* potrebbe dissiparsi. Sembra che mi prenda solo quando sono in tua compagnia, aggiungo. Hai un modo infelice di cercare di farmi ricordare cose che ho dimenticato. Non ci riesco mai, sai: tutto quello che riesco a ricordare è questa conversazione. Davvero non ho la più pallida idea del perché abbia sposato Rudyard invece di te. Non sono una psichiatra e spero che arrivi il giorno in cui su questo argomento mi lascerai in pace.»

«Va bene, sposami e non ci tornerò più sopra. Mi dispiace se sono poco gentiluomo in proposito, ma ultimamente mi è successo qualcosa. Non c'è più niente che mi soddisfi. Sarà l'età.»

«No, è la tua preoccupazione per lo sport. Un cervello ce l'hai, Trevor, e non puoi pretendere che si contenti sempre di quel poco che, a quanto pare, vuoi offrirgli. Credo che tu abbia navigato su troppe barche, catturato troppi pesci e sparato a troppi animali. Per non parlare di quello che puoi aver fatto con troppe donne.»

«Già, e ora tutti i nodi vengono al pettine» disse Trevor, sempre con un'espressione di sofferenza sul volto. «Tu sei rimasta l'unica che possa soddisfarmi, Aurora. Lo sei sempre stata. Se te ne vai un'altra volta non mi rimarrà nulla in cui sperare. Tanto varrebbe salpare nel tramonto e non tornare più indietro.»

Aurora stava esaminando l'aragosta appena portata in tavola e, con discrezione, si leccò le labbra. «Trevor, tu mi conosci» disse. «Già è uno sforzo per me concentrare l'attenzione su temi romantici quando ho davanti un buon piatto. Credo però che dovresti evitare immagini come questa, come pure le citazioni sbagliate. Una vivanda per gli dei è di Shakespeare, non di Byron, e la minaccia di salpare nel tramonto, per quanto sincera e pratica, non è tale da farmi vacillare. Dopo tutto, nel tramonto hai passato la maggior parte della tua vita, per quello che ne so Dei vini che scegli ho un'opinione molto migliore che delle immagini che scegli.»

«Aurora, parlo sul serio» disse Trevor, prendendole una mano con tutte e due le sue. Aurora tirò subito indietro la mano e la usò per afferrare la forchetta. «Trevor, fammi tutte le proposte di matrimonio che vuoi, ma non cercare di tenermi la mano quando sto maneggiando le posate.»

«Senza di te non ho speranza» disse Trevor, con uno sguardo in cui affiorava tutta l'anima. Aurora alzò gli occhi, notò l'anima, e diede a Trevor un boccone della sua aragosta, dato che lui finora aveva ignorato la propria. «Credo che tu abbia la vista un po' corta, caro. È il fatto che non ti sposo a preservare la tua speranza. Se ti sposassi, sarei solo tua moglie. In questo non c'è nulla che alimenti molte speranze, a mio modo di vedere. Finché rimango libera, invece, tu puoi restare in perpetuo con le tue speranze e ogni tanto io posso avere il piacere della tua compagnia, quando ne ho bisogno, e possiamo tirare avanti benissimo, anno dopo anno, col nostro romanzo d'amore.»

«E invece io mi preoccupo» disse Trevor. «Prendo il mare, con una donna o con l'altra, e comincio a preoccuparmi. E se quando ritorno Aurora si è sposata? penso. Nuoce anche alla mia mira. Ho mancato dei galli cedroni, in Scozia, l'ultima volta che ci sono stato, e non mi era mai successo. Per una ragione o per l'altra, ogni volta che se ne alzava uno avevo una visione di te in una cerimonia matrimoniale e fallivo il colpo. Non sono riuscito a prenderne nemmeno uno.»

«Oh, caro. Sei la prima persona al mondo a cui ho danneggiato la mira. Se ti è di qualche aiuto, posso assicurarti che non ho nessuna intenzione di sposarmi. Se lo facessi, mi mancherebbe il nostro piccolo romanzo d'amore, e non mi piace sentire la mancanza di qualcuno.»

«Non mi è di nessun aiuto. Hai sposato Rudyard e fra noi non ha interrotto niente. Era già interrotto. Non c'è niente che possa farmi smettere di preoccuparmi.»

Aurora scrollò le spalle. L'aragosta era splendida. «Allora preoccupati.»

Trevor cominciò a mangiare. «Una cosa che mi farebbe smettere di preoccuparmi in realtà c'è» disse.

«Ne ero sicura» disse Aurora. Lui maneggiava coltello e forchetta con grazia – era sempre stato così – e al vederlo divenne pensierosa, o almeno pensierosa come le riusciva di essere quando stava mangiando. Le pareva strano, retrospettivamente, aver lasciato un uomo di perfetta educazione e amante della bella vita come Trevor per sposarne uno, Rud, che era stato capace di mangiare sandwich al formaggio col peperoncino per tutta la sua esistenza senza mai lamentarsi. Di cucina Rud se ne intendeva, sapeva dove trovare le cose buone e che sapore dovevano avere, ma, tranne nel breve periodo in cui le aveva fatto la corte, non si era mai dato molto da fare per procurarsele. Gli appetiti di Trevor erano chiaramente all'altezza di quelli di Aurora, e lo erano sempre stati; ed era non poco strano che lei, né allora né poi, non avesse mai sentito l'impulso di sposarlo.

«Ne parleremo dopo» disse Trevor, allungando il braccio sotto il tavolo per strizzarle amichevolmente la gamba. «Vorrei farti vedere come ho sistemato la barca.»

«Descrivimela. È improbabile che mi azzardi a fare una gita in barca dopo aver mangiato tanto. Inoltre non mi hai detto delle tue donne di quest'anno. Sei l'unico uomo che conosca che conduca una vita interessante, e non capisco perché tu voglia deludere la mia curiosità al riguardo.»

Con gli altri corteggiatori non era mai stata capace di tollerare anche la sola menzione di altre donne, ma Trevor era la grande eccezione. Le assicurava costantemente che lei era l'unico suo vero amore, e lei gli credeva e traeva una grande soddisfazione da quanto lui raccontava sulle donne di cui doveva accontentarsi. Trevor sospirò, ma in un modo o nell'altro si sentiva sempre meglio dopo aver raccontato ad Aurora i suoi amorazzi, e perciò le parlò di un'attrice polacca e di una cavallerizza californiana e di un paio di donne simpatiche, madre e figlia, del Connecticut. La rievocazione si protrasse per tutta la durata dell'aragosta e del dessert, e anche all'inizio della degustazione del cognac. Aurora era satolla e soddisfatta e lasciò che lui le tenesse la mano mentre conversavano.

«Lo vedi, caro?» disse. «Se io non fossi stata così brava a tenerti in sospeso non ti sarebbe capitato niente di tutto questo e almeno una parte è stata piacevole, no?»

«È stato tutto piacevole, Aurora. È questo il punto. Tutte le avventure che ho avuto in questi trent'anni sono state piacevoli. Forse è per questo che voglio solo te. Sei l'unica che mi renda infelice.»

«Trevor caro, non dire questo. Sai che non sopporto l'idea di essere stata crudele con te. Proprio qui, dove mi hai offerto una cena così splendida, poi.»

«Non ti biasimo» disse Trevor. «È solo che essere infelice per causa tua mi piace più che essere felice con la maggior parte delle donne che conosco.»

«Sei anche troppo gentile, caro. Mi sembra di ricordare che in passato sono stata crudele con te in una o due occasioni, e non sei mai stato capace di mostrarti indignato come mi sarebbe piaciuto vederti. Se l'avessi fatto forse sarei caduta ai tuoi piedi, chi lo sa?»

«Io lo so. Sarò grosso e tonto, ma così tonto no. Se l'avessi fatto non avresti più voluto aver niente a che fare con me.»

Aurora soffocò una risatina. La sua vecchia fiamma aveva ancora dei tratti che facevano tenerezza. «È vero, non sopporto chi ha la presunzione di biasimarmi. Il diritto di biasimarmi l'ho sempre considerato una mia prerogativa. Che cosa ci toccherà, Trevor?»

«Due aragoste all'anno, credo. Magari un fagiano, di tanto in tanto. A meno che non mi sposi. Se mi sposi, stavolta ti prometto di cambiare. Potremmo andare a vivere a Filadelfia. C'è l'azienda di famiglia lo sai. Venderei perfino la barca se tu volessi.»

Aurora si affrettò a dargli qualche colpetto amichevole sulla mano. I suoi occhi scesero sul piatto, ma anche dentro di lei scese qualcosa che somigliava a una lacrima. «Caro, non vendere mai la tua barca» disse dopo qualche istante. «Mi lusinga che tu mi ami più di quanto ami lei, e ti credo, ma dato che ho rifiutato di essere la donna della tua vita certo non ho il diritto di pretendere da te una cosa simile. E poi stai così bene, sei così bello e imponente sulla tua barca. Non sai quante volte, in tutti questi anni, ho pensato come eri bello e imponente quando su quella barca navigavamo insieme. Davvero non so che sogni romantici farei se non sapessi che tu te ne stai sempre sulla tua barca... bello e imponente... e che di tanto in tanto vieni a trovarmi.»

Trevor rimase in silenzio. E anche lei.

«Non eri fatto per Filadelfia e per l'azienda di famiglia» disse infine Aurora. «Tanto meno io ero fatta per vivere sul mare. Che io sappia, se una persona deve rinunciare a troppe cose non funziona più niente. Per quello che mi riguarda non sono stata capace di far niente, Trevor, e dato che è così sono sempre stata lieta che tu amassi il mare quanto lo ami.»

«Ne sono contento anch'io» disse Trevor. «Il mare è un buon sostituto a te.» Ci riflettè per qualche istante. «Non credo che ce l'abbiano tutti un sostituto così. C'è un piccolo complesso qui, sai. Non vedo perché dovremmo starcene seduti. Ci verrebbe sonno. Ti andrebbe di salire di sopra a ballare?»

«Ma certo, Trevor» rispose Aurora ripiegando il tovagliolo. «Che stiamo a fare qui? Mi hai chiesto la sola cosa che non mi sognerei mai di rifiutarti. Andiamo subito a ballare.»

Ballarono subito. «Dio, come mi era mancato» disse Aurora.

«Come mi sei mancata tu» disse Trevor. Ballava come maneggiava coltello e forchetta. Poi, proprio quando a loro sembrava di essere al colmo della felicità, il complesso smise di suonare e i suoi membri cominciarono a rimettere gli strumenti negli astucci. Purtroppo avevano avuto la pessima idea di chiudere la loro esecuzione con un valzer, e i valzer facevano piombare Trevor in un tale abisso di nostalgia dei giorni felici in cui loro due avevano ballato il valzer a Boston che l'incanto della serata ne fu quasi distrutto.

«Veniva l'alba e stavamo ancora ballando, ricordi?» disse lui, abbracciando Aurora, che era andata alla finestra per prendere una boccata d'aria. «Andiamo in quel locale messicano che conosci. L'alba potrebbe trovarci ancora in piedi. Non sono mica tanto vecchio.»

«Benissimo» disse Aurora, dato che era stato carino e non aveva insistito sul suo ultimatum.

Poi, nel taxi, la vita cessò di essere un romantico ricordo e ridivenne un gran pasticcio. Più o meno lui le stava addosso, naturalmente, ma lei guardava fuori dal finestrino e non ci faceva molto caso. «L'alba ci trovava sempre ancora in piedi» ripeté Trevor. Si era affezionato alla battuta.

«Trevor, devo dire che sei l'unico uomo che io conosca che si renda conto che ballare è un elemento indispensabile della vita» disse Aurora piuttosto allegramente.»

«Certo, come il sesso. Devo baciarti.»

Forse perché era un po' insonnolita, o forse perché la galanteria con cui Trevor le dava la caccia da trent'anni senza alcun risultato la commuoveva sempre, o forse perché lui emanava ancora un odore più gradevole di qualsiasi altro uomo, Aurora lo lasciò fare, pensando che chissà, benché lo conoscesse abbastanza. Impulsi simili li aveva già provati, per simili ragioni, per anni e anni con Trevor, ma l'esito, in modo deludente per entrambi, non era mai stato più che blando. Comunque il danno in genere era poco, e in quel caso sarebbe stato nullo se Trevor, in un frenetico e momentaneo accesso di speranza, non le avesse infilato una mano sotto il reggiseno. Nell'esatto momento in cui lo fece Aurora interruppe il bacio, si mise in posizione più eretta sul sedile e fece un profondo respiro con l'intenzione di schiarirsi la mente e riprendere il controllo di sé, benché in realtà avesse solo finto di perderlo. Per infilare la mano nel reggiseno Trevor aveva dovuto piegare il polso a un angolo piuttosto acuto, e quando Aurora decise di riempire d'aria i polmoni non solo gli intrappolò la mano contro il proprio seno ma gli fece sentire un dolore orribile al polso.

«Oh, Dio» disse Trevor. «Piegati, per favore. Piegati!»

«Trevor, per l'amore di Dio, siamo quasi arrivati» rispose lei, male interpretando il tono d'urgenza che c'era nella sua voce e mettendosi in posizione sempre più eretta.

«Uuuuh! Ti prego, mi stai spezzando il polso» disse Trevor. Era stato costretto a buttarsi sul pavimento della macchina per non gridare ancora più forte, ed era sicuro di aver sentito un piccolo crac la seconda volta che Aurora si era raddrizzata.

Aurora aveva cortesemente ignorato la piccola scorreria di Trevor – era la sola condotta sensata quando aveva a che fare con lui – ma finalmente si rese conto, dalla faccia che lui faceva, che c'era qualcosa che le sfuggiva, e si piegò in avanti. Trevor ritrasse cautamente la mano e gliela mostrò con aria afflitta.

«Perché la lasci penzolare così?» chiese Aurora.

«Credo che sia la prima volta che un polso si spezza a contatto con un seno» disse lui, tastandosela con cura. Aveva la sensazione che qualche osso si fosse slogato, ma non lo trovò, e dopo che Aurora gli ebbe massaggiato la mano fu costretto a concludere che probabilmente era solo una distorsione.

«Vorrei che mi si fosse fratturato» disse. «Non sarebbe romantico? Allora dovresti tenermi per un po' a casa tua per prenderti cura di me.»

Aurora sorrise e continuò a massaggiare. «È stato per quei discorsi sull'alba che ci doveva trovare ancora in piedi» disse. «Tu esageri sempre, caro. Generalmente l'alba ci trovava su un divano nella hall del Plaza, se ricordo bene.»

«Stamattina ci troverà ancora in piedi» disse risolutamente Trevor.

Invece li trovò seduti a un tavolo rosso nel cortiletto di un locale chiamato l'Ultimo Concerto, con Trevor intento a bersi una bottiglia di birra messicana. L'Ultimo Concerto era solo un piccolo bar tenuto da messicani, con un jukebox e una minuscola pista da ballo, ma dei pochi locali di Houston aperti tutta la notte era quello che Aurora preferiva. Era in una stradina anonima della zona settentrionale della città, vicino allo scalo ferroviario, e si udiva non lontano il rumore dei carri merci che urtavano uno contro l'altro. L'antica fiamma di Aurora sorseggiava la sua birra. Nel locale non c'era nessuno tranne loro due e una vecchia, vecchissima messicana che faceva andare la testa su e giù dietro il bancone, nonché un grosso topo grigio in un angolo del cortile.

«Come vorrei avere la mia pistola» disse Trevor. «Farei il tiro a segno con quel topo.»

Il topo stava rosicando un pezzo di tortilla rafferma e non sembrava affatto turbato dalla presenza di due esseri umani elegantemente vestiti. Via via che il cielo, sopra di loro, si schiariva, il contrasto fra i loro abiti e la spoglia rozzezza del tavolo e del cortiletto si faceva sempre più stridente, ma Aurora si sentiva serenamente stanca e non gliene importava niente. Trevor passava metà del suo tempo nei Caraibi e nel Sudamerica ed era bravissimo nei balli latinoamericani; una volta tanto Aurora aveva potuto fare il pieno di rumbe, sambe e cha-cha-cha, e anche di varie altre danze più scatenate che Trevor aveva apparentemente improvvisato sul posto, con gran divertimento dei cinque o sei messicani di mezza età che erano rimasti a bere birra e a guardare loro due fino alle sei del mattino.

La luce divenne ancora migliore e Aurora vide che sul volto della sua vecchia fiamma c'erano più rughe di quanto avesse pensato. «Trevor, caro, tu non mi lasci mai vedere il tuo vero volto» disse. «Lo nascondi sempre nei ristoranti più bui che trovi. Chissà che non mi piaccia, se una volta mi dai la possibilità di vederlo.»

Trevor sospirò. «Torniamo all'ultimatum» disse.

«Dobbiamo proprio, caro?» chiese lei con aria leggermente divertita.

«Dobbiamo, dobbiamo. Non posso permettermi di lasciar passare altri dieci anni. Non sopporto di preoccuparmi sempre del pericolo che tu ti sposi. Ti prego, dimmi di sì.»

Aurora seguì con lo sguardo il topo che, addentato il pezzo di tortilla, se lo trascinava nel suo buco. Entrò nel buco, ma evidentemente si fermò subito a rosicare ancora un po' di tortilla perché la coda rimase nel cortile.

«Se dico no tu salpi nel tramonto e non mi rivedrai mai più, non è vero?» disse tranquillamente Aurora.

«È assolutamente vero» rispose Trevor. Diede un colpetto sul tavolo col palmo della mano per sottolineare questa affermazione e scolò la birra per mostrarle che era capace di portare a conclusione tutte le sue cose, definitivamente e in modo totale. Facendolo, la guardò fisso negli occhi.

Aurora si alzò e andò a sederglisi in grembo. Lo abbracciò stretto e gli diede un bacio sulla guancia; e per buona misura lo annusò bene, in modo da fare scorta del suo profumo per sei mesi. «Deplorevolmente, la mia risposta è no» disse. «Spero tuttavia che tu mi aiuti a trovare un taxi prima di andartene. Mi hai intrattenuto sontuosamente e avevo deciso di farti venire a casa mia per farti fare colazione, ma adesso che fra noi è finita per sempre suppongo che tu debba andartene in fretta a cercare un tramonto, anche se è appena l'alba e non è facile che tu lo trovi per diverse ore.»

Trevor, meditabondo, posò la guancia sul seno che per poco non gli aveva slogato un polso. «Oh, be', non parlavo sul serio» disse. «Stavo solo cercando di convincerne te. Era l'ultimo tentativo che mi restava.»

Aurora continuò a tenerlo abbracciato. Era sempre stato piacevole da tenere abbracciato e, tutto sommato, era così innocente, così bambino. «Coi tuoi ultimatum non sapresti sfondare neanche un muro di carta» gli disse. «È un dono che non hai, non è per niente nel tuo carattere. Se fossi in te non ci proverei, tranne che con me. Abbiamo avuto tutti questi anni per maturare insieme e certi piccoli gesti li apprezzo, ma non credo che li apprezzerebbe una donna più giovane.»

Trevor fece un risolino, più o meno sul suo senso. «No, quelle mi massacrano. Lo sai, Aurora, è una cosa strana. Mi sento maturo solo quando sono con te.»

«Ne sono commossa. Come ti senti per il resto del tempo?»

Trevor alzò la testa per guardarla, ma non rispose subito. I primi veri raggi di sole penetrarono nel cortile da una fessura della palizzata di legno, e la vecchia, vecchissima messicana uscì in cortile con la scopa e cominciò a spazzar via i pezzetti di tortilla che il topo aveva trascurato. Sembrava interessarsi ancor meno del topo al fatto che due americani di mezza età stavano sulla stessa sedia, abbracciandosi alle sette del mattino.

«Mi sento un po' disperato» disse finalmente Trevor. «Nessuno sembra capire quello che dico, sai. In realtà non dico molto – questo lo so – ma comunque sarebbe carino se qualcuno mi capisse, una volta tanto. Però non mi capiscono, e io cerco di spiegare, e allora non capiscono nemmeno le spiegazioni, e così comincio a preoccuparmi che tu ti sposi, Aurora. Capisci quello che intendo dire?»

Aurora sospirò e lo abbracciò un po' più stretto. «Lo capisco» disse. «Devi venire a casa mia a fare un po' di colazione.»

11

Alle tre di quel pomeriggio Emma e Rosie cominciarono a scoraggiarsi. La cena annuale di Aurora in onore di Cecil era fissata per cinque ore più tardi e non era stato fatto ancora niente. Trevor aveva fatto la sua colazione e alle dieci se ne era andato per tornare sul suo yacht, e Aurora era scomparsa in camera da letto per fare un sonnellino. Era scomparsa allegramente, sembrava a Rosie, e aveva promesso di ricomparire all'una. Ma Emma, che era arrivata proprio all'una per dare una mano, e Rosie erano rimaste ad aspettare per due ore senza sentire arrivare il minimo rumore dal piano di sopra.

«Se ha ballato tutta la notte probabilmente è solo stanca» disse più volte Emma. «Io sarei stanca se avessi ballato tutta la notte, e sono abbastanza giovane per essere sua figlia.»

La battuta, per quello che valeva, andò persa con Rosie, che si stava rosicando una pipita. Scosse la testa. «Non conosci la tua mamma come la conosco io, tesoro» disse. «Ballando lei si tira su. Quella donna ha energie da vendere, te lo dico io. Mica dorme, sta là tutta avvilita. È per questo che mi fa rabbia quel signor Waugh quando capita da queste parti. Quando c'è lui, lei si diverte, ma appena se ne va le cose si mettono male. Non l'ho mai vista tanto abbacchiata come quando il signor Waugh se ne va. Adesso di sicuro se ne sta lassù tutta abbacchiata.»

«Come fai a saperlo? Secondo me sta dormendo.» Emma cercava di essere ottimista.

Rosie continuò a mordicchiare la sua pipita. «Lo so» disse. «Mica divento così nervosa per niente.»

Quando arrivarono le tre capirono che dovevano fare qualcosa. Se non fossero intervenute in tempo Aurora si sarebbe arrabbiata con loro più che per avere interrotto il suo pisolino, pensò Emma. Alla teoria del pisolino Rosie non ci credeva, ma era d'accordo sul fatto che si doveva passare all'azione e, sia pure con riluttanza, seguì Emma al piano sopra. La porta della camera da letto era chiusa, e vedendola chiusa tutte e due si persero d'animo e ci rimasero ferme davanti, stupidamente, per un paio di minuti, finché lo spettacolo della loro pusillanimità divenne intollerabile. Emma bussò con discrezione e, non ricevendo risposta, spinse timidamente la porta in avanti.

Aurora era alzata. Sedeva alla toeletta, nella sua vestaglia azzurra, con la schiena rivolta alla porta e senza far capire che l'aveva sentita aprirsi. Si contemplava nello specchio e aveva i capelli tutti in disordine.

«Abbiamo preso il toro per le corna, tesoro» disse Rosie. Più che altro per proteggere Emma, si fece avanti come se nulla fosse, dirigendosi verso la sua padrona. L'espressione che c'era negli occhi di Aurora era quella che Rosie temeva di più, un'espressione di chiara e al tempo stesso nebulosa disperazione. Il volto era composto, ma non era il volto della donna gaia che si era tanto divertita a colazione, poche ore prima.

«La smetta di starsene così avvilita», disse subito Rosie.

«Mamma, ti prego» disse Emma. «Non fissare lo specchio in quel modo. Che cosa c'è?»

«Basta, stare avvilita» ripetè Rosie. «Si tiri su. C'è la cena da preparare, se n'era dimenticata? Non stia lì a compatirsi. La cena mica si cuoce da sola.»

Aurora si volse a guardarla e la fissò negli occhi. I suoi erano completamente privi d'espressione. «Tu credi che io mi stia compatendo, vero?» disse. «Suppongo che vorrai un aumento di stipendio per avermi fornito questa diagnosi.» Diede un'occhiata anche ad Emma prima di riportare lo sguardo sullo specchio. «Magari lo pensi anche tu, Emma.»

«Per l'amor di Dio, non so che cosa c'è» rispose Emma. «Non lo sappiamo né lei né io. Che cosa c'è?»

Aurora scrollò le spalle e non rispose.

«Mamma, ti prego, rispondi. Non ti sopporto quando non mi dici che cosa c'è.»

«Chiedilo alla signora Dunlup» disse Aurora. «Sono certa che mi conosce meglio di quanto mi conosca io. La verità è che non ero preparata a vedervi fare irruzione nella mia camera. Non desidero ricever visite, questo dovrebbe essere chiaro. Se voi due voleste andarvene e portarvi via le vostre opinioni, la considererei una cortesia. Potrei incattivirmi da un momento all'altro, e per il vostro stesso bene preferirei che non rischiassimo un confronto proprio adesso. Due persone che conosco potrebbero non sopravvivere.»

«Avanti, si arrabbi» disse Rosie, quasi senza fiato tanto era tesa.

Aurora non disse nulla. Prese una spazzola e per un po' se la battè indolentemente sul palmo della mano. I suoi occhi erano ancora puntati sul nulla.

«Non sappiamo come fare per la cena» disse Emma. «Parla, te ne prego. Non puoi darci qualche istruzione?»

Aurora si dette qualche vano colpo di spazzola ai capelli. «Va bene, Emma» disse senza voltarsi. «Non mi piace infliggere la mia presenza alla gente quando sono di quest'umore, ma vedo che non vuoi lasciarmi scelta. Evidentemente non ho più il privilegio di decidere quando voglio compagnia e quando no.»

«Giusto» disse Rosie con un tono di voce un po' falso perché stava cercando di bluffare. «D'ora in poi quando ci va prendiamo e entriamo.»

Aurora si volse a guardarla. «Stammi a sentire, Rosie. Parla quanto ti pare, ma se hai intenzione di accusarmi ancora di compatirmi è meglio che ti cerchi un altro posto. Non mi va.»

«Ma come, anch'io sto sempre a compatirmi» disse Rosie battendo in ritirata. «Non lo fanno tutti?»

«No» disse Aurora.

«Un sacco di gente sì» disse Emma, cercando di tirar fuori dai pasticci Rosie.

Aurora si scagliò contro di lei. «Non mi rivolgevo a te, e tu hai una scarsissima conoscenza di quello di cui stiamo parlando. Ci sono volte in cui una persona si vergogna di farsi vedere, e io ero in questo stato d'animo quando voi due siete piombate qui dentro. È stato molto sconsiderato da parte vostra. Evidentemente avete pensato che fossi così debole e scervellata da dimenticarmi di avere degli ospiti a cena e perciò siete venute a mettermi fretta. Sarebbe stato meglio se non l'aveste fatto. Sono moltissimi anni che invito gente a cena e sono perfettamente in grado di preparare una cena in un tempo notevolmente inferiore a quello che mi rimane. Non avevo nessuna intenzione di sottrarmi ai miei doveri di ospite, come evidentemente avete pensato entrambe.»

«Non mi aggredisca» disse Rosie, sull'orlo del pianto. «Già sragiono abbastanza per i fatti miei.»

«Sì, da questa vita ricavi meno di quanto meriti» disse Aurora. «Si dà il caso che io abbia il problema opposto. Si dà il caso che io ne ricavi più di quanto merito. Trevor Waugh non cessa di farmelo capire. Perché succeda non lo so, ma anche se riuscissi a capirlo non sarebbe cosa che ti riguardi. O che riguardi te» aggiunse con foga rivolgendosi ad Emma. S'interruppe, col petto che andava su e giù, e si esaminò allo specchio. «È strano» disse. «Il labbro inferiore mi sembra più gonfio quando sono infelice.»

Emma e Rosie si scambiarono un'occhiata speranzosa, ma il loro ottimismo era prematuro. Aurora era tornata a fissarsi nello specchio, e una volta che il petto ebbe cessato di andare su e giù parve ancora più svuotata di energie e di spirito che prima della sua piccola esplosione.

«Benissimo» disse Emma. «Mi dispiace che siamo entrate senza avvisarti. Adesso ce ne andiamo e ti lasciamo in pace.»

Aurora continuò a guardare fisso davanti a sé. Le era spuntata una lacrima. Scese pian piano sulla guancia, ma non fu seguita da altre. «Non c'è più bisogno che ve ne andiate» disse; «Mi avete vista al mio peggio.»

Volse lo sguardo a Rosie e sospirò, poi serrò le labbra e tirò indietro il pugno in segno di finta collera. «Ti insegno io a compatirti» disse stancamente. «Vuoi farci un po' di tè?»

«Ve ne faccio un secchio» rispose Rosie, tanto contenta che la tensione si fosse finalmente spezzata che mentre usciva tirò su col naso.

«Siamo terribilmente spiacenti» disse Emma accoccolandosi sul pavimento vicino a sua madre.

Aurora la guardò e annuì. «Questo è proprio da te, Emma. È la terza o la quarta volta che ti scusi per aver fatto una cosa perfettamente naturale. Anzi, può darsi che avessi ragione tu. Può darsi che sarei rimasta seduta qui a far niente e la cena sarebbe andata a farsi benedire. Di questo passo comincerai a scusarti anche di vivere, e guarda che te ne pentirai.»

«Che avrei dovuto fare? Prenderti a calci mentre eri a terra?»

Aurora cominciò a spazzolarsi i capelli con un po' più d'impegno. «Se avessi un minimo d'istinto lo avresti fatto. Certo per te sarebbe l'unica possibilità di prendermi a calci.»

«Il labbro inferiore ti si gonfia davvero quando sei infelice» disse Emma per cambiare argomento.

Aurora ci riflettè sopra. «Sì, temo che mi faccia sembrare un bel po' più passionale di quanto sono. Non sono mai stata all'altezza del mio labbro inferiore.»

«Come stava il vecchio Trevor?» chiese Emma.

Aurora abbassò lo sguardo su di lei con un po' di altezzosità. «Il vecchio Trevor non è più vecchio di me» disse. «Dovresti tenerlo a mente. Il vecchio Trevor e la vecchia Aurora hanno avuto una serata molto piacevole, grazie, e per la precisione il vecchio Trevor è stato quasi ideale.

Che cosa credi che mi abbia resa tanto triste? Purtroppo ha scelto sempre male i tempi. Quando era mio non avevo bisogno di lui, e ora che ho bisogno di lui non lo voglio. Si è perfino offerto di prendere un appartamento a New York, stavolta. Considerando che New York la odia, è stato estremamente carino da parte sua. Avrei a portata di mano i grandi magazzini come Bloomingdale's e Bendel's e il Met e il Metropolitan, e per giunta un giornale domenicale decente. E avrei un uomo simpatico, affettuoso e innamorato come Trevor. È praticamente tutto ciò cui la mia natura aspira.»

«Allora fallo. Sposatelo.»

Aurora la guardò, pensierosa. «Sì, in fatto di natura tu hai preso molto più da tua nonna che da me. Anche lei era una strenna fautrice delle mezze misure.»

Si alzò e andò pigramente alla finestra per dare un'occhiata al giardino. La vita cominciava a ritornare in lei, a piccoli passi. Provò a cantare e constatò che la voce era buona. Si sentì ancora meglio e guardò la figlia con aria di rimprovero.

«Papà era una mezza misura?» chiese Emma. «Non mi racconti mai niente d'importante. Quanto rappresentava nella tua vita? Devo saperlo.»

Aurora tornò alla toeletta e riprese a spazzolarsi vigorosamente i capelli. «Fra il trenta e il trentacinque per cento» rispose nitidamente. «Press'a poco.»

«Povero papà. Non è un granché.»

«Sì, ma è stata un'aliquota costante.»

«Non simpatizzavo con te, simpatizzavo con papà.»

«Oh, naturale. Sono certa che preferisci pensare che l'ho fatto sentire un poveraccio, ma non è così. La vita per lui è stata gradevole, molto più di quanto lo sia stata la mia per me.»

«Vorrei che mi parlassi del tuo malvagio passato» disse Emma. «Certe volte ho l'impressione di non conoscerti molto.»

Aurora si mise a ridere. A spazzolarsi i capelli cominciava a provarci gusto: stavano riprendendo i riflessi giusti, il che la compiacque molto. Si alzò e andò all'armadio a muro per cominciare a riflettere su che cosa doveva mettersi.

«Ora come ora non ho tempo per rivelarmi» disse. «Se avessi tempo andrei a comprarmi un vestito. Sfortunatamente il tempo non ce l'ho. Stasera faccio un gulash piuttosto elaborato. Sarà la prova del fuoco. Se Cecil riesce a pulire il piatto anche stavolta dovrò riconoscere che ha facoltà sovrumane.»

«Perché eri tanto giù?»

«Perché dovrei sposare Trevor e renderlo felice e, nel frattempo, vivere la vita per cui sono nata. Purtroppo non credo che arriverò a vivere la vita per cui sono nata. Al momento la mia linea di vita sembra orientata verso il nulla. Trevor, a quanto pare, ha dei guai con le sue donne, e ne avrà ancora di più man mano che invecchia. È alquanto disgustoso che di lui non me ne importi tanto da tirarlo fuori dai pasticci, ma evidentemente così è. Ci sono volte in cui mi trovo una persono poco gratificante. Non è una sensazione che mi piaccia, e quasi sempre a provocarla è Trevor.»

Riflettè per qualche istante, rigirando gli anelli intorno alle dita. «Meno male che i miei capelli sono ancora quelli di una volta.»

«Meno male che sei anche più di buonumore» disse Emma. «Comunque non so come ce la caveremo con questa cena. Non so nemmeno perché la facciamo.»

«Mi sembra molto chiaro. È una necessità mondana che hai imposto a tutte e due sposando Thomas. Altrimenti non starei qui a intrattenere Cecil, benché tutto sommato mi sembri una persona a modo.»

In quel momento arrivò Rosie col tè e squillò il telefono. Aurora fece segno a Rosie di rispondere. Rosie disse pronto e le passò immediatamente la cornetta.

«Ciao, Vernon. Quando hai intenzione di arrivare?» chiese Aurora. Rimase ad ascoltare, alzando un sopracciglio. «Vernon, se avessi pensato che eri già per la strada non te l'avrei certo chiesto. Adesso non ho tempo di occuparmi dei tuoi dubbi su te stesso. Se hai paura di rischiare qualcosa stando in mia compagnia, forse dovresti acquattarti nella tua macchina a fare telefonate per il resto della tua vita. Lì staresti al sicuro, anche se sarebbe una condotta ridicola. Vieni quando te ne viene il coraggio.»

«Va bene, però si ricordi di quello che le ho detto» disse Rosie quando Aurora ebbe riattaccato. «Io con quell'uomo ho un debito. Farà bene a non maltrattarlo.»

«Non essere sciocca. Cercavo solo di farlo sentire desiderato» disse Aurora dirigendosi nuovamente verso l'armadio a muro. «Vorrei prendermi il tè in privato, se a nessuno dispiace, e poi state certe che si parte a razzo per preparare la serata. Cecil Horton si troverà davanti un gulash come non ne ha mai visti.»

Prima ancora che Emma e Rosie uscissero dalla stanza si era già tolta la vestaglia e aveva tirato fuori mezza dozzina di vestiti, posandone alcuni sul letto, alcuni sul divano e altri nella nicchia della finestra, e sempre continuando a spazzolarsi i capelli.

Per Emma la serata cominciò con una lite, come ormai era diventata una regola nell'imminenza della cena materna in onore di Cecil. Il motivo visibile della lite fu una cravatta che aveva comprato per Flap prima di tornare a casa. L'aveva comprata in un buon negozio di abbigliamento maschile dello shopping center del quartiere dove abitava sua madre, e le era costata nove dolari. Era una pazza e lo sapeva, ma le restava sempre la maggior parte dei soldi che la madre le aveva dato perché ci si comprasse dei vestiti, e perciò la pazzìa in realtà l'aveva fatta sua madre, non lei. E poi era una cravatta magnifica, nera a grosse righe rosse, e probabilmente l'avrebbe comprata anche con i soldi suoi.

Flap, già di cattivo umore per conto suo, alla vista della cravatta si adombrò e rifiutò di prendere in considerazione l'idea di mettersela anche solo per far vedere ad Emma quanto gli stava bene. «Non la porto» disse seccamente. «L'hai comprata solo per farmi fare bella figura con tua madre. Sei vigliacca fino in fondo. Quando c'è di mezzo tua madre ti comporti da collaborazionista. Cerchi sempre di farmi apparire come lei vorrebbe che fossi. Se fossi leale verso di me non te ne importerebbe niente di come mi vesto.»

Lo disse in modo così cattivo e guardò la cravatta con tanto disprezzo che Emma arrivò sull'orlo del pianto, ma si vergognò di lasciarsi abbattere da quella cattiveria e cercò di trattenere le lacrime. Ottenne solo di farsi bruciare gli occhi.

«Non è mica solo per questa cena» disse. «È probabile che a cena da qualcuno ci andremo altre volte, sì o no? Non ti compri una cravatta da quando ti conosco. È orribile sfoderare tanta cattiveria solo perché una ti ha fatto un regalo, lo sai?»

«Non mi piacevano i motivi.»

«I miei motivi sono meglio dei tuoi modi» disse lei arrabbiandosi sul serio. «Ti piace guastare le feste solo per dimostrare che sai farlo. È la tua cosa peggiore. E poi è così prevedibile. Lo fai sempre. Ogni volta che mi sento felice tu guasti tutto.»

«Andiamo. Non dirmi che comprare una cravatta ti ha resa felice.»

«Certo che sì. Tu non mi capisci. Mi sono sentita davvero felice pensando quanto ti starebbe bene col vestito blu. Sei troppo tonto per capire questo tipo di felicità.»

«Sta attenta a chiamarmi tonto. Non sono affatto tonto.»

«Vorrei non essere incinta» disse Emma con la voce che le tremava. «Non mi piace essere incinta di uno così meschino e cattivo e cafone.»

Andò in bagno cercando di trattenere le lacrime. Le fece girare la testa, ma ne valeva la pena per non dare a Flap la soddisfazione di averla fatta piangere. Quando tornò dal bagno stava piangendo Flap, cosa che la sciocco molto.

«Mi dispiace» disse lui. «Sono stato orribile. Al pensiero di tua madre non ragiono più. La cravatta la metto, ma ti prego, dimmi che non parlavi sul serio quando hai detto che avresti voluto non essere incinta.»

«Oh, per l'amor di Dio» rispose lei, rilassandosi immediatamente. «Certo che non parlavo sul serio. Cercavo solo di non farmi mettere i piedi sul collo. Vatti a lavare la faccia.»

Quando Flap uscì dal bagno aveva di nuovo un'espressione affettuosa, ma mentre si vestivano erano tutti e due coi nervi ancora a fior di pelle. «Non capisco perché ci tormentiamo tanto» disse lui.

«Appena arriviamo là ci passa» rispose Emma. «È solo pensarci che mi innervosisce. È un po' come andare dal dentista.»

«È vero. È come andare dal dentista. Il fatto è che andare a cena da qualcuno non dovrebbe essere come andare dal dentista. Per di più, il dentista quasi sempre ti fa male.»

«I miei capelli non splendono» disse Emma, contemplandoli con irritazione. All'ultimo momento decise di cambiarsi d'abito, e Flap, dimenticando la promessa di mettersi la cravatta nuova, dimenticandosi perfino di averla, se ne mise una vecchia. Cecil arrivò proprio mentre Emma cercava di decidere se valesse la pena di rischiare un'altra scenata ricordando a Flap la cravatta nuova. Cercava anche di girare i ganci̇ni del vestito.

«Salve, Toots» disse Cecil dandole una pacca affettuosa sulla spalla e strizzandole il braccio. Aveva indosso un vetusto completo con tanto di gilet, il suo abbigliamento tradizionale per andare in casa di Aurora. Appena entrò vide la cravatta nuova stesa sul divano, se ne incapricciò e chiese se se la poteva mettere, dato che non se la metteva nessun altro. Flap rimase imbarazzato. Cecil disse che era la cravatta più bella che avesse mai visto.

«Già, andrebbe bene per impiccarmi» disse Emma, lasciandolo sconcertato, poi diede definitivamente per persa la serata e andò in bagno per finire di infilare i gancini. Quando uscì, Cecil aveva al collo la cravatta nuova e ne sembrava estremamente compiaciuto. Flap riuscì a sussurrarle che in qualche modo si sarebbe riabilitato.

«Bene» rispose Emma, «adesso ti ho in pugno.»

Mentre guidava, Cecil si mise a fischiettare. Emma e Flap erano in uno stato di grande tensione e lei pensò che si sarebbe messa a urlare se Cecil non l'avesse piantata di fischiettare. Quando furono press'a poco a metà strada la piantò. «Oh, santo cielo» disse.

«Oh, santo cielo che cosa?» chiese Emma.

«È sempre così. Quando cucina tua madre non vedo l'ora. Non capisco mai che cosa mangio, ma Dio se è buono.»

Aurora li accolse sulla porta. Indossava uno splendido abito lungo, verde, che secondo lei aveva qualcosa di ungherese. Aveva anche un bel po' di gioielli d'argento.

«Era ora che veniste» disse sorridendo. «Cecil, eccoti qui, la tua cravatta è davvero magnifica. Mai visto una cosa che ti stesse tanto bene. Dovresti comprartene una così un giorno o l'altro, Thomas.»

«Posso dare una mano per i cocktail?» chiese Flap tenendo gli occhi bassi.

«Questo è molto premuroso da parte tua» rispose Aurora squadrandolo bene. «Tuttavia mi capita tanto di rado di vederti che adesso non ti lascio scappare. Da un momento all'altro arriva il mio amico Vernon e porta un po' di cocktail fatti con la tequila.»

Prese sottobraccio Cecil e lo condusse verso il patio. Emma e Flap li seguirono a distanza.

«Ho rovinato tutto, vero?» disse Flap.

«No, se stai zitto e la pianti di stare sulla difensiva. Se quella cravatta l'avessi avuta tu lei non avrebbe detto una parola.»

Rosie fece irruzione in quel momento con un vassosio carico di bicchieri. «Che diavolo hai?» chiese guardando Flap come se lo avesse colto in flagrante mentre rubava.

Prima che Flap potesse rispondere, dalla cucina sbucò Vernon con in mano una caraffa di cocktail. «Salute, salute» disse stringendo varie mani. A Emma venne da ridere: non aveva mai visto sbucare dalla cucina di sua madre un ometto che salutava dicendo salute.

Trovarono Aurora sul patio, intenta a lavorarsi Cecil a forza di paté, e anche di complimenti, per lo più sulla sua ottima salute.

«È proprio magnifico come gli uomini migliorano con l'età» disse. «Sono sicura che hai un'ottima circolazione, Cecil. È un miracolo che qualche donna non ti abbia portato via.»

Cecil confermò la diagnosi sulla sua circolazione diventando rosso in faccia come un ravanello. Lo spettacolo parve mettere in imbarazzo Vernon, che arrossì anche lui: per un momento i due furono di un punto di colore uguale. «Be', la banda è tutta riunita e mi va benissimo» disse Rosie in modo alquanto enigmatico, e corse in cucina.

Aurora era tanto brillante che Emma non credeva ai suoi occhi. Non aveva niente in comune con la donna che appena qualche ora prima si fissava nello specchio con uno sguardo senza vita. Riservò tutta la sua verve su Cecil, lasciandolo senza parola. Emma mangiucchiò con gusto certi antipasti eccellenti e rimase a guardare a bocca aperta. Flap faceva circolare gli antipasti e cominciava già ad essere un po' sbronzo. Era tanto in tensione che si ritrovò mezzo sbronzo prima ancora di notare che sua suocera, una volta tanto, era di umore gradevole. Non provava nemmeno a tagliargli i panni addosso. Una volta che ne fu convinto, Flap provò un sollievo tale che per sciogliersi un po' mandò giù parecchi altri cocktail. Quando la cena fu servita era così sbronzo che riuscì a malapena ad arrivare a tavola sulle sue gambe. Gli venne in mente che era perché stava bevendo troppo che Emma gli aveva dato gomitate per tutta la sera, ma questa presa di coscienza avvenne con diversi cocktail di ritardo.

Quando si misero a tavola Cecil era così rosso di piacere che non sarebbe riuscito a ricordare chi fosse stato presidente prima, Eisenhower o Kennedy. Aurora era implacabile. Gli mise sul piatto una porzione di gulash così enorme che perfino Cecil, al momento, ne fu atterrito. «Dio del cielo, Aurora» disse. «Non so se ce la farò a mangiare tanto.»

«Sciocchezze, Cecil tu sei l'ospite d'onore» disse Aurora gurdandolo con un sorriso ammaliante. «E poi di cose ungheresi te ne intendi.»

Ubriaco com'era, Flap trovò la battuta tanto divertente che scoppiò a ridere, e proprio mentre rideva a più non posso si accorse che gli veniva da vomitare. Fece appena in tempo a scusarsi e a precipitarsi in corridoio. Dalla soglia della cucina, Rosie lo teneva d'occhio come un angelo vendicatore. «Lo sapevo che saresti stato male» disse.

Emma si sentiva alquanto distaccata da tutto questo, al punto che riuscì ad abbandonarsi al piacere della buona tavola materna. Decise che non gliene importava niente di seguire le brillanti evoluzioni verbali di Aurora, e quindi concentrò la sua attenzione su Vernon. Lui non staccava mai gli occhi da Aurora, tranne quando sentiva, di tanto in tanto, che qualcuno lo stava osservando mentre la osservava, casi in cui rivolgeva tutta la sua attenzione al piatto che aveva davanti finché gli pareva di potersi nuovamente azzardare a rimirare Aurora. Mentre Emma teneva d'occhio Vernon ricomparve Flap, più pallido ma non meno sbronzo, e Aurora interruppe un aneddoto che stava raccontando a Cecil per osservarlo a lungo.

«Thomas, povero caro, ovviamente tu ti sei nuovamente immerso nei tuoi studi» disse. «Penso che tu abbia anche delle preoccupazioni. I tipi cerebrali, di preoccupazioni, ne hanno molto di più di tipi come te e me, Cecil. Non sei d'accordo?» Appoggiò comodamente il mento al palmo della mano e si mise ad osservare Cecil alle prese con quanto restava del suo gulash.

Cecil si era tanto rilassato che le diede un colpetto amichevole sulla spalla prima di rimettersi a mangiare. Con l'aiuto di un bel po' di vino era riuscito a spazzare via la maggior parte del suo gulash, e quanto ne era rimasto non gli pose alcun problema. Per un po' Aurora era stata incerta fra il gulash e la bouillabaisse, e nel gulash una traccia di tale incertezza era rimasta, sotto forma di gamberetti annegati nel sugo. I gamberetti, e una certa quatità di riso che si era tenuto da parte, erano i mezzi con cui Cecil intendeva fare in modo che il piatto restasse perfettamente pulito, come doveva; ed egli affrontò le ultime fasi dell'opera con la perizia di un tattico d'istinto, manovrando il riso rimasto in modo tanto magistrale da sfruttarne al massimo le proprietà assorbenti. Usando come tamponi i gamberetti, tamponava abilmente i mucchietti di riso finché assorbivano la maggior quantità possibile di sugo. Finito il riso, usò i gamberetti per spazzar via quanto restava del sugo. Aurora lo guardava rapita. «Il virtuosismo va ammirato» mormorò strizzando l'occhio ad Emma.

Terminato il sugo, Cecil con fredda determinazione prelevò una foglia di lattuga dal piatto dell'insalata e la usò per ripulire il piatto finché fu asciutto e scintillante. Poi ci rimise sopra coltello e forchetta; anche le posate sembravano degne di figurare in una fotografia pubblicitaria di tavola imbandita.

«Alla salute, Cecil» disse Aurora, mandando giù ciò che restava del suo vino. Emma mandò giù ciò che restava del suo e poi ne bevve un altro bicchiere. Presto fu sulle orme di Flap nel buio sentiero dell'ebbrezza. Per cinque minuti circa si sentì allegra e su di giri, e fece quello che le parve un tentativo spiritoso di portare la conversazione su temi politici. Sua madre si limitò a minacciarla agitando un cucchiaio e passò a servire un sontuoso dessert. Quando finì anche il dessert Emma era passata dalla fase gaia della sbronza a una fase sonnacchiosa, che ebbe termine solo un'ora e mezza dopo, sul divano di casa sua, quando lei si accorse che il marito aveva ripreso vita ed era deciso a sedurla mentre lei aveva ancora indosso il vestito buono. Per lei andava benissimo, tranne che l'alcool le ottenebrava i riflessi, specie quando dovevano operare senza preavviso, e grazie all'elemento sorpresa ebbe un piccolo orgasmo prematuro; prima che potesse arrivare a quello serio che voleva, Flap si tirò via.

«Idiota» gli disse. «Non ero ancora venuta.»

Flap invece era venuto. «Credevo di sì» disse.

«No» ribadì Emma, davvero irritata.

La mente di Flap era altrove. «Chissà se ho dato la buonanotte a papà» disse. «Non ricordo.»

«Telefonagli e dagliela adesso. Tanto per stasera non c'è più niente da fare. Non ti rendi mai conto che è diverso quando sono sbronza. Perché mi seduci sempre quando non sono in grado di concentrarmi? Sta diventando un'abitudine.»

«Non parlarmi di abitudini quando sono felice» disse lui. «La serata più tremenda dell'anno è finita. Il sollievo è sommo.»

«Magnifico, così mi toccano otto secondi di sesso» disse Emma in tono tutt'altro che gradevole. Prima ne aveva una gran voglia, e con un po' più d'aiuto se la sarebbe tolta; il fatto che Flap non se ne fosse accorto le aveva rovinato tutta la serata. Era tutto mezzo e mezzo. Non si sentiva tanto insoddisfatta da piantare una grana, ma nemmeno tanto soddisfatta da andarsene a dormire. Non aveva ancora rimesso sulla stampella il vestito da sera che Flap era già a letto e dormiva. Mentre, in camicia da notte, stava davanti alla libreria cercando qualcosa che le andasse di leggere, squillò il telefono.

«Non dormivi?» chiese Aurora.

«No» rispose lei, sorpresa.

«Ti stavo pensando. Stavo pensando che forse volevi darmi la buonanotte. Mi pare che una volta me l'hai data, ma non mi dispiacerebbe sentirmela dare un'altra volta.»

«Cecil ti ha messa di cattivo umore?»

«No di certo. Se il peggio che un uomo possa fare è ripulire il piatto finché brilla, non è che faccia un granché di male. Vernon sta aiutando Rosie a lavare i piatti. Anche lui non fa un granché di male. Penso che ti sto distogliendo da tuo marito.»

«No, dorme. Ha bevuto troppo.»

«L'ho notato. È una delle cose che mi piacciono in Thomas. È capace di ubriacarsi. Un tratto umano, almeno.»

«Un po' troppo umano per i miei gusti» disse Emma.

«Stai borbottando. Thomas non è privo d'istinto. Se non l'avessi visto così indifeso, sarei partita all'attacco.»

«Non mi telefoni mai la notte. Cosa c'è che non va? Hai paura di Vernon?»

«L'hai visto due volte» disse Aurora. «Credi davvero che qualcuno possa averne paura?»

«No. Allora di che hai paura?»

Aurora pensò alla figlia, giovane e incinta, ignara di tante cose, ventidue anni appena, e sorrise tra sé. La visione di Emma, probabilmente in camicia da notte, probabilmente intenta a leggere, ristabiliva in lei un equilibrio interiore che si era sentita sul punto di perdere. Drizzò le spalle e prese la spazzola per i capelli.

«Non è niente, non è niente» disse. «Uno dei miei momenti di sconforto, ecco tutto. Mi hai già guarita. Solo che a volte mi viene la sensazione che non cambierà mai niente.»

«La conosco» disse Emma. «Io ce l'ho sempre.»

«A te non si addice. Sei giovane. Sicuramente per te la vita cambia ogni cinque minuti.»

«No, per me continua sempre uguale. Sei tu quella spontanea, ricorda. Credevo che per te cambiasse ogni cinque minuti.»

«Così era, fino a un paio di settimane fa» disse Aurora. «Adesso mi sento come se non dovesse più cambiare. Lo sai quanto sono impaziente. Se non fa presto a cambiare divento isterica.»

«Forse ci penserà Vernon a cambiarla.»

«Farebbe bene a provarci. Altrimenti avrei sfasciato la macchina per niente. L'ho lasciato giù in cucina con Rosie. Non sarebbe orribile se lei me lo portasse via? Nessuna mi ha mai portato via un uomo prima d'ora.»

«Pensi di sposarlo?»

«No di certo.»

«Nonostante il fatto che sono incinta, mi pare che tu di corteggiatori ne abbia in abbondanza.»

«Abbondanza non la chiamerei. In tempi recenti sono stata costretta a metterne al bando due. A scopi pratici sono ridotta a Alberto e Vernon, e nessuno dei due è idoneo.»

«Però sono tutti e due dei tesori.»

«Sì, se una non sta a sottilizzare» disse Aurora. «Il fatto, nudo e crudo, è che sono tutti e due vecchi, bassi e timorosi di me. Se li mettessi uno sopra all'altro, sarebbero alti abbastanza, ma sempre vecchi e timorosi di me.»

«Tutti sono intimoriti da te. Perché non cerchi di essere gentile, per cambiare?»

«Ci provo, solo che a quanto pare sono incline all'esasperazione» rispose Aurora. «Rosie è qui per sua scelta, se vuoi saperlo. Royce se n'è andato di casa e penso che lei trovi più allegra l'atmosfera che c'è qui.»

«Povera Rosie. Forse dovresti lasciarle Vernon, se lo vuole. Almeno loro parlano la stessa lingua.»

«Anch'io e Vernon parliamo la stessa lingua, credo. Io la parlo bene e lui la parla male, tutto qui. Anzi, Vernon non parla quasi affatto, cosicché il tuo suggerimento è privo di valore. Inoltre, il fatto che Rosie parli così male non significa che insieme sarebbero felici. Per una che sta per diventar madre non è che tu ti stia facendo molto furba, devo dire.»

«L'ho detto solo perché so che non hai un particolare desiderio di lui. Pensavo che poteva essere carino con Rosie. Che ti prende?»

«Non so» rispose Aurora. «Una volta mi sentivo disperata solo quando stavano per arrivare le mestruazioni, ma adesso mi succede in qualsiasi momento.»

«È ridicolo» disse Emma. «Disperata per che cosa? Ma se stai benissimo.»

«Non so perché perdo tempo a parlare con te» disse Aurora. «Sei lì, sulla soglia della vita, come credo che si dica. Scommetto che stai in camicia da notte, a leggere un libro. Non dirmi che sto benissimo quando non è vero. Mentre tu te ne stai lì sulla soglia io guardo fuori dalla porta di dietro, e quello che vedo non mi piace. Chissà che l'ultima possibilità per me non stia sfumando?»

«L'ultima possibilità di fare che?»

«Di trovare qualcuno! Qualcuno! Oppure pensi che dovrei darmi per vinta per deferenza alla memoria di tuo padre e zappare la terra in giardino per i prossimi trent'anni? È un problema tutt'altro che semplice. Solo un santo potrebbe vivere con me, e io con un santo non ci voglio vivere. Gli uomini più vecchi di me non sono alla mia altezza, e a quelli più giovani non interesso. Per quanto simpatico sia il bambino che ti sta per arrivare, non sono tipo da accontentarmi di fare la nonna. Non so che cosa succederà.»

«Allora prenditi Vernon e tientelo stretto» disse Emma sbadigliando. Il vino le tornava su.

«Non posso» disse Aurora. «Credo che Vernon non abbia guardato una donna prima di incontrare me. Che me ne faccio di un uomo che ha aspettato i cinquant'anni per accorgersi delle donne?»

«Vuoi dire che sei andata addosso con la macchina a uno di cinquant'anni che è vergine?» chiese Emma.

«Se una cosa del genere è possibile, io l'ho fatta.»

«I petrolieri coi miliardi in genere una ragazza ce l'hanno, nascosta da qualche parte.»

«Oh, se Vernon ce l'avesse! Sarebbe perfetto. Allora avrei il gusto di portarglielo via. Ma ho annusato bene in giro e di ragazze non ce n'è traccia. L'unica concorrente che mi ritrovo credo che sia quella Lincoln.»

«Tutto questo è rassicurante. La tua vita è tanto incasinata quanto la mia. L'esperienza non dev'essere tutto.»

«Per niente. Adesso i capelli li ho spazzolati e le unghie me le sono limate, solo che prima mi ero già spazzolati i capelli e limate le unghie. Faccio un sacco di cose superflue in questi ultimi tempi. Non può essere buon segno.»

«Le unghie Vernon probabilmente se le mangia» disse Emma. «È un quarto d'ora che parliamo.»

«Che noioso d'un marito che hai, andarsene a dormire così presto» disse Aurora. «Per tutta la santa sera non ha detto una sola battuta spiritosa, e aveva una cravatta scema. Non capisco perché hai sposato un uomo così privo di energia. L'energia è il minimo che ci si può aspettare da un uomo. Non c'è nessuna prova visibile che stare con Thomas ti faccia bene. I tuoi capelli sono un disastro, e evidentemente lui pretende che tiri su un figlio in un garage.»

«Non abbiamo intenzione di vivere sempre qui. Spero che tu faccia attenzione con Vernon. Potrebbe essere una pianticella delicata.»

«Che posso fare, con te e Rosie a proteggerlo?» disse Aurora. «Alla sua età c'è poco da fare la pianticella delicata, ma non preoccuparti. Sarò una donna impossibile, ma non sono una falciatrice.»

Aurora riappese, tirò un sospiro e scese in cucina, dove trovò Vernon e Rosie seduti al tavolo con aria piuttosto cupa. La cucina era perfettamente in ordine. Rosie aveva indosso l'impermeabile e in mano la borsetta, ma non pareva ansiosa di andarsene. Vernon mescolava nervosamente un mazzo di carte.

«Voi due non siete molto incoraggianti» disse Aurora. «Perché ve ne state zitti zitti?»

«Di parlare m'è passata la voglia» rispose Rosie, benché per tutta la sera non avesse quasi aperto bocca. Aveva la faccia un po' scavata. Quando Aurora si sedette, si alzò per andarsene. «Meglio che vada» disse. «Non voglio perdere l'ultimo autobus.»

Aurora si rialzò in piedi e l'accompagnò alla porta. «Grazie per essere rimasta» disse. «Non ci farò l'abitudine a trattenerti fino a quest'ora.»

«Mica mi ha trattenuto lei. Mi sentivo troppo sola per andare. Emma mi è sembrata un po' smagrita.»

Aurora annuì, ma non fece commenti. A Rosie piaceva dilungarsi sull'infelicità di Emma, e non era una cosa su cui lei volesse far conversazione in quel momento. Le diede la buonanotte. Sotto il chiaro di luna il marciapiede era quasi bianco, e lei rimase sulla porta a guardare Rosie che ci camminava sopra, passando accanto alla Lincoln, per andare alla fermata all'angolo. Nella notte tranquilla si sentiva distintamente il rumore dei suoi tacchi sul cemento.

Aurora guardò Vernon e vide che giocherellava ancora col mazzo di carte. Per qualche motivo, o magari per nessuno, l'umore speranzoso che aveva pulsato in lei per buona parte della serata cominciò a dissolversi, quasi all'unisono con l'allontanarsi del ticchettìo di Rosie. Per evitare che si dissolvesse del tutto chiuse la porta e tornò al tavolo.

«Avrei dovuto accompagnarla a casa» disse Vernon.

Aurora aveva preso una teiera, pensando di farsi un po' di tè, ma qualcosa, un certo nervosismo o una qualche incertezza nel suo tono di voce, la irritò. Rimise la teiera dov'era e rimandò al tavolo.

«Perché?» gli domandò. «Perché avresti dovuto portarla a casa? Non vedo perché tu debba sentirti così in obbligo. Rosie è rimasta qui di sua scelta, e a prendere l'autobus ci è abituata. Non piove e lei non è un caso pietoso, nonostante la sua attuale situazione. È una persona adulta più abituata di molte altre a difendersi da sola. Se non ti dispiace, vorrei che mi spiegassi perché l'hai detto.»

Vernon alzò la testa e vide che era pallida di rabbia. Rimase inorridito: non riusciva a capire che cosa avesse fatto di male. «Non lo so» disse sinceramente. «Mi pareva che si sentisse sola, e per me casa sua non è molto fuori strada.»

«Grazie» disse Aurora. «Perché non te ne vai, allora? Probabilmente la raggiungi alla fermata, e se no puoi correr dietro all'autobus. È difficile che una macchina come la tua si lasci distaccare da un autobus. Se non ti dà fastidio che lo dica, quella macchina che hai si addice più a un trafficante di eroina che a un rispettabile uomo d'affari.»

Improvvisamente le venne fatto di pensare che sull'uomo che sedeva al tavolo della sua cucina non sapeva quasi niente. «Sei nel giro dell'eroina?» gli disse.

Vernon respirava a fatica. «Che ho detto di male?» disse.

Aurora lo fissò, stringendo i denti. Poi smise di fissarlo e guardò la parete. «Avanti, scusati cinque o sei volte» disse. «Ormai non ha più importanza.»

«Ma cosa? Cosa non ha importanza?»

«Oh, sta zitto. Non ho voglia di parlare. Non ha importanza ormai. Immagino che dovrei esserti grata di essere rimasto fino a quest'ora. Certo è stato stupido da parte mia pensare che questa serata potesse non avere mai fine. Sicuramente sono stata stupida a non accorgermi come ti sei incapricciato di Rosie.»

Vernon la guardò fisso, cercando di capire. Sentiva parlare in una lingua che non conosceva affatto, una lingua fatta non tanto di parole quanto di emozioni. Non la capiva: sapeva solo che tutto dipendeva dalla sua capacità di rimettere le cose a posto.

«Ma quale capriccio?» cominciò con disperazione. «Non è mica così. Volevo solo... volevo essere gentile.»

La pena che c'era nella sua voce era tanto commovente che Aurora tornò a guardarlo. «Già, sei fin troppo gentile, questo lo so» disse. «È un peccato che io non lo sia, ma adesso non ha più importanza. Si dà il caso che tu sia mio ospite, stasera, e Rosie non è l'unica donna al mondo che qualche volta si sente sola. Su te non ho diritti e certo non ne voglio avere, ma da parte tua sarebbe stato cortese, non dico altro, cortese restare a prendere una tazza di tè prima di correre a chiuderti in quella macchina. Ma sono certa che è pretendere troppo da un uomo indaffarato come te. Eri pronto a trovare qualunque scusa per filartela, vero?»

Lo fissava negli occhi, e Vernon capì che era inutile negare. «Forse è così, ma tu non capisci» disse.

«Capisco che non, ti andava di restare» disse Aurora. «La sostanza è questa. O avevi paura o proprio non ne avevi voglia. La prima spiegazione non è molto lusinghiera per te, la seconda non lo è affatto per me.»

«Avevo paura, sì» disse Vernon. «Non so. Non ho mai conosciuto una come te, non mi sono mai trovato in una faccenda così. Perché non dovrei aver paura?»

Aurora divenne tanto livida di rabbia che temette che la pelle le si spaccasse. La sensazione di essere in torto si impadronì di lei. Battè entrambe le mani sul tavolo. La vista di Vernon, sincero, nervoso e esasperantemente mansueto, le era insopportabile. Quando battè le mani sul tavolo, Vernon fece un salto sulla sedia.

«Non voglio che tu abbia paura!» urlò Aurora. «Sono soltanto un essere umano! Volevo solo che restassi a prendere un po' di tè... con me... e a tenermi compagnia per qualche minuto. Il tè non te lo rovescio mica addosso, a meno che tu non mi faccia uscire completamente dai gangheri con la tua reticenza, o con la tua stupida rozzezza di linguaggio! Io non faccio paura! Non dirmi che ti faccio paura! Non c'è niente che fa paura in me. È solo che siete tutti fifoni!»

Si lasciò cadere su una sedia e battè la mano sul tavolo parecchie altre volte prima che tutte le energie la abbandonassero. Vernon rimase sulla sua sedia e non cercò nemmeno di muoversi. Aurora ansimava per l'indignazione. «Lo faccio io il tè?» disse lui dopo qualche minuto. «Sei tutta sottosopra per qualche cosa.» Lo disse senza la minima ironia. Aurora scosse il capo per dirgli di far pure e accennò con la mano ai fornelli.

«Certo. Sono lieta che questo terrore non ti abbia paralizzato» disse. «Santo Dio. Che stupido... buono a niente...» Scosse nuovamente il capo e lasciò la frase a mezzo.

Osservò Vernon senza grande interesse mentre faceva il tè. Sapeva farlo, ed era già qualcosa, ma quando portò sul tavolo le tazze lei si era completamente svuotata di ogni energia ed era tornata ad essere come nel primo pomeriggio, inanimata, convinta di niente tranne che non serviva più a nulla cercare di rimettere le cose in sesto. Non sarebbero più tornate in sesto.

«Grazie, Vernon» disse prendendo la sua tazza. Lui si sedette di fronte a lei. Con una tazza di tè in mano sembrava che si sentisse più sicuro. «Se sapessi parlare come te già sarebbe meglio» disse.

«Oh, Vernon, non proccuparti di me» rispose Aurora, notando che in fondo lui era sempre l'ometto carino che le era parso; solo che non gliene importava niente. «Non ero arrabbiata con te per il tuo modo di parlare» disse. «Ero arrabbiata perché avevi paura quando non avevi nessun motivo di averla ed eri pronto a filar via lasciandomi senza nessuno con cui prendere il tè. È una delle poche cose che desidero, sai, in una sera come questa: qualcuno con cui prendere il tè alla fine. Per quello che ne so, tutto il succo della civiltà sta nel fornire a uno qualcuno con cui prendere il tè alla fine di una serata. Altrimenti non ti resta nessuno con cui parlare di quello che può essere accaduto durante la serata. Una serata a cena è più divertente a parlarne dopo che a passarla. Per lo meno non è completa finché non ci si discute sopra.»

S'interruppe, ben sapendo che Vernon non ne capiva nulla. «In ogni caso» riprese. «Vorrei scusarmi per la sfuriata. Mi dispiace di averti accusato di avere delle mire su Rosie. Tu hai intravisto la possibilità di filartela e di essere gentile nello stesso tempo, ecco tutto. Ora non ha più importanza.»

Il fatto che continuasse a dire che non aveva importanza metteva Vernon a disagio. «Come faccio a imparare se non faccio sbagli?» disse.

«Non devi imparare. Non da me, almeno. Saresti morto prima di arrivare alla terza lezione. È stato sbagliatissimo da parte mia incoraggiarti e mi dispiace di averlo fatto. Siamo distanti anni-luce, o comunque tu voglia misurare la distanza. La colpa è interamente mia, come al solito. Sono una donna sgradevole e di pessimo carattere.»

«Io credevo che fosse mia, la colpa» disse Vernon.

«Certo, come per l'incidente. Stavolta non la scampi, Vernon. È più difficile prendere in giro me che quell'agente della stradale.»

«È solo ignoranza. È quello per me il guaio.»

«Certo. È difficile imparare molto se si passa la vita in un'automobile. Quella Lincoln è come un grande uovo, sai. Francamente non credo che tu abbia voglia di covare.»

«Mi importava un fico finché ti ho conosciuta» disse Vernon.

«Ti prego, non omettere le particelle pronominali. Non hai idea quanto mi irriti sentire frasi monche. Avevo veramente l'intenzione di tirarti un po' fuori e di aprirti uno spiraglio sul mio mondo, ma ormai mi hai scoraggiata.»

«Un'altra prova me la lasci fare, sì?»

«No» rispose Aurora, ben decisa a strappargli anche l'ultimo brandello di speranza. «Vattene nell'Alberta, dove dovevi andare. Là starai più comodo, ne sono certa.»

«Saresti brava a poker» disse Vernon azzardando un mezzo sorriso. «Non si capisce mai quando bluffi.»

«Errore. Le signore non bluffano mai. Possono cambiare idea, ma è un'altra faccenda.»

«Dicono bene. L'amore significa guai.»

«Oh, taci» disse Aurora. «Ti ho fatto innamorare di me, se è questo che hai fatto. È stato un mio capriccio, e non una tua impresa.»

Si accorse di non aver più voglia di parlare di niente. Avrebbe voluto che tornasse Trevor perché lui, se ci fosse stato, l'avrebbe abbracciata, ed essere abbracciata era quello che desiderava di più. Per un bell'abbraccio avrebbe potuto perdonare quasi ogni cosa. Guardò quasi con desiderio Vernon, ma lui non capì il significato di quell'occhiata. Ciò che Aurora provava era troppo sottile per lui.

L'istinto di Vernon, però, non era completamente spento. Capì che lei aveva bisogno di qualcosa e perciò le andò vicino con la teiera in mano e le versò con attenzione un altro po' di tè. «Ecco qua» disse speranzoso, facendo per tornare alla sua sedia, dalla parte opposta del tavolo.

Aurora allungò la gamba e spostò una sedia fino a portarsela vicino. «Per lo meno potresti metterti dalla stessa parte del tavolo dove sono io» disse.

Vernon sedette, un po' nervoso, di profilo rispetto a lei. Il suo profilo si riduceva a un paio di sporgenze e Aurora, contemplandolo, recuperò un po' di buonumore. Quando ne ebbe abbastanza abbassò la mano per prendere una gamba della sedia su cui stava lui e fece in modo, sbuffando un po', da girarla in modo che Vernon le si trovasse di fronte.

«Là, adesso prendiamo il tè, Vernon» disse con grazia. «Sei dalla mia parte del tavolo, sei più o meno di fronte a me, io ti vedo gli occhi invece che solo il mento e l'estremità del naso e sei abbastanza vicino per darti una sberla se mi irriti. Questa è una pratica quasi civile.»

Vernon aveva in petto un gran subbuglio. Aurora gli sorrideva, il che non si accordava con tutte le cose terribili che aveva appena detto. Sembrava di nuovo esuberante, e sembrava avergli perdonato tutti gli errori che aveva commesso, ma lui sapeva che poteva commetterne altri in qualsiasi momento. Si agitò nervosamente e si mise a tamburellare con le dita sulle ginocchia, sperando ardentemente di non fare nulla di sbagliato. Generalmente, quando aveva una donna vicino, si trattava di una cameriera e fra loro c'era di mezzo il bancone, ma fra lui e Aurora il bancone non c'era.

«Sempre nervi, sempre nervi» disse lei. «Smettila di tamburellare con le dita.»

In realtà, vedendolo agitarsi, le era tornato in mente il primo uomo basso della sua vita, un professorino di Harvard che era stato il suo primo amante, e il cui ricordo era rimasto sorprendentemente fresco dopo tutti quegli anni. Si chiamava Fifoot, professor Fifoot, ed era tanto piccoletto e brutto, tanto dinamico e competitivo e intenso – sempre per compensare in ogni modo possibile la bassa statura – che scrupoli e verginità di Aurora avevano avuto subito causa persa: aveva infatti perso entrambi nello stesso tempo e gli scrupoli non era riuscita più a recuperarli, o così le pareva. Se davvero c'era stato qualcosa che non andava in Trevor era stato che Trevor era mite e pigro e alto e fiducioso, e aveva avuto la mala sorte di venire dopo un uomo di energie e ambizioni gigantesche e di corpo minuto. Trevor non si sarebbe mai sognato di avere una fame di lei paragonabile a quella che aveva avuto il professorino; e Aurora non avrebbe mai più trovato niente di simile se non, per breve tempo, in Alberto, quando era fresco di successi come cantante d'opera. Del resto Trevor non avrebbe mai avuto la possibilità di portarsela in crociera sulla sua barca se il professor Fifoot non avesse improvvisamente sposato una donna ricca e niente affatto attraente. Che Aurora ricordasse, non ne aveva avuto il cuore infranto – il suo cuore non aveva mai avuto il tempo di mettersi a fuoco con precisione – ma per diversi anni, dopo, aveva avuto la sensazione che da parecchi punti di vista la vita fosse notevolmente scesa di livello. E adesso, nella sua cucina, a far tintinnare la tazza del tè contro il piattino c'era un altro ometto, del valore di sei milioni di dollari per sua stessa ammissione, con energie da bruciare e il bisogno di compensare la bassa statura che gli spuntava dal naso, eppure senza un briciolo di savoir-faire.

«Sempre fortuna, io» disse Aurora.

«Cosa?»

«Tu. Eccomi qui, ho bisogno di un uomo di mondo e mi ritrovo con un uomo dei pozzi di petrolio.»

Vernon apparve perplesso.

«Sei una persona assai poco gratificante, a mio giudizio» riprese Aurora. «Aspetti cinquant'anni a innamorarti per la prima volta, e poi vieni a scegliere me. Io sono spaventosamente difficile, come hai già notato. Solo anni di esperienza possono preparare un uomo ad affrontare me. Hai il coraggio di presentarti davanti a me senza un filo d'esperienza, proprio quando ho bisogno di molto amore e di una mano esperta. In breve, sei un disastro.»

Si appoggiò tutta soddisfatta allo schienale, per vedere che cosa lui avrebbe saputo obiettare a un discorso del genere.

«Come facevo a sapere che t'avrei conosciuta?» chiese Vernon. «La possibilità era una su un milione.»

«Che ridicola difesa. Il punto della mia critica era che tu sei vissuto cinquant'anni senza sforzarti di conoscere nessuno, che io veda. Sei un uomo perfettamente carino, competente, efficiente e simpatico, e avresti potuto rendere molto felice una donna, eppure non hai mai fatto nessuno sforzo per sfruttare le tue qualità. Non hai reso veramente felice nessuno, neanche te stesso, e ormai sei così infognato nel tuo modo di fare ridicolo che se dovessi cercare un contatto con un'altra persona non sapresti da dove cominciare. È vergognoso, davvero. Sei una risorsa sprecata. Per di più, sei una risorsa di cui avrei potuto aver bisogno.»

«Devo vergognarmi di me, ho capito» disse Vernon.

«La vergogna non rende mai felici. È una di quelle emozioni perfettamente inutili, come il rimpianto. Frattanto intorno a te tutti muoiono di voglia.»

«Be', mi resta metà della vita, se non mi succede niente» disse Vernon. «Magari posso imparare.»

«Ne dubito. Il giorno che ci siamo conosciuti qualche speranza la davi, ma non so dove è andata a finire. Ti sei lasciato impaurire da me. Eri solo una meteora.»

Vernon si alzò di colpo. Sapeva che la situazione era disperata, ma non poteva sopportare che Aurora lo dicesse così allegramente. «No, sono solo uno stupido ignorante» disse.

Aurora era sul punto di dirgli che la sua affermazione conteneva una ridondanza, ma notò appena in tempo che si era spinta troppo in là e lo aveva ferito nei sentimenti.

«Andiamo, andiamo» disse. «Naturalmente mi scuso. Non hai proprio nessun senso del gioco? Parlavo per gioco, volevo solo vedere come avresti reagito. Fa attenzione al tono della mia voce una volta tanto, per l'amor di Dio. Non posso parlare sul serio tutto il tempo, no? Stai cercando un'altra volta di andartene solo perché ti ho un po' sgridato?»

Vernon tornò a sedersi. «Mi ritrovo in un bel brodo» disse, pensando ad alta voce. «Non so nemmeno se arrivo o se parto» aggiunse facendosi rosso.

Aurora accolse il rossore come un segno d'emozione e decise di accontentarsene. Gli ultimi venti minuti della serata li passò cercando di non far niente che potesse sconvolgerlo, ma quando lui chiese se poteva venire a colazione scosse il capo. «Non devi incomodarti, Vernon. Non credo nemmeno che tu ne abbia voglia. Siamo un enigma più grosso, l'uno per l'altra, del giorno in cui ci siamo conosciuti. Sono lieta che tu abbia scelto me come prima ragazza del cuore, ma sono troppo tremenda per una prima ragazza del cuore. Potrei essere un buon ultimo amore, ma tu non hai mai avuto il primo, vero?»

«Be', questo» rispose Vernon.

Quando lui salì in macchina, Aurora scosse il capo, in segno di autocritica, e senza una parola gli volse le spalle e rientrò in casa.

Vernon partì così confuso che aveva quasi i crampi allo stomaco.

A una cert'ora della notte Aurora si svegliò. Odiava svegliarsi di notte e cercò di costringersi a dormire, ma non servì a nulla. Rimase sveglia, in uno stato di profonda tristezza, impotente e senza parole. Le stava accadendo sempre più spesso, ed era una cosa di cui non parlava mai con nessuno. Era una tristezza troppo profonda. Dopo nottate del genere, di solito faceva sforzi particolari per stare allegra; se qualcuno notava che c'era qualcosa che non andava era Rosie, e Rosie teneva la bocca chiusa.

Quando si accorse di essere irrimediabilmente sveglia, con tutta quella tristezza addosso, si alzò, portò i suoi cuscini e la trapunta nella nicchia preferita e si sedette lì a guardare dalla finestra. C'era la luna e gli alberi del giardino proiettavano sull'erba ombre profonde. Il suo era uno stato d'animo privo di pensieri, una tristezza senza forma; non sapeva nemmeno dire se ciò che le mancava era qualcuno da desiderare, o qualcuno che la desiderasse, ma il dolore dietro la scapola era così forte che di tanto in tanto si dava dei colpetti, sperando di attenuarlo e di farselo passare. La sensazione che provocava il dolore era troppo forte e i colpetti non servivano a niente. Era la sua vecchia sensazione di essere fuori centro, o senza un centro, una sensazione che si stesse fermando qualcosa che non doveva fermarsi.

Aveva fatto ogni sforzo per rimanere attiva, per tenersi aperta alla vita, eppure la vita cominciava a resisterle in modi inaspettati. Uomini, alcuni dei quali decenti e bravi, sembravano attraversare la sua vita quotidianamente, eppure causavano in lei tanto poco rimescolamento che aveva cominciato ad aver paura, non solo che nulla arrivasse più a rimescolarla, ma che avrebbe cessato di desiderarlo, cessato di curarsi se arrivava o no, o perfino di preferire che non arrivasse.

Era quella paura, infine, che di notte la faceva stare sveglia senza una lacrima, alla finestra. Non stava scivolando indietro, piombando in una sorta di torpore da vedova; si stava proiettando in avanti, fuori portata per chiunque. Glielo aveva fatto capire sua figlia, arrogandosi tranquillamente il diritto di fare un figlio. Era la volta di Emma di far figli, ma per lei che cos'era la volta di fare? Le ci era voluta la gravidanza di sua figlia per rendersi conto di come fosse diventata quasi inespugnabile, e inespugnabile per diversi aspetti. Ancora un po' più forte, un po' più vecchia, un po' più radicata nel suo modo di vivere, un po' più barricata dietro le abitudini e il tran-tran, e nessuno l'avrebbe più espugnata. I cardini della sua vita sarebbero stati la sua casa e il suo giardino e Rosie e un paio d'amici, ed Emma e i figli che Emma avrebbe avuto. I suoi piaceri sarebbero stati la conversazione e i concerti, gli alberi e il cielo, i pasti e la casa, e forse un viaggio di tanto in tanto nei luoghi che più le piacevano al mondo.

Tutto questo andava benissimo, ma il pensiero che cose del genere avrebbero costituito la sua vita per chissà quanto tempo – e chissà quanto gliene restava – la rendeva triste e irrequieta: irrequieta quasi come Vernon, solo che le sue smanie erano per lo più interiori e raramente la spingevano a fare gesti nevrotici che non fossero il girarsi gli anelli alle dita. Mentre stava seduta vicino alla finestra, guardando fuori, la sensazione di essere nel torto e di subire un torto si faceva sempre più profonda. Tirare avanti così non era solo farsi e subire un torto, era suicidarsi. Le sue energie erano sempre scaturite, così le sembrava, da una capacità di aspettativa, da una sorta di disponibilità alla speranza che era persistita anno dopo anno, a dispetto di tutte le difficoltà. Era speranza allo stato puro, un'attesa fiduciosa che le accadesse qualcosa di bello, che la mattina la faceva girare a pieno regime e la sera la mandava a letto contenta. Per quasi cinquant'anni una molla segreta dentro di lei aveva continuato a iniettare speranza nel suo circolo sanguigno, e lei aveva trascorso le sue giornate in fiduciosa attesa, sempre avida di sorprese e trovandole sempre.

Adesso quel flusso sembrava inaridirsi, e probabilmente di vere sorprese non ce ne sarebbero state più. Gli uomini avevano preso a scappare davanti a lei, e presto sua figlia avrebbe avuto un bambino. Era sempre vissuta vicino alla gente; ora, grazie alla propria forza o alla propria singolarità e ai vari svolazzi del destino, viveva a una distanza intermedia da tutti, nel profondo del suo cuore. Era sbagliato; non voleva che andasse avanti così. Dimenticava troppe cose: presto sarebbe stata incapace di ricordarsi di che cosa sentiva la mancanza. Perfino il sesso, lo sapeva, avrebbe finito per trasferirsi e diventare un appetito dello spirito. Forse era già avvenuto, ma se non era avvenuto sarebbe avvenuto presto.

Il peggio della tristezza passò, ma quando passò lei era tanto insonne che capì che non avrebbe più dormito per il resto della notte. Scese, si fece il tè e prese qualche biscotto. Poi tornò alla nicchia della finestra, bevve il tè e mangiò, riflettendo sulle scelte che aveva. Quanto agli uomini, tutti quelli che conosceva erano sbagliati, proprio sbagliati. Aveva cessato di sentirsi disperata, ma capì che se qualcosa non cambiava, e presto, avrebbe fatto qualcosa di triste: in un modo o nell'altro, avrebbe ceduto le armi. Al pensiero, non sospirò e non si agitò; guardò fuori della finestra per esaminare il giardino buio e i fatti nudi e crudi. I fatti nudi e crudi sembravano essere che, a meno che non volesse vivere da sola per il resto della sua vita, in modo generico e piuttosto tranquillo e remissivo, avrebbe dovuto aprirsi la strada a colpi d'accetta per stabilire un rapporto con qualcuno, il rapporto migliore che poteva.

Ciò che sembrava necessario era una decisione alquanto a sangue freddo, e invece decidere a sangue caldo era sempre stato il suo modo di vita. Quello che era ovvio era che se avesse dovuto attendere che le si scaldasse il sangue per fare un passo avanti, probabilmente l'attesa sarebbe stata vana. I miracoli avvenivano, ma non bisognava contarci sopra. Nulla sarebbe mai andato in modo ideale, ma erano le quattro del mattino e lei era nel suo cinquantesimo anno. Non voleva arrendersi a una vita placida e vuota. Meglio lasciar cadere l'orgoglio, se era l'orgoglio a rimpicciolire il suo spirito giorno per giorno.

Pensò all'ometto simpatico della macchina bianca, nel quale aveva oziosamente fatto nascere l'amore. Sarebbe stato un amore più che decoroso, e forse le sarebbe stato possibile perfino insegnargli ad esprimerlo; ma il pensiero di quanto Vernon fosse decoroso non la spinse a sollevare la cornetta. La sollevò invece quando l'orologio le disse che erano le cinque, per telefonare al suo vicino, il generale Hector Scott.

«Sì, parla il generale Scott» disse lui con la sua voce brusca e gracidante, sveglio come se fosse mezzogiorno.

«Naturalmente sei alzato, Hector. Non sei venuto meno alle tue regole. Devo riconoscere che è qualcosa. Nondimeno, ho deciso di querelarti.»

«Querelare me?» esclamò il generale Scott, incredulo. «Mi telefoni alle cinque del mattino per dirmi che vuoi querelarmi? Questa è la più dannata faccia di bronzo che mi sia mai capitato di incontrare, te lo posso assicurare.»

«Be', adesso che ho deciso è improbabile che mi intenerisca.»

«Aurora, che diavolo ti ha preso? Sono fregnacce inqualificabili. Non puoi farmi causa.»

«Sono certa di essere nei miei diritti, Hector» disse Aurora. «Sono certa che tutto il tuo atteggiamento riguardo al nostro incidente di macchina è stato altamente illegale. Mi piace considerarmi una donna corretta, tuttavia. Sono disposta a invitarti a colazione per darti la possibilità di esporre le tue ragioni. Non vedo come si possa essere più corretti.»

«Già, visto che parliamo di correttezza mi piacerebbe darti un pugno su quel maledetto naso» rispose il generale, andando su tutte le furie al ricordo di quanto freddamente lei lo aveva piantato in asso nella Cadillac.

«Hector, sei troppo vecchio per prendere a pugni chiunque. Quello che ti è capitato puoi star certo che te lo sei meritato, se stai parlando del piccolo disturbo che ti ho dato. Vieni a colazione o vuoi restartene lì a blaterare minacce inconsistenti?»

«Che ne è stato del tuo piccolo giocatore d'azzardo?»

«È una questione che non ti riguarda affatto. Vieni o ti metti a fare la tua corsetta con quegli stupidi cani?»

«Non sono stupidi, e naturalmente ho tutta l'intenzione di fare la mia corsa. La faccio immancabilmente. Poi vengo lì e ti do un pugno sul naso.»

«Ah, piantala. Come le vuoi le uova?»

«In camicia.»

«Benissimo» disse Aurora. «Cerca di non sfiancarti con la tua ridicola corsetta, per favore. Dobbiamo discutere sulla causa e non ti voglio con la lingua di fuori.»

Riattaccò prima di lasciargli proferire un'altra parola. Tre minuti dopo, non interamente con sua sorpresa, bussarono alla porta di casa. Rimise a posto il telefono e si strinse la cintura della vestaglia. Il bussare cessò, ma cominciò a suonare il campanello. Aurora prese una spazzola e scese lentamente a pianterreno, spazzolandosi i capelli. Aprì la porta e si trovò dinanzi un generale rosso in faccia per la collera. Aveva il maglione grigio ferro che metteva per fare la sua corsa quotidiana.

«Ti do un pugno sul naso, che ti prenda un colpo, e poi vado a correre.»

Aurora tirò su il mento. «Ah-ah» disse.

Il generale ci vedeva a stento, tanto era infuriato: ma anche in preda alla furia colse un'espressione di fredda, noncurante sfida negli occhi di Aurora. Non aveva nemmeno smesso di spazzolarsi i capelli.

«Voglio che tu sappia che sei la strega più insopportabile e arrogante che io abbia incontrato in vita mia, e ne ho incontrate un sacco» disse il generale. Non mollò il pugno, ma non potè trattenersi dal darle un bello spintone.

Aurora notò che le sue mani erano forti, ma piuttosto delicate, le mani di un uomo molto più giovane. C'era sempre qualcosa di positivo negli uomini che si tenevano ben curati. Si rimise in equilibrio proprio quando stava per andare a sbattere contro la scala, e vide che lui ansimava ed era più paonazzo.

«Pensi che sono un vigliacco, eh?» disse il generale. «Ti ho amata per tutti questi anni e va a finire che mi credi un maledetto vigliacco.»

«Da quando mi ami, Hector?» chiese lei in tono amichevole.

«Anni... anni» disse lui calcando sulle parole. «Dagli anni Quaranta. Lo sai. Da quando hai dato quella festa prima che mi mandassero a Midway. Certo che te lo ricordi. Tua figlia era appena nata e ancora allattavi. Mi ricordo come'eri vestita.»

Aurora sorrise. «Che memoria stupefacente hanno gli uomini. Io mi ricordo appena della guerra, e ancor meno di quella festa e di com'ero vestita. Dammi la mano.»

Il generale gliela porse, e si stupì perché gli parve che lei la volesse esaminare. «Be', è stato press'a poco allora» disse. «Ti ho pensata moltissimo quando ero oltremare. Nel teatro del Pacifico» aggiunse per schiarirle la memoria.

Aurora passò cameratescamente il braccio nel suo e gli tenne la mano. «Sono sicura che ci sono state chissà quante scene sentimentali che mi piacerebbe ricordare, se ci riuscissi» disse. «Voi uomini avete una tale pazienza, anche.»

«Che significa?»

«Lascia perdere, caro. Credo di provare una certa vergogna. In tutti questi anni non ti ho mai fatto vedere il mio Renoir. Potresti venir su a dargli un'occhiata adesso, se non hai troppa fretta di fare la tua corsa. È il meno che posso fare, credo, per uno che mi ha amata per vent'anni.»

Il generale liberò subito la mano che lei gli teneva, ma solo per abbracciarla più strettamente con tutte e due. L'agitazione causata dalla collera cedette il posto a un'altra agitazione, egualmente forte, e questa aumentò ancora quando gli apparve chiaro che finalmente, dopo tutti quegli anni, Aurora non era più riluttante a lasciarsi abbracciare.

«Aurora, non mi interessano le tue opere d'arte, mi interessi solo tu» riuscì a dire il generale prima che la passione lo soffocasse del tutto.

«Oh, be'» rispose lei, «non ci pensare, Hector. Il mio Renoir è improbabile che scappi. Lo terremo in serbo per quando non ci rimarrà altro.»

Alzò la testa e i loro occhi si incontrarono. Il generale si sentì un pazzo, un vecchio pazzo spaventato, ma non tanto spaventato o tanto sprovveduto da mettersi a far questioni davanti a un miracolo. Amabilmente, alquanto gaiamente, e con ancora un bel po' di conversazione, Aurora lo condusse al piano di sopra, in un luogo dove da gran tempo egli non sperava più di metter piede.

12

Quella stessa mattina Rosie, alzandosi, trovò che lo scaldabagno non andava. Little Buster, il bambino più piccolo, cadde in terra e si spaccò un labbro cercando di strappare di mano un anatroccolo di plastica alla sorella più grande Lou Ann, e Lou Ann peggiorò le cose ridendogli in faccia. Il labbro di Little Buster sanguinava tanto che sembrava che si fosse tagliato la gola, e tutto quello che i due bambini riuscivano a fare era domandarsi quando sarebbe tornato a casa papà. Quando ciò potesse avvenire, o dove fosse il loro papà, Rosie non ne aveva la minima idea. Royce non si faceva vivo da tre settimane. Ogni giorno lei tornava a casa aspettandosi di trovarcelo, desolato e pentito, e ogni giorno non trovava altro che una casa vuota e due bambini sgradevoli. Era troppo, e quando ebbe dato una ripulita a Little Buster e portato tutti e due i bambini dalla vicina che li teneva da lei durante la giornata, si sentì disperata. Salì sull'autobus che era quasi in lacrime, e per tutta la durata del tragitto rimase con gli occhi chiusi, tanto stanca del mondo da non volerlo più guardare.

Quando riaprì gli occhi, una delle prime cose che vide fu F.V. seduto sul marciapiede vicino alla fermata dell'autobus. Era la prima volta che succedeva una cosa del genere e Rosie si sentì alquanto perplessa. F.V. aveva un'aria come se gli mancasse il terreno sotto i piedi, ma per quanto ne sapeva Rosie il terreno sotto i piedi gli mancava sempre. Fu solo il fatto che stesse seduto sul marciapiede a sorprenderla. Aveva i pantaloni da autista ed era in canottiera.

«Che c'è, ti ha licenziato?» chiese lei.

F.V. scosse il capo. «Son preoccupato da matti» rispose.

«Pure io. Royce non so neanche se è vivo o morto. Non so cosa dovrei dire ai ragazzini. Mai l'avrei sposato se avessi saputo che andava a finire in un casino così.»

«Indovina dov'è il generale e capirai subito perché sono preoccupato da matti» disse F.V.

«Dov'è andato, a comprarsi un carro armato?»

«Macché, è su dalla tua padrona. È andato su che sono due ore. Non ha fatto nemmeno la corsa. Quei cani fra poco buttano giù la porta a zampate.»

«Uh, oh» disse Rosie guardando verso la casa.

«Non c'è la luce manco in cucina» disse F.V. «Non c'è una luce accesa in tutta la casa.»

«Uh, oh» ripeté Rosie. Gli si sedette accanto sul marciapiede e rimasero a guardare la casa. Il sole si era alzato ed era una bellissima giornata, ma in qualche modo la casa pareva buia e spettrale.

«Che stai pensando?» chiese Rosie.

F.V. scrollò le spalle, come per alludere a una catastrofe. Rosie conveniva sulla tesi della catastrofe, ma voleva sapere qualcosa di più preciso. «È un disastro» disse. «Come vorrei che Royce tornasse a casa.»

«Stavo per dirti una cosa» disse F.V. «Te ne volevo parlare, ma poi è successo questo.»

«Che cosa, che cosa?» domandò Rosie, pensando che avesse notizie di Royce.

«Il ballo. È stasera, al J-Bar Korral, quel posto sulla McCarty Street.»

«Ah, sì. E allora?»

F.V. si tirò un baffetto. Passò un minuto, ma sembrava incapace di tirar fuori un'altra parola.

«F.V., non tenermi in sospeso» disse Rosie. «Allora, questo ballo?»

«Ci vieni?» riuscì ad articolare F.V.

Rosie lo guardò come si guarda un pazzo. Anzi, le parve che fosse impazzito il mondo intero. Royce era scomparso nel nulla; il generale Scott era scomparso in casa di Aurora; e adesso F.V. voleva un appuntamento.

«Dovresti uscire di più» borbottò lui, guardandosi i lacci delle scarpe.

«Forse è vero» disse Rosie in tono vago. «Dovrei uscire di più. Little Buster mi fa diventar matta.»

F.V. ricadde in un disperato silenzio, in attesa che Rosie respingesse l'invito.

«Oh, be', a che serve?» disse Rosie. «Se a Royce no gli va bene, che s'impicchi.»

F.V. decise che questo significava che sarebbe venuta, ma non ne era ancora del tutto sicuro.

Rosie guardò in fondo alla strada. «Se non l'ha ammazzata significa che sono coinvolti» disse. Coinvolti era un termine che aveva attinto dai telefilm d'amore che piacevano ad Aurora. «A quel povero Vernon gli verrà il crepacuore.»

«Però ci vieni a ballare?» chiese F.V. Il fatto che il suo padrone fosse coinvolto con la signora Greenway svaniva nel nulla di fronte al fatto che era quasi riuscito a dare appuntamento a Rosie.

Prima che lei aprisse bocca Vernon imboccò la strada sulla sua Lincoln bianca. «Oh, Dio» esclamò Rosie, e gli si fece incontro per farlo fermare. Vernon la vide e frenò subito. Aveva passato una notte insonne, andando avanti e indietro nel suo garage, e alla fine aveva deciso di ignorare quella che pareva la sua consegna e di ritornare da Aurora per colazione.

«Si fermi subito lì!» intimò drammaticamente Rosie. Vernon la guardò con aria interrogativa, al che Rosie si trovò di botto senza parole. Si volse indietro per vedere se F.V. aveva un'ispirazione. F.V. si era alzato e si teneva spasmodicamente in equilibrio sull'orlo del marciapiede, come se fosse l'orlo del tetto di un grattacielo. Dopo qualche momento di euforia ricominciava a sentire nell'aria presagi di catastrofe. Non aveva niente da suggerire.

Fortunatamente proprio in quell'istante nella macchina di Vernon squillò uno dei telefoni. Mentre lui era al telefono Rosie ebbe tempo di raccogliere le idee.

«Lo porto da Emma» disse. «Forse lei può aiutarmi a dargli la notizia.»

«E allora per il ballo?» chiese F.V.

Rosie si irritò molto. Era tipico di uno che veniva da Bossier City cercare di incastrarla in un momento in cui non sapeva che pesci pigliare.

«Bello, ti telefono più tardi» rispose. «Adesso, non so nemmeno se sto dritta o sottosopra.»

F.V. prese un'aria così cupa che lei gli diede una strizzatina alla mano. Dopo tutto, avevano passato insieme tante ore felici pasticciando con la macchina del generale. Poi saltò di corsa sulla Lincoln.

«Svolti indietro» disse appena Vernon riattaccò il telefono. L'ordine arrivò troppo tardi: Vernon stava già fissando qualcosa in fondo alla strada. Guardò anche lei. Il Generale Hector Scott, in un accappatoio da bagno di Aurora, camminava con passo marziale sul prato davanti alla casa. Raccolse per terra il giornale, tornò in casa con passo marziale e si chiuse la porta dietro.

Vernon innestò la marcia indietro e staccò il piede dal freno. Il macchinone bianco cominciò a rotolare lentamente all'indietro. F.V. comparve davanti a loro coi suoi calzoni grigi e la canottiera, ancora in equilibrio sull'orlo del marciapiede. Non agitò il braccio in segno di saluto.

«Non so che le ha preso, a quella» disse Rosie.

Vernon lasciò che la macchina continuasse ad andare indietro finché sterzò a una curva: adesso la casa di Aurora non era più in vista. Erano andati a marcia indietro per parecchio quando si accorse che Rosie era ancora in macchina.

«Ecco qua, ti ho portata fuori strada» disse.

«Tanto non ho fatto colazione» disse Rosie. «Perché non andiamo a vedere se Emma è alzata?»

Vernon si accorse di avere le braccia stanche. Era tanto facile andare a marcia indietro, piuttosto che svoltare. Avrebbe voluto continuare così, a marcia indietro su una bella strada tranquilla, da qualche parte dove non ci fossero automobili, dove non si dovesse sempre andare avanti. Ma erano a Houston, una città dove il traffico non avrebbe consentito una ritirata tanto agevole. Non l'avrebbe consentita neanche la donnetta pelle e ossa che gli stava seduta accanto.

Qualche minuto dopo Emma sentì bussare alla porta, andò ad aprire e vide con sorpresa sul pianerottolo Vernon e Rosie.

«Buongiorno» disse. «È una fuga romantica?» Non era molto che era sveglia, e non le veniva in mente nessun altro motivo di trovarseli davanti sul pianerottolo.

«Più che altro direi che non sappiamo che altro fare» rispose Rosie. «Ci invitiamo a colazione.»

Si precipitò a far da mangiare, come se ci fosse da sfamare un reggimento. Invece erano solo loro tre, tre persone confuse, e non una che avesse fame.

Vernon, con aria afflitta, prese una sedia e restò a guardare. Gli pareva di essersi imbarcato follemente in un'impresa più grande di lui, e si sentiva svuotato di ogni energia.

«Vernon è stato appena tirato giù di sella dal generale Scott» annunciò brutalmente Rosie. «Quante uova, Vernon? I fatti sono quelli che sono.»

«Due» rispose Vernon.

«Dal generale Scott?» disse Emma. «Il generale Scott è al bando. È l'ultimo uomo con cui lei vorrebbe avere a che fare.»

Vernon e Rosie rimasero in silenzio, ma lei continuò a sgusciare uova.

«Vorrei sapere com'è che ha cambiato idea» aggiunse Emma dopo un po'. A quel punto sulla soglia della cucina comparve Flap in pigiama. Vernon si alzò per stringergli la mano.

«Devo avere uno strano incubo» disse Flap. «C'era una festa a mia insaputa, stanotte?»

«Ci stiamo consultando tutti quanti» disse Emma. «Corre voce che la mamma ha fatto pace col generale Scott.»

«Perfetto» disse Flap, piombando su una sedia. Emma si seccò.

«Non è perfetto e tu non startene lì a fare commenti privi di tatto» disse.

Flap si rimise subito in piedi. «Va bene. Me ne torno a letto. Così non faccio gaffes e commenti privi di tatto.»

«Grazie» disse Emma.

«Ho messo giù le uova per lui» disse Rosie. «Fallo rimanere.»

«L'hai sentita, mi mette al bando» disse Flap. «Rimetti quelle uova nei gusci.» Se ne andò con aria insolente. Emma lasciò perdere.

«Forse avete male interpretato» disse. «Forse è arrivata alla resa dei conti col generale. Ci va matta, per le rese dei conti.»

«Mettila pure così, non sono affari nostri» disse Vernon.

Le due donne si volsero a guardarlo. Rosie ruppe un tuorlo e scosse il capo per la propria sbadataggine e per la spietatezza del mondo. «Oh, be', se non gliene importa più di tanto perché mi ha trascinato fin qui?» disse a Vernon. «A quest'ora avrei già lavato il pavimento della cucina.»

Vernon stette in silenzio. Gli appariva sempre più chiaro che lui parlava una lingua e le donne un'altra. Le parole magari erano le stesse, ma i significati differenti. Era una lingua tanto diversa dalla sua che ormai aveva paura di aprir bocca anche per le cose più semplici, come chiedere un bicchier d'acqua. Non disse niente e si mise a mangiare le sue uova sotto l'occhio malevolo di Rosie.

Mentre lui mangiava, Rosie tornò a rimuginare sul suo problema, che era che cosa fare circa l'invito di F.V. di andare a ballare. «Vernon, mi è venuta in mente la soluzione» disse all'improvviso, illuminandosi in volto. «Lei, anche se non avrà il crepacuore, sicuramente sarà abbacchiato. Lo so. Sono stata ventisette anni con uno che stava abbacchiato, e che ci ho ricavato?»

«Una famiglia numerosa» disse Emma. «Come sta Little Buster?»

«Si è spaccato il labbro» disse Rosie, indifferente. I suoi pensieri erano altrove.

«Uno se balla non sta più abbacchiato» disse e, alzatasi, accennò qualche passo di danza.

«Non so ballare» disse Vernon.

«Allora è ora che impari» disse Rosie. «Io e F.V. d'Arch stasera si va a ballare, e ci scommetto che a F.V. fa piacere se ci viene anche lei. Ci possiamo andare con la sua macchina. Vedrà come si tira su.»

Vernon non lo vedeva. Pensava che starsene in cima al suo grattacielo, a guardare arrivare gli aerei della sera, lo avrebbe tirato su molto di più, ma non lo disse. Guardò Emma, che gli sorrideva con affetto, come se avesse capito tutto.

«Be', dalla padella sei fuori, Vernon» gli disse. «Adesso veditela con la brace.»

Se ne andarono poco dopo, ed Emma tornò in camera da letto. Flap, seduto sul letto, leggeva il giornale. La guardò biecamente. «C'è una cosa che mi devi spiegare» disse.

«Bisogna che aspetti» rispose Emma. «Non faccio una lite con te finché non ho sentito la mamma. Voglio sapere che succede.»

«Sei stata maledettamente arrogante stamattina» disse lui.

«Tu sei stato maledettamente insensibile ai sentimenti di Vernon. Così siamo pari.»

«Ho detto solo una parola ed era ambigua. Poteva essere sarcastica, sai, e non c'era bisogno di insultarmi davanti a tutti.»

«Va bene, scusa. Ero coi nervi tesi.»

Flap non disse nulla e riprese a guardare il giornale con ostentata attenzione.

«Oh, va al diavolo» disse Emma. «Ti ho chiesto scusa. Non è stato poi un granché d'incidente.»

«No, ma mi ha ricordato un sacco di altre cose che hai fatto che non mi sono piaciute.»

Emma prese le pagine degli annunci economici e si mise a leggerli. Ultimamente si era accorta che le interessavano sempre di più. All'improvviso Flap cercò di strapparle di mano il giornale. Sferrò uno dei suoi assalti lampo, ma Emma tenne gli occhi fissi sugli annunci economici. Si udì un gran frusciare di carte. Flap cercò di stenderla sul letto, ma Emma, impavida, non si lasciò nemmeno baciare, usando il giornale per fare scudo alle parti vitali.

«Fermati» disse. «Voglio telefonare alla mamma.»

«La nostra vita sessuale ha la precedenza.»

«Tira via le mani, ho detto.»

Quando vide che parlava sul serio, Flap cominciò a strappare le pagine degli annunci economici, riducendole in strisce. Emma rimase a guardare mentre lui faceva strisce sempre più sottili e le buttava per terra.

«Ecco fatto» disse Flap. «Così io non scopo, ma almeno non dovrò starti a guardare per tre ore mentre leggi quei maledetti annunci economici.»

Emma si irritò con se stessa per essere tornata in camera da letto. «Mai che io impari» disse. Flap non rispose e lei andò in cucina e telefonò alla madre.

«Sì» disse subito Aurora.

«Che stai facendo?» chiese Emma, presa alla sprovvista perché lei aveva risposto subito al telefono.

«Perché lo chiedi?»

«Perché mi hai spaventata.»

«Che strana ragazza sei» disse Aurora. «Devi cercare di nascondermi qualcosa, altrimenti non mi avresti chiamata. Il tuo giovane scrittore è tornato, suppongo.»

«Mi sembri mio marito» disse Emma. «Siete falsi tutti e due. Lo sai che la tua donna e il tuo ex ragazzo sono stati qui a colazione.»

All'altro capo della linea ci fu un momento di silenzio. «Quale ex ragazzo?» chiese Aurora in tono piuttosto assente.

«Vernon, naturalmente. Ho sentito che hai fatto pace col generale.»

«Oh, be', tu mi conosci. Non sono una che porta rancore. Ne ho tanti, di motivi di rancore, che qualcuno ogni tanto devo scordarmelo. Hector e io abbiamo avuto un modesto riavvicinamento. Anzi, stamattina pensavamo di andare al mare, se ti togli dal telefono.»

«Mi dispiace. Non sapevo che era lì.»

«Non c'è. È andato a placare quei disgraziati dei suoi cani. A quelli credo che continuerò a serbare rancore.»

Ci fu un altro silenzio. «È questo tutto quello che hai da dirmi?» chiese Emma. «Vernon ha detto che non erano affari nostri» aggiunse, visto che la madre non rispondeva.

«Già, Vernon è un gran testa» disse Aurora. «Anche una testa di legno, sfortunatamente. Sei stata carina a telefonarmi, anche se quello a cui miravi era lo scandalo. Adesso però devo andare a cercare il mio costume da bagno. È scomparso proprio quando finalmente ne avevo bisogno. Forse ci sentiamo stasera.»

Aurora riattaccò, scese subito al piano di sotto e chiuse in un angolo Rosie, che era entrata in casa senza annunciarsi. Stava passando l'aspirapolvere in soggiorno.

«Portarlo da Emma è stato un colpo da maestro» disse Aurora. «Ti ringrazio. Sta bene?»

«È difficile dirlo» rispose Rosie. «Non è tanto normale, comunque. E il generale?»

«Oh, be', è notevolmente meglio di niente.»

«Già, e io stasera vado fuori con F.V. Forse viene anche Vernon. Ha bisogno di lasciarsi un po' andare.»

«Bisogno di lasciarsi andare ne hanno tutti» disse Aurora. «A Vernon auguro solo il meglio, ma francamente non penso che fare da terzo alle tue uscite con F.V. gli serva a molto. In questo isolato i rapporti fra le persone cominciano a puzzare di telefilm. Hector e io andiamo al mare da un minuto all'altro.»

«Allora perché sta ancora in vestaglia?»
«Oh, è inutile che mi prepari finché Hector non si fa vivo. Non voglio lasciargli pensare che può farmi cambiare abitudini.»

Suonò il campanello. Sulla soglia c'era il generale Scott, con un paio di calzoni di un bianco immacolato.

«Hector, stai benissimo» disse Aurora. «Entra e prendi un po' di tè, vuoi?»

«Non mi pare che mi resti molta scelta» rispose il generale. Fece un cenno irritato a F.V., che spense il motore della Packard. «Adesso probabilmente non riparte» disse il generale.

Rosie non riuscì a trattenere una risatina. Il generale la guardò severamente, ma non servì a nulla.

«Se un esercito arriva in ritardo la guerra non si vince» disse il generale a voce altissima.

Aurora sbadigliò. «Sono stata alzata tutta la notte» disse. «Perché non ti siedi a prendere un po' di tè mentre mi vesto?»

«No» rispose il generale. «Aspetto in macchina. Tu puoi venire o no, ma almeno me ne sto sulla mia macchina.» Si voltò per andare, poi si fermò e riguardò indietro.

«Non batti più i tacchi come una volta, sai, Hector» disse Aurora. «Era piuttosto sexy, devo dire. Certo non è da tutti batterli così bene.»

Aurora stava guardando distrattamente i fiori alla finestra, ma per un momento il generale Scott si illuse di averla in pugno. Fece il saluto militare battendo i tacchi. Poi lo rifece altre due volte. Al terzo tentativo produsse un rumore che gli parve un eccellente battere di tacchi.

«Che te ne pare?» chiese.

Aurora inclinò la testa prima da una parte, poi dall'altra, riflettendo sulla battuta di tacchi. «In un certo modo mi sembra che manchi dell'antica arroganza» disse, e poi di colpo spalancò le braccia ed emise una raffica di note. Era un canto proprio stentoreo, un'aria d'opera. Il generale non sapeva quale opera, e il solo fatto che lei se ne stesse lì a cantare lo irritò enormemente. Si irritava sempre quando Aurora si metteva a cantare, perché significava che lei, per il momento, era perfettamente felice, e perciò dimentica di lui. Non c'era modo efficace di trattare con una donna che ti si piantava davanti cantando. La vista di Aurora che gorgheggiava giulivamente in italiano gli fece venire in mente quanto aveva ringraziato il cielo che sua moglie fosse assolutamente priva d'orecchio. Purtroppo aveva anche una voce molto fioca, cosicché doveva sempre chiederle di ripetere la stessa frase tre volte; retrospettivamente, gli pareva un tratto incantevole, comunque.

«Peccato che tu sia completamente negato per la musica, Hector» disse Aurora quando ebbe finito di cantare. «Sarebbe bello se potessi fare qualche duetto. Credo che non ti vada di prendere lezioni di canto, o sbaglio?»

«Lezioni di canto?» echeggiò il generale. Guardò severamente l'orologio. L'idea di prendere lezioni di canto lo sbigottiva. «Aurora, per amor del cielo» disse. «Credevo che volessi venire al mare. Farei la figura del cretino, a prendere lezioni di canto alla mia età.»

Aurora si avviò alla scala, ma non cominciò a salire. Si fermò sul primo gradino, con aria felice e alquanto pensosa. Il generale temette che stesse per esplodere in un'altra aria d'opera, e lo temette anche Rosie, che si precipitò fuori. Il generale non potè fare a meno di notare che Aurora aveva un aspetto splendido. I suoi capelli erano pieni di riflessi luminosi. Aveva tutto quello che Hector Scott aveva sempre sperato di trovare in una donna e l'ammirazione, o forse perfino l'amore, ebbe la meglio su di lui. Le si avvicinò e la cinse in un abbraccio.

«Non immaginavo che saresti stato tanto bruto da respingere la prima richiesta che ti faccio» disse lei. «Volevo solo qualcuno per cantarci insieme i duetti.»

«Va bene, allora forse lo farò» disse il generale. Imbaldanzito, cercò di baciarla, ma lei schizzò diversi gradini più su.

«Se fossi in te andrei a mettere in moto, se quella macchina ti lascia fare» disse. «Sarò pronta fra cinque minuti e vorrei partire subito.»

Corse di sopra e il generale si diresse alla porta, ma si trovò la strada sbarrata da Rosie, che aveva un'aria accusatrice. «Dica a F.V. di stare attento alle meduse» gli disse. «Lui e io stasera dobbiamo fare andare le gambe.»

«Che significa?» chiese il generale. «Voi donne siete matte tutte e due. Far andare le gambe? Perché F.V. dovrebbe fare una cosa simile?»

«Ballare. Andiamo a ballare.»

«Ah, far andare le gambe in quel senso. Ma F.V. sa ballare?» Aprì la porta e fece cenno a F.V. di mettere in moto.

«Sarà meglio per lui, è stato lui a chiedermelo» disse Rosie. «È meglio che lei gli dica di piantarla di accelerare. Se il carburatore si ingolfa ci vuole una settimana prima che si rimetta a funzionare.»

«F.V., smettila di accelerare» ruggì il generale cacciando la testa fuori dalla porta.

F.V. continuò a guardare dritto davanti a sé, facendo finta di non aver sentito. Era riuscito ad avviare il motore al punto giusto, in modo da essere sicuro che la macchina partisse, ed era riluttante a rinunciare a questo vantaggio iniziale.

«Accelera ancora» disse Rosie guardando fuori. «Si vede da come guarda dritto davanti a lui. Ha un cranio di cemento.»

«F.V., smettila di accellerare!» urlò di nuovo il generale.

«Se ingolfa tutto dopo che Aurora ha preso la tintarella, per lei sarebbe stato meglio tornare alla guerra.»

Il generale stava pensando la stessa cosa. «Forse farei meglio a comprare una macchina nuova» disse.

«Già» disse Rosie. «Peccato che non fa in tempo a comprarla intanto che lei si veste. Le risparmierebbe un sacco di guai. Lo sa solo il Signore come andrà a finire» aggiunse cupamente, voltandosi per tornare in cucina. «Certo che ci sono certe cose che non finiscono mai, ma se questa faccenda va a finire come dico io lo sa solo il Signore dove sarò in quel momento.»

«È proprio vero: è difficile giudicare» disse il generale.

13

Royce Dunlup stava sdraiato sul letto con una lattina di birra gelata in equilibrio sullo stomaco. Il telefono sul comodino cominciò a squillare e lui allungò la mano per prendere la cornetta senza far cadere la lattina di birra. Aveva uno stomaco bello largo e non ci voleva una particolare bravuta per tenerci sopra in equilibrio una lattina di birra, ma nel caso presente la lattina era proprio sul suo ombelico, e per tenercela in equilibrio parlando al telefono un po' di bravura ci voleva.

Da quando aveva piantato Rosie e si era messo, più o meno formalmente, con la sua ragazza Shirley Sawyer, Royce aveva imparato un sacco di trucchetti nuovi. Tanto per dirne una, aveva imparato a fottere stando sdraiato sulla schiena, una cosa che non aveva mai fatto in tutti gli anni di convivenza tradizionale con Rosie. Nessuno in precedenza aveva mai provato a insegnargli una cosa del genere, e sulle prime lui aveva sbarrato l'occhio, ma Shirl aveva fatto presto a iniziarlo. Mentre lo iniziava gli parlò di una cosa che si chiamava fantasia, un concetto che lei aveva assimilato nel suo unico anno di frequenza al liceo di Winkelburg, nell'Arizona. La fantasia, come la spiegava Shirley, voleva dire escogitare cose che in realtà non si potevano fare, e la sua fantasia preferita consisteva nell'ipotizzare rapporti sessuali con una fontana. In particolare, Shirley avrebbe voluto averli con la nuova fontana di una delle piazze principali di Houston, uno splendido getto d'acqua che era proprio davanti all'egualmente splendido Hotel Warwick. Di notte la fontana era illuminata da riflettori arancione, e Shirley sosteneva che non ci sarebbe stato niente di meglio che sedersi su quel gigantesco getto d'acqua color arancione, dominato dalla mole dell'Hotel Warwick.

Non era possibile, naturalmente, e quindi Shirley doveva accontentarsi del ripiego migliore, che era sedersi, ogni notte o due, su quello che compitamente definiva il "vecchio coso" di Royce. Tutto quello che si richiedeva a Royce in queste occasioni era di starsene fermo, mentre Shirley, gli lavorava sopra con movimenti scattanti ed emetteva piccoli spruzzi di voce a imitazione della fontana su cui immaginava di stare seduta. L'unica preoccupazione di Royce era che un giorno o l'altro Shirley perdesse l'equilibrio e cadesse all'indietro, nel qual caso il suo vecchio coso ne avrebbe sofferto, ma finora non era mai accaduto e Royce non era mai stato tipo da guardare troppo lontano.

La fantasia preferita da lui era più semplice e comportava il reggere in equilibrio sull'ombelico la lattina di birra. Ciò che gli piaceva immaginare era che la lattina avesse una piccola apertura sul fondo e il suo ombelico un'apertura segreta in alto, in modo che quando metteva la lattina di birra sull'ombelico un gradevole flusso di birra fresca gli zampillasse direttamente nello stomaco senza nessuno sforzo da parte sua. In tal modo si potevano gustare le due cose più piacevoli della vita, il sesso e la birra, senza nemmeno alzare una mano.

A Shirley, evidentemente, sedersi sul suo vecchio coso piaceva tanto che per averlo sempre a portata di mano era disposta a mantenere Royce, per cui Royce era sostanzialmente divenuto un uomo dedito allo svago. La sua memoria non era particolarmente acuta, e in tre settimane egli riuscì a dimenticarsi quasi completamente di Rosie e dei suoi sette figli. Di tanto in tanto gli veniva un po' di nostalgia per il prediletto Little Buster, ma prima che diventasse troppo struggente Shirley arrivava a casa e gli metteva una birra gelata sull'ombelico, cosicché il ricordo svaniva. Shirley abitava in una casa di tre locali sulla Harrisburg, vicino a un magazzino di pneumatici di seconda mano, e Royce passava buona parte delle sue giornate rimirando allegramente dalla finestra una montagna di circa 20.000 gomme usate. Per tenersi in esercizio poteva fare due passi e raggiungere, a pochi isolati di distanza, un piccolo bar dove mandava giù ancora un po' di birra, oppure allungare la passeggiata di un altro isolato e trascorrere un pomeriggio giocando spensieratamente a boccette in un altro bar chiamato il Caffè dei Nati Stanchi, ritrovo preferito del suo vecchio amico Mitch McDonald.

Mitch era un manovale in pensione che anni prima aveva perso una mano per un infortunio sul lavoro in un giacimento di petrolio. Era stato lui a presentare Royce a Shirley. Lei era stata la ragazza di Mitch per anni, ma nei loro rapporti c'era stato un raffreddamento originato (come Shirley raccontò poi a Royce) dal fatto che il vecchio coso di Mitch aveva preso la cattiva abitudine di fuoruscire da Shirley medesima nel momento sbagliato. Nonostante questo, Mitch e Shirley avevano deciso di restare amici, e in un momento di letargia Mitch aveva passato la sua vecchia amica Shirley al suo vecchio amico Royce. Considerava nondimeno

Royce di gran lunga troppo rozzo per Shirley, e si arrabbiò molto quando fra i due scoccò un vero colpo di fulmine. L'aveva fatto scoccare lui con le sue mani, comunque, e fece in modo da mantenere il silenzio sugli errati sviluppi della faccenda, tranne che con Hubbard Junior, il piccolo, nervoso padrone del Caffè dei Nati Stanchi. Parlando con Hubbard Junior, Mitch sottolineava frequentemente che quella faccenda fra Royce e Shirley non poteva durare, e Hubbard Junior, un uomo molto a posto che aveva la sola sfortuna di gestire un bar situato a pochissimi isolati di distanza dall'officina di un gommista, ne conveniva sempre, come faceva con tutti, qualunque cosa dicessero.

Eppure, in superficie, Royce e Mitch erano ancora amiconi, e per Royce non fu una gran sorpresa che fosse Mitch a chiamarlo al telefono.

«Come va, amico mio?» chiese Mitch.

«Mi riposo. Mi bevo qualche birra.»

«Ti servirà qualcosa di più forte quando sentirai quello che ho da dirti» disse Mitch. «Sono qui al J-Bar Korral.»

«Ah, sì?» disse Royce, non molto interessato.

«Qui ballano. Si balla tutti i venerdì sera; Le donne senza cavalieri entrano gratis. C'è in giro tanta fregna da non crederci.»

«Ah, sì?» ripetè Royce.

«Comunque indovina chi è appena entrato» disse Mitch.

«Il presidente Kennedy» ipotizzò Royce, sentendosi spiritoso. «O è Lyndon Johnson?»

«Acqua, acqua. Riprovaci.»

Royce frugò nel cervello. Non gli veniva in mente nessuno che conoscessero tutti e due e che potesse andare a ballare al J-Bar Korral. Anzi, rilassato com'era, non gli veniva in mente nessuno che conoscessero tutti e due, punto e basta.

«Sono troppo stanco per tirare a indovinare» disse.

«Va bene, ti do una traccia. Il nome comincia con R.»

Mitch si aspettava che quell'iniziale tanto importante scatenasse una bufera nella coscenza di Royce, ma ancora una volta aveva fatto male i suoi calcoli.

«Non conosco nessuno col nome che comincia con R.» rispose Royce. «Nessuno meno che io, e oggi io non mi sono nemmeno alzato dal letto.»

«Rosie, stronzo» disse Mitch, esasperato dall'ottusità dell'amico. «Rosie, Rosie, Rosie.»

«Quale Rosie?» disse automaticamente Royce, ancora ben lungi dal pensare a sua moglie.

«Rosie Dunlup!» urlò Mitch. «Tua moglie Rosie. Mai sentita nominare?»

«Ah, Rosie» disse Royce. «Fatti dire come sta Little Buster, eh?»

Poi la bufera finalmente esplose. Royce si tirò su a sedere, facendo cadere la lattina di birra dall'ombelico. Se ne accorse solo quando la birra gelata cominciò a filtrargli sotto il sedere. Allora, siccome quando si era alzato a sedere il suo stomaco aveva nascosto la lattina, pensò di essersela fatta sotto per lo shock.

«Rosie?» disse. «Non dici mica Rosie?»

«Rosie» confermò tranquillamente Mitch, assaporando il momento.

«Va a dirle che ho detto di andare a casa» disse Royce. «Che s'è messa in testa di fare, ballare in mezzo a tutte quelle zozzone?» Fece una pausa. «È matta a uscire da sola?» aggiunse.

«Non è da sola» disse Mitch. Era un altro momento da assaporare.

Royce ficcò un dito nel bagnato che aveva sotto il sedere e se lo portò al naso. L'odore era di birra piuttosto che di piscio, perciò almeno una preoccupazione era riuscito a togliersela. In lui avevano cominciato a profilarsi pallidi ricordi della sua vita coniugale, ma proprio pallidi, e quando Mitch sganciò la seconda bomba la sua memoria tornò ad oscurarsi.

«Che?» domandò.

Mitch prese un tono impersonale, informativo per comunicargli che Rosie era arrivata in compagnia di due uomini bassi di statura, uno dei quali aveva i baffetti. L'altro era un noto petroliere, che aveva una Lincoln bianca.

Ci fu silenzio sulla linea mentre Royce assimilava le informazioni.

«Alla faccia del cazzo» disse infine, passandosi le dita fra i capelli.

«Già, non è una cosa che non ci si crede?» disse Mitch. «Dicono bene: quando non c'è il gatto i sorci ballano.»

«Ma che cazzo si è messa in testa, piantare là i ragazzini e andarsene a spasso?» disse Royce. Un senso di indignazione stava montando in lui. «È una donna sposata» aggiunse con forza.

«Da come si comporta stasera non si direbbe. Lei e quell'indiano a ballare si sono scatenati.»

«Non dirmi altro. Parlando non mi lasci pensare» intimò Royce. Stava cercando di tenere a mente un fatto basilare: Rosie era sua moglie e lo stava tradendo.

«Arrivi?» chiese Mitch.

Nell'agitazione, Royce riattaccò il telefono prima di rispondere. «Cazzo, certo che arrivo» disse a nessuno. Doveva affrontare dei problemi, tuttavia. Una delle sua scarpe era andata persa. Shirley aveva un cagnetto chiamato Barstow, dal nome della sua città natale, e Barstow si ostinava a trascinare le scarpe di Royce in angolini fuori mano, in modo da poterne rosicchiare i lacci in santa pace. Una scarpa Royce la trovò in cucina, ma l'altra risultò irrecuperabile. Mentre la cercava, però, trovò una bottiglia di whisky scozzese che si era dimenticato fosse in casa, e mandò giù un bel po' di whisky mentre continuava la ricerca. La scarpa rifiutò di saltar fuori e Royce, tormentato dal pensiero che la moglie potesse farla franca, divenne sempre più frenetico. Buttò per aria il letto, pensando che la scarpa stesse lì sotto. Poi buttò per aria il divano. Poi uscì nel giardinetto per prendere a calci Barstow, che però si era volatilizzato come la scarpa.

Mentre i minuti passavano inesorabili, la disperazione di Royce cresceva, e con essa la sua furia. Alla fine decise che la scarpa non era essenziale: quello che doveva fare poteva farlo anche con una scarpa sola. Si precipitò in strada e saltò sul suo camioncino delle consegne, ma purtroppo, dopo un mese d'inattività, la batteria era scarica. Gli venne voglia di buttare per aria il camioncino come aveva fatto col letto e col divano, ma la ragione prevalse. Dopo essersi vanamente sbracciato per cercare di farsi prendere a bordo da un paio di macchine di passaggio, raggiunse di buon trotto, anche se zoppicando, il Caffè dei Nati Stanchi. Vedendolo con una scarpa sì e una no tutti si fecero una bella risata, ma lui quasi non ci fece caso. «Me l'ha fregata quello stronzo di cane di Shirley» disse per mettere a tacere ogni altra ipotesi. «Questo è un caso d'emergenza. Ho bisogno di qualcuno che mi aiuti a far partire il camion.»

In un bar, nulla conquista gli amici come un'emergenza capitata a qualcun altro, e in men che non si dica Royce, del tutto dimentico del problema della scarpa, fruì di una spinta decisiva per far partire il camion da parte di una Mercury del '58. Cinque o sei gommisti della vicina officina stavano intorno a guardare, prendendo pigramente a pedate le gomme del camion mentre l'operazione aveva luogo. Alcuni cercarono, con scarso tatto, di appurare di che natura fosse l'emergenza. Dopo tutto, per partecipare all'operazione avevano lasciato al bar i bicchieri pieni, e l'avevano fatto nella speranza – sempre ragionevole da quelle parti della città – di assistere a qualcosa di eccitante: colpi d'arma da fuoco, donne urlanti, spargimenti di sangue. Un malandato camioncino con la batteria scarica era un ben misero surrogato, e non lo nascosero a Royce.

«Ma che cazzo, Dunlup» disse uno. «Non va nemmeno a fuoco la casa di tua moglie.»

Royce non era propenso ad ammettere l'umiliante verità, che sua moglie era fuori a spassarsela con altri uomini. Mise a tacere tutte le richieste d'informazioni sbattendo giù con forza il cofano e partendo a razzo, anche se poi, prima che avesse percorso un isolato, il cofano tornò su di scatto, principalmente perché nella fretta Royce aveva omesso di togliere di mezzo i fili della batteria e ce lo aveva sbattuto sopra.

Gli uomini che gli avevano dato una mano lo guardarono partire con un certo rancore. «Quello stronzo è troppo ignorante anche per mettersi tutte e due le scarpe» disse uno. Forse speravano che avesse un bello scontro prima di scomparire dalla vista, ma non lo ebbe e non rimase loro che tornarsene al bar senza neanche una storia da raccontare. «Quello stronzo bastardo» disse un altro gommista. «Un'altra volta non lo aiuto nemmeno se una tartaruga gli porta via un pezzo di cazzo a morsi.»

Frattanto al J-Bar Korral era in pieno svolgimento una serata molto animata. Un complesso chiamato i Tyler Troubadours ci dava dentro una scelta di motivi di successi di Hank Snow, e la clientela si poteva dividere in tre gruppi approssimativamente equivalenti: quelli che erano venuti per bere, quelli che erano venuti per ballare e quelli che erano venuti per fare un po' dell'uno e un po' dell'altro. Brillantina e fissatore facevano risplendere le chiome degli uomini che si erano scomodati a togliersi il cappellone alla western, e le donne erano acconciate in grande maggioranza coi capelli all'insù, come se il Padreterno glieli avesse acconciati lui stesso incombendo su di loro con un pettine in una delle mani onnipotenti e un potente aspiratore nell'altra.

Tutti erano felici e contenti e quasi tutti ubriachi. Una delle poche eccezioni a entrambe le categorie era Vernon, che se ne stava seduto a un tavolo sorridendo con evidente disagio. Non era sobrio di proposito, ma non era nemmeno infelice di proposito. Entrambe le condizioni si addicevano a lui, e a lui solo, il che del resto andava benissimo, dato che per quello che riusciva a vedere nessun altro aspirava a raggiungerle.

Non certo Rosie. Si era immediatamente lanciata nella danza, immaginando che fosse il modo più facile per allontanare dalla mente il pensiero di esser fuori con F.V. d'Arch. Era un'uscita in piena regola, dato che all'ultimo momento lei gli aveva lasciato pagare il biglietto d'ingresso; al di là di questo la sua immaginazione rifiutava di spingersi. Più o meno si era dimenticata perché si fosse tanto ostinata a trascinarsi dietro il povero Vernon, ma comunque era lieta di averlo fatto, per il caso che con F.V. sorgessero problemi.

Fortunatamente, però, F.V. si era dimostrato un modello di comportamento. Si era lanciato nelle danze con lo stesso entusiasmo di Rosie, soprattutto per allontanare dalla mente il pensiero di non trovare niente da dirle. Per anni i due cardini delle loro conversazioni erano stati Bossier City, Louisiana, e i motori Packard, e né l'una né gli altri sembravano argomenti di discussione idonei per la loro prima uscita assieme.

Sui pensieri di tutti e due aleggiava inoltre il fantasma di Royce Dunlup. Nonostante il fatto che non si avessero sue notizie da settimane, e che potesse essere magari nel Canada, o perfino in California, Rosie e F.V. davano entrambi per scontato, in segreto, che in qualche modo sarebbe riuscito a rintracciarli e sarebbe comparso a quel ballo. Sempre in segreto, davano oltresì per scontato che siccome erano lì insieme si stavano rendendo colpevoli – probabilmente agli occhi del Signore e certamente agli occhi di Royce – di qualcosa di prossimo all'adulterio, benché finora non si fossero scambiati neanche una stretta di mano. Prima di metter piede sulla pista da ballo erano sudati tutti e due, per il senso di colpa e per i nervi, e ballare fu per loro un immenso sollievo. Dapprima F.V. ballò con tutta la grazia soave del meticcio con sangue negro e indiano, dalle anche in giù, senza spostare di un millimetro la parte superiore del corpo, il che colpì Rosie come un fatto leggermente assurdo. Era abituata a dimenarsi, ondeggiare, sgambare, piroettare e abbracciare cospicuamente quando ballava, e sebbene non desiderasse con particolare intensità che F.V. azzardasse un qualche abbraccio, si aspettava almeno di vedergli girare la testa una volta ogni tanto. Gli puntò subito un dito sulle costole per far valere questo argomento.

«Slentati un po' qui, F.V.» disse. «Non stiamo mica su una barca, sai. Se non ti attorcigli un po' quando suonano uno di quei pezzi scatenati sei proprio un disastro.»

Fortunatamente un po' di pratica, e cinque o sei birre, e il fatto che non si vedeva traccia di Royce, fecero miracoli per instillare fiducia in F.V., e Rosie non ebbe più motivo di lagnarsi. F.V. la portava sulla pista ogni volta che il complesso attaccava un pezzo, e i loro balli furono interrotti solo due volte, entrambe dallo stesso uomo grande e grosso e sbronzo, che voleva ballare con Rosie e non riusciva a capacitarsi del fatto che fosse tanto bassa. «Cavolo se è piccola, signora» le disse diverse volte.

«Piccola sono. Stia attento a non cascarmi addosso, se no mi riduce a una pizza» rispose Rosie, caritatevole nella felicità che l'aveva invasa al constatare che poteva andare per il mondo e ballare con diversi uomini senza che nessun fulmine vendicatore la folgorasse.

Nella sua felicità, e perché nel locale la temperatura era press'a poco quella di un forno, si mise a bere velocemente birra negli intervalli fra una danza e l'altra. Anche F.V. beveva birra velocemente, e Vernon ne ordinava altra con la stessa velocità con cui loro la bevevano. Il loro tavolo era ridotto a una pozzanghera per tutta la birra che era colata giù dalle bottiglie, e quando ballavano Vernon si divertiva a prosciugare un po' la pozzanghera coi tovaglioli.

«F.V., questa cosa avremmo dovuta farla da anni» disse Rosie durante un intervallo. Si sentiva sempre più generosa verso F.V. Il fatto che avesse avuto il coraggio di borbottare un "Ci vieni?", quella mattina, era stato l'inizio della sua liberazione di donna.

«Dovremmo proprio» rispose F.V. «Ci vieni quest'altra settimana?»

«Oh, be'» disse Rosie, facendosi vento con un tovagliolo. L'"oh, be'" era una tattica dilatoria che aveva imparato a forza di sentir parlare Aurora.

«Questi balli ci sono tutte le settimane» disse F.V., e fece una pausa. «Tutte quante» aggiunse per il caso che Rosie ne dubitasse.

«Che bellezza» disse vagamente lei, guardando in giro per la sala in modo da lasciare il più possibile in dubbio i suoi orientamenti. Era alquanto volgare da parte di F.V. metterle addosso tanta fretta, pensava, e la spaventava l'idea di doversi impegnare a fare una cosa con un'intera settimana d'anticipo.

«C'è sempre questa orchestra» insistette F.V.

«Vernon, almeno un balletto dovrebbe farselo» disse Rosie, sperando di scivolar via zitta dal frangente delicato in cui si trovava.

«Sono cresciuto nella Chiesa» rispose Vernon. «Là il ballo non lo vedono tanto di buon occhio.»

Vernon non sarebbe stato d'aiuto, concluse Rosie. Stava solo aspettando cortesemente che la serata finisse. Frattanto, gli occhi foschi da meticcio di F.V. avevano assunto un provvisorio brillìo mentre era in attesa di capire se aveva rimediato un appuntamento per la settimana seguente.

«Be', se non rapiscono Little Buster, e se non casca il mondo...» disse Rosie, lasciando la frase a mezzo.

A F.V. bastò. Qualunque cosa meno inesorabile di un netto rifiuto era sempre bastata. Si rilassò sulla sedia e si rimise a mandar giù birra, mentre Vernon mangiucchiava qualche salatino.

Vernon si sentiva ancora come se stesse rotolando a marcia indietro. Il vecchio Schweppes, il tifoso di baseball, avrebbe detto che la vita gli aveva improvvisamente fatto trovare davanti una curva, la curva essendo Aurora, ma per Vernon era più come se la strada della sua vita fosse improvvisamente arrivata a una biforcazione senza lasciargli il tempo di sterzare. Aveva lasciato il vecchio rettilineo della sua vita, probabilmente per sempre, sull'impulso di un momento, eppure non lo sorprendeva molto che la biforcazione l'avesse condotto in aperta campagna. Non sperava di poter tornare sulla vecchia strada, e per lui il sudore e il fracasso del J-Bar Korral erano solo elementi di quell'aperta campagna dove si era sperso. Rimase a guardare la gente che balla e a mangiucchiare i suoi salatini in modo alquanto sconnesso, mite nel suo sentirsi sperso, senza pensare un granché.

Nessuno di loro tre sapeva che fuori, al margine del parcheggio del locale, si era fermato un camioncino, restando a motore acceso. Royce Dunlup era arrivato e stava preparando la sua vendetta.

Il camioncino però non l'aveva messo nel parcheggio. Mentre era per la strada aveva avuto la sensazione che qualche birra poteva schiarirgli le idee, e perciò si era fermato a una drogheria aperta tutta la notte e aveva comprato due confezioni di birra da sei lattine l'una. Con sua irritazione, tutti quelli che erano al negozio avevano riso di lui perché aveva solo una scarpa. Cominciava ad avere l'impressione di essere il primo uomo al mondo al quale il cane dell'amica avesse portato via una scarpa.

Il ragazzetto pieno di brufoli che stava alla cassa si era sentito in obbligo di farci sopra un po' di spirito. «Che è successo, capo? Si è dimenticato di mettersi l'altra o di levarsi questa?»

Royce aveva preso le sue birre ed era tornato zoppicando al camioncino, seguito dai lazzi grossolani di diversi astanti. L'incidente accrebbe il suo malumore. La gente si metteva in testa che era uno svitato, uno a cui piaceva stare con una scarpa sola. Se entrava, zoppicando perché aveva una scarpa sola, in un posto grande come il J-Bar Korral, probabilmente si sarebbero messi a ridere in centinaia, e il suo prestigio ne sarebbe stato automaticamente minato. Per quello che ne sapeva, se si presentava in quel posto con una scarpa sola Rosie poteva farlo rinchiudere in manicomio.

Era un problema spinoso, e Royce se ne stette nel camioncino sul bordo del parcheggio del J-Bar Korral, scolandosi rapidamente sei delle lattine di birra. Gli venne in mente che se aspettava con pazienza prima o poi sarebbe capitato lì qualcuno ubriaco e sarebbe stramazzato a terra per la sbronza, nel qual caso non ci sarebbe stato nessun problema a sfilargli una scarpa. L'unico rischio che il progetto presentava era che Rosie e i suoi accompagnatori se ne andassero dal locale prima che lui potesse trovare un ubriaco steso per terra. Data la gravità della situazione, il problema della scarpa mancante costituiva un motivo di terribile disappunto, e Royce decise fermamente di strangolare Barstow appena tornava a casa, Shirley o non Shirley. Si scolò la seconda confezione da sei lattine ancora più rapidamente della prima. Bere lo rafforzò ancora maggiormente nella sua risoluzione. Il J-Bar Korral era un salone da ballo tirato su con materiali prefabbricati da quattro soldi, e dalle porte spalancate la musica gli arrivava benissimo agli orecchi. Il pensiero di quella che da ventisette anni era sua moglie che ballava con un mezzo pellirosse di infimo grado gli aveva messo addosso una smania di tirar calci, ma purtroppo al piede migliore per tirar calci aveva solo un calzino.

Poi, proprio mentre mandava giù la dodicesima birra, gli si presentò accidentalmente una soluzione dell'intero problema. Royce aveva quasi deciso di aspettare nel camioncino e di provare a mettere sotto Rosie e F.V. quando sarebbero usciti dal locale. Spense il motore e si preparò all'attesa, e proprio mentre era in attesa la soluzione gli apparve sotto forma di due uomini e una donna, che gli sembrarono tutti molto allegri. Quando uscirono dal J-Bar Korral si tenevano tutti e tre abbracciati e stavano cantando qualcosa che parlava di sfornato coi gamberetti, ma quando, barcollando per la sbronza, ebbero finito di costeggiare l'edificio il loro umore festoso era svanito. Uno degli uomini era grosso e l'altro piccolo, e il primo segno di animosità che Royce notò venne quando quello grosso prese quello piccolo per la cintura e lo mandò bruscamente a sbattere contro il muro del J-Bar Korral.

«Tieni chiusa quella boccaccia di merda quando c'è la mia fidanzata, stronzo d'un piccoletto» disse l'uomo grosso proprio nel momento in cui la testa del piccoletto sbatteva contro il muro. Royce non riuscì a capire se il piccoletto aveva inteso l'ordine o no, perché invece di rispondere cominciò a contorcersi sul marciapiede, emettendo gemiti indistinti.

La donna si fermò un momento per esaminare l'ometto che si contorceva. «Darrell, non ce n'era bisogno» disse con calma. «La parola "tette" l'avevo già sentita altre volte. Due ce le ho anch'io, anche se non sono le più grosse del mondo.»

L'uomo grosso evidentemente ritenne che questa affermazione non meritasse risposta, perché prese la donna per il braccio e la cacciò a forza, senza ulteriori indugi, dentro una Pontiac azzurra. I due rimasero per un po' seduti a guardare contorcersi l'ometto; poi, con una certa sorpresa da parte di Royce, l'uomo grosso avviò il motore e partì, senza disturbarsi a metter sotto quello piccolo. Costui riuscì finalmente a mettere un piede fra sé e il cemento. L'altro piede evidentemente non obbediva alle sue sollecitazioni perché l'ometto costeggiò saltellando su una gamba sola il camioncino di Royce e poi, sempre saltellando, si inoltrò nel parcheggio buio.

Royce non lo degnò di uno sguardo. Gli era venuta un'ispirazione. Quando l'ometto era andato a sbattere contro il muro dell'edificio, a lui era parso che il muro scricchiolasse. Anzi, l'aveva sentito chiaramente scricchiolare. Era ovvio che l'edificio stava su per scommessa: probabilmente era fatto solo di legno compensato e di carta catramata. Non c'era bisogno di stare lì ad aspettare tutta la notte di mettere sotto Rosie e F.V. nel parcheggio. Un muro che scricchiolava sotto l'impatto di un tappetto sporcaccione non avrebbe avuto speranze nell'urto contro un camioncino delle consegne vecchio di sei anni, ma in condizioni eccellenti. Royce poteva sfondare il muro e andare addosso a Rosie e F.V. proprio mentre ballavano insieme.

Senza perdersi in ulteriori contemplazioni, Royce passò all'azione. Si avvicinò fino a portare il camioncino in posizione parallela al muro posteriore dell'edificio e, sporgendosi dal finestrino, tastò il muro un paio di volte col pugno chiuso. Gli pareva proprio fatto di compensato e carta catramata, e non ebbe bisogno d'altro. Come obiettivo per far breccia scelse un tratto al centro del muro posteriore, fece marcia indietro per assicurarsi una ventina di metri di rincorsa, accese il motore, premette l'acceleratore a tavoletta e, col sangue agli occhi, si catapultò contro e attraverso il muro.

Il J-Bar Korral era un locale molto vasto, e sulle prime solo gli avventori che si trovavano a bere o a ballare verso il lato meridionale dell'edificio notarono che un camioncino per le consegne delle patatine fritte si stava aprendo a forza la strada per fare irruzione nel ballo. Il primo impatto mandò il muro in frantumi e praticò un'apertura sufficiente per il cofano del camioncino, ma non per l'intero veicolo, e Royce fu costretto a fare marcia indietro e a fare un'altra prova. Una coppia di provinciali stava festeggiando il primo anniversario di matrimonio a un tavolo che era a pochi metri dal punto ove era sbucato il cofano del camioncino, e la giovane coppia e gli amici, benché blandamente sorpresi dalla visione della parete che cedeva e del cofano di un camioncino che vi si affacciava, assunsero un atteggiamento molto equilibrato sull'intera faccenda.

«Guarda lì» disse il giovane sposo. «Qualche stronzo fottuto ha preso male la curva e è venuto a sbattere contro il muro.»

Tutti si volsero a guardare, curiosi di sapere se il camioncino avrebbe approfondito la penetrazione. «Speriamo che non sia un negro» disse la giovane sposa. «Non mi va giù di avere tra i piedi un negro quando facciamo festa, e a te, Paperino?» Paperino era il nomignolo che aveva assegnato a suo marito. A lui non piaceva che lei lo usasse in presenza d'altri, ma alla vista del camioncino la giovane sposa se ne era dimenticata. Il suo nome di battesimo era Beth-Morris e tutti la chiamavano proprio così, compreso il migliore amico di suo marito, Big Tony, che in quel momento era seduto a tavola accanto a lei per darle una mano a festeggiare il primo anniversario. Beth-Morris non aveva ancora finito di proferire il nomignolo proibito quando Big Tony l'abbracciò stretta in perfetto stile migliore-amico-del-marito e cominciò a farle discorsi poco inibiti all'orecchio minuto e bianco come un giglio. «Merda, lui è già tanto sbronzo che non si regge in piedi. Filiamo in macchina e giochiamo a Paperino e Paperina.»

Prima che Beth-Morris potesse optare con decisione fra il sì e il no, Royce e il suo camioncino fecero definitivamente irruzione nel J-Bar Korral. Seccato per il parziale insuccesso del primo tentativo, Royce aveva fatto marcia indietro fino a metà del vasto parcheggio per prendere la rincorsa necessaria. Beth-Morris alzò la testa appena in tempo per vedere un camioncino delle consegne che piombava addosso al suo tavolo. Urlò come un'ossessa, guastando l'atmosfera di festa per l'anniversario. A Big Tony sfuggì di mente immediatamente ogni pensiero di Paperino e Paperina. Fece appena in tempo a scagliare la sua birra contro il parabrezza di Royce prima che il paraurti urtasse con la sua sedia mandandolo a finire sotto il tavolo.

Ci fu un breve momento di bonaccia. Tutta la gente che era nell'ala meridionale del salone da ballo rimirava Royce e il suo camioncino, riluttante a credere in ciò che aveva sotto gli occhi. Royce azionò il tergicristallo per rimuovere dal parabrezza la birra di Big Tony, al qual punto la gente cominciò a urlare e a spingere indietro le sedie. Royce capì che non aveva un minuto da perdere. In quella confusione Rosie e F.V. avrebbero potuto sfuggirgli. Lasciò la frizione e, con un rombo, procedette decisamente sulla pista da ballo, sparpagliando i tavoli come stuzzicadenti.

Delle persone che Royce cercava, F.V. fu la prima a vederlo. Stava ballando con Rosie vicino al podio dell'orchestra. Avevano sentito i primi strilli tutti e due, ma gli strilli non erano una cosa insolita a un gran ballo, e non smisero immediatamente di danzare. Lo avrebbero fatto se si fosse sentita qualche revolverata, ma gli strilli ordinariamente testimoniavano solo una scazzottata, e per una scazzottata non valeva la pena di fermarsi.

Fu perciò un duro colpo per F.V., dopo aver portato a termine con perizia un passo alquanto difficile, alzare gli occhi e vedere il camioncino di Royce Dunlup avanzare direttamente verso il podio dell'orchestra. Se davvero un colpo gelasse il sangue, il sistema circolatorio di F.V. avrebbe istantaneamente raggiunto un avanzato stato di surgelamento. Così come andò in realtà, tranne che per un paio di sussulti involontari, riuscì a controllarsi abbastanza bene.

«Non guardare adesso» disse a Rosie. «C'è Royce. Non guardare.»

Di colpo Rosie si sentì tremare le gambe. Eppure non era una sorpresa: l'unica cosa sorprendente era che le sembrava di udire il rumore di un camion. Ma doveva essere la sua immaginazione, e il tono di F.V. l'aveva convinta che la vita per lei dipendeva dal saper tener bassa la testa, cosa che fece. Era sicura che Royce si stava aggirando fra i ballerini, probabilmente con una pistola in mano; e siccome non poteva riporla altrove, ripose la sua fiducia in F.V. Forse sarebbe riuscito a farli sgattaiolare tutti e due fuori dalla porta per darsi alla fuga.

Ma F.V. aveva smesso di ballare ed era fermo come una statua, e intanto il rumore di camioncino diventava sempre più forte; poi anche gli strilli si fecero di gran lunga troppo acuti perché si trattasse solo di una scazzottata, e l'orchestra improvvisamente perse il ritmo. «Gesù» esclamò il cantante, e Rosie alzò la testa appena in tempo per vedere suo marito che passava in tromba al volante del familiare camioncino azzurro.

Per un momento si sentì profondamente felice. Ecco lì Royce alla guida del suo camioncino, con tutte e due le mani sul volante, proprio come faceva sempre. Probabilmente tutto quello che era successo era stato un sogno. Probabilmente lei non era a un ballo, ma a letto a casa sua; il sogno sarebbe finito da un momento all'altro e lei sarebbe tornata alla vita che aveva sempre vissuto.

Un gioioso sollievo la invase mentre stava lì, in attesa di svegliarsi. Poi, invece di lei che si svegliava, il camioncino di Royce investì il podio dell'orchestra, facendo frullare suonatori a destra e a sinistra. Tamburi e piatti si rovesciarono addosso al batterista e il cantante fu sbalzato dal podio e andò a finire in mezzo ai ballerini. Per peggiorare ancora le cose, Royce fece marcia indietro e si scagliò nuovamente contro il podio. Il batterista, che era appena riuscito a rimettersi in piedi, risprofondò sotto i tamburi. Il secondo urto danneggiò seriamente l'impianto elettrico. Ci fu un'esplosione di scintille di luce bianchissima e la chitarra elettrica, che era stata abbandonata in un angolo, emise repentinamente una specie di urlo terrificante, spaventando tanto i presenti che tutte le donne urlarono anche loro. I suonatori si tirarono su e scapparono tutti tranne uno, il contrabbassista, un tipo alto e filiforme, che preferiva la morte piuttosto che mostrarsi vile. Scavalcò il batterista atterrato e prese il camioncino a colpi di contrabbasso. «Bastardo figlio di puttana!» urlò levando in alto lo strumento per colpire ancora.

Royce rimase moderatamente sorpreso per l'atteggiamento assunto dal contrabbassista, ma era lungi dall'esser domo. Rifece marcia indietro e si proiettò contro il podio per la terza volta. Il prode contrabbassista vibrò un altro tremendo colpo col suo strumento prima di essere scagliato all'indietro, addosso ai tamburi e al batterista. La volontà di lotta non l'aveva però abbandonato: si sollevò sulle ginocchia e lanciò all'indirizzo del camioncino uno dei piatti della batteria, frantumando il parabrezza.

«Sicurezza, sicurezza» urlò il cantante dal bel mezzo della gente. «Dove diavolo sono quelli del servizio di sicurezza?»

Quanto a questo, nessuno lo sapeva; tanto meno i due proprietari del locale, Bobby e John Dave, che erano corsi fuori dall'ufficio per assistere alla distruzione della loro fonte di sostentamento. Erano due imprenditori di mezza età, da tempo avvezzi a trattare con tipi turbolenti, ma lo spettacolo che avevano sotto gli occhi era troppo per la loro capacità di sopportazione.

«Qui come c'è arrivato, John?» chiese Bobby, esterrefatto. «Mica abbiamo ordinato le patatine.»

Prima che John Dave potesse rispondere, Royce si rimise in azione. Era ampiamente soddisfatto della distruzione del podio, e in un lampo girò il veicolo verso la folla. Cominciò a fare un rapido giro del perimetro della sala da ballo, strombettando più che poteva col clacson per disperdere i vari assembramenti di persone. La manovra ebbe successo: i ballerini si sparpagliarono, saltando come cavallette per non inciampare nelle molte sedie finite per terra. Per bloccare il deflusso verso l'uscita Royce cominciò poi a usare il camioncino bulldozer, spingendo sedie e tavoli verso l'unica porta e poi fracassandoli passandoci sopra, fino a ridurli a una montagna di schegge di legno e di chiodi.

Vernon, sempre freddo nei casi d'emergenza, s'era precipitato al fianco di Rosie appena aveva capito cosa stava succedendo, e adesso tutti e due avevano un gran da fare per evitare che F.V. si lasciasse prendere dal panico, il che avrebbe potuto denunciare al nemico la loro ubicazione. Il fatto che fossero tutti e tre bassi di statura offriva qualche vantaggio, benché F.V. non fosse di questo parere. «Sono bello che morto» continuava a dire. «Bello che morto.» Poi, in tono lugubre, aggiunse: «Che scarogna».

«Non è scarogna, è giustizia» obiettò cupamente Rosie. Non era particolarmente calma, ma era ben lungi dal panico. Ventisette anni di convivenza con Royce non erano passati invano: aveva imparato come proteggersi quando lui era infuriato.

Vernon osservava il camioncino che girava per la sala fracassando i pochi tavoli rimasti ancora intatti. Avevano trovato rifugio tutti e tre dietro l'uomo grande e grosso che aveva ballato con Rosie; per fortuna era in compagnia della moglie, altrettanto grande e grossa. Sembrava che si stessero godendo enormemente lo spettacolo, tutti e due.

«È bellino però quel camioncino azzurro» disse la signora grande e grossa. «Perché non ce ne compriamo uno uguale per farci stare tutti i ragazzini?»

In quel preciso istante il camioncino azzurro tanto bellino sterzò verso di loro. «Ecco che si fa» disse Vernon. «Voi due, di corsa al gabinetto per le donne. Avanti, presto!»

Rosie e F.V. partirono a razzo e in quello stesso momento Royce li avvistò. Frenò per mettersi nell'esatta direzione in cui stavano puntando, e mentre andava piano dalla folla vennero fuori cinque o sei tipi più sbronzi degli altri e si aggrapparono al paraurti posteriore. L'uomo grande e grosso decise che non poteva non essere della partita e corse dietro a Vernon, che si era mosso un istante prima per cercare di saltar sul camioncino. Royce ingranò la marcia indietro a riuscì a scrollarsi di dosso tutti gli ubriachi tranne due; poi ripartì in avanti e anche quei due mollarono la presa. Mentre il camioncino avanzava l'uomo grande e grosso gli tirò contro un tavolo, ma riuscì a colpire solo uno degli ubriachi.

F.V. fu più lesto di Rosie ad arrivare al gabinetto per le donne, ma all'ultimo momento si ricordò di non essere una donna. Si fermò di botto e Rosie gli andò a sbattere contro. «Ahiiii» disse F.V. «Dov'è quello per gli uomini?»

Rosie si guardò dietro e vide che la folla si era spartita in due e che Royce stava venendo addosso a loro. Non c'era tempo per parlare. Con uno spintone spedì F.V. oltre la porta a ventola e gli si infilò dietro circa due secondi prima che il camioncino andasse a sbattere contro la parete.

La zona del J-Bar Korral dove erano i gabinetti era stata un tempo, quando in quel posto c'era un cinema drive-in, quella dove era installata la macchina da proiezione. Il muro era di blocchi di cemento. Royce si aspettava di sfondarlo come niente per fare irruzione nei gabinetti, e invece ci finì contro senza spostarlo di un millimentro. Sbattè anche la fronte contro il parabrezza.

La sua confusione per aver trovato un muro che non si sfondava andandoci contro fu roba da niente, tuttavia, a paragone di quella che si scatenò nel gabinetto. Per la maggior parte le donne che stavano usufruendo di quel servizio erano felicemente ignare di ciò che stava accadendo sulla pista da ballo. Avevano sentito strillare, ma si erano convinte che fosse solo una scazzottata un po' più grossa del solito e, più o meno, avevano deciso di restare dov'erano finché fosse finita. Diverse si stavano pettinando i capelli all'insù, una o due si reincollavano le ciglia finte e una, rossa grassoccia di nome Gretchen, che aveva appena finito di farsi scopare nel parcheggio, teneva una gamba sul lavandino e si faceva un"irrigazione.

«Lo sa solo Dio quanti guai risparmia» osservò, fra il generale consenso, e la conversazione continuò ad aggirarsi in gran parte sul problema delle gravidanze non volute. Una donna seduta su uno dei cessi stava illustrando alle altre la sua esperienza di un parto trigemino indesiderato quando, senza alcun preavviso, una figura vagamente pellirossa, ma incontestabilmente di sesso maschile, sbucò dalla porta e andò a finire in mezzo a quel consesso femminile. La comparsa di F.V. fu così sconcertante che nessuna notò la donnetta dai capelli rossi e dall'aria terrorizzata che gli era alle calcagna; ma lo shock che seguì all'impatto del camioncino contro il muro fu una cosa da non perdere. Gretchen perse l'equilibrio e finì per terra, e una bionda di nome Darlene spalancò la bocca per gridare e ci si trovò dentro la ciglia finta. F.V., che l'equilibrio l'aveva già perso un po' prima, ebbe la sfortuna di cascare proprio addosso a Gretchen.

«È un bruto, tiratemelo via di dosso» urlò Gretchen. Si era messa in testa che lui voleva violentarla e si voltò a pancia in giù, continuando a urlare. Dalle porte dei cessi sbucò un paio di donne. Credevano che sul locale si fosse abbattuto un tornado, ma quando videro F.V. si misero a gridare anche loro per chiamare la polizia. Rosie, che aveva messo l'orecchio alla porta, sentì le ruote del camioncino slittare sul pavimento lucido della pista da ballo. Quando si guardò intorno, vide che F.V. era in guai seri. Per impedirgli di violentare Gretchen gli erano saltate addosso in cinque o sei e una brunetta giovane giovane, dall'aria particolarmente torva, stava cercando di strangolarlo con una peretta tubolare.

«Macché, macché» disse Rosie. «Quello non vuol far male a nessuno. È venuto solo a nascondersi. Mio marito ha cercato di metterlo sotto col camion.»

«Ma mi si è buttato addosso» disse Gretchen.

«Vuole dire che là in sala c'è un camion che gira?» chiese la brunetta. «È la stronzata più grossa che ho mai sentito.»

Corse a sbirciare fuori della porta. «Ma se è solo un camioncino» disse. «Da come l'ha detto pareva che fosse un TIR. Comunque se ne sta andando.»

Gretchen stava ancora fissando F.V. con occhi di fuoco. A lei la notizia che nella sala da ballo c'era un camion non faceva né caldo né freddo. «Per me è sempre uno di quei vecchietti maniaci sessuali» disse, fissando ancora F.V. «Uno che per cascare aspetta proprio di starmi in mezzo alle gambe può farti fessa a te, bella, ma a me no.»

F.V. decise che il minore, fra i due mali, era Royce. Si precipitò fuori del gabinetto, sempre con Rosie alle calcagna. Sulla pista da ballo c'era un pandemonio. A Royce faceva male la testa per la zuccata che aveva dato contro il parabrezza, e lui aveva deciso di tornare al piano originario, che era di metter sotto i due peccatori nel parcheggio. Per attuarlo doveva tornare nel parcheggio, e non risultava facile. Gli avventori del locale avevano avuto tempo di valutare la situazione, e alcuni fra i più sbronzi e più bellicosi cominciarono a tirare contro il camioncino oggetti di ogni genere, e in particolare bottiglie di birra. Il cantante indignato era riuscito a scovare i due agenti del servizio di sicurezza, che quando era cominciato il finimondo stavano facendo entrambi un'impegnativa e posata defecazione. I due agenti si precipitarono con le pistole in pugno sulla pista da ballo, dove però dovettero constatare che il camioncino stava battendo in ritirata.

Royce, ignorando la pioggia di bottiglie di birra, continuava a solcare la pista da ballo, strombettando di tanto in tanto col clacson. I due agenti, più Bobby e John Dave e il cantante, cominciarono a dargli la caccia. Nessuno dei due agenti era tipo da smaltire sportivamente un'interruzione della sua cacata, ed entrambi non correvano al loro meglio. Quando un uomo piccoletto si fece loro incontro gridando «Fermi!», si fermarono.

«Non vi fermate» urlò il cantante, arrabbiatissimo.

Rosie raggiunse Vernon. «Va bene, va bene» assicurò gli agenti. «Quello è mio marito. Non ci vede più dalla gelosia, tutto qua.»

«Lo sapevo, Billy» disse uno degli agenti. «Solo un'altra stronza lite in famiglia. Potevamo restare dov'eravamo.»

«Lite in famiglia, eh, Gesù Cristo benedetto» disse John Dave. «Guarda che sfacelo. Manco fosse stato un ciclone.»

«Nessun problema, nessun problema» intervenne subito Vernon, tirando fuori di tasca un rotolo di banconote. Ne sfilò biglietti e biglietti. «Quell'uomo è un mio dipendente e i danni li pago io» assicurò.

In quel momento si udì un sinistro fragore. Nonostante la grandinata di bottiglie e, di tanto in tanto, qualche sedia, Royce era riuscito a raggiungere, più o meno tranquillamente, la breccia che aveva praticato per entrare e ad attraversarla in senso inverso. Solo dopo che fu uscito avvenne lo scontro. L'omone della Pontiac azzurra ci aveva ripensato sopra e aveva deciso di tornare indietro per sbattere l'ometto contro il muro un'altra volta, e stava guidando lentamente, cercandolo, quando Royce sbucò dalla breccia. Darrel, l'omone, non si aspettava che dal muro della sala da ballo sbucasse qualcuno e fu colto alla sprovvista. L'impatto fece precipitare Royce fuori della portiera del suo camioncino, sull'asfalto del parcheggio.

La prima cosa che vide, dopo, fu un buon numero di facce sconosciute che lo guardavano dall'alto. La cosa sorprendente fu che tra quelle facce, guardando meglio, ne scorse una che conosceva, ed era la faccia di sua moglie Rosie. Gli eventi della serata, e in particolare l'inatteso scontro con la Pontiac azzurra, avevano notevolmente annebbiato i riflessi di Royce, il quale per il momento si era completamente dimenticato del motivo per cui era venuto al J-Bar Korral.

«Royce, adesso non ti muovere» disse Rosie. «Hai la caviglia rotta.»

«Ah» disse Royce, guardandosela con curiosità. Era la caviglia del piede senza scarpa, e la vista del calzino, che non era particolarmente pulito, lo mise in profondo imbarazzo.

«Non volevo mica venire con una scarpa sola, Rosie» facendo del suo meglio per reggere lo sguardo della consorte. «È solo che quel maledetto cane di Shirley s'è portato via l'altra.»

«Va bene, va bene, Royce» rispose lei. Vide che per il momento il marito aveva dimenticato la sua piccola infrazione; era solo stanco, ubriaco e intronato, come gli capitava spesso il venerdì sera, e stargli accoccolata vicino, con intorno centinaia di persone eccitate, per lei era un po' come risvegliarsi da un brutto sogno, perché l'uomo che le stava davanti era tanto somigliante al suo vecchio Royce e non al nuovo, strano, ostile Royce su cui fantasticava da settimane.

Royce, tuttavia, si sentiva un po' disperato. Gli pareva molto importante far capire a Rosie che a darle dei fastidi, lui, non ci si era messo di proposito. In un lontano passato la madre, fanatica per la pulizia, lo aveva assicurato che se non si cambiava le mutande almeno due volte la settimana sicuramente si sarebbe trovato con indosso le mutande sporche il giorno che fosse rimasto secco in un incidente d'auto, fatto che avrebbe trascinato nello scandalo tutta la famiglia. Un calzino sporco e una scarpa sì e l'altra no forse non erano cosa grave come le mutande sporche, ma Royce era ugualmente convinto che la profezia di sua madre si fosse finalmente avverata, e sentiva di dover fare il possibile per assicurare a Rosie che non era colpa sua.

«Dappertutto, l'ho cercata» disse cupamente, sperando che lei capisse.

Rosie ne fu visibilmente commossa. «Ci credo, Royce, e adesso smettila di preoccuparti per quella scarpa. Tanto hai la caviglia rotta e non te la potresti mettere. Ti portiamo all'ospedale.»

Poi, con grande sorpresa di Royce, gli passò un braccio intorno al collo. «Little Buster ha chiesto di te, tesoro» disse dolcemente.

«Ah, Little Buster» disse Royce prima che sollievo, imbarazzo, stanchezza e birra lo sopraffacessero. Presto, però, ne fu completamente sopraffatto. Appoggiò la testa al famigliare petto liscio come una tavola di Rosie e scoppiò in singhiozzi.

In questo non rimase solo a lungo. Molte delle donne e anche alcuni uomini che si erano raccolti lì intorno dimenticarono di essere usciti dal locale con l'intenzione di ridurre Royce a brandelli. Alla vista di una così bella e commovente riconciliazione la brama di vendetta si spense nel petto collettivo della folla. Certe donne si misero anche a piangere, augurandosi che toccasse in sorte anche a loro una bella riconciliazione così. Darrell, il proprietario della sfortunata Pontiac, decise di perdonare Royce invece di prenderlo a calci, e se ne andò con la sua ragazza per proseguire la discussione in corso sul problema se "tetta" fosse una parola accettabile. Bobby e John Dave scossero entrambi il capo e accettarono dieci dei biglietti da cento dollari loro offerti da Vernon quale corrispettivo per il risarcimento dei danni arrecati al loro locale. Si resero conto inoltre, ancora una volta, che il ballo settimanale aveva riscosso un grande successo. I due agenti tornarono ai loro movimenti intestinali, Vernon avviò un'infruttuosa ricerca di F.V., e Mitch McDonald, il migliore amico di Royce, andò subito a un telefono pubblico per comunicare a Shirley che Royce era tornato dalla moglie. Chiarì di non essere mosso che da spirito di perdono, e accennò alquanto genericamente al fatto che il suo vecchio coso moriva dalla voglia di sentirsela sedere sopra, nuovamente. Al che Shirley, che nel bar dove lavorava stava versando birra nei boccali con la mano rimasta libera, replicò: «Siediti da solo, razza di spione. Ho di meglio da fare, se non ti dispiace».

Rosie si inginocchiò acccanto al marito, accogliendo con gratitudine i calorosi sentimenti degli astanti. Più d'una donna si chinò per dirle quant'era felice che fra lei e suo marito tutto si fosse aggiustato. A forza di piangere Royce si era addormentato sul seno della consorte. Arrivò presto un'ambulanza, con tanto di luci ruotanti e di sirena, e portò via Royce e Rosie, poi arrivarono due grossi carri attrezzi e rimorchiarono via la Pontiac e il camioncino. Qualcuno tornò nel locale, passando per il buco nel muro, per rimettersi a discutere sugli avvenimenti, altri filarono a casa e molti rimasero dov'erano, tutti felici però di essere stati testimoni, per una volta, di una tale passione e compassione. Poi, quando tutto tornò tranquillo, arrivò dal Golfo del Messico, spinta dal vento, una chiostra variegata di nubi, che celò alla vista la luna, e dalle nubi cominciò a scendere una pioggerellina dolce e sommessa sul parcheggio, sulle macchine e sugli avventori del J-Bar Korral rimasti tranquillamente all'aperto a formar crocchi e a commentare.

14

La mattina dopo Aurora scese giù presto, avviandosi allegra a preparare la colazione. Non era tanto una semplice preparazione quanto una complessa elaborazione, sulla scorta di un certo numero di avanzi di cibi esotici e sulla base di una nuova ricetta di omelette che intendeva sperimentare. Con un occhio seguiva il programma televisito *Today*, e fra sé pensava che era stata proprio un'ottima idea ridurre il codazzo dei suoi corteggiatori, in quanto ciò significava che non avrebbe dovuto più dovuto regolare il caotico traffico delle telefonate mattutine. Senza tali telefonate riusciva a preparare colazioni molto migliori, e di quanto in esse era stato detto nel corso di anni non riusciva a ricordare niente che valesse una buona colazione.

Mentre assaggiava una gelatina di prugne per accertarsi che non fosse andata a male, il generale entrò dalla porta posteriore, sbattendola con gran fracasso.

«Hector, non è mica lo sportello di un carro armato» disse lei mitemente. «Non è fatta d'acciaio rinforzato. Come ti senti stamattina?»

«Te ne accorgerai» rispose il generale, versandosi subito un po' di caffè.

«Dov'è il giornale?» chiese Aurora, spegnendo il televisore per dargli retta un minuto.

«Sarà sul prato, se l'hanno portato, no?» rispose il generale. «Adesso non sono dell'umore adatto.»

«Sì, lo vedo che hai le paturnie» disse Aurora. «Naturalmente dovevi farti venire le paturnie una bella mattina in cui io sono di ottimo umore e potrei lasciarmi convincere a fare qualsiasi cosa. Inutile dirti che cosa potrei lasciarmi persuadere a fare se avessi a portata di mano per cinque minuti un uomo di buon umore.»

«Be', non ce l'hai» rispose succintamente il generale.

«Però, che spreco. Va a prendere il giornale, allora.»

«Te l'ho già detto una volta che non sono dell'umore adatto» disse il generale sedendosi a tavola.

«Sì, me l'hai già detto una volta, ma il tuo umore non è pertinente all'argomento in discussione. Il giornale è il mio e uno dei tuoi piccoli doveri, in base al nostro recente accordo, è di portarmelo la mattina. Io sono sempre dell'umore adatto per leggere il giornale, visto che c'è ben poco d'altro da fare con te intorno.»

«Sono stufo delle tue allusioni sessuali» disse il generale. «Cosa credi che sia la verità.»

«Potrebbe essere quasi una delizia se gli uomini non fossero tanto guastafeste» rispose Aurora. «Mi rifiuto di prendere sul serio tanto malumore, Hector. Vammi solo a prendere il giornale, per favore, e ti faccio una magnifica omelette, così dopo mangiato potremo ricominciare la giornata.»

«Il giornale non lo vado a prendere. Se ci vado ti metti a leggere per due ore, cantando l'opera. Io non canto l'opera quando leggo il giornale e non vedo perché debba farlo tu. Non dovresti leggere e cantare contemporaneamente. In particolare, io non ho voglia di guardarti leggere e sentirti cantare, al momento, perché sono molto seccato e voglio qualche risposta.»

«Dio, che piaga che sei» disse Aurora. «Mi comincia a venir voglia di riprendermi qualcuno degli altri miei corteggiatori.»

Senza ulteriori indugi andò a prendere il giornale. Il sole era alto e l'erba scintillante di goccioline della pioggia di qualche ora prima. Sul prato c'era uno scoiattolo grigio, in posizione eretta e evidentemente per nulla contrariato dal fatto che l'erba era bagnata. La mattina si vedeva spesso sul prato, e qualche volta Aurora gli diceva due paroline prima di rientrare in casa.

«Ma come sei bellino» disse. «Se fossi solo un po' più addomesticato ti direi di venire a far colazione con me. Di noci ne ho a sufficienza.»

Colse qualche fiore, per bagnato che fosse, e tornò in cucina, sperando che in sua assenza l'umore del generale fosse migliore.

«Stavo parlando con uno scoiattolo, Hector» disse. «Se tu avessi più interesse per la vita animale saresti un uomo più allegro. Gli unici animali che vedi sono quei cani pieni di macchie ai quali sei tanto affezionato. Francamente, quei cani non sono educati granché bene.»

«Con me sono perfettamente educati» rispose il generale. «Sono magnifici animali. Non ne voglio altri, e non voglio essere un uomo più allegro.»

«Oh, Hector, e allora cosa vuoi?» disse Aurora gettando via il giornale. Il tono gracidante del generale cominciava a irritarla estremamente. «Senti» riprese. «Devo confessare che è peggio di quanto immaginassi. Mi sono messa la vestaglia rossa nuova, è una mattina splendida e avevo in mente una colazione coi fiocchi. Ero disposta a fare chissà che per farti piacere, oggi, tanto per vedere se riusciamo a tirare avanti un giorno intero senza che tu ti inacidisca, ma adesso vedo che non c'è speranza. Se vuoi inacidirti, almeno dimmi il perché.»

«F.V. non è tornato a casa» disse il generale. «Stamattina non c'era, non c'era nessuno per guidare la macchina e perciò non ho potuto fare la mia corsa. Due ore, l'ho aspettato. I cani sono in agitazione. Ci restano malissimo quando non possono correre.»

«Santo Dio, Hector, potevi lasciarli in libertà. Potevano correre da soli, come i cani normali. Non credo che ti faccia male saltare una delle tue corsette di tanto in tanto. Per quanto ti ammiri per come tieni fede alle tue regole, penso che potresti ammorbidirle un po' ora che hai me ad intrattenerti. Quanto a F.V., non vedo perché tu debba preoccuparti. Si farà vivo.»

«Non credo» disse il generale con aria cupa. «F.V. c'è sempre. Sa quello che esigo da lui. È stato con me sei anni e non è mai arrivato in ritardo.»

«Hector, due gambe ce le hai» disse Aurora. «Se avevi tanta smania di fare la tua corsa, perché non l'hai fatta? La fai da anni. Mi sembra altamente improbabile che tu abbia scelto proprio stamattina per farti venire un attacco di cuore.»

«Ci sono volte in cui mi fa nausea come parli. Scegli troppo bene le parole. Non potrei mai fidarmi di te.»

«E questo che c'entra?» chiese Aurora. «Oggi sei un cumulo di contraddizioni, Hector. Ovviamente vuoi darmi la colpa di tutto ciò che ti è andato male nella vita, e allora perché non vai avanti a darmi la colpa, così quando avrai finito potremo fare colazione? Non mi piace mangiare mentre mi si critica.»

«Allora va bene, è per Rosie» disse il generale. «La responsabilità, se F.V. è sparito, deve essere sua. È lei che se l'è portato a ballare ieri sera, e adesso lui non c'è.»

Aurora aprì il giornale alla pagina delle cronache mondane e la scorse in fretta per vedere se c'era stata qualche festa interessante, o se si era fidanzata la figlia di qualche sua amica.

«Adesso capisco» disse poi. «Tu pensi che Rosie abbia sedotto F.V. E hai deciso che la colpa è mia. Hai una bella faccia di bronzo, Hector. Rosie non ha mai mostrato il minimo interesse per F.V.»

«E allora dov'è? A quest'ora dovrebbe essere arrivata. Dov'è?»

Aurora passò alla pagina finanziaria e la scrutò con attenzione per sapere se le sue azioni erano salite o scese. Era difficile capirlo con quei caratteri così piccoli, ma riuscì a pescare un titolo che era salito e lo prese come un buon segno.

«A te non te ne importa» disse il generale. «Preferisci leggere il giornale. Di' la vertà, tu non mi ami, vero, Aurora?»

«E come faccio a saperlo?» rispose lei «Finora, stamattina, non mi hai neanche nominata. Mi sentivo molto attraente, fino a poco fa, ma adesso non so più che cosa dire o fare. Voi uomini avete una disgraziata tendenza a farmi sragionare, se vuoi sapere la verità. Non mi va mica tanto di amare uno che pensa solo a farmi sragionare.»

«Lo vedi, hai eluso la mia domanda» disse il generale.

Poi, di colpo, si accorse nuovamente di quanto fosse bella e, dimenticando la sua irritazione con F.V., si affrettò a spostare la sedia in modo da mettersi a tavola accanto a lei. Era gagliardamente colorita in volto e il generale decise di aver perso la sua corsa per una buona causa. Vide che non c'era speranza di resisterle e le affondò la faccia nei capelli, dato che questi nascondevano la maggior parte del collo che improvvisamente sentiva l'impulso di baciare.

«Ah, *mon petite*» disse toccandole il collo col naso. Gli era sempre risultato che il francese è la lingua dell'amore.

«È sorprendente come la passione spesso faccia solamente il solletico» disse Aurora, arricciando il naso con tenue smarrimento e andando avanti con la lettura. Abbassò lo sguardo sulla testa quasi calva del generale e pensò che la vita era più ridicola che mai. Perché una testa simile cercava di baciarle il collo?

«Inoltre, Hector, davvero faresti meglio a rivolgerti a me nella nostra lingua» aggiunse ingobbendo una spalla per sottrarsi al solletico. «Il tuo francese al più è rudimentale, e dovresti ricordare come sono pedante circa la corretta formulazione dei concetti. Un uomo che avesse una vera, elegante padronanza del francese, o di qualunque lingua del resto, potrebbe indubbiamente sedurmi in un istante, ma temo che tu debba affidarti a qualcosa d'altro che non l'eloquenza. Un uomo le cui corde vocali producono il rumore di una segheria di legname, tanto vale che rimanga in silenzio. E non cominciare a parlarmi dei carri alati del tempo, nemmeno» aggiunse quando il generale tirò indietro la testa e aprì la bocca per parlare. «Il solo fatto che tu abbia letto una poesia non comporta che io debba corrisponderti, ti pare? Adesso che ci penso, dov'è Rosie? È così angosciata in questi giorni, sai. Può darsi che uno dei figli abbia avuto un incidente. Sarà meglio che le telefoni.»

«Non telefonare» disse il generale. «Io non resisto. Pensa a tutti gli anni che abbiamo perduto.» Fece del suo meglio per installarsi sulla sedia su cui era seduta Aurora, ma era solo una sedia di cucina e finì col trovarsi per metà sulla sua e per metà su quella di Aurora.

«Quali anni perduti? Io certo non ne ho perduto nessuno. Ogni anno della mia vita è stato perfettamente gradevole. Il solo fatto che tu abbia aspettato di arrivare all'età di sessantasette anni per imparare a goderti la vita non ti dà il diritto di accusare me di perderli, gli anni.»

«Eri così affettuosa quando sono arrivato» disse il generale. «Adesso non ho fame e non so aspettare.»

Aurora lo fissò negli occhi e rise di cuore. «Puah» esclamò. «Ammetto di averti adescato ma ora preferisco tenerti da parte per la serata. Non ho a che fare precisamente con un adolescente, vero?»

Poi, vedendo che lui era troppo confuso per difendersi adeguatamente, s'intenerì un poco. Posò il giornale e gli diede qualche strizzatina affettuosa. «Questo ti insegnerà a non essere acido com me quando sono in vena di flirtare» disse. «A quest'ora di mattina niente ha la precedenza sulla colazione. Perché non vai a farti qualche impacco freddo mentre mi preparo? Non facendo la tua corsa mi pare che ti sia surriscaldato.»

Squillò il telefono e il generale indietreggiò. «Mai che facciamo colazione senza che suoni il telefono» disse. Indietreggiò perché era bastato lo squillare del telefono a ricordargli quanto attraente fosse Aurora, e quanti altri uomini la desiderassero. Anche se lei lo aveva assicurato che li mollava tutti adesso che aveva lui, il generale sentiva di aver buone ragioni per odiare il telefono.

«Ma cosa dici, Hector?» disse Aurora. «È solo la seconda mattina che facciamo colazione insieme, e grazie alle tue paturnie non l'abbiamo ancora fatta. La colpa non è del telefono.»

Andò a rispondere, sempre tenendo d'occhio il generale. Ovviamente lui pensava che a telefonare fosse un rivale. Invece era solo Rosie.

«Oh, ciao, tesoro» disse Aurora come se stesse parlando con un uomo. La pelata del generale divenne rossa, e Rosie divenne silenziosa, al qual punto Aurora si mise a ridere di cuore. Aver ammesso il generale nella sua vita le fruttava almeno qualche buona risata.

«Be', ora che ti ho un po' presa in giro come stai, Rosie?»

«Tesoro non mi ci ha mai chiamata» disse Rosie.

«Perché non sei venuta a lavorare?»

«Per via di Royce. Non ha letto il giornale?»

«No, non mi è stato permesso. Non dirmi che ho perso qualcosa.»

«Eh, sì. Royce ha scoperto che io e F.V. eravamo a ballare. Col camion ha sfondato il muro della sala da ballo ed è venuto dentro cercando di acchiapparci. Ha sfasciato tutto il locale e poi ha avuto uno scontro e si è rotto la caviglia. Siamo stati in ospedale quasi tutta la notte. Vernon ha pagato tutto lui. C'è tutto a pagina quattordici, quasi in fondo.»

«Oh, no» disse Aurora. «Povero Vernon. Devo essergli costata quasi un milione di dollari ormai, direttamente e indirettamente. Non ne valeva la pena, per me.»

«Chiedile che è successo a F.V.» disse il generale. Non voleva che la conversazione continuasse ad aggirarsi su Vernon.

«Tu taci» disse Aurora. «Adesso dov'è Royce?»

«A letto, gioca con Little Buster. Quel ragazzino è più attaccato al suo papà.»

«E così te lo sei ripreso» disse Aurora.

«Non lo so, se sì o no» rispose Rosie. «Non ne abbiamo parlato. Royce si è svegliato adesso. Ho pensato che se lei non ha bisogno di me subito, resto un po' qui per capire quello che ha in mente.»

«Oh, ma certo, prendi pure tutto il tempo che ti serve. Prima viene il tuo matrimonio, e comunque Hector e io non abbiamo fatto che litigare per tutta la mattinata. Non so quando ci metteremo a mangiare. Io svengo dalla fame. Dov'è Vernon?»

«Dov'è F.V., vorrai dire» disse il generale. «Te l'ho chiesto due volte, di sapere qualcosa di F.V.»

«Che peste» disse Aurora. «Il generale Scott insiste per sapere che ne hai fatto del suo autista. Ce l'hai tu o no? Per la sua vita F.V. sembra più essenziale di me, perciò ti sarei molto grata se potessi darci qualche indicazione sul suo attuale recapito.»

«Santo Dio, che ne è successo di F.V.?» esclamò Rosie. «Me ne ero dimenticata» Poi si ricordò che nella stanza accanto c'era il marito e divenne imbarazzata.

«Se ne era dimenticata» disse Aurora al generale. «Evidentemente c'è stato un bel po' di parapiglia. Puoi leggere tutto sul giornale, pagina quattordici, verso il fondo.»

«Scommetto che se ne è andato da Houston» sussurrò Rosie. «Non posso parlare per via di Royce.»

«Contrordine: adesso crede che F.V. abbia lasciato la città. Ciao, Rosie. Appena puoi, vieni a raccontarmi come è andata. Con tutta probabilità Hector e io staremo ancora litigando.»

«Non mi piace sentirti fare il nome di quell'uomo» disse il generale appena lei riattaccò.

«Non vedo perché dovrebbe importartene. Non ci sono mai andata a letto, dopo tutto.»

«Lo so, ma è ancora in giro.»

Aurora abbassò il giornale e passò lo sguardo su tutta la cucina, girando la testa lentamente, come un riflettore. «Dov'è?» disse. «Non mi pare di vederlo.»

«È ancora a Houston, voglio dire.»

«Già, è a casa sua. Vuoi che lo cacci da casa sua solo per farti piacere?»

«Mai che ti senta dire 'povero Hector» ribatté il generale.

«Già, è così» disse Aurora alzandosi. «Adesso preparo la colazione, e poi faccio un po' di canto, e quando ho finito possiamo riprendere, se proprio dobbiamo. Tu stattene seduto a leggere il giornale come un uomo normale e dopo colazione vedremo se sarai un po' meglio di adesso.»

«Mentre prepari faccio un salto per vedere se F.V. è arrivato» disse il generale.

«Allora vai. È sorprendente quello che sei disposto a fare pur di non sentirmi mentre canto.»

Il generale si avviò alla porta, aspettandosi di essere investito da una raffica di musica d'opera. Non avvenne, però, e lui prima di uscire si guardò dietro le spalle. Aurora era vicino al lavandino con le mani sui fianchi e gli sorrideva. Bruscamente il generale fece dietro-front e tornò da lei a passo di carica. Le aveva sentito dire parecchie volte quanto le piacevano le sorprese: forse era il momento giusto per baciarla.

«Non è questa la strada per casa tua» disse allegramente Aurora. Allungò una mano per aprire il rubinetto, che aveva una cannella di gomma con lo spargitore per lavare i piatti. Nel preciso momento in cui il generale protendeva le braccia, fece un passo di lato e lo annaffiò con un bel po' d'acqua. «T'ho preso» disse facendo la terza fragorosa risata di quella mattina. «Adesso non sembri tanto in ordine» aggiunse.

Il generale gocciolava tutto. Aurora continuò a piegare la cannella avanti e indietro, allagando il pavimento. In quell'istante, quasi per prenderlo ulteriormente in giro, lasciò partire la raffica di musica d'opera che lui si aspettava prima.

«Sta zitta! Non cantare!» urlò il generale. Non ricordava nessuno, ma nessuno che l'avesse preso meno sul serio di lei. Quella donna pareva non avere la più pallida idea dell'ordine e della disciplina. Lo sguardo di Aurora lasciava capire che se lui avesse tentato di avvicinarsi non avrebbe esitato a rimettere in azione la cannella dell'acqua; ma era una sfida al suo orgoglio e, senza ulteriore esitazione, si slanciò verso di lei e dopo breve lotta riuscì a strapparle di mano la cannella e le diresse contro il getto d'acqua per farla smettere di cantare.

Ma Aurora continuò a cantare, a dispetto dell'innaffiata che stava prendendo, indifferente alla sua dignità e alla propria. Il generale non desistette. Gliel'avrebbe fatto vedere lui. Mentre glielo faceva vedere, lei allungò nuovamente la mano e chiuse il rubinetto, riducendo lo spruzzo a un gocciolìo. Erano tutti e due un bel po' inzuppati, ma nonostante questo Aurora era riuscita a conservare una certa maestosa magnificenza. Il generale dimenticò che stava andando a casa. Dimenticò perfino l'autista disperso.

«Che significa tutto questo? Che significa?» disse. «Andiamo su. Voglio vedere il tuo Renoir.»

«Oh, ci avrei scommesso» disse Aurora. «Perché questo eufemismo?» Lo schizzò ancora un po' con la cannella. Aveva i capelli che sembravano imperlati di rugiada, e chiaramente stava per fargli un'altra risata in faccia.

«Cosa?» disse il generale, reso improvvisamente cauto dal fatto che si era accorto che il pavimento era sdrucciolevole.

«Sì, uomo pudibondo» rispose Aurora, schizzandolo ancora un po'. Si scrollò un po' d'acqua dai capelli, poi agitò verso di lui la cannella in modo alquanto allusivo. Per un istante la fece anche stare verticale, ma poi la cannella si incurvò penzolandole dalla mano.

«Bontà divina, spero che non sia un presagio, Hector» disse con un lampo malizioso negli occhi. «Ma del resto con tutto l'interesse che hai per la pittura credo che non te ne importerebbe molto. Anzi, fammi vedere il tuo Renoir!»

«Ma è quello che hai detto l'altra volta» disse il generale. La rabbia gli era sbollita, le sue passioni erano confuse, e cominciava a sentirsi senza forze.

«Sì, ma io sono ben nota per il mio gusto per le metafore» disse Aurora. «È sorprendente quello che salta fuori quando sei con le spalle al muro. Continua a gridare. Sei quasi riuscito a risvegliare il mio interesse.»

«No» rispose il generale, «Non dici nemmeno una parola sul serio. Mi prendi solo in giro.»

«Be', un'altra cosa carina in te è che non hai la faccia floscia. Peccato che tu abbia scelto di smettere di farmi delle avances proprio quando il mio interesse cominciava a risvegliarsi.»

«È per colpa di questo maledetto pavimento» disse il generale. «L'hai bagnato tutto. Lo sai quanto è facile fratturarsi l'anca alla mia età.»

Aurora fece una scrollatina di spalle e gli rivolse un sorriso di affettuoso rimprovero. «Non ho mai detto che dobbiamo restarcene qui, in piedi. L'omelette non mi va più.» Prese il grande vassoio di frutta e gli avanzi esotici che aveva già preparato e, continuando a fissarlo, passò sul tratto più allagato del pavimento, facendo un gran ciac-ciac coi piedi nudi e sollevando un bel po' di spruzzi. Uscì dalla cucina senza guardarsi indietro. Non invitò il generale a seguirla, né glielo proibì.

Qualche istante dopo, non molto fiduciosamente, il generale la seguì.

15

Una mattina, dopo che il generale era andato a fare il suo checkup annuale, avrebbe dovuto essere, dal punto di vista di Aurora, press'a poco simile a qualsiasi altra, solo migliore. C'era un bel sole e faceva caldo, come del resto quasi sempre a Houston durante la bella stagione. Ciò che rendeva la giornata migliore era che si trovava in città il sarto di fiducia del generale (aveva molte altre sartorie in varie parti del paese), è che perciò il generale avrebbe passato la mattinata provando abiti e camicie nuovi. Con molta difficoltà Aurora era riuscita a farsi promettere che avrebbe adottato qualche variante alternativa al beneamato grigio ferro. Poiché il generale era impegnato in centro, Aurora si trovò con l'intera mattinata libera, uno stato di cose che si era fatto sempre più raro dopo il cambiamento intervenuto nelle loro vite.

Intendeva sfruttare appieno questa manna dal cielo e trascorrere la mattinata come un tempo le trascorreva tutte, accucciata nella nicchia della finestra preferita, parlando al telefono, pagando fatture e leggendo la scorta di riviste che era riuscita ad accumulare. Mise fretta al generale, al punto che si scottò la lingua prendendo il caffè e divenne subito di umore spinoso. Aurora non ci fece caso. Voleva solo un po' di quiete, qualche ora per sé.

«È sorprendente come sono diventati onnipresenti gli uomini» disse a Rosie quando entrò nella sua camera per fare le pulizie. Da quando Royce era tornato a casa Rosie aveva sempre un'aria tormentata, e in quel momento, mentre si muoveva nervosamente per la stanza, l'aveva più tormentata che mai.

«Come sarebbe?» chiese.

«Onnipresenti» ripeté Aurora, alzando lo sguardo da "Vogue". «Sai, quando gli dai il minimo privilegio succede che te li trovi sempre intorno.»

«È una verità sacrosanta» disse Rosie. «È proprio questo che mi fa diventar matta. Dovrebbe averne uno con la caviglia rotta, lei.»

«Non credo che vivrei con uno che ha qualcosa di fratturato. Io mi sono sempre tenuta in perfetto ordine e non vedo perché non possano farlo anche loro. Come sta Royce?»

«Peggio che peggio» rispose Rosie. «Mi fa venire una rabbia. Non fa altro che starsene sdraiato a bere birra e inventar porcate da farmi fare.»

«Porcate?»
«Non è roba da parlarne. Quella zozzona lo ha fatto diventare un prevertito.»
Rosie stava guardando nell'armadio a muro, come se pensasse di trovarci nascosto il generale Scott. Aveva un'espressione disgustata.
«Il generale non c'è, se è questo che ti preoccupa» disse Aurora. «Una volta tanto me ne sono liberata.»
«Il generale lo conosco troppo per pensare che si nasconde negli armadi.»
«Comunque si dice pervertito e non prevertito, e non vedo come Royce possa essere tale» disse Aurora. «Né capisco a che cosa ti riferisci.»
«Io non saprò come si pronuncia, ma non c'era bisogno di dirmelo in faccia» disse con forza Rosie, volgendo sulla padrona un occhio accusatore.
«Non guardarmi male. Cercavo solo di aiutarti. Queste cose non serve tenersele dentro, sai. Io le cose non me le tengo mai dentro, e sono certo molto più felice di quanto mi sembri tu.»
«Parlare costa poco.»
«Certe volte. Ma può essere anche molto utile. Se non parli con me vorrei sapere chi altro speri che ti dia retta.»
«Nessuno» disse Rosie. A labbra serrate, cominciò a disfare il letto.
«È un atteggiamento assurdo» disse Aurora. «So che sei sotto stress e vorrei aiutarti, ma non vedo cosa posso fare se non mi dai qualche indicazione su quello che non va.»
Rosie continuò a disfare il letto.
Aurora sospirò. «Senti» disse. «Non sei la prima donna al mondo ad avere problemi del genere. Sono milioni gli uomini che si prendono un'amante, sai. Il fatto che tuo marito per un po' ne abbia avuta una non è la fine del mondo, che io veda. Gli uomini non si sono mai distinti per fedeltà sessuale. Poverini, non riescono a concentrarsi su una sola cosa per molto tempo.»
«Suo marito con una zozzona non c'è mai andato. Anche lei è stata sposata per un sacco di tempo.»
«Sì, ma il mio aveva pochissima iniziativa. Probabilmente non gli è mai capitata una donna che lo incoraggiasse. Non inganno me stessa al punto di credere che sia stato il mio fascino imperituro a tenerlo a casa.»
«Di sicuro non era quello. Se non era tanto timido, con qualche zozzona ci si metteva pure lui.»
«Oh, Rud non era particolarmente timido. Era solo pigro, come me. Avevamo entrambi una sana capacità di stare senza far niente. Si dava il caso che ci piacesse stare a letto. Se tu fossi un po' più pigra, potresti non avere i problemi che ora hai.»

«Certi hanno il bisogno di lavorare» disse Rosie, accalorandosi. «È facile per lei starsene lì sdraiata, a dirmi che dovrei essere pigra! Lo sa che non me lo posso permettere.»

«Tu lavori compulsivamente» rispose Aurora. «L'hai sempre fatto, e a mio parere lavoreresti compulsivamente anche se fossi miliardaria. È la sola cosa che vuoi fare, lo sai. Non ti è particolarmente piaciuto neanche tirar su i tuoi figli. Tutto quello che ti ho visto sempre fare è stato beccare Royce, e adesso lo accusi di perversione. Probabilmente la sua amante in certe cose era meno abbottonata di te, tutto qui. Probabilmente non stava sempre a beccarlo. Forse Royce voleva solo un po' di sesso tranquillo.»

«Già, le porcate» disse aspramente Rosie.

«Nessun tipo di sesso è del tutto irreprensibile. A che ti riferisci?»

«Lei ci si ride sopra» borbottò Rosie. «Sopra Royce, intendo.»

«Ho capito che cosa intendi.»

«Non so più che vivo a fare, ecco la vera verità. Royce si è messo in testa che devo fare come lei, e adesso il marito di mia figlia si è messo con una zozzona pure lui. Pensa che se certe cose le può fare Royce, senza che nessuno fiati, le può fare pure lui. Con la sua zozzona è passato perfino davanti a casa di Elfrida, tre giorni fa.»

«Elfrida non avrebbe dovuto sposare quel ragazzo, e lo sappiamo tutte e due» disse Aurora. «Dovrebbe divorziare subito, a mio parere. Per diventare irrequieto Royce ha avuto ventisette anni di tempo, a quel ragazzo ne sono bastati cinque. Francamente mi sorprende che non sia ancora finito in galera. Non mettere insieme i guai di Elfrida con i tuoi. Non serve. Va a lavare le lenzuola e lasciamici pensare. Forse fra un po' avrò qualcosa di utile da dirti.»

Purtroppo Rosie era più tesa di quanto entrambe credessero. Senza sospettare di esserci già vicina, Rosie improvvisamente arrivò al punto di rottura. Trent'anni di confusione la stavano schiacciando. Cercò di ricordarsi quando, per l'ultima volta, qualcuno fosse stato davvero buono con lei, ma non ci riuscì. La vita, le parve, per lei non era altro che lavoro, contrarietà e lotta costante: non era giusto. Le sarebbe piaciuto lasciarsi andare a prendersela una volta per tutte con tutti quelli che popolavano la sua vita, in particolare Royce, in particolare Shirley, e magari anche Little Buster, il quale pensava che il suo papà fosse meraviglioso; ma erano tutti altrove. L'unica che aveva sottomano era Aurora, sorridente, florida e felice, come era sempre stata, secondo Rosie.

Era troppo. La sofferenza le si gonfiò nel petto come un pallone, fino a farle mancare il respiro. Scagliò sulla toeletta di Aurora la bracciata di lenzuola e coperte che aveva appena raccolto. Aurora alzò la testa in tempo per vedere un cumulo di lenzuola e coperte abbattersi sul tavolino, facendo cadere bottigliette e bombolette spray da tutte le parti.

«Smettila» gridò, e la prima cosa che vide fu Rosie che girava intorno al letto come una furia scatenata e le calava sulla testa un cuscino.

«È colpa sua!» urlò. «È colpa sua!»

«Che cosa?» disse Aurora, assolutamente confusa circa quella che poteva essere la sua colpa. Prima che riuscisse a rifugiarsi nelle profondità della nicchia della finestra, o ad alzarsi in piedi, o anche a fare una domanda, Rosie la colpì ancora col cuscino. Aurora aveva gli occhi spalancati per la sorpresa di quell'attacco, e la punta del cuscino la colpì esattamente a un occhio, che prese immediatamente a lacrimare. Con un gemito, lo coprì con la mano.

«Smettila!» disse. «Fermati, mi hai colpita in un occhio.»

Ma Rosie era troppo scatenata per fermarsi. Non la sentì nemmeno e non si accorse di averla colpita all'occhio. Nella sua mente vedeva solo Royce seduto giù in cucina, che faceva finta di mangiare mentre in realtà guardava con occhio cupido Aurora che gli svolazzava attorno.

«È colpa sua!» disse colpendo ancora. «Colpa sua. È stata lei a mettergli in testa certe idee, per prima cosa... Per tutti questi anni...»

Si fermò, non sapendo più che cosa dire o fare, ma ancora piena d'angoscia. Pensando alla situazione disperata in cui si trovava, si sentì nuovamente mancare il respiro.

«Va bene» disse Aurora. «Va bene, solo fermati. Non riesco a capire...» Anche con un occhio solo, vedeva benissimo quanto Rosie era infuriata. «Va bene, ci rinuncio. Puoi andartene, sei licenziata, tutto quello che vuoi. Tutto. Solo vattene da me.»

«Mica mi licenzia lei, me ne vado io» disse Rosie, gettando anche il cuscino sul tavolino da toeletta. «Me ne vado e me ne vado. Vorrei non averla mai vista, questa casa. Non averci mai lavorato. Forse la vita mi sarebbe andata meglio.»

«Non so perché lo pensi» disse Aurora, ma Rosie era già uscita dalla stanza. Uscì anche di casa. Guardando dalla finestra con l'occhio buono Aurora la vide camminare sul marciapiede verso la fermata dell'autobus. Si mise ad aspettare, rigida, senza guardare su, e l'autobus arrivò dopo meno di mezzo minuto. Qualche secondo e Rosie scomparve alla vista.

Aurora fece qualche passo con difficoltà e prese uno specchio per guardarsi l'occhio che bruciava. Poi tornò nella nicchia della finestra e restò in attesa, toccandosi di tanto in tanto la palpebra con la punta del dito. Le lacrime le scendevano sulla guancia. Si accorse però di essere del tutto calma. Nella casa c'era silenzio, niente aspirapolvere in funzione, niente generale brontolante; e tranne per il cinguettare di un uccellino e di tanto in tanto il ronzio di un insetto che andava a battere contro il vetro della finestra, c'era silenzio anche nella natura. Il mattino non aveva rumori; solo un sentore, quello del caldo che stava lentamente insinuandosi nell'aria. In contrasto con quel sentore, il fresco della camera da letto era ancora più delizioso, ma restava il fatto che Aurora era appena emersa da una scenata spaventosa e aveva licenziato la sua donna di servizio.

Dopo un po' telefonò ad Emma. «Io e Rosie abbiamo fatto una litigata spaventosa» disse. «Tutto d'un colpo è impazzita o quasi. Mi ha fracassato la toeletta e mi ha colpito all'occhio con un cuscino. Non sono ferita, ma nel trambusto temo di averla licenziata.»

«È terribile» disse Emma.

«Non volevo, naturalmente. Cercavo solo di farle smettere di picchiarmi. È un momento in cui la nostra vecchia amica Rosie è tutt'altro che felice.»

«E adesso che fai?»

«Niente, fino al pomeriggio. Allora si sarà calmata, se mai riuscirà a calmarsi. Forse concorderemo una tregua. A quanto pare, pensa che sia tutta colpa mia.»

«Oh, perché civettavi con Royce» disse Emma.

Aurora guardò dalla finestra. La sua giornata d'ozio non era andata secondo le previsioni.

«Sì» disse. «A dire la verità, Royce quasi non me lo ricordo nemmeno. Io civetto con tutti. È sempre stato il mio modo di vita. Che deve fare una donna? In tutti gli anni da quando lo conosco, Royce non ha mai detto una frase compiuta in mia presenza. Che dovrei fare, prendere il velo? Non ho mai parlato sul serio con Royce. Non faccio sul serio nemmeno con Hector, se devo dirti la verità. Ma come» chiese dopo una breve pausa, «pensano ancora che faccia sul serio? Mai fatto, e non credo che ci arriverò mai. È solo un po' di bla bla bla carino. Ti dispiace telefonare a Rosie nel pomeriggio per assicurarla che la riprendo?»

«Certo. Forse allora le acque si saranno calmate.»

Quando salì sull'autobus, Rosie già si era resa conto di essere stata precipitosa. Lasciare il posto per affermare un principio era una cosa, ma per lei significava tornare a casa a combattere con Royce e Little Buster. Era alquanto pentita di aver fatto male ad Aurora, dato che non era colpa sua se era florida e felice e non tutta pelle e ossa e disgraziata. Alla fermata successiva fece per scendere, ma vide F.V. che annaffiava il prato del generale e bastò quella visione per farla restare sull'autobus. Se c'erano guai che proprio non cercava, erano i guai con F.V.

Traversò Houston sentendosi come un guscio vuoto. Di tutta l'esistenza l'unica cosa normale era il tempo, perché come al solito faceva caldo. Tutto il resto andava di traverso, e quando scese alla fermata più vicina a casa, sul vialone, le parve infatti che nulla andasse per il verso giusto. A quella fermata sarebbe dovuta scendere nel tardo pomeriggio, quando l'asfalto cominciava a raffreddarsi e da tutti i bar arrivavano le musichette dei jukebox. Adesso era tanto presto che l'asfalto non aveva ancora incominciato a scaldarsi sul serio, e la maggior parte dei bar erano ancora chiusi.

Si incamminò sul vialone svogliatamente: non aveva una particolare voglia di camminare, ma nemmeno di arrivare a casa. Passando davanti a un bar-ristorante drive-in notò un cartello che diceva "Cercasi cameriera". Il locale, molto grande, era uno dei più malfamati di Houston, frequentato com'era, giorno e notte, da negri, messicani e braccianti agricoli dei dintorni; ma la vista del cartello ricordò a Rosie che aveva un marito azzoppato e disoccupato, e figli da sfamare e vestire. In breve, doveva guadagnarsi da vivere.

Nell'atrio del locale c'era una donna grassa con la parrucca bionda, che stava lustrando un distributore automatico. Si chiamava Kate e Rosie la conosceva un po' perché da lei aveva comprato un bel po' di gelati per Little Buster e un gran numero di torroncini per Lou Ann, che ne andava matta.

«Perché stai tanto ammosciata?» chiese Katie a Rosie vedendola al bancone.

«Non sto ammosciata.»

«Che ne è del mio piccoletto? Ogni volta che passa Little Buster mi mette allegria.»

«Forse più tardi lo porto» rispose Rosie. «Quel posto di cameriera c'è ancora?»

«Più che mai» disse Kate. «Ieri sera ne è scappata una con l'amico dell'altra.»

«Ah.»

«Già. Oggigiorno le mutandine gli scottano addosso, alle ragazze.»

«Già» disse Rosie. «Me lo dai il posto?»

Kate rimase sorpresa, ma dopo aver guardato bene Rosie decise di non fare domande. «È tutto tuo, bella. Vuoi il turno di giorno o di notte?»

«Li faccio tutti e due, se vuoi. Abbiamo conti da pagare, e io con le mani in mano non ci sono mai stata.»

«Lo so che sei tosta, bella, ma tutti e due non ce la fai.»

«Allora quello di notte» disse Rosie, cercando di decidere quale fosse il momento peggiore per stare a casa. Ringraziò Kate e riprese il cammino sentendosi un po' più sollevata. Aver trovato un posto era già qualcosa; non molto, ma qualcosa sì.

Mentre Rosie veniva assunta, Royce stava facendo la quotidiana conversazione di mezza mattina con Shirley. Aveva preso l'abitudine di telefonarle spesso per rompere la monotonia delle giornate. Nonostante il suo comportamento da marito che sapeva farsi rispettare nei confronti di Rosie, nonostante la sua precipitata spedizione e la sua caviglia rotta, Shirley lo voleva ancora. Royce non lo sapeva, ma il vero motivo per cui Shirley lo voleva era che lui era facile da maneggiare. Shirley si considerava una donna indaffarata e le era necessario avere un uomo che eseguisse gli ordini senza fare obiezioni. Royce faceva proprio questo, e Shirley ogni giorno passava un'ora o due al telefono con lui, per prepararlo bene in vista del suo ritorno alle comodità del suo appartamento sulla Harrisburg. Quella mattina gli stava illustrando certi inediti progetti che aveva per il suo vecchio coso, una volta che fosse tornato sotto la sua giurisdizione, e Royce ascoltava rapito, col vecchio coso non molto meno duro dell'ingessatura che aveva alla caviglia.

Sdraiato sul letto in mutande e canottiera, osservava erigersi il vecchio coso e cercava di immaginare qualcuno dei progetti inediti su cui anche in quel momento Shirley gli stava sussurrando all'orecchio qualche cenno, quando, senza preavviso alcuno, sua moglie Rosie fece il suo ingresso in camera da letto.

«Ma tu sei a lavorare» disse Royce, sotto shock.

«No, ma fra cinque minuti devo andarci, coso mio» gli sussurrò all'orecchio Shirley, pensando che l'affermazione fosse rivolta a lei.

«No, come vedi.»

«È quasi ora, purtroppo» disse Shirley, sbadigliando. Intendeva l'ora di andare a lavorare.

«Chi è al telefono?» chiese Rosie. «Se è Aurora, fammici parlare.» Mentre tornava verso casa la gioia di aver trovato un posto era calata parecchio, e Rosie aveva cominciato a sperare che arrivasse una telefonata di Aurora per tentare di fare la pace.

Dette anzi per scontato che al telefono ci fosse Aurora e allungò la mano per farsi passare la cornetta. Royce era così esterrefatto per la sua comparsa improvvisa che ancora una volta il senso della realtà lo abbandonò, e invece di riattaccare non fece che porgere la cornetta alla moglie.

«Allora, come va l'occhio, povera anima?» disse Rosie, provando un gran rimorso al ricordo di come la sua padrona era rimasta allibita quando lei le era saltata addosso.

«Royce? Centralino?» disse Shirley, pensando che fosse caduta la linea.

«Che?» disse Rosie. Aurora non aveva mai sopportato l'idea di essere odiata, o detestata, e neppure blandamente disapprovata, e ricordando all'improvviso tutte le cortesie che la povera anima le aveva fatto per tanti anni, Rosie aveva cominciato a convincersi che, nel loro rapporto, il comportamento da lei adottato era stato una specie di Pearl Harbor. Aveva colpito senza preavviso e desiderava tanto farsi perdonare che non udì nemmeno la risposta di Shirley.

«Non lo so, ho perso la testa» disse.

«Royce, mi senti?» disse Shirley. «C'è in linea qualcun altro.»

Stavolta Rosie sentì bene. Guardò Royce, folgorata, e lasciò cadere la cornetta come se fosse un serpente velenoso. La cornetta rimase a penzolare a tre centimetri dal pavimento e Royce si mise a guardarla per evitare gli occhi di sua moglie.

«Royce, adesso riattacco e ti richiamo» disse Shirley. «Non chiamare, chiamo io. Riattacca.»

Royce fissò sempre più intensamente la cornetta penzolante, ma non allungò la mano per riattaccare.

«Era *lei*, eh?» lo investì Rosie. «Stavi parlando con *lei*.»

«Ah, Shirley» ammise Royce. «Ha chiamato per sapere della caviglia.»

Poi notò l'organo per sapere del quale Shirley aveva chiamato in realtà. Non rendendosi conto del pasticcio in cui si trovava Royce, il vecchio coso aveva continuato a stare eretto come quando Shirley stava parlando. Era imbarazzante, ma per fortuna Rosie uscì con andatura maestosa dalla stanza senza notarlo. Poi, prima che Royce riuscisse anche solo a riattaccare il telefono, vi tornò con andatura più precipitosa e con in mano le cesoie da giardino. Prima che lui potesse far tanto di muoversi Rosie si chinò con piglio risoluto e troncò di netto il filo della cornetta. Questa aveva cominciato ad emettere un gracidìo, ma quando il filo venne reciso cadde in terra e ammutolì.

L'unico rimpianto di Rosie era che tagliare il filo del telefono fosse stato così facile e rapido. Le sarebbe piaciuto tagliare fili del telefono per un paio d'ore, ma c'era soltanto quello sottomano e una volta tagliatolo divenne confusa. Si sedette sul pavimento.

«Che cavolo, hai tagliato il filo del telefono» disse Royce, che cominciava appena a valutare la portata del fatto. «Perché hai tagliato il filo del telefono?»

«Per non lasciarti lì a chiacchierare con quella zozzona. Ma guarda un po'. Io mi rompo la schiena a lavorare e tu te ne stai lì a parlare con una zozzona. Perché non te ne ritorni da lei se ti piace tanto?»

«Posso?» chiese Royce.

Rosie si mise a picchiare la punta delle cesoie sul pavimento. Si rese conto che fino a quel momento aveva passato la mattinata a darsi la zappa sui piedi. Col telefono tagliato, Aurora non aveva più modo di chiamare per riprenderla. E adesso Royce parlava di riandarsene. Anche questo per suo suggerimento.

«Posso prendere l'autobus» disse Royce. «Il camioncino tienilo tu, magari ti va di portarci a spasso i ragazzini. Portali allo zoo. Lo sai quanto gli piace a Little Buster.»

«Royce, il camioncino non cammina. I soldi per farlo aggiustare non li abbiamo, dopo quella sera.»

Continuò a picchiare le cesoie sul pavimento, il che preoccupava un poco Royce. A Rosie venivano idee imprevedibili, e lui sarebbe stato più tranquillo se le cesoie le avesse lasciate dov'erano, o se ce le avesse riportate dopo aver tagliato il filo. Era impossibile prevedere dove poteva decidere di picchiarle con la punta.

«Va bene, va. Torna da lei» disse Rosie. «Mi arrendo. Mi pareva che dopo ventisette anni qualche motivo per restare insieme magari si trovava, ma tu non la pensi così, è vero, Royce?»

Royce di motivi non ne trovava.

«Allora facciamo il divorzio, o che altro?»

Anche Shirley qualche volta aveva sollevato la questione del divorzio, ma Royce non era mai arrivato ad afferrare il concetto. Vivere con Shirley era già un bell'impegno; divorziare da Rosie sarebbe stato spingersi un po' troppo in là col pensiero.

«No. Puoi sempre restare mia moglie» disse sinceramente. «Una rogna come questa non te la do.»

«Non lo so» disse Rosie. «Se vai a stare con quella zozzona il divorzio magari lo chiedo io, e mi sposo un brav'uomo. Ho trovato un posto da cameriera in un bar, e un brav'uomo una sera o l'altra lo trovo, se sto con gli occhi bene aperti.»

«La cameriera in un bar?» disse Royce. «E la signora Greenway?»

«Abbiamo fatto una lite. M'ha licenziato. L'ho presa a cuscinate.»

«A cuscinate la signora Greenway?» disse Royce, incredulo.

«Sì, la signora Greenway, che tu mi ci hai fatto diventare gelosa, sono vent'anni ormai. Per te era le sette bellezze, prima che arrivasse quella zozzona.»

Negli ultimi mesi Royce si era completamente dimenticato di Aurora Greenway. D'improvviso la visione di lei in vestaglia rossa gli apparve davanti agli occhi.

«Non si è ancora sposata, no?» chiese, ricordando che era sempre stata la donna dei suoi sogni.

«E a te che te ne importa? Tanto non la vedi più, adesso che mi ha cacciata e tu te ne vai da Shirley.»

A Royce la testa girava vorticosamente. Accadevano contemporaneamente troppe cose. Adesso che aveva imparato qualcosa sulla fantasia, avrebbe preferito starsene sdraiato sul letto e farsi venire qualche fantasia sulla signora Greenway, che, ricordava, aveva un gran buon profumo.

Rosie era comparativamente inodore, e Shirley in genere aveva un odore come se tenesse una cipolla sotto ciascuna ascella. Royce non si considerava un raffinato, ma il ricordo di Aurora, così loquace e fragrante, era difficile da cancellare. La sua erezione era svanita quando Rosie si era messa a picchiare le cesoie sul pavimento, ma al ricordo di Aurora ritornò.

Rosie se ne accorse e si tirò in piedi. «Se devi startene lì a puntarmi contro il pisello me ne vado» disse. «Vado a stare da mia sorella finché ti porti via la tua roba.»

Poi, non sapendo che altro fare, andò al tavolino e si mise a sedere coprendosi la faccia con le mani. Non stava piangendo; solo non voleva guardar niente, veder niente per un po'. Quello che c'era da guardare non era molto allegro. Per poche che fossero le soddisfazioni che le dava Royce, non voleva che se ne andasse, perché senza di lui la casa non sarebbe stata più la stessa. A lei non sarebbe rimasto altro che due figli litigiosi e quelle poche cose materiali che gli altri cinque ragazzi non avevano sfasciato finché erano cresciuti in casa. Aveva appena perso un buon posto e in fatto di lavoro la prospettiva era di passare lunghe serate andando avanti e indietro a servire hamburger e frittura di gamberi a macchine e macchine piene di ragazzotti. Restò lì con la testa sulle mani per qualche minuto, facendo del suo meglio per non pensare a niente.

Poi, con un sospiro, si tirò su per avviare il processo fisico di separazione, ma scoprì che Royce, esausto in seguito ai complessi sviluppi della mattinata, si era addormentato con una mano infilata sotto le mutande. Si avvicinò in punta di piedi per guardarlo meglio. In stato di riposo Royce e il figlio minore, il caro Little Buster, sembravano esattamente uguali, salvo che Royce non si faceva la barba da un paio di giorni e aveva lo stomaco gonfio e cascante e le gambe arcuate. Erano arcuate anche quando stava supino. Lou Ann gli aveva disegnato sull'ingessatura un gattino e qualche fiorellino, e il resto l'aveva coperto di svolazzi e scarabocchi.

Rosie contemplò il marito addormentato per un minuto o due, incapace di spiegare chiaramente a se stessa perché avrebbe voluto tenerselo. Nulla che fosse visibile in lui era cosa che una donna di buon senso potesse desiderare, e lei si reputava una donna di buon senso. Le pareva che sarebbe stato di gran lunga più piacevole aver vicino un ometto carino come Vernon, un tipo piccolo e pulito, come lei. Tutta la sua vita coniugale era stata leggermente turbata dal timore che Royce, rotolandosi sul letto mentre dormiva, una notte o altra le venisse addosso, soffocandola.

Nondimeno prese la mano di Royce e la sfilò dalle mutande. Sarebbe stato più decoroso, nel caso che i bambini fossero tornati a casa all'improvviso. Proprio mentre lo faceva bussarono alla porta. Corse ad aprire:

era la sua figlia maggiore, Elfrida, che a quell'ora avrebbe dovuto essere al lavoro, perché faceva la commessa in un grande magazzino.

«Che succede?» chiese Rosie. «Perché non sei a lavorare?»

Elfrida, una biondina minuta, scoppiò in lacrime. «Oh, mamma. Gene si è portato via i nostri risparmi. Tutti i soldi che avevamo da parte. È arrivato ubriaco e se li è fatti dare. Ha detto che gli servivano per coprire un assegno scoperto, ma scommetto che ci ha comprato qualcosa a quella là. Lo so che è stata lei a metterlo su.»

Si gettò fra le braccia della madre, singhiozzando. Rosie la portò fino al divano e la lasciò piangere quanto voleva, dandole colpetti sulla schiena per consolarla. «Quanti soldi erano, Elfrida?»

«Centottanta dollari» singhiozzò Elfrida. «Ci dovevamo comprare un tappeto. Era deciso! Lo so che è stata lei!»

«Centottanta dollari non è la fine del mondo, tesoro» disse Rosie.

«Ma avevamo deciso!» disse Elfrida, ancora singhiozzando. «E lui se li è portati via.»

«Dovevi dirmelo che avevi bisogno di un tappeto, tesoro» disse Rosie. «Te lo compravamo io e papà. Non devi stare senza. Non è una gran cosa.»

«Lo so... ma i nostri soldi... erano i nostri» singhiozzò Elfrida. «Adesso che faccio?»

Rosie guardò fuori dalla porta. L'asfalto del viale si stava scaldando e il traffico era intenso. «Non lo so, Elfrida» disse lasciandola singhiozzare. «Adesso proprio non lo so.»

16

Aurora pazientò fino alle quattro del pomeriggio; poi cominciò a telefonare a Rosie. Una lite era una lite e quella, per quanto riguardava lei, era acqua passata. Riflettendoci sopra, aveva concluso che forse era stata un tantino troppo effervescente nei suoi piccoli scambi di battute con Royce, se scambio di battute era la parola giusta per definire una conversazione cui partecipasse Royce; e, rendendosi conto dello stato di tensione in cui doveva essersi trovata Rosie, era pronta a scusarsi e ad esternare una contrizione per lei inconsueta.

Con sua notevole irritazione, l'unica risposta che ottenne dal telefono di Rosie fu il segnale di occupato. Dopo un'ora e mezza di segnale di occupato il suo umore contrito cominciò a guastarsi. Nulla era più frustrante che essere disposta a prosternarsi e non vedere apprezzato il gesto. Inoltre, le pareva assiomatico che Rosie non potesse perdere un'ora e mezza a parlare al telefono con nessuno se non con lei.

Dopo un'altra ora di tentativi giunse sull'orlo della paranoia. Forse era con Emma che Rosie stava parlando. Forse quelle due si stavano raccontando quanto lei era tremenda ed egoista.

Telefonò immediatamente ad Emma, che negò di aver sentito Rosie.

«Non ti ho sentita negare che sono tremenda ed egoista» disse Aurora.

«A che servirebbe?» disse Emma. «Forse ha il telefono rotto.»

«Dove abita lei c'è un sacco di telefoni pubblici. Avrebbe dovuto capirlo che a quest'ora sarei stata sull'orlo della crisi isterica.»

«Se tu avessi civettato con mio marito per vent'anni, credo che per qualche oretta ti faresti sudare freddo anch'io.»

«Col marito che hai tu sarebbe difficile civettare anche per otto secondi. È negato. Se ne ha voglia, ci può civettare la tua amica Patsy. Sono l'ideale l'uno per l'altra: nessuno dei due sa che cosa siano le buone maniere. Forse scapperanno insieme e ti risparmieranno una vita di rottura di scatole accademica.»

«Forse vivere nell'ambiente universitario non è una rottura di scatole» disse Emma. «Anzi, è insultante che tu lo dica.»

«Forse a Harvard no, ma di posti come Harvard ce ne sono pochi» disse Aurora, strizzando l'occhio per vedere se la palpebra funzionava ancora.

«Snobbona.»

«Oh, taci. Sei molto, molto giovane. Quella che conosci tu non è la vita accademica, è la vita degli studenti. Aspetta di fare la moglie di un professore per dieci anni e poi mi dirai se non è una rottura di scatole. Sono le donne più terrificanti d'America, le mogli dei professori. Non hanno nessun gusto, e se l'avessero non se lo potrebbero permettere. Quasi nessuna ha il buon senso di rendersi conto che non tutti gli uomini sono noiosi come i loro mariti. Quelle che ci arrivano diventano pazze in pochi anni, o altrimenti si riducono a fare opere di beneficenza.»

«Che c'è di male a fare opere di beneficenza. Qualcuno le dovrà pur fare.»

«Ma certo, mi va benissimo» disse Aurora. «Solo non mi affliggere parlandomene. Non ho perso i miei interessi a questo punto.»

«Spero di non diventare mai arrogante come te» disse Emma. «Liquidi intere categorie con un cenno della mano. Per lo meno quelli dell'ambiente universitario il tempo per fare distinzioni se lo prendono.»

«Il tempo? E che altro hanno da fare, cara mia? Ho notato che la gente mediocre è sempre orgogliosa di saper fare distinzioni. È una capacità ampiamente sopravvalutata, te ne posso assicurare. Un amante apprezzabile vale una tonnellata di distinzioni. Io le distinzioni le faccio d'istinto.»

«E con arroganza, te l'ho già detto.»

«Allora ringrazia il Cielo che sei cresciuta. Ti sei risparmiata il fastidio di vivere con me. Devo riattaccare per chiamare Rosie.»

Riattaccò e chiamò Rosie: occupato. Chiamò la società dei telefoni, e le dissero che quello di Rosie era guasto. Riflettè un po' e ritelefonò ad Emma.

«Ha il telefono rotto» disse. «Questa proprio non ci voleva. So come le funziona il cervello. Non telefona perché si sarà convinta che sono ancora arrabbiata. Questo significa che mi trovo in un vicolo cieco finché non vado là. Tirare avanti così è intollerabile, perciò ci vado subito.»

«La tua logica è implacabile.»

«Il momento però è il più infelice. Hector tornerà da un minuto all'altro e si aspetterà un sacco di elogi e di ammirazione per aver fatto quello che una persona normale farebbe di routine. Se non mi trova entra in crisi, ma affari suoi. Mi faresti un piacere se mi accompagnassi, in caso che Rosie faccia la difficile.»

«Certo» disse Emma. «È un po' che non vedo Little Buster. Però non credo che a mio marito piacerà. Anche lui sta per arrivare.»

«E allora? Non è mica un generale. La sua lattina di birra può aprirsela da solo. Digli che tua madre aveva bisogno di te.»

«Ti sembrerà sorprendente, ma lui pensa che i suoi bisogni abbiano la precedenza sui tuoi.»

«Ciao, corro» disse Aurora.

Alle sei e mezzo, quando si fermarono davanti alla porta di casa di Rosie, il traffico serale era molto calato, ma il vialone dove abitava Rosie era ancora intasato da camioncini sgangherati e da macchine coi parafanghi ammaccati, che strombettavano e si azzuffavano per la precedenza.

«È stupefacente» disse Aurora vedendo passare alcune macchine. «Una Cadillac color malva guidata da un negro magro magro col cappellone rosa. Come se l'è procurata quella roba?» concluse facendosi vento.

«Trafficando in carne umana» rispose Emma. «Se ci vede è capace che torna indietro e prova a trafficare anche noi.»

«Strano che Rosie sopravviva ancora, eh?» disse Aurora esaminando con attenzione la strada. A poca distanza dalla casa di Rosie c'era una sala da ballo messicana, e di fronte un negozio di liquori per negri. Scesero di macchina e bussarono alla porta, ma non ci fu risposta.

«Probabilmente è dalla sorella, a raccontarle quanto sei stata strega» disse Emma.

«E Royce?» disse Aurora. «Credi che se ne sia andato al bar, con una caviglia rotta?»

La chiave di casa era sotto un vecchio lavabo in cortile. Sotto il lavabo c'era anche una grossa colonia di scarafaggi sparsi fra l'erba bianchiccia. Il cortile conteneva anche due tricicli rotti e il motore di una Nash, modello Rambler, che Royce aveva avuto molti anni prima.

Quando furono dentro, bastarono pochi secondi per accertare che i Dunlup erano svaniti nel nulla. Tre delle quattro stanze recavano il marchio di Rosie: in cucina i piatti erano lavati e nella camera dei bambini i giocattoli erano schierati in bell'ordine. Solo la camera da letto mostrava segni di attività recente: il letto era sfatto, i cassetti del comò aperti e, più misterioso di tutto il resto, la cornetta del telefono era sul ripiano del comò.

«Alquanto drastico, ti pare?» disse Aurora. «Se non le andava di parlare poteva mettere il telefono sotto un cuscino. Non credevo che ce l'avesse tanto con me.»

«Potrebbe avercela avuta con Royce» disse Emma. «Forse hanno litigato un'altra volta.»

Uscirono dall'appartamento e rimisero la chiave tra gli scarafaggi.

«Questa non ci voleva proprio» disse due o tre volte Aurora.

Salirono in macchina e ripresero il vialone in senso opposto, ma dopo nemmeno tre isolati Emma, dando un'occhiata a un bar drive-in che le aveva messo voglia di prendersi un frappé, individuò la persona che stavano cercando. Aveva fra le mani un grande vassoio di piatti vari e si dirigeva verso una delle macchine parcheggiate.

«Fermati, mamma! È lì nel drive-in.»

Invece di frenare Aurora eseguì una maestosa svolta, mancando di poco un camioncino pieno di messicani, che si misero tutti a stramaledirla con termini accesi. Quando finalmente si fermò, fu al centro di una traversa che s'incrociava proprio con l'altra strada su cui dava il drive-in, dove il camioncino dei messicani era diretto per parcheggiare. Il camioncino cominciò a strombettare, ma Aurora non era tipo da lasciarsi mettere fretta. Scrutò con calma in tutto il parcheggio, cercando di accertare se si trattava proprio di Rosie.

«Non vedo perché quegli uomini non sono passati quando avevano tutto lo spazio» disse. Poi cominciò a tossire, semisoffocata dai gas di scarico del vecchio camioncino da cui si agitavano verso di lei vari avambracci molto abbronzati con le mani chiuse a pugno.

«Sono lieta di non vivere in un paese dell'America latina» disse Aurora. «I fastidi sarebbero parecchi.» Fece un'altra svolta maestosa e portò la Cadillac a fermarsi a metà strada fra due decappottabili, entrambe piene di ragazzi bianchi molto sguaiati e dalle lunghissime basette.

«Ti sei presa lo spazio per due macchine» disse Emma. «Forse tre.»

«Va benissimo» rispose Aurora. «Non mi piacciono i nostri vicini.

Sono sicura che stanno dicendo cose sconvenienti. Non vorrei che i tuoi giovani orecchi ne fossero profanati.»

Emma all'idea fece una risatina, e in quel preciso momento Rosie uscì dal locale dirigendosi proprio verso di loro. Era a testa bassa e non badava molto a tutto ciò che aveva intorno. Aveva preso servizio un'ora prima e già aveva imparato che in quel posto era meglio tenere la testa bassa e non badare a molto. Nemmeno dieci minuti dopo che aveva cominciato a lavorare l'autista di un camion carico di pesanti macchinari, che aveva un piccolo bulldozer tatuato sul braccio, le aveva fatto capire che avrebbe preso in considerazione anche l'idea di sposarla se, come diceva lui, insieme avessero "fatto centro".

Quando alzò la testa per prendere un'ordinazione e si trovò a guardare nell'occhio apparentemente illeso della sua ex datrice di lavoro, lo shock fu quasi irreparabile. Rimase senza parole.

«Sì» disse Aurora. «Eccoti qui, non è vero? Ti sei già assicurato un impiego. Suppongo che non mi concederai la possibilità di chiederti perdono, anche se avrei pensato che questa possibilità, dopo tanti anni che abbiamo passato insieme, me l'avresti concessa.»

«Oooh, Aurora» disse Rosie.

«Ciao» disse Emma.

Rosie non potè rispondere. Stava per piangere. Riuscì solo a restare lì ferma, a guardare la sua ex padrona e la sua ragazza preferita. La loro comparsa in quel locale le sembrava poco meno d'un prodigio.

«Perché hai tagliato quel telefono?» chiese Aurora. «Aspettavo solo una quantità di tempo ragionevole prima di chiamarti.»

Rosie scosse il capo, poi si appoggiò alla portiera della macchina. «Non era mica per lei» disse. «Arrivando a casa ho pescato Royce a parlare con l'amica. Non so che è stato, so solo che ho preso le cesoie e l'ho tagliato prima di riuscire a pensare.»

«Capisco» disse Aurora. «Avrei dovuto immaginarlo. «Hai fatto una cosa assolutamente sensata, solo che prima avresti potuto telefonarmi, così avrei saputo che cosa succedeva.»

«Ci ho pensato due secondi troppo tardi» disse Rosie. «Prendete qualcosa?»

«Frappé» disse Emma. «Al cioccolato.»

«Arrivo subito.»

La guardarono in silenzio servire due grandi vassoi di cibo alle vicine decappottabili. «Guardala» disse Aurora. «Pare che lo faccia da anni.»

«Vatti a togliere quell'uniforme e sali in macchina» disse poi quando Rosie tornò. «Ritiro il licenziamento.»

«Questo sì che è un gran sollievo» disse Rosie. «Vengo domattina.

Adesso non posso piantare tutto, è il momento di punta. Glielo ha detto Royce dov'ero?»

«No, Royce non c'era. Ti ha visto mia figlia, col suo occhio d'aquila.»

Rosie tirò un profondo sospiro e senza una parola si allontanò scuotendo la testa. Due o tre macchine si erano messe a strombettare per essere servite. Passarono diversi minuti prima che trovasse il tempo di riaccostarsi alla Cadillac.

«Vuol dire che è tornato da quella» disse. «È proprio così. Una seconda volta mica me lo riprendo.»

«Di questo parleremo domani» disse Aurora, ma Rosie aveva già ripreso il loro vassoio e se ne stava andando.

«Vernon lo senti mai?» chiese Emma mentre tornavano verso casa. La luna si era alzata presto e incombeva sui grattacieli del centro.

Aurora non rispose.

«Se ci avessi provato, credo che per Vernon qualcosa avresti potuto fare» disse Emma.

«Non sono un'educatrice. Goditi questa bella luna e pensa agli affari tuoi. Quando ero più giovane, a volte era divertente tirar fuori una persona e darle un po' di vernice, se ne aveva bisogno, ma mi è toccato in sorte di conoscere un buon numero di persone già ben verniciate, credo che mi abbiano viziata.»

«Tu e il generale pensate di sposarvi?» chiese timidamente Emma.

«Lo pensa Hector. Io no. Mi pareva di averti detto di pensare agli affari tuoi.»

«Mi piacerebbe sapere solo che cos'è che ti fa fare tic-tac in un modo così inesorabile, senza fermarti mai» disse Emma. «Che cos'è non importa, ma vorrei saperlo.»

«È qui che si vede la tua prevenzione accademica» rispose Aurora. «In questo caso hai sbagliato nello scegliere la metafora, poiché sono gli orologi a fare tic-tac e io non sono un orologio. Se ti interessa il meccanismo del tic-tac ti toccherà studiare gli orologi. Orologìa la chiamano, mi pare. Temo che di me non capirai mai molto. Per la metà del tempo sono un mistero per me stessa, e sono stata un mistero sempre per gli uomini che credevano di conoscermi. Fortunatamente mi piacciono le sorprese. Sono sempre quanto mai felice quando riesco a sorprendere me stessa.»

«Vorrei non aver mai sollevato l'argomento» disse Emma.

«Visto che sei mia figlia, qualcosa ti dirò. Capire è sopravvalutato e il mistero è sottovalutato. Tienilo in mente e avrai una vita più movimentata.»

Quando si fermò davanti a casa di Emma, videro tutti e due Flap. Era seduto sugli scalini davanti alla porta. Rimasero a guardarlo nel crepuscolo.

«Non ti corre incontro per abbracciarti, o sbaglio?» disse Aurora.

«Il generale ti corre incontro per abbaracciarti quando arrivi a casa?»

«Be', per lo meno cammina avanti e indietro. Grazie per avermi accompagnata. Spero che farai una telefonata alla tua vecchia madre quando sentirai che il parto è vicino.»

«Certo. Fa i miei saluti al generale.»

«Grazie, glieli farò. Glieli faccio sempre, comunque è stato gentile da parte tua dirmelo. Stavolta almeno lo farò ufficialmente.»

«Perché glieli fai sempre?»

«Il generale ama molto credersi amato e adorato. In realtà non è né amato né adorato, ma dato che a quanto pare lo ho preso sotto la mia ala devo fare del mio meglio per tenerglielo nascosto. La minima ombra di disapprovazione lo butta giù.»

«Vuoi dire che quando non sei con me diventi una che dice sempre di sì? Mi piacerebbe vederti, una volta.»

«È una cosa da vedere, lo ammetto» disse Aurora agitando la mano mentre partiva.

Appena svoltò nel vialetto d'accesso a casa sua, Aurora capì che c'erano guai in vista: nel punto dove lei di solito parcheggiava la sua Cadillac c'era la vecchia e poco decorosa Lincoln di Alberto. Dentro, Alberto non c'era, il che significava che doveva essere in casa. Quando era passata davanti alla casa del generale non aveva visto luci accese, e quindi non era improbabile che in casa sua ci fosse anche il generale. Riuscì a infilare la Cadillac davanti alla Lincoln, domandosi come diavolo avesse fatto ad infilarsi in casa Alberto quando in casa c'era Hector.

Rimase seduta in macchina, a riflettere sul problema, per circa un minuto, e decise che più rientrava con comodo e meglio era, se non altro perché avrebbe risparmiato fiato, e di fiato, ne era sicura, ne avrebbe avuto molto bisogno quella sera. Nonostante diverse lunghe telefonate sull'argomento, Alberto evidentemente si rifiutava di accettare il fatto che il generale fosse divenuto parte importante della vita di Aurora; il generale, dal canto suo, non aveva mai accettato il fatto che Alberto fosse un membro del consorzio civile. La serata si prospettava interessante, per cui Aurora si spazzolò i capelli con cura prima di scendere dalla macchina.

Socchiuse la porta sul dietro della casa e si mise in ascolto per accertare se fosse in corso una conversazione fra irose voci maschili, ma non sentì nulla. La casa era paurosamente tranquilla; tanto tranquilla, anzi, che Aurora si lasciò per breve tempo impaurire dalla situazione. Richiuse la porta senza far rumore e fece una breve passeggiata sul marciapiede, cercando di decidere mentalmente quale posizione doveva assumere nei confronti dei due uomini. Erano stati rivali per venticinque anni buoni e il problema, lo sapeva, avrebbe richiesto una certa delicatezza di tocco. Il suo successo Alberto l'aveva conseguito presto, e il generale il suo lo stava conseguendo tardi: era improbabile che la cesura tra il vincitore e lo sconfitto potesse rimarginarsi. Aurora in realtà sperava solo di ottenere che Alberto ne uscisse vivo. Era sempre stato il più incapace di difendersi degli uomini, e lei indugiò ancora un poco sul marciapiede nella tenue speranza di vederlo emergere per una commissione, o per l'esasperazione, o per qualsiasi altro motivo, in modo da disporre di qualche momento per parlargli a quattr'occhi prima che scoppiasse l'uragano.

Alberto però non emerse e Aurora andò ad aprire la porta sul davanti «Yu-hu» disse. «Ci siete, ragazzi?»

«Certo che ci siamo» disse il generale. «Dove sei stata?»

Aurora entrò in cucina e vide che i due erano seduti al tavolo, uno ad ogni estremità. Su tutti i ripiani della cucina giacevano sparsi fiori a profusione. Alberto aveva la solita aria patita e un vestito marrone alquanto malandato. Il generale la fissava con l'abituale cipiglio.

«Sono uscita» disse Aurora. «Perché me lo chiedi?»

«Aurora, non voglio sentirmi rispondere con una domanda» disse il generale. Parve che stesse per aggiungere qualcosa, ma bruscamente si fermò.

«Alberto, che sorpresa» disse Aurora dandogli un colpetto amichevole. Posò la borsetta sul tavolo ed esaminò i due uomini.

«Hai fatto razzia dal fioraio un'altra volta, vedo» disse.

«Be', ho preso un po' di fiori... in ricordo dei vecchi tempi» rispose Alberto. «Mi conosci, un po' di fiori te li devo prendere.»

«Vorrei sapere perché» interloquì il generale. «Guarda quanta roba. E' ridicolo. Tanti fiori io non li ho comprati negli ultimi vent'anni. Non mi aspetto di averne tanti al mio funerale.»

«Oh, smettila di brontolare, Hector» disse Aurora. «Alberto ha sempre avuto un debole per i fiori. E' il suo sangue italiano. In Italia ci sarai stato, no? Non lo apprezzi?»

«Non apprezzo un bel niente» disse focosamente il generale. «Tutto questo lo trovo maledettamente misterioso. E anche irritante, devo dire. Che ci fa lui qui?»

«E lei che ci fa?» disse Alberto facendosi di colpo rosso in viso. Puntava un dito contro il generale.

Aurora gli diede uno schiaffetto sulla mano. «Avanti, metti via quel dito, Alberto» disse. Si voltò e vide che il generale stava agitando il pugno.

«Smettila di agitare il pugno, Hector» disse. «Vorrei ricordare a tutti e due che non ci conosciamo da ieri. Che uno o l'altro di voi lo ammetta o no, vi conosco entrambi da moltissimo tempo. Siamo prodotti di una consuetudine di durata abbastanza lunga, e credo che meno si punta il dito e si agita il pugno, più ci godremo la serata.»

«Che significa ci godremo la serata?» chiese il generale. «Io di sicuro non intendo godermi nessuna serata con lui fra i piedi.»

Alberto scelse quel momento per alzarsi e scoppiare in lacrime. Si diresse alla porta, facendosi piccolo. «Vado, vado» disse. «Sono io che ho sbagliato a venire, lo vedo, Aurora. Non è niente. Ero venuto solo a portarti un po' di fiori in ricordo dei vecchi tempi e farti un salutino, ma ho sbagliato. Ti lascio in pace.»

Le tirò un bacio con la mano bagnata di lacrime, ma Aurora gli corse dietro e riuscì a prenderlo per la manica del brutto vestito marrone prima che uscisse dalla porta.

«Torna subito dentro, Alberto» disse. «Per il momento non se ne va nessuno.»

«Ah!» disse il generale. «Eccolo lì il suo sangue italiano. Sono una massa di piagnoni.»

Alberto passò di colpo dalle lacrime alla furia. Grosse vene gli si inturgidirono sulla fronte. «Lo vedi, mi insulta!» disse agitando il pugno sinistro. Aurora, calmissima, gli afferrò il destro e riuscì a ritrascinarlo fino alla sua sedia.

«Siediti, Alberto» disse. «Tutto questo è estremamente pittoresco e tutto sommato lusinghiero per una signora coi miei anni, ma la mia tolleranza per i comportamenti pittoreschi è limitata, come tutti e due dovreste sapere.»

Quando vide che Alberto accennava a sedersi, lo lasciò per andare all'altro capo del tavolo. Posò una mano sul braccio del generale – il quale, nonostante la sua pretesa flemma, stava fremendo alquanto – e lo guardò calma negli occhi. «Hector, ti informo che ho deciso di invitare Alberto a restare a cena con noi» disse.

«Oh, hai deciso?» esclamò il generale, lievemente intimidito. Sentirsi guardare direttamente negli occhi l'aveva sempre messo un po' a disagio, e lo sguardo di Aurora non flettiva.

«Non vedo perché debba ripetermi» disse. «Alberto è un amico di lunga data e ultimamente l'ho un po' trascurato. Poiché è stato tanto cortese da portarmi questi bellissimi fiori, credo che sia solo giusto cogliere l'occasione per riparare alla mia trascuratezza, non ti pare?»

Il generale non intendeva certo dire di sì, ma non osava dire di no.

Mantenne il silenzio.

«Oltre a ciò» riprese Aurora con un lieve sorriso, «ho sempre pensato che tu e Alberto dovreste conoscervi meglio.»

«Chissà che divertimento» commentò il generale in tono cupo.

«Sì, sarebbe divertente» disse Aurora, ignorando il doppio senso. «Non lo pensi anche tu, Alberto?»

Volse lo sguardo verso l'estremità opposta del tavolo e fissò negli occhi Alberto con la stessa intensità. Alberto si rifugiò in una profonda se pur esausta scrollata di spalle, molto italiana.

«Sei maledettamente dittatoriale, sai» disse il generale. «Questa cena sarai solo tu a godertela, e lo sai.»

«Lungi da me l'intenzione di metterti davanti a un diktat, Hector» rispose Aurora. «Se questa la prendi come una sia pur minima imposizione, allora sai che sei libero di andartene. Ad Alberto e a me dispiacerebbe di perdere la tua compagnia, ma abbiamo cenato insieme altre volte, e probabilmente un'altra ancora non ci farà male.»

«Oh, no che non ci stai a cena da sola» disse il generale. Aurora continuava a fissarlo. Sembrava sorridente, ma lui non aveva la minima idea di ciò che lei stesse veramente pensando, cosicché ripeté quello che aveva appena detto: «No che non ci stai a cena da sola».

«L'hai detto due volte, Hector. Se è una specie di codice militare, ti dispiace tradurre? Significa che hai deciso di restare con noi, dopo tutto?»

«Certo che resto a cena» rispose il generale. «Sono stato regolarmente invitato, ti ricordo. Non sono stato io a venir qui con la macchina carica di fiori e ad entrare per forza. Io almeno faccio le cose in regola.»

«È proprio vero» disse Aurora. «Non mi sorprenderei se fosse questo il motivo per cui tu ed io ci troviamo tanto spesso in disaccordo, Hector. Il mio vecchio amico Alberto e io lasciamo molto più spazio all'impulso nelle nostre vite, non è vero, Alberto?»

«Certo» rispose Alberto, sbadigliando controvoglia. Le emozioni l'avevano lasciato esausto. «Tutto quello che ci veniva in mente, ecco quello che facevamo» aggiunse dopo aver completato lo sbadiglio.

Il generale si limitò a lanciargli un'occhiata di fuoco. Non sarebbe stata l'ultima volta, né per Alberto sarebbe stato l'ultimo sbadiglio. Appena vide di avere in pugno la situazione, Aurora agì con estrema efficienza e precisione. Obbligò il generale a mandar giù una cospicua dose di rum, sapendo per lunga esperienza che era l'unico liquore che potesse rabbonirlo un po'. Alberto, lo tenne rigorosamente a vino, perché era meno probabile che gli facesse male al cuore. Poi cantò un pot-pourri delle arie preferite da Alberto mentre preparava un eccellente sugo di carne per la pastasciutta e un'insalata. Ad Alberto per breve tempo brillarono gli occhi: riuscì a complimentarsi con lei due volte e poi, a metà del terzo bicchiere di vino, si addormentò serenamente. Si addormentò seduto, un po' inclinato da una parte, ma Aurora si alzò da tavola, scansò il suo piatto e con delicatezza lo fece abbassare finché la sua testa si posò dov'era stato il piatto, e poi, dopo un momento di riflessione, gli lasciò davanti il bicchiere di vino.

«Che io sappia, Alberto non ha mai versato il vino» disse. «Potrebbe aver voglia di berselo quando si sveglia.»

Prima che il generale potesse aprir bocca gli prese il piatto, che era vuoto, e ci versò sopra altra pastasciutta condendola con quanto restava del sugo. Gli rimise davanti il piatto con gesto scattante, da buon attendente, e poi gli diede un colpetto sulla testa con le nocche prima di tornare a sedersi per finire l'insalata. Dopo aver dato un'altra occhiata ad Alberto, pacificamente assopito, si rivolse al generale.

«Lui non ha tutta la tua energia, vedi» disse. «Sei stato proprio sciocchino a fare quella scenata. Che cosa ti costa se Alberto ogni tanto viene a trovarmi e si fa un sonnellino a tavola?»

La rapida eclissi di Alberto aveva lasciato il generale stupefatto, ma non al punto di fargli perdere di vista il nocciolo del problema. «Non m'importa se s'è addormentato» disse. «Guarda tutti quei fiori.»

«Fammi perdere la pazienza e te ne pentirai» disse Aurora con un breve lampo di collera negli occhi. «La tua gelosia è comprensibile e la comprendo. Ho messo Alberto a nanna e t'ho spiegato che è innocuo. A volte penso che per te un buon sugo di carne sulla pasta sia sprecato. Voglio solo che lui dorma a una tavola amica una volta ogni tanto. La moglie è morta e si sente solo; molto più solo di te, dato che a te ti ho preso in casa. Niente di quello che c'è fra te e me mi impone di mettere alla porta i miei vecchi amici, che io sappia. È questo che vuoi? Sei davvero disposto a mostrarti tanto ingeneroso alla tua età?»

Il generale mangiò un po' di pasta. Sapeva che doveva lasciar perdere, ma si sentiva ancora in ansia.

Aurora additò Alberto. «Una vista del genere ti fa sentire minacciato, Hector? Non credi che potresti smetterla e ringraziare il cielo per quello che hai prima di continuare la discussione?»

«Va bene» rispose il generale. «A invitarlo a cena non c'era niente di male. Sono stati quei fiori a farmi arrabbiare.»

Aurora riprese la forchetta. «Così va meglio. Mi piace avere fiori in casa. Alberto ama portarmeli e tu no. Inutile che tu finga che ti piace. Hai mai odorato due fiori in vita tua?»

«Va bene, ma secondo te lui che vuole?» chiese a voce alta il generale.

«Venire a letto, probabilmente, visto che tu sei troppo prude per dirlo.

Ancora una volta sei riuscito a fallire il bersaglio del solito chilometro, Hector. Il fatto che la maggior parte degli uomini abbiano lo stesso movente non significa che abbiano le stesse qualità. I desideri possono non variare molto, ma i modi di esprimerli sì. I piccoli omaggi floreali di Alberto dimostrano autentico apprezzamento: apprezzamento di me, e apprezzamento dei fiori. Non ci penserei nemmeno a negare ad Alberto questo modo di esprimersi. Significherebbe che non lo apprezzo, mentre invece lo apprezzo. Sarei molto frivola se non fossi capace di apprezzare un affetto che è persistito a lungo quanto il suo. »

«Il mio è persistito altrettanto a lungo» disse il generale.

«Non proprio» disse Aurora. «Potrebbe sorprenderti sapere che Alberto mi aveva già conquistata e persa prima che ti conoscessi. È anteriore a te di quattro anni, se conto bene. Il fatto che sia ancora in circolazione è molto tenero.»

«Ma era sposato. E tu eri sposata» disse il generale.

Aurora continuò a mangiare.

«Be', almeno ammetti che un movente ce l'ha. L'hai detto tu.»

Aurora si volse a guardarlo. «L'agrodolce non è il tuo campo, Hector» disse. «Forse te la cavi meglio... non sarò io a dirlo. Tuttavia, se per ottenere apprezzamento, o anche solo cortesia, avessi dovuto dipendere esclusivamente da quelli che potevano attuare i loro moventi, certo avrei spesso mangiato da sola. Ho mangiato da sola abbastanza, comunque» aggiunse ripensando agli ultimi anni.

Rimasero in silenzio, tranquilli. Il generale non era privo di buon senso. Aurora si versò ancora un po' di vino e fece lentamente girare il bicchiere tra le dita. Era in compagnia, notò il generale, non tanto di lui quanto dei suoi ricordi, ed egli smise di cercare la lite a proposito di Alberto e dal vino ripassò al rum. Il rum lo ammorbidì, cosicché quando Alberto si svegliò e a fatica si avviò alla macchina, udì se stesso cercare di persuaderlo, povero omino, che era più prudente, stanco com'era, che passasse la notte su un divano in casa di Aurora. Udì se stesso perfino invitarlo a fare un'altra visita prima o poi, dato che dopo tutto quella era stata innocua, proprio innocua. Alberto, sbadigliante e tutto spiegazzato, non lo udì. Finì a marcia indietro fra i cespugli, poi alla fine riuscì a mettersi sulla strada. Aurora rimase sul prato, sorridente, evidentemente per nulla allarmata dal modo come guidava. Il generale, piuttosto ubriaco, si dimenticò di lei finché lei non gli mise una mano sulla nuca, dando una gran strizzata.

«Che collo forte» disse. «Nulla di agrodolce in te, e mi va benissimo. Devo dire che sono molto contenta.»

«Che?» chiese il generale, sempre seguendo con la coda dell'occhio le evoluzioni della macchina di Alberto.

«Sì, tu e Alberto finirete amici» disse lei allontanandosi di qualche passo e mettendosi a guardare le nuvole. «Chissà? Forse prenderete con voi il vecchio Vernon e il vecchio Trevor e qualcun altro dei miei ex prima di aver finito. E potrete mettervi tutti a piangere nei bicchieri al ricordo della peste che ero.»

«Che?» disse il generale. «E tu dove sarai?»

«Io avrò preso il largo» rispose Aurora. Guardava ancora in su, alle nuvole che passavano veloci.

17

In autunno inoltrato, quando il gran momento stava per arrivare e faceva ancora caldo quasi come a luglio, Emma un giorno tornò a casa con un carrello pieno di acquisti giusto in tempo per cogliere il marito nel bel mezzo di un poetico flirt con la sua migliore amica Patsy. Flap era seduto a un'estremità del divano e Patsy, snella e bellissima come non mai, stava seduta all'altra estremità ed era rossa in volto.

«Ehilà!» fece Flap, mettendoci un po' troppo entusiasmo.

«Ciao, ciao» disse Emma, portando in casa pacchi e pacchetti.

«Grazie a Dio» disse Patsy. «Mi stava leggendo versi sconci.»

«Di chi?» chiese Emma, asciutta.

«Ti aiuto» disse Patsy balzando in piedi. Vedendo l'amica aveva provato un gran sollievo. La sua tendenza a flirtare le dava imbarazzo, eppure raramente riusciva a resistere. I maschi la sorprendevano sempre coi loro complimenti, e lei rispondeva con battute di spirito e rossori, che sembravano attirarle sempre nuovi complimenti. Con Flap Horton flirtare era l'unica alternativa ad ascoltarlo pontificare di letteratura, ma non serviva ad altro. Patsy lo aveva sempre trovato un tantino repellente dal punto di vista fisico e non riusciva a capire come facesse la sua migliore amica Emma ad andare a letto con lui. Si fece incontro ad Emma con un gran sorriso perché non pensasse che c'era sotto qualcosa.

«A me versi sconci non me li legge mai nessuno» disse Emma calandosi, per convenienza, nella parte della massaia tutta casa.

Patsy la aiutò a disfare i pacchi, poi fecero del tè freddo e si misero a berlo in cucina. Dopo un po' Flap si riprese dall'imbarazzo per essere stato colto in flagrante flirt e le raggiunse.

«Tua madre non si è ancora liberata di quel vecchio generale repellente?» chiese Patsy.

«Macché» rispose Emma. «Lo ha ammorbidito un po'.»

«Stronzate» disse Flap. «Sono tutti e due snob e arroganti come sempre.»

Emma si arrabbiò. Si arrabbiava sempre sentendo liquidare le persone in quattro e quattr'otto. «Non sono più snob di certe persone di cui potrei fare il nome» disse. «E non più arroganti. Almeno non perdono tutto il loro tempo a pescare, come Cecil.»

Flap detestava ogni litigio, ma in particolare i litigi in presenza di estranei. Guardò Emma, grossa, accalorata e ostile, e non riuscì a trovare in lei niente che gli piacesse.

«E perché non dovrebbe pescare?» chiese. «Non se la passerebbe certo meglio andando tutto il tempo a donne.»

«Non ho detto che dovrebbe andare a donne tutto il tempo» precisò Emma. «Solo non credo che se la passi meglio perché le evita.»

«Forse era un tipo fedele» disse Flap.

«Certo, come te» rispose Emma. Sapeva di non doversi comportare in quel modo davanti all'amica, ma non voleva smettere. Patsy c'entrava anche lei, in un certo senso, e doveva correre i suoi rischi.

Patsy era ancora più incapace di Flap di reggere a un litigio.

«Oh, piantatela, voi due» disse. «Vorrei non averti chiesto di tua madre. Stavo scappando.»

Flap si fece cupo. «Sua madre» disse, «non si è mai trascinata meno di tre uomini sulle sue orme. Non succede per caso, sai. Gli uomini non seguirebbero le orme se le donne non si lasciassero dietro un odore.»

«Non mi piace particolarmente la tua scelta dei termini, ma mi ricorderò di quello che hai detto» disse Emma. Afferrò stretto il bicchiere di tè freddo, augurandosi che Patsy se ne andasse. Se non c'era lei, poteva succedere qualsiasi cosa. Poteva tirargli il bicchiere, o chiedergli il divorzio.

Ci fu un minuto di silenzio orribilmente teso, in cui Flap e Emma morsero il freno e Patsy finse di guardare fuori della finestra. Guardarono fuori della finestra tutti. Per avere qualcosa da fare Emma si alzò e andò a preparare dell'altro tè, che gli altri accettarono in silenzio. Patsy si stava domandando se lasciava un odore. L'idea era leggermente repellente, ma anche leggermente sexy. Prese in borsetta un pettine e cominciò a pettinarsi. Stava fantasticando sul matrimonio, come faceva spesso. Nella sua visione il matrimonio era più che altro una casa, bene ammobiliata e arredata come quella della signora Greenway, in cui lei viveva con un giovane a modo e cortese. Il giovane non riusciva mai a immaginarselo molto bene, ma così come lei lo vedeva doveva essere a modo, biondo e gentile. Certo non sarebbe stato un individuo trascurato, tetro e sarcastico come Flap Horton.

Flap notò solo che le braccia di Patsy non erano pienotte come quelle di sua moglie.

Emma, ben consapevole di essere tutto ciò che il marito non desiderava più, masticava lo spicchio di limone del tè e guardava lo stesso prato verde che guardava ogni giorno da molti mesi. Aveva cessato di sentire ostilità. Quello che sentiva era che sarebbe stato bello non essere più incinta.

Patsy smise di pettinarsi appena si accorse che Flap la stava guardando. In realtà si sentiva alquanto messa da parte da ambedue gli Horton. Nel loro atteggiamento reciproco c'era qualcosa di violento che a lei non piaceva e al quale non voleva pensare. Probabilmente aveva a che fare col sesso, altra cosa a cui non voleva pensare. Nelle sue fantasie matrimoniali il sesso era raramente più che uno sfarfallio sullo schermo della sua mente. Non le era ancora capitato di fruirne molte volte, e non aveva affatto le idee chiare in materia.

«Perché ce ne stiamo tutti a guardare?» chiese Flap. I lunghi silenzi lo mettevano a disagio.

«Perché non c'è nient'altro da fare» rispose Emma. «Ho interotto una lettura poetica e ho messo tutti a disagio.»

«Non scusarti» disse Patsy.

«Non mi ero scusata.»

«No, ma stavi per farlo. Hai una tendenza a caricarti sulle spalle i peccati del mondo.»

«Allora lascia che se li carichi» disse Flap. «Parecchi è lei a commetterli.»

«Me ne vado» disse Patsy. «Non so perché l'hai messa incinta se non avevi intenzione di essere carino con lei.»

«Succedono, queste cose» disse Flap.

Patsy si stava sventolando a più non posso, come sempre quando era sottosopra. «Sta certo che a me non succederanno» disse. Sorrise ad Emma e se ne andò.

«L'abbiamo fatta piangere» disse Flap appena fu sicuro che non l'avrebbe sentito.

«E allora? Piange continuamente. È il tipo che piange.»

«A differenza di te. La soddisfazione a qualcuno di averti fatta piangere non gliela daresti mai.»

«No. Sono fatta di materiale robusto. Il fatto che mio marito sbavi per la mia migliore amica non mi manda in smanie. Forse se ti dai da fare, ma parecchio, ce la fai a sedurla mentre sono all'ospedale per avere il bambino.»

«Oh, sta zitta. Le stavo solo leggendo qualche poesia. Un po' di cultura non le farebbe male.»

Emma scagliò il bicchiere, che mancò Flap e andò a finire contro la parete. «Vuoi il divorzio?» chiese. «Allora sì che potresti dedicare il tuo tempo a farle una cultura.»

Flap la guardò fisso. Era passato dalle fantasie su una fuga con Patsy allo strano stato di appagamento che a volte si accompagnava in lui alla acquisita consapevolezza di non essere obbligato a fare ciò su cui aveva fantasticato. Prima ancora che fosse riuscito a vedersi chiaro sui suoi desideri un bicchiere di tè gli aveva sfiorato la testa e sua moglie lo guardava con quei suoi profondi, insondabili occhi verdi.

«Vuoi il divorzio?» ripetè Emma.

«Naturalmente no. Vuoi cercare di essere razionale per un momento?»

Emma era soddisfatta. Le sarebbe paciuto tirargli il tavolo. «Non parlarmi mai più di aiutarla a farsi una cultura» disse. «Non era questo che avevi in mente.»

«È un piacere parlare di letteratura a qualcuno che ascolta. Tu non ascolti.»

«Non mi piace più nemmeno la letteratura. Mi interessano solo i vestiti e il sesso, come a mia madre. Purtroppo i vestiti non me li posso permettere.»

«Sei così sprezzante» disse Flap. Smise di cercare di discutere e rimase lì senza guardarla, completamente passivo. In quei momenti la passività era la sua unica difesa. Senza una rabbia propria da sfogare, non poteva competere con sua moglie. Emma vide che cosa stava facendo e andò a fare una doccia. Quando uscì dal bagno Flap, seduto sul divano, leggeva lo stesso libro che prima stava leggendo a Patsy. In lei la tensione era scomparsa; non si sentiva più ostile. Flap aveva l'aria umile che prendeva spesso quando lei lo aveva fatto sentire in colpa, o lui aveva avuto la peggio in una lite.

«Piantala di avere quell'aria» disse lei. «Non sono più arrabbiata con te.»

«Lo so, ma mi incombi sopra. Sei davvero enorme.»

Emma annuì. Era venuta sera, e fuori il terreno fra gli alberi era già buio. Emma andò a mettere il catenaccio alla porta. Nella sua mente c'era una sola certezza: presto avrebbe avuto un bambino. Si sentiva accasciata sotto quel peso mentre guardava le ombre del cortile.

Dall'altra parte di Houston, nell'aria mefitica e grassa di petrolio del vialone del suo quartiere, la più grande paladina di Emma, Rosie Dunlup, sulla porta di casa, diceva addio a una vita, se era vita, se mai era stata vita. Rosie su questo non aveva le idee chiare. Di quella vita tutto quello che voleva portarsi via, però, era ciò che aveva ficcato in due valigie da poco prezzo che erano in terra sulla minuscola veranda. I bambini non c'erano. Ancora una volta Lou Ann e Little Buster erano stati spediti dalla zia, la quale per suo conto di bambini ne aveva tanti che due in più non le davano disturbo, almeno per qualche giorno, ed entro qualche giorno

Rosie contava di essersi sistemata a Shreveport, Louisiana, la città dov'era nata.

Frugò in borsa e trovò la chiave di casa, ma in realtà non aveva voglia di chiudere casa, anzi avrebbe preferito andarsene lasciandola aperta. La lavatrice, per comprare la quale aveva messo i soldi da parte per tanto tempo, era l'unica cosa che desiderava e che non aveva potuto mettere in valigia. Era una casa povera e la maggior parte dei mobili erano a pezzi; anche da nuovi del resto non erano stati un granché. Se li prenda chi li vuole, pensò Rosie. Entrassero pure negri, messicani, ragazzacci di strada, ladruncoli, tutta quella genìa che per vent'anni lei si era guardata bene dal fare avvicinare; entrassero pure e si prendessero tutto quello che volevano. Chi voleva una cosa, se la portasse pure via. Potevano anche fracassare tutto, per quello che a lei importava; non aveva nessuna intenzione di tornare indietro, a campare in mezzo a tutta quella robaccia. L'aveva fatta finita con quella casa, con quel vialone, con quel quartiere, e le sarebbe andato bene anche se fosse arrivato uno di quei camion enormi per il trasloco delle case intere e l'avesse sradicata dal suolo e portata via, lasciando uno spazio vuoto, un po' di sporcizia e qualche vecchio rottame nel cortile, tanto perché restassero a testimoniare che lei in quel posto ci aveva vissuto una vita. Tanto era stata una vita da rottami, pensò Rosie, e peggio per Royce se tornava e trovava che gli avevano portato via la casa.

Ma l'abitudine era troppo forte: non voleva niente di tutto quello che era rimasto in quella casa, non aveva nessuna intenzione di ritornarci, ma frugò e frugò nella borsa finché trovò la chiave, e con quella chiuse. Poi prese le valigie e andò alla fermata dell'autobus davanti al bar drive-in dove aveva lavorato una notte. Kate era fuori, a scopar via i rifiuti e le cartacce della giornata per far posto a quelli dell'imminente serata.

«Te ne vai in vacanza?» chiese vedendo le valigie.

«Sì, permanente» rispose Rosie.

«Ah» disse Kate, portandosi la mano alla gola. «Ne hai fin qui, eh?»

«Già.»

La notizia mise in imbarazzo Kate, che lì per lì non seppe cosa dire. Ciò che aveva appreso era di importanza fondamentale, ma i suoi pensieri erano altrove: per la precisione, si aggiravano sul fatto che il suo amante, Dub voleva che lei si facesse tatuare. Lei il tatuaggio non lo voleva, ma Dub continuava a insistere, e aveva perfino accettato di lasciarglielo fare sull'avambraccio e non sul didietro, il posto ove in origine sperava di vederlo. Il tatuaggio doveva consistere nel motto Calda Calda, iscritto in un cuore; il motto che si sarebbe fatto tatuare Dub, pure iscritto in un cuore, era Tosto Tosto. Lei gli aveva promesso una decisione per quella sera; e con quel problema in mente e il locale da mandare avanti le era difficile trovare qualcosa da dire a Rosie, anche se stava per andarsene per sempre.

«Uno di questi giorni, quando sarà troppo tardi, lui se ne accorgerà quanto è stato stronzo, tesoro» disse finalmente, proprio mentre Rosie saliva sull'autobus. La salutò anche con la mano, ma Rosie non vide.

Nell'autobus c'erano solo sei ragazzotti bianchi dall'aria cattiva. Fissarono Rosie con insolenza e lei, sedutasi al riparo della piccola barricata costituita da due valigie di poco prezzo, pensò quanto sarebbe stato buffo se, dopo aver campato per ventisette anni in quel quartieraccio, fosse finita violentata e ammazzata proprio quando se ne stava andando. Cose del genere succedevano spesso, lo sapeva bene. Il fatto di essere violentata, comunque, testimoniava solo quanto poco attraente era. Di donne, proprio nel suo isolato, ne erano state violentate un sacco, fra cui una che aveva dieci anni più di lei. I ragazzotti continuarono a guardare, e lei a guardare da un'altra parte.

Quello che l'aveva messa a terra era stato un altro mese di vita senza Royce, durante il quale non era successo proprio niente, salvo che a un certo punto Little Buster era riuscito a sbattere contro un nido di vespe. Lo avevano massacrato coi pungiglioni, e si era tanto grattato che metà delle punture si erano infettate. Nel mese in cui era stato via, Royce aveva telefonato una sola volta, per dirle di stare attenta a non rovinare il camioncino dato che lui avrebbe potuto averne bisogno. Che volesse dire, Rosie non lo capì; e quando glielo chiese lui disse: «Ti metteresti a discutere anche quando c'è il terremoto» e rimise giù il telefono.

Le era venuta l'insonnia, e le cose meno sconfortanti, nelle sue notti, avevano finito per essere le zuccate che dava Little Buster contro le sbarre del lettino, dopo di che si metteva a frignare, e le lamentele di Lou Ann perché lui aveva bagnato il letto. Rosie aveva provato ad attaccarsi alla TV, ma tutti quei programmi che parlavano di vicende familiari la facevano scoppiare in lacrime.

Aveva preso l'abitudine di trattenersi il più possibile da Aurora, ogni giorno sempre di più, non perché avesse qualcosa da fare, ma perché non voleva tornare a casa. Aurora e il generale andavano d'amore e d'accordo e quella casa era un posto allegro, ma ogni giorno, nel lungo tragitto in autobus dalle case signorili del quartiere di Aurora a quel bordello del suo, Rosie sprofondava nella depressione. Di notte le restava così poco, dentro e fuori, che quasi non si riconosceva più. Aveva continuato a lottare per quarantanove anni, e alla fine aveva perso. Fortunatamente il repertorio di storie della buonanotte da raccontare a Little Buster e Lou Ann si riduceva a tre fiabe, e una volta che Rosie ne aveva biascicate una o due restava libera di svuotarsi il cervello di tutto, tanto era così che si sentiva, vuota di tutto, e di sedersi sul letto a sorseggiare tazze di caffè per la maggior parte della notte. Non era vita, pensava notte dopo notte, ma prendere o lasciare, altra scelta non le restava.

Si guardò in giro nella squallida stazione dei pullmann, dove una cinquantina di persone stava ad aspettare, ognuna chiusa nel suo silenzio, e riflettè di nuovo, nella sua vita, c'era proprio tutto questo: che era diventata un po' come quella stazione dei pullmann. Era tutta silenzio. Aveva sempre avuto un sacco di cose da dire, su tutto quanto; ma improvvisamente si stava rendendo conto che, pur avendo ancora una sacco di cose da dire, non aveva nessuno a cui dirle. Sua sorella Maybelline era troppo sposata e troppo religiosa per esserle di grande aiuto. Tutto quello che sapeva fare era citare la Bibbia ed esortare lei a trovare il modo di fare andare Royce in chiesa più spesso. «Sai che bellezza, Maybelline. In vita sua Royce, in chiesa, non ha mai fatto altro che dormirsela e russare» rispondeva Rosie. Maybelline era sposata da trentaquattro anni contro i suoi ventisette, e con l'uomo più stabile del mondo, Oliver Newton Dobbs, che dirigeva una fabbrica di lucido da scarpe e non aveva mai perso un giorno di lavoro da quando, nel 1932, aveva smesso di cercare petrolio. Con un marito così costante non c'era verso di spiegare a Maybelline certi problemi coniugali.

E non se ne poteva parlare nemmeno con Aurora, in coscienza, perché Aurora sui problemi che Rosie aveva con Royce era stata già consultata una cinquantina di volte, e già le aveva consigliato di divorziare. Rosie riconosceva che era quello che avrebbe dovuto fare, ma non si era mai decisa ad andare da un avvocato. Non aveva detto ad Aurora che se ne andava e perché. Aurora non capiva che cos'era per lei farsi tutti i pomeriggi il tragitto dal suo bel quartiere a quello schifoso dove abitava, per tornare in una casa che non le era mai piaciuta e ritrovarsi con due bambini che non venivano su per niente bene. Lou Ann e Little Buster erano per Rosie un costante rimprovero, perché non ricevevano l'affetto e le cure che gli altri cinque ragazzi avevano avuto. I figli meritavano genitori con qualche entusiasmo, e lei di entusiasmo non ne aveva più. Per questo se ne tornava a Shreveport: forse là, lontana dal pensiero di Royce e dalla sua zozzona, avrebbe potuto scuotersi di dosso tutta la tristezza e ridiventare la persona piena d'entusiasmo che era sempre stata. Era casa sua Shreveport, dopo tutto, e il fatto che era casa sua doveva pur contare qualcosa.

Guardò la fila di cabine telefoniche e si chiese se se la sentiva di telefonare ad Aurora, tanto per farle sapere. Se non le diceva niente, Aurora ci sarebbe rimasta male da morire, ma se glielo diceva troppo presto si sarebbe data da fare per non lasciarla partire. Poi le venne in mente Emma. Per vedersela con Aurora non si sentiva abbastanza in forze, ma con Emma non c'era problema.

«Sono io» disse quando Emma rispose pronto.

«La voce la riconosco» disse Emma. «Che succede?»

«Oh, stella, non so nemmeno perché telefono. Sarà perché ho paura di telefonare a tua madre. Prima che divento matta devo andarmene via. Torno a casa a Shreveport, stasera, e non torno indietro.»

«Oh, mamma mia» disse Emma.

«Sì. Qui sto troppo in croce. Non è giusto per i figli. Royce non torna e che altro c'è per star qui?»

«Ci siamo noi» disse Emma.

«Lo so, ma tu e la tua mamma avete le vostre vite da vivere.»

«Va bene, ma tu ne fai parte. Come puoi andartene proprio quando finalmente sto per avere il bambino?»

«Perché sono qui alla stazione dei pullmann e adesso il coraggio ce l'ho» disse Rosie. «Potrebbe non tornarmi più.» Le era bastato sentire la voce di Emma per desiderare di rimanere. Una parte di lei sentiva che era una pazzia lasciare le poche persone alle quali importava qualcosa di lei, ma un'altra parte sentiva che niente poteva farla diventare più pazza più che un'altra notte a casa.

«È meglio che vado, stella» disse. «Di' alla mamma che mi dispiace. Non ho dato il preavviso, ma mi avrebbe convinta a non farne niente. Non lo fa per cattiveria. È solo che... be'... lei come vivo io non lo sa.»

«Va bene» disse Emma; rendendosi conto che non c'era niente da fare.

«Fa la brava, stella. Io devo andare» disse Rosie, sentendosi improvvisamente soffocare. Riattaccò e, in un accesso di panico emotivo, piangendo a profusione, strappò da terra le valigie e attraversò stancamente la stazione per andare al suo capolinea.

Fra i viaggiatori non era però l'unica ad essere sottosopra. La fila di persone in attesa di salire sul pullmann era lunga e desolata. Due amanti giovanissimi si tenevano disperatamente abbracciati per rimandare quanto potevano il momento della separazione. Rosie era riuscita a ricomporsi, ma proprio davanti a lei una famiglia di campagnoli stava mettendo sul pullmann per Fort Dix uno dei figli: madre, nonna e due sorelle facevano a gara per abbracciarlo, tutte contemporaneamente, e piangevano, mentre il padre stava un po' da parte con aria accigliata. Una famiglia di messicani attendeva stoicamente, e una madre ossigenata con due bambini continuava a cercare di tirarne uno fuori dai piedi di Rosie mentre la fila avanzava faticosamente.

Infine, comunque, tutti riuscirono a salire. Rosie si sedette vicino a un finestrino e scambiò qualche smorfia amichevole con un bambino seduto di fronte a lei. Il pullmann partì, raggiunse l'autostrada, scavalcò una zona di paludi e alcuni scali ferroviari e presto, dopo pochi minuti, entrò in una regione di fitte foreste di pini. Rosie sbadigliò, esausta per l'addio; la velocità e il frusciare delle ruote sull'asfalto le cullarono il sonno, espellendo dalla sua mente il pensiero dei guai. Presto si addormentò, lasciando il suo piccolo amico, stripante di energie, a fare le boccacce da solo, mentre il pullmann si inoltrava nella notte.

Aurora accolse in silenzio la notizia della partenza di Rosie.
«Sei troppo quieta» disse Emma. «Telefono in un brutto momento?»
«In realtà telefoni in un momento bruttissimo» rispose Aurora, guardando con collera il generale che, seduto ai piedi del letto, la guardava a sua volta con occhi di fuoco.
«Mi dispiace. Ho pensato che ti facesse piacere saperlo subito.»
«Mi avrebbe fatto piacere saperlo due ore fa. Quasi certamente sarei riuscita a fermarla.»
«Non voleva essere fermata. Per questo non ti ha telefonato. Sapeva che l'avresti dissuasa.»
Aurora rimase in silenzio.
«Mi dispiace di avere scelto un brutto momento» disse Emma.
«Oh, smettila di scusarti. Le brutte notizie arrivano sempre nei momenti difficili. È un momento così, credo: difficile. Potrebbe costringere il generale Scott a derogare di qualche secondo dalla sua inflessibile tabella dei tempi, ma forse ce la faremo a sopravvivere.»
«Oh, è lì da te. Riattacco e puoi chiamarmi dopo, se vuoi.»
«Hector non è Dio, sai. Crede solo di esserlo. Il fatto che si trovi in casa mia non significa che non possiamo discutere su questa piccola catastrofe. Anzi, in questi giorni Hector è quasi sempre in casa mia, perciò se dobbiamo parlare dovremo farlo, più o meno, scavalcando lui.»
«Posso benissimo andarmene, cribbio, se il tuo atteggiamento è questo» disse il generale.
Aurora allontanò la cornetta dall'orecchio e la coprì con la mano. «Non inveirmi contro mentre parlo con mia figlia» disse. «Non lo tollero. Se te ne stessi lì zitto zitto finché finisco questa conversazione? Poi possiamo riprendere dove abbiamo lasciato.»
«Non abbiamo lasciato un bel niente. Non abbiamo nemmeno cominciato.»
Aurora lo guardò severamente e riportò la cornetta all'orecchio. «Se se n'è andata, se n'è andata» disse. «Stasera non si può far niente. Domani dobbiamo darci da fare perché torni. Con tutta probabilità dovrò andare laggiù. È quello che mi tocca per non averla persuasa a stare qui quando Royce l'ha lasciata per la seconda volta.»
«Forse riesci a convincerla a tornare con una telefonata.»

«No, è troppo cocciuta. Per telefono non si conclude niente con una che è così cocciuta. Tu sei troppo incinta per venirci, perciò con me dovrà venirci qualcun altro. Devo andarci subito. Non è saggio lasciare a Rosie il tempo di mettere radici.»

«Mi dispiace di averti guastato la serata» disse Emma.

«La serata per me sta appena cominciando» rispose Aurora e riattaccò.

«Andare dove?» chiese il generale. «Vorrei sapere dov'è che hai intenzione di andare adesso.»

«Adesso? Non mi risulta di essere stata da qualche parte, ultimamente.»

«Ieri hai passato tutto il giorno a far compere. Vai sempre da qualche parte.»

«Non sono una pianta, Hector. So che preferiresti che non uscissi mai dalla camera da letto, o magari dal letto, ma questo è un problema tuo. Non mi è mai piaciuto stare tappata in casa.»

«Comunque adesso dove vai?»

«A Shreveport. Rosie se n'è andata. In questi giorni è molto angustiata. Devo riportarla indietro.»

«Queste sono cretinate» disse il generale. «Chiamala per telefono. E poi tornerà, comunque. F.V. era scappato ed è tornato, no?»

«Hector, io conosco Rosie meglio di te e non credo che tornerà. Non ti pare che abbiamo litigato abbastanza, per una sera? Comunque un viaggetto a Shreveport male non ti fa.»

«E chi dice che ci vado?» chiese il generale. «È la tua donna di servizio.»

«Lo so che è la mia» disse seccamente Aurora. «Tu sei il mio amante, che Dio mi aiuti. Mi stai dicendo che vuoi essere tanto privo di riguardo da farmi guidare sola per cinquecento chilometri quando meno di venti minuti fa, se non sbaglio, volevi rimorchiarmi a letto?»

«Questo non ha niente a che fare con quello di cui stiamo parlando.»

«Scusami, ma è proprio del tuo comportamento che stiamo parlando» disse Aurora con un lampo di collera. «Mi sembra di fare una sgradevole scoperta sull'uomo con cui vado a letto, e precisamente che di me non gliene importa abbastanza per accompagnarmi a Shreveport e aiutarmi a rintracciare la mia povera donna di servizio.»

«Be', potrei, se non fosse uno dei miei giorni di golf.»

«Grazie mille» disse Aurora imporporandosi di collera. «Certo farò ogni sforzo per evitarti di perdere il tuo golf.»

Il generale non avvertì né la collera né il sarcasmo e prese la frase alla lettera, cosa che era incline a fare quando i suoi pensieri erano altrove. Allungò il braccio sul letto per prendere la mano di Aurora, e con suo grande stupore quella mano gli sfuggì e gli assestò uno schiaffo.

«E questo perché?» disse, sconcertato. «Ho detto che potrei venirci.»

«Si risenta in registrazione le ultime frasi che ha detto, generale Scott» disse Aurora. «Credo che si accorgerà di avermi degradato posponendomi al golf.»

«Ma non intendevo in quel senso!» disse lui notando finalmente la collera.

«Certo no. Gli uomini non si rendono mai conto che quello che le loro frasi intendono è proprio quello che chiaramente intendono loro.»

«Ma io ti amo, Aurora» disse il generale, inorridito per la piega che le cose avevano preso. «Di questo te ne ricordi?»

«Sì, me ne ricordo, Hector. Ricordo che hai sferrato il consueto assalto, alquanto goffo, verso le otto e mezza. Stavolta è successo che mi hai rotto il cinturino dell'orologio, e uno dei miei orecchini è andato a finire sotto il letto. Ricordo con precisione questi particolari.»

«Ma hai dato uno strappo col braccio. Non volevo romperti l'orologio.»

«No, e io non voglio farmi scopare alle otto e mezzo in modo che tu possa essere a nanna per le otto e tre quarti, o più precisamente per le otto e trentasei, e alzato per le cinque, per la tua maledetta corsa» urlò Aurora. «Non è questa la mia idea dell'*amore*» (amore lo disse in italiano, dato che conosceva bene i libretti d'opera), «te l'ho detto migliaia di volte. Sono una donna normale e sono capacissima di stare alzata fino a mezzanotte, e anche dopo. Speravo che col tempo sarei divenuta più importante per te delle tue partite a golf e delle tue corse, e perfino dei tuoi cani, ma vedo che era una speranza vana.»

«Ma per Cristo, perché sei sempre così pestifera?» disse il generale. Io faccio del mio meglio.»

Per qualche istante si guardarono in silenzio, un silenzio iroso. Poi Aurora scosse il capo. «Preferirei che te ne andassi» disse. «Per te è proprio come il golf. Tutto quello che ti interessa è la strada più corta per arrivare in buca.»

«Per arrivare nella tua, strade corte non ce n'è, questo è sicuro!» urlò il generale. «Mi hai ridotto un fascio di nervi, anzi a uno sfascio. Adesso come faccio a prender sonno?»

«Sì, credo proprio di essere la buca più difficile che le sia capitata, generale» disse lei guardandolo freddamente.

«Troppo difficile» disse il generale. «Maledettamente troppo»

«Be', la porta è aperta. Possiamo tornare a fare i vicini di casa, sai. Hai fatto un gran brutto sbaglio, e non hai sottomano nessun carro armato che ti protegga.»

«Chiudi quella bocca!» urlò il generale, infuriato perché lei aveva ripreso il dominio di sé mentre lui fremeva ancora per la confusione. «Parli solo per ascoltarti parlare» aggiunse. «Sono vent'anni che non ne ho, di carri armati.»

«Benissimo» disse Aurora. «Volevo solo farti pensare seriamente a quel che stiamo facendo. Io per essere conciliante con te ho fatto diversi strappi alle mie convinzioni, eppure stiamo a litigare per tutto il tempo. Che succederebbe se all'improvviso decidessi di piantar grane?»

«Peggio di come sei non puoi diventare» rispose il generale.

«Ah, ah, mi conosci proprio poco. Finora non ho preteso da te quasi niente. Supponi che qualche pretesa mi decida a tirarla fuori.»

«Per esempio?»

«Pretese ragionevoli. Potrei chiederti di sbarazzarti di quella macchina scassata, o di quei due cani iperindisponenti.»

«Iper... che?»

«Iperindisponenti» ripeté Aurora, divertendosi per l'aria sbigottita che lui aveva preso. «Potrei anche chiederti di rinunciare al golf, come particolare prova di serietà.»

«E io potrei chiederti di sposarmi» disse il generale. «Questo è un gioco a cui si può giocare in due.»

«Solo uno può vincere» disse Aurora. «Io a te mi sono affezionata, e mi piacerebbe tenerti; ma non tornarmi a parlare di matrimonio.»

«E perché?»

«Perché ho detto di no. A meno che uno di noi non cambi drasticamente, è fuori questione.»

«E allora vattela a riprendere tu la tua maledetta donna di servizio» disse il generale, infuriato al di là di ogni sopportazione. «Non faccio un chilometro con una che mi parla in questa maniera. E comunque la tua donna di servizio non mi piace.»

«Indubbiamente ti ricorda me. Chiunque non sia schiavo, con tanto di catene, ti ricorda me.»

Il generale si alzò di scatto. «Né tu né lei avete un minimo di disciplina» disse, sentendosi sempre più sotto pressione.

Aurora non si era mossa. «Scusami tanto» disse. «Ammetto di essere inguaribilmente pigra, ma questo non vale per Rosie. Di disciplina ne ha abbastanza per tutte e due.»

«E allora che ci fa a Shreveport? Perché non è qui, dov'è il suo posto?»

Aurora scrollò le spalle. «Il fatto che ha dei problemi non significa che non ha disciplina» disse. «Se vuoi fare qualcosa di utile perché non tiri fuori da sotto il letto il mio orecchino? La tua opinione su Rosie non mi interessa.»

«Dicevo solo che dovrebbe essere dov'è il suo posto.»

«Sono sicura che ci sarebbe rimasta, se anche il marito fosse rimasto dov'era il suo posto. Lasciamo andare quest'argomento e tutti gli altri. Trovami l'orecchino, per favore, e andiamo a guardare la televisione.»

«Con me così non ci parli. Al diavolo la televisione. E l'orecchino trovatelo da te.»

Attese che lei si scusasse, ma lei rimase semplicemente a guardarlo. Le sue parole già erano abbastanza irritanti, ma il suo silenzio era tanto esasperante che lui non resistette. Senza più una parola uscì dalla camera sbattendo la porta.

Aurora si alzò e andò alla finestra. Poco dopo sentì sbattere la porta di casa e vide il generale attraversare a gran passi il prato e incamminarsi sul marciapiede verso casa sua. Il suo portamento, osservò, era eccellente.

Aspettò qualche minuto, pensando che poteva squillare il telefono. Non squillò e Aurora andò all'armadio a muro, prese una stampella e si mise carponi accanto al letto, usandola per ripescare l'orecchino.

Era un opale, e lei si tolse l'altro orecchino, li osservò per un istante tutti e due e li mise nello scrignetto dei gioielli. La casa era silenziosa, fresca, tranquilla. Senza più pensare al generale Scott, scese in cucina, si versò un bicchiere di vino e, soddisfatta, si sistemò davanti al televisore. Domani avrebbe pensato a Rosie.

18

Il motivo per cui Royce Dunlup aveva telefonato alla moglie dicendole di stare attenta col camioncino era che lui e Shirley Sawyer avevano intenzione di farci un viaggio. Shirley era tanto contenta di riavere Royce con sé che cominciò immediatamente a prendere misure per farlo restare suo per sempre.

«Da me non scappi più, salsicciotto» gli disse esplicitamente il giorno del suo ritorno. Poi, come per ribadire il concetto, procedette immediatamente a fotterselo fino a ridurlo in stato di seminconscienza.

Per tre intense settimane Shirley non tollerò la minima flessione di quel ritmo. Ogni volta che Royce dava il più pallido segno di vitalità lei immediatamente si adoperava per riportarlo a uno stato di torpore acuto. In capo a tre settimane Royce era così totalmente spompato che non c'era più alcun pericolo che le scappasse ancora, e fu allora che Shirley cominciò a far progetti per una vacanza.

«Potremmo andare a Barstow» disse un giorno dopo una lunga seduta del suo esercizio preferito.

«Dov'è Barstow?» chiese Royce, pensando che alludesse al cane. Aveva il vago ricordo di avere un motivo di malanimo verso quel cane, ma nel suo stato di letargia non riusciva a rammentare quale fosse. Bevve un altro po' di birra.

«Lo sai dov'è Barstow, tesoro» rispose Shirley.

A volte la cattiva memoria di Royce le dava sui nervi.

«In veranda?» disse Royce, aprendo un occhio.

«Oh, ma non il cagnetto» disse Shirley. «La mia città, Barstow, California. Mi piacerebbe portarti a vederla.» Gli dimenò un po' il cazzo, per la forza dell'abitudine. «Un giorno che non hai niente da fare, perché non vai a prendere il camioncino?» aggiunse. «Non vedo perché lo debba tenere *lei*. Di chi è il camioncino? Se andiamo da quelle parti possiamo stare in un motel» proseguì, dimenando ancora un po' il vecchio coso. «Sarebbe romantico, no? È da quando sono tornata a casa nel '54 che non vado in un motel.»

Royce provò a pensarci sopra. Per il momento il suo cazzo non provava più sensazioni di uno qualsiasi delle migliaia di pneumatici usati ammonticchiati fuori della finestra; ma non importava: non era al sesso che lui stava pensando. Stava pensando al problema di arrivare fino in California col suo camioncino.

«Da che parte è Hollywood?» chiese, stimolato dal pensiero.

«Ce n'è ancora di strada da Barstow» rispose Shirley. «Levatelo dalla mente.»

«A Hollywood potremmo andarci» disse Royce. «Dov'è Disneyland?»

«Vedere Disneyland non mi dispiacerebbe, ma non sono mica tanto scema da portarti a Hollywood» disse Shirley. «Una mia sorella che ci lavora ha sempre detto che è piena di puttane e di donne promiscue.»

«Pro che?» chiese nervosamente Royce. Era il vizio che aveva Shirley di dimenargli il cazzo a renderlo nervoso. Ci andava sbadata che lo colpiva sempre sulle palle con la punta della cappella. Royce non riuscì a trovare un modo delicato per dirle di starci più attenta, perciò andò avanti a bere birra per distogliere la mente dal pericolo.

«Sai, quelle donne che vanno con tutti» spiegò Shirley. «In un casino come quello non ti ci porto. Tu pensa solo ad andare a prendere quel camioncino in settimana. Sono in ferie fra dieci giorni.»

Nei due giorni che seguirono Shirley si sollazzò, fra una scopata e l'altra, con fantasticherie su loro due in viaggio per la California sul camioncino di Royce. Royce non aveva mai messo il naso fuori dei dintorni di Houston, ma il tutto gli sembrava allettante. Ogni giorno pensava di alzarsi dal letto e di andare a casa a riprendersi il camioncino, ma ogni giorno gli veniva in mente che tanto non doveva tirarlo fuori finché non cominciavano le ferie di Shirley, per cui se ne restava dov'era a bere birra.

Rosie aveva preso molto male il riavvicinamento fra Royce e Shirley, ma a Houston ci fu una persona che lo prese ancora peggio: Mitch McDonald. Quando Rosie si era riportato a casa Royce dopo l'incidente al J-Bar Korral, nel petto di Mitch era rifiorita la speranza. Conosceva Rosie, e non gli venne in mente che sarebbe stata tanto sbadata da lasciarsi riscappare Royce. Conosceva anche Shirley, e dava per scontato che non avesse nessuna voglia di fare a meno del vecchio coso di qualcuno per sedercisi sopra; non molto a lungo, per lo meno. Le diede un paio di giorni e poi si insediò fisso nel bar dove lei lavorava. Per dimostrare le sue intenzioni da gentiluomo mandò giù birra per due dollari prima di intavolare l'argomento Royce.

«Be', ne sai qualcosa del tuo vecchio amico Royce?» chiese finalmente a Shirley quando cominciò a consumare il terzo dollaro.

«Non sono affari tuoi, succhiacazzi» rispose brutalmente Shirley.

Quindici anni di lavoro nei bar le avevano fatto apprendere modi espressivi alquanto spigliati.

«E piantala» disse Mitch. «Io e Royce siamo amici stretti.»

«E allora perché vieni a strusciarti con la sua ragazza?»

«Mica sei stata sempre la sua ragazza» disse Mitch.

«E tu mi sei stato sempre un ficcanaso.»

«Continua a rompermi le balle e t'ammollo un cazzotto in bocca.»

«Mettimi addosso un dito e ti faccio staccare l'altro braccio da Royce, razza di stronzo» disse Shirley.

Mitch fu costretto a concludere il primo giorno di corteggiamento con questo esito poco promettente, ma rifiutò di scoraggiarsi. Decise che il migliore approccio era quello galante e l'indomani si presentò a Shirley con una scatola di cioccolatini con la ciliegina.

«Questo per dimostrarti che il mio cuore è quello di sempre» disse. «Da quando eravamo innamorati ho imparato certi trucchetti nuovi.»

«Che significa trucchetti *nuovi*?» chiese Shirley. «Tu di trucchetti non ne hai mai conosciuti.»

Spietatamente, servì i cioccolatini con la ciliegina a una tavolata di camionisti.

Dopo quell'umiliazione Mitch decise di provare con la tattica del silenzio. Continuò a frequentare quotidianamente il bar, ogni giorno investendo qualche dollaro in birra. Lasciava che Shirley vedesse che soffriva, ma soffriva in tutta umiltà, in attesa che un giorno o l'altro lei lo seguisse a casa sua e gli zompasse in grembo. Invece un giorno la sentì annunciare, fuori di sé dalla gioia, che Royce era tornato da lei.

«Royce?» disse Mitch. Era un fulmine a ciel sereno.

«Già, divorzia e io e lui ci sposiamo, appena abbiamo il tempo» disse gioiosamente Shirley.

«E così quel gran figlio di puttana ha lasciato moglie e figli un'altra volta» disse Mitch. «Zozzona falsa come un serpente. Troia che rovina i matrimoni. Ve ne pentirete, tu e lui. Vi faccio un culo così, a tutti e due.»

Dopo di che Mitch ridivenne cliente del Caffè dei Nati Stanchi. Sapeva che Royce prima o poi ci sarebbe capitato, e ci capitò. Nel frattempo Mitch aveva cominciato a passare le notti in compagnia di una bottiglia di bourbon e le giornate mettendosi in forma per la bevuta della notte. Appena Royce mise piede nel bar gli annunciò le sue intenzioni.

«Non me l'ero immaginato che eri tanto vigliacco, Dunlup» disse alitando whisky sulla faccia dell'amico.

«Hai bevuto» rispose Royce. In realtà aveva cominciato a soffrire un po' la solitudine standosene sdraiato sul letto tutto il giorno in casa di Shirley, senza nessuno che gli tenesse compagnia tranne Barstow. Era piuttosto contento di rivedere Mitch e ignorò ciò che gli aveva detto.

«Una sola cosa dimmi» insistette Mitch. «Una sola. Perché mi hai portato via la ragazza?»

Royce non se ne ricordava, perciò non rispose alla domanda. Si mise a guardare qua e là, aspettando che Mitch cambiasse argomento.

«Allora va bene, stronzo coglione» disse Mitch. «Non vai bene per quella ragazza. Non vai bene per niente. Non andresti bene manco per un negro.»

Royce rimase in silenzio. Non era mai stato molto suscettibile agli insulti, e poi aveva Shirley. Finché aveva Shirley, non aveva molto bisogno di parlare.

«Vuoi una birra?» chiese, facendo un cenno a Hubert Junior.

«Non hai sentito quello che ho detto?» chiese Mitch, esasperato. «Te ne ho dette di tutti i colori, stronzo. Io con te non ci bevo.»

Grato, Royce prese la sua birra. Mitch non si stava rivelando una buona compagnia. «Sei stronzo, figlio di puttana» disse.

«Allora hai proprio i vermi al posto del cervello, Dunlup» disse Mitch. La sua furia cresceva al pensiero che un tonto del genere si fottesse una donna sensibile come Shirley.

«Tu magari pensi che siccome mi manca una mano non faccio a botte» aggiunse. «Ti do due giorni per andartene da casa di Shirley, e se non te ne vai ti faccio secco. Hubert Junior mi è testimonio.»

«Io non voglio fare il testimonio di un giuramento di omicidio» disse nervosamente Hubert Junior. Sin da quando aveva aperto il locale, non passava quasi un giorno senza che sentisse proferire una o più minacce di morte violenta, un buon numero delle quali era stato portato a compimento. Non vedeva proprio come Mitch potesse ammazzare un uomo grande e grosso come Royce, ma a questo interrogativo dette risposta lo stesso Mitch prima che l'altro potesse formularlo.

«Basta una mano per tenere la pistola, Dunlup» disse Mitch, alitando altri vapori alcoolici in faccia a Royce.

«Se non lasci perdere Shirley ti ammazzo» replicò Royce.

Dopo qualche altra minaccia da parte di Mitch, cui Royce non dette risposta, la conversazione si spense. Mitch tornò nella sua abitazione, una stanzetta in Canal Street, per ubriacarsi ancora un po', e mentre rincasava gli venne in mente che se Shirley per caso avesse detto a Royce dei cioccolatini con la ciliegina, Royce avrebbe potuto ammazzarlo sul serio. Era una prospettiva sinistra, e più Mitch ci pensava, più gli sembrava probabile. Quella notte scoprì che solo tracannando bourbon a notevole velocità riusciva ad allontanare quella prospettiva dalla mente, e la mattina dopo, appena aprirono i negozi, raggiunse barcollando un magazzino di residuati bellici e si comprò un bel machete, completo di guaina, per quattro dollari e 98 cents. Avrebbe voluto comprare una pistola, ma costava venti dollari, e poi gli venne in mente che, con la sua scarogna, niente di più facile che la pistola s'inceppasse. Come gli spiegò il gestore del magazzino, non c'era pericolo che un machete s'inceppasse. Il gestore gli dette in omaggio una cote per affilare l'arma.

Nei tre giorni che seguirono Mitch affilò e bevve, affilò e bevve, e facendolo si incattivì sempre di più. Il suo odio per Royce e Shirley aumentava di minuto in minuto. La gelosia gli arroventava il cervello come una grossa lampadina. Era come se l'interruttore per spegnere la lampada non funzionasse, cosicché la lampada continuava a splendere e a bruciare, senza fulminarsi. Dopo tre giorni di affilamento e di pesanti bevute solitarie a Mitch parve che l'unico modo per scongiurare un omicidio ai danni della sua persona fosse troncare di netto le palle di Royce col machete. Senza palle, Royce non ce l'avrebbe fatta ad ammazzare nessuno.

Presto per Mitch i barlumi di risveglio dal torpore alcoolico divennero nebulose ossessioni di gelosia, e il desiderio di vendetta crebbe ancora. Dopo tutto, Royce e Shirley avevano recato ingiuria alla sua virilità. Prima o poi il bere prolungato inaspriva sempre Mitch – sul suo braccio perduto, sulla sua vita solitaria – e una notte, senza pensieri in testa, egli si sorprese a camminare zoppicando nei dintorni della casa di Shirley, col machete sotto braccio. Il momento della resa dei conti era arrivato. Alzando la testa e vedendolo irrompere in casa col machete quei due si sarebbero amaramente pentiti di averlo ingiuriato.

Arrivò davanti alla casa e sguainò il machete. In veranda c'era Barstow e Mitch gli fece una carezza. Poi si introdusse nella casa con una chiave che aveva rifiutato di restituire quando Shirley l'aveva cacciato fuori a calci. Quando aprì la porta, Barstow riuscì a intrufolarsi in casa anche lui. Barstow viveva costantemente nella speranza di riuscire ad entrare nella casa della padrona, dove c'erano sempre scarpe da rosicare. Mitch teneva il machete ben stretto in pugno, aspettandosi di dover abbattere Royce da un momento all'altro, ma Barstow non abbaiò e la casa rimase tranquilla. Si udiva solo il tenue ronzìo di un ventilatore, che veniva dalla camera da letto.

Siccome pareva che nessuno si muovesse e che non fosse necessario passare immediatamente all'azione, Mitch si abbandonò su una grossa poltrona imbottita del soggiorno per riflettere sulla situazione. Tirò fuori di tasca la bottiglia di bourbon e mandò giù qualche buona sorsata. Prima ancora che se ne rendesse conto, ritrovarsi in quell'ambiente familiare accrebbe ulteriolmente la sua collera. La casa di Shirley era il solo posto dove era stato felice dopo aver perso il braccio, e Shirley era stata l'unica persona carina con lui. Essere privato di tutto questo e dover vivere in una squallida stanzetta di Canal Street era una cosa tremendamente ingiusta, e la colpa era di Royce: Royce, che pure aveva una moglie che sgobbava sodo e perfino un lavoro.

Sulla tempia di Mitch una vena si mise a pulsare spasmodicamente. Quando ebbe pulsato per un po' Mitch cominciò a tremare. Si tirò su dalla poltrona e penetrò con passo malfermo in camera da letto, sempre col machete stretto in pugno. Sotto gli occhi si trovò lo spettacolo che si era aspettato: Royce e Shirley erano a letto, nudi entrambi come vermi ed entrambi profondamente addormentati. Benché fosse lo spettacolo che si era aspettato, non era come se l'era aspettato. Si era aspettato di trovare Royce nel suo abito da lavoro, come lo aveva sempre visto, e la vista di lui sdraiato sulla schiena, scomposto, con la bocca spalancata, era orribile. Era peggio di quanto Mitch avesse pensato, e il peggio del peggio era che Royce si era preso quasi tutto il letto. Shirley era confinata su una sponda, tutta rannicchiata e lì lì per cascare sul pavimento.

Mitch si aspettava inoltre chè Royce avesse un cazzo enorme, invece pareva che neanche lo avesse. Quello che aveva, fosse poco o tanto, era completamente celato dall'ampia sacca ripiegata del basso ventre. Royce aveva sempre avuto la pancia del bevitore di birra, ma qualche mese senza far altro che ingozzarsi di birra gliela avevano gonfiata come un pallone. Era la pancia più grossa e gonfia che Mitch avesse mai visto. L'idea che la sua piccola Shirley avesse a che fare con una massa di lardo come Royce era intollerabile. La grossa lampada della gelosia si riaccese di colpo, accecante e rovente, e senza annunciarsi altrimenti Mitch vibrò un gran colpo di machete nel pancione di Royce. Purtroppo aveva la mano ben poco ferma, e invece di piantarglielo nella pancia glielo cacciò in mezzo al torace, vicino allo sterno. Così ti sveglierai, bastardo d'un grassone, pensò Mitch mentre cercava di estrarre il machete per vibrare un altro colpo.

Stranamente, però, Mitch si sbagliava. Royce non si svegliò, e il machete non venne fuori. Era ben conficcato, e a Mitch sudava la mano. Quando tirò con forza, la mano scivolò via dal manico ed egli, barcollando due passi indietro, pestò una zampa a Barstow, che si mise a guaire disperatamente. I guaiti svegliarono Shirley, che d'istinto allungò la mano per vedere in che stato era il vecchio coso di Royce. «Sta zitto, cagnetto» disse con voce assonnata prima di notare che dal petto del suo amante sporgeva un machete. Quando lo notò, cacciò un urlo e stramazzò giù dal letto, svenuta, battendo la testa contro il piccolo ventilatore mentre cadeva. Inciampando nel cane anche Mitch era caduto in terra, e non perse tempo a rialzarsi. Trascinandosi carponi, filò via dalla casa più presto che poté e poi, barcollando, si diresse verso il Caffè dei Nati Stanchi.

L'urlo di Shirley aveva svegliato Royce. Automaticamente allungò la mano per prendere la lattina di birra che aveva lasciato sul comodino venendo a letto. Bevve una sorsata e si accorse che era calda, come temeva; ma era almeno a portata di mano, e fu alla seconda sorsata che aprì gli occhi abbastanza per vedere il machete che gli sporgeva dal petto.

«Ah» disse; poi sopravvenne il panico e urlò e più non posso. Mitch, che ormai era per strada a un isolato di distanza, udì l'urlo e pensò che fosse il canto del cigno di Royce. Riuscì a tenersi in piedi e a proseguire il cammino.

Che fosse il suo canto del cigno lo pensò anche Royce, anche se in realtà non lo udì. Afferrò il telefono, ma la cornetta gli sfuggì di mano e dovette ritirarla su sul letto aggrappandosi al filo. «Aiuto, mi hanno ammazzato, mi hanno sbudellato!» urlò nella cornetta, ma siccome non aveva fatto il numero nessuno rispose.

A quel punto Shirley cominciò a riaversi. Si rivoltò e cercò di issarsi sul letto, pensando che forse era tutto un incubo, ma non lo era, dato che dal petto di Royce spuntava ancora il machete. L'unica cosa non da incubo era che Royce era ancora vivo e stava cercando di parlare al telefono. Stava chiamando la moglie, concluse Shirley.

«A chi telefoni, Royce?» chiese. Erano settimane che sospettava che di nascosto telefonasse alla moglie.

Poi quello che si trovò sotto gli occhi le fece mancare completamente le forze, e si aggrappò alla sponda del letto come se fosse un cornicione.

«Aiuto, aiuto, aiuto!» gridò Royce nella cornetta. Poi riuscì a fare il numero del centralino e rispose qualcuno. «Aiuto, 'mergenza!» gridò ancora.

La signorina del centralino non fu lenta ad avvertire la disperazione che c'era in quella voce. «Stia calmo, signore» disse. «Da dove telefona, signore?»

Royce si svuotò. Sapeva di essere dalle parti della Harrisburg, ma il numero della strada non se lo sarebbe ricordato nemmeno se avesse avuto a disposizione settimane di tempo, e tempo a disposizione non ne aveva. Passò la cornetta a Shirley, che staccò una mano dal cornicione cui stava aggrappata e riuscì a balbettare l'indirizzo. «Oh, Dio santo, signorina, presto con l'ambulanza» aggiunse. Mentre parlava, Royce perse i sensi.

Mitch, frattanto, era riuscito ad arrivare al Caffè dei Nati Stanchi, e dall'espressione che aveva in volto Hubert Junior capì che, per lo meno al meglio delle sue capacità, doveva aver mantenuto la sua parola.

Dal desiderio di veder soffrire Royce, Mitch era passato assai rapidamente a quello di non vederlo morire. «Ho ammazzato Dunlup» disse ansimando. Questo gli conquistò l'attenzione immediata di tutti gli avventori del locale. Hubert Junior, avvezzo alle emergenze, si attaccò al telefono e impartì a un autista di ambulanza che conosceva precise istruzioni sul posto dove doveva andare. Poi svuotò il registratore di cassa di tutto il denaro che conteneva per il caso che un rapinatore capitasse nel locale mentre lui non c'era. In capo a pochi secondi lui e tutti coloro che erano nel caffè correvano per la strada, diretti alla casa di Shirley; Mitch rimase seduto a un tavolo, stravolto e atterrito, cercando di pensare cosa doveva raccontare alla polizia quando sarebbe arrivata.

Hubert Junior era stato così efficiente che la polizia, l'ambulanza e tutti gli avventori del Caffè dei Nati Stanchi arrivarono a casa di Shirley contemporaneamente. «C'è qualcuno armato qui?» chiese un giovane poliziotto.

«Macché, è solo un tentato omicidio» rispose Hubert Junior. Due poliziotti si fecero animo e aprirono la porta. Non erano convinti di andare sul sicuro, ma la folla che premeva non dette loro scelta. Alla vista di tanta gente Barstow guaì e corse a rifugiarsi in camera, sotto il letto. Non era mai stato un gran cane da guardia.

Quando tutti si accalcarono sulla soglia della camera da letto, si offrì loro la scelta fra due spettacoli: un uomo massiccio, svenuto sul letto e con un machete piantato nel torace, e una donna massiccia nuda seduta sul pavimento. Shirley, nello shock, aveva perso troppe forze per cercare di vestirsi. Si issò a sedere sul letto, immersa in una sorta di torpore, aspettando che Royce finisse di morire; e si trovò davanti, nella sua camera da letto una ventina di uomini.

«Siamo la polizia, signora» disse il giovane agente togliendosi il berretto.

«È terribile. Non facevamo niente» disse Shirley. Poi si ricordò che era nuda, si alzò di scatto e si precipitò verso il bagno fendendo la calca e tenendosi davanti un reggipetto. Tutti guardavano in silenzio, consapevoli di assistere a un fatto grosso: delitto passionale, donna nuda, uomo morente. Solo che, quasi immediatamente, la vista di Royce cominciò a fare effetto sui loro stomaci malfermi. Parecchi si precipitarono nella veranda per vomitare. Solo i due uomini dell'ambulanza avevano fatto il callo a quelle scene. Misero Royce su una barella e l'ambulanza partì subito. Parecchi degli uomini si trattennero per confortare Shirley, che si era riavuta dal collasso e disse diverse volte che avrebbe voluto esser morta. Hubert Junior salì sulla macchina della polizia per accompagnare nel suo locale gli agenti che andavano ad arrestare Mitch. Lo trovarono ancora seduto al suo tavolo, tremante.

«Che è successo?» chiese. «Royce è morto?»

«Non si sa la prognosi» rispose delicatamente Hubert Junior. Un'atmosfera solenne si instaurò nel locale mentre un agente portava via Mitch.

«Povero bastardo» disse uno degli uomini. «Rovinarsi la vita per una donna.»

Era il tema dominante, anzi esclusivo, delle conversazioni, e via via gli avventori tornarono ad accalcarsi nel Caffè dei Nati Stanchi, ognuno per poter raccontare per primo, nella sua versione personale, la tragica storia di Royce Dunlup, una storia su cui tutti avrebbero ricamato per anni.

Ad Aurora la telefonata arrivò alle tre del mattino. Quando l'apparecchio squillò pensò che fosse Emma, per dirle che stava per partorire. Ma non era la voce di Emma.

«Spiacente di svegliarla così, signora» disse il poliziotto. «Lei conosce per caso il recapito della signora Rosalyn Dunlup? Ci risulta che lavora per lei.»

«Sì, certo. Che cosa ha fatto?» rispose Aurora. Il generale le era accanto, e lei cominciò a dargli gomitate per svegliarlo.

«Non è lei, è suo marito» disse il poliziotto. «Non è una faccenda delicata, signora, non è delicata.»

«Non è nemmeno delicato da parte sua tenermi in sospeso alle tre del mattino» disse Aurora. «Mi dica.»

«Be', è stato pugnalato, signora. Mi viene da vomitare ogni volta che ci penso. Un delitto di gelosia, crediamo.»

«Capisco. Mi metto subito in contatto con la signora Dunlup. È fuori città, ma la troverò appena posso.»

«È all'ospedale Ben Taub» disse il poliziotto. «Il colpevole ha confessato e così non c'è nessuno da acchiappare. I medici dicono che il signor Dunlup starà meglio se avrà la moglie vicino.»

«Sono d'accordo» disse Aurora dando un'altra gomitata al generale. Il generale aprì gli occhi, ma poi li richiuse. Ci volle qualche minuto perché si svegliasse, e allora si infuriò. «Le tue persone di servizio non danno altro che guai» disse. «F.V. non mi è mai costato un'ora di sonno.»

Aurora andava avanti e indietro, cercando di decidere che cosa era meglio fare. «Hector» disse, «devi proprio citarmi F.V. a quest'ora di notte?»

Si vestì in silenzio. Per fastidiosa che fosse, era chiaramente una circostanza che le imponeva di essere rispettabile, e si vestì in modo da esserlo. Il generale rimase a letto a sbadigliare. Quando fu vestito, Aurora si sedette sulla sponda del letto e attese, sperando che lui avesse un suggerimento da dare: qualsiasi suggerimento le sarebbe stato d'aiuto.

«Be', è maledettamente scocciante» disse il generale. «Sono sicuro che Rosie dorme. Che faceva quel cretino?»

Aurora lo guardò con un certo sconforto. «Hector, tu sei stato generale» disse. «Perché non puoi mai comportarti da generale quando ne ho bisogno? Ho bisogno di qualcuno che mi aiuti a trovare il modo di far venire qui subito Rosie.»

«È instabile» rispose il generale. «Se mai c'è stato un momento in cui doveva esser qui era adesso, e lei dov'è? Non so perché la tieni.» Si alzò e andò in bagno a passo di marcia.

Sentendolo orinare, Aurora si alzò e gli andò dietro. «Non siamo sposati, Hector» disse. «Non sei esentato dalla pratica delle normali buone maniere.»

«Che?» disse lui, ma Aurora sbattè la porta e si portò il telefono nella nicchia della finestra. Si era fatta dare il numero di Rosie dalla sorella e lo fece. Dopo molti squilli Rosie rispose.

«Cattive notizie, cara» disse Aurora. «Royce si è ferito. Non conosco i particolari, ma è una cosa seria. Devi tornare subito.»

Rosie tacque. «Signore Iddio» disse poi. «Gli avrà sparato qualcuno per quella puttana.»

«No, l'hanno ferito con un coltello, non con una pistola. Lì c'è qualcuno che ti può portare indietro?»

«Macché» disse Rósie. «Il figlio di June è via con la macchina. Posso prendere il pullmann, quando viene mattina. Magari l'aereo.»

«Aspetta» disse Aurora, ricordandosi di qualcuno del quale cercava di ricordarsi da quando aveva telefonato la polizia. «Mi viene in mente Vernon. Ha aeroplani e piloti, glel'ho sentito dire. Lo chiamo subito.»

Riappese. Il generale uscì dal bagno. In pigiama era proprio magro, specialmente i polpacci. «A chi telefoni?» chiese.

Aurora trovò occupato, il che la riempì di sollievo. Per lo meno c'era. Non rispose al generale.

«Posso avere un aereo militare domattina» disse il generale.

Aurora trovò ancora ocupato. Richiamò Rosie. «Dovrò andarci» disse. «Tu fa i bagagli. Ti richiamo appena ho concluso qualcosa.»

«È quel petroliere» disse il generale. «In realtà tu lo ami. Comunque lo sapevo.»

Aurora scosse il capo. «Niente del genere, spiacente di deluderti. È solo che mi fido della sua capacità di giudizio nelle emergenze. Sarei felice di fidarmi della tua, ma non mi pare che tu ne abbia, salvo per dire che F.V. come domestico è meglio di Rosie.»

Il generale si guardò intornò facendo mostra di rudezza. «Mi vesto e vengo con te» disse.

«No» disse Aurora. «Tu torna a letto e rimettiti a dormire. Fra due ore ti devi alzare per andare a correre. Non è un problema tuo non c'è ragione per cui tu debba mandare per aria la tua tabella dei tempi. Fra un po' torno, appena ho sistemato le cose per Rosie.»

Il generale la guardò mentre si spazzolava in fretta i capelli. «Posso continuare a dormire qui?» chiese tanto per essere sicuro.

«Perché no? Dove pensavi di andare a dormire?»

«Non lo so. La metà del tempo non so che cosa vuoi dire. Non vedo che bisogno tu abbia di quel piccoletto, il petroliere, però. Allora piuttosto quel vecchietto italiano. Quello quasi quasi mi piace.»

«È più giovane di te. Si dà il caso che Vernon abbia degli aerei, Hector. Sto cercando di far venire qui Rosie, non di ristrutturare la mia pochissimo romantica vita romantica. Se sei troppo testone per capirlo, forse faresti meglio a ristrutturarla.»

Con questo cacciò in borsa la spazzola e partì, lasciando il generale che tornava a letto domandandosi, come faceva spesso, che sarebbe accaduto. Che sarebbe accaduto?

Sulla sua Cadillac, Aurora percorse strade quasi deserte finché arrivò al garage-parcheggio che Vernon aveva detto di possedere. Entrò, premette un pulsante e ricevette uno scontrino verde. Cominciò a procedere con lentezza sulla rampa a spirale, guardando di tanto in basso e poi il panorama della città, di un colore sull'arancione alla luce dei lampioni.

Quando arrivò al quarto piano rimase più che sorpresa nel vedere un vecchio alto e sparuto che sbucava da una porta e alzava una mano per farla fermare. Sentì un brivido di paura e le venne l'impulso di far marcia indietro, ma capì che non avrebbe potuto fare marcia indietro a spirale per quattro piani senza andare a sbattere più volte: meglio tener duro. L'uomo le stava venendo incontro e lei lo tenne d'occhio con attenzione.

Sembrava un vagabondo, aveva i capelli arruffati ed era abbastanza grande per essere un eccellente assalitore, ma assomigliava di più a un guardiano notturno. Si fermò e la osservò per un tempo considerevole, poi con la mano fece un cenno rotatorio. Voleva che abbassasse il vetro del finestrino. Dopo un attimo lei lo fece scendere a mezza altezza. Il vecchio fece un altro cenno analogo. Aurora lo guardò bene e decise che era più vecchio di quanto avesse pensato. Fece scendere del tutto il vetro.

«Salute» disse il vecchio. «Io sono Schweppes. Lei dev'essere la vedova di Boston, Massachusetts.»

«Ah» disse Aurora. «Allora lui parla di me, eh?»

Il vecchio appoggiò le lunghe mani sulla portiera. «Lo faceva, prima che lei gli tagliasse la corrente.»

«Sì, sono Aurora Greenway. C'è?»

«Sì, lassù sul tetto, a fare le sue telefonate» rispose Schweppes. «Lo sposa stavolta?»

Aurora scosse il capo. «Perché pensano tutti che dovrei sposarmi?» chiese.

Il vecchio Schweppes apparve imbarazzato e levò le mani dalla portiera. «Piacere di conoscerla» disse. «Vada pure su.»

Lei ripartì e andò su, e su, e ancora su finché la paura dell'altezza cominciò a prevalere e lei si concentrò sulla rampa in perpetua curva che aveva davanti. Quando finalmente dalla rampa uscì sul tetto del grattacielo si trovò intorno tanto spazio che si aggrappò strettamente al volante. Ma certo, la Lincoln bianca di Vernon era ferma vicino all'orlo del tetto. Aurora procedette cautamente verso l'altra automobile. Vedeva benissimo Vernon. La portiera della Lincoln era aperta e lui aveva il telefono all'orecchio. Quando la sentì avvicinarsi volse la testa e rimase sbalordito. Aurora si fermò, mise il freno a mano e scese. Fuori di macchina, il tetto del grattacielo non le sembrava più tanto terrificante. L'aria era famigliarmente greve e umida, come giù in strada, e non c'era vento.

Vernon scese dalla macchina e cì rimase accanto, chiaramente stupito, mentre Aurora si avvicinava. Il suo vestito di gabardine e la camicia erano freschi di stiratura, notò lei.

«Eccoti qui, Vernon» gli disse tendendogli la mano. «Indovina cosa.»

Non sapendo se doveva prima risponderle o stringerle la mano, Vernon le strinse la mano. «Oh, Signore» disse. «Che c'è?»

«Ho bisogno di un po' d'aiuto, vecchio amico mio» rispose Aurora, divertita.

Due minuti dopo Vernon parlava al telefono col suo ufficio di Shreveport, e Aurora si sistemò comodamente sul sedile anteriore della Lincoln aspettando il suo turno per chiamare Rosie e dirle dove sarebbero andati a prenderla.

19

Vernon, come al solito, fu un modello di collaborazione e di efficienza. In capo a dieci minuti aveva provveduto perché uno della sua ditta andasse a prendere Rosie e la portasse all'aeroporto, dove un aereo della ditta sarebbe stato in attesa per portarla a Houston. Sarebbe arrivata entro due ore, il che significava che a Vernon restava una sola preoccupazione: quella di intrattenere Aurora per due ore. Una volta sistemato tutto per l'aereo, Aurora non era più sull'orlo della crisi.

«È un peccato che tu ti sia sbarazzato di me tanto presto, Vernon» disse, esaminando i numerosi marchingegni della Lincoln. «Non ho avuto il tempo di giocare con i tuoi aggeggi, e sono certa che ne hai chissà quanti altri di cui non so niente.»

Vernon cercò di ricordarsi che cosa avesse fatto per farle pensare che si era sbarazzato di lei, ma non gli venne in mente niente.

Aurora si accorse di sentirsi straordinariamente bene, per qualche motivo. «Non vedo perché non possiamo fare una passeggiata su questo, visto che è tuo» disse, e si misero a passeggiare.

«Sai, è proprio magnifico trovarsi fuori casa» disse Aurora. Cominciava ad essere quasi mattina, e le nuvole della notte si stavano diradando. «Naturalmente» riprese, «star fuori di casa mi ha fatto sempre sentire allegra. Credo di essere una gironzolona nata. Uno dei miei problemi è che spesso ho bisogno di un cambiamento. Per te è così, Vernon?»

«Mi pare di no. Io tiro avanti sempre uguale.»

La cosa la divertì tanto che gli dette un breve scossone, lasciandolo stupefatto. «Provo un irresistibile desiderio di sedurti, Vernon. In particolare nei miei rari momenti di ottimismo. Sei un po' troppo utile, ecco. Se tu fossi più eccentrico, qualcuno probabilmente qualche fastidio per te se lo prenderebbe. Così come stanno le cose, io ho un bel po' di gente per cui prendermi dei fastidi, e alcuni sono inclini a darmene il doppio di quelli che mi prendo da me.»

«Si può fare colazione» disse Vernon.

«Accetto» disse Aurora salendo subito sulla Lincoln. «Guarda guarda, è un po' come guidare in Svizzera» aggiunse mentre Vernon spiraleggiava espertamente per ventiquattro piani. Presto furono in strada.

«Il posto dove ti porto non è mica tanto per la quale» disse lui svoltando in direzione della Pantofola d'Argento.

«Bene, faremo i barboni insieme. Forse dovremmo far colazione insieme regolarmente, magari una volta ogni due settimane. La mia idea dell'uscita romantica è essere portata a colazione, sai. Sono ben poche le persone che reggono all'idea di me all'ora di colazione, devo dire.»

«Si chiama la Pantofola d'Argento» spiegò Vernon mentre parcheggiava lì davanti. I muri intonacati di rosa si stavano scrostando, cosa che non aveva notato prima. Non aveva mai notato, anzi, quanto quei posti fossero brutti e squallidi. I rifiuti di un vicino bar drive-in tappezzavano tutta l'area di parcheggio; vi abbondavano lattine di birra schiacciate, patate fritte ammuffite e bicchieri di carta.

Quando Vernon e Aurora entrarono, Babe e Bobby stavano friggendo una padellata di uova per una mezza dozzina di idraulici. Alla vista di Vernon con una donna per poco non lasciarono bruciare tutto. Più che restare a bocca spalancata non riuscirono a fare e Vernon, dal canto suo, si trovò a mal partito col problema delle presentazioni.

Quando la presentò, Aurora sfoderò un bel sorriso, ma non servì a molto. Bobby si rifugiò in un atteggiamento molto professionale. Babe, invece, si portò valorosamente all'altezza della situazione.

«Tesoro, una ragazza di Vernon è un piacere conoscerla» disse, non sicura di toccare il tasto giusto. Si diede un'aggiustatina ai capelli e aggiunse: «Scusatemi, devo servire quei clienti.»

Aurora chiese un'omelette, e Bobby continuò a sbirciarla di soppiatto il più possibile mentre la faceva.

«Mi piace il tuo guardiano notturno» disse Aurora visto che la conversazione stagnava.

«Eh, Schweppes?» disse Vernon.

«Non dire eh» disse Aurora. «È molto seccante che tu non sia rimasto abbastanza a lungo perché potessi insegnarti a parlare correttamente.»

«Io ci provo meglio che posso» rispose Vernon.

«Non mi pare proprio. Hai accettato la sconfitta piuttosto con calma; con sollievo, si sarebbe detto. Ovviamente hai parlato di me con queste persone, e con il tuo guardiano notturno. Perché di me non hai parlato con me invece che con i tuoi vari amici e dipendenti?»

«Babe dice che sono uno che è nato per starsene da solo» rispose Vernon. «Sempre, l'ha detto.»

Aurora guardò Babe sopra la spalla. «Se preferisci credere a lei piuttosto che a me, benissimo» disse. «Ora non ha importanza. Ho deciso che una volta ogni tanto dovresti portarmi a colazione. Il generale Scott si irriterà estremamente, ma questo è affar suo.»

«Adesso questa come me la spieghi?» chiese Bobby a Babe appena Vernon e Aurora uscirono.

«Era meglio se non glielo dicevo, di regalarle quella capra» rispose

Babe. «Chi lo sapeva che era così vecchia? Quella sta bene con un diamante, e lo sa Dio se lui non glielo può comprare.»

Rosie scese dall'aereo appena si aprì il portello, in un piccolo aeroporto nei dintorni di Westheimer. Aurora e Vernon la stavano aspettando.

«Abbiamo ballato come matti» disse Rosie abbracciando Aurora.

«Sei scappata, vergogna» rispose Aurora. «Potevi venire a stare da me.»

«Non mi va di approfittare.»

«È vero, l'unica a cui piace sono io. Mi dispiace solo che non ce ne siano di più, di persone disposte a lasciare che si approfitti di loro.» Prese uno dei telefoni della Lincoln e chiamò Emma, che non rispose.

«Scommetto che è andata in ospedale» disse, e chiamò subito il generale.

«Generale Scott» disse il generale Scott.

«Lo sappiamo, Hector. Ha telefonato Emma?»

«Sì, ed era ora che ti facessi viva» rispose il generale. «Non so che faresti se non ci fossi io a prendere i messaggi per te.»

«Arriva al punto» disse Aurora. «Non si parlava di quello che farei senza di te. Indubbiamente presto lo saprò. Che fa mia figlia?»

«Sta avendo un bambino.»

«Grazie, Hector. Buona giornata, se ti riesce.»

«Dove sei? Mi stavo preoccupando.»

«Per strada verso l'ospedale. Rosie è su di morale.»

«Be', io no» disse il generale. «Non vedo perché non possa venire anch'io. Qui non c'è niente da fare.»

«Sì, non è giusto tenerti fuori da tutta quest'eccitazione» rispose Aurora. «Il parto è all'ospedale Hermann, fattici portare da F.V. Noi prima dobbiamo andare al Ben Taub per Royce. Cerca di essere autorevole quando arrivi. Sai quanto può essere scorbutico il personale, negli ospedali.»

«Visto che è una festa fra amici devo invitare Alberto» disse quando riattaccò. «Sapete quanto lo fanno felice i bambini. D'altra parte, di mattina non vale un granché. Forse farò meglio a invitare tutti a cena.»

«Il bambino è di Emma» disse Rosie. «Io non sto mica a guardare zitta zitta quando lei se la fa da padrona con Emma come fa con tutti quanti.»

«Emma non se la prende» disse Aurora. «È una mansueta, come Vernon, qui.»

«Io mansueta non lo sono» disse Rosie.

Quando furono nella corsia di Royce, da lui c'era Shirley Sawyer. Aurora, Rosie e Vernon percorsero il lungo corridoio tra due file di letti e videro una donna corpulenta alzarsi in piedi tutta confusa. Era vicino al letto di Royce.

«Ma come, è così vecchia?» mormorò Rosie, sorpresa di trovarsi davanti una donna grassa, brutta e confusa.

«Credo che se ne andrà, se la lasciamo andare» disse Aurora.

Shirley guardò Royce, che era privo di sensi, e in punta di piedi si avviò alla porta. Dovette passare loro davanti e lo fece sempre camminando in punta di piedi, in modo alquanto pietoso, pensò Aurora.

«Signora Dunlup, proprio dovevo vederlo» disse Shirley con voce lamentosa. «Lo so che lei mi odia... sono io la causa di tutto.»

Si mise a piangere, continuando a camminare. Rosie non parlò, ma fece col capo un cenno di assenso. Poi tutti e tre andarono a guardare Royce, che dormiva ma ovviamente non era morto. Era pallido, aveva la barba lunga e da varie parti del corpo gli uscivano cannule. «Respira, ma non russa» disse Rosie con voce di pianto.

Aurora pose la mano sul braccio di Vernon. La vita era un tale mistero, e un tale dramma. Aveva visto due donne adulte sciogliersi in lacrime alla vista del corpaccione cereo e bendato di Royce Dunlup. Pochi corpi potevano contenere meno grazie di quello di Royce, le sembrò, e non le riuscì di trovare assolutamente nulla da dire sul suo spirito, poiché in sua presenza Royce non ne aveva mai fatto mostra. Mai Aurora aveva conosciuto qualcuno più prossimo di lui allo zero umano, eppure la sua Rosie, una donna di grande buonsenso e moralità, stava inzuppando per lui fazzoletti di carta uno dopo l'altro, sotto i suoi occhi e quelli di Vernon.

«È meglio se dico a Rosie che lui il posto lo riavrà» disse Vernon.

«Oh, sta quieto» rispose Aurora. «Non puoi guarire tutti i mali del genere umano con i tuoi posti di lavoro. Faresti meglio a curare qualcuno dei tuoi e a lasciare tutti noialtri a sbrigarcela da soli.»

Vernon stette zitto, e mentre Rosie esaminava l'espressione che il marito aveva in volto, Aurora dette un'occhiata alla corsia. Sembrava piena, per lo più, di negri, negri vecchi senza speranza e negri giovani senza speranza, alcuni bendati in modo grottesco, nessuno che guardasse qualcun altro. In quello stanzone c'erano una trentina di persone, ognuna isolata da tutte le altre, e quando tornò a guardare Vernon anche Aurora si sentì isolata, e come derubata della sua personalità. Per chi poteva piangere? Non certo per Hector, al momento almeno. Forse per Trevor. Sarebbe stato proprio da Trevor contrarre un orribile morbo, diventare emaciato con stile e morire splendidamente, così spezzando alfine tutti quei cuori ardenti che nel corso degli anni avevano tanto implacabilmente liquefatto il suo. Ma tutto questo era remoto, con un sospiro tornò a Rosie.

«Non è speciale?» disse Rosie. «Uno uomo vecchio come Royce che è capace di combinare tutto questo casino.»

«È speciale» convenne Aurora.

«Sa, se sapevo che quella era così vecchia mica scappavo via» riprese Rosie. «Royce diceva che aveva diciannove anni, quel bugiardo.»

«Non me l'hai mai detto.»

«Non volevo che la faccenda sembrasse peggio di quello che era.»

«Cara, sarà meglio che io vada da Emma» disse Aurora. «Ci vediamo dopo, appena posso.»

Mentre usciva, si trovò a riflettere su ciò che Royce aveva detto a Rosie: che la sua amante aveva diciannove anni. L'aveva colpita perché testimoniava una notevole inventiva per un uomo della stolidità di Royce: era un particolare ben studiato e azzeccato, quello che più facilmente avrebbe potuto suscitare gelosia in Rosie, perché qualunque cosa lei riuscisse ad essere o a fare come moglie non sarebbe certo riuscita ad avere diciannove anni.

«Gli esseri umani hanno un tale genio per l'inganno» disse a Vernon quando furono in macchina. «Io non sono stata fortunata. Per l'inganno sono assai più dotata di tutti gli uomini che ho conosciuto. Ai miei tempi eroici ingannavo tutti quelli che conoscevo e non ci cascavo mai. Non oso pensare di che cosa sarei stata capace se avessi trovato un uomo abbastanza furbo per ingannare e poi farmelo sapere. Dubito che la mia ammirazione avrebbe avuto limiti. Purtroppo sono stata sempre io la più scaltra, e lo sono ancora.»

Mentre salivano la scalinata dell'altro ospedale videro la vecchia Packard azzurra del generale ferma davanti, con F.V. al volante, tanto di berretto da autista sul capo. Il generale scese e si mise sull'attenti quando loro si avvicinarono. Mentre aspettava, aveva deciso di affrontare Vernon con piglio pratico, e gli strinse la mano con sobria cordialità. «Com'è la situazione?» chiese.

«Be', mi sento molto filosofa, perciò non essere irritante» rispose Aurora. «Parla con Vernon mentre io mi calmo. Mi è tornato in mente che Emma sta avendo un bambino.»

«Quella dev'essere una macchina antica» disse Vernon guardando la Packard.

«Non è meglio della mia» disse Aurora guardandosi nello specchietto. Si sentiva un po' confusa. Dentro di lei nulla sembrava certo. Emma le era sfuggita di mano, finalmente, e a vedere Vernon e il generale che cercavano goffamente di parlare l'uno con l'altro le faceva capire quanto fosse strano che lei avesse a che fare, in un qualsiasi modo, con ciascuno dei due. Appena lei acquistava una consapevolezza precisa di quello che era e si sentiva una piccola autorità, tutto svaniva via. Non avendo, improvvisamente, niente da dire, entrò nell'ospedale, lasciandosi dietro i due uomini, che la seguirono un po' a disagio.

«Lei sta bene?» chiese impacciato il generale. «Io non capisco mai.»

«Si è mangiata una bella colazione» rispose Vernon. «Mi pare che è già qualcosa.»

«No, non credo» disse il generale. «Mangiare mangia sempre. Pareva un po' di malumore quando è uscita di casa.»

Aurora udì quel suono di voci maschili dietro di sé e si volse di scatto. «Bene, sono sicurissima che state parlando di me» disse. «Non vedo perché non possiate starmi al passo. Sarebbe molto meglio se andassimo tutti insieme.»

«Credevamo che volessi restar sola per mettere in ordine le idee» disse in fretta il generale.

«Hector, le mie idee sono in ordine da quando avevo cinque anni» rispose Aurora. «Sai come mi irrito quando ho l'impressione che si parli di me. Mi pare che tu e Vernon potreste ricordarvene. Preferirei non fare scenate adesso, se se ne può fare a meno.»

Attese che la raggiungessero e procedessero obbedienti e in silenzio al passo con lei. L'infermiera alla registrazione ebbe qualche difficoltà a trovare il numero della camera di Emma, e Aurora era sul punto di fare un commento acido quando finalmente lo trovò.

Immediatamente Aurora partì di gran carriera. Vernon e il generale cercarono di intuire da che parte avrebbe svoltato in modo da non andarle a sbattere contro. Era evidente per entrambi che Aurora non era dell'umore adatto per tollerare goffaggini anche di poco conto.

Anzi, la salita in ascensore fu terrificante per entrambi. Aurora aveva negli occhi un che della tigre: sembrava l'antitesi di tutto ciò che dovrebbe essere una nonna. Era chiaro che d'improvviso era diventata ostile ad entrambi, ma nessuno dei due capiva perché. Sentivano che la migliore tattica era star zitti, e perciò stettero zittissimi.

«Be', siete un disastro tutti e due quanto a conversazione» disse irosamente Aurora. Alzava ed abbassava il petto; non ricordava lei stessa quando si era sentita altrettanto sbalestrata e violenta.

«Evidentemente siete capaci solo di parlare di me» riprese. «Non vi interessa affatto parlare con me. Vedendo voi due mi viene voglia di avere novant'anni invece di quarantanove. Tanto varrebbe averne novanta, per il bene che mi fa. In tempi più sani probabilmente starei ancora a far figli. In tempi più sani probabilmente qualcuno con cui farli lo troverei.»

Fortunatamente l'ascensore si aprì e Aurora ne uscì a gran passi, squadrandoli con aria altezzosa e sprezzante.

«Lo sapevo che non stava bene» sussurrò il generale. «Sto imparando a capirlo.»

Aurora percorse rapidamente il lungo corridoio, dimenticandosi di loro. Sentiva che poteva scoppiare in lacrime o in una collera scatenata da un momento all'altro e voleva star lontana dall'uno e dall'altro. Prima che facesse in tempo a calmarsi e perfino a capire perché si sentiva così agitata arrivò alla porta di Emma, camera 611. La porta era parzialmente aperta e Aurora vide seduto accanto al letto suo genero, pallido e con la barba lunga. Senza uno sguardo ai due reggicoda, aprì del tutto la porta e vide sua figlia. Emma stava con la testa appoggiata su alcuni cuscini, con gli occhi insolitamente dilatati.

«È maschio» disse. «Addio tradizioni di famiglia.»

«Oh, be', vorrei vedere da me» disse Aurora. «Dove l'hai messo?»

«È splendido» disse Emma. «Anche tu lo troverai irresistibile.»

«Ah-ah, e come mai non hai quella camicia da notte azzurra che ti ho comprato, proprio per questa occasione, mi sembra di ricordare?»

«Ho dimenticato di metterla in valigia» rispose Emma. Aveva una voce stanca, incrinata.

Aurora ricordò che con lei c'erano due uomini e li cercò con lo sguardo. Erano fuori della porta, zitti zitti.

«Ho portato Vernon e il generale a condividere il tuo momento di trionfo.» disse. «Credo che siano entrambi troppo timidi per entrare.»

«Salve, salve» disse il generale dopo che furono entrati. Vernon riuscì anche lui a fare un saluto, e Flap offrì loro dei sigari. «Grazie a Dio, qualcuno a cui darli» disse.

«Vi lascio ad espletare queste formalità e vado a dare un'occhiata a quel bambino» disse Aurora. Li lasciò guardandoli vagamente uno per uno e scese due piani per andare alla nursery. Dopo un po' di pungolamento, un'infermiera produsse un moscerino di neonato, che rifiutò di aprire gli occhi. Aurora avrebbe voluto in particolare vedere che occhi aveva, ma capì che avrebbe dovuto aspettare. Ripercorse in senso opposto il corridoio scuotendo il capo e stringendo la mascella. Tutto andava storto; tutto, ma non sapeva dire che cosa.

Quando rientrò nella camera di Emma, trovò la conversazione in secca, com'era quando ne era uscita. «Thomas, mi sembri proprio stanco» disse. «I padri sono autorizzati a riposare quando il pargolo è in ospedale, sai, ma dopo raramente. Se vuoi un consiglio, dovresti andare a casa e metterti a letto.»

«Per una volta seguirò il tuo consiglio» disse Flap. Si chinò a baciare Emma. «Poi torno» disse.

«Bene, signori, vorrei fare due chiacchiere in privato con mia figlia» disse Aurora guardando i suoi due corteggiatori, sempre molto imbarazzati. Potreste aspettarmi nell'atrio. Sono sicura che avrete molte cose da dirvi.»

«Perché sei così pestifera? chiese Emma quando i due se ne andarono.

Aurora sospirò. Si era messa a camminare avanti e indietro per la stanza. «È così che sono?»

«Qualcosa di simile» rispose Emma. «Ricordi quando ti dissi che ero incinta e avesti quella crisi?»

«Uhm» disse Aurora, sedendosi. «Sì suppongo di aver bisogno di scoppiare in lacrime, ma nessuno di quei due è abbastanza uomo per provocarmici.»

Gli occhi di sua figlia erano proprio luminosi, notò.

«Mi sarebbe piaciuto sentire il commento di tua nonna su quel bambino» disse Aurora. «Se il primo non è stato una femmina, allora sicuramente sarà femmina l'ultima. Immagino che il suo commento sarebbe questo, se fosse qui.»

Si accorse che Emma era veramente spossata. La stanchezza era venata di una sorta di contentezza, o d'aria di trionfo, ma sempre stanchezza era. L'insolita luminosità degli occhi serviva solo a far risaltare di più la spossatezza. Aurora sentì che doveva smettere di rodersi, se era questo che stava facendo, e cominciare a comportarsi da mamma e, magari, da nonna.

«Sono stata proprio cattiva. Emma» disse. «Tu hai fatto tutto a modo, vedo, tranne che ti sei dimenticata della mia camicia, e io non ho scuse per scalpitare in questa maniera.»

«Vorrei solo sapere perché sei così pestifera» disse Emma.

Aurora la gurdò direttamente, e a lungo. «Ti darò il Klee» disse. «Vieni a prenderlo quando sei in piedi.»

«Va bene» rispose Emma. «Spero che non ti dispiaccia che l'abbiamo chiamato Thomas. Se fosse stata femmina l'avremmo chiamata Aurora.»

«Non ha importanza» disse Aurora, e allungò la mano per prendere quella della figlia, lieve, quasi senza vita. «Devi rimetterti in forze. Hai un sacco di spille di sicurezza da piegare.»

«Ho tempo.»

«Sì, be', il Renoir me lo tengo ancora un po'.»

Emma cessò di sembrare felice: improvvisamente parve come abbattuta. «Non ti piace essere nonna, vero?» chiese. «Non l'accetti come parte naturale della vita o qualcosa di simile, vero?»

«No!» rispose Aurora con tanta violenza da farla sussultare.

«Va bene, ma io speravo di sì» disse debolmente Emma, nel tono dimesso, sfuggente che la madre di Aurora, Amelia Starrett, aveva usato tanto spesso e in modo tanto espressivo trovandosi di fronte alle improvvise collere di sua figlia.

«Sono... denudata... non lo vedi?» cominciò Aurora con passione. Ma il coraggio le venne meno e lei arrossì, vergognosa, e prese Emma fra le braccia.

«Mi dispiace. Perdonami, ti prego» disse. «Tu sei stata una figlia a modo, perfetta e io sono semplicemente pazza... solo pazza.»

Per un po', mentre si teneva abbracciata alla figlia pallida ed esausta, fu quasi sul punto di svenire, ma quando rialzò la testa era abbastanza in sé per notare che i capelli di Emma erano più in disordine che mai. Si astenne dai commenti, però, e si alzò in piedi, passando dall'altra parte del letto.

Gli occhi di Emma avevano ripreso un po' di splendore. «Perché hai deciso di regalarmi il Klee?» chiese.

Aurora alzò le spalle. «La mia vita è abbastanza pazza anche senza quel quadro intorno» rispose. «Probabilmente in tutti questi anni un'influenza su di me l'ha avuta. Probabilmente è per questo che le mie linee e le mie rughe non s'incontrano mai.»

Prese in borsetta lo specchio e si studiò pensierosa per un po', né davvero calma né davvero contratta.

«Come mai ti sei portata dietro due uomini?» chiese Emma.

«Ho deciso di imporre la presenza dell'uno all'altro. Quei due e Alberto e chiunque altro ci sia. D'ora in poi mi serviranno molti addetti alla mia persona, te lo dico io. Devi tener presente che sono nonna solamente da quando tu sei madre. È probabile che arriverò a pensarla diversamente su questo ruolo, o se non sul ruolo almeno sul bambino.»

Notò che la figlia sorrideva con aria schiva. A suo modo, da grassa quasi senza capelli degni di questo nome, riusciva pur sempre ad essere una ragazza tenera, perfino accattivante, e di maniere gradevoli, nonostante l'uomo spaventoso che aveva sposato.

«Considerati fortunata di venire da Boston per parte mia» disse Aurora. «E non venirmi a dire che era solo New Haven. Se ti restasse solo la Charleston di tuo padre non ci sarebbe da contare molto su di te.»

Agitò il pugno chiuso verso lo schivo sorriso e gli occhi da nordica di sua figlia, si volse e se ne andò.

Nell'atrio dell'ospedale il generale e Vernon gironzolavano qua e là sentendosi a disagio l'uno con l'altro, ma meno a disagio l'uno con l'altro di quanto entrambi si sentivano nell'imminenza della ricomparsa di Aurora.

«È tutto il giorno che si sente che è di malumore» disse diverse volte il generale. «Non si può mai prevedere di che umore sarà.»

Vernon si sarebbe detto d'accordo, ma prima che potesse farlo lei uscì dall'ascensore cogliendoli di sorpresa. «Che ve ne pare del bambino?» chiese.

«Non siamo andati a vederlo» rispose il generale. «Non ce l'avevi detto.»

Aurora prese un'aria indignata. «Siete rimasti per mezz'ora nello stesso edificio dove c'è mio nipote e non siete andati a vederlo?» esclamò. «Ciò dimostra una certa mancanza di iniziativa, o di capacità generalizie o che altro, e questo vale anche per te, Vernon. Spero almeno che mentre ero occupata abbiate fatto amicizia.»

«Naturale» disse Vernon.

«Ci mancherebbe altro. Vuoi riportarmi, per favore, su quel grattacielo dove ho lasciato la macchina? Sono stanca. Ci vediamo a casa tra poco, Hector, se non ti dispiace.»

Il generale restò in piedi vicino alla Packard finché li vide partire sulla Lincoln. F.V. gli aprì la portiera.

«È vero, questa macchina comincia a dare un po' di fastidi, F.V.» disse il generale. «Una Lincoln sarebbe alquanto più comoda, ti dirò.»

«Una Lincoln?» disse F.V., incredulo.

«Be', o qualcosa di paragonabile.»

Durante la traversata del centro Aurora rimase in silenzio. Vernon non riusciva a capire se fosse felice o infelice, e non glielo chiese. Lei rimase in silenzio finché furono all'ottavo piano della rampa del garage.

«E su, e su, e su» disse facendo uno sbadiglio.

«Già, sei stata su un bel po'» azzardò Vernon.

«Non brillante, ma è conversazione» disse Aurora, e sbadigliò nuovamente. Non parlò più finché Vernon si fermò vicino alla Cadillac.

«Non sembra più tanto classica» disse Aurora. «Ho la sensazione che uno di questi giorni la chiavetta d'accensione non entrerà più nella fessura.»

«Fammi un colpo se hai bisogno di me» disse Vernon.

«Un colpo, davvero» disse lei recuperando le scarpe, che aveva scalciato via. «Mi basta averti a casa mia stasera alle sette, e porta le carte.»

«Alle sette oggi?» chiese lui, vedendola sbadigliare ancora.

«Alle sette oggi» disse Aurora. «Ci aspetta una mezza età scatenata, e siamo in parecchi. Forse vincerò abbastanza per comprarmi una Lincoln e un bagnino, e allora non avrò più bisogno di nessuno di voi.» Puntò verso di lui la chiave piegata, salì in macchina e partì.

A casa trovò il generale che, seduto a busto eretto al tavolo di cucina, mangiava una scodella di riso soffiato.

Aurora non ci cascò. Gli si avvicinò e diede una bella strizzata al suo collo magro per vedere se riusciva a lasciarci il segno. Non lasciò un gran segno e il generale non si volse.

«E va bene, perché sembri don Chisciotte?» gli chiese lei. «Non c'è niente di più ridicolo di un generale con la faccia lugubre. Che ho fatto adesso?»

Il generale continuò a mangiare, e questo la irritò.

«Molto bene, Hector» disse. «Non mi dispiacerebbe essere affettuosa, ma se devi startene lì a mangiare quello stupido cereale non vedo perché dovrei scomodarmi.»

«Non è stupido. Non ha nessun diritto di criticarmi per come mangio, nessuno. Sono anni che mangio riso soffiato.»

«Non lo metto in dubbio, e molto probabilmente è per questo che hai polpacci così magrolini.»

«No, è perché corro. Mi tengo in forma.»

«A che serve tenerti in forma se devi essere tetro ogni volta che io sono affettuosa?» chiese Aurora. «Ti preferisco affettuoso e coi polpacci un po' più in carne. Le gambe sono fondamentali, sai. Anzi, per quanto mi riguarda, ben poco d'altro conta.»

Il generale non continuò la lite. Versò sul riso un altro po' di latte e lo ascoltò crocchiare e sfrigolare debolmente. Nei rari intervalli in cui non masticava stringeva i denti. Sentiva arrivare un attacco di rabbia, ma cercava di controllarsi.

Poi Aurora gli lanciò un'occhiata muta, altera, come per dire che in vita sua non aveva mai visto niente di più ridicolo di lui che mangiava riso soffiato. Esasperato al di là di ogni controllo, il generale si lasciò venire l'attacco. Afferrò la scatola del riso e la agitò verso di lei, poi la mulinò da tutte le parti, spargendo riso soffiato per tutta la cucina e anche, un po', sui capelli di Aurora, il che era quello che in realtà voleva fare. Voleva versarle in testa l'intera scatola, anzi, ma purtroppo si sentiva nervoso da un paio di giorni e per calmarsi i nervi aveva mangiato costantemente riso, e nella scatola non ne era rimasto abbastanza per versarglielo sul capo, almeno in quantità soddisfacente. Quando ebbe fatto roteare la scatola fino a vuotarla, la scagliò contro Aurora, ma non fu un lancio molto efficace. Aurora la prese al volo con facilità, con una mano sola, fece pigramente qualche passo e la gettò in un cestino.

«Ti sei divertito, Hector?» chiese.

«Con quel piccoletto del petroliere riuscirai a incasinare la nostra vita» gridò il generale. «Ti conosco. Già mi hai umiliato con quell'italiano. Quanto credi che duri la mia pazienza? È questo che voglio sapere.»

«Oh, un bel po'» rispose Aurora. «Te lo dirò per sommi capi dopo che avrò fatto il mio sonnellino. Credo che faresti meglio a farne uno anche tu. Dopo tutta quest'agitazione sarai esausto, e per stasera ho organizzato una piccola festa. Puoi portare il tuo riso soffiato» aggiunse vedendo che glien'era rimasta mezza scodella. Poi, calpestando rumorosamente un leggero strato di riso soffiato, se ne andò nella sua camera da letto.

Qualche ora dopo, in camera, quando la sera stava per cominciare, Aurora stava seduta nella nicchia della finestra con in mano un bicchiere di Scotch, ascoltando il brontolare del generale mentre si annodava la cravatta. Era una cravatta rossa che lei gli aveva comprato qualche giorno prima, e andava a pennello sul suo vestito dell'abituale grigio ferro.

«Se dobbiamo giocare a poker, perché mi vuoi in completo e cravatta?» chiese il generale. «Alberto e Vernon non saranno certo vestiti di tutto punto.»

«Sono lieta che tu riesca a chiamarli per nome.» disse Aurora guardando il giardino su cui scendevano le ombre della sera. «È un inizio promettente.»

«Questo non risponde alla mia domanda. Perché sono l'unico che deve vestirsi di tutto punto?»

«Non lo sei» rispose Aurora. «Intendo vestirmi splendidamente anch'io, fra poco. Tu sei l'anfitrione, Hector, un ruolo che credo apprezzerai. E poi coi tuoi completi sei proprio un uomo attraente, mentre sei piuttosto ridicolo in tenuta sportiva. Nella nostra nuova vita sarai tu quello che si vestirà di tutto punto, se non ti dispiace.»

«Finora nella nostra nuova vita non c'è niente che mi piace» disse il generale. «Credi che sia divertente trovarsi tre uomini fra i piedi?»

«Quattro quando Trevor è da queste parti. Per non parlare di qualunque uomo interessante mi capitasse di conoscere in futuro.»

«So che i miei giorni sono contati» disse cupamente il generale, infilandosi la giacca. Invece di sentirsi irosamente cupo aveva cominciato a sentirsi rassegnato e nobilmente cupo.

«Lo so che stai per liberarti di me» riprese. «Me ne accorgo quando ho fatto il mio tempo. Non devi fingere. I vecchi soldati non muoiono mai, sai... svaniscono solo nel nulla. Credo che adesso sia mio dovere, svanire nel nulla in fondo a questa strada.»

«Gesù» disse Aurora. «Certo non avrei mai pensato di sentire un discorso del genere nella mia camera da letto.»

«Be', è la verità» disse stoicamente il generale.

«Al contrario, è una stronzata, se mi è lecito usare un termine volgare. Sai perfettamente quanto sono riluttante a modificare certe sistemazioni di base.»

«Oh.»

«Non ti farà male avere alcuni amici, anche se sono gli altri miei corteggiatori. È fin troppo tempo che non vedi altri che il tuo autista e quei cani.»

«Va bene, proverò» disse il generale mettendosi sull'attenti e guardandosi allo specchio. «Solo che non so quello che fai, Aurora. Non so mai quello che fai, e non saprò mai che cosa vuoi. È tutto un mistero, per me.»

«Un po' di allegria» rispose Aurora, sorridendogli. «Questo, principalmente... e magari un altro Scotch, fra un po'.»

Il generale, ancora sull'attenti, la guardò in silenzio.

«Portamento ammirevole» disse Aurora. «Perché non scendi a prendere un po' di ghiaccio? I nostri ospiti stanno per arrivare, e fra un po' arriverò anch'io.»

Più tardi guardò dalla finestra e vide arrivare contemporaneamente due macchine, la vecchia Lincoln e la nuova. Alzò un po' la tapparella per poter assistere agli arrivi e udire ciò che veniva detto. Alberto aveva una bracciata di fiori. Quando si vide accanto Vernon, e il generale sulla soglia, parve perplesso. L'istinto lo spingeva a inalberarsi, ma non era certo di doversi inalberare proprio in quel momento. Vernon per l'occasione si era messo un cappellone alla texana. Aurora attese, col sorriso sulle labbra, e poi, sbirciando, vide il generale uscire dalla veranda e porgere la mano.

«Accomodatevi, signori» disse con la sua voce gracidante. Vernon si tolse il cappellone e i signori si accomodarono.

Ancora per un po' Aurora rimase in contemplazione, poi si alzò e gettò la vestaglia sul letto. Andò all'armadio a muro e scelse l'abito per la serata, e quando l'ebbe scelto e indossato e trovato la collana adatta prese la spazzola per i capelli e sostò per un po' davanti al suo Renoir, spazzolando e guardando le due gaie giovani coi loro cappelli gialli. Le venne in mente, come spesso, che la loro gaiezza sembrava molto più quieta di quanto fosse mai stata la sua. Poi le giovani donne si sfocarono fino a svanire e il quadro divenne una finestra spalancata, la finestra della memoria, e Aurora guardò da quella finestra e vide la propria felicità: con sua madre a Parigi, con Trevor sulla sua barca, con Rudyard tra gli acquitrini di Charleston. Le parve che a quei tempi la vita, per lo più, fosse stata tutta felicità e nient'altro, prima che tante cose fossero state dette e fatte.

Dopo un po' i suoi occhi cessarono di nuotare e le due semplici giovani donne tornarono a sorridere nei loro rosa e gialli. Aurora si sentì in pace. Si asciugò le guance, finì di vestirsi e scese gaia dai suoi amici, che tutti, e per tutta la serata, la trovarono una delizia, un'inestimabile delizia.

LIBRO SECONDO
LA FIGLIA DELLA SIGNORA GREENWAY
1971-1976

Il primo amante di Emma fu il suo banchiere, un tipo grosso e lugubre dell'Iowa di nome Sam Burns. Aveva un che di melanconico del cane bassotto e quando la storia cominciò era sposato da ventisei anni.

«Questo significa che hai almeno il doppio delle scuse che ho io» gli disse Emma. «Sono sposata solo da undici anni.»

Quando si stavano spogliando parlava sempre a Sam, per paura che altrimenti lui cambiasse idea e sloggiasse col suo passo pesante. Parlare di Sam del suo matrimonio, tuttavia, era un errore. Ogni pur minimo accenno non faceva che renderlo ancora più melanconico. L'idea che il matrimonio portasse inevitabilmente ad avventure extraconiugali era per lui profondamente offensivo. Era il primo vicepresidente di una piccola ma prospera banca alla periferia di Des Moines, Iowa, e amava moltissimo moglie, figli e nipoti. Non sapeva perché passava le ore del pranzo a scopare con la moglie di un cliente. «Penso che il Signore ci abbia fatti tutti peccatori» disse un giorno; ma poi gli venne in mente che sua moglie, Dottie, di certo non avrebbe mai peccato, non almeno nel modo in cui aveva appena finito di peccare lui, e la sua alta fronte si corrugò.

«Smettila di pensarci, Sam» disse Emma. «Non è tanto male come ti hanno detto.»

«Ho fatto il banchiere per tutta la vita» disse Sam, meditabondo.

«Banchiere lo sei ancora» disse Emma. «Di che stai parlando?»

Sam la strinse a sé convulsamente, in silenzio. Quello che voleva dire era che non si sentiva più radicato nella sua professione; quello che si sentiva veramente, a volte per tutta la giornata, era un adultero. Aveva passato tutta la vita, una vita dedita al dovere, mantenendo una condizione di rispettabilità, e tutto per perderla completamente nel cinquantaduesimo anno, solo per andare a letto con la moglie di un cliente. Almeno i suoi genitori erano morti: se lui fosse caduto in disgrazia perché colto sul fatto, a loro non sarebbe toccato saperlo. A sua moglie e ai suoi figli, però, sarebbe toccato. A volte, quando Jessie e Jimmy, i due nipotini, gli ballavano in grembo, lo folgorava il pensiero di quanto quel suo grembo ne fosse indegno, sgomentandolo al punto che arrivava sull'orlo del pianto. In quelle occasioni faceva fragorose risate, infastidendo tutti quelli che erano in casa.

«Sshh, nonnino, troppo forte!» diceva Jessie ficcandosi le dita negli orecchi.

Sam pensava ad Emma come alla moglie di un cliente, benché a tutti gli effetti pratici la sua cliente fosse lei. Da tempo Flap Horton si era rifugiato in una posa di sprovvedutezza tipicamente da accademico: tutte le fatture e le transazioni finanziarie, come il mutuo di cui avevano avuto bisogno per una casa che volevano comprare, le lasciava ad Emma, anche se la suddetta posa non gli impediva di lagnarsi continuamente con lei per la sua incapacità di tenere in pareggio il bilancio familiare.

Le loro liti sulla faccenda dei soldi erano aspre e violente, liti tremende in cui veniva fuori tutta la disillusione dell'uno per l'altra. Ogni volta che attaccavano lite, Tommy e Teddy prendevano il pallone e lo skateboard più a portata di mano e scappavano di casa. Anni dopo, quando lei e Flap non litigavano più, il ricordo più vivido che ad Emma fosse rimasto di Des Moines era di quando si sedeva al tavolo di cucina cercando di calmarsi, e sentendosi in colpa per via dei ragazzi, che vedeva dalla finestra sul dietro: Tommy spesso sdraiato sull'erba vicino al passaggio per la macchina, che aspettava tutto teso che la lite finisse per poter tornare alle sue riviste di fantascienza e al suo corredo di mineralogia; Teddy, anche più desolato, un ragazzino tanto assetato d'amore da mandarlo giù come fosse acqua, che giocherellava col pallone e di solito lo mandava a finire a mezzo metro buono dal bordo del canestro, o altrimenti girava interminabilmente in tondo nelle sue solitarie evoluzioni con lo skateboard; il tutto sotto il cielo freddo e pallido dell'Iowa.

Teso già per conto suo, Tommy sapeva convivere con la tensione che c'era in casa. Poteva arrampicarsi sul suo lettino a castello e mettersi a leggere, senza rispondere alle domande e senza dire di sì o di no a nessuna richiesta; ma Teddy no. Teddy aveva bisogno di braccia che lo cingessero, di orecchie che lo ascoltassero; aveva bisogno che tutti, in casa, fossero caldamente e costantemente innamorati uno dell'altro. Emma lo sapeva: lo struggersi di suo figlio per una casa piena d'amore la ossessionava, via via che il suo matrimonio moriva. Tommy non voleva illusioni; Teddy le voleva tutte, e la madre era la sua unica speranza.

Fortunatamente per tutti, Emma e Flap si erano resi vicendevolmente felici per cinque o sei anni, quando i ragazzi erano piccoli. Almeno questo merito l'avevano. Per un certo tempo il loro matrimonio diede prova di una certa energia, e li portò da Houston a Des Moines, nella cui università Flap insegnò per sei anni. Nel sesto anno ebbe la cattedra, pur non avendo mai finito di scrivere il suo libro su Shelley. Comprarono una casa e ci vivevano da due anni quando Emma si rese conto che voleva sedurre Sam Burns, l'uomo che le aveva fatto avere il mutuo. In quei due anni qualcosa si era rotto. Flap aveva incominciato ad essere un fallito. Se l'era sempre aspettato, e vi si adagiò senza fatica. Nel contesto della vita accademica era una cosa comune e comoda come la sua pipa e le sue pantofole, ma Flap odiava Emma per averlo lasciato diventare un fallito. Sarebbe toccato a lei esigere da lui il successo; avrebbe dovuto pungolare, brontolare, anche mordere se necessario. Invece aveva lasciato il compito a lui, ben sapendo che lui avrebbe preferito starsene a leggere, o mandar giù caffè e parlare di letteratura; oppure, come risultò in seguito fottersi studentesse.

Anche Emma sapeva che toccava a lei, ma con due bambini da tirar su il compito di fare arrivare Flap al successo era superiore alle sue forze. Era un peccato, ma non era nella sua natura. Flap l'aveva fraintesa fin dal principio. Anche a lei piaceva starsene a leggere; le piaceva anche cantare canzoni coi figli e discutere con loro sulla vita, bere vino, mangiare cioccolata, coltivare fiori, cucinare i cinque o sei piatti che sapeva cucinare, andare al cinema, guardare la TV e farsi scopare di tanto in tanto, il tutto in nessun ordine particolare. Inoltre trovava gli accademici di successo detestabili; gli accademici falliti, almeno, a volte erano carini. Sapeva quanto Flap sarebbe diventato detestabile se avesse avuto successo; quella in cui sperava era una via di mezzo che lo lasciasse affettuoso e lo rendesse incline a restarsene un po' a casa, per passare un po' di tempo con i ragazzi e un po', magari, anche con lei.

Il libro su Shelley sarebbe bastato, pensò in seguito. Un libro e via, tutti contenti. Flap era sicuro che con quel libro si sarebbe affermato per sempre. Ma per troppo tempo aveva cincischiato, letto libri su libri, ripulito quello che aveva già scritto, senza mai decidersi a buttar giù gli ultimi due capitoli. Pubblicò tre articoli, sufficienti per ottenere la cattedra, ma poi basta. Emma era troppo orgogliosa per brontolare, e Flap la odiava per il suo orgoglio e la ripagava criticandola per come maneggiava il denaro: le litigate sui soldi costituivano l'unica forma reale di comunicazione fra loro. Tutto il resto, sesso compreso, divenne meccanico, impersonale e muto. Flap andava in biblioteca, al circolo dei professori, nel suo ufficio, vedeva studenti e colleghi. Aveva trasferito altrove la sua vita emotiva. Emma ignorò il fatto per sei od otto mesi, finché cominciò a provare un desiderio d'amore più forte d'ogni orgoglio.

«Mi hai abbandonata!» gridò un giorno nel bel mezzo di una lite su un condizionatore d'aria. «È estate. Perché te ne stai là tutto il giorno?»

«È là che lavoro» rispose Flap.

«Quale lavoro? Quale lavoro? È estate. Puoi benissimo leggere qui.»

«Ti rendi conto quanto sei anti-intellettuale?» disse Flap. «In realtà tu odi l'università. Lo sapevi?»

«Sì, lo so. I professori, almeno. Li odio perché sono tutti depressi.»

«Questa è arroganza. Chi è depresso?»

«Ogni professore di quella tua fottuta università» rispose Emma. «Solo che non lo ammettono, ecco tutto. Odio la depressione non dichiarata. Per lo meno io, quando sono depressa, lo faccio vedere.»

«Cioè sempre.»

«Non sempre.»

«Potresti essere più attraente se facessi finta di essere un po' allegra.»

«E per chi devo far finta di essere allegra?»

«Per i ragazzi.»

«Oh, piantala. Non li vedi neanche sei minuti alla settimana. Con loro non sono depressa. Mi tirano su, loro. Potresti farlo anche tu se te ne importasse qualcosa.»

«La depressione mia e dei miei colleghi è più civile della tua allegria» disse Flap.

«Allora tientela. Nella mia camera da letto non ho bisogno di essere civile.»

Flap se la tenne, e se ne andò. Si trincerò nella professione e fece meno liti con la moglie. Tommy, con la precocità di un undicenne di buone letture, se ne accorse e dell'estraniamento del padre dette la colpa alla madre.

«Tu hai un sacco di ostilità verso papà» disse una mattina. «Mi sa che sei tu a farlo star lontano da casa.»

Emma smise di fare quello che stava facendo e lo guardò. «Vuoi questa frittella sul muso?» disse.

Tommy tenne duro, almeno per il momento. «Qui ci siamo anche io e mio fratello» disse. «Il diritto di pensarla in qualche modo ce l'abbiamo anche noi.»

«Mi fa piacere sentirti riconoscere che è tuo fratello» disse Emma. «In genere non lo fai. Da come lo tratti, di ostilità non ti conviene troppo parlare, ti pare?»

«Però c'è differenza» rispose Tommy. Le discussioni lo affascinavano.

«Quale?»

«Teddy è troppo piccolo per andarsene. Deve abbozzare. Papà no.»

Emma sorrise. «Sei il nipote di tua nonna» disse. «È un buon argomento. Forse possiamo arrivare a un accordo. Tu cerca di essere più gentile con Teddy e io cercherò di essere più gentile con tuo padre.»

Tommy scosse il capo. «Non funzionerà. Quel ragazzino mi fa troppa rabbia.»

«Allora mangia la tua colazione e non tormentarmi» disse Emma.

Le dimensioni e l'aria lugubre di Sam la affascinarono sin dal principio. Quando lei andava in banca il suo faccione si illuminava sempre. Era tanto tempo che Emma non provava più, attivamente, la sensazione di desiderare qualcuno che ci mise molto tempo anche a riconoscere i propri sentimenti per quello che erano, e poi passarono altri otto mesi prima che cominciasse a darsi da fare in proposito. Aveva conosciuto la moglie di Sam, una donnetta traccagnotta, starnazzante e faccendona allo spasimo, di nome Dottie, che presiedeva metà delle organizzazioni comunitarie e assistenziali di Des Moines. Le restava ben poco tempo da dedicare a Sam ed era in genere tanto compiaciuta di sé che Emma non provò mai il minimo rimorso per averle sedotto il marito. Dottie ovviamente non avrebbe sentito la mancanza di qualche ora con Sam.

Durante gli otto mesi Emma flirtò con lui. A flirtare non era brava quanto sua madre, ma in fatto di emozioni romantiche non aveva nient'altro da fare e riuscì a trovare un gran numero di motivi per andare in banca. Sam Burns non aveva la minima idea di essere parte in causa di un flirt, ma certamente si lisciava ben bene le penne ogni volta che la giovane signora Horton si fermava un minuto a salutarlo. Angela, la sua segretaria, ne era un po' più consapevole; ma non avrebbe mai sospettato Emma di disegni davvero loschi. «Sei l'unica che faccia arrossire il signor Burns, tesoro» diceva ad Emma. «Sono sempre contenta quando ti vedo arrivare. È uno che si deprime per niente. L'ho visto tanto depresso certe volte che quasi quasi non ce la faceva a dettare.»

Emma si fece amica Angela: operava in modo quanto mai discreto. Anzi, per qualche tempo, non sperò nemmeno di condurre in porto quel piccolo flirt. Pareva che non ci fosse modo di adescare un uomo tanto imponente, triste e rispettabile. Anche se fosse riuscita a tirarlo fuori dalla banca, quale letto illecito avrebbero usato? Emma si disse che non faceva sul serio, che tutto ciò di cui aveva bisogno era un po' d'attenzione, uno che rizzasse la cresta quando lei entrava nella sua stanza. In realtà non ea vero. La sua vita sessuale era sprofondata a livelli minimi che un tempo avrebbe considerato incredibili. Flap aveva fatto una felice scoperta: la generazione studentesca cui insegnava non attribuiva al sesso più rilevanza morale che a un bagno caldo. Meglio ancora – dato che lui era pigro per natura – aveva scoperto che le studentesse non doveva nemmeno cercarsele; ventenni vestite come barbone ma nubili erano ben liete di cercare lui. Spesso per mettere in atto una seduzione bastava solo accompagnarle a casa e magari ascoltare qualche disco e fumare un po' d'erba. Prese rapidamente il vizio delle studentesse e si accostò alla moglie sempre meno spesso, e del resto solo quando era ubriaco o mosso da senso di colpa.

Emma sapeva che Flap aveva esigenze sessuali superiori a quelle che mostrava a casa, ma non fece domande. Nel proprio letto si sentiva secondaria, il che era già abbastanza umiliante; non intendeva certo peggiorare ancora le cose facendo la gelosa. Verso Flap, comunque, si sentiva più sprezzante che gelosa, ma non per questo meno secondaria. Passò un anno: si sentiva disperata, dentro, per la metà del tempo, ma mimetizzava la disperazione con un tale dispendio di attivismo da pensare che forse nessuno la sospettasse. Si impose di essere pratica: le serviva un amante. Ma viveva in un quartire di ceto medio, in una città di ceto medio, con due ragazzi da tirar su e una casa a cui badare. Dov'era il tempo per un amante, e come trovarselo in un posto del genere? Sam Burns era una fantasia assurda, si disse. Non c'era modo di tirarlo fuori dalla sua banca, e anche se c'era lei avrebbe avuto troppa paura per far qualcosa. Certo avrebbe avuto troppa paura lui: mai un uomo era parso meno incline all'adulterio.

Rinunciò alla sua fantasia, poi ad ogni fantasia. Si insinuò in lei la rassegnazione; si disse che tanto valeva scordarsi di tutta la faccenda. Poi, un giorno di novembre, mentre in banca faceva due chiacchiere con Sam e Angela, Sam scrollò le spalle già infagottate nel soprabito e le disse che doveva correre a ispezionare una casa che era di proprietà della banca e doveva essere messa in vendita. Emma si mosse subito. Inventò lì per lì un'amica che forse si sarebbe trasferita a Des Moines e avrebbe potuto aver bisogno proprio di una casa del genere. Sam Burns fu lieto di portarla con sé; ne aveva voglia comunque, ma non sarebbe mai stato capace di inventare una scusa per invitarla.

Faceva molto freddo ed erano tutti e due nervosissimi. La casa era spoglia di mobili. Emma capì dagli occhi di Sam che lui la desiderava. Capì anche che toccava a lei decidere. Si stavano aggirando in silenzio per la casa vuota, col fiato che si condensava nell'aria, ogni tanto inciampando goffamente uno nell'altra. Emma non sapeva che fare. Poi lui si inginocchiò per esaminare uno zoccolo rotto e lei si avvicinò e gli mise le mani gelate sulla faccia. Il suo grosso collo era una stufa. Per diversi minuti rimasero goffamente accovacciati, baciandosi: Emma non osava farlo alzare in piedi perché temeva che scappasse. Fecero l'amore in un angolino freddo, sopra i loro cappotti. Come Emma aveva sperato e sospettato, fu come farsi abbracciare da un grosso, esitante orso: molto soddisfacente. Mentre tornavano in macchina alla banca Sam era terrorizzato, sicuro che tutti sarebbero venuti a saperlo; Emma era tranquilla e a suo agio, e quando arrivarono alla banca rimase a discutere con Angela della casa e della sua immaginaria amica, in modo persuasivo, finché vide Sam che si era riavuto dal panico ed era pronto ad affrontare un pomeriggio di lavoro.

«Tesoro, sei un tonico per quell'uomo» disse Angela, notando con gioia quanto il morale del suo principale era migliorato rispetto alla mattinata. Angela non aveva nessuna simpatia per la piccola, starnazzante Dottie, e giudicava molto carino che una simpatica e giovane signora come Emma Horton si interessasse al suo trascurato principale.

«Ehm, come un orso. Sì, conosco il tipo, è di richiamo» disse Aurora qualche settimana dopo. Le erano bastate due sole telefonate per avvertire che la figlia non era più tanto depressa, e una terza per estorcere ad Emma un'ammissione.

«Può darsi che qualcosa c'entri anche il denaro» aggiunse. «Maneggiarlo conferisce spesso a uomini piuttosto grigi una specie di aureola. Mio Dio, Hector è malato e adesso devo sorbirmi anche la tua storia peccaminosa. È pretendere un po' troppo da me, no?»

In realtà non era minimamente turbata dal comportamento di Emma. Si aspettava qualcosa del genere da parecchi anni, ma aveva accarezzato la speranza che capitasse con un uomo idoneo e possibilmente disponibile, che potesse portarsi via Emma e darle un matrimonio degno di lei. Questo, evidentemente, non era accaduto.

«Hai un debole per ciò che è svantaggioso, mia cara» disse. «Altrimenti non ti saresti scelta un nonno. Ovviamente le prospettive di questa relazione sono di breve durata.»

«Che cos'ha il generale?» chiese Emma per cambiare argomento.

«Nulla che io non possa curare» rispose Aurora. «Ha inalato troppa aria inquinata nelle sue stupide corse. Comunque, ormai, più che correre il suo è poco più che uno strisciare. Frattanto Vernon è in Scozia da un mese e questo per me è un bel fastidio. Se si ferma ancora potrei chiedergli di invitare anche me. Alberto poi è proprio a terra, e il negozio passa ad Alfredo. Te lo dico io, qui stiamo cadendo tutti a pezzi, e tu che fai per dare una mano? Seduci un nonno. Spero di riuscire a tenerlo nascosto a Rosie. Da quando è morto Royce basta un niente per sconvolgerla. Hanno nuovamente sorpreso a rubare Little Buster. Credo che quel ragazzo finirà presto al riformatorio. Il che mi ricorda di consigliarti di stare attenta. Immagino che in posti come Des Moines le adultere finiscano ancora lapidate.»

Sam Burns del loro futuro aveva una visione quasi altrettanto pessimistica. Era certo che sarebbero stati scoperti, e che quando ciò fosse avvenuto avrebbe dovuto divorziare da sua moglia e sposare Emma; e poi loro, per sopravvivere al disonore, avrebbero dovuto lasciare la città. Era arrivato a decidere che la loro futura meta sarebbe stata Omaha, dove un suo vecchio commilitone era presidente di una piccola ma solida banca.

«Tesoro, mai in vita mia l'ho fatta franca» disse un giorno a Emma tirandosi una delle grosse orecchie. «Dico sul serio. Non sono mai stato capace di ingannare nessuno.»

Eppure era abbastanza bravo a trovar pretesti per visitare le diverse case vuote che la banca doveva mettere in vendita. Una sera, mentre Flap e i ragazzi erano a una partita di pallacanestro, Emma caricò nella giardinetta un vecchio materasso e lo portò in una delle case. Disse a Flap che lo aveva regalato per una lotteria di beneficienza. Nell'anno e mezzo che seguì, via via che le case lentamente venivano vendute e altre ne prendevano il posto, il materasso veniva traslocato da un'area di nuove costruzioni a un'altra. Tutte le case erano vuote, e sempre prive di riscaldamento; e una volta che la lunga frequentazione tolse un po' di smalto a Sam Burns, Emma cominciò a domandarsi come sarebbe stato vivere una storia d'amore in un posto ben riscaldato, magari una camera d'albergo lussuosamente ammobiliata, o almeno un posto con qualche sedia e una toilette con lo sciacquone funzionante.

Una volta, anzi, pensarono di essere riusciti a organizzare un viaggetto a Chicago, che sarebbe stato una variazione piacevole, e abbastanza elegante, ma all'ultimo momento Dottie riuscì a mandare tutto a puttane cadendo da un carro durante una sfilata e rompendosi un'anca. Il fatto di andare in giro a scopare mentre la sua fedele consorte giaceva all'ospedale con una gamba in trazione accrebbe in Sam Burns il senso di colpa a un grado intollerabile, e a più riprese Emma decise che avrebbe dovuto lasciarlo tornare alle placide certezze di Dottie, di Angela e della banca.

Se lui avesse voluto andare, Emma per gentilezza d'animo e per affetto l'avrebbe lasciato andare, ben sapendo che per la metà del tempo la loro relazione era per lui un tormento morale. Eppure, nonostante tutta la loro sofferenza, Sam non voleva andare. Il suo bisogno d'amore era ancora più disperato di quello di Emma. Dottie non aveva mai mostrato interesse per il sesso, e quando giunse ai quarantacinque anni il disinteresse si accrebbe, fino a diventare avversione attiva. Non era il tipo di donna da praticare ciò che non gradiva, e il futuro sessuale di Sam, nei limiti in cui riusciva a immaginarselo, consisteva di occasionali ragazze squillo durante occasionali congressi fuori sede.

Per lui, quindi, Emma era un miracolo. Sapeva che gli era stata concessa un'ultima possibilità di amare e, per quanto lo spaventasse e lo turbasse non potevano coglierla. Non aveva conosciuto nessuno gentile e tenero quanto Emma, e la adorava. Le case vuote, gli orari strani, il freddo, gli ambienti disadorni lo rattristavano. Voleva dare ad Emma tutte le comodità convenzionali. A volte fantasticava perfino che Dottie passasse onorevolmente a miglior vita, magari per un attacco di cuore al barbecue annuale della Camera di Commercio, in cui immancabilmente e per tutta la giornata presiedeva alla cottura delle bistecche sotto il torrido sole di luglio; se fosse successo questo avrebbe potuto, come la metteva lui, dare ad Emma il dovuto, portarla via al marito che la trascurava e offrirle una casa onorata, bei vestiti, buona cucina, forse anche un figlio. Mai gli veniva fatto di pensare che Emma queste cose non le volesse, e, come poi risultò, questo non aveva importanza, perché Dottie sopravvisse a Sam Burns esattamente di quanto era durato il loro matrimonio, cioè ventinove anni.

Quando seppe della morte di Sam, Emma era incinta di Flap e da nove mesi viveva col marito a Kearney, nel Nebraska. Lì a Flap era stata offerta la presidenza del dipartimento di letteratura inglese di una piccola università statale, che dopo lunga indecisione aveva accettato. Emma e i ragazzi avrebbero preferito restare a Des Moines, ma lui si era imposto; anzi a quel punto la dinamica familiare era tale che se loro avesero voluto andare a Kearney lui avrebbe potuto benissimo decidere che bisognava restare a Des Moines.

Quando Emma gli disse che partiva, Sam Burns ne fu sgomento. Rimase a lungo seduto sul materasso, guardandosi disperato i grossi piedi. Non avrebbe potuto dare ad Emma tutte quelle comodità che aveva sognato di darle. Con fatica, esitando, la mise a parte di ciò che aveva fantasticato: Dottie avrebbe potuto morire e loro sposarsi. La guardò con aria lugubre, chiedendosi se una donna tanto meravigliosa si sarebbe messa a ridere alla sola idea di sposarlo.

Emma non l'avrebbe mai sposato, ma non rise. Vide che lui non capiva di averle già dato un grande conforto. Per tutta la vita era stato troppo grosso, era stato trattato da confusionario; e in verità confusionario era, mai era stato esperto con lei. Ma le ore con lui sul materasso Emma se le era godute profondamente.

«Ma certo, caro» gli rispose. «Ti sposerei fra un minuto» sperando, mentre lo diceva, che Dottie Burns avesse una vita lunghissima, in modo che lei non dovesse mai rimangiarsi quella promessa.

Sam si guardò i piedi con meno disperazione. Tutto il suo corpaccione tremava d'angoscia il giorno che si separarono. «Non so quello che farò» disse.

«Be', forse puoi migliorare a golf» rispose Emma abbracciandolo. Cercava di metterla in scherzo, perché lui odiava il golf. Un giorno, con vergogna, lo aveva ammesso. Era sul campo di golf che la sua goffaggine l'aveva messo più in ridicolo. Giocava a golf solo perché ce lo obbligava la sua posizione.

Nemmeno Emma sapeva che cosa avrebbe fatto.

Fu Angela, ricordando la cortesia della signora Horton, e non avendo nessuno con cui parlare, a chiamare Kearney in interurbana per dire ad Emma della morte di Sam.

«Oh, non il signor Burns» disse Emma, ricordandosi di essere formale anche nello shock.

«Sì, è andato» disse Angela. «Un attacco di cuore nel bel mezzo del campo di golf. Ha voluto andare a giocare per forza, col caldo che faceva...»

Per giorni rimase seduta al tavolo di cucina, mordendo tovaglioli oppure lacerandoli lentamente per ridurli in strisce sottili. I tovaglioli erano la sua nuova nevrosi. Non era solo che Sam era morto; era che lei l'aveva fatto morire infelice. La verità era che in quella relazione la sua energia era venuta a mancarle. Aveva cominciato a scoraggiarsi per tutto quel nascondersi, per le bugie da raccontare, per quelle case vuote. E in lei si era insinuata un'altra paura: la paura che Sam si stesse innamorando troppo. Ancora un po' più d'affetto da parte sua e lui avrebbe cominciato a desiderare di lasciare Dottie. Quella relazione, Emma lo sapeva, non sarebbe rimasta comoda e controllabile ancora a lungo; e quando venne il momento non si batté con molta tenacia per restare a Des Moines. Pensò che il meglio, per lei e Sam, fosse passato, e che Kearney fosse la naturale via d'uscita.

Se Sam fosse morto nel suo letto, o in un incidente, lei forse si sarebbe tanto addolorata, perché lui non comprendeva la vita che faceva o almeno non l'amava. Per cinquant'anni e più si era considerato un Babbo Natale un po' ridicolo, grande, grosso e stolido, e lo scherzo aveva cessato di essere divertente, se pure lo era mai stato.

Era il fatto che fosse morto su un campo di golf a ossessionarla. Forse aveva frainteso l'ultima frase che lei gli aveva detto. Non era uno che avesse orecchio per l'ironia. Forse aveva pensato che davvero lei voleva che si sveltisse un po' a giocare a golf, o magari che aveva finito per non far più molto conto su di lui.

Lo strazio che Emma si sentiva dentro pensando a questa possibilità era intollerabile. Mordicchiava tovaglioli e aveva incubi in cui le pareva di vedere trascinar via da un campo di golf un gran corpaccione. Flap e i ragazzi giravano alla larga da lei. Lui non capiva che cosa ci fosse che non andava, e disse ai ragazzi che era la gravidanza. Fortunatamente aveva un dipartimento da dirigere, e questo gli dava sempre un gran da fare. Non c'era nessun bisogno che tornasse a casa, e lo faceva raramente. Tommy si barricò nella cuccetta di sopra del letto a castello, al riparo della sua collezione di minerali. Teddy, disperato, tentò e ritentò di far tornare la madre in sé: l'abbracciava stretta stretta, le raccontava storielle, faceva giochi di carte, puliva tutta la casa, riappendeva in bell'ordine pantaloni e magliette. Le provò tutte, si offrì perfino di preparare la colazione. A lui

Emma non poté resistere. Si tirò su, scuotendosi di dosso la disperazione e lo aiutò a preparare la colazione. Poi crollò nuovamente e telefonò alla madre per raccontarle tutto.

Aurora ascoltò gravemente. «Emma, ho solo una parola di conforto» disse, «ed è ricordarti che raramente gli uomini danno ascolto alle donne Anche nei momenti in cui credi che debbano per forza darti ascolto, spesso non lo fanno. Che cosa facciano non lo so – me lo sono chiesto spesso – ma non ascoltano. Sono certa che il povero signor Burns aveva qualcosa di meglio da ricordare dell'ultima frase che gli hai detto.»

«Vorrei esserne certa anch'io» disse Emma.

«Io lo sono. È già una fortuna nella vita incontrarne uno che faccia davvero attenzione.»

«Tu l'hai incontrato?»

«No, e se lo incontrassi adesso sarebbe probabilmente tanto vecchio da non sentirci più. Vorrei che a partorire venissi qui. Per un po' di te e del bambino potremmo occuparci io e Rosie. Il Nebraska non è un posto per averci un bambino. Credevo che non ne volessi più, a proposito. Come mai hai cambiato idea?»

«Non lo so» rispose Emma, «e non voglio pensarci.»

C'erano volte, anzi, in cui quello che aveva fatto le sembrava folle. In casa la situazione non migliorava, e lei pensava costantemente al divorzio via via che si faceva più grossa. Le pareva assurdo essere incinta d'un uomo col quale non aveva più nessun legame. Un giorno sarebbe stata una divorziata con tre strani figli invece che due. Non aveva senso.

Ebbe una femmina, Melanie, un esserino tanto contento di sé fin dal principio che Emma ebbe l'impressione che fosse stata creata perché tutti si sentissero meglio.

Non permise a nessuno di chiamarla Mellie. Fin dall'inizio niente diminutivi, fu Melanie e solo Melanie. Aveva una capacità innata di incantare tutti quelli che le capitavano a tiro. In capo a sei mesi Emma si rese conto di aver ricreato sua madre. A pensarci, in un certo senso era una constatazione che faceva paura, un altro tiro che la vita le aveva giocato, perché significava che lei sarebbe stata sempre eclissata, se non da sua madre, da sua figlia. Anche Melanie aveva una splendida chioma dorata e ricciuta, così luminosa che metà della luce della stanza sembrava concentrarsi sulla sua testa. In un altro senso il tiro che la vita aveva giocato ad Emma risultò divertente, in particolare quando nonna e nipote erano insieme e cercavano di sopraffarsi a vicenda in gaiezza o in cocciutaggine.

Il miracolo di Melanie però, almeno nei suoi primi tre anni, fu di rendere felice Teddy, l'unico modo per riportare amore in quella casa. Per un po' il miracolo parve funzionare a meraviglia. Perfino Flap non riusciva a tenere a distanza Melanie; per un paio d'anni tornò a casa più spesso proprio per lasciarsi incantare da sua figlia. Tommy, di Melanie, non parlava mai molto, ma anch'egli si interessava e lei in un certo modo schivo, nervoso e protettivo e assumeva un atteggiamento critico verso chi lasciava che le accadesse qualcosa di male, e di solito era Teddy, se non altro perché stava con lei più di chiunque altro.

Osservando Melanie e Teddy, Emma si sentiva premiata. Era tanto avere due figli che si amavano in modo così completo. Melanie e Teddy, anzi, erano quasi come due amanti, sempre l'una nelle braccia dell'altro. Pareva che Melanie vivesse in grembo a Teddy – fin da quando imparò a trotterellare il suo primo itinerario mattutino fu quello dal suo lettino a quello di Teddy – e il comportamento di Teddy era stranamente simile a quello di un amante, perché a volte il suo attaccamento a lei lo faceva diventare cattivo. La trattava come se fosse la sua ragazza, una ragazza di due anni, e quando non la soffocava di bacetti e di abbracci la stuzzicava e la tormentava, nascondendole i giocattoli e provocandola a collere e ripicche furiose. Eppure sempre, dopo burrasche di pianti da parte di Melanie, si perdonavano e dimenticavano tutto, e la giornata si concludeva con tutti e due accampati sullo stesso lettino, intenti a leggersi favole a vicenda.

Spesso era Melanie a leggere, o almeno a raccontare, dato che la sua prima vanità era stata mettersi in testa che sapeva leggere. Quando cominciò a balbettare qualche parola, cominciò anche a portar via i libri ai grandi. «Io leggo» insisteva, facendo energicamente segno di sì col capo e sperando di ricevere un assenso. Teddy glielo lasciava credere e tutti gli altri, per questo o quel motivo, le dicevano che no, non sapeva leggere. Teddy restava per ore ad ascoltare la spiegazione che Melanie faceva dei suoi libri pieni di figure, mentre il resto della famiglia cercava di costringerla ad ascoltare la lettura. Melanie se ne risentiva: le faceva rabbia vedere qualcuno leggere tranquillamente libri senza le figure, libri che la tagliavano fuori o la costringevano a un'assurda finzione. Quando poteva, libri di quel genere se li portava via e li buttava nel cestino. Quando nessuno la stava guardando, anzi, andava in giro per la casa a nascondere i libri che gli altri leggevano, infilandoli sotto i letti o cacciandoli astutamente in fondo a qualche cassetto, dove nessuno li trovava più per mesi.

Era una bambina estremamente furba, e in lei lo spirito di vendetta era fortissimo. Se non poteva fare a modo suo era pronta a mobilitare tutte le sue energia per impedire che facessero a modo loro gli altri, usando spudoratamente il suo grande fascino per distoglierli da quello che avevano in mente di fare, ma ricorrendo istantaneamente a bizze feroci se vedeva che ogni altra tattica non serviva.

Nelle visite a Houston dimostrava una forte preferenza per Rosie e Vernon, i quali entrambi la adoravano al di là di ogni limite. Trattava il generale Scott in modo alquanto sbrigativo, benché le piacesse puntare il dito sul suo pomo d'Adamo e almanaccare sul motivo per cui aveva una voce così gracidante. Il generale le diceva di avere un rospo in gola; lei ci credeva e gli ingiungeva sempre di sputarlo fuori.

Con la nonna era generalmente fredda, anche se di tanto in tanto loro due si scatenavano in amorosi battibecchi. Aurora immediatamente affermava che la bambina era vergognosamente viziata, e lo affermava con particolare veemenza quando Melanie respingeva i suoi tentativi di viziarla. Lasciava che Vernon la facesse saltare sulle ginocchia per ore, ma appena Aurora la prendeva in braccio si metteva a smaniare e a dimenarsi come un'anguilla. Ciò che amava, della nonna, erano i gioielli che portava, e le tirava sempre gli orecchini o cercava di persuaderla a lasciarle mettere la sua collana. A volte, quando loro due si sentivano amiche, si sedevano sul letto di Aurora, e Melanie si provava tutti i gioielli che c'erano nell'astuccio. Aurora si divertiva molto vedendo la nipotina dai capelli d'oro adornarsi con tutti i gioielli che lei era riuscita ad accumulare, reliquie delle passioni della sua vita, o dei capricci che lei stessa si era tolta: principalmente di questi ultimi perché, come lamentava di frequente, nessuno dei suoi grandi amori si era distinto per la sua generosità.

«Metto io» diceva Melanie allungando la mano per prendere qualunque gioiello Aurora aveva indosso. Amava più di ogni altro la collana d'ambra e d'argento, e non c'era volta che Aurora non la lasciasse trotterellare un po' per la casa con al collo quella collana che le penzolava fino alle ginocchia. Per lo più quel trotterellare era volto all'inseguimento di Rosie, che Melanie adorava incondizionatamente.

«Signore Iddio, mi viene il crepacuore a pensare che questa bambina viene su nel Nebraska» disse un giorno Rosie, mentre Melanie mangiava la sua pappa d'avena.

«Viene anche a me, se penso a cosa ne sarà degli uomini che troverà sottomano quando sarà cresciuta» disse Aurora.

«Con loro non potrà essere più cattiva di come è stata lei» rispose Rosie.

«Può darsi di no, ma ai miei tempi gli uomini erano più duri. Li avevano tirati su preparandoli ad aspettarsi delle difficoltà.»

«Non parlare» disse Melanie, puntando il cucchiaio verso Rosie. Aveva fatto presto ad accorgersi che la gente parlava sempre con la nonna, e la cosa non le piaceva.

«Parla a me» disse un momento dopo, tenendo in mano il piatto per avere altra pappa.

«Mica può essere tanto male una bambina che ha una fame così, eh?» disse Rosie, felice, mentre si precipitava ai fornelli.

Aurora si imburrò un croissant e Melanie allungò immediatamente la mano per acchiapparlo.

«Mica tanto» disse Aurora, e si mangiò il croissant.

Per un certo tempo, dopo che era nata Melanie, Emma si sentì libera. Aveva fatto una cosa ben riuscita, o così le pareva, e con parecchia soddisfazione stette a vedere come Melanie rimetteva in sesto la famiglia. Ci furono perfino dei momenti in cui tornò a provare una certa solidarietà verso Flap; ma furono solo momenti, e quel periodo di grazia non durò. Melanie, in un certo senso, sembrava un traguardo raggiunto. Emma sentiva che tutto ciò che poteva adempiere l'aveva adempiuto. Nel giro di qualche mese cominciò a sentirsi di nuovo smarrita. Si disse che era sciocco, ma a trentacinque anni aveva costantemente la sensazione che non le rimanesse nient'altro da fare. Tutto ciò che restava era una replica e, oltre un certo punto, non le piaceva conceder repliche.

Poi c'erano volte in cui si sentiva che anche se fosse stata felice avrebbe dovuto diventare infelice per vivere a Kearney. Al Middle West aveva fatto l'abitudine. Le persone erano immancabilmente cortesi, e lei aveva imparato a non infastidirsi più per la loro praticità terra terra, per la loro mancanza di grazia e d'immaginazione. Tutto si accordava col paesaggio, in un certo senso, eppure lei non riusciva a sfondare il muro della cortesia per arrivare a una vera amicizia, con nessuno. Il paesaggio, per lei, era fatto apposta per dare un senso di solitudine. Faceva lunghe passeggiate sulle rive del Platte, con un vento forte e pungente, e il vento le sembrava l'elemento dominante, sempiterno del luogo in cui viveva. Era quello che le pianure continentali avevano al posto delle spiagge, delle onde e delle maree; finché viveva nel Nebraska il vento era il suo mare, e benché quelli del posto se ne lamentassero tutti, lei lo amava. Sapeva quasi appoggiarvisi; le piaceva sentirlo sospirare e ruggire di notte, quando a stare sveglia non era che lei; non le dava fastidio. Le davano fastidio la calma estiva e le occasionali calme invernali; allora, in quel quietarsi del vento avvertiva la propria mancanza di equilibrio. Quando il vento moriva, si sentiva precipitare; solo che il cadere del vento non era una cosa che avvenisse in un sogno. Avveniva quando lei era ben sveglia.

A Kearney, Flap si innamorò. Era una regione prospera, relativamente parlando; ed era anche più remota dal ventesimo secolo di Des Moines. Anche lì le studentesse prendevano cotte per lui, ma non gli era tanto facile portarsele a letto. La cittadina era troppo piccola e le studentesse troppo inesperte. Se ne fosse rimasta incinta una, addio carriera come capo del dipartimento.

Per scongiurare questo pericolo Flap cominciò a frequentare una donna che aveva solo dieci anni meno di lui, un'insegnante di disegno. Per Kearney era una donna liberata: aveva studiato a San Francisco, si era sposata ed era stata piantata. Era del luogo e di buona famiglia – la famiglia più in vista della città, anzi – e da tempo la comunità le aveva accordato il diritto a una vita molto moderatamente bohémienne. Dipingeva e aveva la cattedra di disegno dal vivo. Lei e Flap facevano parte tutti e due di tre commissioni di facoltà, il che dava loro ampio motivo per vedersi. Era una ragazza sensibile, non palava molto e si tenne a freno per sei mesi. Aveva studiato danza moderna e insegnava anche a un gruppo Yoga locale; aveva una figura ammirevole e si muoveva con eleganza. Si chiamava Janice, e Flap avrebbe lasciato Emma pur di andare a letto con lei, se fosse stato necessario. Janice non lo esigeva, ma esigeva che fosse innamorato di lei. Flap le disse che lo era da un anno, il che poteva esser vero o no; tre settimane dopo che la realzione era stata consumata era innamorato di lei a tal punto che lo confessò ad Emma. In quel momento teneva in grembo Melanie, che con uno dei suoi pennarelli disegnava cerchietti azzurri sul tovagliolo.

«Perché me lo dici?» chiese tranquillamente Emma.

«Ma devi saperlo comunque. Non si vede da come mi comporto?»

«Non lasciarla disegnare sulla tovaglia» disse Emma. «Le lasci sempre rovinare le tovaglie.»

«Sto parlando sul serio» disse Flap. «Non lo vedi da come mi comporto?»

«No, se ci tieni a saperlo. Da come ti comporti vedo che non mi ami. Non è necessariamente una cosa per cui debba avercela con te. Forse mi hai amata fin quando hai potuto, non lo so. Ma sapere che non mi ami non è la stessa cosa che sapere che ami un'altra al posto mio.»

«Fa male in modo diverso» aggiunse strappando di mano il pennarello a Melanie proprio mentre stava per attaccare la tovaglia. Melanie fece gli occhi scuri alla madre; era stupefacente quanto le diventavano scuri gli occhi quando era in collera. Non strillò, avendo già imparato che con sua madre strillare non serviva a niente. Dalla nonna aveva ereditato il talento per i silenzi, e scese dal grembo di suo padre per uscire in silenzio dalla stanza. Flap aveva ben altro da pensare per farci caso.

«Be', insomma...» disse. Si stava facendo crescere i baffi, per far piacere a Janice, e questo aveva accresciuto in Emma il disprezzo per i suoi gusti. Coi baffi e coi vestitacci che portava era paurosamente squallido.

«Dimmi cosa vuoi» rispose Emma. «Si può divorziare, se vuoi. Io non metto bastoni tra le ruote alle passioni degli altri. Va a vivere con lei, se vuoi. Solo, quello che vuoi dimmelo.»

«Non lo so.»

Emma si alzò e cominciò a preparare gli hamburger. I ragazzi stavano pr arrivare.

«Be', vuoi dirmi quando decidi?»

«Non riesco a decidere.»

«Farai meglio a decidere. Preferirei non cominciare a odiarti, ma potrebbe succedere. Ho bisogno di una decisione.»

Flap non la prese mai. In verità aveva più paura di Janice che di Emma. Janice era capace di fare scene isteriche di cui Emma non era capace, e lui scambiava l'isterismo per convinzione. Quando urlava che si sarebbe ammazzata per lui se avesse smesso di vederla, Flap ci credeva; e in ogni caso non aveva mai avuto intenzione di smettere di vederla. Janice lo sapeva abbastanza bene, ma le piaceva fare scene. Non era innamorata di Flap e non desiderava particolarmente che lasciasse la moglie; ma voleva tutti i rituali della passione, e le scenate erano necessarie. Col tempo la loro passione arrivò a dipendere dai suoi attacchi isterici.

Al contrario, Emma si tirava indietro. Si aspettava di essere lasciata, e dopo qualche mese cominciò a sperarlo. Se non altro, sarebbe stato bello avere più spazio negli armadi. Ma poi si rese conto che Flap non se ne sarebbe andato, a meno che non ce lo costringessero lei o Janice. Si comportava con molta cortesia, anzi, cercando di farsi notare il meno possibile. Emma allora cessò di preoccuparsi di Flap. Restasse pure in casa e coi suoi figli; lei, non la desiderava, e quindi non c'era problema. Generalmente Emma guardava la TV fino a tardi, e comunque si addormentava sul divano. Non faceva scenate. Le scenate facevano star troppo male i bambini, e in ogni caso non restava nulla su cui fare scenate. Quello che per un certo periodo era stato un matrimonio era andato perso; il fatto che due persone rimaste legate a lungo continuassero a stare nella stessa casa significava ben poco.

Emma sapeva che avrebbe dovuto cacciarlo via, ma Flap era così fiacco, così trincerato nei figli, così abbarbicato alle sue abitudini che per cacciarlo via avrebbe dovuto mobilitare tutte le sue energie e la sua furia. Non aveva niente da mobilitare. Le energie gliele spremevano tutte i ragazzi, e di furia non gliene era rimasta più. La sua capacità di illudersi l'aveva esaurita a Deş Moines; ciò che faceva Flap era da vili; ma era in carattere. Emma non aveva più voglia di sforzarsi per farlo essere migliore di quello che era; non si sentiva coinvolta fino a quel punto.

Ciò che fece fu di evitare completamente ogni attività nell'ambito universitario. Respingeva tutti gli inviti, scansava le mogli di tutti gli altri professori. Siccome era moglie di un presidente di dipartimento, questo metteva Flap in un situazione difficile, ma a lei non importava nulla. Quando all'università c'era una conferenza, non andava a sentirla; quando c'era un tè, non si faceva vedere.

«Vacci con la tua amante» disse un giorno a Flap. «Farà chiacchierare la gente, e sa Dio quanto bisogno ce n'è da queste parti. Spero di non trovarmi davanti mai più quei salatini e quelle facce.»

«E questo che c'entra?» chiese Flap.

«Ma come, tesoro, è stato sempre il piatto forte della nostra vita mondana. Non ti ricordi? Vino scadente, stampe di rigattiere, mobili di terz'ordine, discorsi idioti, gente depressa, vestiti da quattro soldi e salatini vecchi di tre giorni.»

«Ma che stai dicendo?»

«Che dodici anni a far la moglie dell'accademico mi bastano e mi avanzano. Ti toccherà farti strada senza di me.»

In quello stato d'animo commise un grosso errore. Flap aveva un collega che odiava l'ambiente accademico quanto lo odiava Emma. Si chiamava Hugh ed era un quarantenne giovanile, cinico. Aveva divorziato da poco e Flap di tanto in tanto lo portava in casa. Gli piaceva bere e parlare di cinema, ed Emma riscoprì che bere e parlare di cinema piaceva anche a lei. Hugh era di un umorismo tagliente, e le sue caricature di colleghi strappavano grandi risate. Quando c'era Hugh, Emma si accorgeva di essere ancora in grado di morire dal ridere e, a forza di risate, di spurgarsi di ciò che la rodeva dentro. Era un immenso sollievo. Hugh aveva un freddo balenìo negli occhi e il labbro inferiore sporgente; un giorno capitò in casa durante il sonnellino di Melanie – era padre anche lui e aveva un gran fiuto per gli orari domestici – e sedusse Emma sulla cuccetta di Teddy del letto a castello. Emma si aspettava che questo avvenisse, ma non era preparata a quello che venne dopo. Hugh la informò tranquillamente che non lo aveva soddisfatto.

Rimase sconcertata. «Per niente?» chiese.

«No» rispose Hugh. «Credo che tu abbia dimenticato come si scopa.» Lo disse piacevolmente mentre si allacciava la scarpa da tennis. «Prendiamo una tazza di tè» aggiunse.

Invece di buttarlo fuori, Emma se ne lasciò attrarre. Prese a cuore la sua critica. Dopo tutto, quanto tempo era che non faceva veramente attenzione al sesso? Flap da molti anni era per lo più indifferente a lei, e Sam Burns era stato troppo innamorato per richiedere tante attenzioni. Inoltre, da tempo si era abituata a reprimere le sue speranze come i suoi appetiti fisici: lo esigeva la salvaguardia della sua vita domestica.

Nonostante tutto, però, la critica aveva colpito nel segno, e lei ne era tutta confusa.

«Non lasciarti scoraggiare» disse Hugh, sempre piacevolmente. «La stoffa c'è. Ti puoi rimettere in pari.»

Si rimise in pari nella casa di lui, che era ad appena tre isolati di distanza e su un itinerario del tutto plausibile per una passeggiata. Sua moglie era scappata a New York. Col tempo – non molto – Emma capì perché. Gli occhi di Hugh non perdevano mai il loro freddo balenìo. Le venne voglia di piantar tutto quasi prima di aver cominciato, ma per un po' rimase presa. Non era la cosa giusta, ma era qualcosa. Si accorse presto che il disprezzo di Hugh per l'università era solo una posa; ci si trovava benone. La sua vera specializzazione era il sesso, e l'università gli forniva una comoda base. La sua camera da letto era una specie di palestra. Addestrava Emma in modo rigoroso, come se fosse una ballerina. Per qualche tempo parve un insegnamento proficuo: lei accettava il fatto della propria ignoranza ed era un'allieva scrupolosa. Poi cessò di essere proficuo; si sentiva esautorata. I suoi orgasmi erano tanto violenti da colpire come mazzate. Hugh riceveva spesso telefonate da persone alle quali rispondeva con frasi monche. Non voleva che Emma ascoltasse e si seccava se lei si tratteneva oltre una cert'ora. Emma cominciò a sentire vergogna. Sapeva che era da masochista vedersi con un uomo che per lei non provava affetto, eppure lo faceva. Dopo un po' si rese conto che stava praticando una forma d'odio invece che d'amore. Hugh aveva trasformato il piacere in umiliazione. Non sapeva come avesse fatto, e non sapeva nemmeno come staccarsi da lui.

Cautamente, cercò di parlarne con sua madre.

«Oh, Emma» disse Aurora. «Come vorrei che non avessi sposato Thomas. È stato inadeguato. I miei amanti non erano dei geni, proprio no, ma almeno avevano buone intenzioni. Chi è quest'uomo?»

«Uno. Un professore.»

«Hai quei figli da allevare, lo sai. Tiratene fuori. Le cose che vanno davvero male non vanno mai meglio. Vanno inevitabilmente peggio. Decidere di smetterla il mese prossimo significa che non hai deciso di smetterla. Perché non prendi i bambini e non vieni qui?»

«Mamma, i bambini hanno la scuola. Non posso venire.»

Aurora si controllò, ma non facilmente. «Non sei una persona equilibrata, Emma» disse. «Questa volontà di autodistruzione l'hai sempre avuta. Non credo che ne uscirai. Forse dovrei venire io.»

«Per fare che? Dire a quello di smettere di vedermi?»

«Proprio questo potrei dirgli.»

Emma capì che era capace di farlo. «No, resta lì» disse. «Lo farò io.»

Emma ne uscì, ma ci vollero altri tre mesi. Fece piazza pulita di ogni ostacolo corrispondendo alle esigenze sessuali di Hugh: lo battè con le sue stesse carte. Lui non voleva una che gli stesse a pari, e via via che la testa le si schiariva e le tornava la fiducia lei sentì sempre meno bisogno di compiacerlo. La reazione di lui divenne sempre più sardonica, sempre più sprezzante. Si teneva in perfetta forma: aveva la casa piena di cibi energetici e di vitamine e scherniva Emma perché lei non faceva niente del genere. Dapprima per le sue critiche scelse un bersaglio facile, la sua figura. Le ricordò che aveva il didietro troppo grosso, i seni troppo piccoli e le cosce troppo flaccide. Emma scrollò le spalle. «Non sono narcisista come te» disse. «Anche se facessi dieci ore di ginnastica al giorno avrei un personale al massimo così così.»

Sapeva che lui si preparava a piantarla e si sentì sollevata e anche contenta di lasciare tutta la fatica a lui. Hugh aspettava di farle male in un modo o nell'altro, lei lo sapeva, e perciò stava in guardia. Da come la guardava, era chiaro che aveva tutta l'intenzione di lasciarle una cicatrice. Un giorno, mentre si rivestivano, lei disse qualcosa sui figli. «Dio se sono brutti i tuo marmocchi» disse lui. Emma era chinata e aveva a portata di mano una delle sue scarpe di gomma. Si volse di scatto e gliela sbattè in faccia con tutta la forza che aveva, spaccandogli il naso. Il sangue gli inzuppò immediatamente tutta la barba e gli colò sul petto. Lei buttò in terra la scarpa. Hugh non riusciva a crederci. «Mi hai rotto il naso, stronza puttana» disse. «Che vuol dire?»

Emma non rispose.

«Mi hai rotto il naso» ripetè Hugh mentre il sangue continuava a sgorgare. «Stasera ho lezione. Che racconto agli studenti?»

«Digli che la tua amica ti ha dato sul naso una scarpa da tennis, razza di porco presuntuoso» rispose Emma. «Non ti azzardare più a criticare i miei figli.»

Hugh si mise a picchiarla e quando uscì Emma era sporca di sangue quasi quanto lui, anche se la maggior parte era sangue di Hugh. Dovette lasciare lì le scarpe, ma per fortuna a casa riuscì a infilarsi in bagno senza farsi vedere dai ragazzi. Si immerse nell'acqua calda e a forza di sapone si tolse di dosso ogni traccia della sua relazione con Hugh. Sentire l'impatto della scarpa sul suo naso l'aveva riempita di soddifazione.

Per qualche settimana, dopo, riuscì a guardare alla vita con occhi sgombri. Era come se si fosse purgata, temporaneamente. Flap, lo sapeva, non le serviva più a niente. Era troppo letargico per cambiare, e aveva cominciato a dipendere un po' troppo da Janice. Ma avrebbe trovato la forza di rompere la relazione; non che Emma lo pretendesse da lui. Flap l'aveva costretta a staccarsi da lui, e lei si era staccata. Non le dava fastidio prepararargli la colazione e lavare la sua biancheria; era molto più facile che tenerlo in sesto emotivamente. Era lieta di lasciare questo compito a Janice; per Flap non ci sarebbero stati problemi, a meno che per qualche motivo Janice avesse deciso di essere lei a scaricare lui.

Per qualche tempo Hugh si rese sgradevole. Odiava Emma perché gli aveva rotto il naso, ma anche più la odiava perché aveva rotto la relazione. Era già pronto a sbarazzarsi di lei, ma aveva fatto prima lei a sbarazzarsi di lui e questo per lui era intollerabile. Era stato un rigetto vero e proprio, e un rigetto non poteva mandarlo giù. Voleva che tornasse da lui, in modo da poterla piantare nel modo appropriato. Cominciò a telefonare e a farsi trovare da lei davanti alla porta di casa in ore strane. Emma si rifiutava di lasciarlo entrare, ma lui riusciva a scombussolarla. Le sue telefonate erano cattive: cercava di ferirla, se ci riusciva. Era pieno inverno, e l'astiosa persistenza di Hugh la spingeva alla claustrofobia. D'impulso, persuase Flap che aveva bisogno di andar via, una volta tanto per vedere non sua madre, ma la sua amica Patsy, ora a Los Angeles e evidentemente felice del suo secondo matrimonio. Suo marito era un architetto di successo.

Flap fu d'accordo ed Emma andò. Patsy era diventata Patsy Fairchild. Suo marito aveva un bell'aspetto e in apparenza era un uomo simpatico: alto, sveglio, lavoratore, e spiritoso nelle rare occasioni in cui apriva bocca. Il figlio di Patsy che aveva avuto nel primo matrimonio aveva undici anni, e nel secondo aveva avuto due figlie piene di vita. Era sempre bellissima e aveva una magnifica casa in stile moderno a Beverly Hills.

«Sapevo che sarebbe andata a finire così» disse Emma. «come la mamma sarebbe la prima a dire, la tua vita è tutto ciò che la mia non è.»

Patsy guardò l'amica, sformata e trasandata, e non si fece scrupolo di confermarlo. «Sì, mi piace qui» disse. «Devo tutto a Joe Percy. Ricordi, il mio amico sceneggiatore. Mi ha tirato su quella volta che ero a terra... ricordi quando mi sono fatta tagliare i capelli? È stato allora che ho conosciuto Tony.»

Chiacchierarono per la maggior parte della notte, in una splendida stanza col soffitto a mansarda. Sotto di loro risplendevano le luci di Los Angeles.

Chiacchierarono, anzi, per tre giorni mentre Patsy portava Emma in giro per la città. La portò al mare, la portò fino a San Simeon e, la sera prima che Emma ripartisse per il Nebraska, diede, com'era d'obbligo, una festa in suo onore, con tanto di stelle del cinema, ad alcune delle quali Anthony Fairchild aveva costruito la casa. Vestiti da sera, i Fairchild erano una coppia splendida, più splendida di certi divi del cinema. C'erano Ryan O'Neal e Ali McGraw, e il marito di Ali McGraw; c'erano parecchi uomini in blu jeans che erano all'apparenza dirigenti d'industria; c'era un attore francese di bassa statura, e un tipo che sembrava un vicino di casa. Lui e Anthony Fairchild parlarono di politica mentre tutti gli altri ridevano a vicenda delle rispettive battute. Emma non era mai stata più consapevole della propria trasandatezza, e passò la serata cercando di non farsi vedere, il che era facile perché nessuno la guardava. Tranne un minimo di cortesia formale, fu classificata una non-persona e ignorata.

Sul tardi arrivarono Peter Bogdanovich e Cybill Shepherd; e Joe Percy, il vecchio amico sceneggiatore di Patsy, fu presto sbronzo e si addormentò nell'angolo di uno degli ampi divani. Quando gli ospiti se ne furono andati, Patsy andò a prendere una coperta e gliela mise addosso. Lui borbottò qualcosa e lei gli si sedette accanto e lo tenne fra le braccia per un po'.

«Non ricordo di averlo mai visto con queste borse sotto gli occhi» disse Emma.

«No, non ha giudizio» rispose Patsy. «Le donne l'hanno rovinato. Ha una stanza qui da noi, sai. Anzi, tutta la foresteria. Solo che l'orgoglio qualche volta lo fa scappare. Io e lui ci teniamo tanta compagnia. Hai visto fino a che ora lavora Tony.»

Durante il viaggio di ritorno in aereo, Emma si perse in fantasticherie, cercando di immaginarsi a vivere come Patsy, in una grande casa sempre in ordine perfetto, con figli che sembravano cresciuti a dentifricio e sapone. Era preoccupata per via di Hugh, ma lui cessò di costituire un problema. Si era preso una nuova ragazza. Era più facile che avere a che fare con Emma, la quale, dopo tutto, avrebbe potuto solo essere ancora tanto strega da respingerlo ancora.

«Com'è Patsy?» chiese Flap. Era sempre stato un suo ammiratore.

«Meglio che tutti e cinque noi messi insieme» rispose Emma, contemplando la sua scalcinata progenie di provincia. Soltanto Melanie, quanto a bellezza, sarebbe arrivata alla classe di Patsy: era poco ma sicuro.

Tolto di mezzo il problema Hugh, Emma si ritrovò con le idee più chiare che mai. Per somma fortuna, forse la più grande che le fosse toccata invita sua, le avvenne d'imbattersi in una personcina simpatica, il giovanissimo assistente di Flap, un ragazzo appena uscito dal college, sparuto e gentile, di nome Richard. Era del Wyoming, non tremendamente intelligente ma estremamente dolce. Era anche un ragazzo molto timido e molto d'onore; ad Emma ci vollero parecchi mesi per farlo innamorare. Per Richard era molto difficile credere che una signora parecchio più anziana volesse andare a letto con lui, e trovava arduo anche accettare l'idea di andare a letto con la moglie di un altro. Sarebbe stata una terribile caduta dallo stato di grazia; e inoltre, siccome Emma era la moglie del professor Horton, Richard era abbastanza certo che quella caduta gli sarebbe costata la laurea, il che avrebbe fatto molto arrabbiare i suoi genitori.

Emma non gli mise fretta. Fu di un'estrema prudenza e paziento davanti alle sue molte ritirate ed esitazioni. Se c'era una persona che non voleva ferire in nessun modo era Richard. Non era molto più vecchio o più cresciuto dei suoi ragazzi – Tommy, anzi, ne sapeva più di lui – ed

Emma si rendeva dolorosamente conto che a lei non sarebbe piaciuto affatto che una donna più vecchia, come lei appunto, di punto in bianco mettesse le mani su uno dei suoi ragazzi.

Eppure, per la prima volta dopo Sam Burns, si sentì immediatamente fiduciosa nella propria capacità di far felice qualcuno. Richard aveva intenzione di tornare nel suo Wyoming, a insegnare in un liceo. Si vedeva che in vita sua non aveva ricevuto molte attenzioni e non aveva imparato ad aspettarsene; di conseguenza era terreno vergine, e fertilissimo. Emma lo costrinse gradualmente a non lasciarsi intimorire da lei e gli insegnò a dare un po' di credito ai propri entusiasmi. Presto si sentì pronto ad abbandonare il suo corso di laurea, e qualsiasi altra cosa, per farle piacere. Non litigavano mai perché fra loro non c'era nulla su cui litigare. Lui mantenne sempre nei confronti di Emma una certa umiltà, anche quando erano amanti da più di un anno. Era la misura del suo riguardo per lei e le faceva sentire il fascino della gioventù. Aveva un sorriso schivo, occhi privi di cinismo, gambe lunghe e secche. Era un entusiasta: in ogni atto metteva freschezza. Non aveva mai subìto una seria delusione, non era diventato critico e non aveva motivo per detestarsi. Con Emma era fresco come la rugiada: mai vedeva in lei la donna afflosciata e consumata dal lungo uso che Emma sentiva di essere.

Con Richard passava ore così lievi e piene di grazia che cominciò perfino a provare una certa solidarietà verso il suo scalcinato marito, il quale di mese in mese le sembrava sempre più sciupato e trasandato. Avrebbe potuto capitargli una bella ragazza facile a suggestionarsi, che magari riuscisse a farlo sentire un uomo di valore, e invece si era infognato con una donna più nevrotica di sua moglie.

Flap sapeva vagamente che Emma doveva avere un amante, ma non era nella posizione di far domande. Janice, non riusciva a imbrigliarla, e ricominciò a parlare con Emma ed anche a interessarsi dei figli, come scappatoia. Aveva perfino cominciato a nutrire il vago sospetto che Janice avesse un amante e non si sentiva all'altezza di affrontare anche una sola infedeltà, figurarsi due.

Richard aveva per la letteratura la stessa timorosa adorazione che aveva per il sesso, e quasi ogni settimana scopriva un nuovo grande scrittore. Emma non seppe resistere alla tentazione di fargli da precettore, e col suo aiuto il rendimento di Richard negli studi aumentò. Come al solito, fu Aurora a richiamare l'attenzione della figlia sull'inconveniente della sua nuova sistemazione emotiva.

«Sono sicura che è un bravissimo ragazzo» le disse. «Mia cara, sei così poco pratica. Questo per lui è il primo amore, te ne ricordi? Che farai quando vorrà portarti via con lui, in qualche cittadina freddissima del Wyoming? Se non sei felice facendo la moglie di un professore universitario, quali prospettive credi che avresti con un insegnante di liceo? Questo nodo dovrà venire al pettine per forza, lo sai.»

«Da che pulpito viene la predica» disse Emma. «Tu che cosa hai mai risolto?»

«Non essere impertinente, Emma. Le sistemazioni matrimoniali non mi interessano, ecco tutto.»

«A me ancora meno.»

«Il fatto è che interessano agli uomini. I miei sono troppo vecchi per piantare questa grana, qualunque cosa faccia io. I giovani non si smontano tanto facilmente.»

«Non voglio più parlarne» disse Emma. Era una frase che diceva sempre più spesso. Aveva cessato di illudersi che parlando si potessero cambiare le cose e si rannuvolava quando si accorgeva di parlare troppo o troppo speranzosamente di quello che sarebbe accaduto in futuro.

Fortunatamente, a Kearney si fece un'amica. Si era tanto isolata dalla comunità accademica, in parte per la relazione di Flap e in parte per le proprie ripugnanze, che non immaginava proprio di fare qualche amicizia nell'ambiente scolastico in genere. Le bastava avere Richard e i suoi figli, e aveva intenzione di leggere molto. Ma un giorno, a una riunione di insegnanti e genitori, conobbe una ragazzona un po' stolida del Nebraska di nome Melba, moglie dell'allenatore di pallacanestro del liceo. Melba era tutta denti e gomito, ma irresistibilmente simpatica; divennero presto incantate l'una dell'altra. Melba possedeva vaste energie inutilizzate, pur avendo cinque figli, tutti al di sotto dei dodici anni. Aveva anche molti tic nervosi, uno dei quali consisteva nel mescolare continuamente il caffè mentre era seduta al tavolo di cucina di Emma. Smetteva di mescolare solo per mandar giù grosse scorsate. C'era in lei qualcosa di tardo e di nordico. A suo modo era intimorita dalla normalissima casetta a due piani di Emma come Emma lo era stata dalla lussuosa residenza di Patsy a Beverly Hills. Riteneva che Emma conducesse un'esistenza romantica perché il marito insegnava all'università, ed era affascinata dal fatto che i figli di Emma stessero sempre a legger libri invece che tirare palle e palloni per tutto il giorno, come i suoi.

Emma, dal canto suo, rimase non poco colpita scoprendo che c'era una persona la cui situazione domestica era a un livello più basso della sua. Il marito di Melba, Dick, non aveva interesse per niente tranne il bere, la caccia e gli sport: la sua assoluta indifferenza nei confronti della moglie faceva sembrare Flap premuroso in modo quasi opprimente. Ad Emma veniva spesso voglia di dire a Melba che tutto era relativo, ma Melba non avrebbe capito nemmeno di che stesse parlando. Presto Emma si sentì irresistibilmente spinta a stuzziacre l'amica e le confessò la sua relazione, per rischioso che fosse.

«Vuoi dire uno giovane?» chiese Melba corrugando l'ampia fronte mentre cercava di capacitarsene. Provò a mettersi al posto di Emma, tentò di immaginare se stessa a letto con qualcuno che non fosse Dick, ma non servì a niente. Non riusciva a immaginare nessuno, tranne Dick che l'ammazzava scoprendola sul fatto. In modo vago la preoccupava che Emma si fosse andata a trovare un giovane, ma era una cosa tanto remota dalle sue concezioni che l'immaginazione stessa rifiutava di darle contorni precisi. Capì solo che se Emma la faceva, doveva essere una cosa molto romantica. Da allora chiamò sempre Richard, quando ne parlavano, "il tuo Dick".

«Richard» ripetè mille volte Emma. «Io lo chiamo Richard.» Melba però non ci sentiva. Nel suo mondo Richard voleva dire Dick.

Era una pecca venialissima, tuttavia, perché nessuno era più di buon cuore di Melba. Si offriva di tenere i ragazzi ad ogni piè sospinto, appena aveva l'impressione che Emma stesse un po' male. Il solo problema era persuadere i ragazzi ad andare da lei, perché consideravano i figli di Melba un branco di monelli zotici e pochissimo interessanti, giudizio su cui Emma concordava. Con Melanie, Melba era meno sicura di sé: sembrava considerarla una creatura eccessivamente delicata.

«Quella ragazzina è delicata come un camion» le diceva Emma, ma non serviva. Per Melanie, Melba non era tipo su cui sprecare il suo fascino. L'intera vita di Melba, secondo Emma, ruotava intorno alla speranza che i prezzi delle cibarie nei supermercati non salissero. Se fossero saliti il marito se la sarebbe presa con lei perché le comprava, ma qualcosa dovevano pur mangiare. Melba era come un gran listino ambulante dei prezzi dei generi alimentari; appena metteva piede in casa di Emma la prima cosa che diceva era: «Il maiale è aumentato di dodici cents. Dodici cents!» Eppure dava l'impressione di essere una donna felice – Emma non la sentiva mai lamentarsi di niente tranne i prezzi – e la sua energia era straordinaria. Un giorno Emma la osservò mentre spalava la neve: sgombrò un passaggio per le macchine con la rapidità di una spalatrice meccanica. «Emma, tu non ti muovi abbastanza» disse in tono di rimprovero. «Se dovessi spalare un passaggio non ce la faresti.»

«Credo nei professionisti» rispose Emma. «Fortuna che i miei figli professionisti sono.»

La mattina del terzo compleanno di Melanie Emma fece una torta e preparò tutto per una festicciola. Per Melanie era la prima festa di compleanno. Purtroppo Emma, dimenticandosene, aveva fissato proprio per quella mattina un appuntamento dal medico per una visita generale a tutte e due e per fare il vaccino antinfluenzale, cosa che a Melanie non andò a genio. «No la puntura, è il mio compleanno!» insistette, ma l'iniezione dovette lasciarsela fare.

«Non ti voglio malata» le disse Emma.

Melanie si asciugò le lacrime e si mise a sedere su un piccolo sgabello, succhiando un leccalecca e dando calci a uno schedario, cosa che irritava parecchio Emma e il medico. Emma si stava facendo iniettare il vaccino.

«Lei è grande, due di punture!» disse vendicativamente Melanie sfilandosi di bocca il leccalecca e puntandolo verso la madre. Aveva ancora gli occhi scuri per la recente arrabbiatura.

«Ha un profondo interesse per la giustizia» disse Emma.

«Questo che cos'è?» chiese il medico. Il dottor Budge era grasso e brutto, ma aveva una pazienza enorme e ci sapeva fare con le donne e i bambini. Cominciò a sollevare e abbassare un braccio di Emma mentre col dito sondava l'ascella.

«Che cosa c'è?»

«Ha un nodulo sotto l'ascella» rispose il dottor Budge. «Da quanto tempo c'è?»

«Non lo so» disse Emma. «Sta ferma, Melanie. Smettila di tirar calci a quello schedario.»

Melanie si mise a scalciare più piano, fingendo di dondolare le gambe. Quando le punte dei piedi tornavano a sbattere contro lo schedario guardava la madre e scuoteva i riccioli con aria innocente. Il dottor Budge si volse a guardarla severamente.

«Ho tre anni, io» disse Melanie, tutta giuliva.

Il dottor Budge sospirò «Be', ci sono due noduli» disse. «Non molto grandi, ma noduli. Non so che pensare.»

«Non sapevo nemmeno che ci fossero» disse Emma.

«Non sono molto grandi» ripeté lui. «Però bisogna toglierli. Il problema è quando. Io sono via per una settimana, ma non mi va di far passare tanto tempo senza farci niente.»

«Oh mio Dio» disse Emma tastandosi l'ascella con cautela. «Devo spaventarmi?»

Il dottor Budge aggrottò la fronte. «Si spaventi, è meglio» disse. «Così sarà più contenta quando verrà fuori che non è niente.»

«E che cosa verrà fuori se non verrà fuori che non è niente?»

Il dottor Budge stava sondando l'altra ascella. Scosse il capo e le fece una visita accurata. Melanie osservava con blando interesse, succhiando avidamente il suo leccalecca.

Quando finì, il dottor Budge aveva ripreso un fare allegro. «Be', è fortunata» disse. «Ce n'è solo sotto le ascelle. C'è chi i noduli li ha nel cervello.»

«Io sono capace di leggere» disse Melanie, saltando su e afferrando il dottor Budge per la gamba dei pantaloni. «Vuoi che ti leggo?»

La festa di compleanno andò a gonfie vele, per quanto riguardava i ragazzi, ma niente affatto per Emma. Era una veterana, reduce da una buona ventina di feste di compleanno, e orchestrò con maestria i giochi, i rinfreschi e anche la gaiezza; ma in parte non c'era con la testa. Continuava a tastarsi l'ascella. Telefonò sua madre, e Melanie ciarlò e ciarlò sul suo compleanno con Aurora, Rosie e perfino il generale. Vernon era in Scozia e la sua assenza la contrariò molto. «Dov'è Vernon?» chiese. «Che sta a fare? Fammici parlare per piacere.» Quando il telefono toccò a lei, Emma cominciava a sentirsi stanchissima.

«Sono in pieno collasso postfesteggiamenti» disse. «Hai mai avuto noduli all'ascella?»

«No» rispose Aurora. «Perché dovrei?»

«Non lo so. Io ne ho.»

«Be', credo che ci sia un sacco di ghiandole in quella parte del corpo, se non sbaglio. Probabilmente hai le ghiandole intasate. Sfido, dato come mangi.»

«Mangio benissimo.»

«Lo so, cara, ma sei sempre stata così soggetta a disfunzioni.»

«Mamma, non generalizzare così con me. Ho solo i miei alti e bassi.»

«Emma, su che cosa credi che stiamo litigando da quando sei al mondo?» chiese Aurora.

«Non lo so!» disse Emma, furiosa di sentirci dei rimbrotti quando aveva dato una festa di compleanno.

«Su te che non fai niente per curarti, naturalmente» disse Aurora. «Adesso ti sei lasciata intasare le ghiandole. Vedi ancora quel giovanotto?»

«Di questo preferirei che non parlassi con tanta disinvoltura.»

«Be', me ne ero scordata» disse Aurora. In realtà la notizia datale da Emma l'aveva scombussolata un po' e stava tentando di darsene una spiegazione normale.

«Che genere di ospedali ci sono nel Nebraska?» chiese.

«Perfettamente validi» rispose Emma. Era diventata campanilista e difendeva sempre il Nebraska dai costanti attacchi della madre.

Quando seppe dei noduli, Flap sussultò. «Meno male che siamo assicurati» disse. «Ti ricordi quell'operazione alle tonsille?» Emma si ricordava. Per via delle tonsille di Teddy, a Des Moines avevano dovuto stringere la cinghia per tutto un inverno.

L'asportazione dei noduli fu un'operazione semplicissima. Il dottor Budge era imbarazzato di aver fatto passare ad Emma una notte in ospedale. «Praticamente avrei potuto farla nel mio studio» disse quando finirono di suturarla.

«Che cos'erano?» chiese Emma.

«Piccoli tumori. Grandi quanto una pallina. Appena fatta la biopsia le farò sapere.»

Flap aveva una riunione e arrivò tardi in ospedale. Aveva avuto una lite con Janice, la quale pensava che Emma volesse solo farsi compatire. Quelle poche convenzioni coniugali che Flap ancora rispettava offrivano a Janice un ottimo trampolino per le sue scene emotive. La lite e l'obbligo di andare a trovare la moglie avevano reso Flap più bisognoso di un ricovero in ospedale di Emma.

«Fanno la biopsia» gli disse Emma. «Adesso è di moda come ai nostri tempi il gesso per le ossa fratturate.»

Flap le aveva portato delle rose e lei ne fu alquanto commossa; lo mandò a casa a fare gli hamburger ai ragazzi e si sistemò bene nel letto con i due romanzi Graham Greene che si era portata da leggere. Poi l'ascella cominciò a dolerle, prese le pillole che le avevano dato e si assopì. Quando si svegliò la prima cosa che le tornò in mente fu ciò che aveva detto sulle ingessature. Erano le quattro del mattino e non c'era vento. Rimase sveglia, a fantasticare sui suoi piccoli noduli finiti in una provetta di laboratorio, desiderando che ci fosse qualcuno con cui parlare.

Appena vide il dottor Budge, nella tarda mattinata, capì che le ossa non si erano saldate. Fino a quel momento aveva fatto in modo da ricacciare indietro il pensiero del cancro. «Potresti avere il cancro, vuoi dire?» le aveva chiesto a un certo punto Flap, e lei aveva annuito, ma il discorso era morto lì.

«Ragazza mia, lei ha un tumore maligno» disse molto gentilmente il dottor Budge. Non l'aveva mai chiamata ragazza mia. Emma si sentì sprofondare, come se fosse finito un brutto sogno, o stesse cominciando.

Da quel giorno, anzi da quell'istante, sentì che la sua vita passava dalle sue proprie mani e dalle mani fallibili ma personali di coloro che la amavano in quelle di estranei; e neanche medici, in realtà, ma personale tecnico: infermiere, inservienti, chimici, laboratori di analisi, apparecchi.

La sua fuga da ciò che l'aspettava fu di breve durata: una settimana a casa prima di andare a Omaha per delle analisi approfondite. Non mancò di notare, nei sei giorni che trascorse a Omaha, che la condanna irrevocabile le piombava addosso proprio nella città dove Sam Burns aveva sperato di portarla come moglie. Il dottor Budge era stato franco nell'esprimere il timore che lei fosse affetta da melanomi. Ma la realtà era peggiore dei suoi timori.

«Sono un colabrodo» disse al marito, perché più o meno era così. Per qualche giorno la ossessionò la paura di operazioni senza fine, ma le ossa si erano dissaldate troppo definitivamente anche per questo. «Dev'essere come il morbillo, solo che è dentro» disse a Patsy, cercando di metterla sul ridere, perché quello che avevano detto i medici le aveva dato quasi un'impressione del genere.

«Non parlare così» disse Patsy, sgomenta. Il giorno dopo andò dal suo medico.

Aurora Greenway aveva ascoltato con gravità la prima notizia. Da quando Emma gliene aveva parlato, i noduli non le erano più usciti di mente. «La nostra ragazzina è nei guai» disse Rosie quando riattaccò il telefono.

«Lei qui non mi ci lascia» disse Rosie. «A quei ragazzi qualcuno deve pur badare.»

Era esattamente quello che Emma voleva dalle sue forze di Houston. In ospedale non le era mai piaciuto nemmeno andarci in visita: l'impaccio di quelle visite le sembrava spesso peggiore della malattia, qualunque malattia. Sua madre e Rosie sarebbero rimaste a Kearney per mandare avanti la casa. Furono tutti d'accordo che Flap andasse a stare per un po' al club di facoltà: una pura convenzione, dato che in facoltà non c'era un club. Andò a vivere da Janice, la quale riuscì a restare gelosa della malattia di Emma anche quando ne ebbe saputo la gravità.

Nei pochi giorni che rimase a casa dopo la prima operazione, Emma tenne nascosto il suo smarrimento per affrontare meglio lo smarrimento dei figli, dell'amante e del marito. Flap decise subito di sostenere che in realtà non era molto malata: i dottori spesso sbagliavano. Emma lo lasciò dire, tanto era quello che bisognava far credere ai ragazzi. Per Melanie il ritorno della madre era solo una festa. La nonna e Rosie erano in arrivo. «E Vernon» continuava a dire. «Vernon verrà, una volta.»

Richard fu il più difficile da affrontare, e di gran lunga. Emma allora non sapeva se stava veramente per morire o no, ma un freddo istinto le diceva che non poteva lasciare che si attaccasse a lei ancora di più. Non voleva ossessionargli tutta la vita, fosse la morte o, chissà, la vita a strapparla a lui. Non voleva, eppure non ebbe la forza di metterlo freddamente al bando. Richard era disperato: voleva guarirla con l'amore, ne faceva una questione di mettere alla prova se stesso e il suo amore. Emma ne fu commossa: si prestò, ma era lieta che restassero loro ben poche probabilità di incontrarsi ancora. Aveva troppe cose da fare e da pensare. Soltanto, in certi momenti, il fervore di Richard le faceva sembrare tutto stupido, davvero stupido, un abbaglio della scienza medica. Finora non aveva avuto dolori forti.

Li ebbe a Omaha, dove finì per essere ricoverata. Il dottor Budge non aveva gli apparecchi necessari per farle le applicazioni di radium che erano indispensabili, come le confermò il nuovo medico, un giovane.

«Va bene, ma fermeranno qualcosa?» chiese Emma.

«Oh, certo, arresteranno tutto. Altrimenti non le faremmo.»

La madre era andata a Omaha con lei. Flap aveva i suoi impegni e Rosie coi ragazzi se la cavava benissimo. Vernon sarebbe venuto quando poteva. Il nuovo giovane dottore, che si chiamava Fleming, non piacque né ad Emma né ad Aurora. Era piccolo, pulitino e molto eloquente. Si diffuse a lungo con entrambe sull'andamento delle varie forme di cancro; il suo metodo consisteva nel dare ai pazienti più informazioni di quante potessero assimilarne. Buona parte di quelle informazioni, naturalmente, era del tutto irrilevante per le loro malattie.

«Quel tipetto è troppo compiaciuto di sé» disse Aurora. «Dobbiamo proprio star qui e avere a che fare con lui, cara? Perché non vieni a Houston?»

«Non lo so» rispose Emma. Di notte se lo domandava spesso, perché forse sarebbe stato bello tornare nell'aria dolce e umidiccia di Houston. Eppure non voleva. Per la cura che doveva fare potevano occorrere mesi; andare a Houston avrebbe significato sradicarsi e spostarsi, e non voleva. Anche se era ridotta a un colabrodo, non c'era niente di certo. Stavano sperimentando su lei nuovi farmaci e perfino il dottor Fleming non si azzardava a far previsioni. Tutto le si confondeva in testa, ma Emma una cosa capiva: i nuovi farmaci erano la sua ultima speranza. Era stato accertato che su certi tipi di metabolismo non solamente arrestavano il morbo, ma lo curavano.

Se non avessero fatto effetto, pensava di tornarsene a casa. Bastava un giorno d'ospedale per farle sognare la casa, e avrebbe voluto essere a casa sua, non a casa di sua madre: nella sua camera da letto, fra gli odori della sua cucina.

Questo però era il suo sogno prima che cominciassero i dolori forti. Dopo il radium e il fallimento dei farmaci magici il suo desiderio di tornare a casa si affievolì. Non aveva mai conosciuto il dolore fisico e non si era resa conto di come potesse arrivare a dominarla completamente. Una notte, non molto dopo che aveva cominciato il radium, perse le sue pillole facendole cadere dal comodino al buio e si accorse che il campanello non funzionava. Non poteva chiamare l'infermiera, non poteva far niente: solo restare immobile. Ai dolori terribili che aveva dentro si aggiunse di colpo una profonda convinzione d'impotenza: nessuno sarebbe venuto ad aiutarla. Per la prima volta nella sua vita si sentì fuori portata di qualsiasi aiuto potesse darle l'amore; tutte le persone amate non potevano aiutarla quanto le pillole che nel buio erano andate a finire chissà dove, sotto il letto.

Supina, immobile, si mise a piangere. Quando, un'ora dopo, l'infermiera di notte venne a vederla trovò due chiazze umide sul cuscino, dalle due parti della testa.

La mattina dopo, con quel ricordo ancora sotto gli occhi, Emma pregò il dottor Fleming di lasciarle una scorta di pillole nel caso gliene cadesse in terra qualcuna un'altra volta.

«Con dolori così forti non ce la faccio» disse sinceramente.

Il dottor Fleming stava esaminando il suo grafico della febbre. Alzò la testa e con efficienza le prese il poslo. «Signora Horton, il dolore è niente» disse. «È solo un indice.»

Emma non credeva ai suoi orecchi. «Che cos'ha detto ?» chiese.

Il dottor Fleming lo ripeté e lei si voltò dall'altra parte. Lo disse alla madre, che ogni volta che poté rese la vita difficile al giovane medico; ma Emma si rendeva conto che anche sua madre non sapeva di che si trattasse. Non aveva mai avuto malattie dolorose.

Quando ebbe passato un mese alle prese coi dolori aveva già perso quella che ogni persona in buona salute avrebbe chiamato vita, cioè proprio la salute. Quella notte d'impotenza l'aveva alienata non solo dal dottor Fleming ma da ben altre cose. Da allora in poi le sue energie furono volte allo sforzo di tenersi in qualche modo in equilibrio fra medicine, dolori e debolezza. L'idea di tornare a casa non l'attraeva più affatto. A casa sarebbe vissuta nel terrore, e sapeva che sarebbe stato pazzesco fingere di funzionare. Non avrebbe retto ai ragazzi, al marito, all'amante; il suo limite divennero un'ora di conversazione al giorno con la madre e le visite dei figli nei fine settimana. Un giorno cominciarono a caderle i capelli – un effetto collaterale della radioterapia – e mentre con lo specchietto in mano se li spazzolava stancamente si mise a ridere.

«Finalmente ho trovato la soluzione per questi capelli che non sono mai piaciuti a nessuno» disse. «È la radioterapia.»

Aurora rimase senza parole per lo shock.

«Scherzavo» si affrettò a dire Emma.

«Oh, Emma.»

C'era un altro problema: a volte, quando era sola, la divertiva pensare a tutte le cose nella vita che non erano come uno immaginava che fossero. Nel suo caso si avverava la vecchia fantasia infantile di morire e con ciò far pentire tutti, di colpo, per come l'avevano trattata male. Per qualche tempo Melanie fu la sola a non lasciarsi rattristare e impietosire del suo declino. Improvvisamente tutti erano rattristati e impietositi, tranne Melanie. Tommy non voleva farlo vedere, ma lo era. Melanie invece aveva preso il ricovero della madre in ospedale come una specie di capriccio, ed Emma ne era contenta. Era stanca di sentirsi offrire pietà e avrebbe preferito che tutti continuassero a criticarla come avevano sempre fatto.

Ma presto divenne debolissima, ed essere così debole le rendeva più facile rassegnarsi ad andarsene. Dopo il primo momento di orrore, Aurora provò a contrastare la crescente passività della figlia. Per qualche giorno cercò di pungolarla a vivere, ma non servì.

«Questa stanza è troppo squallida» disse aspramente Aurora. Era davvero squallida. Quella sera telefonò al generale, sofferente anche lui. «Hector, voglio che porti qui il Renoir» gli disse. «Non stare a discutere e fa che non gli succeda niente. Vernon manderà un aereo.»

Vernon veniva di tanto in tanto all'ospedale, benché di solito stesse a Kearney per dare una mano a Rosie coi ragazzi. I suoi capelli biondo chiari erano più spruzzati di grigio, ma era lustro e dinamico come sempre e, come sempre, deferente nei confronti di Aurora.

Con lui Emma si trovava più a suo agio che con sua madre, perché Vernon accettava come un fatto la sua spossatezza e la sua debolezza. Non esigeva da lei che vivesse. Poi, un giorno, vennero tutti e tre: Aurora, Vernon e il generale, invecchiato ma sempre eretto. Quando parlava era come se qualcuno schiacciasse delle noci. Vernon aveva portato il Renoir, avvolto in molti strati di carta. Su istruzioni di Aurora lo scartò e lo appese sulla parete bianca, proprio davanti ad Emma. Rivedendolo, nel Nebraska poi, Aurora si mise a piangere. Le due giovani donne illuminavano col loro sorriso quella stanza triste.

«Te lo regalo» disse Aurora, profondamente commossa. «È il tuo Renoir.»

Per lei era l'ultima cosa che poteva offrire, e la più preziosa.

Per Emma, la gente che veniva era troppa. Un giorno venne Melba, facendo tutta la strada da Kearney a Omaha sotto una tempesta di neve. Le ci erano voluti due giorni. Aveva comprato per Emma un'edizione economica dell'*Iliade*. Dicevano che era una cosa importante, e lei sapeva che Emma libri del genere li leggeva. E poi era poesia. Alla vista di quanto era sciupata l'amica corrugò il sopracciglio, lasciò l'*Iliade* e si rimise in macchina per tornare a Kearney.

Venne anche Richard. Emma aveva tanto sperato che non lo facesse. Non erano mai stati grandi parlatori, comunque, e non sapeva che dirgli. Fortunatamente Richard voleva solo tenerle la mano per un po'. Le tenne la mano, dicendole che sarebbe guarita. Emma lo accarezzò sul collo e gli chiese dei suoi studi. Quando se ne fu andato, fece sogni agitati in cui c'era lui: era stato un male da parte sua farlo innamorare a quel modo, ma era solo uno di tanti e tanti sbagli.

Poi un giorno, risvegliandosi, si trovò vicino Patsy, in acerba polemica con sua madre. Stavano litigando per Melanie. Patsy si era offerta di prenderla lei e di tirarla su con le sue due bambine, ma Aurora si opponeva aspramente. C'era anche Flap ed Emma lo sentì dire: «Ma sono figli miei». Patsy ed Aurora lo ignorarono completamente. Lui non c'entrava.

Guardandoli, per una volta ad Emma si schiarì la mente. «Smettetela!» disse. Smisero con difficoltà, inferocite com'erano tutte e due. Rimasero perplesse vedendola sorridere: non si rendevano conto che sorrideva a loro.

«Sono sangue del mio sangue» disse Aurora. «E certo che non cresceranno in California.»

«Lei è molto prevenuta» ribatté Patsy. «Io sono dell'età giusta e tirar su i bambini mi piace.»

«Ma sono i *nostri* » disse Flap, e fu nuovamente ignorato.

Emma capì che di questo si era dimenticata nel suo stato di torpore mentale: i figli. «Voglio parlare con Flap» disse; «Voi fate due passi.»

Quando Aurora e Patsy se ne andarono guardò il marito. Da quando era malata le era quasi ridiventato amico, ma fra loro c'era sempre un silenzio di fondo.

«Ascolta» disse. «Mi stanco facilmente. Dimmi solo questo: vuoi davvero tirarli su tu?»

Flap sospirò. «Non ho mai pensato a me come a uno che si lascia portar via i figli» disse.

«Stiamo parlando di loro, non di quello che ci piacerebbe pensare di noi stessi. Non essere romantico. Non credo che tu voglia accollarti tante fatiche. Patsy e la mamma possono permettersi una donna di servizio, tu no. Questa è la differenza.»

«Non sono romantico» disse Flap.

«Be', non voglio che vivano con Janice.»

«Non è cattiva, Emma.»

«Questo lo so. Però non voglio che scarichi le sue nevrosi sui nostri figli.»

«Non credo che mi sposerebbe, comunque» disse Flap.

Si guardarono, cercando di capire che cosa fare. Le guance di Flap si erano smagrite, ma lui aveva ancora qualcosa dell'aria di un tempo, per metà arroganza e per metà autodisapprovazione, anche se dopo sedici anni l'arroganza si era logorata. Era stata quell'aria a conquistare Emma, anche se adesso, guardandolo, lei non riusciva a ricordare quali fossero i termini precisi con cui lui se l'era ingraziata e che fine avessero fatto da tanto tempo. Era un uomo sollecito ma non più energico, e vere speranze non ne aveva mai avute né date.

«Credo sia meglio che non stiano con te» disse Emma osservandolo, disposta a lasciarsi dissuadere. «Credo proprio che tu non abbia l'energia, tesoro.»

«Melanie mi mancherà sul serio» disse Flap.

«Sì, ti mancherà» rispose Emma.

Allungò la mano per pizzicargli una macchia sulla giacca. «Lei mi piacerebbe di più se ti tenesse i vestiti in ordine» disse. «Sono borghese a questo punto. Almeno io i tuoi maledetti vestiti li tenevo puliti.»

Flap non ribatté. Pensava ai figli e alla vita che avrebbe fatto senza di loro.

«Forse dovremmo lasciare che li prenda Patsy» disse. «Potrei passare le estati lavorando alla biblioteca Huntington, lì vicino.»

Emma gli diede una lunga occhiata. Fu l'ultima volta che Flap la guardò davvero negli occhi. Dieci anni dopo, scendendo dal letto di una donna da quattro soldi a Pasadena, ricordò quegli occhi verdi e per tutto il pomeriggio, lavorando alla Huntington, fu assillato dalla sensazione di aver fatto qualcosa di sbagliato, sbagliato, sbagliato, tanto tempo prima.

«No» disse Emma, «voglio che stiano dalla mamma. Ha intorno abbastanza gentiluomini per tenerli a bada, e comunque Patsy lo fa solo per dovere di lealtà. Forse vorrebbe Melanie, ma i due ragazzi in realtà non li vuole.»

Il giorno dopo, sola con Emma, Patsy lo ammise «Ma odio l'idea che tua madre metta le mani su quella ragazzina» aggiunse. «La piccola mi piacerebbe tirarla su io.»

«Io te la lascerei, ma Teddy senza lei non vive.»

Era questa la gran pena, l'unica sofferenza emotiva paragonabile a quelle fisiche: il pensiero di Teddy. Tommy era un combattente: si era già trincerato in una tesa, semidisperata autosufficienza; ma questo andava benissimo. Era per metà convinto di odiare la madre, comunque, e forse andava benissimo anche questo, anche se era doloroso. Da tempo lei e Tommy non scendevano più a patti l'una con l'altro, e forse quel suo corazzarsi contro di lei era un fatto positivo; forse era perfino una sorta di aspettazione.

Quanto a Melanie dai capelli d'oro, Emma non si preoccupava affatto. Melanie era una piccola vincente: la strada se la sarebbe aperta dovunque, con o senza una madre.

Ma che cosa, che cosa ne sarebbe stato di Teddy? Chi poteva trovare, da amare quanto amava lei? Gli occhi di Teddy erano i soli ad ossessionarla. Se avesse potuto imporsi di vivere per qualcuno, sarebbe stato per Teddy: il pensiero di come avrebbe preso la sua morte la riempiva di terrore. Era sempre proclive ad addossarsi ogni colpa, e probabilmente avrebbe pensato che se fosse stato più buono e più bravo sua madre sarebbe vissuta. Ne parlò a Patsy, che le dette ragione.

«Sì, è come te» disse. «Innocente e oppresso da un senso di colpa.»

«Io tanto innocente non ero.»

«Vorrei che non usassi l'imperfetto» disse Patsy. «Comunque, quei ragazzi li voglio spesso da me. Su questo lei non può trovare da ridire.»

«La convincerò io» rispose Emma. La sua amica, pensò, era una vera bellezza; solo sembrava triste. Era difficile crederlo, ma anche Patsy aveva trentasette anni.

«Che c'è che non va?» le chiese.

Patsy eluse la domanda, ed Emma insistette.

«Credo che tu non ti renda conto quanto ho fatto affidamento su te» rispose finalmente Patsy. «Su te e su Joe. Certe volte penso di essere innamorata di Joe invece che di Tony. Si ammazza col bere, mio malgrado, e adesso tu hai il cancro, mio malgrado. Non so a che cosa servo.»

Quest'affermazione rimase senza risposta. Stettero un po' in silenzio, una vicino all'altra, come avevano fatto spesso quando erano più giovani.

Poi Patsy andò a Kearney per prendere Rosie e i ragazzi e portarli a fare una visita. «Portami il mio *Cime tempestose*» le disse Emma. «Lo chiedo sempre e sempre se ne dimenticano. E portami il libro di Danny se riesci a trovarlo.»

«I ragazzi devi lasciarli andare da lei di tanto in tanto» disse Emma alla madre. «È la mia amica più cara e può portarli a Disneyland, farli divertire in tanti modi.»

«Pensavo di portarli in Europa questa estate» disse Aurora.

«In Eurora portaci i tuoi amichetti. I ragazzi si divertiranno di più in California. In Eurora mandali quando faranno l'università.»

Era seccante, pensò, con quanta leggerezza la gente parlava del futuro nella camera di una persona ammalata. Venivano sempre fuori parole come l'estate prossima: fino a questo punto la gente dava per scontata la propria continuità. Lo fece notare alla madre.

«Sì, mi dispiace» disse Aurora. «La maggior colpevole sono io.»

Sola, Emma non pensava a granché. Non le piaceva avere dolori e chiedeva medicine, e gliele davano. Per la maggior parte del tempo stava a galla; quello necessario per lasciarsi fare i prelievi e le iniezioni era il massimo sforzo che in genere riusciva a fare. A volte osservava le scene che si svolgevano sotto i suoi occhi, quasi senza emozione. Una volta sua madre cacciò via un vecchio fanatico religioso che cercava di entrare per lasciare una Bibbia. Anche quando era a mente lucida, Emma in realtà non pensava. Scoprì che in due mesi si era quasi dimenticata della vita normale fuori degli ospedali; forse le medicine le avevano intaccato la memoria, perché non riusciva a ricordarsela abbastanza chiaramente per angustiarsi e rimpiangerla. A volte pensava che ormai l'aveva fatta finita con quasi ogni cosa – il sesso, per esempio – eppure l'idea non le faceva molto male. L'angustiava di più non poter andare a far le spese per Natale, perché era una che amava il Natale, e certe volte sognava i grandi magazzini e i Babbi Natale appostati sugli angoli delle strade.

Una volta, mentre scorreva l'*Iliade* che le aveva portato Melba, le capitò sotto gli occhi la frase "fra i morti" e la trovò confortante. Contando anche quelli che conosceva, i morti fra cui sarebbe andata a trovarsi erano tanti, tanti: suo padre, per dirne uno, e un compagno di scuola che era morto in un incidente d'auto, e Sam Burns, e, inmmaginava, Danny Deck, il suo amico di gioventù. Supponeva che fosse morto, benché nessuno ne sapesse nulla.

Per lo più, tuttavia, non pensava. Stava a galla; e, quando si riscuoteva era per affrontare i medici e le persone in visita. Notò che tutti, nell'ospedale, davano per scontato che lei era finita. Erano cortesi; noncuranti no, ma essenzialmente la lasciavano stare. Erano i suoi, non i medici, che continuavano a premere perché si rimettesse quel tanto che serviva per tornarsene a casa per un po'. Sembravano pensare, tutti, che lo volesse anche lei, ma lei faceva resistenza. Se le fosse rimasta qualche possibilità sarebbe tornata a casa e ci avrebbe messo radici, ma possibilità sapeva di non averne: lo capiva da ciò che sentiva dentro, non da ciò che le era stato detto. Una volta accettato questo, non le era rimasto che accettare l'ospedale. Per quelli che potevano essere curati era un ospedale, per lei era una stazione di smistamento, una fermata all'incrocio fra due linee d'autobus; stava lì in attesa d'un mezzo che la portasse fuori dalla vita, e siccome l'ospedale era brutto e spoglio e puzzava, e lo mandavano avanti in modo impersonale funzionari stipendiati, quello che non era mai facile – una partenza – poteva essere sbrigato almeno con efficienza. A casa non voleva andare, perché a casa il calore e i buoni odori della vita sarebbero stati troppo per lei. I figli l'avrebbero coinvolta col loro amore, la loro luce, i loro bisogni. Sarebbe divenuta vulnerabile alle sue piccole gioie: i telefilm, lo shampoo ai meravigliosi capelli di Melanie, l'ultimo libro scoperto da Tommy e l'abbraccio stretto stretto di Teddy, un piacevole oziare con Richard, qualche pettegolezzo di Patsy su Hollywood. Se fosse andata a casa, morire le avrebbe fatto troppo male; e avrebbe fatto male a quelli che la perdevano. Volevano scivolar via dai suoi figli come faceva quando erano piccoli piccoli, quando da qualche altra parte della casa stavano a giocare, felici e contenti, con le loro baby-sitter. Allora forse, prima di sentire davvero la sua mancanza, avrebbero in parte imparato a fare senza di lei.

Eppure, come tanto spesso le era accaduto nella vita, non era forte quanto i suoi princìpi, né pari al compito di mettere in pratica le sue teorie più valide. Dopo qualche settimana, dinanzi alla prospettiva di quelle che sapeva essere le ultime visite, riuscì a superare la prova solo fingendo che non fossero le ultime.

La visita più straziante, più tremenda perfino di quella del suo figlio minore, fu quella di Rosie. Non era venuta a trovarla molte volte; odiava gli ospedali. «Mi mettono i brividi» disse nervosamente quando arrivò. «Non ci sono mai stata in vita mia, meno che per fare i figli.»

«La mamma avrebbe dovuto farti restare a Houston» disse Emma. Rosie le aveva portato una scatola di cioccolatini con la ciliegia. Alla vista di Emma, la vera cocca della sua vita, si mise a scuotere il capo con tanta veemenza che non riusciva a parlare. Aveva finito con l'accettare stoicamente la morte di Royce – di polmonite – e quella del bambino della sua figlia maggiore, ma trovarsi davanti Emma con quel volto esangue fu troppo. Non poteva parlare e aveva i nervi troppo tesi per piangere. Il poco che riuscì a fare fu dire qualcosa sui ragazzi e abbracciarla. Per ciò che le restò da vivere avrebbe rimpianto, spesso parlando con Aurora, di non essere stata capace, quel giorno, di trovare una parola per esprimere quello che sentiva dentro.

I ragazzi, Emma li ricevette insieme, dopo Rosie. Melanie era rimasta in corridoio, a giocare con Vernon. Il generale aveva preso il raffreddore e Aurora gli stava facendo fare un'iniezione.

Teddy era venuto con l'intenzione di mostrarsi riservato, ma non ce la fece. I sentimenti gli vennero fuori, divennero parole. «Oh, non voglio che tu muoia» disse. «Voglio che ritorni a casa.»

Tommy non disse nulla.

«Prima di tutto, reclute, dal barbiere» disse Emma. «Non le voglio vedere così lunghe, quelle frange. Gli occhi li avete belli, le facce pure, e voglio che la gente li veda. Dietro non m'importa quanto vi crescono, i capelli, ma teneteli via dagli occhi, per favore.»

«Non è importante, è questione di opinioni» disse Tommy. «Stai bene?»

«No. Ho un milione di cancri. Bene non posso stare.»

«Oh, non so che fare» disse Teddy.

«Be', fareste bene a farvi qualche amico, tutti e due. Mi dispiace di questo, ma non posso farci niente. Non posso nenache parlarvi tanto, se no sto troppo male. Per fortuna, di tempo ne abbiamo avuto, dieci o dodici anni, e parlare abbiamo parlato un sacco, più di quello che possono fare tanti. Fatevi un po' di amici e siate bravi con loro. E non abbiate paura delle ragazze, anche.»

«Non abbiamo paura delle ragazze» disse Tommy. «Che cosa te lo fa pensare?»

«Potrebbe venirvi più tardi» disse Emma.

«Ne dubito» disse Tommy, tesissimo.

Quando andarono ad abbracciarla Teddy cadde in pezzi e Tommy rimase rigido rigido.

«Tommy, fa il bravo» disse Emma. «Fa il bravo, ti prego. Non far finta che non mi vuoi bene. È stupido.»

«Io ti voglio bene» rispose Tommy con una scrollata di spalle piena d'impaccio.

«Lo so, ma in quest'ultimo anno o due hai fatto finta di odiarmi» disse Emma. «Io so che ti amo più di ogni altro al mondo tranne tuo fratello e tua sorella, e non resterò in circolazione abbastanza per cambiare idea su te. Ma tu dovrai vivere a lungo, e fra un anno o due, quando io non ci sarò più a irritarti, tu cambierai idea, e ti ricorderai che ti leggevo un sacco di favole e ti facevo un sacco di frappé e un sacco di volte ho lasciato che te ne stessi con le mani in mano quando invece avrei potuto farti falciare il prato per forza.»

Entrambi i ragazzi guardavano da un'altra parte, colpiti per il fatto che la voce della madre fosse così fioca.

«In altre parole, ti ricorderai che mi ami» riprese Emma. «Immagino che vorrai potermelo dire, di aver cambiato idea, ma non potrai farlo, perciò ti dico adesso che lo so che mi ami, così non sarai in dubbio dopo. Okay?»

«Okay» disse subito Tommy, con un po' di gratitudine nella voce.

Teddy pianse molto, ma Tommy no: non ne era capace. Più tardi, mentre tutti si avviavano sul marciapiede davanti all'ospedale – tutti tranne il generale, che era tornato al motel in taxi per covare il suo raffreddore – Teddy sentiva voglia di tornare su dalla madre; invece Tommy, che già stava blaterando qualcosa sui boy scouts, all'improvviso disse che non aveva potuto diventare boy scout perché la madre era sempre stata troppo sfaticata per fare la fiduciaria di gruppo. Non voleva dire sfaticata, non voleva dire niente di cattivo, non voleva nemmeno aprir bocca. Gli scappò, e la nonna, facendo inorridire tutti, si volse e gli diede uno schiaffo tanto forte da fargli perdere l'equilibrio. Rimasero tutti allibiti – Melanie, Teddy, Rosie, Vernon – e Tommy, prima ancora di rimettersi in piedi, scoppiò in lacrime. Vedendo il suo volto finalmente aprirsi, Aurora provò un gran sollievo, e prima che lui potesse correr via lo afferrò e lo abbracciò. Tommy continuò a piangere a dirotto.

«Buono, Tommy» disse. «Buono, fa il bravo. Non va, criticare tua madre in mia presenza.»

Poi il cuore, per un momento, le mancò. Volse lo sguardo sul brutto ospedale di mattoni.

«È stata sempre una figlia come si deve» disse, guardando con aria impotente Rosie e Vernon.

Melanie fu la prima a riprendersi. Vide sorridere Vernon e Rosie e pensò che fosse una specie di gioco. Corse da Teddy e gli allentò una sberla con tutta la poca forza che aveva.

«Ah, la nonna le ha date a Tommy» disse, «e io te le do a te, Teddy.» Gli diede un altro schiaffo, e lui la prese, la fece cadere in terra sull'erba gelata e la immobilizzò, mentre lei continuava a fare risatine.

Altrettanto allegra, qualche minuto prima, era stata con sua madre. L'opedale l'aveva interessata. Aveva gironzolato per diversi corridoi e un'infermiera le aveva lasciato provare diverse bilance. Un medico le aveva perfino prestato lo stetoscopio e lei era andata a sedersi sul letto della madre, auscultandosi il cuore di tanto in tanto. Emma la guardava contenta: anche i suoi dentini bianchi erano adorabili.

«Come stanno le tue bambole?» le domandò.

«Molto cattive, sono state, gli ho dato un sacco di botte.» Alle bambole aveva sempre imposto una severa disciplina.

«Io ero dentro a te» disse improvvisamente, puntando col dito sul ventre di Emma.

«Chi te l'ha detto?»

«Teddy.»

«Dovevo immaginarlo. Teddy chiacchiera e chiacchiera.»

«Ah, ah, tu chiacchieri e chiacchieri» disse Melanie. «Dimmi la verità.»

Emma rise. «Quale verità?»

«Che ero dentro a te» disse Melanie, alzando e abbassando il capo in segno affermativo. Era molto curiosa.

«Sì, c'eri, adesso che l'hai tirato fuori» rispose Emma. «E allora?»

Melanie era trionfante: aveva avuto la conferma di un segreto.

«E allora e allora e allora» disse, e si gettò sulla madre. «Cantiamo qualche canzone.»

Cantarono qualche canzone e Rosie, che andava su e giù in corridoio, si mise a piangere.

Quando le visite finirono Emma ne fu contenta. I sani non parevano rendersi conto delle pretese che avevano. Non sapevano quanto era debole, che sforzo le costava far loro attenzione. Tutta l'attenzione di cui era capace le era necessaria per morire. I ragazzi andarono via con Patsy per una settimana bianca; il generale, il cui raffreddore era peggiorato, dovette battere in ritirata a Houston; Rosie si stabilì a Kearney per badare a Flap e a Melanie; a Omaha restarono soltanto sua madre e Vernon.

«Vorrei che tornassi a casa» disse Emma. «Stai perdendo peso.»

«È il solo vantaggio del Nebraska» rispose Aurora. «Non trovo niente da mangiare. Era proprio ora di dimagrire un po'.»

«Tu non sei fatta per essere magra. Mi sento in colpa se penso a te e Vernon che ve ne state in un motel squallido a giocare a carte tutte le sere.»

«Oh, no, spesso andiamo al cinema» disse Aurora. «Una volta siamo stati anche a un concerto sinfonico. Per Vernon era una prima assoluta.»

La madre continuava a venire ogni giorno. Emma la supplicava di tornare a Houston, ma, debole com'era, ci sarebbe voluto ben altro per spuntarla su Aurora. Arrivava sempre vestita in colori allegri. Di tanto in tanto, quando Emma cadeva in torpore, la madre si perdeva in contemplazione davanti al Renoir. Spesso Emma non riusciva a capire se nella stanza c'erano due donne tutte luccicanti o tre. A volte sentiva che la madre le teneva la mano; altre volte si trovava a parlare e quando le si schiariva la visione scopriva che la madre se n'era andata ed era rimasto solo il quadro. Nei fine settimana, qualche volta, si tirava su per dare ascolto a Flap, ma solo per breve tempo. La voglia di leggere non l'aveva più, ma talora teneva in mano *Cime tempestose*. Qualche volta sognò di vivere nel Renoir e si vide andare a spasso per Parigi con un grazioso cappello. E qualche volta le parve di svegliarsi proprio a Parigi, dentro a quel quadro, e non in un letto cosparso dei capelli che le erano caduti durante la notte. La sua carne se ne stava andando in anticipo sul suo spirito: era scesa a quaranta chili. Aurora, per una volta nella sua vita, smise di parlare di cibo.

Per un po' Emma fu pronta, ma il cancro no. Aveva reciso i legami, era in posizione di partenza, ma il cancro si tirò indietro di un passo e per un paio di settimane rimase fermo dov'era. Quando lei si trovò disarmata e confusa da quella tregua, tornò all'attacco. Allora Emma cominciò a odiarlo, a odiare l'ospedale, a odiare i medici, a odiare sopra ogni cosa la schiavitù di vivere quando aveva cessato di voler vivere. Il cuore e il respiro non ne volevano sapere della sua stanchezza di vivere, non si fermavano. Cominciò a sognare Danny Deck. A volte apriva il suo libro, non per leggerlo, solo per guardare le pagine o il suo nome sulla sovracoperta, per cercare di rivederlo vivido. Sua madre se ne accorse.

«Credevo che quel ragazzo sarebbe stato il grande amore della tua vita» disse. «Non ha saputo durare molto.»

Emma rinunciò a discutere. Danny era suo, come Teddy: solo loro due le avevano voluto bene interamente. Adesso che cominciava lentamente a dimenticare la sua vita, le ritornava in mente Danny. Nei suoi sogni cominciarono, lei e lui, a fare lunghe conversazioni, anche se poi Emma non riusciva a ricordarsi dove si fossero parlati e che cosa si fossero detti.

Il cancro andava troppo piano, di gran lunga troppo piano. Quando l'azione dei farmaci si affievoliva lei si sentiva come se avesse dentro un dente cariato o dolente, ma un dente grosso come un pugno. In febbraio divenne insofferente e cominciò ad accarezzare una visione. Fuori soffiava costantemente il vento dal nord. La neve c'era spesso, ma il vento c'era sempre. Per Emma divenne come un canto di sirena. Riusciva a malapena a distinguere sua madre dal Renoir: sentiva che il vento era venuto per lei, sopra i ghiacci, sopra terre desolate, passando sul Dakota, diretto a lei. Aveva pensato magari di mettere da parte abbastanza pillole per uccidersi, ma era difficile. Metterle da parte senza usarle significava dolori e dolori, e poi le infermiere erano troppo scaltre. Stavano in guardia per sventare certi trucchetti. Comunque era più attraente il vento. Con pena, disse alla madre qual era il suo sogno. Una notte si sarebbe alzata, si sarebbe strappata di dosso aghi e cannule, avrebbe scarventato una sedia contro la finestra e si sarebbe lasciata cader giù. Era il meglio che poteva fare, ne era sicura.

«Non sono una persona, mamma, sono solo una spesa ormai» disse.

Aurora non stette a discutere. Era preparata, adesso, a vedere la figlia in pace. «Mia cara» disse, «una sedia non sapresti alzarla da terra. C'è anche l'aspetto pratico da considerare.»

«Ce la farei, se fosse l'ultima cosa che mi restasse da fare» rispose Emma.

Ci pensò sopra e si convinse che poteva farcela. Pareva una cosa buona, una cosa con un po' di stile. La parte della visione che le piaceva di più era strapparsi dal corpo tutti gli aghi e le cannule. Li odiava più di ogni altra cosa: nel suo corpo immettevano tutto, tranne che vita. Era ridotta a una candela, una debole fiammella. Se solo avesse potuto fracassare la finestra poteva venire il vento a risucchiarla fuori. Avrebbe potuto morire come un viandante d'inverno, seppellita dalla neve.

Ci pensò bene. Guardò e riguardò le sedie, guardò e riguardò la finestra.

La fermò il pensiero di Teddy. La questione era chi sarebbe stato a decidere, ad avere l'ultima parola: i suoi figli o il cancro. Teddy avrebbe potuto buttarsi dalla finestra lui stesso, un giorno, se lei gli avesse dato il pretesto. Era tanto leale che avrebbe potuto farlo perfino per seguirla, o spinto da un senso di colpa.

Emma ci rinunciò e prese le sue pillole. Al dolore era più facile sottrarsi che alla maternità. Anche se le loro vite, per lei, erano perse, erano sempre i suoi figli. L'ultima parola spettava a loro. Nei momenti di lucidità scribacchiò qualche altro appunto per i figli, disegnò per Melanie qualche scenetta buffa. Diverse settimane dopo morì.

Emma fu sepolta a Houston un giorno caldo e piovoso di marzo. La signora Greenway e Patsy, vestite con eleganza e quasi allo stesso modo, sostarono presso la tomba. Era venuta Melba. Con un atto disperato di fedeltà aveva sottratto i soldi dai risparmi familiari, rischiando il divorzio e la vita – dato che viaggiava in aereo per la prima volta – per rendere l'estremo omaggio. Patsy era stata accompagnata a Houston da Joe Percy, il quale era a qualche metro di distanza con Vernon, il generale, Alberto e i ragazzi, e raccontava a questi come si fanno i film. In questo era di gran aiuto. Flap, seduto sul sedile posteriore di una macchina nera da noleggio, si asciugava gli occhi. Con la morte di Emma aveva recuperato tutti i suoi primi sentimenti per lei: sembrava un uomo distrutto. Melanie parlottava a una Rosie col cuore spezzato, cercando di metterla nell'umore giusto perché giocasse con lei. Patsy e Aurora la tenevano d'occhio entrambe, perché Melanie era capace di schizzar via di punto in bianco e Rosie era troppo afflitta per starle attenta. Melba, alta quasi quanto un albero, stava sola sola un po' da parte.

«Non so che si deve fare con quella povera donna» disse Aurora.

«Le farò parlare da Joe» rispose Patsy. «Sa parlare a qualsiasi donna.»

«Non so che ci fai, in giro con lui» disse Aurora. «È vecchio abbastanza per essere uno dei miei.»

«Be', si prende cura di me» disse Patsy.

Nessuna delle due aveva una particolare voglia di muoversi, di passare oltre.

«Spesso mi faceva sentire un tantino ridicola» disse Aurora. «Chissà perché, mi faceva questo effetto. Forse perché ero tanto implacabile nelle critiche che le facevo. Credo proprio di esserlo.»

«Essere cosa?» chiese Patsy.

«Un tantino ridicola» rispose Aurora, ricordando la figlia. «Forse pensavo che sarebbe stata più felice se... fosse stata anche lei... un tantino ridicola.»

«È difficile da immaginare» disse Patsy, pensando all'amica.

Aveva smesso di piovere, ma tutt'intorno i grandi alberi gocciolavano.

«Non c'è motivo di starcene qui impalate, mia cara» disse Aurora. Si volsero e andarono a occuparsi dei bambini e degli uomini.

*Questo volume è stato impresso nel mese di febbraio 1987
presso Arnoldo Mondadori Editore S.p.A.
Stabilimento Nuova Stampa Mondadori - Cles (TN)
Stampato in Italia - Printed in Italy*

*Bestsellers Oscar Mondadori
Periodico mensile: febbraio 1987
Registr. Trib. di Milano n. 406 dell'8-8-1983
Direttore responsabile: Alcide Paolini
Spedizione abbonamento postale a T.E.
Aut. n. 15411/2/LL del 29-2-1978 - Dirpostel Verona
OSC*